LE GUIDE DU RÊVE ET DE SES SYMBOLES

MARIE COUPAL

LE GUIDE DU RÊVE ET DE SES SYMBOLES

J'AI LU

Collection dirigée
par Ahmed Djouder

SOMMAIRE

INTRODUCTION

LE RÊVE, UN MONDE PARALLÈLE, UNE SECONDE VIE

Vous est-il venu à l'idée que nous dormions exactement quatre mois par an ? Cent vingt et un jours au cours d'une année ? Et combien cela représente de milliers de jours au bout d'une vie ? Le rêve est un univers vécu différemment de celui de la vie éveillée, lequel nous incite à savoir pourquoi le sujet d'une émotion, d'une idée, d'une sensibilisation rationnelle survenue au cours de la journée, nécessite une réponse reflétant une démarche, jusque dans les zones les plus inconscientes de nous-même.

Tout ce temps investi dans le sommeil n'est-il pas perdu ? Au contraire : pendant que nous dormons, nous travaillons le plus égoïstement possible pour nous-même. Égoïstement ne doit pas être pris ici dans un sens péjoratif. Nous voyageons astralement dans différentes sphères, dans d'autres lieux et nous communiquons à différents niveaux, nous rejoignons ceux que l'esprit conscient ne nous permet pas de rencontrer à cause de la lourdeur de nos vibrations charnelles.

Le rêve est une vie parallèle, différente, à l'envers de la vie diurne. Grâce à lui, nous cherchons les prémices d'un nouvel état intérieur. Si le jour nous avons à vivre avec la raison et l'instinct en rapport avec une multitude d'interdits, devant lesquels nous devons nous dépasser pour nous intégrer socialement, la nuit nous en sommes libérés. Dans beaucoup de nos rêves, la morale n'existe plus, elle s'efface, le masque tombe pour nous permettre une libération, nous faisons face à notre propre nudité, à notre faiblesse, à nos mécanismes de défense adéquats ou inadéquats. Il a été prouvé expérimentalement que nos habitudes de comportement sont les mêmes dans la vie onirique que dans la vie éveillée. Le timide demeure timide et le camoufle dans un langage symbolique par des réflexes qui lui sont propres. À situations analogues, réactions analogues. Le pourquoi de ces réactions et leur origine sont à découvrir si on veut s'en libérer. Les automatismes que nous avons développés sont fort intéressants à découvrir. Posez-vous cette question : comment réagissez-vous en rêve devant un problème, une situation ? Vous battez-vous avec l'ennemi ou le subissez-vous ? Êtes-vous vainqueur ou encore contournez-vous la situation par la ruse, le dialogue, la persuasion ou la fuite ? Courez-vous dans vos rêves ou êtes-vous le simple photographe de votre vie, regardant les autres décider pour vous ? Le rêve nous oblige à des prises de conscience douloureuses ou réconfortantes.

Derrière une réaction, il y a tout un passé affectif qui a pu être à l'origine du développement d'un sentiment de force, de courage, comme de faiblesse, de peur ou d'angoisse. Des traumatismes que vous aviez oubliés vous font réagir inconsciemment en présence du même sentiment, à partir duquel vous aviez commencé à réagir positivement ou à bifurquer négativement dans un comportement erroné. Si vous fuyez en rêve, dites-vous qu'il y a une raison à la fuite, car problème il y a. Il ne se trouve pas nécessairement à l'intérieur de vous, mais à l'extérieur, dans l'entourage. Allez et cherchez.

Sans l'analyse de nos rêves, nous vivons tous un peu comme des personnes hypnotisées. On se laisse ballotter par le destin, on le subit. Il est très important de développer la réflexion, de devenir plus conscient par l'analyse de ses rêves. Vous pourriez par cette pratique découvrir des traits de caractère que vous n'auriez pas soupçonnés. De plus, vous pourriez réaliser et prévenir au-delà des événements. C'est fort intéressant. Souvent on réalisera qu'une angoisse a disparu après un certain temps.

Pour cela, il faut apprendre à décoder ses rêves, et surtout à ne pas avoir peur de rencontrer au fond de soi la folie qui nous habite, chacun d'une façon un peu différente, selon les expériences vécues et les prédispositions. Il existe deux conditions pour nous améliorer, la *première* c'est l'introspection par l'analyse de nos rêves et la *deuxième*, c'est d'avoir le courage de faire face à nos insuffisances en apprenant à travailler nos rêves positivement.

LES PHASES DU SOMMEIL

Il existe certaines phases durant le sommeil au cours desquelles nous pouvons agir sur nos rêves en nous servant de projections programmées sur notre écran mental afin de changer ce que nous avions décidé de transformer en positif.

Pour cela, il faut bien comprendre le cycle des cinq phases que chacun d'entre nous vit au cours d'une nuit. D'abord, il serait bon de parler de la qualité et de la quantité de sommeil. Nous n'avons pas nécessairement tous besoin de la même quantité d'heures de sommeil mais en général, pour se garder en bonne santé, un adulte devrait dormir huit heures, travailler huit heures, et pratiquer des activités distrayantes huit heures. Chacun possède son module de phases successives accompagnées de lois précises. On peut, à l'aide de la surveillance de ces phases au cours d'une nuit, connaître le cycle personnel complet. Comment ? En vous couchant plus tôt que d'habitude pendant une semaine, vous pourrez mesurer la longueur de vos phases personnelles. Vous découvrirez, si vous laissez la nature vous le révéler elle-même, le nombre d'heures dont vous avez besoin pour être en forme. Dormir quinze minutes de plus pourrait vous indisposer plus que vous ne le pensez, si vous dépassez votre besoin personnel de sommeil.

Première phase du sommeil

On sombre rapidement dans le sommeil. La température du corps baisse, le rythme cardiaque ralentit, la respiration prend de la lourdeur. On peut dormir mais sans le réaliser. C'est la phase Alpha. À ce stade, on est légèrement conscient, on sent notre lit douillet. C'est durant cette phase que nous pouvons par volonté et concentration agir sur nos rêves. Les cinq minutes les plus importantes de la journée sont celles qui précèdent le sommeil. Les émotions qui s'imprègnent à ce moment-là se cristallisent dans les zones les plus profondes de l'être. Cette période Alpha dure vingt minutes. On la vit le soir en s'endormant et le matin au réveil.

Deuxième phase du sommeil

C'est la phase Thêta qu'on reconnaît par la somnolence. À ce stade, le sommeil est facilement coupé, mais on est conscient d'avoir dormi. On se réveille et on se rendort facilement. On se souvient de ses rêves. On peut facilement les identifier ; le matin surtout. On peut encore continuer à travailler ses rêves chaque fois que l'on sort de l'Alpha pour pénétrer dans le Thêta.

Troisième phase du sommeil

C'est l'état Delta pendant lequel on plonge dans le sommeil relativement profond. Sa durée est de trente minutes. À ce stade, on se souvient très difficilement de ses rêves.

Quatrième phase du sommeil

Durant cette phase, on dort très profondément. Il est très difficile de se réveiller et on ne peut pas se souvenir de ses rêves. On est complètement inconscient.

Cinquième phase du sommeil

C'est celui du sommeil paradoxal. Celui qui est caractérisé par le mouvement oculaire rapide ou R.E.M. On a découvert par le graphique de l'électro-encéphalogramme que le tracé à ce stade est proche de celui de l'état de veille. Ce sommeil paradoxal serait un troisième état de notre existence, aussi reconnu scientifiquement que l'état de veille et que l'état de sommeil lent et profond. Cette sorte de sommeil est visible par la rigidité du corps qui reçoit une décharge de stimulus et bouge grâce à une activité de l'ensemble des petits muscles. Le cœur bat plus vite, le débit sanguin augmente et devient plus élevé qu'à l'état de veille.

Le sommeil paradoxal est un état qui se rapproche du sommeil profond, mais en diffère puisqu'on est conscient et que l'esprit est en activité. On peut difficilement se réveiller. Le temps consacré au sommeil paradoxal donne une période de rêve de 14 à 19 minutes chaque fois. Ceux qui se réveillent après le sommeil paradoxal se souviennent de leurs rêves. C'est la seule condition.

Pour plusieurs scientifiques qui étudient le rêve, le rêve n'existe pas en dehors du sommeil paradoxal.

LANGAGE SYMBOLIQUE ET PROJECTION PERSONNELLE

Les rêves nous indiquent dans un langage symbolique ce qu'il y a derrière une image, la représentation d'un souvenir auquel s'est greffée une interprétation personnelle.

Et dans ce sens, il faut envisager la découverte des symboles de deux façons : d'abord à travers nos projections personnelles et dans les symboles de représentations universelles. C'est ce que C.G. Jung a nommé les archétypes.

Encore là, il faut se poser la question de savoir si on se situe parmi les personnes qui rêvent symboliquement ou non. Rêver symboliquement veut dire que nos rêves sont peuplés de personnages imaginaires, lesquels représentent une facette de notre personnalité ou celle de la vie de ceux qui nous entourent. C'est le rêve *subjectif*. La psychanalyse veut voir le rêve subjectivement. Les peuples antiques confrontaient le rêve aux événements extérieurs et non à l'intériorité. Peut-on vraiment séparer l'un de l'autre ? Vous rêvez symboliquement, si votre nature est complexe, très sensible ou encore si vous gagnez de l'âge. Dans ce genre de rêve, les personnages du même sexe vivant dans l'intimité du rêveur représentent des parcelles de sa vie. Plus nous avançons dans la vie, plus nous rêvons à des symboles qui proviennent de l'inconscient collectif. Nous rêvons forcément dans un langage symbolique et cela n'accuse pas nécessairement une trop grande sensibilité.

Ceux qui ne rêvent pas symboliquement sont pour la plupart des personnes flegmatiques, jeunes, dont le tempérament n'est pas facilement perturbable, n'ayant pas peur de voir de façon objective les faits de la vie. Ils font des rêves *objectifs*. Dans cette sorte de rêve, les personnages sont authentiques : le mari, la sœur, l'ami, la mère, etc. Ils rêvent des personnages réels qui forment la trame habituelle de leur existence. Leurs véritables mouvements ou ceux des autres ne leur sont pas cachés, ils voient directement sans camouflage, sans inversion, la relation qu'ils vivent avec ceux qui les entourent.

LES SYMBOLES

Il y a deux sources de symboles : ceux qui sont innés et ceux qui sont acquis.

Les symboles personnels

Ce sont ceux qui nous projettent dans un souvenir vécu qui serait à l'origine d'un sentiment déclenché lors d'une expérience passée. Ex. : un banc placé dans un parc vous fait penser à un désir de romantisme. Si ce banc vous est connu et fait ressurgir des souvenirs tendres avec une personne précise et même si ce sentiment vous projette vingt ans en arrière, ce banc colorera un sentiment à venir, pas nécessairement avec le personnage du rêve.

Les symboles historiques

Ce sont ceux qui se situent dans les rêves d'identification. Les personnages de l'histoire font aussi partie de notre devenir. Ce que nous projetons sur eux devient un peu notre histoire personnelle en réduction.

Les symboles des fables

Ils se situent dans les rêves qui nous obligent à recevoir des leçons de la vie. Ils disent notre flegme, nos insuffisances et nous forcent à faire des prises de conscience si nous voulons vivre sans trop de problèmes. Ils traduisent notre manque de sagesse ou, au contraire, notre sagesse.

Les symboles des mythes

Ce sont ceux qui nous invitent à rencontrer notre héros intérieur, à prendre conscience du prince qui doit réveiller la princesse, c'est-à-dire découvrir la capacité d'aimer sur les plans parfaits. Ils nous propulsent dans le combat de la vie afin de nous faire vibrer au légendaire, au conte de fées qui n'a d'autre nom que LA POSSIBLE DÉCOUVERTE INTÉRIEURE.

Les symboles de croyances

Ils nous placent dans la trajectoire du sublime, ils décident de ce qui prend une dimension sacrée. Ils appuient, surveillent notre croissance. Encore là, il faut qu'ils soient conçus positivement, sans blocage dû à une éducation trop puritaine. Ils peuvent nous informer de lieux névrotiques causés par une mauvaise compréhension religieuse, par une éducation faussée. Habituellement, ils interviennent dans nos rêves pour nous inciter à aller puiser au fond de nous la source de l'incommensurable, à prier, à nous élever astralement. On y rêve surtout dans les périodes critiques de la vie.

Les symboles d'expression populaire, les calembours, les plaisanteries

Placés dans vos rêves, ils ont la même signification que dans le langage populaire. Ils obligent à développer le sens de l'humour mais surtout aident à comprendre très facilement un message. Ils donnent des réponses brèves, ils avertissent parfois.

LES SYMBOLES DE PRINCIPE MASCULIN-FÉMININ

Les symboles de principe masculin indiquent l'action immédiate, le démarrage d'une chose, d'une œuvre, d'un *amour*.

Les symboles de principe féminin indiquent le passif, ce qui n'est pas réalisable dans l'immédiat, mais font germer quelque chose. *Ils sont l'éveil.* Le masculin compose par l'implication dans les événements. Le féminin compose par l'intuition des événements. Le féminin, c'est la nuit des événements, dépassant la veille. Il déclenche l'éveil, vers la conception d'une chose.

Ève est un symbole de devenir, puisqu'elle a compris intuitivement l'intelligence pour les humains. Elle fut la première à saisir un état conscient de son corps, et elle en laissa l'action, la réalisation à Adam, son homme intérieur. Le féminin est le symbole de la nuit, il s'unit au jour pour former une journée. Ainsi, le masculin est inséparable du féminin et vice-versa. Au fond, ils ne forment qu'un.

Le principe féminin

Le principe féminin est une représentation de l'âme féminine.

Il peut prendre la représentation négative de l'âme ou de la mère intérieure qui se détourne des buts normaux de l'évolution et condamne le rêveur à la régression : la sorcière, la prostituée, l'ivrognesse, les nymphes, la femme aux cheveux noirs, les scènes d'orgie, de pornographie.

Les bateaux délabrés, misérables qui mènent à des endroits mystérieux ou sur des récifs, l'embarcation fantôme ou encore le bateau à quai sans espoir de départ.

Des villes corrompues, des tours de Babel symboliques, des Babylone. En général, des endroits remarquables par les vices auxquels ils se réfèrent dans la pensée du dormeur.

Des jardins hivernaux, secrets ou embrumés.

Des statues féminines à l'aspect maléfique, inquiétant, pleines de messages de vengeance.

Des eaux polluées, gelées, dangereuses, engloutissantes, noires, mystérieuses, et pourtant attirantes. On entend parfois à travers la brume des chants qui sont autant d'aspects négatifs du principe féminin ; et qui deviennent forcément la relation amoureuse dans un rêve masculin.

On rencontre dans d'autres clichés de rêve des images féminines plus rassurantes. Les représentations de la femme sont moins menaçantes. Les regards s'adoucissent, on entend des poèmes romantiques, une jolie passagère peut apparaître sur les bateaux, les barques. Les cheveux se colorent : blond, roux, brun pâle. Elles sont inconnues mais belles, souvent vêtues de couleurs pâles, mais jamais de couleurs vives, de motifs à carreaux ou fleuris. Quoique tristes, infirmes ou inconscientes, ou encore endormies, le rêveur en est amoureux, et se sent quand même heureux de se dévouer pour elles. Ces clichés promettent quand même un peu plus de bonheur dans la vie du rêveur.

Les princesses se réveillent, l'infirme guérit, l'inconsciente se réanime, la déprimée devient joyeuse. Il y a des déclarations d'amour, des musiques mélodieuses; les fées, les reines apparaissent dans toutes les hiérarchies de puissance.

Les lieux aussi se transforment : les vallées sont fertiles, verdoyantes, enchanteresses, remplies de promesses comme des paradis terrestres. Des villes joyeuses apparaissent illuminées, ensoleillées d'où semblent jaillir une grande joie de vivre et la prospérité.

Des plaines remplies de lumière s'étendent à l'infini et rassurent le rêveur quant à l'orientation de sa vie.

Les eaux deviennent claires, cristallines, calmes; on voit apparaître des fleuves où circule une navigation paisible, les sources coulent limpides, propres. Des jets d'eau éblouissent, les bains d'eau claire rafraîchissants allègent l'âme et la revivifient, des maisons entourées de jardins qui plaisent au rêveur par la paix qui s'en dégage. Les neiges brillent au soleil, les montagnes se colorent de vie par le reflet de la verdure. Les statues protègent et parlent à l'âme qui se reconstruit. Ces clichés de rêves dans un rêve masculin indiquent l'épanouissement dans l'amour.

Le principe masculin

Le principe masculin est une représentation de l'âme masculine ou du père intérieur. Il peut prendre un aspect régressif ou évolutif ou encore hésiter entre les deux. Dans un rêve féminin, il représente souvent l'amant ou le mari. C'est l'*animus*.

Celle qui ne permet pas l'affirmation sociale dans la confiance est une représentation négative du père. Elle dénote une incapacité de se prononcer dans ses opinions, on préfère parler au nom de quelqu'un, on est sans volonté pour extérioriser ses projets. Si on y réussit, c'est sous une forme d'autorité froide, trop rigide, alors s'installe le désir de dominer de façon péremptoire.

Quand le principe masculin négatif influence les rêves, on aperçoit des voitures qui se meuvent sans chauffeur, des trains qui avancent sans locomotive. En général les véhicules fonctionnent sans direction déterminée, les bateaux s'égarent, ou suivent trop facilement le courant.

Les chemins n'aboutissent nulle part, les travaux commencés ne se terminent pas, on n'arrive pas à ses buts.

Les gestes agressifs se terminent mollement sans qu'on réussisse à se défendre, les balles n'atteignent pas le but.

Tous les objets permettant la montée : cordes, échelles, escaliers, ascenseurs sont hors d'usage.

Le soleil est embrumé, les colonnes sont cassées ou faibles.

En même temps, surgissent dans les rêves des hordes de bandits, des hors-la-loi, des tueurs, des pirates, des démons, des hommes sadiques, des armées qui attaquent la rêveuse. Voilà de multiples symboles pour parler du principe masculin négatif.

Le comportement de l'homme se bonifie sensiblement. Alors interviennent dans les clichés de rêve des hommes musclés mais quelque peu primitifs : les sauvages des bois, les bandits gentils et dévoués. Tout l'aspect négatif devient bienveillant, dévoué, voire protecteur, sans se défaire toutefois d'une apparence quelque peu inquiétante. On peut voir un homme endormi. À ce stade, l'homme intérieur n'est pas encore éveillé. On copie encore l'aspect masculin, mais il est en bonne voie d'affirmation, d'abord frustre, encore agressif mais déjà existant et protecteur.

Les groupes masculins battent en retraite ou n'existent plus. La rêveuse rencontre son âme masculine. Elle pense et agit avec confiance, sûre d'elle-même. Elle paraît plus chaleureuse, son principe intérieur se réveille. Elle voit alors apparaître dans ses rêves des cavaliers, des chevaliers, des rois, des aristocrates, des gouvernants, des acteurs célèbres sur lesquels sont projetées des qualités d'intelligence remarquable, des héros, des astronautes, des pilotes d'avion.

Mais elle pourra même se voir exécutant des métiers masculins. Elle ne copie plus, n'est plus la spectatrice qui subit sa vie. Elle conduit elle-même des véhicules, elle pense de façon autonome et sait diriger son existence.

AUTRES SYMBOLES

Les symboles dits généraux

Selon Freud, les formes allongées et pointues sont de principe masculin. Les formes creuses et rondes sont de principe féminin. Je dois reconnaître qu'il a raison. Ex. : la rondelle représente la femme et le principe féminin. Le bâton représente l'homme et le principe masculin.

Les symboles des nombres

Ils sont d'une grande importance car les nombres décident de la réalisation ou de la non-réalisation de l'énoncé du rêve. On peut les voir écrits pour annoncer une date, mais la plupart du temps, on les voit par le nombre d'objets ou de personnes présentes.

Les symboles des couleurs

Les symboles des couleurs ont une résonance très identifiable au haut ou au bas astral. Les couleurs de l'arc-en-ciel représentent les sept esprits devant le trône. Les couleurs sales et opaques, fortes, trop denses, fades, sombres, tachetées de noir proviennent du côté négatif, de l'en deçà et de la noirceur. Les couleurs transparentes, lumineuses, claires, limpides viennent de l'au-delà, du côté positif, et de la lumière.

Les symboles musicaux

Sur le plan de la résonance céleste, la musique rejoint aussi une moralité, mais ne s'élève pas aussi haut dans le cosmos que la couleur. La musique exprime les élans émotifs de l'âme, qu'ils soient heureux ou malheureux.

Les archétypes

Les archétypes tels que la mer, le soleil, les arbres ont une signification universelle. Les archétypes forment le code fondamental du rêve. Ils font partie des vieilles croyances de base de l'humanité. Ils sont de deux sortes. Certains sont inconnus, mais la plupart nous sont connus. Les archétypes connus font appel à notre moi. Les archétypes inconnus prennent source dans notre esprit intuitif.

Les symboles de mots inducteurs

Ils nous renseignent sur nos climats intérieurs, lesquels, si on les analyse, pourraient nous faire découvrir des points névrotiques ou, au contraire, dynamiques, ou encore ils nous donnent une indication à suivre, tels que les réclames dans les lieux publics, les annonces de marque publicitaire, les pancartes indicatrices de rue ou de route, de commerce, etc. Exemples :

Une annonce d'hôpital doit vous amener à vous poser la question si vous la voyez en rêve. Elle vous signale le besoin de vérifier votre état de santé ;

Une pancarte sur laquelle est écrit le mot « urgence » doit vous avertir d'un danger imprévu, la prudence est à observer ;

Une annonce de supermarché vous invite à effectuer des achats au grand magasin de la vie, mettant en évidence votre recherche d'affection ou d'amour ;

L'enseigne d'un psychiatre vous oblige à déduire que quelque chose doit se libérer en vous sinon vous risquez la dépression nerveuse;

Les pancartes indicatrices de trajet à suivre sont la voix de vos guides qui vous aident à faire des choix.

Les symboles selon les peuples antiques

La psychanalyse est souvent allée puiser dans la sagesse des Anciens. La plupart du temps, elle exprime différemment ce qu'ils ont découvert. La psychanalyse moderne voit le rêve sur un plan subjectif, partant de nos projections personnelles afin de découvrir le langage symbolique de nos désirs inavoués ou inconscients. Mais il y a plus que cela dans l'interprétation des rêves.

Un des pères de la psychanalyse a élargi la pensée de Freud, autrement nous serions restés barricadés dans la vision de l'en deçà. Selon Jung, le rêve contient aussi des projections du futur et il n'a pas craint d'affirmer sa foi, la situant comme le seul moyen pour retrouver l'unité intérieure et lutter efficacement contre la dissociation de la personnalité. Il a ouvertement parlé de l'âme humaine collective en parlant de l'Inconscient Collectif, là où nous avons tous des équivalences dans nos souvenirs inconscients, là où nous nous retrouvons tous semblables avec le même genre d'expérience.

Contrairement à la psychanalyse moderne, les peuples anciens expliquaient la signification des rêves par ce qui pouvait leur arriver extérieurement. Les Clefs des Songes ont pris naissance dans leur observation des événements et dans leurs déductions des symboles à la suite d'une longue observation plusieurs fois séculaire. Le rêve est un phénomène autant intérieur qu'extérieur et il doit être analysé autant dans les événements que dans ses résonances intérieures.

Les symboles du haut et du bas

On se sert de ces symboles dans la pratique des images mentales à corriger. On descend *vers le bas ou les profondeurs* comme un retour dans le passé pour aller vérifier quelque chose, tandis que *les symboles de hauteur* nous permettent de découvrir nos dégagements possibles et d'imposer des images mentales correctrices ou de croissance.

Les symboles du dessus et du dessous ont aussi beaucoup d'importance. Le dessus signale ce qui se vit concrètement tandis que le dessous explique ce qu'on ne voit pas consciemment.

Dans le même sens, la gauche et la droite interviennent dans le langage symbolique pour parler du conscient et de l'inconscient. La gauche représente le caché, le secret, l'inconventionnel, l'inconscient. La droite représente le concret, le conventionnel, les événements perçus au grand jour.

De la même façon, le devant et le derrière des maisons parlent de ce qui est vécu ouvertement au grand jour par la façade, et de ce qui est caché par l'arrière.

Les symboles récurrents

Les symboles récurrents nous placent devant nos réflexes conditionnés, notre manière de réagir et ainsi traduisent des traits de caractère qui nous sont particuliers.

Exemple : si vous rangez souvent des objets au grenier, cela indique que vous ne vous laissez pas obséder par les événements une fois que le problème est résolu. Mais comme l'accès au grenier est toujours possible, si un état d'âme est à nouveau à vérifier, vous n'hésiterez pas à ouvrir à nouveau un recoin secret de votre vie intérieure. Cela indique une nature qui n'est pas congestionnée par les événements douloureux de la vie.

Les symboles de textes et de personnages bibliques vous situent dans l'histoire de votre vie religieuse et surnaturelle. Ils vous renseignent sur votre degré d'évolution et votre mission d'après les luttes et combats à mener pour conserver votre centre sacré.

Si vous rêvez au peuple hébreu, le rêve veut vous parler des combats spirituels à mener en vue d'acquérir la terre promise, c'est-à-dire d'être sauvé de la malédiction du peuple égyptien, cette nation qui refusait la lumière divine et qui donnait une priorité aux choses matérielles. Donc, lutte dans un but de se purifier totalement et de passer à un degré de perfection.

LE CONTENU DU RÊVE DOIT ÊTRE ANALYSÉ À PARTIR DE DEUX DIMENSIONS

La première dimension est le contenu manifeste

Ce premier aspect du rêve est facile à saisir puisque c'est le souvenir qu'il nous en reste. Cela comprend toutes ces images symboliques avec ces émotions connexes qui forment le scénario du rêve. Il semble souvent incohérent, parfois irrationnel, pourtant rien n'est plus logique et rationnel que le langage onirique.

La deuxième dimension est le contenu latent

Le contenu latent, c'est toute l'intrigue à découvrir. Cela comprend tout ce qui se cache derrière le langage symbolique, tout ce qui est souhait personnel inavoué mais qui persiste dans le subconscient, le message du rêve étant camouflé dans les symboles. Et dans ce sens, nous devons considérer le rêve comme étant le grand dessinateur de nos idées, de nos désirs, de nos conceptions, de nos émotions, de nos refoulements, de nos obsessions, de nos motivations, de nos complexes et, finalement, de nos libérations. Car à l'aide de son analyse, nous pouvons découvrir nos réactions individuelles, nos mécanismes de défense. Le rêve parle de nous, il trace la représentation schématique de notre sensibilité et de nous-même, en se basant sur le langage de l'imagination non contrôlée qui devient souvent symbolique. Il serait intéressant de se poser la question en rapport avec nos clichés de la nuit. Est-ce que je suis timide dans mes rêves ? Est-ce que je me bats ? Est-ce que je me défends ? Est-ce que je suis agressif ? Ou encore, est-ce que je suis passif, effacé ? Est-ce que je conduis, domine, ou dirige ? Est-ce que je médite, prie ou contemple ? Est-ce que je suis jaloux ou coléreux ? Le rêve renseigne énormément sur ce que nous n'osons pas nous avouer.

LES PHÉNOMÈNES DU RÊVE

Préalablement, nous disions que le rêve possédait deux dimensions à observer. Cet aspect aide à découvrir nos refoulements.

Le phénomène de la censure et du refoulement

On se dit souvent : « C'est plus fort que moi, j'ai été élevé comme ça, je ne peux pas faire autrement. » Tout cet aspect de nous acquis par l'éducation s'appelle le sur-moi. C'est ce que les normes de la religion et de la société ont imprimé en nous si profondément et qui est devenu tellement automatique que l'on se demande si la plupart de nos manières de vivre sont un acquis ou font partie de notre tempérament naturel. On s'est « habillé » de tellement de « manteaux », d'habitudes, d'automatismes qui sont devenus une manière d'être qu'on les croit naturels. Nous sommes confrontés tôt ou tard dans la vie à ces acquis et si un jour, nous devons les rejeter, pour garder notre équilibre et croître, à sa façon le subconscient nous en avertit.

En voici un exemple : Aimer sa mère est un sentiment normal et nécessaire. Si la mère, par un amour trop protecteur, empêche son enfant, parvenu à l'adolescence, de prendre de l'autonomie, l'individu pourra rêver qu'il tue sa mère et se sentir dégagé même s'il aime encore celle-ci ; il tuera son influence au fond de lui. C'est le phénomène du défoulement. Ainsi, le principe de la fidélité dans le mariage est un acquis, l'infidélité est un interdit. Si un jour ses sentiments ne correspondent plus à l'équilibre du rêveur, celui-ci pourra rêver qu'il commet l'adultère. Cela se produit quand le couple passe par une période de réajustement. Il n'y a pas d'infidélité dans les faits mais un défoulement seulement dans la vie onirique.

Le phénomène de la censure

Parfois le rêve cache ou détourne son véritable message par un langage symbolique. Ce que le rêve camoufle alors, c'est ce que nous avons peur de nous avouer, comme l'indiquent certains rêves de retour sur le passé. Nous nous voyons enfant en train de faire à nouveau nos devoirs. Ce genre de rêve nous dit ce qui n'a pas mûri en nous ; c'est facile à percevoir par la matière de l'examen ou du sujet du devoir. Une personne dépensière rêvera qu'elle se retrouve à l'école en train de passer un examen de calcul qu'elle n'arrive pas à bien terminer. Cela lui indiquera qu'elle fait des dépenses qui dépassent son budget et mettra en évidence son défaut de trop dépenser. De la même façon, voir dans cette école une personne sur laquelle on projette un défaut particulier nous renseigne sur une de nos faiblesses. Le personnage du rêve est souvent une facette ignorée du rêveur, c'est son « ombre ». Le retour dans le passé nous replace dans les mêmes sentiments qu'à l'époque, soit une frustration, une joie, une défaite, une victoire ou encore l'origine d'un traumatisme. Une personne décédée sur laquelle on projette beaucoup de conflits familiaux parce qu'on a été témoin de ses disputes avec la famille annonce, si elle apparaît en rêve, des conflits semblables avec sa famille, elle représente notre agressivité dans notre vécu familial.

Un père inconsciemment amoureux de sa fille pourra rêver à sa femme alors qu'il rêve à sa fille, et l'événement vécu dans le rêve sera celui qui arrivera à sa fille dans la réalité. Exemple : si sa fille doit accoucher, il rêvera que c'est sa femme qui accouche. L'interdit moral, religieux, social, l'empêche de réaliser consciemment ce sentiment refoulé par le sur-moi.

Parfois, il n'y a pas de censure

C'est l'exemple de la fille de quatorze ans qui rêvera qu'elle se trouve couchée dans le lit de ses parents et qui guettera anxieusement la porte de peur de voir entrer sa mère.

Quelquefois, une nymphe peut apparaître dans un rêve masculin. Le divorcé pourtant heureux avec sa maîtresse craint le mariage, mais sa maîtresse fait pression sur lui pour qu'il l'épouse, et le symbole mythologique de la femme fatale apparaît dans ses rêves. Une nymphe lui fait des propositions de mariage. C'est un autre exemple pour comprendre nos projections. Encore là, il y a transposition et camouflage du vrai personnage. Pour bien comprendre les symboles du rêve, il faut apprendre à transposer. Parfois, les symboles sont un raccourci pour raconter tout un passé affectif contenu dans une seule image. Le fait de revoir en rêve son ancien amoureux indique souvent qu'avec une relation amoureuse actuelle, on vivra une situation analogue de séparation. On peut alors s'attendre à une éventuelle rupture, car les personnages du rêve sont autant de représentations symboliques placées sur les objets, les éléments, les astres, la végétation, les récits historiques ou mythologiques et leurs héros, les divinités, les lieux, les villes, et les situations passées et révélant que nous vivons actuellement ou vivrons dans le futur une situation semblable à celle évoquée dans le rêve.

D'AUTRES PHÉNOMÈNES À OBSERVER EN RAPPORT AVEC LE RÊVE

Le déplacement

Dans le *déplacement*, la préoccupation réelle de la pensée du rêveur est symboliquement refluée dans une petite image. De telle sorte que les images contournent le sujet, pour éviter de prendre un portrait en face, afin de ne pas dire ouvertement ce qui nous fait réagir trop émotivement. Une partie de nous-même nous protège, autrement dit, notre subconscient est fort diplomate avec nous. Au fond, il n'y a pas déplacement de symboles mais déplacement de l'attention du rêveur. C'est un exercice très intéressant de constater ce que nous préférons voir bifurquer. Nous devons nous servir de notre esprit de réflexion pour constater ce mécanisme. Peut-être qu'à la suite d'exercices, vous pourrez développer la capacité d'atteindre de nouveaux sentiments intérieurs acquis par cette nouvelle source de compréhension qui provoque un nouvel éveil.

Voici un exemple de déplacement : Votre sœur a eu un accident. Quelques jours avant, vous rêviez non pas à votre sœur mais à une femme inconnue qui avait un accident; celle-ci portait les lunettes de votre sœur. J'en déduis ceci. Votre sœur sera dans une situation qu'elle ne connaît pas mais de plus qu'elle ne voit pas venir à cause des lunettes qu'elle porte. Les lunettes signifient qu'elle ne comprend pas ce qui va arriver. Tout le message inhérent à votre sœur est résumé par les lunettes.

La condensation

La condensation, c'est l'amplification du sens des symboles, parfois uniques, parfois successifs. Elle grossit et amplifie d'une façon démesurée le sens des symboles. Un seul portrait de rêve peut signifier quantité de choses.

L'inversion

L'inversion consiste à se placer comme si on était le symbole, à inverser le rôle. Par exemple : vous voyez un objet, un meuble, un théâtre. Bref tout ce qui existe et n'appartient à personne est en rêve une partie de vous. Comment réagissez-vous devant un objet (un train, un meuble, un édifice, l'océan, etc.) ? Dans quel état est-il ? Vous rappelle-t-il un sentiment vécu heureux ou malheureux ? Cet aspect du symbole a-t-il déclenché une peur, un choc émotif ? Ce genre de symbole vous oblige à réfléchir. Qu'il soit connu ou inconnu, il faut inverser le symbole et vous mettre à sa place car il vous dit ce que vous ressentirez bientôt, d'après ce qu'il représente pour vous. Comment est-il traité ? Autrement dit, comment vos sentiments et émotions seront-ils traités ? Vous voyez le divan de votre boudoir en très bonne condition, sur lequel est placée une paire de lunettes, les vôtres. Cela revient à dire que vous ne voyez donc pas clair dans un sentiment sans problème.

Si vous pouvez mettre les possessifs « le mien », « mon » ou « mes » devant un symbole, vous êtes directement concerné par ce symbole : mon lac, ma maison (connue ou inconnue) ; la maison de vos parents vous concerne aussi car elle représente souvent un état d'âme qui vous projette dans des besoins infantiles mais cela peut aussi concerner vos parents s'ils sont vivants. À vous de juger.

Vous pouvez aussi ramener le symbole à vous par l'entremise de votre ombre. La personne de même sexe est une facette de votre vie et c'est votre ombre. Les événements qu'elle vit sont comme ceux que vous vivrez.

Si vous pouvez mettre « leur », « son », « sa », « ses », « votre », « vos » devant un symbole, il ne vous concerne pas mais concerne la vie de l'autre personnage de votre rêve. Ou encore, cela peut concerner l'ombre de ce personnage qui lui est rattaché.

Exemple : votre amant auquel vous rêvez est accompagné d'un homme inconnu, un tarzan. Tout ce qui est rattaché à ce tarzan est l'ombre de votre amant, et le concerne comme si c'était lui. Alors si vous êtes couchée dans le lit de Tarzan, cela revient à dire que votre vie sentimentale s'est stabilisée en vivant avec un homme fort, débrouillard qui sait survivre parmi les instincts les plus primitifs des hommes.

Souvenez-vous que tous les symboles oniriques ne sont pas toujours une partie de vous, mais une partie de vos conceptions ou projections sur eux. Il est faux de prétendre comme dans la *Gestalt* que chaque personnage du rêve est vous. Ils sont une partie de vous, une facette de votre personnalité seulement s'ils sont du même sexe que vous. Les couples d'êtres humains ou d'animaux vous représentent en tant que couple si vous y rêvez. Cela aussi est à différencier. Il est très rare que vous rêviez à un personnage de l'autre sexe qui vous représente. C'est ce que j'appelle les *symboles surprenants*.

LES PERSONNAGES SYMBOLIQUES

L'ombre

L'ombre nous dit ce que nous ne sommes pas conscient d'être, d'exprimer, de désirer ou de vivre. C'est le personnage que l'on projette à l'extérieur. C'est cette partie de nous-même qui affronte le monde et lutte. Cet aperçu de l'extérieur n'est pas toujours notre vrai moi. En rêve, la *persona*, c'est ce qu'on voit de nous à l'extérieur, il nous dit comment les autres nous perçoivent, il nous renseigne du pourquoi de la réaction des autres envers l'affirmation de nos désirs.

Ce genre de rêves où intervient l'ombre nous dit notre popularité ou notre impopularité et le degré d'agressivité ou de cordialité en rapport avec ce que nous provoquons socialement. Cette *persona*, c'est l'autre côté de notre personne qui est non perçu consciemment, c'est l'autre en voie de développement qui n'est pas encore apparent au grand jour. L'ombre n'est pas nécessairement négative. Si vous êtes une femme sensible, romanesque, par mesure de protection vous pourriez camoufler cette vraie facette de vous-même et afficher une façade froide et agressive. L'ombre peut être bonne ou mauvaise. Une chose est certaine, c'est qu'elle complique beaucoup l'interprétation des rêves, parce qu'elle parle de nos conflits intérieurs et de nos opposés menant à une croissance personnelle. Et comme les rêves expliquent des situations à résoudre, il est bon de s'en tenir non seulement à un seul rêve mais à des suites de rêves, car le dernier est toujours une réponse au précédent. Avec l'ombre, on découvre nos désirs inassouvis, nos implications insolites non perçues, nos tendances encore en gestation.

L'*anima*, l'*animus*

Carl G. Jung a appelé *anima, animus* cette partie en nous qui n'est pas suffisamment développée et qui caractérise les poussées instinctives du sexe opposé. C'est ce que Freud a appelé l'*animisme*. Nous naissons tous bisexués, du moins psychologiquement. Dans le sein de notre mère en tant que fœtus, pendant un certain temps nous possédons autant les organes mâles que femelles. Ce n'est que plus tard pendant la gestation qu'un sexe se développe au détriment de l'autre. Un côté de nous est plus ou moins faible, que nous soyons un homme ou une femme.

L'homme naît avec des tendances viriles, actives, rationnelles, portées à extérioriser l'affirmation de ses actes et projets.

La femme est normalement douée d'un esprit plus intuitif, passif, idéaliste, émotif, plus facilement efficace pour agir dans l'ombre, ce qui est plus ou moins relatif.

Comme la nuit ne fait qu'un avec le jour pour former une journée, le féminin et le masculin doivent se compléter pour former l'enfant intérieur dans chaque individu afin d'atteindre la perfection totale dans le Soi.

Que la partie féminine vivant en chacun de nous serve d'éveil, c'est son rôle ; l'éveil qu'on a appelé injustement la chute. La chute de devenir conscient. Et sans la chute que serions-nous ? La chute, ce fut en contrepartie le début de la montée, excepté pour les hommes de mauvaise volonté.

Régression, évolution, prise de conscience, lutte et croissance font partie d'un tout. Que vaut le jour sans la nuit et que vaut la nuit sans le jour ? Et là nuit est toujours en avance sur le jour qui le précède. Bafouer l'un ou l'autre, c'est s'opposer à sa propre réalisation.

L'*anima*

L'autre sexe vivant caché à l'intérieur de l'homme, c'est l'*anima*. Cette femme qui n'est pas suffisamment développée, mais qui vit dans l'instinct de l'homme. Souvent la belle inconnue dans un rêve masculin représente sa féminité épanouie. Mais l'aspect contraire peut aussi apparaître sous l'apparence négative de la sirène, de la nymphe, de la prostituée, de l'amazone, etc. *L'anima*, c'est aussi toute l'implication avec la femme. L'évolution spirituelle de l'homme se fera à travers son attachement à l'image féminine, qui sera sa véritable animation ou motivation.

Ce besoin devra l'amener à développer sa véritable sensibilité intuitive, à savoir descendre en lui-même, à vivre son éveil et à établir un juste milieu entre l'émotion et la raison, l'autorité et la soumission, l'affirmation et la passivité. L'homme devra apprendre à s'ouvrir au dialogue de la tendresse. Celui qui ne vit que pour l'action, le pouvoir, la vie extérieure sans descendre jusqu'au fond de lui-même refuse de vivre son *anima*. Mépriser les qualités féminines, c'est refuser aveuglément son évolution. Certaines femmes ne vivant que pour l'extériorisation et l'affirmation extérieure se brûlent dans le même sens que les hommes qui vivent le même cheminement.

L'*animus*

L'autre sexe vivant caché à l'intérieur de la femme, c'est l'*animus*. Cet homme qui n'est pas suffisamment développé mais qui vit à l'intérieur de la femme. Cet aspect de sa personnalité l'obligera à développer l'autonomie de sa pensée, l'affirmation de sa volonté dans des réalisations extérieures ou sociales en dépassant ou pas le cadre familial. Elle devra donc pratiquer l'esprit de décision et d'objectivité tout en étant ou non le centre de la cellule familiale. Pour une femme, rêver à un héros peut signifier la découverte de son courage ou de son héroïsme.

La femme à son tour fera toute son évolution à partir de l'image masculine, c'est-à-dire que ses expériences vécues avec l'homme devront l'amener à développer avec le temps une volonté portée vers l'action. À contrebalancer et à découvrir le juste milieu entre l'émotivité et la raison, l'autorité et la soumission, l'affirmation et la passivité. Dans les rêves, on peut voir l'aspect non affirmatif de la femme par l'auto qui roule sans chauffeur et tous les symboles masculins destructeurs ou inquiétants, tels que les armées, les brigands, le boucher, le tueur, le serpent noir, le chien noir, etc. Quand on voit intervenir un tueur, un boucher comme symbole de l'amant ou du mari, c'est que l'amour n'est pas vécu avec respect et épanouissement.

Le boucher tue votre besoin d'évoluer.

Le bandit vole votre vie, vos énergies.

Le tueur détruit la relation par manque d'amour.

La police est la voix de la conscience mais peut représenter l'animus dans un rêve féminin. Il représente l'amoureux qui doute et surveille la relation avec un sentiment possessif.

Une forme de démon peut représenter des pulsions incontrôlées, mais dans un rêve féminin, il signale à la rêveuse un amoureux qui lui créera des déboires. Un amour plutôt démoniaque.

Un ange peut jouer le rôle de la voix du bien mais peut poétiquement annoncer un amour heureux.

Un clochard est le portrait d'une partie de nous, que nous trouvons inacceptable et dont nous avons honte. Dans un rêve féminin, cela révèle jusqu'à quel point elle trouve l'homme qui est dans sa vie inadapté socialement.

Les chiens jouent un rôle assez masculin comme l'esprit d'aventure, la fidélité, ou encore l'agressivité.

Analyser ses rêves exige de la souplesse d'esprit, de l'introspection. Cependant, il faut attendre que le temps nous confirme si on a vu juste. Comme vous pouvez le percevoir, l'analyse des rêves est un exercice fascinant et fort complexe. Il ne faut surtout pas se décourager. Avec le temps, vous établirez vous-même un code individuel de symboles, qui sera facile d'usage, comme on se sert d'un tableau de référence.

Exemple : *Si on rêve à une compagne de classe qui nous rappelle de bons souvenirs* : elle nous annonce une bonne nouvelle en cours. Elle est « nous » dans une bonne nouvelle.

École : ce qu'on doit apprendre.

Elle : notre ombre dans un aspect heureux.

Si elle revient souvent en rêve, elle a toujours pour vous la même signification.

Cela sera plus facile si vous divisez le rêve en trois parties.

La première partie est une présentation du sujet du rêve. Elle part toujours d'un sujet connu par la rêveuse et donne la couleur d'un événement.

La deuxième partie expose le terrain de bataille d'un sentiment ou d'une implication qui se prépare dans un proche avenir. C'est l'instant choisi habituellement pour réagir.

La troisième partie peut beaucoup vous apprendre sur vous-même, sur votre manière d'affronter les événements de l'existence. C'est la conclusion, le dénouement final. Comment vous en sortez-vous ? Une phrase prononcée ou encore la conclusion intuitive au réveil peut être la clef de l'explication du rêve. Si les clichés de la nuit sont flous, la conclusion aide souvent à remonter au début ; on peut ainsi se remémorer plus facilement tout le scénario onirique.

LES SORTES DE RÊVES

Différences entre le rêve mental et le rêve astral

Le rêve mental est un produit de tout ce qui touche les préoccupations terrestres : amour, sexualité, famille, profession. Il s'étend à la matière et au temps. Ceux qui ne rêvent qu'en noir et blanc doivent se poser des questions. Car ils ne conjuguent que dans cette zone.

Le rêve astral est un produit de tout ce qui nous relie au cosmos dans une communication mystique, pendant laquelle le divin descend graduellement dans l'humain et vient progressivement effacer l'ego. Il touche le surnaturel et ce qui ne finira jamais. Ses vibrations s'étendent à l'espace.

Le rêve mental

Le rêve mental n'aime pas l'inconnu, il essaie de prédire par des symboles invoquant des expériences terrestres du déjà vu et du déjà vécu. Le rêve mental nous apporte des couleurs ternes et sans éclat, fortement opaques en noir et blanc. Car il est terre à terre, ne s'adressant pas à autre chose qu'au prosaïque. Mais il fait fonctionner quand même une merveilleuse machine qui nous informe de ce qui a trait au matériel. Le triage rationnel que provoque ce genre de rêve nous fait réagir, car il met en action l'ego, provoque l'affirmation de soi, et déclenche l'agressivité afin de nous défendre. Il prend source dans nos déductions rationnelles et les préoccupations quotidiennes.

Le rêve astral

Le rêve astral se rapporte aux désirs de sublimation, aux préoccupations de croissance divine en nous. Nous avons tous et chacun la même et unique profession, celle de devenir complet et divin. Tôt ou tard, nous devrons vivre « La Rencontre ». Cette qualité de rêve nous y prépare longtemps d'avance ; bien avant qu'on nous fasse passer le grand et définitif test du passage vers la Lumière. Ce genre de rêve permet « La Rencontre » du juste milieu et de la montée. Cela n'a rien à voir avec une association quelconque ; non, c'est un degré évolutif, un palier d'un niveau de conscience plus lumineux.

C'est par lui que nous recevons les cadeaux, c'est-à-dire la capacité de nous défaire de nos faiblesses et de développer la sérénité. Il conduit à la suite de multiples initiations à la gnose, à l'illumination. Pour parvenir à la gnose, à la perfection totale, nous devons faire face au double aspect du bas astral et du haut astral. C'est ce que j'appelle vivre « La Rencontre ». Nous la vivons toujours très longtemps sans en être conscients, mais vient un moment où nous ne pouvons plus douter que nous atteignons une zone fort délicate sur le point de faire une percée définitive vers la Lumière.

Le soleil apparaît dans toute sa splendeur, nous ne voyons et n'apercevons que lui. Les luttes importent peu. À ce moment même ici-bas, nous comprenons et jouissons de la Beauté et de l'Amour Infini, conscients que l'épreuve porte le nom de lutte et que la lutte prépare un futur pouvoir, car elle est partie intégrante de la vie. Tout devient plus facile parce que nous ne sommes plus aveuglés, mais les luttes sont encore plus ardues à l'extérieur de nous car à l'intérieur tout est devenu tellement clair et rassurant. Le doute n'existe plus. Le Soi remplace progressivement l'ego, l'humilité fait capituler l'orgueil et le détachement du terrestre s'impose. Nous devenons de plus en plus conscients de faire partie d'un TOUT qui emplit TOUT.

Tôt ou tard, cette « Rencontre » est prévue pour chacun d'entre nous, indépendamment de l'âge. Pour certains, c'est dès l'adolescence. C'est plutôt rare. Ceux qui la vivent sans avoir reçu de convictions profondes dans l'enfance cherchent et ne trouvent pas toujours et c'est la dégringolade au fond de l'abîme.

Pour bien vivre ce virage, il faut chercher la compréhension ailleurs que dans le développement moyen de la masse.

Rêve physique

Le rêve physique est provoqué par un déclencheur, soit par une mauvaise digestion, soit par un bruit ou encore par le toucher. Des causes physiologiques ou extérieures sont à l'origine d'un rêve physique. Il est prouvé scientifiquement que les bruits peuvent ajouter des symboles itinérants au rêve même. On a observé que ces symboles ainsi rajoutés partent automatiquement de la mémoire tandis que ceux du rêve authentique demeurent.

Votre alimentation joue aussi un rôle dans un rêve physique. Le rêve physique est souvent provoqué par un repas trop copieux et la mauvaise digestion est souvent la cause d'un cauchemar.

Le jeûne, jadis une obligation religieuse, est devenu un moyen d'élever nos vibrations et nous guérir de maladies. On ne jeûne plus par peur, mais par compréhension de sa nécessité. C'est d'ailleurs le cas des mystiques qui jeûnent afin de rejoindre les vibrations les plus élevées possibles dans le cosmos en vue de recevoir facilement les messages. Comme se coucher et s'endormir avec une faim inassouvie peut nous faire rêver que nous dégustons un succulent repas.

Dans son livre, A. Maury relate, à partir de ses expériences : « On lui chatouille les lèvres, et il rêve d'une torture effroyable. On heurte des ciseaux et une paire de pincettes, il entend le son des cloches. » Il continue : « On approche un fer chaud de son visage et il rêve qu'une bande de "chauffeurs" s'est introduite dans la maison et qu'on l'oblige à donner son argent en lui mettant les pieds sur des charbons ardents. » Ce sont des phénomènes expérimentaux à observer.

Comment faire un rêve astral

Pour faire un rêve astral, il faut avoir une alimentation saine, très peu de viande, pas de conserves industrielles, pas d'alcool, pas de cigarettes, alimentation plutôt végétarienne. Pouvoir marcher 20 minutes au grand air tous les jours. Dormir huit heures par nuit. Prier et méditer. Élever nos vibrations par notre pureté de pensée et notre capacité d'aimer avec détachement, pratiquer la pensée positive.

Les rêves provoqués par la peur ou l'angoisse

Ce genre de rêves est le résultat de ce que l'on a vécu ou pensé avec angoisse. Il est vrai qu'on continue à vivre en rêve ce que l'on a craint fortement au cours de la journée. Cela est aussi vrai pour le film qui nous a impressionnés au cours de la soirée, nous en rêvons la nuit sans que notre vie en soit transformée.

POURQUOI RÊVE-T-ON EN COULEURS ? POURQUOI RÊVE-T-ON EN NOIR ET BLANC ?

Les rêves en noir et blanc résultent de nos préoccupations qui ne vont pas plus loin que le trajet entre le conscient et le subconscient individuel. Les rêves en noir et blanc sont construits à partir de nos souvenirs et réflexions de la vie de tous les jours ; ils soulignent l'interaction constante entre le conscient et les expériences enfouies dans l'inconscient individuel. Souvent les couleurs ternes traduisent des rêves malheureux et angoissants. Ce genre de rêves se rapporte à des expériences vécues. Bref, le rêve en noir et blanc se rapporte à des expériences terrestres, au vécu individuel. Il ne monte pas plus haut.

Le rêve en couleurs est comme l'exploration de l'univers cosmique pour y cueillir l'incommensurable, le merveilleux des contes de fées, car ils sont vrais seulement dans les rêves, et aussi l'autre côté, le négatif. Le rêve en couleurs se réfère à des archétypes et à des contenus de l'inconscient collectif. Ce genre de rêves permet des croissances personnelles remarquables ; on rencontre dans le sublime le possible des possibles. Il exprime la capacité humaine de communiquer avec l'au-delà ; le miracle s'opère quand les ressources personnelles ne peuvent aller plus loin. Comme si Dieu, devant nos efforts, descendait jusqu'à nous par l'entremise des symboles universels. Nos guides ou anges gardiens distribuant les messages dont les vibrations sont interprétées ou traduites par le mécanisme génial de notre cerveau, cet ordinateur meilleur que celui que l'homme n'a pu encore inventer, c'est-à-dire le pouvoir de transformer les vibrations en images sans les fils électriques ni les piles. Le rêve en couleurs signale que le détachement d'un comportement passé est devenu possible et qu'une nouvelle manière de vivre s'impose. À noter : il y a dans l'inconscient plusieurs couches : l'inconscient individuel et l'inconscient collectif.

L'inconscient individuel

L'inconscient individuel rassemble nos poussées instinctives personnelles, nos acquis émotifs, nos habitudes réactionnelles. C'est dans l'inconscient individuel que s'est enfoui le résidu de nos souvenirs oubliés, prêts à refaire surface dans le conscient quand le besoin s'en fait sentir ou que les circonstances l'exigent. Le rêve mental provient de l'inconscient individuel.

L'inconscient collectif

L'inconscient collectif est cette partie de nous ou de notre vie inconsciente qui se partage la même dimension universelle, les mêmes souvenirs, les mêmes héros, les mêmes mythes compréhensibles aux hommes d'un même pays ou d'une autre époque. Le rêve astral provient de l'inconscient collectif.

Le rêve hypnagogique

Vous vous posez des questions sur ces chutes dans le vide dans les premières minutes du sommeil. Ce sont ces sauts sans aucune provocation qui vous réveillent brusquement alors que vous êtes à peine tombé dans l'inconscience. Parfois une image menaçante sans valeur idéologique surgit et vous réveille. Que faut-il en penser ? C'est ce qu'on appelle le rêve hypnagogique, lequel vous arrive quand vous vous engagez dans la descente progressive au cours de laquelle vous plongez rapidement dans l'état inconscient. C'est que parfois vous êtes trop fatigué par le travail, la tension, la mauvaise alimentation et vous sombrez trop lourdement dans la phase du sommeil réparateur. On dort mal, de façon trop tendue pour découvrir la transe hypnotique bienfaitrice d'un sommeil réparateur.

Le rêve récurrent

Certains rêves reviennent constamment ou n'apparaissent qu'à certaines périodes de la vie et laissent dans la mémoire un souvenir tenace. On les reçoit toujours sous la même forme avec une variante plus optimiste ou encore plus angoissante ; ce sont les *rêves récurrents*. Habituellement, il y a progression en rapport avec l'âge du rêveur.

Ce genre de rêves met en mouvement des personnages ou des archétypes qui nous renseignent sur le processus d'individualisation, en ce sens qu'ils mettent en évidence les luttes particulières et personnelles qui sont programmées dans le destin de chaque individu, dans un but d'avancement prévu pour chacun de nous. Ils équivalent aux mêmes épreuves qui se répètent constamment au cours d'une vie. Ils nous signalent nos faiblesses à corriger.

Le rêve récurrent permet de reconnaître le fil conducteur de notre évolution dans la présente incarnation et nous pointe le cheminement par lequel doivent passer notre croissance personnelle et nos initiations multiples pour atteindre la perfection.

Il fait un trait entre nos réactions ou pulsions inconscientes du ça qui, bien que refoulées, doivent être perçues consciemment, tôt ou tard, afin d'exploiter tout le potentiel énergétique et le rendre à son plus haut point de maturité dans une réaction de plus en plus consciente de l'esprit qui s'ouvre au divin.

Une dame affirmait avoir vu défiler toute sa vie dans un rêve, alors qu'elle n'était âgée que de dix ans. « J'ai fait un rêve que je n'ai jamais pu oublier, disait-elle. J'y voyais une énorme croix, cette croix devint un chemin sans fin, je marchais sur ce chemin et je voyais un panorama sans limites et fort merveilleux. À une certaine distance était placée la croix du début avec une différence progressive dans sa présentation. » Évidemment, cette dame qui déclarait avoir compris le tracé de son destin dans ce rêve avait du vécu pour parler ainsi, elle était âgée alors de soixante-dix ans. La couleur de ce rêve mettait en évidence le sacrifice consenti et accepté. « J'ai passé une vie de souffrance mais je ne le regrette pas », confessait-elle. Elle n'était pas triste, au contraire, la joie qui irradiait son visage exprimait la plus profonde paix intérieure. Elle ne s'était pas révoltée contre les épreuves. Elle avoua qu'à la fin ses croix n'étaient plus ternes mais que des pierres précieuses les décoraient de couleurs scintillantes.

POURQUOI TRAVAILLER SES RÊVES ?

Nous recevons constamment des vibrations qui sont autant de messages

Elles nous sont adressées et si nous ne voulons pas vivre comme des hypnotisés, nous devons nous appliquer à réfléchir, à analyser ces ondes qui se transforment en images ou en intuitions par le miracle du fonctionnement génial de notre cerveau. C'est une façon de cesser de vivre passivement et inconsidérément. On se souvient de ses rêves si on s'y intéresse, quand on comprend que le rêve est un message qui nous concerne personnellement, un intérêt surgit qui nous aide à les mémoriser. Être sûr qu'un rêve sera compris provoque un conditionnement et les clichés de la nuit demeurent en surface au réveil. Si vous dormez trop profondément au cours de la nuit, surtout vers le matin, vous aurez de la difficulté à vous souvenir de vos rêves. Car on ne se souvient de ses rêves que si on dort légèrement après les avoir faits. On conseille de se munir d'une lampe avec un déclencheur automatique que vous conditionnez à vous réveiller trois heures avant votre réveil habituel. Ceci vous permettra de dormir plus légèrement et, par le fait même, de faciliter la mémorisation de vos rêves. D'autres personnes se vantent de ne pas rêver du tout et se posent la question de savoir si vraiment elles rêvent aussi. Si vous êtes de ceux qui ne veulent pas entendre parler de leurs soucis ou de leurs contrariétés afin de les dominer ou que vous les niiez afin de passer outre, fatigué que vous êtes d'y faire face quotidiennement, vous pouvez réagir en vous conditionnant à passer rapidement dans l'inconscient les sujets que vous refusez, les empêchant de faire surface à votre réveil, et vous vous réveillez comme si vous n'aviez pas rêvé, ce qui est faux, car le subconscient qui obéit à votre manière de penser rejette dans l'oubli le rêve qui vous rappelle des faits déplaisants. Par exemple, l'ouvrier qui ne peut s'entendre avec un compagnon de travail, pourra rêver à un conflit qu'il aura avec lui. Réalisant que ce genre de conflit est une routine à laquelle il ne peut échapper, il ne voit donc pas la nécessité d'être blessé chaque fois dans son sommeil, il pensera de telle sorte que son mécanisme inconscient se chargera de reléguer aux oubliettes ces accrochages quotidiens.

POUR BIEN ANALYSER SES RÊVES, DEUX NÉCESSITÉS

La première, c'est de posséder quelques notions de psychologie et je vous conseille de lire des livres pratiques comme *Les Merveilleuses découvertes de la psychologie moderne* de Pierre Daco et *Vos zones erronées* par le Dr Wayne W. Dyer, écrits tous deux par de célèbres psychologues. Dans ces livres, vous apprendrez à penser différemment. Vous découvrirez les mécanismes de défense inappropriés et vous vous appliquerez à changer ce qui peut être changé en vous. Du fait même, vous vous sentirez mieux dans votre peau et, du même coup, vos rêves se transformeront. À la suite de ces prises de conscience, vous vous ouvrirez aux autres, vous sentirez le besoin de communiquer ce qui se passe en vous. Cette ouverture vers le dialogue vous détendra, vous pourrez plus facilement parler de vos émotions et les autres s'ouvriront aussi à vous. De cette façon, vous progresserez rapidement. Parler de ce qui vous obsède vous dégagera.

C'est la deuxième nécessité : parler de vos rêves, de vos cauchemars. C'est la plus importante. N'hésitez pas à parler de vos rêves, de mettre à jour ce dialogue avec vous-même, de communiquer avec les personnages du rêve ou encore de peindre ou de dessiner vos clichés nocturnes.

Placez-les bien les uns à la suite des autres, cela vous permettra de voir votre évolution constante et vous encouragera.

Analyser ses rêves, c'est essayer de saisir dans un premier temps le message du rêve en jetant un regard sur les symboles. Avec le recul, on peut voir si un rêve est objectif ou subjectif, c'est-à-dire si vous rêvez avec des personnages imaginaires ou pas. Cela aussi vous dira beaucoup sur vous-même, en vous signalant ce à quoi vous êtes parfois vulnérable. Dans un deuxième temps, vous vous intéresserez à noter si le rêve expose des phénomènes de censure, de défoulement, d'inversion, de déplacement, ou encore de condensation.

Tout ce qui permet de vous défouler en rêve et que vous n'osiez pas vivre dans la réalité explique le phénomène du *défoulement*. Quand un détail devient une obsession et prend trop d'importance dans votre pensée éveillée ou endormie, le langage du rêve deviendra celui de la *condensation* ou de l'*amplification*. Quand votre émotivité sera trop secouée par le message du rêve, celui-ci sera détourné par un détail que vous percevrez, c'est le phénomène du *déplacement*.

Quand les normes de la conscience voilent les véritables sentiments véhiculés inconsciemment, c'est qu'une *censure* s'est installée par-dessus le message du rêve.

Le phénomène d'*inversion* aide à mieux comprendre vos symboles personnels. Quand les objets, les lieux, le décor vous font vibrer et vous procurent diverses émotions, ils représentent des sentiments vécus par une facette de vous-même. C'est une forme de langage symbolique à découvrir qui vous informe de votre émotivité en rapport avec des événements à venir. Et dites-vous que vous ne rêvez pas seulement pour vous, mais que vous captez aussi des messages pour d'autres personnes. Par ce genre de rêve, vous êtes appelé à agir comme intermédiaire pour les prévenir de ce qui doit se produire pour eux ou encore le message que vous recevez permet de vous protéger de certains de leurs aspects négatifs.

Est-il possible d'analyser soi-même ses rêves ?

À propos de l'auto-analyse de vos rêves, voici l'opinion de l'un des pères de la psychanalyse, Carl G. Jung : « Je crois qu'un profane intelligent, disposant de quelques connaissances psychologiques, d'une certaine expérience de la vie et d'un certain entraînement, est à même de diagnostiquer de façon pratiquement exacte la compensation incluse dans un rêve, je pense par contre qu'il lui est impossible de comprendre la nature du processus d'individualisation qui est à la base de cette compensation psychologique, sans avoir de solides connaissances dans le domaine de la mythologie, du folklore, de la psychologie des primitifs et de l'histoire comparée des religions. »

Qu'est-ce que le processus d'individualisation ?

C'est la progression individuelle à travers la continuité de nos rêves, qui, bien que différents, s'adressent à des degrés de la vie évolutive en s'ajustant à l'étoffe schématique générale de chaque rêveur et confirment la trame des facteurs psychologiques uniques et personnels.

Conditions à l'auto-analyse

Il faut analyser ses rêves chaque jour fidèlement et en parler ouvertement, en étant décidé à affronter le pire en soi. Mettre au grand jour ce qui nous trouble en considérant l'analyse de ses rêves comme une purge nécessaire.

Malgré l'intérêt passionnant de ces exercices, garder ses activités extérieures, afin d'établir un dialogue sincère avec soi-même, laisser de côté les préjugés et les doctrines morales et sociales. Pratiquer l'association libre des symboles en se référant à son histoire affective personnelle. Écrire par ordre les suites de rêves n'oubliant aucun détail, le dernier rêve donnant une réponse au précédent. Bien indiquer les nombres, les couleurs, les directions, la position par rapport à la droite et la gauche, le haut et le bas, le dessus et le dessous, l'avant et l'arrière. Toujours se servir de ce qu'on a vécu ou pensé la veille. Savoir dépasser la clé des songes après s'en être servi comme base de référence pour comprendre les symboles universels. Vous jugerez mieux les mouvements de votre âme si vous peignez ou dessinez les clichés de la nuit. Vous serez à même de faire un choix plus judicieux de vos désirs. N'hésitez pas, si le besoin se fait sentir, à contacter les personnages de vos rêves pour vérifier et exprimer ce qui doit être éclairci. Peut-être avez-vous quelque chose de différent à percevoir en ce qui les concerne. Et surtout n'ayez pas peur de réaliser qu'une partie des rêves demeure inexpliquée et inexplicable. Dieu seul connaît le fil conducteur de la leçon que nous devons saisir par nos rêves. Le plus important, c'est d'être franc avec soi-même afin de progresser et ne pas craindre de consulter un spécialiste si l'on est troublé par des rêves qui nous impressionnent trop fortement ou se répètent constamment.

Il est fort intéressant de travailler vos rêves. Votre subconscient vient vous parler par des symboles, répondez-lui par des symboles car il sait reconnaître et comprendra d'emblée le message du symbole. À vos cauchemars de la nuit, opposez des images mentales correctrices. À condition évidemment que le message du rêve le permette. Changez positivement le scénario de vos rêves. Cela n'est pas toujours possible. Si vous faites un rêve qui vous annonce la mortalité de quelqu'un, vous ne pourrez rien y changer. Mais si vous vous battez avec un personnage de rêve, vous pouvez y changer quelque chose en vous analysant, vous pourrez découvrir pourquoi vous êtes tiraillé entre deux parties et prendre une décision. Ne laissez pas vos énergies s'envoler par indécision.

Prenez le temps d'analyser les clichés qui vous reviennent en mémoire et posez-vous la question sur les personnages du même sexe que vous, sauf exception, ils vous représentent presque toujours dans votre progression ou votre régression. C'est la *persona*, ce personnage en voie de développement qui lutte et fait face à la vie. Désirez-vous voir ce personnage croître en vous ou préférez-vous le voir disparaître : entrez dans votre cinéma intérieur, placez-vous en phase 1 ou 2 du sommeil. Agissez alors sans émotion mais en imagination en fermant les yeux et en visualisant avec paix et joie, dans la détente, le personnage que vous voulez voir disparaître. Placez dans votre main gauche une boule blanche immaculée et étincelante. Servez-vous de cette boule blanche comme d'un instrument magique pour vous protéger contre le négatif et pour créer plus facilement l'image que vous voulez faire naître. Brûlez ce personnage mentalement. Allumez un feu, placez-le à l'intérieur. Et regardez-le brûler et tomber en cendres. Imaginez voir apparaître le personnage idéal et désiré, ce à quoi vous aspirez réellement, toujours dans la paix et la détente et la certitude que vous pouvez ; et vous pourrez. Imposez à la sensibilité de votre âme la beauté, la bonté, l'épanouissement auxquels vous et elle espérez accéder. Répétez et répétez ces exercices jusqu'à ce que cette manière de penser devienne automatique et naturelle dans votre pensée consciente. Cet exercice est à conseiller dans les rêves où les objets ou choses suscitent la peur ou l'angoisse. N'ayez pas peur de combattre et de lutter contre le négatif. Mais aussi paradoxal que cela puisse paraître, vous ne devez faire aucun effort. Dites-vous que la joie doit accompagner ces exercices de visualisation. Réjouissez-vous de votre capacité d'agir avec votre imagination. Assuré de votre transformation, participez avec votre subconscient et aidez-le amicalement **et il deviendra votre ami.** Le subconscient réagit mal à l'effort, **il vous donnera le résultat contraire si ces exercices**

ne se font pas dans la joie et la détente, *et surtout un seul sujet à la fois doit être travaillé*. Ce moment propice se situe dans la phase 1-2 du sommeil, c'est-à-dire en Alpha ou en Thêta. La pensée est encore possible et la détente vous fera sombrer bientôt dans le sommeil. N'oubliez jamais que ce sont les cinq dernières minutes avant le sommeil qui sont les plus importantes de la journée. Il est donc important de faire le vide et pendant la détente désirée, gardez les yeux fermés et imposez doucement des images à votre écran mental. Faites un film joyeux et capable d'annihiler les mauvaises tendances, les peurs, les angoisses et imaginez le scénario d'une nouvelle attitude. Avec le temps, de nouveaux réflexes vont apparaître.

Voyez-vous en rêve survenir un taureau, qui symbolise une trop forte sexualité risquant de vous dominer et de vous faire perdre le contrôle de vos émotions ? Allons, réagissez ! Servez-vous encore une fois de votre écran mental et agissez sans émotion mais avec imagination. Prenez-le par les cornes, commandez-le, et contrôlez-le. Répétez cet exercice jusqu'au moment où vous réaliserez que vous pouvez vaincre cette force sexuelle qui risque de vous faire régresser. Déjà le fait de savoir que vous devez contrôler cette énergie vous fera connaître un aspect différent de votre vie sentimentale.

Courez-vous sur une voie ferrée, poursuivi par un train qui risque de vous réduire en morceaux ? Ce genre de rêve est un signal d'alarme annonciateur de la dépression morale : vous sentez trop que votre train de vie vous écrase. Votre qualité de vie vous semble abrutissante au point de découvrir au fond de vous des tendances destructrices. Réagissez. Brûlez imaginairement ce cliché de rêve et jouissez-en. C'est votre privilège. Prenez plaisir à le voir réduit en cendres. Et imaginez sur votre écran le film de votre futur comportement. Provoquez la scène suivante. De nouveau dans votre cinéma intérieur, et dans un état de détente, placez une boule blanche dans votre main et mentalement, placez-vous dans une gare, cherchez dans votre mémoire un endroit, une ville qui vous rappelle des moments de bonheur, le mieux serait d'imaginer une ville inconnue, décidez de vous rendre dans ce lieu, cette ville choisie, revivez ces instants de votre existence et les moments de joie que vous y avez connus. Dirigez-vous vers le guichet, achetez un billet pour y aller, marchez jusqu'au quai de la gare et attendez le train. Voyez-le arriver, montez à l'intérieur, sentez-le démarrer et réjouissez-vous qu'il file à pleine vitesse « avec vous » et non « contre vous ». Répétez, répétez cet exercice de visualisation jusqu'à ce que vous sentiez le fardeau de votre vie s'alléger et que l'espoir vous habite à nouveau et débouche dans ce lieu choisi. Vous verrez, si vous répétez quotidiennement cet exercice, que vous penserez différemment. Comptez trois mois pour vous transformer radicalement. Si vous réussissez facilement votre visualisation, vous y arriverez bien avant. À l'état de veille, ne pensez aucunement à vos exercices, seulement quand vous entrez en phases 1 et 2 du sommeil.

Ne travaillez pas seul car vous n'êtes pas seul

Composez avec vos guides, vous n'êtes pas seul. Surtout lorsque vous atteignez les phases 1 et 2 au début du sommeil. Il vous faut entrer dans le vide par la détente Alpha, afin de vous situer entre l'état conscient et inconscient. À ce moment, vous prenez de la hauteur vibratoire. Vous vous élevez en dégageant légèrement vos centres vitaux qui relient votre corps physique à vos corps subtils. Vous sortez inconsciemment de la dimension visible et vous n'êtes pas complètement dans la dimension invisible. C'est à ce moment que **vous avez plein pouvoir sur votre destin et sur vous-même** et que vous pouvez vous transformer. Ce sont les phases 1 et 2 du sommeil qui permettent de rencontrer la puissance créatrice. À cette phase, des couleurs surgissent souvent et, parfois, des flashs secondent vos efforts.

Un cliché ou une vision est une poussée vibratoire que votre perception transforme en images, en formes, en couleurs, en odeurs parfois et en sensations intuitives.

LA MÉDITATION : UN RETOUR AUX SOURCES

Il est très important de savoir se retirer chaque jour pendant au moins une vingtaine de minutes selon le degré de tension afin de rentrer dans notre Moi universel. Nous composons, chacun d'entre nous, l'œuf humain qui est en train d'éclore progressivement à la divinité. Nous sommes tous appelés à cette dimension divine.

Le rêve répond à nos pensées et évaluations quotidiennes. Le rêve répond à ce que nous remettons en question. Cette partie du sommeil appelé à juste titre le *sommeil paradoxal* permet une reprogrammation du potentiel génétique humain chaque nuit. Sortis de notre corps physique, nos corps subtils en croissance reçoivent l'aide de conseillers protecteurs. Dans l'état de veille nous les percevons par l'intuition. Ce phénomène qui permet le dialogue avec la Lumière, c'est le *rêve astral*. Tandis que le *rêve mental* est un dialogue avec nous-même et l'entourage.

Le sommeil paradoxal est vraiment le lieu d'apprentissage de nouveaux outils pour la psyché. Contrairement à ce que certains prétendent, le sommeil n'est pas une perte de temps. Chaque nuit, l'adulte de 30 à 50 ans passe une heure et quart à rêver, soit 18 à 25 % du temps consacré au sommeil. L'adulte de 50 à 70 ans rêve en moyenne une heure par nuit soit 13 à 18 % de son sommeil. Plus on est jeune, plus on rêve et même le fœtus reçoit par le rêve les vibrations de l'Invisible. Autrement dit, nous sommes toujours en contact avec nos origines. Et quand nous vivons une période dépressive ou des luttes qui nous forcent à croître, nous rêvons énormément et c'est nécessaire. **Et dans ce sens, chaque jour est un nouveau jugement.**

Nous sommes libres de reconnaître notre mission de croissance ou de paresser et de continuer dans l'indifférence en donnant priorité au matériel. Tôt ou tard, les comptes s'accumulant, les factures se présentent, elles viennent du grand ordinateur universel. Un des présentateurs de compte est notre corps. C'est un de nos grands professeurs.

La méditation est avant tout le retour aux sources et à nos origines. Et n'oublions pas que tous et chacun sommes responsables du destin de la Terre.

Après la méditation, un retour aux sources, je propose aux lecteurs cette prière d'un poète québécois, comme modèle.

PRIÈRE

Baume d'amour

Amour de Dieu, amour immortel,
Enveloppe-nous tous de ton rayon,
De tes hauteurs envoie la compassion
pour nous élever en ce jour
Dans la plénitude de ta puissance,
Répands tes rayons glorieux
Sur la terre et sur tout ce qu'elle contient,
Où la vie semble se tenir dans l'ombre,
Que l'ardente Lumière de Dieu rayonne,
Pour nous délivrer de la souffrance,
Élève-nous et revêts-nous, ô Dieu Suprême,

De ton doux regard d'amour paternel,
Envoie sur nous ta protection constante.
Veille sur nos nuits et sur nos rêves.
Enrichis-les de plus de conscience.
Fais que nous les retenions au réveil,
Que ta Présence nous les fasse comprendre.

A

AARON. Dans l'Ancien Testament, Moïse et Aaron demeurent inséparables. Moïse recevait les enseignements sur la montagne mais un jour, désespéré, il s'en plaignit à Yavhé lui-même, car il ne possédait pas le don de la communication et, sans reprocher ouvertement à la Voix divine de l'obliger par mission à enseigner au peuple hébreu, il osa dire qu'il ne pourrait, par manque d'éloquence, donner la vérité. Et la voix de lui répondre : « Tu auras Aaron. » Aaron symbolise l'éloquence en tant que don pour ses obligations professionnelles.

ABAISSE-LANGUE. Vous cherchez en vain ce qui vous traumatise. De quel affront n'arrivez-vous à vous remettre ? (Voir *AMYGDALITE*.)

ABAISSER. *Si en rêve vous dénigrez quelqu'un*, méfiez-vous de votre méchanceté, elle peut vous revenir comme un boomerang, à moins que vous ne soyez dans l'obligation de le faire.

ABANDON. *Se voir abandonné* : on cherchera un appui, à la suite d'une rupture.

Abandonner quelqu'un : importante décision vous conduisant à la fin d'une relation. Abandon qui n'est pas forcément consenti par la personne que vous quittez.

ABAQUE (table de calcul). *Si vous réussissez à élaborer le calcul*, vous réalisez vos projets. Une percée de compréhension vous aidera à saisir l'essentiel dans l'énigme que vous vivez actuellement. Car la situation se simplifie complètement à la vue du boulier compteur.

ABASIE (trouble musculaire en marchant). *Si en rêve, vous n'arrivez pas à marcher à cause d'une trop grande nervosité*, sachez que votre âme est aussi paralysée par un choc.

Détendez-vous, et essayez de voir ce qui provoque un arrêt dans votre évolution.

Depuis un bon moment, vous vivez une lutte qui vous perturbe et vous épuise.

ABAT-JOUR (fenêtre de cave). *Être à l'extérieur et regarder vers l'intérieur de la cave* : Vous commencez à saisir consciemment une vérité qui n'est pas encore étalée au grand jour.

ABATS. *Si vous les dégustez avec joie* : moment heureux.

ABATTRE QUELQU'UN. Vous vaincrez les obstacles qui empêchent votre chance. Mais que votre victoire soit propre et équitable, sinon vous recevrez tôt ou tard ce que vous aurez déclenché.

ABATTU. *Être abattu par un ennemi et mourir* : quelqu'un que vous ignorez ou que vous connaissez réussira à détruire vos projets et votre santé.

ABBAYE. Triomphe dans l'infortune.

ABBÉ RÉGULIER. Surveillez votre santé. Déception cuisante. Trahison amoureuse (pour une femme). Dans un rêve masculin, vous serez infidèle.

ABBÉ SÉCULIER. Association amoureuse impossible et changement de position.

ABBESSE. Gardez secrètes vos ambitions, on vous épie. Médisance.

A.B.C. Maintenant vous saisissez l'essentiel qui vous permettra de débuter une œuvre.

ABCÈS. Décidément, vous vous analysez en profondeur dans un échec que vous ne pouvez accepter. Bientôt, tout va se cicatriser.

ABDICATION. Le pessimisme vous empêche d'affronter une situation importante.

ABDOMEN. C'est dans l'abdomen que se fait l'assimilation de toutes les expériences de la vie.
Le voir proéminent annonce la prospérité et l'amour.
Blessé ou entaillé : peine sentimentale.

ABÉCÉDAIRE. Essayez d'établir vos priorités en amour comme en affaires; vous ne voyez pas les problèmes de votre conjoint ou associé. Autrement dit, votre attitude n'offre pas l'ouverture nécessaire pour jouir de la réussite. Mais si vous analysez bien la situation et que vous vous ouvrez au dialogue, vous comprendrez bientôt vos erreurs. Soyez assuré qu'on exige de vous une totale intégrité et fidélité, un sens de l'ordre et de l'organisation. Tout dépend de la lettre que vous y voyez. (Voir *ALPHABET*.)

ABEILLE. L'abeille symbolise l'ardeur au travail, la chasteté, les vertus parfaites, la résurrection.

En Chine, elle est associée à l'idée de la guerre, peut-être à cause de son bourdonnement qui agace ou inquiète.

En Inde, elle fait surgir l'image de l'esprit jouissant de l'enivrement vers la Connaissance.

En Afrique, elle devient un personnage de fable pour signifier l'homme et les infrastructures sociales.

En Syrie, Ali, bon d'Allah, est considéré comme le prince des abeilles, lesquelles seraient identifiées aux anges.

Chez les Celtes, le miel servait à faire de l'hydromel, ce breuvage immortel. La cire d'abeille aurait une résonance de perfection car l'abeille vient en droite ligne du paradis selon un texte gallois.

Chez les hébreux, elle est le Verbe reliant l'homme à Dieu.

Chez les chrétiens du Moyen Âge, l'abeille reflète une parcelle de l'intelligence suprême.

L'abeille est aussi un symbole de récompense et de victoire aux efforts du juste.

Elle peut annoncer l'initiation.

Selon Bernard de Clairvaux, l'abeille comme la colombe est le symbole de l'Esprit Saint.

Si vous les voyez au travail : prospérité et succès dans vos entreprises, surtout si vous êtes cultivateur.

Si elles sont menaçantes : attention à vos ennemis, vous aurez certainement des conflits.

Être piqué par une abeille : trahison ou perfidie.

Tuer des abeilles qui vous menacent : victoire dans vos activités.

Tuer des abeilles en pleine effervescence : vous serez le propre instigateur de vos pertes. Mais il est bénéfique de se regarder les mettre en boîte, si elles viennent voleter autour de soi.

ABHORRER. Dépassez donc votre réaction tout à fait humaine. C'est le moment de choisir la transmutation de l'humain en divin. Seul, vous n'y parviendrez pas. Composez avec la force suprême, et vous y arriverez. Et cela deviendra un moment d'élévation sublime contre les dangers.

ABÎME. Symbole de l'inconscient. Toutes les profondeurs parlent de la non-connaissance, de l'informel, du non-compris, de l'insuffisance.

Tomber dans un abîme, pour l'homme d'affaires ou le patron, signale une perte d'autorité.

Sortir d'un abîme signifie guérison, meilleure compréhension d'un problème et de soi-même.

ABLATION. Tout dépend de l'organe ou de ce qui est enlevé dans le corps. (Voir *OPÉRATION*.) L'ablation nécessite un détachement.

Ex : *Une tumeur* : vous vous déferez d'une obsession qui vous épuise et vous oublierez un échec ou une peine.

ABLUTIONS (se laver). Un renouveau intérieur certain, basé sur l'amour que l'on veut idéal et pur, lequel prend la dimension du sacré. Un grand désir d'agir avec pureté d'intention.

ABNÉGATION. Vous souffrez en silence. Prenez le temps de vous expliquer et de vous faire respecter. Le renoncement que vous vivez en vaut-il vraiment la peine ?

ABOIEMENT. Un ami attend de vos nouvelles et a besoin de votre appui affectif.

ABOIS (être aux). Essayez de garder votre calme ; votre impatience vous empêche de comprendre la situation déplorable que vous vivez. Ressaisissez-vous et communiez en vibration avec la force cosmique. L'inspiration venant d'une trouée lumineuse viendra épauler vos efforts.

ABONNEMENT. Stabilité dans une nouvelle relation fort intéressante dans laquelle vous apprendrez beaucoup.

ABORDS. *Si les abords de la maison sont agréables et riches* cela dénote une vie heureuse à tous les niveaux.

Pauvres : vie ennuyante, peu d'amour, restriction. (Voir *FAÇADE*.)

ABRACADABRA. Mot hébreu qui veut dire « envoie ta foudre jusqu'à la mort ». Formule venant du Moyen Âge, qui met l'homme en harmonie avec les lois mystérieuses du cosmos. Cette formule magique a des pouvoirs guérisseurs.

Si vous la voyez en rêve, elle agira de manière bénéfique sur vous, sur votre physique et votre mental.

ABRACADABRANT. Si vous entendez ou prononcez ce

mot en rêve, dans les prochains jours, vous subirez ou créerez une situation bizarre.

ABRAHAM. Abraham vécut selon la tradition biblique au début du deuxième millénaire avant Jésus-Christ. Il précéda Jacob parmi les prophètes. Natif de la Mésopotamie, sur l'ordre de Dieu, il s'exila en terre de Chanaan. Mandaté du Très-Haut pour implanter une nouvelle croyance, celle du monothéiste, laquelle devait dépasser la perception polythéiste des peuples de la Mésopotamie.

Abraham demeure l'image symbolique du prophète choisi par Dieu pour jeter les bases d'une nouvelle ère de croyance.

Il nous identifie au détachement dans une mission patriarcale, il identifie l'âme sur laquelle repose une mission divine. C'est l'image du missionnaire qui se détache de ses coutumes, mœurs et assises pour établir de nouveaux concepts religieux.

Il est le contraire de l'homme actuel, qui s'est installé dans les priorités matérielles, ses dieux terrestres, et qui vit sans le réaliser le polythéisme symbolique qui existe encore dans son âme.

Abraham symbolise l'épreuve dans laquelle nous sommes obligés de prouver notre amour à Dieu.

ABRASIF. Vous vivez une période d'événements difficiles pendant laquelle un mot, une parole pourrait déclencher un drame. Si vous les acceptez, ils apporteront une grande épuration et une plus grande compréhension des êtres.

ABRÈGEMENT. Attendez-vous à un imprévu dans vos projets. Ils nécessiteront une réaction rapide.

ABREUVOIR. *Boire à une source d'eau fraîche et limpide* annonce une meilleure santé, un renouveau et le bonheur. L'eau claire, c'est l'amour dans le courant de la vie.

L'abreuvoir représente la possibilité d'un amour.

Ne pouvoir faire sortir un jet d'eau d'un abreuvoir dénote un manque d'affection, ou encore, s'il y a quelqu'un dans votre vie, que l'amour n'y est pas.

Si l'eau est trouble ou remplie d'insectes on doit rompre avec une amitié. Pour le moment, on ne frappe pas à la bonne porte.

ABRI. Des moments tristes à prévoir sentimentalement et vous recevrez un réconfort appréciable.

ABRIBUS. Vous aspirez à un nouveau départ vers un équilibre émotif. Vous attendez et espérez beaucoup de la vie.

Si l'autobus arrive et que vous y montiez, vous réaliserez vos projets sociaux et affectifs. (Voir *AUTOBUS*.)

ABRICOT. *L'abricot frais* présage un amour passager.
L'abricot sec annonce des blessures d'amour.
L'abricot pas mûr augure un retard, jusqu'au moment où il sera mûr.

ABSCONS (incompréhensible). Dénote que vous n'avez pas encore évalué clairement la situation dans laquelle vous vous débattez. Parlez ouvertement et exigez des explications sur le sujet qui vous obsède actuellement.

ABSINTHE (plante). Annonce une séparation et beaucoup de peine. Autant d'incompréhension rend l'âme désabusée et austère.

ABYSSES. Ce voyage d'incursion dans les profondeurs de l'inconscient explique qu'un grand développement est nécessaire. *Se retrouver dans des abysses* dénote un état congestionné de votre situation. Recherche approfondie de ses capacités et chance afin de comprendre les énigmes et résoudre des problèmes devant l'orientation de sa vie. Investigation remplie d'intrépidité et quelque peu téméraire.
Si vous êtes attaqué par des monstres aquatiques, il est bon de les abattre, sinon, vite, travaillez ce rêve, fermez les yeux, imaginez une lumière, essayez de voir des animaux aquatiques bienveillants. Et rapidement remontez à la surface de l'eau où vous serez recueilli par des navigateurs.

ACACIA. Symbole de la résurrection, de l'immortalité.
Le voir annonce une protection et un grand amour apportant un réconfort quelle que soit la situation même quand les peines surgiront. Il annonce un amour secret.

ACADÉMIE. Nouvelles importantes.
Si vous vous voyez en train de converser avec un académicien, vous comprenez des vérités ignorées en ce qui concerne votre profession, vos affaires. Tout dépend comment vous vous sentirez en sa présence et de son attitude à votre égard ou des propos qu'il vous adresse. Il annonce des nouvelles heureuses ou malheureuses en l'occurrence.

ACCALMIE. Fin d'un temps de luttes et des pérégrinations. Début d'une paix intérieure allant en s'accentuant.

ACCIDENT. *En vivre un* : il y a contradiction entre vos aspirations et les événements à venir, d'où découleront des blessures d'amour-propre, pour ne pas dire une rupture.

En avoir un : danger d'accident.

Y échapper : vous agirez avec discernement et réussirez à contrôler les difficultés.

ACCLAMATION. Si vous pouvez travailler dans les services publics, ce rêve est une réponse. Attendez-vous à un succès certain. Toutefois, restez modeste et faites du mieux que vous pouvez très humblement.

ACCLAMER. Satisfaction personnelle et joie.

ACCOLADE. Trahison à prévoir.

ACCONIER. *Le voir* annonce la fin d'une manière de vivre et le détachement aboutissant à une nouvelle direction de votre vie et de vos espoirs. Ce personnage n'apparaît que dans les grands rêves, déterminant les phases importantes d'une existence, et au cours de laquelle on attend un nouvel intérêt avant de s'engager à nouveau.

ACCORDÉON. *Voir jouer de cet instrument*, rencontre sentimentale heureuse.

En jouer, vous tomberez amoureux.

ACCOUCHEMENT. Il annonce la fin de ce que vous vivez. D'après Arthémidore d'Éphèse, ce que le corps remet à la terre se produit dans le rêve par un accouchement. Ce geste indique une transformation profonde dans les relations amoureuses ou professionnelles.

Accoucher d'un garçon, annonce une réalisation certaine, c'est un symbole solaire de réalisation immédiate ; *d'une fille*, le contraire : soucis et problèmes. La fille étant le symbole de la nuit, la germination de ce qui n'est pas prêt à se concrétiser.

Pour une femme qui désire être mère, cela peut signifier un enfant.

Mettre au monde un poisson : état de santé précaire d'un enfant.

Accoucher d'un aigle : c'est l'annonce d'un enfant exceptionnel.

Accoucher d'un chat : c'est l'hypocrisie dans l'entourage, l'inconstance d'une personne aimée, l'incertitude dans les sentiments comme une trahison fatale, et dont on souffre avant de se libérer.

ACCOUVAGE (déclenchement de l'éclosion des œufs). Êtes-vous en train de couver ? Vous serez surpris de votre inspiration ou de votre créativité pour les semaines à venir. Vous êtes en attente en ce moment.

ACCRÉDITER. Vous protégerez quelqu'un qui en a besoin, ou pardonnerez des erreurs.

ACCROC. Il annonce une blessure à l'ego, au prestige, selon le vêtement déchiré.
Sur une chemise blanche, il touche le côté sentimental, alors qu'un *accroc au pantalon* annonce une difficulté dans votre désir d'imposer votre autorité.

ACÉPHALE (animal sans tête). Vous changerez d'idée en ce qui concerne l'attitude d'une personne de votre entourage. L'expression du corps de l'animal vous renseigne sur sa bonne ou mauvaise volonté.

ACHAT. *Plus le pouvoir d'achat est grand*, plus le potentiel de santé, d'énergie est important et par conséquent plus on sera heureux et épanoui.
Un pouvoir d'achat restreint par des dettes symbolise une santé débile qui empêche la réussite dans la vie sentimentale ou dans le travail.
Que veut-on acheter? *Des tissus, des vêtements* annoncent un désir de conquête amoureuse.
Avoir les fonds nécessaires pour l'achat d'une nouvelle maison annonce qu'on a tout le potentiel requis pour recommencer une nouvelle existence, voire même se marier.
Si on est célibataire, les circonstances extérieures s'y prêtent incidemment.

ACHOPPEMENT (pierre d'). *Si vous prononcez cette expression* il y aura une porte de sortie dans une situation désespérée. *Si vous vous voyez en train de déplacer un objet avec vos pieds* malgré votre bonne volonté, il est possible que vous soyez un déclencheur d'événements malencontreux qui pourraient se retourner contre vous. Soyez vigilant dans les jours à venir.

ACNÉ. Signifie une période troublée en amour. Annonce un outrage, un affront, des blessures d'ordre sentimental.
Guérir de l'acné : amour, récupération, bonheur.

ACQUISITION. *Acheter* des fermes, des bâtiments, de la vaisselle, ou des meubles en bon état, annonce le bien-être et des acquisitions selon son avoir et ses possibilités. Mais c'est dans votre vie sentimentale que les achats s'ajustent à votre vécu.

ACROBATE. Il représente une virtuosité intellectuelle, la capacité d'adaptation et de création car l'esprit humain se développe par l'effort et la présence d'une collaboration spirituelle.

ACROPOLE. *Se retrouver dans l'acropole d'une ville* annonce des moments heureux en amour et en affaires. Tout dépend bien sûr si le climat du rêve indique des échanges et de l'abondance visibles dans le comportement de la foule.

ACROSTICHE. On vous fera une déclaration d'amour bientôt, car on vous apprécie beaucoup.

ACTEUR. L'acteur dans les rêves représente les faux-fuyants, les gens qui se présentent sous un masque.

Si on est acteur soi-même, attention à ne pas se jouer la comédie.

Si la pièce de théâtre est gaie, sans être loufoque et qu'elle ne rend pas les personnages ridicules, cela annonce de la joie, d'heureux moments.

Par contre, *si la pièce est triste*, c'est un signe de chagrin.

Si les comédiens sont ridiculisés, alors c'est qu'on le sera soi-même. (Voir *MASQUE*.) Parfois être comédien en rêve nous donne une obligation à garder un secret.

ADAM. L'Adam symbolique existe encore de nos jours dans toute personne humaine. Ne faisons-nous pas un trajet constant entre l'Adam terrestre (le vieil homme, l'âme n'éprouvant que des raisons matérielles de vivre) et l'Adam divin (état christique auquel nous sommes tous appelés) ?

Voici un passage du Talmud de Moïse classant les douze étapes de la progression de l'Adam terrestre à l'Adam divin :

Les 12 premières heures de l'humanité

1. La terre est accumulée : la composition du corps physique.
2. L'argile devient Golem : le corps physique prend forme et commence à bouger.
3. Ses membres sont étendus : sa forme est complète.
4. L'âme lui est insufflée par Dieu : il vit réellement.
5. Adam se tient debout : l'âme de l'espèce pense pour lui.
6. Adam nomme les êtres vivants : il vit et expérimente son mécanisme instinctif.
7. Ève lui est donnée : Adam reçoit son émotivité, sa sensualité amoureuse, il devient androgyne.
8. Adam et Ève se lient et procréent : l'esprit et l'émotivité habitent l'être.

9. Interdiction portée contre Adam : Dieu craint l'étape de la naissance des hommes.

10. Désobéissance d'Adam et d'Ève : la chute est le début de la conscience du bien et du mal qui inquiète Dieu. La chute, c'est le début de nos efforts volontaires pour rejoindre l'état parfait et divin consciemment.

11. Jugement rendu contre eux : comprendre, c'est s'impliquer à agir avec discernement et les humains commencent des trajectoires obligatoires où ils devront se développer et se polir par la souffrance.

12. Adam et Ève sont chassés du Paradis : les expériences terrestres donnent aux humains un choix pour développer librement leur âme pour remonter à la pureté et conscience divine première mais cette fois-ci dans un état de compréhension, d'intelligence et de libre choix.

ADIEU. *Se faire dire adieu* annonce la fin d'une relation. *Dire adieu* signifie que les gens auxquels nous disons adieu continuent de nous affectionner et que ce n'est souvent qu'un au revoir.

ADOLESCENT(E). Symbole solaire, d'Eros ou d'Amour ; ou, au féminin, de Psyché. Tout comme l'adolescent en crise d'affirmation, on traverse une période de conflit et d'affirmation vis-à-vis d'un projet, mais c'est positif.

L'adolescent annonce le début d'une œuvre ou d'un sentiment qui grandira progressivement. Éros promet le plus grand amour. Il équivaut au prince qui dans les légendes se présente pour réveiller la princesse à l'amour parfait.

Rêver à une adolescente vous place sous l'influence d'un symbole lunaire. Comme la nuit prépare le jour, il y a retard sur le plan de toute réalisation. Tout se passe secrètement dans les coulisses de la nuit et prépare l'action du jour. Ce qui germe se réalisera plus tard. C'est la germination, c'est ce qu'on saisit mais qui n'est pas encore prêt à se réaliser.

Mort d'une adolescente : vous renoncerez à un désir qui se meut seulement dans votre pensée. L'adolescente rejoint le sens de princesse. (Voir *PRINCESSE.*)

ADONIS. Bébé, sorti de l'arbre à myrrhe, Aphrodite tomba amoureuse de toi, et Perséphone dans son élan affectueux te protégea. Toi qui mourus dans la beauté de la jeunesse, sans continuer à jouir de l'amour. Trop tôt, à la chasse, un sanglier te tua. Tu représentes depuis toujours l'amour, la séduction qui ne peut arriver à maturité, pourtant Dieu sait que de séduction tu n'en manquas pas. Sur toi, Aphrodite laissa tomber ses pleurs, d'eux naquirent les roses, et les larmes de Perséphone créèrent les anémones.

Conclusion : vous rencontrerez un être séduisant et extraordinaire. Priez fort afin que cet amour continue longtemps jusqu'à la réalisation de vos plus chers désirs, afin de ne pas pleurer en disant : « Cher Adonis, qu'il fut bref ce printemps, pendant lequel tes bras m'étreignirent tendrement, passionnément. »

Y rêver annonce un amour éphémère.

ADULTÈRE. Il annonce une rentrée d'argent, *si vous le voyez chez votre partenaire*.

Commettre l'adultère est un rêve de compensation à un manque affectif et sexuel.

ADVERSAIRE. Prudence dans vos confidences. On cherche une faille dans votre réussite.

Le voir s'éloigner : reprenez confiance, vous vous défaites d'un intrus.

AÉRO-CLUB. Se retrouver dans cet endroit, indique que vous cherchez une orientation de votre vie. Rêve important *si le cours se poursuit normalement*, vous comprendrez comment vous pouvez par vous-même prendre un nouveau cheminement intérieur.

Si l'examen est bien réussi, comprenez que désormais vous pouvez faire face seul à n'importe quel problème de la vie quotidienne.

AÉRODROME. *Voir atterrir un avion*, un projet se réalise, on vient vers vous tendrement pour vous appuyer et vous aimer. Cela dénote une nouvelle stabilité.

S'envoler pour un voyage : début d'une réalisation certaine si vous arrivez à destination.

Les personnages du même sexe qui vous accompagnent sont des facettes ignorées de votre personnalité. Comment les voyez-vous ? Posez-vous la question de ce qui fait ou défait votre chance dans vos réalisations, par l'impression que vous avez d'elles.

Les personnes de l'autre sexe vous donnent un indice sur votre vie sentimentale.

AÉROGLISSEUR. *Si vous vous déplacez dans ce véhicule*, votre attitude est tout à fait originale et non conventionnelle pour ne pas dire avant-gardiste. Projets hors de l'ordinaire. Défi des conventions en amour et en affaires mais intégrité de votre part.

AÉROPORT. Moment où vous devez réagir et décider de l'orientation de votre vie. Avez-vous trouvé les moyens d'entreprendre un nouvel amour, une nouvelle carrière? Qu'est-ce qui vous embarrasse? Avez-vous trop de paquets? L'avion arrive-t-il? Êtes-vous en retard? (Voir *GARE*.)

AÉROSOL. Faites un nettoyage dans vos relations. On essaie de vous nuire, mais on ne peut pas vous salir. Toutefois, agissez avec circonspection.

AFFAIBLISSEMENT. Votre nervosité vous conduit à l'épuisement. Reprenez force et courage par une alimentation saine. Désertez pour un temps vos préoccupations. Parlez-en ouvertement à ceux qui peuvent comprendre. Une façon différente de voir la vie s'impose rapidement, et vous retrouverez un bon moral.

AFFICHE. Elle vous renseigne sur un événement à venir. Il est important de se souvenir de ce qui est écrit.

AFFILIATION. Faire partie d'une association, c'est s'orienter positivement en vue de se sentir unifié avec soi-même et les autres. Tout dépend du contexte du rêve. Vous y sentez-vous adapté ou non? C'est le contexte du rêve qui le confirme.

AGATE. Annonce de la chance.

Porter une agate est un signe de respect et de fortune.

Si on vous en offre une, on veut vous exprimer de l'admiration en amour.

AGENCE. *Agence immobilière*. Moment important pour décider de prendre vos affaires en main ou d'effectuer des transactions. Jugez bien d'après le contexte et la fin du rêve, afin de voir si tout ce qui s'y passe se règle à votre avantage. L'agence immobilière, dans un sens symbolique, vous fait réaliser que vous n'êtes pas satisfait du déroulement actuel de votre vie, que vous voulez la changer, par un divorce ou une rupture, tout en évaluant la possibilité d'engagement affectif.

Agence matrimoniale. Vous cherchez à stabiliser une relation sentimentale.

AGENT. Quelle que soit sa fonction, que ce soit un agent de police ou un agent de société ou encore un agent gouvernemental, il désigne une démarche intérieure. Vous évaluez votre capacité à assumer la responsabilité d'une activité ou d'un engagement.

L'agent immobilier vous expose une autre facette de votre pensée. Vous vous demandez si vous ne seriez pas mieux dans un autre cadre de vie. Il peut annoncer une séparation, *si vous vendez la maison,* et des fiançailles ou un remariage *si vous achetez une autre maison.*

AGENOUILLER (s'). Dans les rêves comme dans la vie, on s'agenouille par vénération devant l'autorité ou un personnage de grande valeur et *si vous le faites,* votre comportement impose le respect. Analysez dans la suite du rêve si on vous le rend bien. Sinon, réagissez, on vous assujettit. Exigez qu'on vous traite plus dignement, selon votre valeur personnelle.

ÂGE PLANÉTAIRE. Parfois la vie onirique laisse s'entrouvrir une porte sur notre futur et indique le temps d'un événement. Il est possible qu'interviennent dans vos rêves des signes astrologiques vous le révélant. À travers les cycles de vie terrestre, voici les âges correspondant aux astres.

La Lune : la prime enfance (0 à 6 ans) et la fin de la vie (40 ans jusqu'à la mort).

Mercure : le jeune âge (6 ans) jusqu'à 18 ans.

Vénus : l'âge de la beauté (18 ans) jusqu'à 30 ans.

Soleil : de 33 ans à 40 ans; c'est ce qu'on appelle la période solaire.

Mars : 14 à 40 ans, âge de la virilité, l'énergie combative.

Jupiter : 40 à 55 ans, l'âge jupitérien, celui de la maturité, de la seconde jeunesse, celle qui s'acquiert avec la sagesse.

Saturne : la décrépitude, 55 ans jusqu'à la grande transition, la mort.

Uranus : marque plus particulièrement l'individu autour de la soixantaine jusqu'à 80 ans.

Se voir âgé : les sentiments s'étiolent.

AGGLOMÉRAT. *Se sentir à l'aise dans une masse de gens qui s'estiment et vivent dans l'harmonie,* est le signe d'une adaptation intérieure remarquable.

Le contraire est représenté par un *groupe indéfini de personnes.* Chaque individu qui compose l'assemblée personnifie une facette de vous-même. Posez-vous la question de savoir comment vous vous réveillez de ce rêve. Paisible ou confus ? Joyeux ou triste ? Vous avez déjà la réponse.

Un agglomérat de choses, dans le sens d'un nombre indéterminé, signifie une confusion et le rejet représenté par le symbole des objets agglomérés.

AGITATEUR. Essayez de réaliser que c'est vous-même que vous mettez dans la confusion.

AGNEAU. Vie sereine, paisible, remplie de satisfactions familiales. C'est un symbole de fragilité et de tendresse extrême. L'agneau symbolise le sacrifice et la pureté.

Manger de l'agneau annonce une grande perte d'argent.

Le tuer ou le voir mort, peine et souci dans l'amitié.

AGNOSTICISME. Votre philosophie trop rationnelle vous coupe de toute innovation, votre esprit trop conventionnel vous tient dans l'ombre et loin de toute découverte.

AGONIR. *Si vous accablez quelqu'un d'injures,* dans les jours qui viennent vous vous libérerez d'une oppression.

AGONISER. Présage la fin d'un amour, d'un mode de vie.

S'il s'agit de son agonie, on verra les gens, les choses différemment. Grande métamorphose intérieure.

S'il s'agit d'une personne ennemie, vous serez plus heureux dans l'avenir, car cette personne s'éloignera de vous ou encore elle vous deviendra indifférente.

S'il s'agit d'une connaissance, vous la verrez à l'avenir avec un œil tout à fait différent.

AGRAFER. Vous consoliderez un sentiment profond en regard d'une relation immédiate. Meilleure santé.

AGRAINER. *Si vous jetez des grains pour nourrir des volailles,* votre attitude provoque l'amour, car vous savez donner aux autres le temps nécessaire aux joies intérieures.

AGRAPHIE (incapacité d'écrire). *Si vous en êtes atteint,* cela dénote une difficulté à vous souvenir de vos promesses. Ayez donc un peu plus de suite dans les idées. Ne craignez pas de faire un effort d'élévation vers la franchise et l'authenticité.

AGROLOGIE. Votre esprit tourné vers l'introspection cherche une façon de se développer davantage. Rêve transformateur, *si vous découvrez une méthode nouvelle de cultiver le sol.* Nouvelles possibilités de bonheur que vous saurez établir. Période de croissance personnelle.

AGRONOME. *Rencontrer un agronome* signifie que vous avez beaucoup à apprendre sur les lois du bonheur. Vous ne percevez que très difficilement vos erreurs, ce qui retarde votre réussite amoureuse ou professionnelle. Essayez de comprendre, par le contexte du rêve, ce qui vous empêche de prospérer. Car, si vous suivez ses conseils, vous pourrez vous transformer et arriver à une meilleure compréhension des autres et de la vie.

AGRUMES. Ils comprennent des fruits à graines ou pépins, tels que mandarines, oranges, pamplemousses, citrons, clémentines. Ils sont annonciateurs de grossesses et de fécondité, et en tout premier lieu d'amour.

AGRICULTEUR. *Son apparition* dans le contexte onirique promet une période de prospérité. Si vous savez composer honnêtement avec les lois de la vie, toutes les voies du succès vous sont ouvertes, en amour comme en affaires.

AHANER. *Voir quelqu'un ahaner* : êtes-vous suffisamment attentif aux efforts acharnés des autres pour vous aimer?

Se voir travailler en ahanant : votre évolution se fraie un chemin pour traverser l'épreuve. Mais à quel prix!

AÏEUL. Moment tendre dans la vie familiale. Protection affective.

AIGLE. Ce roi des oiseaux qui sait monter vers le soleil représente aussi le roi parmi les hommes.

Dans les rêves, il devient le patron, la puissance qui peut protéger.

L'aigle à deux têtes représente le gouvernement.

Chevaucher un aigle signifie de l'avancement.

Apercevoir un aigle : obstruction à ses désirs et commencement de projets différents mais aussi importants, *si l'aigle s'envole*, ainsi s'envoleront les difficultés.

S'il se pose sur soi, c'est un signe de maladie sérieuse ou de grave malédiction pour les personnes qui détiennent l'autorité.

Être poursuivi par un aigle dans les montagnes annonce des difficultés, la perte d'un emploi ou un retard dans l'obtention d'un travail.

Blesser un aigle : échec par votre maladresse.

Être écrasé par un aigle : ne pas engager de conflit avec une personne puissante.

Donner naissance à un aigle annonce la réussite d'un projet d'envergure vous mettant en évidence.

Pour une femme, donner naissance à un aigle signifie qu'elle mettra au monde un enfant extraordinaire.

Rêver qu'un chef d'État chevauche un aigle annonce la perte de cet homme.

Mort d'un aigle : destruction, défaite.

AIGREUR. *Si vous en ressentez* en mangeant, attendez-vous à des propos agressifs dans les jours qui viennent.

AIGUIÈRE (vase à bec et à anse pour l'eau). *Si vous êtes une femme*, elle vous représente.

Si vous êtes un homme, c'est la femme de votre vie. Jugez de la beauté de sa forme et de son style pour connaître les qualités et le raffinement de ce qu'elle symbolise, ou encore de son état pour analyser si un renouvellement d'attitude s'impose.

Si des éraflures apparaissent, il serait important de changer la forme d'une relation trop irrespectueuse et blessante.

Si elle est brisée : rupture, divorce.

Si elle est remplie d'eau : vous êtes aimé.

Si elle est vide : relation vécue sans amour.

AIGUILLE. *En voir* : conflits éventuels.

Se piquer à une aiguille : vous succomberez à une passion amoureuse.

Se voir piquer partout sur le corps : conflits.

AIGUILLON. *Trouver un aiguillon* : un mot, une phrase est le point de départ vers une excitation certaine de vos motivations. Une percée de lumière vient de frapper votre imagination et désormais vous sentez un urgent besoin d'agir.

AIL. *Sentir l'ail*, c'est avoir mauvaise réputation. Pourquoi ? À vous de répondre.

Manger de l'ail annonce une purification de l'âme. Dans l'Antiquité, on mettait de l'ail dans les maisons pour se protéger du mauvais œil et éloigner les esprits malfaisants. De plus, surveillez l'état de vos dents.

AILE. *Se voir avec des ailes* est un signe d'intelligence, de grande souplesse d'esprit, de facilité d'adaptation pour ne pas dire de puissance surhumaine.

AIMANT. *Voir un aimant* présage qu'on sera très prochainement attiré par une personne séduisante à souhait.

AINE. (Voir *PÉNIS*.)

AIR. *Respirer de l'air pur* est annonciateur de rétablissement pour les malades et d'heureux voyages pour les gens en bonne santé.

Une atmosphère grisâtre, un temps brumeux promettent une période de tribulation, de lutte, de fatigue. Alors que *l'air pur* annonce des rencontres heureuses, des contacts intéressants en voyage, des conquêtes qu'on croyait perdues.

AIRAIN. Symbole de l'ambivalence, de l'incorruptibilité, de l'immortalité et de la justice.

Identifie le mariage de la lune et du soleil, du négatif et du positif. Il représente une union fondée sur des bases spirituelles, gage de résultats concrets et humains durables. (Voir *SERPENT*.)

AIR DE CHANSON. Colore le climat de votre vie amoureuse à venir ou encore de votre adaptation sociale.

AISANCE (cabinet). Besoin de se décongestionner. Nécessité de se libérer de ses problèmes, de ses peines et de ses soucis d'affaires ou d'amour.

AISANCE (état de fortune). Votre santé mentale et physique vous permet de réaliser toutes vos ambitions.

AJUSTEUR. *Si vous apercevez un ajusteur ou que vous l'êtes*, c'est qu'une partie de vous ne se sent pas adaptée dans une relation.

Si vous réussissez un arrangement vestimentaire, vous retrouverez l'harmonie en vous et avec l'être aimé et, du même coup, une identification sociale.

ALARME. La saturation est à son comble. Prenez une décision. Sinon, vous courez à votre perte. La lutte que vous poursuivez ne vous conduit qu'à une usure nerveuse et physique évidente.

ALBINOS. *En voir un* : soucis et peines vous vieillissent prématurément.

ALBUM. L'album du rêve vous oblige à faire la liaison entre le présent et le passé. Un fait ou un détail remarqué dans les photos, ou les dessins, ou les timbres de l'album vous situera avec l'événement actuel correspondant aux photos.

ALCHIMISTE. Réussite inespérée, non pas sur le plan matériel mais spirituel.

Être alchimiste ou en voir un annonce une grande transmutation intérieure, surtout si la transformation d'un métal quelconque en or est réussie. Vous développez une individualité resplendissante comme le soleil. C'est l'opération impossible qui aboutit à la découverte de la Pierre philosophale, vainement cherchée chez les précurseurs de la chimie moderne. L'alchimiste de votre rêve vous incite à poursuivre la recherche de l'initiation. Car la Pierre philosophale n'existe que sur le plan de la vie spirituelle. C'est le pouvoir des initiés de transformer les excréments en or, c'est-à-dire de vivre heureux même dans l'épreuve. De changer constamment le négatif en positif, de vaincre les instincts pour vivre dans la vertu, la perfection.

ALCOOL. *Boire raisonnablement de l'alcool* est un signe de bénéfices en affaires, de chance en amour.
S'enivrer au point de ramper ou de dormir sur le parquet, présage de grandes difficultés, de grands déboires dont vous êtes l'unique responsable.

ALGARADE. Fin d'une situation stressante. *S'attaquer à quelqu'un vivement* indique un soulagement dans la tension que vous subissez.
Se faire attaquer : un changement d'attitude s'impose.

ALGÈBRE. Succès dans vos entreprises si vous élucidez les problèmes et trouvez des solutions.

ALGUE. Les algues possèdent une vertu protectrice pour les navigateurs et les femmes enceintes. Elles représentent la richesse indestructible qui vient de l'équilibre intérieur.

ALIBI. *Avoir un alibi en rêve* : vous sortirez indemne d'une situation injuste.

ALIGNEMENT. Se voir dans une file d'attente annonce que ce que vous espérez ne se produira que plus tard. Il y a retard dans ce que vous escomptez. Ne changez pas d'idée toutefois.

ALIMENTS. *En préparer* : vous aimez inconditionnellement.
En offrir : vous méritez l'amour qu'on vous témoigne.
Ne pas pouvoir manger : indisposition, mauvaise nouvelle.

ALLAITER. Grossesse en perspective *pour ceux qui peuvent attendre un enfant.*
Pour les autres, vous serez dans l'obligation de donner beaucoup de temps à une œuvre en voie d'achèvement.
Dans un rêve masculin, être un bébé, téter le sein annonce au rêveur qu'il y a risques de maladie, à moins que sa femme n'at-

tende la naissance d'un enfant. Ce qui lui annoncera un fils lui ressemblant.

Dans un rêve féminin, cette vision promet une grossesse heureuse et un bébé en bonne santé *si on porte déjà un enfant.*

Pour la jeune femme, rêver d'avoir les seins gonflés de lait annonce soit une grossesse heureuse et la naissance d'un enfant doué et en bonne santé, soit des projets, l'abondance.

La femme ne pouvant plus avoir d'enfant à cause de l'âge recevra *si elle est pauvre* promotion et revenus inespérés mais *si elle est riche*, elle sera ruinée.

À la jeune femme, ce genre de rêve promet le mariage.

Pour la jeune fille, encore incapable d'enfanter, se voir les seins remplis de lait n'est pas signe de longue vie.

L'homme pauvre, misérable rêvant d'avoir les seins gonflés de lait, se mariera et deviendra père.

Mais *pour l'homme déjà marié*, les travailleurs aux champs, les ouvriers, les soldats et tous ceux qui doivent travailler dur physiquement, cette vision est annonciatrice de difficultés imprévues où ils devront prendre des responsabilités féminines. S'ils sont fragiles, ils seront fatigués à cause de leur travail trop ardu et au-dessus de leurs forces.

ALLÉGORIE. Cette figuration, qu'elle soit humaine, animale ou végétale, annonce une démarche intérieure aboutissant à une vertu, ou à un exploit, ou encore à une qualité qui se développe. Ce symbole met en relief une nouvelle profondeur de la conscience permettant le succès.

Ex. : *Voir un corps humain ailé* annonce une ouverture vers une puissance encore jamais perçue, surhumaine.

ALLER. (Voir *MARCHER.*) Aller, marcher, c'est prendre conscience de sa progression personnelle ! C'est suivre son évolution à partir d'un palier actuel et c'est voir comment on montera au suivant.

ALLIAGE. Il représente une union parfaite. L'alliage annonce parfois une liaison, un mariage, une forme d'association, d'amitié, l'harmonie dans la manière de penser.

ALLIANCE. Quel est votre engagement ? L'alliance prend toujours une dimension éternelle. *L'arc-en-ciel* en fut le symbole entre Yahvé et Abraham.

L'agneau pascal sera le signe de l'Alliance moïsique et le Christ établira l'Alliance de Dieu avec les hommes par *l'Eucharistie* : la nouvelle alliance.

Pacte de paix, de défense, d'amour.

Quel que soit le pacte que vous érigez, c'est un engagement total qui ne finira jamais. Donc, attention à ce à quoi vous vous engagez.

ALLIANCE (anneau). Promesse d'amour durable.

ALLIGATOR. (Voir *CROCODILE.*)

ALLOPATHIE. Si vous appréciez un traitement allopathique, vous avalez bien toute idée conventionnelle. Dans la vie courante, vous aimez mieux le choc brutal. La vérité ne vous fait pas trembler, même si elle vous perturbe temporairement ; vous vous sentirez en forme après ce genre de rêve.

ALOUETTE. Symbole d'évolution et de régression dans l'effort constant de sublimations.

Son apparition onirique est présage de joie et de gaieté d'esprit. Elle annonce de grands sacrifices amoureux pour la réalisation des ambitions professionnelles. Attention aux mirages. La réalité ne correspond pas toujours aux emballements et l'on doit rationaliser ses pulsions sentimentales pour aller vers la réussite.

ALLUMETTE. Amour d'un soir.

Réussir à allumer une cigarette annonce un amour, une conquête sentimentale.

Éteindre une allumette présage un refroidissement des sentiments.

ALLUMEUR. Tout dépend où se trouve l'explosif. Attention à votre façon de parler, vous pourriez, d'ici les prochains jours, provoquer, en bien ou en mal, d'énormes changements.

ALLUMEUSE. Ce sera votre comportement d'ici quelque temps, *madame*.

Si vous êtes un homme : vous serez séduit.

ALLURE. Les personnages de vos rêves ont-ils une allure suspecte ou confiante, débonnaire ou encore altruiste ? Leur attitude vous en dit long sur la qualité de vos relations. Toutefois, attention si le personnage qui vient vers vous est inconnu et du même sexe que vous.

Il faut vous poser des questions sur votre comportement personnel avec vous-même. Au fait, comment vivez-vous avec vous-même ?

ALMANACH. Symbolise la connaissance et les informations à acquérir en rapport avec les événements que vous rencontrerez au cours de l'année. À juger d'après ce que vous y lisez au sujet de votre santé ou de ceux qui vous entourent ou encore de votre occupation professionnelle, etc.

ALOÈS (plante). Vous serez remis rapidement. Guérison résultant d'une vie plus près de la nature. Tous vos efforts seront couronnés de succès et votre santé se régénérera. C'est une question de temps.

ALPHABET. Soyez plus méthodique et sincère dans ce que vous comptez élaborer et vous réussirez.

Les lettres qui apparaissent vous situent au début ou à la fin d'une œuvre. L'alphabet totalise le degré d'évolution du cycle terrestre, dans les suites de réincarnations. Car le Grand-Œuvre c'est la gnose, l'illumination.

De plus chaque lettre aurait, d'après la kabbale, un sens ésotérique, car chacune d'elles représente un pas vers la montée, par l'expérience vécue, heureuse ou malheureuse.

A – Vous risquez l'escroquerie, l'adversité.
B – Réminiscences de rancune à dépasser.
C – Concerne une oppression venant de la vie familiale.
D – Perception disgracieuse venant des corps ou des âmes.
E – Encouragement et renouveau.
F – Dénote des difficultés et des maladies.
G – De très bon augure. Perception juste menant au succès.
H – Des résultats dans beaucoup de vos efforts.
I – Négatif, soumission à l'épreuve.
J – Sens inné de la création parfaite, basée sur l'équilibre et l'harmonie.
K – Prédispose à la générosité.
L – Incident rempli d'austérité et de profondeur.
M – Tristesse, abattement.
N – Imprégnation de la vertu et de l'amour.
O – Anticipation d'un bonheur véritable en amour.
P – Bonheur sous votre toit.
Q – Lutte à envisager contre votre possessivité en amour et votre égoïsme dans le comportement.
R – Obscurcissement de la pensée, menant à des passions malheureuses.
S – Inimitiés.
T – Protection de l'Invisible Lumineux.
U – Souffrances de toutes sortes.
V – Motivation spirituelle.

W – Investigation surnaturelle.

X – Observation rigoureuse de la justice et des obligations morales.

Y – Début factice s'acheminant vers l'insuccès.

Z – Pureté d'intention vers une mission pacifique.

Et la dernière lettre annonce le dernier jalon à expérimenter et promet l'immortalité à l'initié.

Dans une œuvre en cours, elle promet la réussite totale et parfaite.

ALPHA ET OMÉGA (Je suis l'alpha et l'oméga).

Lire cette expression : vous serez très impressionné dans votre évolution spirituelle par le Christ. Car il est le seul à représenter authentiquement cet énoncé. À savoir, je suis le commencement et la fin. De ce qu'il veut exprimer dans la totalité de son Être, du temps et de l'espace. Cette phrase annonce une réalisation immédiate des buts surnaturels. Elle rejoint le sens de l'alphabet. Chaque lettre étant un palier vers la perfection divine. L'ensemble des lettres totalise l'approche de la perfection divine. (Voir *LETTRE.*)

ALPINISTE. L'alpiniste est une facette de la personnalité du rêveur qui veut réaliser un projet important.

Se voir avec des alpinistes ou l'être : projet difficile d'envergure avec risque majeur. Tout dépend de l'atmosphère du rêve.

Si vous montez et atteignez le sommet : victoire surprenante, bonheur.

Si vous redescendez : prouesse enrichissante mais sans lendemain.

Période de lutte dans l'existence. (Voir *ASCENSION, DESCENTE.*)

ALUN. Transformation d'une situation en un triomphe. Heureuse issue d'une affaire.

ALUNIR. *Faire un alunissage sur notre satellite; pour un homme* : transformation radicale de votre vie sociale et professionnelle due à une influence féminine.

Pour une femme : changement radical dans votre vie, montée professionnelle due à l'affirmation personnelle.

Explorer la lune : analyse personnelle de sa vie de femme.

AMANDE. *Manger de bonnes amandes* indique la découverte d'un trésor, d'un amour.

Manger une amande au goût de fiel annonce des actes irréfléchis suivis d'un cortège de répercussions fâcheuses.

AMANDIER. Symbole de renaissance. Il est annonciateur de prospérité et de joie.
Le voir fleurir au printemps : amour fragile et à surveiller. Car c'est son fruit, l'amande, qui parle d'amour immortel.

AMANT(E). Rêve vous révélant qu'une personne vous aime passionnément.

AMARANTE (queue-de-renard, passe-velours). C'est au tard de la vie que vous vous mettrez le plus en évidence et en action. Jeunesse prolongée.
Porter une couronne de passe-velours annonce des gains de procès et la fin d'un conflit.

AMARRER. Vous venez de découvrir un sentiment amoureux important à l'égard d'une personne de votre entourage. Fin d'un genre de vie et nouveau départ.

AMAZONE. Voir apparaître ces guerrières est une réminiscence des sociétés matriarcales, nous replaçant dans le passé mythologique. Ces femmes tueuses qui réussissaient à se substituer à l'homme et rivalisaient avec lui en préférant éduquer leur fille, étaient des prêtresses, des guerrières, des chasseresses.
Elles vouaient un culte particulier à Artémis, cette déesse qui symbolise l'aspect jaloux, dominateur, castrateur de la mère et de l'épouse.
Pour un homme, apercevoir cette présence en rêve annonce une domination et une destruction par l'amour, un mauvais choix en l'occurrence.
Pour une femme, être une amazone signifie qu'elle croit aimer alors qu'elle détruit par son agressivité.

AMBASSADE. *S'y retrouver* : vous effectuerez bientôt des démarches d'ordre légal. Voyage en perspective.
La voir : vous vous trouverez dans une situation permettant un arrangement facile dans un moment difficile.

AMBASSADEUR. Rôle important à prévoir dans lequel vous serez représentant d'un groupe bien défini. *Être ambassadeur* représente une facette de votre personnalité qui veut coûte que coûte acquérir un privilège, une protection et qui la recevra.

AMBRE. Symbole solaire, il relie l'âme individuelle à l'âme universelle. C'est le reflet de la lumière cosmique du soleil. Les chapelets et les amulettes d'ambre condensent l'énergie et sont les meilleurs protecteurs de l'amour qui devient inaltérable, laissant libre cours aux vibrations.

L'ambre conduit vers Dieu et donne une libération d'ordre spirituel.

Il paraîtrait plus bénéfique *pour la femme* parce qu'il la place dans une complémentarité vis-à-vis de l'homme.

Alors que *l'homme* doit affirmer une représentation masculine parfaite, ce qui sous-entend beaucoup d'efforts.

AMBROISIE. Aliment de l'immortalité. Son apparition dans les rêves symbolise votre vie spirituelle, le développement de votre âme.

Elle garantit le succès.

D'après Homère, les dieux, les héros et leurs chevaux se nourrissaient d'ambroisie.

Boire ce nectar en rêve annonce le bonheur et une poursuite spirituelle grâce à la communion divine qui permet le succès. Toute victoire se gagnant d'abord dans l'invisible, vous récolterez la prospérité due à des interventions multiples de l'autre monde.

L'ambroisie dénote un état de croissance spirituelle très significatif permettant de savourer l'amour de l'Invisible Lumineux.

AMBULANCE. *En voir une* : vous apprendrez la maladie d'une personne de votre entourage.

Attention à votre santé, *si cette personne est du même sexe que vous*.

AMÉNAGEMENT. *Si l'aménagement y est bien planifié*, se retrouver sur un nouveau territoire, cela promet une meilleure situation après un échec.

Sur le plan de la demeure, si on réussit à la rendre plus confortable, plus fonctionnel, plus lumineuse, votre façon de vivre à l'avenir sera mieux planifiée et vous n'en récolterez que plus de bonheur.

AMENDE. Soyez prudent dans les jours à venir. Il est possible que vous ayez à payer une amende.

En général, *se voir payer une amende* est signe que vous vous sentez coupable et avez besoin de vous faire pardonner.

Si on vous paie une amende : c'est évidemment le contraire.

ÂME. Dans la vie onirique, on voit parfois l'âme de ceux qui nous visitent. Souvent, sous leur forme physique, mais parfois aussi on sent seulement en vibration l'esprit qui se présente dans notre vie nocturne. Les âmes que l'on rencontre dévoilent leur degré d'évolution par la lumière qu'elles dégagent à nos yeux endormis, qui voient les autres esprits grâce aux facultés « psi » que nous avons dans notre sommeil. Car nous devenons, par l'âme du visiteur, pour la nuit, rien d'autre qu'un autre esprit communiqué.

Ces esprits viennent vraiment vers nous. Leur habillement, leur degré d'évolution nous indiquent, par la couleur, leur cheminement lumineux ou autre.

La couleur vermeille de leur corps éthérique, ou encore leurs vêtements d'un blanc éclatant, ou de couleur pâle, vous font reconnaître les bons esprits.

Les vibrations de joie ou d'angoisse que vous recevez en les voyant sont aussi un message étonnant qui vient d'une véritable communication muette.

Leurs expressions joyeuse, triste ou menaçante sont autant de déclarations.

Qui vient vers nous ? Des âmes bonnes qui nous aiment, d'autres qui sont venues nous annoncer de tristes nouvelles. Et les autres, les moins évoluées, capables de méchanceté, qui ne peuvent s'engager que dans la vengeance, la jalousie, les menaces (pour ne pas dire plus) ont un aspect inquiétant et leur corps, leurs vêtements sont de couleur fade ou noire. (Voir *LARVES, ÉRYNIES, ELFES, EUMÉNIDES, NYMPHES*.)

Visiteur nocturne, esprit bénéfique ou maléfique des vivants et des morts, nous sommes constamment entourés.

Les mages blancs nous branchent sur la communion des âmes évoluées. *Les mages noirs*, sur les moins évoluées.

Maintenant apprenez à vous protéger par la lumière blanche qui possède une particularité des plus relaxantes et conduit au sommeil. La noirceur ne peut pénétrer la lumière blanche, opaque, pure, étincelante.

AMEUBLEMENT. Le style du mobilier vous renseigne sur la qualité et la personnalité de l'être aimé et de son cadre de vie.

Un bel ameublement : vie heureuse et prospère.

Un ameublement pauvre ou détérioré : vie difficile.

Les meubles représentent les liens affectifs.

AMI(E). L'ami représente un côté positif de notre personnalité qui nous aide à passer à travers les luttes passagères.

En rêver, peut aussi annoncer l'aide d'un ami.

En général, ce rêve signifie un appui dans les périodes difficiles.

Si l'on voit ses amis et ses ennemis ensemble dans une même pièce, il y a lieu de se méfier, car cela signifie qu'on ourdit des machinations contre soi.

Être attaqué par ses amis annonce un déshonneur.

AMIANTE. Malchance, perte de bien.

AMIRAL. Il vit en vous, cet aspect de la personnalité qui vous identifie au prince de la mer ou de la marine militaire.

De quoi, de qui avez-vous à vous défendre ?

Contre quel autre pays intérieur devez-vous combattre ?

Lutte importante se livrant dans votre subconscient, afin d'établir, dans votre vie, une percée orientée vers un centre sacré, unique. *La guerre navale* se retrouve souvent dans les grands rêves chez les gens qui doivent divorcer ou les enfants qui ont des parents en instance de séparation. (Voir *PAYS*.)

Car notre pays est notre plus grand amour et notre plus grande sécurité.

AMOUR (Éros). Divinité devenue expression de l'amour.

Le voir en rêve signifie que vous vivrez bientôt un amour idéalisé. (Voir *PRINCE*.)

AMOUREUX (l'). 6e arcane majeur du Tarot. *Si vous le voyez en rêve*, il exprime le choix difficile et judicieux à faire en amour. On recevra la visite de Cupidon. Il annonce aussi l'épreuve et la détermination de s'y soustraire volontairement, l'héroïsme dépassant la tentation dangereuse, en ce sens que nous devons choisir Dieu ou le diable à travers un vécu amoureux aux passions irrationnelles, parfois déroutantes. Cet arcane indique l'évolution incessante d'un être chaleureux et aimant. Cette carte symbolise l'union, le mariage et la perfection personnelle à atteindre par les liens affectifs.

AMPHITHÉÂTRE. Qu'avez-vous à tant vous inquiéter de votre vie ? Observez le jeu des acteurs si une comédie ou un spectacle se meut sur la scène. (Voir *THÉÂTRE, COMÉDIEN, ACTEUR*.)

AMPUTATION. Une amputation annonce une stagnation temporaire dans les activités symbolisées par la partie enlevée.

Être amputé d'un bras indique un manque de courage dû à un problème majeur, souvent sentimental. L'action est arrêtée.

Être amputé d'une jambe, c'est un manque d'adaptation qui produit un refoulement affectif et social.

Physiquement, vous ressentez pour quelques jours une impuissance à agir efficacement à cause d'une grande fatigue. Essayez de vous reposer davantage.

AMULETTE. La vue de l'amulette oblige à se défendre.

Porter une amulette protège contre les ennemis et garde en bonne santé.

Perdre une amulette annonce la fin d'une forme de liberté.

AMYGDALITE. Les situations dans lesquelles vous êtes socialement mêlé vous ont profondément déçu. Changez de relation, oubliez les affronts et les erreurs, vous en avez grandement besoin.

ANAPHRODISIE. *Si en rêve vous vous retrouvez sans désir sexuel*, c'est que votre âme se meurt dans la non-créativité et l'ennui. Redécouvrez l'enthousiasme et la motivation. Retournez le sol de votre parterre. Méditez et soyez gentil, donnez de l'amour et de la sympathie. Provoquez la source de vie et branchez-vous sur l'énergie cosmique, distributrice de parcelles de générosité et de joie.

ANATOMIE. Votre corps physique devient votre âme en rêve, votre côté « psy ». Vous pouvez juger de l'aspect de l'âme, de son état, de sa croissance, de sa régression, de ses blessures, etc. (Voir les mots *AMPUTATION, CHIRURGIE.*)

ANCIEN. Tout ce qui est ancien devient symbole d'un souvenir qui identifie un retour dans le passé, en rapport avec le présent. L'ancien, c'est la force créatrice du passé qui se répète inlassablement dans les symboles représentant les événements de votre vie actuelle et à venir.

ANCRE. L'ancre représente la sécurité, la stabilité d'un état de vie. Malgré la tempête qui fait rage, malgré l'adversité qui se manifeste, il n'y a pas à craindre pour notre équilibre du moment qu'il se trouve une ancre dans nos rêves.

Pour la personne mariée, qui a un coup de foudre pour une autre personne que son conjoint, ce rêve indique qu'elle aura la force de résister à la tentation de briser son mariage.

ÂNE. L'âne symbolise l'association en affaires.

Il est contraire à la vie spirituelle et représente l'homme tourné vers la vie matérielle, vers les sens (sans que cela soit péjoratif).

Si l'âne est obéissant et marche d'un pas allègre, c'est positif.

Si l'âne est obstiné et paresseux, il représente alors l'échec, l'obscurité, l'ignorance.

ANÉMONE. Amour éphémère.

ÂNESSE. Symbole de la connaissance, de la pureté d'intention. L'ânesse représente une aide dévouée, une personne généreuse, toujours prête à aider.

ANESTHÉSIE. Vous subissez trop fortement l'influence d'une personne de votre entourage. La fin du rêve vous renseigne si l'influence est bonne ou mauvaise.

ANGE. L'ange promet un bonheur évident par son appui et ses précieux conseils. Son apparition nous conduit à une meilleure compréhension de nous-même et des autres.

L'ange blanc est le messager porteur de bonnes nouvelles.

L'ange noir transmet au rêveur une note de pessimisme, fausse son jugement. Rêve très important de toute façon, où la psyché subit des transformations remarquables.

Les anges, nos messagers, sont des esprits protecteurs, intermédiaires entre Dieu et ses créatures.

Placés devant la cour divine, ils ont des rôles spécifiques. Voici les 3 principaux, qui sont les plus connus :

Saint Michel : Chef de la milice céleste, sa volonté guerrière défend ceux qui sont attaqués par les démons. Il éclaire le monde, car à son arrivée, sa lance illumine comme le soleil et la noirceur disparaît.

Saint Gabriel : Il redonne l'espoir, la force et aide à réaliser les ambitions, inspire les poètes ; son rôle est d'initier le monde aux lois divines.

Saint Raphaël : Il travaille à civiliser l'esprit et trace le cheminement afin d'atteindre le centre sacré. Il guide les médecins et les voyageurs.

De plus, trois anges sont hiérarchiquement responsables de chaque humain.

Le premier : c'est notre guide personnel, celui qu'on appelle l'ange gardien. Il nous a choisis à la naissance et ne nous quittera qu'à la mort. Dans ses vies terrestres, sa personnalité a surmonté des épreuves identiques à celles que nous vivons, il peut donc nous aider et sait comment nous conseiller et comment nous diriger efficacement.

Le deuxième est un guide, messager de Dieu ; une sorte de guide de joie. Il prépare nos déplacements, nos rencontres. Il transmet à notre ange gardien les volontés célestes et exprime comment Dieu encourage nos efforts. C'est un Chérubin.

Le troisième est le patriarche, le grand évêque de notre diocèse invisible, il vient à nous au début d'une épreuve initiatique, la surveille et intervient par ses sages conseils. On le reconnaît par sa couleur bleue, ni trop pâle ni trop foncée mais plutôt d'un bleu soutenu.

Autrement dit, ses interventions vont de pair avec une grande épreuve.

D'autres guides peuvent s'ajouter selon nos œuvres, nos besoins d'inspiration ou d'aide.

De plus des parents décédés peuvent pendant un certain temps s'ajouter à nos guides.

Selon la kabbale, trois mondes travaillent dans une interaction divine.

Le monde divin, où se situent les Séraphins, les trônes, les Chérubins.

Le monde mental, où se situent les Puissances, les Dominations, les Vertus.

Le monde astral, où se situent les Archanges, les Principautés et les Anges.

Seuls les Anges et les Archanges sont accessibles à l'âme humaine.

On doit essayer d'atteindre ceux qui sont justes au-dessus de nous. Il est difficile de rejoindre la cohorte des Principautés et des mondes supérieurs angéliques car la hiérarchie des Anges, sur le plan mental et divin, s'occupe de l'organisation du monde.

ANGÉLUS. *Si vous le récitez*, pensez à remercier pour la chance qui vous arrive.

ANGLAIS. L'indifférence dans une relation *(si on le parle)*. Qui est indifférent? Vous ou l'autre? C'est la personne qui parle en anglais qui est tiède.

ANGUILLE. L'anguille symbolise une dissimulation en même temps qu'une découverte.

ANIMAUX. Ils parlent de nos désirs refoulés. Rêve important, révélant nos forces vitales profondes. Les animaux peuvent, par leur caractère et leur comportement, identifier les pulsions, les instincts vis-à-vis d'un problème actuel.

Ainsi *chevaucher un aigle* annonce la protection et l'appui d'un personnage puissant.

Frapper un aigle traduit un besoin de détruire l'ordre établi, destruction dont il faudra subir les conséquences.

La mort d'un animal est un présage sur le plan physique, soit une maladie très grave, soit la mortalité d'un être cher.

En général, dans un rêve, les émotions excessivement fortes nous concernent personnellement alors que les moins fortes concernent les autres. (Voir les animaux en question.)

Les animaux sauvages sont nos ennemis, mais si leur attitude est douce et timide, ils nous valent des relations heureuses.

Les animaux domestiques cruels et farouches manifestent aussi les mauvaises intentions d'autrui, comme les animaux non dressés.

Les animaux qui nous adressent la parole ne mentent jamais dans leur propos, s'ils parlent dans la langue maternelle du rêveur.

ANIS. Vos espoirs se réalisent.

ANKH. La croix ansée, appelée croix du Nil, représente l'immortalité de l'âme.

En rêver indique que notre degré d'initiation nous oblige au secret.

Tout comme les adeptes de la vérité de l'homme, de sa raison d'être, nous avons percé le voile des mystères d'ici-bas et de l'au-delà.

Cela dénote un grand degré d'évolution spirituelle.

Symbole général de discrétion. (Voir *CROIX*.)

ANNEAU. *Un anneau* signifie un attachement, une liaison qui sera éternelle et qui amènera, de ce fait, une dépendance.

L'anneau en or annonce une possibilité de bonheur durable.

En argent, il apportera moins de joie et de la dépendance dans le non-conventionnel.

Brisé, coupé, il annonce une liaison basée sur la liberté, ou encore la fin d'une liaison.

ANNÉE. Symbolisée par le cercle et le serpent qui se mord la queue. Elle a la même signification que *JOURNÉE* mais elle annonce des projets de plus grande importance. L'année représente le début, la continuation, ou la fin d'une œuvre.

Rêver d'un début d'année annonce du succès, des projets de grande envergure.

Rêver d'une fin d'année indique la fin ou l'avortement d'un projet en cours. (Voir *CERCLE, SAISON*.)

ANNIVERSAIRE. En général, un anniversaire représente un moment de souci, d'agitation.

C'est un tournant de la vie, la fin d'un cycle.

ANOREXIE. *Si vous en souffrez*, secrètement, vous refusez la communication et préférez la solitude. Vous vous ennuyez et ne pouvez jouir de la vie intensément. Travaillez rapidement ce rêve. Fermez les yeux, restez très détendu, et imaginez, sur votre écran mental, le contraire. Vous vous voyez parler, et vous amuser avec les autres avec enthousiasme et joie de vivre. Répétez cette scène, plusieurs fois dans la semaine, pendant trois mois et vous verrez les résultats...

ANTENNE. *Voir des antennes de bateau ou radiophoniques* : votre intuition vous conduit vers la découverte d'une machination secrète.

ANTIGONE. De deux choses l'une, ou bien vous n'arrivez pas à laisser tomber une fixation sur l'amour et le dévouement familial ou vous vous êtes révolté avec agressivité en déroutant tout le monde.

La voir apparaître en rêve, indique qu'il ne faut pas sacrifier trop ses énergies aux événements familiaux, car vous avez aussi votre propre vie à vivre.

ANTIPATHIE. *Si une personne connue vous semble antipathique*, c'est que vous aurez un conflit. Vivre cette émotion en rêve vous place, pour les jours à venir, dans une dualité intérieure.

Si vous voyez un inconnu de votre sexe vous être antipathique, posez-vous la question, qu'est-ce que vous détestez en vous-même ? Quelle facette de votre vie n'acceptez-vous pas ?

AOÛT (mois). Période de plein épanouissement et de prospérité. Tout ce que ce cliché de rêve révèle peut être retardé au mois d'août.

Si les grandes chaleurs du mois d'août vous font transpirer, vous aurez de profondes angoisses.

APÉRITIF. Joie à escompter.

APHASIE. *Si en rêve vous parlez difficilement*, étant partiellement paralysé, vos ennemis ourdissent dans l'ombre et essaient de réduire l'affirmation de votre personnalité. Après ce rêve, il est bon de vivre éloigné de toute tension, de préférence dans un lieu champêtre.

APHONE. Malgré vos efforts et votre facilité à vous exprimer, vous ne possédez aucunement le don de persuasion. Les messages que vous lancez ne sont pas assimilés ou compris.
Si votre interlocuteur est aphone, vous ne saisissez pas ce qu'il veut vous faire comprendre.

APHORISME. Lire une maxime, c'est apprendre une nouvelle façon d'être, en rapport avec ce qui est écrit dans le but de mieux s'adapter aux circonstances vécues.

APHRODISIAQUE. Période où un renouveau s'impose dans votre vie sentimentale. Vous cherchez un stimulant et l'aurez si vous avalez ce qui le représente sous forme de dragée ou de tisane.

APICULTEUR. Prospérité par une grande compréhension des lois de la vie. Organisation menant au succès amoureux.

APOCALYPSE. Ce mot signifie la révélation mettant un terme effroyable à la vie sur terre.
Si vous la voyez en rêve, cela n'annonce pas la fin du monde mais d'un monde, qui vous est propre. Rêve angoissant s'il en est, il vous place devant la possibilité que quelque chose dans votre vie n'existera plus bientôt : fin d'un amour, d'un mariage ou d'une philosophie. Le contexte du rêve vous donnera sûrement l'indice de votre énigme actuelle à laquelle le rêve est une réponse.
Mais comme l'apocalypse met l'accent sur la justice finale et décide de la damnation des méchants et de la félicité éternelle des justes, il faut se poser ces questions : dans quel clan finissez-vous en rêve ? Et comment êtes-vous placé ?

APOCRYPHES. Objectif difficile à saisir et à réaliser.
Voir apparaître en rêve ces livres annonce que le projet actuel ne peut être apprécié et reconnu, qu'il soit d'amour ou d'affaires.

APOLLON. Rare est son apparition dans la vie onirique. Symbole solaire apparenté au dieu de la lumière. Selon une expression populaire, ce serait pour une femme un rêve des plus intéressants, car l'homme de sa vie lui apparaîtra sous les traits de la plus pure et de la plus belle séduction, paré des plus grandes qualités de l'esprit. Sa vibration correspond au chiffre 7.
En général, il symbolise la victoire sur la violence, la maîtrise de soi dans l'euphorie, un heureux mariage de la passion et de la raison.

C'est l'expression du terrien qui a conquis par la lutte le don de sagesse et la montée aux plus hauts sommets.

APPARITION. Les apparitions d'êtres surnaturels sont aussi authentiques dans le sommeil que dans la vie éveillée.

Les esprits lumineux qui nous apparaissent viennent nous encourager et nous fortifier dans nos luttes de l'existence. C'est un signe qu'ils nous protègent ou nous exaucent. Tout au moins suivent-ils nos efforts de près. C'est plus qu'une simple identification de la personnalité, c'est un véritable contact.

L'amour du terrien ne connaît la sérénité et la paix, à travers les vicissitudes humaines, que par ces appuis mystérieux et authentiques. Dépassons la croyance populaire d'une simple projection de nous-même. Exemple :

L'apparition du noble et digne vieillard, symbole de sagesse, annonce un avancement certain vers la maturité. Ses conseils doivent nous servir à mieux nous diriger dans la vie.

Il en est de même pour *l'apparition des parents et amis décédés*, qui ont eu une grande influence sur nous. Ils nous visitent aussi, nous conseillent, et prient encore pour nous dans l'autre vie.

APPENTIS. Une nouvelle dimension à ce que vous vivez déjà. Bonne ou mauvaise, l'appentis de votre rêve vous annonce un prolongement, un développement plus ou moins heureux ou malheureux dans la continuité de votre vie actuelle avec ceux que vous chérissez déjà.

APPLAUDISSEMENTS. Des applaudissements signifient que l'on est sensible à la flatterie et que, par elle, les gens peuvent nous manœuvrer. Donc, il faut être moins orgueilleux et moins se préoccuper des « qu'en-dira-t-on » qui peuvent nous jouer des mauvais tours.

Par contre si l'humilité vous habite, ce rêve peut annoncer un véritable succès.

APPRIVOISER. Succès dans vos projets grâce à votre personnalité. Par votre intuition et votre détermination, vous gagnerez la sympathie de vos collaborateurs.

APRÈS-MIDI. *Avant trois heures*, l'après-midi est un bon présage.

Après trois heures, le soleil déclinant, c'est une marque d'insuccès ou de succès mitigé.

Le soir, aucune chance de succès, fin de ses projets. (Voir *POINTS CARDINAUX.*)

AQUARELLE. Ce qu'elle représente annonce ce qui arrivera dans votre vie bientôt.

ARABESQUE. L'arabesque annonce une période où l'on aura à affirmer ses qualités d'équilibre et d'intelligence afin de vaincre l'adversité et de réaliser un projet important. En général, c'est le signe d'une grande souplesse d'esprit.

ARAIGNÉE. Symbole de prison intérieure *si elle est noire.*
Rêver d'araignées est signe que l'on vit une situation angoissante à cause d'une personne proche qui nous tient en état de sujétion, c'est une obsession qui use.
Rêver d'une toile d'araignée tendue comme un filet indique que l'on guette une erreur de notre part.
Tuer une araignée annonce que l'on sera victorieux et maître de la situation.
Selon sa couleur, l'araignée n'est pas toujours maléfique.
Si l'araignée est rouge : amour passionné.
Si l'araignée est blanche : recherche mystique.

ARBITRE. C'est votre censure intérieure qui juge le débat de votre vie sociale ou sentimentale. La décision de l'arbitre aura une répercussion importante.

ARBOUSIER (arbre du Midi). Plus que tout arbre, il représente l'axe entre le ciel et la terre. L'Antiquité lui reconnaissait un rôle funéraire. Il demeure selon elle le symbole de la mort et de l'immortalité.
Le voir apparaître en rêve annonce la nécessité de vivre un détachement et une vie mystique plus intenses. Dieu ne vous oublie pas, il pense à vous. Il est près de vous. Il vous appelle.

ARBRE. Symbole de la force vitale, il rejoint le développement d'une œuvre, d'une famille, d'une cité, d'une nation, d'un peuple et d'une royauté. Dans la vie courante, il est le père et l'époux aussi.
C'est l'homme dans la vie d'une femme.
Il peut être pris dans un sens individuel, il devient alors l'arbre de la connaissance, reliant l'âme personnelle à l'âme collective ; c'est l'arbre cosmique.
L'arbre vert, plein de fruits et de feuilles, annonce l'épanouissement de la personnalité, de l'affection, de l'amour, du bonheur et de la santé s'il est situé dans un jardin.

Sec et sans feuilles, il annonce la solitude, l'appauvrissement psychique.

Foudroyé, déraciné, mort, il annonce la maladie pour des êtres chers, des accidents et des mortalités imprévues.

L'arbre seul dans un décor champêtre est un signe de bonheur, de félicité.

S'il est entouré de fleurs, d'une fontaine, d'un jardin, il annonce l'amour idéalisé.

Pour ce qui est des *arbres fruitiers*, il faut chercher la signification de leurs fruits respectifs. (Voir le nom de chaque arbre concerné.)

ARC. Rêver d'un arc indique une période d'affirmation importante dans vos entreprises. Réussite dans vos projets *si vous visez juste*.

Le contraire, *si la flèche n'atteint pas son but*.

Arc brisé : malchance.

ARC-EN-CIEL. L'arc-en-ciel annonce une période de chance permettant d'atteindre à plus ou moins longue échéance des dépassements surprenants.

Il équivaut à une nouvelle alliance entre l'humain et les forces illimitées du Cosmos.

L'arc-en-ciel transforme l'état des choses et des situations, particulièrement il avantage les miséreux, les gens tristes, accablés par la peine et la disgrâce. Peu importe qu'il soit aperçu à gauche ou à droite du rêveur. Alors que pour les riches, il doit apparaître à droite sinon cela prévient du contraire, des soucis financiers, du déshonneur.

ARCHE. Symbole de protection, de sauvegarde.

L'arche annonce toujours un danger imminent, c'est un signe impératif d'avoir à observer les lois naturelles par crainte du châtiment divin.

ARCHER. Voir un archer indique que son idéal au travail va de pair avec le désir inconscient de prouver son habileté à posséder quelqu'un ou quelque chose.

ARCHET. Présage d'instabilité, d'incertitude sur le plan sentimental.

ARCHITECTE. Nouveau départ.

Il annonce une réorganisation de sa vie, de nouveaux projets et incite à analyser chaque aspect de son existence pour ne pas courir à l'échec.

Il faut bien analyser une nouvelle démarche sentimentale, car c'est elle qui sera à la fois la base, l'échafaudage et les fortifications de la maison (centre sacré) que l'on érigera, pour une nouvelle orientation de notre vie.

ARÈNE. Une nécessité de voir qu'un combat se livre en vous ou à l'extérieur de vous. Dans les jours à venir un événement imprévu en sera la cause.

ARGENT. L'argent symbolise vos forces, vos possibilités, vos valeurs d'échanges.

Sous forme de billets ou de pièces d'or : la chance vous sourit. Les billets sur lesquels s'écrivent les chiffres 1 – 4 – 5 – 7 – 10 – 17 – 20 – sont particulièrement garants de promotion ou de réalisation.

Être endetté annonce une santé précaire, fragile, ou que bien des possibles sont hypothéqués.

ARLEQUIN. Symbole d'un individu qui n'a pas réussi à définir son objectif. Trop de projets sèment la confusion. Méditez et détendez-vous, faites le vide en vous plaçant imaginairement dans un nuage blanc. Ce n'est qu'à cette condition que vous pourrez chasser la tension et retrouver la capacité de voir le vrai visage de ceux qui obstruent votre perspicacité, par la ruse et le mensonge.

ARME. Symbole de combat et d'agressivité.

Avoir l'arme à la main : on est aguerri devant les difficultés et prêt à passer à l'action.

Tirer et faire mouche annonce qu'on atteindra l'objectif fixé et qu'on sera victorieux.

L'arme, tel un revolver, peut prendre un aspect sexuel ou indiquer une lutte qui use le système nerveux.

Avoir peur ou craindre une arme signifie que l'on n'a pas les moyens de se défendre.

Se sentir visé par une arme annonce une provocation sexuelle qui vous plaira ou vous déplaira. Tout dépend de votre réaction devant un impératif amoureux, de l'émotion ressentie et si vous acceptez de vous rendre.

Être atteint par une balle provenant d'un individu connu ou inconnu indique qu'il est encore temps de chercher qui est son véritable ennemi.

Désarmer quelqu'un : victoire sur un adversaire.

ARMÉE. Elle symbolise la lutte contre les forces du mal et les monstres qui l'habitent.

Manifestation de nos instincts affectifs, de nos conflits, elle représente une puissance invincible.

Voir circuler une armée : danger d'être assiégé par nos forces inconscientes.

Deux armées qui se battent : division de la personnalité en deux tendances contradictoires. Angoisse d'une femme qui subit. Car dans le rêve, l'armée peut représenter un conflit majeur avec un homme possessif et autoritaire, voire même destructeur.

Encore là, il faut se situer dans le contexte du « scénario » du rêve. Il faut se demander si l'armée prend un aspect protecteur, amical, ou dangereux.

ARMOIRE. Symbole à la fois maternel et sexuel, provoquant un désir d'être protégé.

Une armoire bien garnie présage une vie confortable et aisée.

Pleine de victuailles, votre vie est remplie d'amour.

Vide : elle annonce une vie d'incompréhension et de solitude.

Ne pouvoir l'ouvrir, pour un homme : vous ne comprenez pas le comportement féminin.

Pour une femme : vous cherchez votre véritable personnalité. De grâce, reprenez confiance en vous, en communiquant davantage.

Vous êtes prisonnière d'un amour mal compris.

Se cacher dans une armoire : vous avez peur de faire face à la vie et à vos engagements. Moments dépressifs.

En sortir : maintenant vous êtes capable de vous affirmer dans la vie.

ARMOIRIE. Tout ce qui peut représenter un pays, par des signes, devises et ornements, formant l'emblème d'un État, concerne votre vie intérieure. C'est l'identification de votre personnalité en voie de mutation. Qui peut se permettre de porter l'écu de son pays, de sa ville, ou de sa région ?

À quoi vous identifiez-vous ? Le pays, la ville sont des symboles d'attachement. Rêve important à analyser. Décision majeure dans votre profession ou votre vie intérieure. (Voir *PAYS*.)

ARMURE. Elle représente un instinct de méfiance et de crainte. On se sent visé dans une situation et on a besoin de se protéger.

En porter une : on craint les mauvaises ingérences.

ART. L'essence de l'œuvre accomplie représente le genre de réussite à escompter.

Dessiner des fleurs représente une conquête sentimentale.

Sculpter dans le bois un homme d'état ou un autre personnage puissant indique l'appui d'un protecteur.

ARTICHAUT. Moment tendre dû à un amour passager. Cela dépend si vous aimez les artichauts ou non...

ARTICULATION. L'articulation est l'équivalent, dans sa signification symbolique, des nœuds. Elle permet la continuité de l'effort et de l'action des membres vers une réalisation continue.

Voir ses articulations paralysées, c'est, au sens psychologique du terme, que la paralysie s'exerce par un mauvais fonctionnement de la pensée ou des perceptions devant les traumatismes, les blessures de la vie. (Voir *PARALYSIE, ABASIE, AGRAPHIE, NŒUD.*)

ARTIFICIEL. Tout ce qui n'est pas d'apparence naturelle, dans un rêve, annonce des amours ou des sentiments artificiels, des espérances vaines, des entreprises insensées.

Voir un arbre avec des feuilles artificielles annonce une fausse connaissance, de faux sentiments.

ASCENSEUR. Recherche dans l'orientation de votre vie pouvant déterminer un changement de situation.

Qu'est-ce qui vous fait monter et descendre ? Qu'est-ce qui vous donne des hauts et des bas ?

Prendre un ascenseur qui monte : vous comprendrez mieux ce qui vous préoccupe ; annonce aussi des moments de bonheur.

Prendre un ascenseur qui descend : insuccès dans un projet. Tout dépend de l'état de l'ascenseur, c'est-à-dire de votre pensée qui essaie de comprendre et qui analyse un engagement.

Si l'ascenseur est en panne, vous vivez une stagnation, à l'angoisse dans votre incapacité à saisir l'essentiel, à prendre une décision.

Être dans un ascenseur qui tombe : désillusion imprévue, importante.

ASCENSION. Tout rêve où vous montez annonce de la joie et une amélioration de votre vie, un avancement, une libération.

Monter facilement : réussite sans trop d'effort.

Avoir le vertige en montant indique que vous doutez de vos capacités.

Être pris anxieusement dans les airs sans pouvoir monter ni descendre annonce une angoisse qui empêche ou repousse le succès.

Tomber, c'est l'indice d'un échec.

Recevoir un objet en montant, c'est signe de chance; *en descendant*, peu de chance. (Voir *PLANER.*)

ASPERGE. Symbole érotique, elle signifie la sensualité, l'amour.

En déguster annonce le bonheur en amour.

Cesser d'en manger durant un repas : une rupture sentimentale.

ASPHYXIE. C'est le moment de couper avec une manière de penser ou de vivre. Qu'est-ce qui vous empêche de jouir de la vie ? Rêve important où une introspection s'impose.

ASPIRATEUR. Il représente la nécessité de bien planifier ses dépenses et de bien structurer la source de ses revenus.

Il dénote aussi le besoin de rafraîchir ses sentiments et de les épurer par le pardon.

ASSEMBLÉE. Tous les lieux où l'on se réunit annoncent une période de confusion, de repliement sur soi et finalement d'échec.

Rêver constamment d'un bain de foule signifie qu'il ne faut pas hésiter à laisser tomber un projet ou une façon d'être ou d'aimer.

ASTHME. *Rêver d'être asthmatique, si vous avez déjà ce problème de santé*, il faudra vous surveiller davantage.

Pour les autres, vous êtes hypersensible à l'autorité ou aux pressions de votre entourage. Réagissez, osez ouvrir le dialogue le premier. De grâce, ne restez plus plié en deux devant l'oppression. Calmement, affirmez-vous.

ASTRE. Chaque astre dégage des influences célestes dont l'âme se sert pour faire vibrer les messages dans sa vie inconsciente durant son sommeil et s'en enrichir.

Les 7 planètes traditionnelles correspondent aux sept vertus cardinales, aux sept couleurs de l'arc-en-ciel, aux sept divinités. Dans l'Antiquité, alors que la race humaine se mêlait ou se souvenait de s'être mêlée aux héros mythiques, chaque astre était une divinité. Ainsi, voir une planète ou devoir la visiter incite à développer une qualité, une vertu, un idéal à comprendre, un état intérieur à saisir ou à vivre.

Exemples : *Vénus* concerne votre vie amoureuse dans laquelle on devra s'impliquer. (Voir *TAUREAU, BALANCE.*)

Mars annonce la combativité, le courage, l'obligation de se défendre. (Voir *BÉLIER et SCORPION*.)

Jupiter signifie le respect des conventions et des lois et peut annoncer la chance par respect des normes établies. (Voir *POISSONS et SAGITTAIRE*.)

Saturne vous renseigne sur ce que vous avez mérité dans votre vie et vos suites de vie. Vous oblige à devenir plus mature et plus sage. (Voir *CAPRICORNE et VERSEAU*.)

Neptune annonce l'inspiration mais attention aux mirages, aux faussetés. (Voir *POISSONS*.)

Mercure concerne l'orientation de l'esprit vers le savoir, les écrits, la communication, l'enseignement. (Voir *GÉMEAUX et VIERGE*.)

La *Lune* fait penser à votre féminité, à l'épanouissement de votre état de femme pour la gent féminine. On doit se rapprocher de la sensibilité de la femme et l'aimer davantage. (Voir *CANCER et TAUREAU*.)

Le *Soleil* vous donne le rayonnement, le succès.

D'autres planètes ont surgi :

Pluton, le roi des Ténèbres. (Voir *SCORPION*.)

Bacchus le roi des plaisirs, il apprit aux humains les fêtes, les enivrements, l'amour sensuel. (Voir *TAUREAU*.)

Proserpine s'occupe des récoltes et des moissons. (Voir *VIERGE*.) (Pour plus d'explications, voir chacun des dieux, des planètes et des signes concernés.)

Les astres bien placés dans leur trajectoire annoncent le bonheur, l'harmonie et l'équilibre intérieur.

Deux astres qui se frappent, annonçant un cataclysme majeur, produisent la rupture à laquelle on ne peut se soustraire, mais qu'on ne peut, non plus, accepter. (Voir *CATACLYSME*.)

ASTROLOGUE. *Son apparition en rêve* vous place dans une situation difficile, nécessitant une étude de votre vie actuelle.

S'il vous fait une prédiction : elle se réalisera à la lettre. L'astrologue vu en rêve annonce des moments d'épreuve.

ASTRONAUTE. *Pour une femme*, il est représentatif de l'homme de sa vie; *pour l'homme*, de sa façon de conduire sa vie.

En général, *le voir en rêve* dénote un grand besoin d'introspection. On philosophe, on analyse sa vie dans les moindres détails, ce à quoi on s'est déjà engagé.

De bon augure, *quand le voyage spatial se déroule sans défectuosité électronique.*

Accident spatial : équilibre perturbé par un objectif irréalisable. (Voir *QUAI*.)

Fonçant droit sur vous : lien sentimental plutôt destructeur.

ATHANOR (creuset des Alchimistes). Sa vue en rêve symbolise une recherche vers une mutation soit physique, soit morale ou mystique. (Voir *MER*.)

ATHÉNA. Déesse de la fécondité et de la sagesse, mais surtout de l'intelligence. Ses attributs en font, vierge et guerrière, la protectrice des enfants et l'inspiratrice des arts et de la paix.

L'histoire antique condense par son symbolisme plusieurs siècles de l'histoire mythologique dans laquelle elle demeure un des personnages les plus énigmatiques et secrets.

Voir apparaître en rêve la statue d'Athéna oblige à faire une analyse de notre comportement, de notre authenticité vis-à-vis de nous-même et des autres.

Même le mouvement mondial à travers les grands événements peut la faire surgir dans notre vie nocturne.

Pour les chrétiens, la Vierge Marie s'en rapproche par les rôles qu'on lui attribue. Elle en est l'équivalence.

Ce rêve est l'annonce de son intervention dans notre vie ou celle du monde.

ATON. Dieu unique chez les Égyptiens. Selon eux, il est le plus puissant, le plus lumineux et le principal responsable de la création du monde. Il peut apparaître dans les rêves de ceux qui possèdent une âme égyptienne ou qui pratiquent la religion du grand réformateur religieux, le pharaon Akhenaton.

Pour l'âme, *qui peut le percevoir en rêve*, c'est l'annonce du plus intéressant degré d'évolution, lequel permet de communiquer la plus haute connaissance de l'au-delà.

Rêve annonciateur de la plus magnifique protection invisible.

ÂTRE. *Allumer le feu dans l'âtre*, pour une personne déjà mariée, représente le bonheur et l'amour dans la maison, la naissance d'un enfant.

Pour une personne célibataire, c'est l'annonce d'une liaison, de sentiments partagés harmonieusement.

Voir le feu qui flambe, c'est l'affection sous son toit.

Voir le feu s'éteindre est un présage de maladie, de mortalité.

Pour les malades, c'est de très mauvais augure.

Pour les amoureux, dont les relations sont chancelantes, c'est une rupture définitive à prévoir.

ATTAQUER. Vous attaquez quelqu'un en rêve : « Êtes-vous victorieux ? » Dans les jours qui viennent, votre agressivité pourrait être responsable d'une défaite ou d'un succès. Bien étudier le scénario du rêve.

Être attaqué par ses amis est toujours un présage de déshonneur.

AUBERGINE. Représente une personne insipide et décevante dont on se lassera très rapidement.

AU-DELÀ. Votre vie intérieure vous fera jouir d'une anticipation sereine des joies de l'autre monde.

Rêver de l'autre monde, c'est vivre un renouveau qui s'avère plutôt mystérieux et difficilement perceptible pour le moment. Cela est dû à un grand épanouissement spirituel.

AUM. *Le réciter en rêve* annonce une nécessité de prier. Ce mot est un des mantras les plus puissants. Notre monde occidental accepte mal la théorie du son, si importante dans la méthaphysique indienne.

Cette résonance nasale représente le souffle créateur ayant servi à l'élaboration du monde, il est la manifestation par excellence de la divinité. Par ce son, le divin individuel va rejoindre et appeler à lui le divin universel. Il est une prière, qui permet de mettre sur notre tête une flamme que les esprits lumineux perçoivent.

Grâce à la prononciation de ce mot, une partie de notre âme se développe, des guides nous visitent, nous conseillent, enseignent à notre âme; notre esprit s'élève en vibrations éthérées dans un vide merveilleux qui permet les contacts avec les représentants du monde de la Toute-Puissance. Nous nous rechargeons d'énergie et de paix et sommes mieux éclairés sur la direction de notre vie. Quatre mille ans avant Jésus-Christ, les Indiens savaient diriger leur rêve grâce à une pratique identique du Yoga.

Le « om » (ou aum) rejoint trois états de l'être : veille, rêve et sommeil profond.

Le « om » rejoint trois périodes : matin, midi et soir.

Le « om » rejoint trois mondes : terre, ciel et atmosphère.

Le « om » rejoint trois états de manifestation : grossière, informelle et subtile.

Le « om » rejoint trois éléments : le feu, le soleil et le vent.

Le « om » rejoint trois tendances : expansive, ascendante et descendante.

Le « om » rejoint trois pouvoirs : action, connaissance et volonté.

Le om est le mantra parmi les mantras, il travaille avec la matière indifférenciée et convient à tous les individus.

Le Dieu tout-puissant est visé par un arc : c'est ce mantra qui perce le germe du développement d'une ère nouvelle.

Son sigle **M** signifie l'Alpha et l'Oméga, le commencement et la fin. On l'associa à la croix svastika.

AUMÔNE. L'aumône, c'est l'aide qui arrive à point.

Refuser l'aumône, c'est l'annonce d'un malheur, causé par un orgueil excessif.

Recevoir l'aumône annonce une situation difficile, mais aussi de l'aide.

Faire l'aumône indique que notre générosité nous apporte des bénéfices.

Pour un artiste : Triomphe et adulation.

Recevoir des sous d'un mort annonce toujours des profits.

AURA. Si des êtres nocturnes viennent vers vous, il est possible que vous perceviez leur aura. Cette lumière entourant la tête vous indiquera leur degré de perfection. (Voir *ÂME, APPARITION*.)

AURÉOLE. L'auréole située autour de la tête indique la lumière spirituelle. C'est le signe qu'une entité, dont le corps est trépassé, vit une résurrection lumineuse dans l'autre monde et que cette personne a accédé à l'immortalité.

AURORE (histoire vécue). *Aurore l'enfant martyre* : personnage qu'une petite fille peut voir surgir dans ses rêves. Rêve qui détermine un manque d'amour, une éducation traumatisante, voire aliénante suivie d'un décès.

Il faut laisser l'enfant révéler ce à quoi elle peut s'identifier. C'est très important car sa souffrance la marque profondément et, tôt ou tard, cette enfant se détachera de ses liens parentaux à jamais.

AURORE (aube). En général, l'aurore annonce le début d'une réussite, soit en amour soit en affaires. C'est toujours un signe de chance.

AUTEL. Tout ce qui se passe devant l'autel revêt un aspect sacré pour le rêveur, rejoignant la plus profonde dimension de l'âme en rapport avec un engagement ou une imploration dans un moment solennel ou tragique.

Pour un célibataire qui se voit devant l'autel avec sa fiancée c'est un heureux présage, *si le mariage se déroule selon le rituel*.

Le contraire, si la mariée ne se présente pas.

Prier devant un autel révèle un besoin d'aide dans un moment pénible.

AUTOBUS. *Rêver d'autobus* concerne la vie familiale, matrimoniale, l'adaptation à la société en général.

Monter dans un autobus indique dans quoi l'on doit s'impliquer dans la vie et ce à quoi ou à qui il faut s'adapter.

Pour la femme, le chauffeur représente l'homme de sa vie. Celui qui l'influence et la dirige d'une certaine façon.

Pour l'homme, si le chauffeur est inconnu, il le représente et indique que les émotions le dirigent, plus que la pensée rationnelle et volontaire.

S'il connaît le chauffeur, il est influencé par lui, ou par ce qu'il projette sur lui dans son comportement.

S'il décide de conduire lui-même, réaction positive qui le pousse à s'affirmer et à s'adapter.

AUTOMATE. Votre philosophie de la vie par trop conventionnelle ne permet rien d'innovateur. Osez développer des idées personnelles, et créez. Votre vie deviendra très intéressante, si vous le voulez bien.

AUTOMNE. Un paysage automnal peut nous indiquer le temps, un événement à venir.

En général, il annonce une vie calme, un peu mélancolique.

AUTOMOBILE. Symbole du cheval, car l'automobile a remplacé le cheval pour nous véhiculer.

L'automobile a un rapport direct avec les traits marquants de l'individualité du rêveur, et dévoile ses motivations profondes.

En rêve, conduire témérairement, sans tenir compte des signaux routiers, signifie qu'on ne respecte pas la mesure ni les lois morales dans les projets d'affaires ou de cœur.

Voir quelqu'un conduire son auto, indique qu'on est influencé par cette personne.

Si c'est une personne inconnue du même sexe : nos émotions, nos passions ou encore une certaine passivité dirigent notre vie, plutôt que notre pensée consciente, rationnelle et volontaire.

Voir son moteur flancher ou avoir une panne d'essence annonce une maladie psychique ou physique, tout au moins un manque d'énergie.

Avoir un accident, indique que nos projets entrent en contradiction avec nous-même ou autrui. C'est parfois une rupture sentimentale.

Deux autos qui se percutent représentent un mariage où se débattent de sérieux conflits de personnalité.

Se trouver sur une aire de stationnement, et chercher son auto : on cherche l'amour, une raison de vivre.

L'auto dont les phares n'éclairent pas informe du fait que l'on ne voit pas clair dans l'engagement actuel. Cela incite à redéfinir ses objectifs.

L'auto blanche est un présage de réussite en toutes choses.

L'auto rouge promet une relation amoureuse passionnée.

L'auto verte : un recommencement rempli d'espoir.

L'auto jaune : votre intuition vous conduit droit au but.

AUTOROUTE. Belle vie en perspective à moins que *son parcours ne soit cahoteux* : ce qui prédit une vie un peu difficile.

AUTRICHIEN. Symbole de l'animus, il représente un individu qui s'intéresse à la musique classique ; c'est l'homme fort romantique.

AUTRUCHE. *La vue de l'autruche en rêve* parle de votre comportement intérieur. Vous avez tendance à vouloir vous boucher les yeux et les oreilles, et une préférence à vouloir ignorer la gravité d'une situation.

Si vous entendez dire l'expression populaire : « avoir un estomac d'autruche », votre attitude se traduit dans une insensibilité devant les perturbations de la vie et cela dénote une nature flegmatique et joyeuse.

AUTO-STOP. Moment de solitude où l'appui manque. Si on vous accueille pour un trajet, c'est qu'une amitié ou un amour vous sera d'une aide précieuse.

AVALANCHE. Événement imprévu et important troublant votre vie. Lutte en perspective.

AVALER. Avaler des mets aigres : de quel affront n'arrivez-vous pas à vous remettre ?

Avaler des mets succulents : satisfaction amoureuse.

AVENUE. Un projet important commence et sera mené à terme. Habituellement, sa vue annonce le début d'une grande réalisation amoureuse *si la rue est ouverte aux passants*, mais à condition qu'il n'y ait pas d'embouteillages, et qu'elle soit libre d'accès.

Circuler sur une belle avenue promet bonheur et amour durable *si on la voit libre de toute circulation*.

La traverser totalement, se rendre jusqu'au bout renseigne sur la fin d'une union.

Voir la fin de l'avenue annonce l'imminence d'une rupture.

AVENTURIER. *Chez l'homme* craignant d'affirmer son besoin d'indépendance et de liberté, ce rêve dévoile une partie cachée de ses tendances. Cela dénote une fatigue de vivre, on le sent replié sur lui-même. Voilà l'exemple d'un rêve de défoulement !

Chez la femme, il représente une facette de la personnalité de l'homme de sa vie. Tout dépend du contexte du rêve, si l'aventure est vécue positivement ou négativement, et des émotions qui l'accompagnent. Rêve intéressant pouvant développer une heureuse extraversion d'une satisfaction personnelle.

AVEUGLE. *Être aveuglé*, c'est un danger pour les affaires et la santé.

Mal voir est un présage d'incompréhension de ce qui est erroné. Votre réussite est compromise.

Recouvrer la vue signifie qu'on découvre le pourquoi de ses difficultés et indique que la voie vers la réalisation de ce qu'on vise s'ouvre. Enfin la réalité s'offre à vous. (Voir *ŒIL, YEUX*.)

Les yeux ont un rapport direct avec ceux qu'on aime.

AVION. L'avion de nos rêves ne nous fait-il pas penser à Pégase, ce cheval blanc, tout-puissant, invincible, sillonnant le ciel et atterrissant sur ses terrains de prédilection, « miraculant » le sol de ses sabots, gagnant combat après combat. Cet animal métallique que représente l'avion symbolise nos envolées intérieures risquées.

Sexuel *si l'avion est rouge*.

Blanc, il représente les affaires multiples, autant l'amour que l'ensemble des projets de votre vie.

Voler avec une personne du sexe opposé annonce un projet audacieux en amour.

Si d'autres personnages vous accompagnent, essayez de saisir ce que vous projetez sur eux. Ils sont autant de facettes de votre personnalité, car les êtres humains sont aussi des symboles, comme chaque événement d'ailleurs.

Si on aperçoit un avion dans le ciel, on perçoit les forces provenant de l'univers cosmique.

Voler trop haut et avoir le vertige représente des ambitions démesurées et irréalisables.

Le bombardement d'avions signifie que l'inconscient manifeste par sa puissance des besoins agressifs inavoués.

Si vous avez un accident aérien, vos ambitions entrent en contradiction avec vos possibilités professionnelles ou amoureuses.

Pour un adolescent, voyager en avion annonce un éveil de la vie sexuelle.

Courir après un avion parce qu'on est en retard présage un délai pour saisir la chance; vous êtes trop divisé intérieurement, vous n'arrivez pas à établir une priorité dans vos choix.

Ne pouvoir prendre l'avion, parce qu'il ne vient pas. Votre façon de vivre ou de penser vous éloigne de vos objectifs.

Voir un avion flamber dans le ciel indique qu'on vise une relation amoureuse audacieuse, téméraire même.

Piloter soi-même l'avion : on est maître de soi, de sa vie.

Si l'avion est conduit par quelqu'un d'autre : vos refoulements ou motivations inconscientes vous dirigent.

L'avion qui n'arrive pas à décoller démontre qu'on désire l'impossible, que les moyens d'y arriver n'existent pas encore.

Être agréablement installé dans un avion est un présage de réussite facile, surtout si vous arrivez à destination. Complète réussite de vos espérances à condition d'arriver à l'endroit prévu.

AVIRON. *Réussite heureuse si vous ramez avec aisance. Si vous en cassez un*, un événement impondérable vous surprendra mais ne causera pas une défaite; il vous obligera à combattre davantage pour un amour, un projet.

AVOINE. Abondance et prospérité.

AVORTEMENT. Concerne tous les objectifs fixés qui ne se rendront pas à terme, en amour comme dans votre vie professionnelle.

AVOUÉ. Il serait souhaitable que vous en visitiez un prochainement, vous avez besoin de conseils dans vos affaires.

AVRIL. Renouveau et chance. Événements qui surgiront pour ce mois.

AXE. Symbole d'un pilier entre deux mondes, deux centres opposés. Un trait d'union entre le ciel et la terre, dont l'étoile polaire est le centre.

Il parle de toutes les transformations montantes vers le but céleste.

L'apercevoir en rêve annonce le long cheminement d'un plan de vie naissant à travers un événement à double facette qui marquera le début d'un grand avancement moral – si vous savez prendre une option. Un virage important dans la destinée.

AZALÉE. Vivez heureux en amour.

B

BABEL (tour de). *S'y retrouver ou la voir* indique la confusion dans laquelle on se débattra. C'est à partir de la tour de Babel que sont nées les différentes langues, lesquelles semèrent la confusion dans la communication entre les hommes.

C'est l'orgueil de la race humaine que Dieu voulut punir, en les divisant par les mots. Et depuis, la personne humaine, même si elle parle la même langue, ne peut plus communiquer et souffre de solitude.

Cela s'exprime par l'orgueil et la vanité d'une race qui veut en écraser une autre, et les luttes : lutte de classes, lutte de prestige, lutte de croyances, conflits de personnalité par jalousie.

Notre monde intérieur est assiégé par la tour de Babel.

La tour de Babel nous oblige à désirer une seule langue universelle. Cette langue universelle est celle de l'Esprit-Saint qui se révèle concrètement par l'intuition, la transparence, la clairvoyance. Brièvement, la tour de Babel, c'est l'obscurcissement de l'esprit par les aspirations personnelles démesurées.

BABIOLE. *Si vous en achetez une*, vous êtes peu sélectif dans vos relations.

BABOUCHES. Succès, *si vous les portez ou en achetez*, vous éprouvez un certain relâchement après de pénibles efforts.

Bonheur au foyer.

BABYLONE. Cette ville ouvre une porte, dans un climat régressif, sur les aspirations matérielles. *En rêver* traduit un retour vers des désirs terrestres : l'esprit humain se trouve dans les sphères de l'instinct, de la domination et de la luxure. Babylone est l'opposé de la Jérusalem céleste. C'est l'expression d'un climat intérieur, et non d'un lieu.

La Jérusalem céleste était la récompense des Justes à la fin des temps. Babylone symbolise la régression, la punition, la déchéance.

BACCALAURÉAT. *Rêver de passer un bachot avec facilité* signifie la compréhension d'une recherche fastidieuse.

Rêver de ne pas le passer indique qu'on ne réussit pas à résoudre une difficulté. Le sujet de la matière de l'examen vous indiquera le sujet concerné.

BACCARA. *Si, en rêve, vous jouez au baccara* : vous êtes inconséquent dans vos dépenses et cela vous conduit à des problèmes financiers.

Si vous gagnez aux yeux de tous, vous êtes à la fois craint et admiré.

BACCHANTES (prêtresses de Dionysos). *Si vous êtes pur d'intention*, il faut les prendre dans un sens mystique, ces amoureuses de Dionysos.

Vous vous voyez joyeux, et possédé d'un délire passionné, au milieu d'une orgie surnaturelle, faisant des flexions du corps en avant, en arrière, et agitant la nuque comme dans une exhortation à vouloir que la lumière vous possède. Ce rêve concerne votre vie intérieure. Vous prendrez conscience que l'amour du matériel est irrésistible, comme une folie mystique, lorsque sa présence magique se manifeste de façon tangible. Pour les profanes en amour, attention à ne pas vous laisser posséder par des instincts débridés.

BACCHUS. Attention à l'enivrement physique. Mais ce dieu de la vigne et du bon vin, vu en rêve, promet l'enivrement amoureux. Base sur laquelle doit s'établir l'enivrement mystique. Il ne dépend que de vous de lui donner cette direction.

(Voir *DIONYSOS*.)

BÂCHE. *La voir* : une activité en cours. Cette activité ou cette intention de réaliser quelque chose doit rester secrète.

Auto recouverte d'une bâche : éloignez-vous de quelque chose de compromettant. La vérité est dangereuse, il est préférable de n'en rien découvrir.

BÂCLER (un travail). Votre manque de sérieux saute aux yeux. Vous êtes responsable des représailles que vous subirez bientôt, car le bâclage est inné en vous.

BACTÉRIE. *Si en rêve vous observez à la loupe des bacilles*, vous êtes entouré de personnes dont le contact agit négativement sur votre moral, ce que vous analyserez bientôt très adéquatement.

BADAUDERIE. Ne vous laissez pas distraire de votre but.

BADAUD. *Être accompagné de badauds* : un événement imprévu vient modifier le cours de votre vie.

BADERNE. Un vieil attachement n'est plus épanouissant.

Voir apparaître en rêve une vieille baderne : si vous êtes une femme : redéfinissez-vous des objectifs, donnez un sens à votre vie, votre vie amoureuse s'étiole. *Si vous êtes un homme* : la monotonie a usé avec le temps votre attachement sentimental, lequel ne se justifie plus tout à fait.

BAFOUÉ (ÊTRE). Attendez-vous à l'être d'ici à quelques semaines.

BAGAGES. Les bagages indiquent un désir de changement.

De quels bagages s'agit-il ? Matériels ou spirituels, intellectuels ou affectifs. Ils sont vos vertus et potentialités, défauts ou embarras intérieurs, vous amenant à la réalisation ou à la non-réalisation de vos espoirs. Ils annoncent un désir de changement de décor intérieur.

Les bagages que l'on a avec soi parlent de ce qui nous tient bien à cœur : nos amours, nos projets.

Oublier ses bagages est un signe d'imprévoyance dans l'élaboration de projets.

Avoir de trop nombreux bagages et rater le train est signe qu'on entreprend trop de choses à la fois, ou encore qu'on garde en pensée des intérêts périmés qui empêchent de faire un choix, de saisir la chance au bon moment.

Perdre ses bagages annonce une perte de ses moyens intérieurs.

Avoir à la main de vieilles malles ou porter des vêtements en guenilles indique qu'il faut s'arrêter et méditer. Tout est à reconstruire sur d'autres bases. Moment difficile à passer, dans le détachement.

Voir ses bagages encombrés de cadavres, fruits et légumes pourris, signifie qu'il est important de se défaire des vieilles obsessions sentimentales, car elles entravent l'avancement.

BAGARRE. En général, les rêves de bagarres, de conflits d'intérêts sont créés par une situation extérieure.

Ils dénotent des différends interpersonnels à résoudre, mettant la résistance nerveuse sous un stress constant. Après un cliché de ce genre, il est à conseiller de réfléchir sur sa vie dans un lieu propice à la méditation.

Se bagarrer avec un inconnu de même sexe annonce une division intérieure.

Si on est vainqueur, la paix et la sérénité sont retrouvées.

Si on est vaincu : les émotions ont le dessus sur la raison, on laisse libre cours à son instinct.

Se battre avec un supérieur ou un protecteur annonce qu'on détruit ses chances de succès si on a provoqué la bataille sans raison.

Se battre avec une personne connue, inférieure et gagner la bataille présage un avancement certain, une victoire.

BAGUE. Traduisant l'amour, elle symbolise l'union et la fidélité, dans la mesure où elle est unique dans votre rêve. Jugez de la qualité de l'union par la signification des pierres qui l'ornent.

BAGUETTE. Symbole de pouvoir et de clairvoyance venant des puissances invisibles du bien ou du mal.

Elle se présente dans vos rêves sous différents aspects. Est-ce la baguette du magicien, de la sorcière ou de la fée, ou encore un simple bâton qui vous sert bien ? Est-ce le bâton mantique servant à tracer le cercle protecteur dans lequel le devin s'enferme au milieu d'un cercle pour évoquer les esprits, ou encore la perche pour découvrir les sources de la terre, les gisements de minerai, ou encore la baguette magique d'Asclépios, ce dieu guérisseur, symbole de magie surnaturelle ?

Quel que soit son aspect, ayez confiance. Si vous la possédez à la main, la chance vous sourit dans l'effort que vous poursuivez en ce moment.

BAGUIER. Retour imprévu vers un attachement.

Ouvrir un coffret et le voir vide : désappointement en amour, solitude imprévue.

Y découvrir une bague : un amoureux oublié revient dans votre vie.

BAHUT. Le bahut par sa forme creuse est un symbole féminin et maternel.

Pour l'adulte : s'y blottir dénote un comportement infantile, un besoin d'être surprotégé.

Les meubles en général représentent les sentiments en amour.

Le style du bahut vous informe de la qualité et de l'éducation de la personne aimée. Son état vous signale si cet amour apporte de la joie ou de la peine.

BAI (couleur brun-rouge). Bénéfique, promet le bonheur.

BAIE. Ouverture sur la vie et vos relations.

Regarder à travers une baie : vous observez vos relations, leur vie et leur comportement ; vous tournez-vous vers elles, si vous ouvrez la porte ? Oui ? La suite du rêve vous indique, s'il est préférable de se rapprocher étroitement ou de rester seul et discrètement éloigné.
(Voir *FENÊTRE, PORTE.*)

BAIGNOIRE. *La voir* : période de stagnation, de fatigue morale. Nécessité d'un recommencement dans une relation ou d'un renouveau intérieur. (Voir *BAIN.*)

BAIL. Une décision importante s'annonce dans un proche avenir. Incitation à la prudence dans vos engagements.

BÂILLER. *Bâiller aux yeux de tous* : vous ne cachez pas votre ennui, soyez plus conscient de ce que vous vivez avec les autres.

BAILLER DES FONDS. *Être bailleur de fonds* : Vous avez à rendre des services à des personnes affligées qui vous ont préalablement aidé.
Surveillez davantage votre santé.
Si vous voyez l'expression populaire : « Vous me la baillez belle », attention à ne pas être dupe de quelqu'un ces jours-ci.

BÂILLONNER. *Si vous bâillonnez quelqu'un en lui plaçant un bâillon sur la bouche*, vous réussirez à camoufler votre jeu, à réduire au silence ceux que vous craignez, à les empêcher d'agir.
Si on vous place le bâillon sur la bouche : c'est vous qui serez réduit au silence. Dans les prochains jours, agissez discrètement et prudemment, surtout en paroles.

BAIN. *Se baigner* est un symbole de renouveau intérieur, de rénovation spirituelle.
Prendre un bain dans l'eau claire, limpide annonce pour le malade un rétablissement ; pour le solitaire, l'amour ; pour les gens malheureux en mariage, un terrain d'entente et de joie.
Prendre un bain dans l'eau sale indique le besoin de mettre de l'ordre dans ses sentiments car on traverse une période de conflits, ce qui sera possible *si on laisse couler l'eau sale pour remplir le bain d'eau propre.*
Prendre un bain dans l'eau bouillante est un signe de maladie provenant de sérieuses tribulations, de trahisons à prévoir.
Prendre un bain dans l'eau glacée : peines morales.
Prendre un bain dans un fleuve représente un besoin de tendresse, d'être comblé.

Prendre un bain dans la mer, annonce une régénération physique, le bonheur dû à une maturité émotive.

Le bain sale annonce un nouveau départ, *si on le nettoie préalablement pour s'y baigner*.

Enfin, pour bien saisir le renouveau par la baignade, *il faut que le bain soit pris complètement*. Sinon, fermez les yeux, imaginez-vous sortant du bain, et laissez votre subconscient travailler positivement.

Si le rêve semble être un cauchemar, il est important de créer une atmosphère différente dans le rêve en transformant les clichés de défaites en victoires.

Si l'on entend l'expression populaire *se mettre dans le bain*, c'est l'indication de s'absorber dans une tâche ardue.

Être dans le bain : être mêlé à une affaire louche.

BAISEMAIN. Ce geste est synonyme de concorde, soumission, respect, amour, adhésion. Il a tendance à prouver la souplesse de l'esprit et la beauté de l'âme.

Si vous baisez des pieds, des circonstances imprévues vous obligeront à rendre hommage à des individus de marque.

Si vous baisez une main : galanterie, mondanités, ou encore c'est une expression de votre admiration et de votre soumission.

BAISER. Le baiser signifie aussi bien la tendresse, l'amour, l'amitié, que la trahison. C'est un symbole polyvalent, malgré l'union ou l'hommage qu'il veut exprimer. Tout dépend des circonstances de votre vie et du scénario du rêve.

Un baiser sur la bouche est un signe de bonheur court ou d'amour suivi d'une séparation temporaire.

Sur le front, une attention respectueuse et un signe de tendresse venant d'un protecteur.

Un baiser sur la joue annonce une trahison.

Être embrassé sur la bouche, puis enlacé, ensuite voir la personne s'éloigner annonce une trahison, une rupture.

Embrasser un mort peut annoncer notre propre mort.

Si le baiser a lieu au début du rêve, il est possible que vous ayez une heureuse surprise, selon la fin de celui-ci.

Si vous en donnez : compréhension.

Les baisers passionnés disent ce qu'ils expriment : de l'attirance authentique.

Les baisers insipides, sans aucune sensation, sont des trahisons.

Si vous embrassez un ennemi : mauvais présage pour une relation.

BAL. *S'y trouver, dansant harmonieusement* : alliance. Ou encore : cela peut tout simplement signifier que vous serez invité à des sorties mondaines prochainement.

BALADE. Nécessité de lâcher prise au travail ou d'échapper à la monotonie de la vie. Vous avez besoin de penser à votre vie sentimentale.

Se balader à deux : bonheur et compréhension.

Seul : vous cherchez la compréhension, votre cheminement se fait par vous-même et dans la solitude.

BALADIN. Si votre métier vous oblige à communiquer avec les foules, les faire rire, les amuser, c'est un très bon rêve que de *se voir baladin*.

En général, *être un baladin* : vous pratiquez un manque de sincérité avec vous-même et provoquez une situation ridicule ou fausse. Vous êtes le premier à regretter votre jeu.

BALAFRE. Humiliation.

Paroles blessantes, traumatisantes.

Balafre cicatrisée : les difficultés de la vie vous ont rendu plus combatif, le temps a aguerri votre sensibilité.

BALAI. Que désirez-vous tant nettoyer ? Votre corps, votre âme, votre esprit ?

Malgré son humble apparence, le balai n'en est pas moins un symbole de puissance sacré ; symboliquement, avec lui, on réussissait à chasser les éléments venus souiller le sol.

Dans les sanctuaires antiques, on réservait aux mains pures le balayage du sol, afin de chasser les mauvaises influences.

Ce rêve indique un besoin de se défouler, de changer de climat, d'air, d'entourage.

Un nettoyage s'impose autant sur le plan physique que spirituel.

Épuration par le jeûne et la méditation.

Vous remettez en question votre vie sentimentale.

Le balai est aussi un symbole phallique.

La femme qui tient un balai en main possède le pouvoir de préserver un grand amour.

La femme qui regarde le balai sans le tenir vivra un grand désir de liberté qui la poussera à l'indécision.

Pour l'homme : la vue du balai exige de sa part un effort pour s'ouvrir au dialogue afin de mieux s'analyser et se comprendre.

BALANCE. Symbole de l'équilibre entre deux forces.

Symbole de l'équité, elle est la pesée des intentions visibles, invisibles, des capacités véritables adaptées aux réalisations futures. Elle symbolise aussi le temps, l'échéance. Est-ce le temps d'une évolution, de l'arrivée d'un événement ? Échéance dans un sens de jugement qui devient instrument pour orienter le destin de chaque homme.

La voir apparaître en rêve indique une nécessité de peser le pour et le contre. Il est grandement temps de prendre une décision.

BALANCEMENT. Hésitation.

BALANCER. Vous pesez le pour et le contre dans une recherche précise.

BALANÇOIRE. Le rite de la balançoire rappelle la fécondité du souffle, par son balancement qui crée un vent. Le vent n'est-il pas l'inspiration ? Elle est le symbole des oppositions qui inspire le champ magnétique de toute évolution.

Se balancer entre deux opinions : deux possibilités, deux philosophies, deux pouvoirs. Son apparition dans le cliché d'un rêve nous place devant une hésitation aboutissant à une nouvelle découverte de possibilité ou de pouvoir.

BALBUTIER. Effort de la pensée, afin de comprendre quelqu'un ou quelque chose.

Période transitoire dans une nouvelle conception d'être.

Croissance personnelle en gestation.

BALCON. *Être sur un balcon* représente un désir de considération sociale.

Le voir disparaître : perte de prestige, discrédit social.

Le voir : bonheur et réussite dans vos activités.

BALEINE. Tous les animaux sortis de la mer ont un rapport avec nos tendances à réaliser des idées ou des projets issus de l'inconscient.

Pêcher une baleine présage une entreprise grandiose.

Être avalé par une baleine, signale au rêveur qu'un retour en arrière est nécessaire afin de bien s'analyser et de se préparer à un renouveau intéressant, s'il réussit à s'en sortir.

Être à l'intérieur d'une baleine, c'est essayer de découvrir notre véritable autonomie personnelle à la suite de difficultés remarquables.

BALISE (dispositif mécanique). Danger de faire des erreurs.

Vous recevrez les conseils nécessaires afin d'assurer la continuité de votre cadre de vie ou d'en élaborer un nouveau. (Voir *BATEAU*.)

BALLET. *En voir : conquête et besoin de créativité.*
En faire dénote une capacité de souplesse de l'esprit, afin de s'adapter gracieusement à un événement perturbateur. Tout dépend de quel genre de ballet nous rêvons. Est-il triste ou joyeux ? À quelle beauté ou quelle laideur veut-il vous sensibiliser ? Il dépeint la trame de votre vie actuelle en corrélation avec les émotions perçues par la projection que vous faites sur cette œuvre d'art.

BALLON. *Pour une femme* le ballon représente l'aspect de sa féminité. (Voir *COULEUR*.)
Pour un homme : Danger de tomber amoureux d'une femme à la cuisse légère qui volera d'homme en homme.

BAL MASQUÉ. Autour de vous circulent des personnes qui cachent leurs intentions ou leurs pensées. (Voir *MASQUE*.)

BALSAMINE. Cette plante, appelée aussi *impatiens*, est prometteuse de fécondité et de chance.

BALUCHON. Il est représentatif de l'âme féminine.
Rempli : vie épanouissante.
Le perdre : période où l'on ne s'ajuste pas à sa vie. On manque de confiance en soi. On doute de sa valeur.

BALUSTRADE. *S'appuyer sur une balustrade* : besoin d'appui moral et financier.

BAMBOCHARD. *Se retrouver au milieu de bambochards* : attendez-vous à des ingérences de personnes sans grand idéal.
Il est possible aussi que le bambochard ait un instinct refoulé provoqué par une vie régulière et trop rangée. Alors il s'agit d'un rêve de défoulement.

BANANE. Symbole sexuel.

BANDAGE. Le rêve où l'on se voit tout enveloppé de bandages parle d'un état psychologique perturbé par des luttes et des peines. Guérison rapide *si vous êtes déjà malade physiquement*.

BANDE. Parle de votre intégration sociale.
Voir une bande d'individus vous assaillir : mésadaptation à l'entourage.

Mais si en rêve vous vous entendez bien avec le groupe, c'est tout à fait le contraire : heureuse adaptation dans la vie.

En être isolé, vous vous sentez seul. Le contexte du rêve vous renseigne sur la façon dont vous vous liez aux autres, ou indique la raison de votre isolement.

BANDEAU. *Sur une blessure* : présage d'un moment de fatigue et de souci. Repos nécessaire.

Placé sur les yeux : imprévoyance ; vous ne savez pas où vous allez. (Voir *AVEUGLE, ŒIL, YEUX*.)

BANDIT. *Pour l'homme*, il représente une partie de votre personnalité jugée dangereuse, inacceptable. Est-ce un bandit gentil, hors la loi, ou un voleur malfaisant ? À vous de juger quelle harmonie vous pouvez créer après cette constatation, quelle manière de penser ou d'agir annihile vos forces par une dualité.

Le gentil hors-la-loi crée plus de tension avec les autres qu'avec lui-même. Il indique un comportement qui entre en contradiction avec votre milieu.

L'autre, le bandit provocateur, batailleur, qu'il est bon de tuer ou de voir s'éloigner : c'est parfois une personne de l'entourage qui manque d'intégrité morale et peut détruire.

BANNIÈRE. Lien entre le ciel et la terre, le haut et le bas.

La soulever au-dessus de la tête : prière exaucée.

Être sous la bannière de quelqu'un dans le rêve indique une protection certaine.

BANQUE. Symbolise vos réserves d'énergie et vos capacités pour réaliser votre vie. C'est là que se trouve tout l'investissement de la vie.

Déposer de l'argent à la banque annonce une lente récupération d'énergie.

Peut signifier aussi un investissement pour se préparer un destin favorable.

Se faire voler son argent est un signe de perte de force, d'épuisement. Cela peut aussi signifier une mauvaise ingérence.

Pour une femme, être caissière et se faire cambrioler à la pointe du revolver présage la rencontre d'un amoureux décidé à la posséder totalement, car la banque représente l'engagement total de notre existence, de nos ressources vitales, de nos espoirs, de nos amours, de notre sécurité affective.

BANQUEROUTE. Il se peut que vos affaires n'aillent pas bien et un rêve en ce sens peut être un avertissement.

La banqueroute symbolique vous est encore plus difficilement envisageable, car vous réalisez que vos efforts, vos combats n'ont abouti à rien.

Perte d'énergie et d'estime personnelle, votre vie est à redéfinir.

BANQUET. Il parle de votre vie affective et de vos états intérieurs avec les principaux personnages de votre vie.

Attablé au festin de la vie, il est possible que la joie ou la peine vous visitent, de même que des tribulations.

Assister à un banquet et bien manger signifie beaucoup de bonheur dans l'existence.

Être à un banquet et ne pas manger annonce des tribulations et de la solitude ; on ne jouit pas de la vie.

Être attablé à un banquet et cesser de manger à la vue d'une personne qui s'approche de vous : rupture avec cette personne ou mort de cette personne.

Il est possible qu'autour de la table de banquet surgissent toutes sortes de situations complexes, qui expliquent les facettes de votre vie affective.

L'important, c'est que *vous dégustiez des mets*, cela annonce de la joie dans les jours à venir.

BANQUISE. *Se retrouver sur une banquise* : moment de solitude en amour.

BAPTÊME. Il annonce une nouvelle vie. Symbole de l'action purificatrice servant à nettoyer l'âme et à la préserver de la force des ténèbres.

Dans le rêve il symbolise le commencement d'un état de vie différent, l'oubli des erreurs et peines passées.

Le baptême d'un enfant amène la joie, un renouveau psychique ou la réalisation d'un projet récent. (Voir *ENFANT*.)

Voir son propre baptême annonce des forces nouvelles, une belle mutation évolutive, de nouveaux espoirs, un dynamisme accru dans vos réalisations.

BAR. Ne comptez pas sur l'appui des personnes que vous voyez dans un bar.

Mauvaise capacité à éloigner les personnes indésirables.

BARAGOUINER. Vous n'êtes pas sincère ou authentique *si vous baragouinez.*

Si on vous parle en baragouinant : fausseté dans une relation.

BARAQUE. Vie triste et sans épanouissement.

BARBE. Symbole d'autorité, de puissance, de sagesse.

Pour les hommes publics, porter une longue barbe est un signe de réussite et de prestige.

Pour l'homme en général, rêver qu'il porte une barbe signifie qu'il deviendra plus autoritaire et voudra avoir des gestes plus virils.

Pour une femme, cela représente une nécessité de dominer. C'est l'expression de sa détermination par rapport aux circonstances qu'elle doit vivre.

Cela peut annoncer un remariage *si elle est veuve ou divorcée*. C'est aussi parfois l'annonce qu'elle concevra un fils.

Enfin, *si elle a des préoccupations légales*, elle s'en sortira avec bonheur et profit.

BARBIER. *Être barbier*, c'est l'indice d'une volonté tranchante et intransigeante, qui met le rêveur dans une situation d'autorité.

Se faire raser chez le barbier annonce un comportement plus tolérant, plus conciliant, où l'on se soumettra à l'autorité d'autrui.

BARBOTINE. *Travailler l'argile* annonce une ouverture nouvelle et la réussite de ses projets à condition de *bien former les personnages ou objets et de les faire cuire* afin de les amener à la création finale.

BARDANE (plante piquante). Cette plante aux fruits piquants qui s'accrochent aux vêtements, annonce dans les rêves la rencontre d'une personne très désagréable, qui perturbe nos pensées et nos émotions.

BARIOLÉ. Porter des vêtements de couleurs mal assorties signifie que vous placez mal votre confiance. Attachement affectif insaisissable et menant nulle part.

BARMAID. Symbole de service. *Voir apparaître ce symbole, pour une femme*, signifie qu'elle est prête à se soumettre à un grand amour.

Pour un homme : il tombe sérieusement amoureux.

BARMAN. *Pour une femme* : relation sentimentale passionnée.

Pour un homme : vous êtes prêt à accepter les conditions requises pour vivre un grand amour.

BAROMÈTRE. Pris dans le sens de mesure et de poids, bon degré d'endurance à constater chez un individu.

Surveiller la montée ou la descente du mercure indique que vous essayez d'analyser le stress, la pression que vous subissez au contact d'une personne aimée.

BARQUE. La barque représente la centralisation de ce qui deviendra stabilité d'intérêt, d'union dans la traversée. Est-elle la barque de la traversée de la mort ou de la traversée de la vie ? La mort symbolise ici le détachement du passé, et la vie, le renouvellement.

Est-ce la barque des morts qui conduit aux enfers ? Ou l'autre conduisant le mort à la lumière, au scarabée, symbole de l'immortalité, où l'âme, après des luttes ténébreuses, découvre le soleil, la félicité ?

Tout cela doit être pris dans son sens symbolique. Cela revient à dire qu'à partir de la traversée sacrée de toute existence vers la lumière ou vers la noirceur, il y a des combats, des attaques, des monstres, des tempêtes, contre lesquels nous devons lutter et triompher afin de trouver la perfection et la force rayonnante.

La vie terrestre n'est-elle pas une série de traversées à travers la grande traversée ?

Par sa forme creuse, symbole maternel, la barque, produit de notre pensée, annonce la stabilité et la confiance. Elle représente la capacité de réalisation à partir d'une direction donnée et dans le sens d'une décision à long terme : on « s'embarque » pour la vie.

Elle devient donc le symbole de l'orientation de notre existence.

Quitter le quai à bord d'une barque signifie un nouveau départ.

Se laisser voguer sur la rivière calme par un temps ensoleillé est un présage de vie sereine et heureuse.

Si une personne du sexe opposé vous accompagne, alors vous vivrez heureux en ménage, votre vie sentimentale sera stable.

Être dans une barque et chavirer annonce un conflit sérieux en amour ou dans le mariage. Risque de rupture.

Attacher sa barque au quai annonce la fin d'un genre de vie et l'apparition d'un autre.

Arriver seul sur le rivage promet une valorisation dans la solitude et l'acceptation d'une nouvelle stabilité dans sa vie.

BARRAGE. Symbole de concentration des forces dans la vie émotionnelle afin de ne pas se laisser abattre. Le barrage est donc une force inconsciente de stabilité. Il représente le contrôle intérieur, le système de défense contre l'épuisement dans les conflits intérieurs.

Le voir en rêve indique la capacité dans une situation difficile de se contrôler et de continuer vers la réussite de ce qui a été élaboré, soit en amour, soit dans la vie professionnelle. Si le barrage est rompu, attendez-vous aux effets contraires.

BARRIÈRE. *La barrière qui obstrue la route* est un signe de difficultés à surmonter dans la poursuite d'un projet.

Parvenir à ouvrir une barrière est synonyme de réussite obtenue après une difficulté.

Ouvrir une barrière de jardin pour pénétrer à l'intérieur représente la fidélité en amour.

L'ouvrir pour en sortir annonce la fin d'une union, la liberté.

BAROUDEUR. Il représente une facette de votre personnalité à découvrir. Ce combattant existe en vous ; dans des circonstances actuelles ou futures, vous le rencontrerez.

BAS. *Mettre des bas* : vous avez besoin d'être aimé, et le serez bientôt.

Les enlever : changement dans votre vie.

Bas troués : humiliation, amour décevant.

BAS-BLEU. Elle vous représente si vous êtes une femme. C'est la vanité intellectuelle chez la femme pédante.

Mauvais aspect de la femme qui se veut émancipée.

Pour l'homme, son apparition en rêve décrit le comportement de la femme de sa vie.

BASCULE. *Travailler avec un système de bascule* : c'est dans les plus infimes replis d'une analyse que vous jugez la situation qui se présente, vous obligeant à prendre une décision.

Indique une capacité extraordinaire pour remettre de l'ordre dans le chaos.

BASE. Symbole du commencement d'une chose, de son fondement. Sur quoi repose le projet que vous envisagez ?

De quelle base s'agit-il ? Base d'une colonne, d'un traité, d'un système philosophique, d'une pyramide.

Que devez-vous recommencer par la base ? Jugez de l'état dans lequel se trouve cette chose afin de bien voir si ce que vous allez programmer en vaut la peine et offre des possibilités durables. (Voir les mots qui s'y rattachent, *ARCHITECTE, MAISON.*)

BASE-BALL. *La joute de base-ball* annonce des conflits sentimentaux.

La balle représente la femme.

Le bâton représente l'homme.

Le coup de circuit : la réussite d'une relation épanouie.

Marquer un point : l'amour, la complémentarité.

Les joueurs : les débats à travers les incidents de parcours d'une vie.

BASILIC (plante). Vous guérirez bientôt.

BASILIC (serpent fabuleux). *Le voir* : épreuve majeure et mystérieuse.

Moment initiatique dans votre existence où vous devez regarder sans peur les luttes que vous vous apprêtez à affronter, afin d'en prendre pleinement conscience pour les mater. Sinon, c'est une force terrible qui peut se retourner contre vous-même. Il est bon de parvenir à le contrôler dans un rêve, cela annonce l'arrivée d'une force nouvelle, d'une grande sérénité.

BASILIQUE (temple). Dans les circonstances actuelles, il est nécessaire de recourir à la prière. Car ce que vous escomptez ne se réalisera pas, à moins d'un miracle. Vous pouvez en juger avec la suite du rêve. (Voir *ÉGLISE.*)

BASSE-COUR. Voir une basse-cour dénote des occupations et idéaux très prosaïques.

Elle indique une bonne sécurité matérielle et une vie sociale entourée de gens matérialistes et conventionnels, pour qui seul compte l'appât du gain.

BATAILLE. Traduit une lutte en vous. Dans les circonstances actuelles, vous n'acceptez pas une partie de ce que vous vivez. Il y a donc refus et conflit intérieur. La personne avec laquelle vous vous battez est un symbole de ce que vous voulez voir disparaître en vous ou autour de vous.

Après ce rêve, la tension est à son comble.

Repos nécessaire et méditation à conseiller.

BATEAU. Le bateau nous stabilise dans nos sentiments et projets.

Il symbolise notre « moi », nos aspirations intérieures, nos buts à atteindre. Il est la trame de notre vécu quotidien. C'est une base protectrice dans la traversée de la vie. Son apparition apporte toujours une grande modification du soi. Tout dépend de son état.

Où vous conduit-il ? Vers un endroit mystérieux et dangereux ? Vous vous êtes placé dans un genre de vie où vous découvrirez vos forces latentes à cause d'un amour destructeur.

Vous trouver sur un bateau qui navigue facilement par vent calme annonce une vie heureuse, sans problème.

La personne qui est avec vous à bord représente celle qui a le plus d'importance dans votre vie actuelle. C'est à vous de juger d'après les scènes qui s'y passent.

Être sur un bateau de guerre : grande division intérieure, deux centres d'intérêts s'opposent et sont en lutte.

Quitter le quai et s'embarquer sur une mer houleuse est annonciateur de problèmes, surtout si de sombres nuages apparaissent.

Être sur un bateau quand la tempête fait rage témoigne d'une vie très difficile et annonce des problèmes majeurs.

Partir en bateau avec une personne du sexe opposé parle d'une option sentimentale sérieuse.

Bateau à quai : soucis, luttes.

Les voyages sur l'eau annoncent toujours des changements importants.

BATELEUR (acrobate). *Si vous voyez un bateleur effectuer ses tours d'acrobatie ou que vous les exécutiez vous-même*, sachez que vous n'êtes pas pris au sérieux dans les luttes que vous vivez. Mais vous saurez, par votre vive intelligence et votre capacité d'adaptation, vous sortir d'une situation difficile.

BATELEUR (le). 1er arcane du Tarot. Il concerne le consultant lui-même devant sa manifestation spirituelle selon les trois aspects de l'Unité : matériel, divin et cosmique. C'est un triomphe personnel que de le voir apparaître en rêve. Il annonce le début d'une œuvre où vous devrez tracer le premier un chemin, par votre discernement et vos capacités d'innovation.

BÂTON. Symbole phallique masculin.

Avoir en main un bâton est un signe d'autorité et dénote de la facilité à mater les difficultés.

Recevoir des coups de bâton annonce des pertes d'argent.

En donner indique un conflit qui, si on en sort vainqueur, amènera des succès en affaires.

Trouver un bâton : chance et réalisation certaine.

Il peut, selon le scénario du rêve, devenir protection, soutien, défense ou pouvoir. (Voir *BAGUETTE*.)

BAUME. En ce moment, vous avez bonne réputation. Profitez-en.

BAVER. *Se voir baver* : adversité très forte.

BAZAR. Vous cherchez un dérivatif ou une petite aventure. Soyez discret quand même !

BEAUTÉ. Tout ce qui est beau en rêve annonce l'épanouissement et la joie.

Se voir beau ou belle annonce des moments heureux, l'âme se délecte dans l'amour.

BEAUX-PARENTS. Annonce des conflits en ménage ou en amour. Même s'ils sont affables et conciliants, *rêver des beaux-parents* est un signe de dispute en perspective.

BÉBÉ. Le bébé signifie toujours une naissance intérieure qui a commencé lors d'une défaite ou d'un succès important.

Il représente la partie de nous-même qui a rapport avec notre évolution, notre croissance personnelle.

Depuis combien de temps (plusieurs semaines, mois ou années) avons-nous vécu cette lutte, cette découverte intérieure, ce projet tant désiré, cette défaite qui nous a meurtri, cette grande peine d'amour, ce succès ?

Quel âge avons-nous par rapport à cette situation ? Retournons en arrière pour calculer le temps qui s'est écoulé depuis cet événement qui nous a marqué soit positivement, soit négativement.

L'âge du bébé de notre vie onirique nous l'indique.

S'il a six mois, allons voir quelle émotion a germé en nous il y a six mois, ou encore quel projet nous avons commencé à caresser silencieusement.

Si le bébé est une fille, c'est un symbole lunaire. Souvenez-vous que tout prend vie la nuit. C'est la germination d'un projet. Mais ce n'est que le jour que vous pouvez le réaliser.

C'est un garçon : symbole solaire qui annonce une réalisation immédiate.

Les bébés ne nous appartenant pas promettent des soucis, des tribulations.

Le beau bébé vigoureux représente des tentatives couronnées de succès.

Chétif et malade, il annonce de l'agitation, des échecs, de la peine.

Jouer avec un bébé est un présage de joie et de bonheur.

La mort d'un bébé annonce la fin d'un problème ou d'un espoir. (Voir *ENFANT*.)

Pour une femme désireuse de mettre un enfant au monde, c'est parfois une façon de voir le sexe de l'enfant qui va naître.

BÉCASSE. Elle représente une personne sotte, insipide, ayant un caractère agressif.

BÊCHAGE. Vos efforts porteront leurs fruits.

BECQUETER. On parle contre vous.

BÉGAYER. Vous n'osez avouer ce que vous pensez, ni exprimer vos désirs ou appréhensions.

BÉGUIN. Ce rêve annonce ce qui pourrait vous arriver ces prochains jours : un flirt ou un coup de foudre.

BEIGE. C'est une couleur chaude, douce qui dénote une belle adaptation à la vie, aux événements.

Dans les rêves, tout ce qui est beige représente une vie calme et sereine.

BEIGNET. Symbole sexuel féminin.

BELETTE. Elle symbolise l'angoisse.

Elle représente une personne curieuse, malsaine et déplacée. C'est habituellement une femme dangereuse, mesquine, rusée, qui apporte des soucis, de l'angoisse.

Si la belette s'éloigne, c'est la fin d'une période trouble.

BÉLIER. Symbole de force. Il représente une personne de prestige, un chef d'entreprise ayant un caractère princier, autoritaire et enthousiaste.

Il est bon d'être l'ami, l'allié de cette personne, on profitera de son influence, de son statut.

Côtoyer un bélier sur un chemin facile annonce une victoire, une protection puissante et constante.

Être attaqué par un bélier est un présage de difficultés inattendues par un ennemi haut placé et combatif.

BELOTE. Les cartes dans le rêve ont la même signification que dans la réalité. (Voir *CARTE*.)

BELVÉDÈRE. *Se retrouver sur le belvédère* d'un édifice et regarder au loin le paysage, annonce un grand bonheur, dont la nature dépend de ce que vous y voyez : un panorama verdoyant annonce le bonheur ; si c'est une ville très belle, c'est l'amour qui vient vers vous. (Voir *VILLE*.)

BÉNÉDICTION. *Être béni par un inconnu* signifie que grâce à sa sagesse, sa philosophie, on traversera aisément les périodes difficiles.

Bénir c'est attirer les forces cosmiques sur quelqu'un qui a besoin d'encouragement en vue de périodes difficiles probables.

Bénir : on donne son amitié.

Être béni : les dieux vous protègent.

BÉNÉFICIAIRE. Il pourrait s'agir de succession. Mais cela concerne plutôt votre état de santé. On se retrouve bénéficiaire de quoi ?

De richesses ou de dettes ? Le contexte du rêve vous l'indique.

Une meilleure santé ou le contraire, tout dépend de ce que l'on vous donne ou de ce que l'on vous oblige à payer. Réussir à payer ses dettes équivaut à récupérer ses énergies.

BÉQUILLE. Elle représente l'aide qu'on attend ou qu'on donne.

Supporter quelqu'un qui marche avec une béquille : prochainement, vous serez dans l'obligation d'encourager une personne affligée.

Marcher avec une béquille : vous aurez besoin d'être aidé. Nécessité de prier.

BERCEAU. Le berceau représente toujours la vie intérieure, l'évolution sur le plan de l'âme.

L'enfant qui gémit dans un berceau dénote un esprit tourné vers le matérialisme, reléguant au second plan le développement de l'âme.

L'enfant rayonnant de bien-être parle d'une heureuse évolution intérieure. Joie profonde, réussite, épanouissement.

Le berceau vide : vous vivez artificiellement, sans faire d'effort moral pour vous améliorer. Tristesse et monotonie dans la traversée de la vie.

BERCEUSE. Vie affective heureuse, confortable dans l'union qu'on envisage.

BÉRET. Comportement simple, sans prétention, dans la vie courante.

Un homme qui porte un béret : identification au monde poétique ou intellectuel.

BERGER (ÈRE). Symbole de vigilance. Représente le guide, le pasteur.

Être un bon pasteur : efficacité de jugement, de discernement pour réaliser un rôle social de premier plan.

Mauvais berger : mauvaise intuition, manque de connaissance et de prévoyance, échec par manque de sagesse. Impopularité.

Pris dans un sens romantique, être bergère pour une jeune fille annonce un amour idéalisé.

BERGERIE. *La vision d'un troupeau dans la bergerie* doit être prise au sens figuré et idéologique. Cela signifie un regroupement dans une croyance, une religion, une philosophie, une politique.

Si les moutons se dispersent sans rentrer dans la bergerie : c'est un refus de suivre l'opinion du groupe. Individualisme, sens critique vis-à-vis d'une opinion.

BERGERONNETTE. La voir voler près de vous en rêve vous invite à vivre un sentiment amoureux épanouissant.

BÉRYL. Cette pierre est faite de silicate d'aluminium et de béryllium. Elle annonce presque toujours du bonheur, tout dépend de la couleur qu'elle prend : (Voir *PIERRES PRÉCIEUSES*.)

Elle peut être teintée en vert, elle devient l'émeraude.

Elle peut être teintée en rose, elle devient la morgonite.

Elle peut être teintée en jaune, elle devient l'héliodore.

Si elle est teintée en bleu nuancé de vert, elle devient l'aiguemarine.

On peut l'interpréter selon la couleur dominante. (Voir *COULEUR*.)

BESACE. *En porter une* : difficulté financière.

BÉSICLES (lunettes rondes anciennes). Votre façon de philosopher est dépassée.

En porter, c'est ne pas être adapté à son temps. On vous classe parmi les vieux birbes.

BÉTEL. Ce mélange a la signification d'un symbole aphrodisiaque.

En chiquer : amour et félicité conjugale.

BETTERAVE. *Si vous en mangez* : vos énergies augmenteront. Besoin d'un fortifiant.

BÉTYLE. Cette pierre sacrée, considérée comme la maison céleste, est réceptrice de la puissance divine, symbole du centre du monde.

Sa vue en rêve annonce une capacité de communiquer avec les plus hautes sphères célestes, prédisposant à une nouvelle naissance, à une conscience retrouvée.

Voir une de ces pierres précieuses annonce une certaine stabilité dans les émotions par la connaissance et la protection des zones invisibles.

C'est avoir saisi leur présence et leur encouragement, afin de mieux diriger et guider sa vie.

BEURRE. Il relie l'homme au fluide cosmique, réunissant les mondes humains, divins.

Il représente la matière où circulent toutes les énergies sacrées dans l'univers.

Le voir dans ses rêves annonce toujours la richesse ou le bonheur.

Manger du pain beurré indique encore plus l'opportunité à jouir intensément de la vie et de l'abondance.

BEURRERIE. Vous découvrirez bientôt des moyens pour mieux réussir.

BEUVERIE. Depuis longtemps ce mot n'est plus teinté d'envirement mystique.

Dans les rêves, il annonce que les actions mal tracées, l'intuition erronée déboucheront sur des émotions obscures en regard des êtres et des choses.

On pourrait se laisser conduire par des instincts bas et même, si on ne prend garde, on risquerait de commettre des impairs. Ceci a trait autant à votre vie sentimentale que professionnelle.

BÉVUE. Commettre une bévue en rêve vous invite à ne pas en faire une dans les jours qui suivent.

BIBINE. Toute boisson de mauvaise qualité parle d'un amour du même acabit.

En boire : vous vous contentez de peu en amour. Incitation à être plus judicieux dans le choix d'un partenaire amoureux.

BIBLE. *Lire un passage biblique* vous dicte ce que vous devez comprendre, d'après votre degré d'évolution.

Symboliquement, vous vivrez des événements initiatiques, provoquant une évolution spirituelle.

Nécessité de méditer sur ce que vous lisez afin de saisir le pourquoi des combats intérieurs menés présentement, et où ils vous conduisent.

Les personnages bibliques, qu'ils soient féminins ou masculins, vous identifient quel que soit votre sexe.

Exemple : *Le peuple hébreu signifie* votre croyance personnelle, axée sur la tradition ou révélation biblique.

Le peuple égyptien signale une intériorité portée vers les plaisirs terrestres. Toujours d'après le sens biblique du terme.

Moïse symbolise l'intervention initiatique d'un maître spirituel vécue en rapport avec la communication surnaturelle. Son peuple devient sa pureté personnelle qu'on persécute, symbole d'une identification au peuple hébreu qui fut assujetti aux lois des Pharaons (le matérialisme). Le peuple est un centre sacré de vie.

L'exil veut signifier la fin d'une épreuve.

La traversée du Jourdain : le passage de l'âme humaine, qui devient élue, immortelle.

Voilà une manière de comprendre par vos rêves les passages bibliques qui peuvent intervenir si vous livrez une lutte contre les puissances ténébreuses.

BIBLIOTHÈQUE. Elle vous renseigne sur votre vécu. Il se peut que vous y trouviez un vieux grimoire qui vous renseigne sur vos possibilités, ou vous conduise vers une lumière éclairant votre personnalité. En général, la bibliothèque vous fait découvrir une nécessité d'apprendre en vue d'atteindre votre épanouissement ou votre succès.

BICEPS. *Les voir en rêve* : rien ne peut arrêter votre puissante volonté et votre détermination.

BICHE. Symbole de l'union sexuelle mystique, elle évoque l'amour, la tendresse et le bonheur.

Dans un rêve féminin, il s'agit de l'instinct de la rêveuse qui souffre d'un manque de confiance en elle.

Elle doit prendre conscience de sa valeur et l'exploiter.

S'entendre dire qu'on a des yeux de biche annonce une chance de séduire bientôt.

BIÈRE (breuvage). D'après l'Antiquité, la bière est la boisson symbolique, convenant à la sagesse.

L'homme dont l'expérience de la vie a fermenté et a atteint son paroxysme, peut boire ce qui convient d'appeler le germe de vie. Boisson de l'immortalité.

On sait que dans la vie onirique tout enivrement devient euphorie spirituelle. Il est bon de se voir boire raisonnablement de la bière en rêve.

Cela annonce de grandes joies mystiques en amour parce qu'on en connaît les lois à respecter.

La bière symbolise l'euphorie guerrière, combative ; le vin a une mystique sage et inspirée.

BIFTECK. *Déguster un bifteck apprêté à votre goût* : moment heureux en amour.

BIFURCATION. Choix de direction de vie, imprévue pour le moment. Un virage décisif dans la destinée.

BIGARRURE. Pour ceux dont la spécialité se rapproche de la nature, comme les cultivateurs ou les naturopathes, les gardes forestiers, etc.

Il est bon de se voir bigarré des couleurs de la nature. Pour les autres, il serait plutôt néfaste de porter des vêtements de couleurs disparates. (Voir *VÊTEMENTS, ROBES, HABITS.*) À moins que ces couleurs ne soient très harmonieuses, cela produit des ambivalences dans les relations amoureuses.

BIGOT. Dieu ne vous en demande pas autant, mais votre situation actuelle exige peut-être un rapprochement de Dieu plus intense, selon ce que votre vécu vous suggère.

BIBERON. *Nourrir quelqu'un au biberon* : aide apportée judicieusement.

Se nourrir au biberon : l'appui reçu stimule le courage et la volonté. Santé à surveiller.

BIJOUX. *Faire étalage de ses bijoux* représente une satisfaction personnelle.

C'est un signe de sécurité et de jouissance des biens matériels ou de stabilité sentimentale.

Se faire offrir un anneau, un collier, ou un bracelet serti d'un diamant ou d'une pierre précieuse, annonce un amour sans partage, le mariage.

Symboliquement, les bijoux ajoutent un sceau vibratoire à l'individu qui les porte, ces vibrations rejoignent dans le cosmos des vibrations identiques, soit bénéfiques ou maléfiques.

BILAN. Examen nécessaire avant de prendre une décision.

BILLET. Il représente les forces dont on dispose et les moyens d'adaptation à une réalisation dans la vie. Le chauffeur ou contrôleur qui poinçonne le billet représente le rêveur qui sonde ses capacités à prendre la direction envisagée dans un nouveau projet.

Ne pas obtenir de billet : on n'a pas le comportement voulu pour mener à bien ses aspirations.

Payer son billet signifie qu'on possède les qualités nécessaires pour continuer dans la direction choisie.

BIOLOGISTE. Sa vue en rêve vous assure d'une guérison rapide d'une maladie physique.

BINER. Votre prévoyance vous conduit à la prospérité.

BISEXUÉ. *Se voir porteur des deux sexes à la fois (physiquement)* annonce une complémentarité dans l'affirmation de ses actes, étant placé dans les circonstances qui nous forcent à assumer les fonctions féminines et masculines à la fois.

Exemple : la femme qui est totalement responsable sur le plan moral et matériel de ses enfants, ou vice-versa quand il s'agit de l'homme. Si les organes sexuels sont bien formés, vous réussissez à concilier les deux facilement. (Voir *PÉNIS, MASCULIN, FÉMININ.*)

BISON. Bien qu'aujourd'hui on ne le rencontre que dans les réserves, il demeure depuis toujours un symbole d'abondance et de prospérité. Le voir apparaître en rêve peut annoncer de la chance.

BICYCLETTE. Annonce une maturité consciente dans l'affirmation de la personnalité et un bon équilibre.

Son apparition en rêve nécessite une autonomie normale à véhiculer la vie à travers ses luttes en tenant compte des forces qui s'opposent en chacun de nous.

Circuler sur une bicyclette : force et harmonie intérieure.

Parce qu'on l'enfourche, elle prend un sens sexuel axé plutôt sur une aventure passagère.

BLANC. Symbole de la perfection, de la pureté. (Voir *COULEUR.*)

BLANCHISSEUSE (laveuse). Bien que ce rôle semble plutôt servile, dans les rêves, de par son sens sacré, il rejoint une opération surnaturelle de l'alchimie par la libération qu'il réussit à opérer sur nos émotions. Ne dit-on pas « laver son linge sale en famille », c'est-à-dire mettre à neuf nos relations par la magie des mots, et dépasser la saleté de nos encombrements instinctifs ?

La voir apparaître dans la vie onirique : elle annonce une démarche fructueuse pour résoudre un conflit, si la blanchisseuse réussit à laver le linge. (Voir *LAVER*.)

Idem pour *MACHINE À LAVER*.

BLAFARD. Un teint blafard annonce une légère indisposition psychique, due à un choc.

BLAIREAU (animal). Symbole de ruse et de malice.

Au Japon, il sert d'emblème de prospérité et de satisfaction de soi-même.

En rêve, il invite à la sincérité dans les contacts humains, si on ne veut pas payer en retour le manque d'authenticité.

Il représente nos instincts ou celui des autres.

Le voir : vous aurez affaire à quelqu'un de roublard, attention à ce que ce ne soit pas vous-même !

BLAZER (veston). Votre attitude est plutôt conventionnelle dans la vie.

BLÉ. Parce qu'il meurt et qu'en mourant il germe à nouveau à la vie, il est un symbole très riche de la résurrection et de l'immortalité. C'est pourquoi *le voir apparaître en rêve* rassure sur la vie et sur ce qui la nourrit, l'épanouit.

Le blé en gerbe annonce pour l'avenir le succès dans les efforts. Mais à condition qu'il soit à l'abri.

Moudre du blé annonce un grand succès immédiat en amour ou au travail, tout dépend du contexte du rêve.

Le blé mûr indique que le moment est venu de récolter le fruit de ses efforts.

BLESSURE. Le rêveur est concerné même si la blessure est vue sur une autre personne ou un animal.

Une blessure physique annonce une souffrance de l'âme ; le membre touché indique la nature des refoulements, de la peine.

Une blessure qui saigne annonce une perte de résistance nerveuse.

Une blessure à la main laisse entrevoir des difficultés émotionnelles en rapport avec l'entourage.

Blessé à la main droite : la malchance touche votre travail.

Voir guérir une blessure indique des ennuis de courte durée, rapidement oubliés.

BLEU. C'est la couleur de l'esprit, de l'intellect, de la transparence et de la féminité. (Voir *COULEUR*.)

BLINDER. Besoin de se protéger ou de protéger son état de vie.

Que blindez-vous ? Un terrain, un métal.

Contre quoi ou qui avez-vous à vous protéger ?

Bien étudier l'ensemble du rêve et l'appliquer à vos efforts actuels. De cette façon, vous réussirez à être heureux.

BLOCAGE. Si *vous réussissez à bloquer un dégagement d'émanation nocive* : vous réussirez à contrôler une inquiétude qui empoisonne votre vie.

Au contraire, essayez-vous de débloquer l'évier afin de laisser couler l'eau sale ? Vous comprenez enfin comment vous défaire d'un sentiment amoureux nuisible, et ce, par une nouvelle manière de concevoir votre autonomie.

BLOND. Les héros mythologiques pour la plupart avaient une chevelure blonde.

Cette couleur, par son rapprochement à la couleur du soleil, manifeste de l'amour, de la chaleur et de la maturité.

BLOUSE (corsage). Joies sentimentales.

Sale : on devra s'attendre à des blessures sentimentales.

BŒUF. Son symbole est celui de la bonté, du calme paisible, de la puissance et de la volonté tenace dans sa servitude au travail.

Voir des bœufs gras annonce l'abondance, la richesse ; *maigres*, ils signifient la pauvreté.

Voir un troupeau de bœufs paisibles est un signe de prospérité en affaires.

Voir un troupeau de bœufs furieux présage des problèmes incontrôlables qui prendront de l'ampleur.

Voir des bœufs morts : problèmes insurmontables.

Voir des bœufs attelés : abondance, paix familiale et union heureuse.

Les bœufs blancs représentent l'honneur acquis par le travail.

Les bœufs noirs annoncent une déception sentimentale.

Les roux présagent un amour passionné.

La signification est différente selon qu'on voit le bœuf ou qu'on le déguste.

Manger du bœuf cru est signe d'une peine cuisante ou d'une perte d'argent ; à juger d'après les symboles personnels du rêveur.

Manger du bœuf frais bien apprêté annonce des joies à venir grâce à un sens juste de l'amour et de l'amitié.

BOHÉMIEN. Besoin de se détendre et de changer de climat intérieur. La monotonie s'est installée dans votre vie ; essayez de rire, de chanter, de vivre avec plus de spontanéité.

BOIRE. *Boire de l'eau fraîche* représente un besoin affectif comblé.

Boire de l'eau glacée annonce une passion amoureuse.

Boire de l'eau chaude, c'est un signe de maladie, d'échec dans ses projets.

Boire du vin représente un sentiment amoureux ; il est partagé si on le boit en compagnie d'une personne du sexe opposé.

Boire du café : transactions financières.

Boire de l'huile annonce un danger causé par un ennemi.

Boire du lait laisse envisager une fragilité physique ou psychique qui devrait aboutir à une période de croissance personnelle. Soyez attentif. Se désaltérer à un cours d'eau est un signe d'amour et de meilleure santé, tout dépend de son état actuel. Ne pas pouvoir se désaltérer représente un état de santé chancelant, de solitude morale.

BOIS. Les bois symbolisent la connaissance mystérieuse. Ils protègent comme la mère. Leur source d'inspiration vient du lien qu'entretiennent les arbres entre le ciel et la terre. Ils demeurent un moyen de régénérescence.

Se promener à travers les bois indique un désir intense d'être aimé.

Si les arbres sont remplis de feuilles, de fruits : bonheur, joie à escompter.

C'est un moment de solitude à passer si vous voyez les arbres sans feuilles, pire si *vous voyez les arbres morts*.

Se promener dans les bois, s'y égarer, annonce une recherche sur soi-même dans l'élaboration de sa vie affective.

On ne sait plus comment et qui aimer. (Voir *LABYRINTHE, THÉSÉE*.)

Découvrir à travers les faîtes des arbres une percée, ou encore une clairière qui se trace : vous commencez à mieux vous comprendre et à savoir régler vos problèmes.

Sortir du bois : fin d'une période difficile.

Selon l'expression populaire « toucher du bois » : chance.

BOISSEAU. Pris dans le sens d'une mesure de capacité, il signe le ralliement vers une montée de la lumière, de la connaissance. Il est l'instrument de quantité et de mesure permettant d'accéder à la nourriture surnaturelle.

Le voir en rêve nous incite à ne pas vouloir monter trop rapidement les étapes de l'élévation.

Mais surtout ne pas commettre d'erreur dans ses choix. Et accepter que parfois on nous cache quelque chose.

BOÎTE. Son symbole est variable d'après son contenu.

Elle se rapproche par sa signification du coffret ou encore de l'armoire et est parfois apparentée au cercueil, tout dépend de son aspect. Sa vue en rêve peut donner une impression d'étouffer puisqu'elle se referme.

Est-elle la boîte à surprise qui vous émerveille, vous étonne ou vous effraie ?

Jugez par le contexte du rêve. (Voir *CERCUEIL, ARMOIRE, COFFRET* et *PANDORE*.)

BOITER. Faiblesse psychique à la suite d'un choc émotif ou encore difficulté financière ayant une répercussion sur votre équilibre.

BOITILLER. Vous êtes légèrement perturbé. Faites le point en vous-même.

BOLIDE. (Voir *AVION*.)

BOMBARDEMENT. Symbole de division, conduisant à l'usure des forces nerveuses. Deux attachements ou deux philosophies se battent en vous.

De toute façon, rétablissez la paix intérieure en vous débarrassant d'idées obsédantes. Faites l'unité dans votre plan de vie. Autrement dit, prenez une option bien définie.

Faites le bilan de vos objectifs. Si vous bombardez, vous voulez anéantir ce qui, pour vous, n'a plus d'importance. (Voir *INCENDIE*.)

BOMBE. Elle annonce un danger pour l'équilibre.

Si la bombe éclate et détruit la maison, c'est l'annonce d'une explosion intérieure détruisant votre stabilité.

On est dans une situation incontrôlable à cause d'un climat de vie depuis longtemps trop tendu.

Si elle n'éclate pas, c'est un avertissement qui engage à modifier le cours de votre vie dans son ensemble.

BONHEUR. Se sentir heureux en rêve est annonciateur d'épanouissement, de vie harmonieuse.

BONNET. *Voir un nouveau-né avec le bonnet de félicité (enveloppe amniotique)* : avertissement de beaucoup de chance, de satisfaction dans votre vie et de protection providentielle. (Voir *BÉBÉ*.) Pour le bonnet vu en général, il symbolise ce qui se passe dans votre esprit, quel comportement vous dicte vos pensées, votre adaptation sociale.

Le bonnet de police vous rend serviable et responsable de vos obligations.

Si vous voyez deux têtes sous le même bonnet : vous avez trouvé une personne qui est de votre avis.

Porter un gros bonnet : vous devenez, très, très imposant comme personnage.

Si vous placez quelque chose sous un bonnet : vous vous sentirez très obligé envers quelqu'un ou quelque chose.

Le symbolisme de cette chose vous indique dans quoi vous vous engagez.

Bonnet de nuit : conservatisme dans la pensée, réminiscence inconsciente de cette facette de votre personnalité.

BONNETEAU. Pratiquer ce jeu défendu indique que vous serez tenté de vous lancer dans une affaire malhonnête.

Tout bonneteur qui triche au jeu de la vie retrouvera sur le visage de ceux qui l'aiment la désapprobation de son manque d'équité. Attention au choc en retour.

BORGNE. Symbole du pouvoir magique enfermé dans le regard. Le borgne vous oblige à vous méfier de l'étonnant pouvoir de persuasion et de la clairvoyance d'une personne avec laquelle vous opérerez dans les prochains jours.

BOSSU. *Voir un bossu* est un signe de chance.

Être bossu est un signe de malchance.

BOTTE. Le pied est le symbole de l'âme tournée vers la vie sensuelle et terrestre.

Habillant les sentiments de l'âme, regardant les satisfactions matérielles, la botte nous fait concevoir notre aisance dans nos besoins instinctifs et sociaux.

Porter de belles bottes : succès dans vos entreprises amoureuses ou mondaines. Respect.

En porter seulement une : vie désorganisée et amour non réciproque.

Porter de vieilles bottes trouées : fin d'une entreprise. Projet mal aspecté, amour qui s'étiole.

Se voir sous la botte de quelqu'un : vous subissez une oppression.

Temps de bottes : Exécutez ces pas de danse folklorique, votre comportement est axé sur la volonté d'agir joyeusement et efficacement selon les coutumes.

BOUC. Le symbolisme du bouc est double, négatif et positif. Son apparition en rêve nous oblige à rétablir les forces de l'élan vital, vers un juste milieu.

Selon l'imagerie chrétienne : il est représentatif de Satan.

Dans l'imagerie populaire : il représente la perversion, la sensualité de la personne que vous aimez.

Voir un bouc se tenant à la tête d'un troupeau de chèvres : attention à ne pas vous laisser entraîner dans une mauvaise affaire par un homme puissant.

BOUC ÉMISSAIRE. *Se voir bouc émissaire* dans un rêve n'annonce rien de positif : il a la même signification dans la vie onirique que dans la vie diurne.

Dans les circonstances, tous les torts retomberont sur vous et vous devrez payer de votre personne toutes les afflictions.

BOUCHE. Symbole sexuel, elle demeure une puissance créatrice ou destructrice.

Par le verbe, elle laisse passer la création.

Par son souffle, elle donne et reçoit l'inspiration, et par ses mots, établit la communication du monde inférieur avec le monde supérieur.

Elle peut détruire comme donner la vie.

Par elle, passe le premier et dernier souffle de vie.

La bouche ouverte qui vous regarde en rêve demande de l'aide, de l'appui.

Fermée ou recouverte de l'index, elle invite à la discrétion, au secret, au silence.

À moitié ouverte : elle est une provocation sentimentale.

Si une écume sort de la bouche : ennuis et angoisse.

BOUCHER. Il annonce des périls, des dommages et souligne qu'on se laisse manipuler sans respect.

Pour la femme le boucher représente l'homme de sa vie. Ce dernier manque d'intérêt au niveau de son épanouissement et ne se préoccupe pas de ses besoins ; au contraire, il la manipule d'une façon destructrice.

Pour le subalterne ce rêve lui annonce que l'autorité intransigeante de son patron ne lui permettra pas de prendre confiance en lui.

Voir un boucher indique qu'un individu sans scrupule nous exploitera.

BOUCHERIE. Se retrouver dans une boucherie nous conseille de ne pas continuer à vivre cet amour, il ne nous conduit que vers la souffrance morale.

BOUCHON (rêve féminin). Vous vivrez un amour plus passionné qu'idéalisé.

BOUCLES D'OREILLES. *En acheter* représente un désir de séduire.

En porter annonce une aventure sentimentale.

Se faire percer les oreilles : défloration.

BOUCLIER. Attribut de force venant d'en haut.

Indique une nécessité de se protéger dans une affaire en cours.

Pour l'homme, il annonce une compagne qui l'épaulera, surtout si le bouclier est richement orné.

Dans sa signification spirituelle, le bouclier se fabrique par la force venant de la prière et sert d'arme contre les tentations. Bref, votre manière de penser, c'est le meilleur bouclier.

BOUDDHA. *Voir un bouddha* promet beaucoup de chance. Réussite par des moyens honnêtes, visant la pureté d'intention, la charité et le détachement.

BOUDER. Conflits anodins vous rendant contestataire. Pourtant, la bouderie ne mène nulle part. N'ayez pas peur de pardonner et d'engager un dialogue ouvert et authentique.

BOUDINS. Affaires allant clopin-clopant. Laisse prévoir des revenus instables.

BOUE. Elle annonce des difficultés provenant d'un marasme intérieur et de conflits inconscients.

Passer dans la boue : vos relations sont peu recommandables ou vos actions sont teintées de malhonnêteté ou d'immoralité.

Marcher dans la boue : mauvaise orientation de votre vie.

Déboucher sur un terrain sec : votre réussite n'est pas sans irrégularité.

Ne pouvoir se sortir de la boue : vous n'avez définitivement pas pris la bonne orientation dans vos affaires sentimentales ou autres et vous souffrez d'angoisse.

S'enfoncer dans la boue jusqu'à l'étouffement : situation désespérée.

BOUÉE. Vous craignez de vous engager davantage.
Si vous la voyez, vous serez sécurisé dans vos projets, vous comprendrez comment et où se situent vos sentiments et affaires.
Recevoir une bouée de sauvetage : dans une situation périlleuse, vous recevrez un appui.

BOUFFON. Toute la partie inconsciente négative dans chaque individu symbolise le bouffon. Cette moitié de nous-même que nous sentons inférieure, nous la raillons constamment. Elle incarne la conscience ironique devant la dualité individuelle, facette que nous condamnons, rejetons et détruisons. D'où la signification du rire qui est maléfique dans le rêve, parce qu'il montre au grand jour ce personnage condamné par la censure consciente.
En fait nous rions de nous, d'un comportement désuet. La vie onirique nous fait comprendre le ridicule de certains engagements, de certaines façons d'être, de ce qui doit être détruit.

BOUGIE. Symbole de la montée vers le ciel, d'un souffle de vie ascendant, de la montée de l'âme vers Dieu.
Allumée, si le feu ne touche pas la bougie : message spirituel.
Bougie placée sur un trait linéaire, au milieu de trois hémisphères : symbole de l'Esprit-Saint.
Bougie allumée dont la flamme part de la tige de la chandelle : amour heureux.
Bougie qui s'éteint : amour déçu.
Bougie flambant très haut : désir exaucé.

BOUILLON. *Pris dans un sens spirituel*, le bouillon est l'aliment de vie et de guérison surnaturelle, car il rejoint l'harmonie universelle.
En manger : convalescence réussie.
En donner : vous vous aiderez facilement dans vos efforts vers une récupération.
En donner à quelqu'un de connu : vous réconforterez une personne malade.

BOULANGER. *S'il vous donne du pain* : il représente l'ami porteur de chance, de santé, ou encore l'amoureux bénéfique.
S'il refuse de vous en donner : ne comptez pas sur la prodigalité d'un ami.

BOULANGERIE. Très bon rêve; le bonheur est durable à partir de ce rêve.

BOULEAU. Il signifie la chance, un nouveau cycle de vie.

BOULET. *Porter un boulet au pied* : vous ne pouvez vous défaire de quelqu'un ou de quelque chose qui vous énerve et vous épuise.

BOURGEON. Il annonce toutes les chances de réussite pour un projet en cours.

BOURREAU. Il représente le bourreau qui vit en nous. On veut se défaire d'un défaut, supprimer une idée, une manie, une obsession, mais il peut aussi être un symbole extérieur de souffrance provenant d'une relation.

Il faut se poser la question : mes lacunes me font-elles souffrir? Ou encore existe-t-il un conflit de personnalité avec un proche qui me fait tant souffrir?

BOURSE (Palais de la). *Le voir en rêve* : danger d'être lésé ou volé.

BOURSE. Elle symbolise ce qui est précieux pour vous. Voir les objets qu'elle contient.

Vide : pauvreté.

Pleine d'argent : vie confortable, richesse, chance, potentiel à exploiter.

BOUSSOLE. Elle représente une personne de bon conseil qui peut avoir une influence bénéfique sur l'orientation de votre vie.

BOUTEILLE. Symbole féminin d'après l'interprétation freudienne. Fondamentalement, elle a deux significations : celle de l'arche et du navire. En elle, vibrent le savoir porteur de paix et des révélations futures car son contenu, plus appréciable que les métaux précieux, est l'élixir divin. Le rôle féminin n'est-il pas celui de la nuit, inspiratrice du jour? Celui de la femme, obligeant l'homme à se réveiller dans son évolution?

Pour l'homme, la bouteille représente l'évolution qui passe par le cheminement de l'amour qu'il projette sur une femme.

Une bouteille vide signifie un besoin d'affection, de chaleur humaine, traduit une insatisfaction.

Pour la femme, une bouteille pleine de vin signifie qu'elle est amoureuse.

Pour l'homme, cela veut dire qu'il est aimé : il n'en tient qu'à lui de partager cet amour.

La bouteille brisée laisse prévoir une période difficile psychologiquement.

Une bouteille contenant des médicaments annonce un moment difficile pour la santé, une nervosité excessive.

Prendre des médicaments présage une guérison.

La bouteille de bière invite à régler des affaires de manière fructueuse, à s'affirmer par la force volontaire, en même temps, elle couvre toujours le côté affectif.

La bouteille peut avoir une signification mystique : bouteille de la science, de la découverte, de la prémonition, etc.

BRACELET. Par sa forme ronde, il rejoint le symbole du cercle, du savoir, d'une évolution constante, d'un acquis durable. Il annonce une union.

Le bracelet d'argent, s'il est fermé, est un signe de sujétion, de dépendance en amour.

En or, s'il est ouvert, il représente la liberté dans une association amoureuse.

Porté à la cheville : union basée sur des instincts matérialistes, esclavage.

Porté au bras droit : amour reconnu.

Porté au bras gauche : il indique un amour caché, inconventionnel.

BRANCARD. *Vide ou occupé* : accident ou choc émotif à prévoir.

BRANCHE. Son symbolisme rejoint celui de la baguette magique. Elle incite à l'oubli des peines passées et fait découvrir l'amour et une renaissance.

BRAS. Symbole de force, d'action, de pouvoir et du secours reçu. Les épaules, les bras, les mains représentent le pouvoir d'agir.

L'avant-bras est désigné comme le prolongement de l'esprit.

Le coude, source d'action, est soutenu par la force divine.

Voir un bras bien levé exprime du courage dans l'action.

Le voir cassé : inactivité forcée, perte de combativité.

Repos à conseiller *si vous perdez ou vous vous cassez un bras*.

BRASIER. *Le brasier allumé, flambant* promet l'amour.

Éteint, il est tristement annonciateur de rupture.

BRASSERIE. Besoin de jouir de la vie et de l'amour. Si c'est un rêve fréquent, vous perdez un temps précieux.

BREBIS. Symbole de l'âme qui vient vivre sa vie terrestre.

La brebis noire replace l'âme dans ses liens terrestres.

La brebis blanche nous remet en face de nos origines spirituelles et surnaturelles.

Brebis en bonne santé : profits, bonheur si le troupeau est harmonieux.

Une seule brebis : inquiétude pour une personne aimée.

Brebis mortes : pleurs et peines.

BREVET. Réussite dans vos projets actuels.

BRIDES. On essaie trop de diriger vos activités, votre vie. Réagissez calmement mais fermement.

BRIGAND. Moment d'impatience, où votre attitude agressive vous trompe et vous détruit.

Essayez de voir clair dans votre attitude et celle d'autrui. Au fond, n'êtes-vous pas plutôt fatigué ou ne manquez-vous pas de confiance en vous ? (Voir *CAMBRIOLEUR*.)

BRIQUES. Annonce la venue d'une vie stable, d'où naîtra toute une réorganisation de son existence.

Voir un mur de briques : protection, chance de stabilité dans une amitié ou un amour prometteur d'activités sociales.

Rejoint la signification de la maison. (Voir ce mot.)

BRONZE. Le bronze symbolise la force militaire. Tout ce qui est en bronze annonce une protection combative et efficace, dans les réalisations concrètes et professionnelles.

Être transformé en bronze : maladie ou mort si l'état est déjà critique. (Voir *PÉTRIFICATION*.)

Voir une statue de bronze : protection. Les menaces ne vous atteindront pas.

BROUETTE. Elle signifie la puissance de l'homme, à partir des forces cosmiques à diriger son destin.

Pleine : annonce du succès.

Vide : stagnation.

La brouette renversée annonce une contradiction dans un projet. Échec.

BROUILLARD. Période d'arrêt où tout devient sans forme.

Vos projets, vos ambitions, vos désirs, même vos luttes ne sont plus saisis, comme étant nécessaires ou essentiels.

Voir sa vie embrouillée oblige à s'en sortir. À travers cette période, l'important, c'est de garder le respect et l'observation des lois naturelles. C'est la seule boussole qui permettra au temps de dissiper ce qui est encore confus.

BROUILLE. Réconciliation après une bonne explication.

BROUSSAILLES. Annonce une situation difficile si vous marchez.

BROUSSE. Voyager dans la brousse signifie une incursion dans son subconscient.

BROUTER. *Voir des animaux brouter* : vous êtes sur le point d'atteindre le but fixé en amour.

BRUIT. Il signifie un espoir déçu.

En faire : dédain indisposant les autres.

Entendre un gros bruit annonce toujours une mauvaise nouvelle.

BRÛLURES. Amour traumatisant, conflits conduisant à l'usure.

BRUME. C'est un signe de difficulté à résoudre un problème. Retard dans l'élaboration de vos projets. (Voir *BROUILLARD*.)

BRUN. C'est une couleur chaude, simple, qui apporte une vie de famille saine, confortable, naturelle, sans passion ni extravagance.

BUCENTAURE. Monstre fabuleux. Il symbolise la personne humaine face à ses dualités instinctives. Combat entre l'esprit et la sensibilité en rapport avec la puissante fécondité passant par l'attrait des vaines aspirations terrestres.

BÛCHE. Elle apporte la chance, l'amour.

Voir flamber une bûche : passion.

BÛCHER. *Brûler sur un bûcher* indique que vous transcenderez les difficultés et que vous aurez du succès.

Les jeunes gens se voyant au bûcher auront une passion amoureuse.

Les malades et indigents reprendront du poil de la bête immédiatement. En général, les sacrifices humains apportent la célébrité au rêveur.

BUFFLE. (Voir *TAUREAU*.)

BUIS. Il annonce une aide qui arrive à point.

Tenir une branche de buis signifie pour une femme la protection et l'amour.

Pour l'homme, elle signifie le contraire et elle annonce la venue d'une femme légère, trompeuse, inconstante.

Pour les malades, c'est un signe de guérison.

Pour l'homme d'affaires, c'est un signe de protection.

BUISSON. Il symbolise l'éveil de la conscience vers la connaissance de ses responsabilités dans la vie.

Il prend le sens de l'arbre de la connaissance.

BULLDOZER. Il indique qu'un projet jugé impossible sera réalisable.

On aplanira les obstacles et les rivaux.

On défiera tous les dangers avec succès.

BUREAU. Le bureau représente le milieu de travail.

Un bureau seul dans une pièce indique une fébrilité intellectuelle. Il est bon de juger et d'examiner ce qui se passe dans un bureau, car ce rêve concerne les événements à venir dans votre travail.

BUREAU DE POSTE. Il annonce des nouvelles concernant votre vie personnelle. Même signification de messager que la réception d'une lettre.

BUREAU DE PLACEMENT. Il se réfère à des nouvelles concernant votre travail, si vous êtes en chômage.

En général, il vous incite à reprendre une voie intérieure vers le combat de la vie. Il concerne surtout une récupération physique.

Pourquoi ? Parce que le travail, c'est l'activité de l'âme alliée à son serviteur, le corps physique.

Cette liaison dans le travail de l'âme avec le corps s'arrête à la mort. Si en rêve vous retrouvez un emploi, vous guérirez ; cela n'a rien à voir avec la profession ou le travail.

BURIN. Se servir d'un burin et graver des signes ou des images sur le bois ou sur des métaux en rêve veut dire que vous saisirez par le symbole de ce que vous ciselez l'annonce d'un événement dans votre vie.

BUSE (oiseau). Selon l'expression populaire, elle désigne la rencontre d'une personne ignorante et sotte qui pourrait nuire à vos affaires par stupidité.

BUTOR (oiseau échassier). Selon l'expression populaire, il personnifie un individu stupide et grossier.

C

CABALE. On essaiera de vous influencer. Attendez-vous à des intrigues dirigées vers ou contre vous.

CABALE. Il est possible que vous voyiez en rêve des signes ou messages cabalistiques. Cela peut être une incitation à comprendre symboliquement un passage de l'Ancien Testament. De toute façon, il ne faut pas essayer pour le moment de saisir ce qui n'est pas à votre portée.

Les événements que vous vivrez éventuellement vous préciseront ces révélations qui concernent votre vie et vous serez à même de décoder plus tard ce que vos guides essaient de vous communiquer.

CABARET. Il symbolise des amitiés douteuses, des amours compliquées.

CABANE. Une cabane à la campagne représente un besoin de solitude.

Si elle est délabrée, une période de méditation et de retraite vous est nécessaire afin de retrouver l'harmonie.

CABAS. L'état de vos finances vous oblige à l'économie et vous luttez contre une tendance à dépenser exagérément.

CABINET D'AISANCES. Ce qui doit être rejeté par la chasse d'eau indique ce qui vous fatigue moralement et vous empêche de vous épanouir. Et ce, autant dans votre vie affective que professionnelle.

Ce qui doit s'oublier doit retourner à la terre. De cette façon, il y a libération, dégagement d'une obsession.

Libération de problèmes financiers, *si ce sont des excréments qui s'y trouvent*.

Libération d'une peine, *si c'est de la viande crue que vous y voyez*.

Oubli d'un amour, *si c'est de l'urine qui se mêle à l'eau du cabinet*.

CABINE DE BATEAU. Prend le sens de chambre à coucher. Symbolise votre santé mentale ou votre vie sexuelle, et ce en rapport avec le partenaire qui contribue à la stabilité de votre vie.

CABINE ÉJECTABLE. Vous êtes prêt à toute éventualité, même à vous défaire d'une situation périlleuse sans trop de dommages.

CABINE TÉLÉPHONIQUE. Amour secret ou confidentiel. Besoin de s'attacher discrètement.

S'y trouver : vous désirez de l'aide, un appui.

Appeler : vous êtes obsédé par un sentiment, on veut savoir si ce sentiment est partagé.

Si on vous répond, la phrase indiquée vous dit si ce sentiment est réciproque.

Si on ne répond pas, cet amour n'est pas partagé.

CABIRES. En mythologie, démons descendant d'Héphaïstos, forgeant avec le feu, ils sont les protecteurs des navigateurs. (Voir *FORGERON.*) Ils aident à développer des vertus ou des possibilités pour que vous émergiez d'une situation oppressante.

CÂBLE. Il symbolise une montée difficile, des efforts acharnés vers une réussite. Se hisser jusqu'au haut du câble annonce un succès complet sur le plan professionnel.

CABRI. Il indique un grand besoin de liberté.

CABRIOLET. Présage de bons moments en amour.

CACHER (SE). Ce rêve exige une analyse sérieuse afin de découvrir ses peurs, ses complexes, ses refoulements.

État d'esprit indiquant la peur de dire ses opinions ou de s'occuper de ses obligations.

Peur d'assumer ses responsabilités et de s'affirmer.

CACTUS. Il personnifie un individu solitaire, agressif et froid, avec des besoins affectifs limités.

Se piquer à un cactus : blessure venant de l'entourage.

Voir quelqu'un de connu s'y piquer : surveillez votre agressivité.

CADASTRE. *Avoir le document en main* : période de confusion sentimentale. Étude au cours de laquelle on est à la recherche d'un sentiment amoureux très important dans sa vie.

CADAVRE. Le cadavre découvert dans une malle, une cave,

etc. désigne le poids d'un échec professionnel ou d'un déboire sentimental qu'on ressent encore et qui bloque l'évolution.

Le cadavre signifie aussi un système de valeur périmé. Ce rêve est bénéfique si on peut diagnostiquer le poids mort en soi et s'en départir.

CADEAU. *Faire un cadeau* promet des amis sincères.

Recevoir un cadeau : indique que les entreprises prospéreront, surtout si le cadeau vient de personnes haut placées.

CADENAS. *S'il est placé sur une porte inconnue* : indique de ne pas vous immiscer dans les affaires d'autrui, car on n'en récolterait que de la disgrâce.

Placé sur votre porte : nécessité d'être plus discret, de ne pas divulguer vos projets.

CADRE. Il symbolise ce qui fait le sujet principal de votre vie. Il vous indique ce qui est réalisable pour les moments à venir.

Un cadre plein représente une vie heureuse, stable, si le sujet s'y prête.

Un cadre vide oblige à échafauder une nouvelle relation. C'est aussi vivre une solitude momentanée, se sentir désorienté.

Décrocher un cadre représente l'intention de rompre avec un contexte de vie sociale ou matrimoniale. Peut annoncer une séparation. Rêve important.

CADUCÉE. Sa forme représente l'arbre de vie. Symbole d'union, d'équilibre des forces qui circulent de haut en bas, de bas en haut.

Puissance de l'esprit sur le corps, établie par la polarité des courants cosmiques.

Le voir apparaître en rêve : vous rétablirez une sérénité, une confiance dans la vie, et le succès vers votre propre développement spirituel grâce à l'amour et à la connaissance.

CAFARD. Il annonce un moment d'anxiété, il représente une personne de l'entourage qui causera des ennuis par des paroles désobligeantes.

Voir le cafard s'éloigner ou le tuer indique une libération.

CAFÉ (breuvage). Annonce des transactions financières.

Le thé a la même signification mais avec un sens plus social.

CAFÉ-CONCERT. Tout dépend du spectacle auquel vous assistez. Il représente une facette de votre vie actuelle. (Voir *CHANTEUR, MUSICIEN, THÉÂTRE.*)

CAGE. Elle concerne ce que vous voulez conserver, posséder.
Pleine d'oiseaux : amour et amitié.
Fermée et vide : solitude; on refuse l'amour par un comportement erroné.
Cage vide et ouverte : rupture sentimentale.
Cage avec un seul oiseau à l'intérieur : amour heureux.
Cage fermée avec un oiseau : possessivité en amour.

CAGOULE. Attention : prudence! Vous subirez une agression plutôt psychologique que physique.

CAHIER DE CLASSE. On ressent l'angoisse de l'enfance devant le travail comme autrefois devant le professeur. On désire rester attaché à un milieu protecteur. Timidité.

CAHOTER. *Circuler sur une route cahoteuse* : vie difficile et non harmonieuse. Progression difficile et lente parsemée de contrariétés. Le chemin est la trajectoire de la vie.

CAILLE. Elle signale le passage de l'obscurité à l'aurore. Symbole qui s'apparente à la nuit et au lever du soleil. Elle indique ce qui n'est pas mûr à la réalisation.
Voir des cailles annonce des ruptures entre amoureux, des moments de discorde entre amis et des procès.
Pour ceux qui projettent un voyage : elle annonce des ennuis et des embûches.
Pour les malades : elle présage une détérioration accentuée de la santé.

CAILLOU. Le caillou indique ce qui n'a pas encore pris forme en amour; d'après la qualité de la pierre, on évalue la qualité d'un sentiment amoureux ou amical.
Faites la différence entre la pierre polie et la pierre non polie et descendez jusqu'au caillou. Vous comprendrez que la relation que vous vivez manque de raffinement et est peu valable *si vous voyez des cailloux.*
Marcher sur des cailloux : peines, tribulations.
Lancer un caillou sur un tas de cailloux : on se défera d'un mauvais sort.

CAÏN. Symbole de l'irresponsabilité humaine. Il est possible que certains personnages bibliques s'introduisent dans vos clichés de rêve. Celui de Caïn revendique ses droits dans l'œuvre créatrice et doit subir le châtiment parce qu'il dort. Dans la vallée des désirs terrestres, il a tué son frère Abel, c'est-à-dire son ombre symbolisant le désir spirituel du détachement des biens matériels. Car Abel donnait au Seigneur ce qu'il avait de plus beau.

Conclusion : le voir apparaître oblige à prendre conscience que ces deux personnages, Caïn et Abel, vivent en nous et nous mettent devant des choix, à savoir qui l'emportera, le matériel ou le surnaturel, le mal ou le bien.

CAISSE. Elle représente vos possibilités d'échanges.
Pleine : réussite.
Vide : aucun espoir.

CAISSIER. Protection dans vos épargnes.

CALAME (plume de l'intelligence universelle). Le voir en rêve revêt un aspect de prédestination. Il est représenté par la plume et la tablette. Avec lui, Dieu écrivit le destin. Essayez de comprendre ce qu'il écrit sur la tablette car le calame révèle un passage de votre vie. Si vous y parvenez, vous comprendrez mieux votre idéal. Dieu a les yeux posés sur vous.

Présage d'une calamité secrète conduisant à l'initiation ou le contraire, à une mission à remplir.

CALANDRE (oiseau). Vous pourriez être victime d'un escroc.

CALENDRIER. Symbole du temps, comme la montre. Indique qu'il est temps de se fixer un objectif ou de se détacher de ce qui se termine.

Voir un calendrier avec une date encerclée : cherchez le rapport entre cette date et ce que vous espérez.

CALFEUTRER. Méfiance vis-à-vis des indiscrets qui pourraient intervenir mal à propos dans votre vie. On sent un besoin de prévenir les ruptures, les situations compliquées.

CALICE. Moment d'épreuve où l'acceptation vous donne déjà dans une force remarquable. Besoin de prier.

Boire le vin dans le calice : supporter les plus durs affronts.

CALIFOURCHON (à). Être à califourchon : décider d'être plus entreprenant ces jours-ci. Décidément, on passera à l'action.

CALMANT. Tout sédatif annonce la fin d'une angoisse et une récupération des énergies.

CALME. Être calme, c'est une capacité d'accepter une épreuve douloureuse.

CALOMNIE. *Voir des diffamateurs, des calomniateurs* : indice de succès très importants. Seuls les gens qui réussissent déclenchent la jalousie à ce point.
En être un : vous serez l'auteur de votre défaite.

CALUMET. Prévoit une nécessité de prier devant une épreuve sociale. Il symbolise la collectivité dont l'âme humaine se trouve au centre de l'univers.
Fumer un calumet : c'est une communication avec Dieu, une requête adressée aux forces suprêmes. Une imploration vers la paix. Désir de calme et d'harmonie.

CALVAIRE. *Voir un calvaire sur le bord du chemin* annonce une période traumatisante mais nécessaire à notre évolution spirituelle.
S'y trouver : luttes présentes à travers le vécu actuel. Ce n'est que par la prière qu'on se sortira des difficultés actuelles. Encore là, tout dépend de la projection personnelle du rêveur en regard du calvaire.

CAMAIL. On vous dissimule une vérité. Soyez plus conscient.

CAMBRIOLEUR. Un aspect du côté masochiste du rêveur s'il est inconnu.
Dans un rêve féminin : il représente l'homme qui détruit les énergies par manque de respect.

CAMÉLIA. Annonce une passion douce et romanesque.

CAMÉLÉON. Circonspection, car il incline alternativement entre l'échec et le pouvoir. Il représente les hauts et les bas d'un individu versatile à caractère irascible.
En général, il annonce des changements imprévus.
Voir sa langue sortie et attaquant une victime de son venin : attention à un ennemi dangereux. Tout dépend du contexte du rêve et si le caméléon représente votre instinct ou celui d'une autre personne. Dans ce sens, vous saurez si vous êtes vaincu ou vainqueur.

CAMÉRA. Elle sert à filmer les événements d'une vie.
La caméra représente cette partie de la vie, inconsciente, qui n'oublie pas et qui enregistre ce qui est à reléguer à la bibliothèque de la vie, comme référence en cas de besoin.

CAMION. Symbole d'association qui place le rêveur en face de ses responsabilités collectives.
Il représente l'investissement au niveau de la vie sentimen-

tale, la motivation à réaliser une grande stabilité amoureuse. Présage d'union, de mariage.

Conduire et être coincé dans un accident annonce une rupture.

Pour un homme, conduire agréablement un camion : possibilité d'une option stable en amour.

Pour une femme, voir arriver un homme en camion, c'est l'annonce d'un amour durable.

Voir les phares d'un camion la nuit déclenche un éveil de l'âme qui ne saisit pas encore le feu amoureux qui couve. Il faut en prendre conscience.

CAMOMILLE. Légère perturbation psychique. Essayez de trouver la source de vos insuccès et de vos soucis. (Voir *HERBES*.)

En ingurgiter en tisane : rétablissement normal du cours des événements.

CAMPAGNE. Besoin de se retrouver seul. Moment heureux et détendu si vous êtes en bonne compagnie.

CAMPING. Moment transitoire dans le jalonnement du destin. C'est un goût de liberté, d'aventure qui amène beaucoup de mouvement, de pérégrinations.

On peut se sentir accusé de manquer de continuité dans l'élaboration de sa vie amoureuse ou amicale. Car ce rêve indique un passage vers un amour, une stabilité ou une rupture. Tout dépend du contexte du rêve, car on ne passe pas sa vie en camping.

Heureux, mais provisoire moment dans l'existence, le campement symbolise l'arrêt, le divertissement, l'évasion.

CANARD. Selon l'expression populaire, il est annonciateur de fausses nouvelles, de commérages.

En voir cancaner : vous place dans un conflit dû à de fausses rumeurs.

Voir un couple de canards : est un signe d'union et de fécondité.

CANCER. Le 4e signe du zodiaque, gouverné par la Lune et Jupiter. Le signe du cancer, vu en rêve, concerne un personnage dont l'émotivité doit s'affirmer vers la maturité dans sa sensibilité.

Pouvoir médiumnique mis au service de ce développement.

Poésie rattachée à l'archétype maternel, dont on cherche la chaleur pour s'alimenter vers la croissance de l'âme.

Toute l'expérience vécue passera par la vie publique ou familiale.

CANCER (maladie). *Voir un cancer à l'intérieur de son corps* sous-entend une peine qui use les forces psychiques.

Mourir d'un cancer : c'est l'oubli total d'une peine et la récupération rapide des énergies.

CANDÉLABRE. Il touche le domaine de la vie affective et spirituelle.

À trois branches : la certitude d'aimer.

À cinq branches : amour équilibré nourri à la source de vie, promesse de joie humaine.

À sept branches : amour rempli de plénitude et de spiritualité.

Tous vos espoirs sont exaucés. (Voir *CHANDELIER*.)

CANICHE. Il symbolise l'ami fidèle qui veut être aimé et protégé.

Le petit caniche : c'est l'amour d'un être faible nécessitant constamment la présence affective.

Le voir dans la vie onirique : indique qu'en amour, vous aimez materner ou paterner.

CANIF. Il est précurseur d'une provocation verbale ou sexuelle.

Dans le premier cas : attention à votre agressivité, à votre esprit révolté, afin qu'il ne se retourne pas contre vous.

CANNE. Elle symbolise par sa forme le masculin, l'actif, l'énergie de l'homme dans sa vie amoureuse.

La finesse et la robustesse de la canne démontrent la personnalité de l'homme dans ses relations avec sa compagne.

Pour l'homme, casser sa canne annonce une rupture sentimentale.

La perdre : une impuissance sexuelle. Mais elle rejoint dans un sens moins restrictif l'appui, le support que toute âme recherche, l'amour.

CANNELLE. Tout mets aromatisé à la cannelle signale des joies nobles et de l'amour vécu sur des bases honorables.

CANOË. Il dénote un désir de vacances, d'aventures risquées.

Dévaler des rapides en canoë est un signe de vie sentimentale fragile, à laquelle s'ajoute l'anxiété d'une situation périlleuse où l'agitation est à son comble.

Peut s'appliquer aussi aux affaires du rêveur et, dans ce sens, prévient de la présence de patrons durs, égoïstes. Risques de procès amers.

CANON. Le canon dénonce la facilité pour la réplique agressive : on ne vous met pas en boîte facilement.

Entendre un coup de canon : désastre prochain.

Le canon qui fait feu : c'est une puissance avec vous ou contre vous.

À juger d'après l'aspect du rêve.

CANOT. Le canot qui surgit dans un rêve parle d'une aide nécessaire arrivant au moment opportun.

Peut indiquer un instant transitoire entre deux continuités de vie.

CANTATRICE. Elle est votre ombre, la facette ignorée de votre personnalité. Elle vous place dans l'appréciation de tout ce qui émet la créativité.

Elle vibre à la joie ou à la tristesse intérieures.

Chanter, c'est rejoindre Dieu, le Céleste, c'est désirer provoquer des réponses de l'Invisible, mais c'est aussi recevoir l'inspiration afin de créer un état intérieur. (Voir *CHANT, CASSETTE*.)

CAOUTCHOUC (substance élastique). Il symbolise la gloire, la réussite, la victoire dans l'adversité.

CAPE. Protection confidentielle. Tout dépend de la couleur. C'est par la couleur que vous verrez si la protection aura ou n'aura pas lieu, et envers quoi vous serez protégé.

Noire : elle ne vous octroie aucun espoir. Il faut renoncer à être protégé.

Rose : elle promet une main tendue amicalement, amoureusement.

CAPITAINE. Personnifie la bravoure, la capacité de contrôler la direction de sa vie. Comment et dans quelle direction dirige-t-il le navire ? C'est le rêve qui vous donne la clef de la réponse. (Voir *NAVIGATION*.)

CAPORAL. Indique au rêveur un plafonnement dans ses ambitions.

CAPRICORNE. 10e signe du zodiaque, il concerne la mère et l'ambition sociale ou professionnelle. Dans ce natif coexistent deux mondes à identifier, deux antagonismes à équilibrer. La mélancolie afin de découvrir la joie. La timidité afin d'affirmer la confiance en soi. Il y arrivera par la découverte d'un rejet de la faiblesse devant l'immaturité. Le Capricorne personnifie la montée des forces profondes qui donnent la maturité et la sagesse. Pour lui, le temps n'existe pas, la persévérance est sa plus grande qualité d'âme. Parle de ce qui est retardé au déclin d'une vie, vers la cinquantaine en ce qui a trait à la carrière, au crédit social.

La comptabilité, l'administration, les structures bien établies reçoivent ce natif dans ses cadres car il a de la méthode et de l'organisation. Si vous voyez ce signe en rêve, cela annonce un retard dans vos entreprises. Encore là, tout dépend de votre projection personnelle en rapport avec ce que vous vivez ou espérez, et des configurations astrologiques visionnées en rêve.

CAPUCHON. Sur le plan symbolique, il devient le synonyme de la cloche, de la voûte, du crâne. Bref, de ce qui doit influencer l'esprit qu'il recouvre, c'est-à-dire la tête.

Symbole phallique, par sa forme pointue, il parle d'une affirmation personnelle basée sur une force virile et extrovertie.

Le contexte du rêve vous confirme si l'aspect solaire s'exprime dans un but créatif et surnaturel.

Tout devant passer par le bas pour monter vers le haut, les énergies peuvent transmuter vers des buts nobles ou dégradants. Bien analyser la fin du rêve.

CAPUCINES (fleurs). Joie douce et sereine.

CARAFE. Symbole du principe féminin, il représente la femme.

Remplie de vin : amour.

Selon l'expression populaire, «*rester en carafe*», il se peut que vous soyez interrompu dans vos affaires si vous l'entendez dire.

CARAVANE. Rêve de défoulement comblant un impératif besoin de vivre en nomade, de voyager, de changer de contact ou de genre de vie.

CARDINAL. Dignité teintée d'orgueil et superficielle. Tous les ecclésiastiques sont synonymes d'infidélité amoureuse dans la vie onirique.

CARILLON. *L'entendre* : présage une joie extraordinaire.

CARLINGUE (d'un avion). Lieu d'expression du moi supérieur. *S'y trouver et piloter* : aptitude à se défaire de ses inhibitions et de diriger efficacement sa vie.

CAROTTE. Symbole sexuel masculin.

CARROUSEL. Il vous situe dans un aspect de votre vie actuelle. Il signale des hauts et des bas. On tourne en rond dans la situation exposée dans le rêve.

CARPE. *En Extrême-Orient*, elle est l'emblème du vœu de longévité.

Au Viêt-Nam, son effigie sous les toits protège des incendies.

En Chine, elle symbolise le courage, la persévérance et la virilité pour les garçons. De même, elle représente la suprématie intellectuelle.

Au Japon, on prétend qu'elle dicte l'attitude que le terrien doit avoir envers la mort : pas de résistance et acceptation.

Symbole de fécondité aux plans matériel et spirituel *chez les Bambaras*.

Enfin pour nous qui parlons français, acceptons le sens de l'expression populaire « *muet comme une carpe* » : la discrétion absolue demeure une incitation même dans la vie onirique à se soumettre à la plus grande discrétion, au plus grand silence.

CARQUOIS. Plus le carquois contient de flèches, meilleures sont les chances de s'affirmer.

Le carquois vide : est un signe de timidité, de peur de s'imposer. Pourtant ce n'est pas le manque de potentiel qui vous fait vous replier sur vous-même, au contraire.

CARRÉ. Le carré rejoint le sens des ambitions terrestres. Il symbolise le réalisme, l'équilibre, les projets réalisables, et représente, comme le chiffre 4, la stabilité dans la réalisation d'un projet.

CARREFOUR. Traduit une période d'indécision, car plusieurs voies s'offrent à vous. L'option est importante, le moment ne doit plus être retardé, l'échéance est arrivée.

CARROSSE DE PARADE. Amitié noble et conservatrice.

CARTES À JOUER. *Se faire tirer les cartes* est l'indice d'une inquiétude au sujet de sa vie présente.

Jouer aux cartes et gagner est annonciateur de chance.

Les cartes en rêve ou dans la vie ont généralement la même signification.

Le pique : annonce des luttes.

Le trèfle : de l'argent, des opportunités, de la chance.

Le carreau : anticipe des idées, des projets à réaliser.

Le cœur : promet l'amour.

Tenons-nous-en au piquet ordinaire des 32 cartes, à leur signification laconique dans les bons et mauvais aspects.

***Dans les piques* :**

As debout : union dans la famille, amour, aisance assurée, bonheur conjugal.

As renversé : bonheur compromis, fortune instable, mauvaise nouvelle.

Roi debout : homme de loi, magistrat, mauvais mari. Perturbations fâcheuses.

Roi renversé : personne méprisable et nuisible mise hors d'état de nuire.

Dame debout : femme délaissée, veuve ou divorcée. Présage des embûches, projets contrecarrés.

Dame renversée : la prudence et la méfiance recommandées. En suivant les conseils, le mauvais pronostic peut être anéanti.

Valet debout : jeune homme brun, de mauvaise éducation. Peut être un dangereux malfaiteur. Danger de trahison.

Valet renversé : faux ami, traître, parent jaloux et nuisible.

Dix debout : espérances déçues, abandon, chagrin.

Dix renversé : le pronostic est moins maléfique. Les ennemis sont réduits à l'impuissance.

Neuf debout : la plus mauvaise carte. Elle signale des décès et des maladies graves, des catastrophes.

Neuf renversé : ennuis domestiques, chagrins, deuil.

Huit debout : maladie prochaine, mauvaise nouvelle.

Huit renversé : affaire manquée, mariage rompu.

Sept debout : contrariété vite dissipée, brouille passagère.

Sept renversé : sots bavardages, joie inattendue.

***Dans les carreaux* :**

As debout : nouvelles. Lettres d'affaires.

As renversé : nouvelles désagréables, suivant les cartes qui les accompagnent.

Roi debout : un voyageur, un militaire ou un campagnard.

Roi renversé : séducteur à redouter.

Dame debout : femme malveillante, querelleuse, dédaigneuse.

Dame renversée : méchanceté et calomnie seront sans effet.

Valet debout : jeune homme de mauvaise éducation. Nouvelle venant du facteur.

Valet renversé : messager de mauvaises nouvelles.

Dix debout : voyage par voie de terre, de mer ou par avion.

Dix renversé : voyage malheureux.

Neuf debout : nombreuses contrariétés, contretemps ; suivi d'un pique, rupture en amour.

Neuf renversé : querelles amoureuses, difficultés.

Huit debout : petit voyage, démarche.

Huit renversé : insuccès dans les entreprises.

Sept debout : cancans, médisances.

Sept renversé : taquineries, farces de mauvais goût.

***Dans les trèfles* :**

As debout : la meilleure carte du jeu, surtout si l'As de carreau et de cœur l'accompagnent.

As renversé : succès moindre et plus lointain.

Roi debout : homme philanthrope, équitable et juste.

Roi renversé : un ami veut vous protéger, mais ses démarches demeurent infructueuses.

Dame debout : femme honnête et excellente amie, protection.

Dame renversée : femme jalouse et méchante, aucun moyen ne la fera se détourner de l'homme qu'elle désire.

Valet debout : jeune homme élégant et distingué, honnête, discret.

Valet renversé : jeune homme mesquin, infatué de ses conquêtes. Un jeune homme aura de la difficulté à entrer en possession de sa fortune.

Dix debout : richesse, succès financier, héritage.

Dix renversé : succès moindre.

Neuf debout : pronostic extrêmement favorable, surprise d'argent.

Neuf renversé : petite joie, bénéfice réduit.

Huit debout : jeune personne brune, très bien intentionnée, loyale, franche. Réussite en amour.

Huit renversé : trahison d'amour, déception sentimentale.

Sept debout : petit bénéfice, rentrée d'argent sur laquelle on ne comptait plus.

Sept renversé : désillusions. Retards apportés en toutes choses.

***Dans les cœurs* :**

As debout : billet doux. Nouvelles favorables. Réunions joyeuses. Invitation. Amour.

As renversé : joies compromises. Petits soucis atténuant la gaieté. Visite importune.

Roi debout : homme blond, marié ou veuf. C'est un ami loyal et franc. Triomphe d'amour, d'argent, réussite dans le commerce.

Roi renversé : contretemps, retard dans la réalisation des projets, déception, mais réussite finale.

Dame debout : dame blonde, charmante, amie loyale et dévouée. Maîtresse adorable si le consultant est un homme. Pour une femme : rivale redoutable.

Dame renversée : ennuis sentimentaux, désillusions. Projets d'amour irréalisables.

Valet debout : jeune homme blond, gentil garçon, sincère, aimable, courtois. Le fiancé pour une jeune fille consultante. Mais peut être un enfant.

Valet renversé : amoureux perplexe et jaloux. Prochaine rupture.

Dix debout : amour, bonheur, triomphe. Réussite dans les entreprises. Argent facilement gagné.

Dix renversé : même pronostic mais nuancé d'inquiétude.

Neuf debout : victoire sur des rivaux : rivaux d'affaires, rivaux d'amour.

Neuf renversé : petits soucis qui n'empêcheront pas la réussite.

Huit debout : conquête d'une jeune fille sentimentale et timide.

Bonheur en amour. Réussite assurée pour un membre de la famille. Entre deux figures, bonheur pour bientôt.

Huit renversé : inconstance d'une maîtresse. Amant infidèle.

Sept debout : heureuse union. Bonheur conjugal. Désirs louables en amitié.

Sept renversé : chagrin, détresse, mélancolie, solitude, cœur désespéré.

CARTE GÉOGRAPHIQUE. Elle annonce la planification d'un voyage.

CARTON. On sera toujours utile quelque part, dans quelque chose. Même dans l'âge avancé, on continuera à œuvrer. Recyclage possible.

CARTOUCHE. *Voir quelqu'un en placer une dans le barillet d'un revolver* indique la nécessité de prévoir les échecs ou trahisons qui se préparent dans l'ombre.

Si c'est vous : vous désirez posséder radicalement quelqu'un. (Voir *FUSIL.*)

CASCADE. Philosophie tout au moins épicurienne. Vous

dépasserez les mille et une souffrances pour arriver à votre but, si vous les traversez. Tout dépend de l'aspect de l'eau.

Eau claire : joie, amour.

Eau trouble : péril.

CASQUE. Décidément, votre comportement est plutôt individualiste.

CASSEROLE. Tout récipient creux représente le principe féminin, la femme. Nécessité de récupérer vos énergies psychiques.

Vide : manque affectif.

Plein : moment joyeux.

Selon l'expression populaire, «*passer à la casserole*» : épreuve majeure à prévoir.

CASSETTE (bande magnétique). Vous avez quelque chose à apprendre, à découvrir. Est-ce une cassette de films ou de chansons ?

S'il s'agit d'un film : les images de votre vie sont projetées par la bande magnétique.

S'il s'agit d'une chanson : les mots, la mélodie, le rythme s'adressent à votre vie intérieure, aux émotions ressenties en rapport avec ce que vous vivez. Joyeuse ou triste, tout dépend du contenu vibratoire de la chanson.

Cassette d'information : rejoint le sens de l'étude, de la scolarité et vous renseigne sur votre attitude face à la vie, l'amour et le travail.

CASSEUR (métier). Êtes-vous casseur de pierres ou vendeur d'objets usagés à poids brut ? Ce rêve traduit l'effort que vous faites dans l'élaboration de votre plan de vie intérieure.

Ceci indique un besoin de se redéfinir une nouvelle forme d'existence. Bref, vous devrez tout recommencer à la base, par l'analyse.

CATAFALQUE. Le catafalque dans une église annonce la fin d'un sentiment, d'une manière d'être. C'est une période douloureuse précédant l'oubli.

CATASTROPHE. Période de mutation non voulue, mais subie. Rêve d'angoisse dans lequel la capacité de lutter est durement mise à l'épreuve.

Échec déclenché par un agent extérieur.

Quelle que soit la catastrophe, elle annonce un bouleversement majeur dans la vie d'un individu.

Le rêveur se sent brisé en lui-même, arrêté par une sorte d'incapacité qui provoque un état de panique devant l'échec de ses espérances. Exemple : pont tombé, train qui déraille, tremblement de terre, apocalypse, guerre, ouragan.

CATIN. *Pour un homme* : un des aspects négatifs de la femme dans une relation sentimentale, car elle ne vit que d'artifices en amour.

CAUCHEMAR. Âme troublée par l'angoisse. Difficultés à prévoir.

CAUSEUSE. L'amour est tout près de vous. Osez.

CAVALERIE. La cavalerie est un symbole de l'aspect viril du rêveur ou de la rêveuse. C'est aussi l'un des aspects agressifs et traumatisants de la vie sentimentale féminine, dans sa relation avec l'homme. (Voir *CAVALIER, CAVALIÈRE.*)
Encore là, tout dépend de son aspect, soit conciliant ou combati dans son approche avec la rêveuse.
Conciliant : on acceptera une conquête amoureuse.
Au contraire, s'il y a *combat* : moment de discorde.

CAVALIER. Il représente une facette de la personnalité qui se débat pour contrôler ses forces ténébreuses, afin de découvrir l'amour.
Être cavalier : courage, intrépidité, bravoure.
Le voir sur un cheval : succès, promptitude, célébrité.
S'il est porteur d'un courrier : bonne ou mauvaise nouvelle en perspective, sur le plan sentimental ou autre. (Voir *CHEVAL.*)

CAVALIÈRE. *Pour une femme* : femme combative qui sait prendre des initiatives et conduire son destin.
Pour un homme : alliance avec une femme virile, parfois une femme d'affaires ou encore une dirigeante peu coutumière, dotée d'intuition. Exemple : Jeanne d'Arc.

CAVE. Voyage dans l'inconscient.
La cave annonce ce qui commence à poindre insidieusement dans votre esprit.
Ce que vous voyez dans la cave vous renseigne sur ce qui va prendre de l'importance de plus en plus dans votre existence. Tout dépend de ce que vous y rencontrez : rêve heureux ou angoissant.
Y patauger, si l'eau est sale vous signale des émotions trop fortes causées par des problèmes sentimentaux.

A l'inverse si l'eau est propre, claire et placée dans un contenant : amour heureux en perspective.

Découvrir un squelette met en évidence un sentiment inoubliable à la suite d'un décès ou d'une séparation amoureuse : nécessité de se distraire davantage.

Voir dans la cave un chien blanc ou brun pâle présage d'un amour durable et sincère.

L'important, c'est de sortir de la cave avant l'éveil, car vous aurez totalement compris le message du rêve. Ce genre de rêve met en évidence, devant le besoin de purifier le subconscient, ce qui est périmé pour vous, en l'analysant au grand jour.

CAVEAU. Il se rapporte, par sa profondeur, au domaine d'une incursion dans l'inconscient, afin de saisir les réserves d'amour qui sont possibles dans la vie.

Pour l'homme : le caveau représente la femme elle-même.

Pour la femme : c'est elle-même qu'il personnifie.

Descendre dans le caveau et remonter avec des aliments, c'est l'expression de la capacité d'aimer. (Voir *ARMOIRE, SILO, CAVE.*)

CAVERNE. Archétype de la matrice maternelle. Elle symbolise une incursion dans le passé.

Entrer dans une caverne indique le besoin de comprendre une expérience antérieure, afin de continuer à vivre plus efficacement. Ce rêve devient thérapeutique si vous contrôlez votre angoisse une fois sorti de la caverne, après en avoir compris les causes par les objets ou les personnes symbolisant la source du problème.

CAVIAR. Érotisme raffiné assurant l'équilibre émotif.

CÈDRE. Symbolise l'ami dont l'affection s'avérera toujours intarissable. Comme tous les conifères, il symbolise l'immortalité. Mais plus particulièrement, il imprègne de noblesse, de grandeur, de pérennité, toute relation qu'il représente.

CEINTURE. Elle signifie l'attachement, la fidélité, et donne un aperçu de la complexité dans l'union.

S'acheter ou se parer d'une ceinture traduit l'acceptation d'une union affective et sexuelle.

L'enlever, c'est un acte de libération.

Si elle vous va bien : c'est un signe d'association bien assortie. La couleur de la ceinture représente la qualité, le ton de l'association amoureuse à venir.

La femme qui se voit avec une ceinture bleu pâle possède un amour idéalisé.

Avec une ceinture noire : elle renonce à un amour.

Avec une ceinture en or : c'est un amour des plus épanouissants.

Se serrer la ceinture : dans un rêve annonce une période d'économie.

Porter une ceinture sur les reins : fécondité spirituelle.

Chez les ermites, on l'identifie à la chasteté.

CÉLERI (haché). Il symbolise la jeunesse éternelle.

CELLIER. *Rempli de vin* : amour assuré.

Pris dans un sens mystique, sa signification est la connaissance de soi. La chambre à vin devient symboliquement le lieu où l'âme doit se retirer, afin de recevoir l'Esprit-Saint et ses dons en priant et en méditant. C'est tout ce qui continue à fermenter dans la psyché, la faisant évoluer.

CENDRES. La vue de la cendre incline vers les regrets. C'est le symbole du renoncement, du repentir. Elles préparent aux renouvellements.

CENT. Ne se divise pas mais représente un tout indivisible. Donne le ton qualificatif, étonnamment prestigieux et chanceux. Il laisse prévoir beaucoup d'avancement, de succès.

CENTAURE (monstre hybride de la mythologie). Il dénonce l'aspect immonde dans l'homme. Incitation à lutter contre la concupiscence charnelle et la violence, afin de donner la priorité à la puissance spirituelle.

Nécessité d'ouvrir l'œil sur la voie divine et initiatique, devant les désirs qui détruisent l'harmonie de l'âme humaine en elle et autour d'elle. Bref, devenir maître de ses instincts.

Victoire sur l'obscurité et ses dualités intérieures. On réussit à contrôler nos penchants destructeurs et égoïstes.

CENTRE. Le lieu sacré est toujours au centre.

Le lieu dans la vie onirique représente un état, le début d'une chose, la naissance. Le début d'une œuvre, d'un rayonnement, d'une organisation.

Le centre souligne le départ d'une œuvre, d'une création, et même, parle de toute sa réalisation.

CERCLE. Le cercle est le principe de l'unité sans commencement ni fin. Possède une valeur magique. Il symbolise un cycle complet, la plénitude à travers les paliers successifs ascensionnels.

Se retrouver au milieu d'un cercle : équilibre retrouvé.

Si le carré symbolise la terre, le cercle représente le ciel. C'est pourquoi la vue du cercle en rêve parle de la compréhension et de la puissance à créer.

Création spirituelle se traduisant dans une continuité matérielle et une puissance innovatrice remarquables.

Cercle d'or : succession.

CERCUEIL. Il représente ce qu'on doit oublier pour conserver l'équilibre mental. En général, voir une personne dans un cercueil signifie la fin d'un sentiment. Il s'agit d'une rupture évidente avec cette personne.

Ce rêve annonce la mort seulement si on voit quelqu'un mourir, puis ressusciter et mourir à nouveau.

Se voir dans un cercueil : annonce un changement. Nous devons rejeter ce qui est mort, périmé en nous. Cela peut coïncider avec une période d'épuisement, préparant un grand renouveau intérieur.

Ce qui est dans le cercueil symbolise ce qui doit être éliminé dans votre vie.

CERF (daim, gazelle). Symbole de renouveaux constants, de promptitude à l'action, il se rapproche du sens que l'on donne à l'aigle sur le plan de l'élévation spirituelle. Son apparition en rêve incite à la prudence et en raison de son besoin de solitude donne un ton de sagesse dans le comportement.

Ainsi, *le voir bien disposé* est un signe de victoire dans les pires difficultés.

Être blessé par un cerf nous renseigne sur le manque de contrôle de nous-même, en rapport avec les événements extérieurs qui nous mettent en état d'infériorité.

Tuer un cerf : annonce un héritage.

Chasser le cerf : attention à l'illégalité en affaires, les conséquences en seront lourdes.

Le cerf laisse prévoir souvent des voyages qu'on jugera propices ou non selon son attitude envers le rêveur. En général, il annonce d'heureux périples. Les écrivains lui attribuent une ardeur sexuelle.

Pour un homme, s'il le voit apparaître : acceptation trop facile des avances féminines.
Pour une femme : tendance à l'infidélité.

CERF-VOLANT. Une nouvelle rencontre sentimentale dont on espère retirer le plus d'évasion possible.

CERISES. Amour passionné.
En manger : énonce toute l'appréciation épicurienne.

CERISIERS EN FLEUR. Prospérité et fécondité. L'amour ne viendra qu'à cette période, c'est-à-dire au printemps.

CHACAL. Animal d'aspect ténébreux comme le loup dont l'agressivité ne s'apparente qu'aux âmes involuées qui errent après la mort, encore empreintes de désir, d'avidité, de vengeance et de jouissances terrestres.
L'entendre hurler en rêve : soyez sur vos gardes, un malheur est proche.
Arriver à le tuer : vous vaincrez vos mauvais instincts ou ceux des autres.

CHAÎNES. On peut parler de différentes sortes de chaînes. Les chaînes peuvent signifier un attachement à Dieu, à sa famille, à son conjoint, à son associé.
Les chaînes des geôliers renseignent à propos de sentiments dont on ne peut se défaire, de désirs irréalisables ou de difficultés imprévues.
Être enchaîné, c'est être dans l'impossibilité d'agir à sa guise, pour des raisons soit sentimentales ou professionnelles.
Se défaire d'une chaîne : libération.
Recevoir des chaînes est un signe d'encouragement, de consolation, mais pour les riches, c'est un mauvais présage. (Voir *PRISON*.)

CHAIR HUMAINE. *Manger la chair humaine d'un être cher* indique le décès prochain de cette personne.
Manger la chair humaine d'un inconnu est un signe de gains et de bénéfice.

CHAISE. *Voir une chaise* est un signe de fatigue, d'un temps révolu.
Être assis sur une chaise indique que c'est le moment propice pour prendre une décision avant qu'il ne soit trop tard.
Voir deux chaises : indécision, il est plus que temps de faire un choix ; on frôle l'obsession et l'épuisement.

CHÂLE. L'acheter, le porter dénote un désir d'être aimé.

Démarche sentimentale couronnée de succès ou non, tout dépend du contexte du rêve. (Voir *CAPE.*)

CHAMBRE À COUCHER. Sortir de son lit le matin, c'est une renaissance de l'esprit harmonisé à nouveau avec l'âme.

La nuit est un symbole de la retraite de l'homme vers Dieu. La chambre est un lieu de renaissance.

La chambre a trait à la santé ou à l'amour du rêveur.

La chambre à coucher décorée de tentures et d'édredons rouges dépeint un amour passionné.

La chambre sans lit ou avec un lit défait informe d'un besoin de repos, dénote une insatisfaction sexuelle, voire un état de solitude.

Le lit bien fait symbolise le bonheur assuré, l'amour, la santé.

Une chambre bien meublée avec luxe traduit une vie sentimentale heureuse et confortable.

Une chambre vide sans meubles représente une vie sans amour, une période d'attente sentimentale. (Voir *LIT, MAISON, PROCUSTE.*)

CHAMEAU. Symbole du compagnon sobre et persévérant. Il est précurseur de voyages, parce que son occupation principale, c'est de transporter le terrien d'oasis en oasis. Dans ce sens, il aide l'homme à traverser les périodes de limitation de l'existence vers des relais plus heureux.

L'oasis représente l'amour, l'amitié et la connaissance, la vie spirituelle.

Chevaucher un chameau : indique que l'affection qu'on nous porte permettra de surmonter une longue période d'adversité.

Monter à dos de chameau : c'est la réussite dans un projet ébauché, grâce à la patience. (Voir *OASIS, DÉSERT.*)

CHAMP. Parle du sillonnement de notre vie affective, de nos talents, de nos efforts, dans leur aspect naturel.

Moissonner aux champs : on récolte le fruit de ses efforts ; jours prospères en perspective.

Labourer, c'est se mettre en valeur dans une démarche sentimentale.

Pour ceux qui sont à la recherche de l'amour, *creuser le sol avec une charrue* annonce une conquête sentimentale pouvant évoluer jusqu'à une union durable. (Voir *CHARRUE.*)

Un champ couvert de souches, en friche signale l'ignorance, une période morne dans la vie affective, même si le potentiel est là. Vie frustre dans l'ensemble, peu de satisfaction.

Un champ labouré : c'est attendre le résultat de son travail, ou d'un lien affectif rendu à maturité.

CHAMPIGNON. Courir dans les prés, s'amuser à regarder les champignons traduit un désir de liberté, d'aventure.

Les champignons vénéneux ne promettent rien d'autre qu'un amour excessivement malheureux.

Les champignons hallucinogènes : amour sans dimension, utopique, non durable.

Les champignons joyeusement apprêtés pour les fins gourmets indiquent des plaisirs d'alcôve raffinés.

CHANDELIER. Symbole d'inspiration, de vie spirituelle, de source de vie et de lien entre le terrien et Dieu.

Le chandelier à sept branches s'identifie aux sept planètes, nombre parfait, irradiant la lumière sur le monde. Il s'agit là des sept soleils apportant l'amour, la force, la joie, la connaissance.

Donc, ce chandelier représente l'amour bien compris, le nombre de branches détermine la signification finale. (Voir *CANDÉLABRE*.)

CHANT, CHANTER. Le son vint en troisième plan dans l'élaboration de la création du monde. Le chant, plus encore que la musique, représente une force créatrice de douceur, de paix, d'élévation vers la joie ou la peine.

Chanter s'allie à notre possibilité de créer un état intérieur, en rapport avec les événements vécus ou à venir.

La mélodie est-elle gaie ou triste ?

Les mots qui l'accompagnent vous incitent-ils à la souffrance ou au bonheur ?

Ainsi, *chanter soi-même une mélodie mélancolique, morose* est présage de soucis, de déceptions.

Un chant gai annonce de l'allégresse, de l'épanouissement, souvent de l'amour.

Chanter en labourant est un signe de bonheur venant d'une vie amoureuse rangée et loyale.

Chanter en marchant indique de la satisfaction dans l'existence.

Chanter dans un lieu public annonce une perte de considération, le déshonneur, à moins d'être un chanteur professionnel.

Entendre chanter un inconnu présage de la peine.

Entendre chanter quelqu'un du sexe opposé est signe d'un moment agréable à venir, si le chant est gai ou romantique.

Entendre chanter un cygne signifie qu'il est temps de prendre soin de sa santé, car le cygne ne chante qu'avant sa mort.

Entendre chanter les oiseaux : bonheur, amour.

CHANTAGE. Le subir en rêve vous apporte dans la vie concrète des événements qui vous humilieront publiquement. Si c'est vous-même qui faites le chantage, évitez de vouloir dominer en exerçant un chantage destructeur.

CHANVRE. Réussite inattendue.

CHAOS. Le chaos symbolise la confusion.

Retour intérieur vers un vide, annonce une période de non-créativité, de stagnation où tout est désordonné dans l'élaboration de sa vie amoureuse, familiale ou professionnelle.

De quel chaos s'agit-il ? On peut se retrouver dans des sables mouvants, sur les décombres d'une guerre, d'un cataclysme.

Il oblige à envisager aussi une nouvelle naissance intérieure, après avoir subi le réveil d'une autre paix, d'un autre regain de vie mais seulement après de longues luttes.

Sur le plan spirituel c'est sortir de l'indifférencié, de la passivité, vers une nouvelle croyance en soi et en Dieu. (Voir *BASE, CATACLYSMES.*)

CHAPE (pèlerine, chasuble). Toute forme de vêtement circulaire percé d'un trou parle d'une ouverture vers le sommet, vers le centre de la vie, de l'univers. Son apparition en rêve nous oblige à trouver l'axe primordial afin de garder l'unité.

Il parle de l'homme s'ajustant dans l'ascension de son être vers des buts sublimes.

La porter : on retrouvera son harmonie intérieure.

L'enlever : comportement de révolte face à toute protection.

La mettre : recherche mystique dans tout sentiment affectif.

CHAPEAU. Symbole d'identification sociale, le couvre-chef, c'est le langage secret de notre échange avec la société.

S'habiller de telle ou telle façon, c'est une manière de dire : voyez comment je veux me comporter et qui je suis. En l'occurrence, pour tout ce qui revêt la tête, vous dites : voyez comment je pense, comment je veux ou peux agir dans la vie et dans la société.

Le haut-de-forme nous présente une personne peu banale, consciente de sa valeur, voire quelque peu prétentieuse et de rang social au-dessus de la moyenne.

Un chapeau trop petit indique qu'on se sous-estime.

Trop grand : indique au contraire qu'on se surestime.

Le chapeau de bonne grandeur, convenant à l'ensemble de nos vêtements, indique que nos attitudes sont parfaitement ajustées à notre statut social, exemple d'une bonne adaptation à la société.

Ne pas oublier toutes les expressions populaires se rapportant au chapeau.

Coup de chapeau : hommage.

Travailler du chapeau : être un peu fou, etc.

CHAPELET. Le chapelet prend le symbole de sa fonction, de son emploi. Tout dépend de l'usage auquel il se rapporte. Différentes coutumes, différentes croyances l'apparentent à plusieurs interprétations. Est-il le chapelet du Yogi, lequel est fait à partir des baies d'arbuste appelé tulosi ? Il vous fait concevoir les besoins de vous élever dans vos vibrations afin de recevoir l'appui de l'énergie cosmique dont vous avez besoin dans certaines circonstances.

Ou encore vous convie-t-il à un voyage en Extrême-Orient ? Dans ce pays on le place sur les hôtes qu'on veut honorer. Il prend alors l'aspect d'un collier de fleurs, d'un rosaire de pierres ou de noyaux d'arbre.

Chez les chrétiens, il prend l'aspect d'une imploration à la Vierge Marie, d'une prière à Dieu dans sa puissance, afin de les protéger ou de les exaucer.

Dans le rêve, comme dans la vie, le chapelet a la même signification.

Il sert à faire circuler les énergies entre le ciel et la terre.

À vous de juger par le scénario du rêve ce qu'il peut vous annoncer, un voyage ou une période difficile ou encore si on doit demander du secours.

Il peut même devenir l'aspect de protection, tout dépend de ce que vous ressentez en rêve.

CHAR. Quel aspect prend-il dans votre rêve ? Il symbolise la conscience et la dynamique de l'homme médiateur entre le ciel et la terre. Le char réunit la même qualité d'êtres, vers l'essai d'une unité.

Il véhicule les énergies cosmiques et psychiques.

Il personnifie la nature physique de l'homme, avec sa dualité de conservation et de destruction, avec toutes les motivations ou pulsions vers le matériel, c'est-à-dire le sexe, la richesse et la gloire.

Il devient le véhicule des pérégrinations terrestres qui, celles-ci une fois terminées, s'élèvera, comme le char de feu, vers le ciel où l'âme ailée découvre les plaisirs spirituels et surnaturels.

Que contient-il ? Un héros, un guerrier. Qui est vainqueur ?

Le conducteur du char représente cette partie de l'individu qu'est l'esprit, la raison qui se dirige vers l'évolution à travers les guerres, les luttes intérieures.

L'apparition des tanks de guerre rappelle parfois de véritables souvenirs de guerre. Mais c'est surtout de votre guerre intérieure qu'il veut vous parler en rêve, de votre division.

Le char indique aussi la nécessité de savoir identifier les différentes sphères en conflit à l'intérieur de vous. D'où le débat guerrier du rêveur. Quel monde vivant en vous sera vainqueur ?

Tout ce qui se transforme en char d'assaut devient une réalisation possible, un voyage intéressant et avantageux.

CHARDON. Symbole d'agressivité contre tout assaut extérieur. Qui s'y frotte, s'y pique. Emblème d'austérité et de misanthropie. La plante, bien sûr, vous représente dans votre vie affective, avec les autres. Alors ! (Voir *CARDÈNE*.)

CHARIOT. De quel chariot s'agit-il ?

Que transporte-t-il ? Il véhicule ce que votre raison accepte de vivre dans l'existence.

Chariot de foin : en amour on récolte le fruit de ses efforts, à condition de rentrer le foin, à l'abri ou dans la grange.

Aller par monts et par vaux est un signe de discorde, de vie sentimentale mal assortie.

Le chariot renversé annonce la fin d'un problème.

Conduire un chariot tiré par un homme : on aura un poste d'autorité.

Conduire un chariot tiré par des animaux sauvages : victoire sur de puissants ennemis.

CHARIOT. Correspond à la 7ᵉ maison astrologique. C'est le 7ᵉ arcane majeur, qui signifie que l'homme a réussi à dominer ses ambivalences, a établi son unité intérieure et a dépassé ses oppositions. Symbolise la paix, la sérénité par la force de la volonté. Il exprime l'esprit qui a développé les 7 vertus principales, par l'assimilation et le contrôle des 7 planètes traditionnelles. L'homme parvient au triomphe à tous les niveaux : intellectuel, spirituel, matériel. Le chariot symbolise le mouvement, la réussite.

Vu à l'envers, il y aura des retards.

CHARPENTE. La charpente annonce un retard dans la réalisation d'un projet.

CHARRETTE. Luttes en perspective.

CHARRUE. Symbole de fertilisation, le soc s'apparente à l'organe viril, et au principe actif, créateur, donc de réalisation et d'action. (Voir *PHALLUS*.)

Il devient en rêve l'effort de l'homme à vivre l'union des deux sexes.

Pris dans un sens spirituel, il unit les forces divines à la terre. D'où découlent toujours des pouvoirs de fécondité amoureuse, spirituelle, matérielle ou encore intellectuelle.

La charrue annonce donc toujours la réussite dans une aspiration en cours.

En bon état, elle présage le succès en affaires.

Pour un célibataire, c'est l'annonce d'une conquête sentimentale.

Pour l'écrivain : des créations remarquables et reconnues.

Pour le religieux à la recherche d'un sillonnement spirituel, c'est l'évidence d'une nouvelle compréhension mystique.

Bref, le tracé de la charrue permet la semence d'où découlera la créativité.

Conduire des hommes ou des chevaux attelés à une charrue est un indice qu'on dirigera des subalternes.

CHASSE. Agitation intérieure.

Elle signifie un guet-apens, un outrage. En rêve, il est préférable d'être le chasseur que celui qui est pris au piège, c'est-à-dire d'humilier plutôt que d'être humilié. Pris dans un sens spirituel, cela signifie qu'on détruit les mauvaises influences qui s'installent en nous.

CHAT. Symbole féminin. Son symbolisme oscille entre l'aspect positif et l'aspect négatif.

Sa dualité se situe dans un comportement doux, sentimental, mais quelquefois sournois et hypocrite. Il fut de tout temps un symbole sexuel, se rapprochant de la signification du serpent.

Est-il la sagesse supérieure ou la neutralité dans le sentiment ?

À travers la philosophie ascendante du terrien, le chat représente l'homme axé sur les biens matériels, vers l'instinct primitif.

La civilisation égyptienne le déifiait comme une puissance protectrice de force agile, féline.

Au Japon, il devient l'animal de mauvais augure, parce qu'il revêt la forme de la femme qu'il a tuée. On peut croire que, s'il représente l'homme adultère, le chat tue au moins l'amour qu'il suggère.

Dans la tradition celtique, on s'en méfie, il est le symbole de l'usurpation.

Chez les musulmans, il est pris positivement mais s'il est noir, il prend une signification maléfique.

Clairvoyant, ingénieux, rempli d'adresse pour nous les Occidentaux, le chat nous met en garde contre la trahison ou la ruse.

Son attitude rejoint celle de la femme qui n'a parfois aucun autre choix comme arme de défense, pour lutter contre l'inégalité dans laquelle souvent sa situation la place dans la société.

Enfin bref, le chat a beaucoup d'importance puisqu'il se manifeste si souvent dans chacun de nos rêves. Il nous place dans un esprit de méfiance.

Pour l'homme : il peut signifier sa relation avec la femme, voluptueuse et rusée.

Pour la femme : il peut représenter l'homme efféminé, ayant un comportement capricieux, passif, inconstant, fourbe, parfois polygame.

Le chat noir est un signe d'angoisse profonde, causée par une influence démoniaque autour de soi.

Le chat blanc annonce l'angoisse venant de la dualité de la personne aimée, mais dans un reflet plus atténué.

Tuer un chat, c'est détruire une angoisse en rapport avec un événement ou une personne.

Le chat-huant annonce un danger de mortalité ou de difficulté dans les entreprises.

Le chat apporte des soucis davantage moraux que matériels.

Il faut ajouter que tout dépend de la projection personnelle que vous placez dans cet animal.

Si c'est votre propre chat, la signification prend celle que vous projetez sur lui, quelle que soit la couleur.

CHÂTAIGNIER. Symbole de prévoyance. Il invite à penser en prévision des jours de vieillesse.

CHÂTEAU. Il est notre plus grand rêve de réalisation et d'aboutissement personnel. Le château nous situe dans la recherche de nous-même à travers un travail de personnalisation vers la perfection et la plénitude. Les aspects qu'il présente sont multiples ; d'abord, il traduit l'émerveillement, le rêve, le monde inaccessible. La transcendance vient situer le rêveur vers les degrés d'élévation de l'âme, de sa perfection, afin d'atteindre l'inaccessible. Réservé au roi, c'est-à-dire au plus grand confort moral, à la plus grande dignité méritée par la perfection de l'âme : l'amour, l'aisance, l'estime.

Est-il le château noir ? Il symbolise l'image de l'enfer, où le devenir de l'âme n'aspire plus à aucun espoir, aucune métamorphose.

Est-il le château blanc ? Il devient le symbole de la Jérusalem céleste, l'homme accomplissant la perfection spirituelle prévue dans son destin avec toutes les promesses qui en découlent.

Combien de luttes avant d'y accéder et qui place l'homme dans ses mutations avant de connaître le plein épanouissement ?

Le château sans lumière diffuse parle de l'inconscience, alors que le château éclairé parle de la conscience.

Parvenir au château : après des luttes intérieures, on trouve l'harmonie et le succès. Grande satisfaction surtout si on y trouve une bonne atmosphère.

Le château en ruine : réussite retardée, le temps de se redéfinir un objectif parfait, grand travail sur soi-même, on lutte contre une fatigue morale.

Le château qui brûle : grande déception.

Visiter un château annonce une puissante protection surtout si on y est roi. Parfois des fées, des déesses, des reines l'habitent et ce qu'elles offrent en cadeau s'avérera fort appréciable pour concrétiser vos objectifs.

Monter à l'assaut d'un château et le détruire, c'est être l'artisan de son malheur, c'est se révolter contre l'autorité et contre son propre idéal.

CHAUDRON. Le chaudron est le vaisseau de toute mutation psychique et surnaturelle. Fait-il partie du chaudron des cuisines magiques et démoniaques ? Ou est-il le chaudron où l'on prépare le bouillon ?

Il peut annoncer autant une période de régression, de sacrifice et d'initiation que de résurrection intérieure ou encore, d'abondance spirituelle.

Est-il le chaudron où se prépare une recherche scientifique ? Il promet alors ce qu'il annonce : une compréhension nouvelle.

Ou encore est-il employé comme vase rituel pour faire bouillir les offrandes et offrir les coupables, comme on le pratiquait en Chine au Moyen Âge ? Alors, il annonce un désir de purification, pris dans un sens spirituel. Le bouillon représente la quintessence de la vertu, et conduit au pouvoir d'acquérir l'immortalité.

En général la signification du chaudron se lie à la recherche mystique, à la régénérescence, il est le lieu propice aux résurrections de l'âme ayant une résultante sur la vie biologique.

Dans le concret, il parle aussi des sentiments affectifs.

Un chaudron vide est un signe de solitude, de stagnation.

Ce qui mijote dans le chaudron indique comment et sur quelle base se créent et se consolident les nouveaux liens familiaux, amicaux ou amoureux.

Le chaudron de la magie démoniaque offre les épreuves les plus cuisantes, venant de la mauvaise volonté de ceux qu'on affectionne, ou qui se vengent.

CHAUFFEUR ou CONTRÔLEUR. Il est un leitmotiv conscient ou inconscient de la personnalité du rêveur, en relation avec un problème actuel ou une situation amoureuse, associative ou sociale.

Se laisser conduire par une personne inconnue : des tendances ou idées inconscientes dirigent notre destin. On agit trop à travers les émotions vécues, on subit la vie.

Conduire soi-même le véhicule signifie que l'on oriente sa vie librement et plus consciemment.

Pour une femme : le chauffeur connu représente l'homme qui influence sa vie. Elle doit se poser la question s'il la conduit vers l'épanouissement ou l'illusion destructrice.

Les autos qui avancent sans chauffeur indiquent qu'on se laisse trop véhiculer par les gens ou les événements, par hyperémotivité. C'est l'indice d'un animal faible dans un rêve féminin.

CHAUSSURE. Le pied symbolise l'âme tournée vers les désirs de réussite matérielle, telle que la gloire, la richesse, la satisfaction provenant de la vie amoureuse et sexuelle.

La vie sociale habille l'âme et la chaussure est le vêtement du pied.

Il parle donc de l'aspect extérieur de la réussite qui place le rêveur dans un prestige d'autorité et lui donne une liberté en se fusionnant dans un succès apparent.

De jolies chaussures : présage d'un bel amour.

Des chaussures trop petites : de deux choses l'une, ou votre partenaire ne vous donne pas assez de liberté, ou il ne vous convient pas, d'où découle une suffocation morale.

Des chaussures trop grandes présagent des désillusions par la supériorité trop évidente de l'être aimé ou d'un projet dépassant nos capacités.

Porter des chaussures d'enfant si on est parvenu à l'âge adulte parle d'un sentiment amoureux avec une personne immature.

Ne pas avoir de chaussures ou en avoir perdu une, c'est l'évidence d'un problème de solitude ou d'argent, ou encore de profession. Réorganisez votre vie.

Essayer des chaussures dans un magasin, sans en trouver une paire qui nous convienne : manque affectif ou sexuel.

CHAUVE. Être chauve signifie que nos qualités intellectuelles nous feront gagner des procès.

Comme la chevelure est aussi un symbole sexuel, être chauve peut annoncer une perte de séduction, du sex-appeal, une peine sentimentale doublée d'un sentiment d'impuissance.

CHAUVE-SOURIS. *Les Mayas* l'identifient dans leur emblème à la mort. *En Extrême-Orient,* elle symbolise l'équilibre et le bonheur, la longévité et le succès.

On la prend pour un vampire dans les Andes colombiennes, car elle a le pouvoir d'endormir ses victimes et de sucer leur sang. Notre instinct de répulsion se rapproche partiellement de cette perception, mais les peuplades lui octroient des buts sexuels, aphrodisiaques, usurpateurs envers la gente féminine.

En Afrique, elle revêt deux significations : celle de la perspicacité et de la capacité de voir dans les ténèbres ; on nous la présente reliée aux forces sombres d'en bas.

Elle nous situe dans une phase de l'évolution de l'âme, où on s'arrête, stagne, entre la noirceur et la lumière, la conscience et l'inconscience dans une agitation négative.

En rêver nous oblige à ouvrir nos yeux, axer notre regard vers la montée, vers la reconnaissance de nos erreurs, de notre malice. Ainsi, s'ouvrir à la réalité de notre but terrestre, vers l'ascension de la vie divine dans chacun de nous.

Comme les oiseaux de nuit, elle représente la puissance négative et déclenche l'angoisse et la peur. (Voir *CHOUETTE*.)

Si toutefois dans la vie vous ne la craignez pas, elle agit en vibration positive de bonheur et de tendresse.

CHEMIN. Il symbolise la courbe de la vie et la trajectoire de nos aspirations, mais aussi de notre programmation.

Le côté gauche du chemin concerne le non-conventionnel, le caché de la vie, l'inconscient.

Le côté droit concerne la légalité, le conventionnel de la vie, tout ce qui se sait, se voit, le conscient.

Un chemin fleuri indique des moments amoureux pour bientôt.

Une route de campagne, ombragée d'arbres, représente une vie heureuse, rangée, quelque peu monotone.

Une autoroute signifie une existence facile, aisée.

Une route montante présage une amélioration de votre vie.

Si la route descend : on se lassera d'un projet, d'un amour.

Le petit chemin cahoteux indique qu'on subira plusieurs difficultés avant de réussir ; c'est le signe d'une vie terne, sans grande joie, avec des hauts et des bas.

Marcher la main dans la main avec une personne de sexe opposé : on ne sera plus seul.

Marcher du côté gauche : parle d'un amour qu'on ne veut ou ne peut dévoiler.

Marcher du côté droit avec son partenaire enlève le voile sur tout sentiment amoureux.

Avoir un accident qui nous fait quitter la route : c'est un engagement mal compris, dont la direction ne pouvait être planifiée. Évidemment, c'est un arrêt, une coupure avant un nouveau départ.

CHEMIN DE FER. Il annonce un engagement, une nouvelle orientation dans la vie, à condition que la voie soit libre.

Les rails entrecroisés indiquent une certaine confusion, on ne sait quel choix faire en envisageant l'ensemble de ses projets.

L'accident de chemin de fer représente l'échec qu'on subit. Il peut déclencher en rêve une peur de l'impuissance vitale. On a nettement l'impression de n'arriver nulle part.

Rêve d'angoisse, très important à analyser, afin de savoir le pourquoi de l'échec ou de l'impuissance devant ses motivations, amoureuses ou professionnelles.

CHEMINÉEE. Son symbole se rapporte au souffle et à la respiration d'où naît tout germe de connaissance faisant éclore l'amour, la vie.

La cheminée installée entre le ciel et la terre est le lien entre les oppositions, le négatif et le positif, le bas et le haut reliés à l'énergie cosmique. En fait, il réserve le principe de vie qui pénètre par son canal jusqu'à l'âtre d'où émane la flamme créant le feu.

Ainsi, *si le feu flambe dans la cheminée*, la force animique de compréhension permet à la chaleur humaine d'échanger joyeusement dans l'amour.

Par contre, *la cheminée sans feu* parle de la recherche de l'harmonie dans l'union, de la passion qui n'existe pas.

Par contre, *si le feu s'éteint*, les forces créatrices ne descendent plus dans l'échange et c'est la rupture des liens.

Il ne se fait plus de conjugaison entre les pouvoirs célestes et ceux de l'esprit à promulguer l'amour et les énergies humaines.

CHEMISE (vêtement). La chemise représente un sentiment et offre l'aspect extérieur de notre affectivité.

Une chemise blanche ou de couleur gaie et propre annonce de la joie.

Une chemise sale ou tachée présage des soucis sentimentaux.

Laver sa chemise dénote une réaction positive devant ses erreurs et une capacité à revaloriser un sentiment à partir du dialogue.

CHÊNE. Symbole de l'union d'un couple s'il est vu avec le tilleul. En mythologie, ces deux arbres se lient ensemble par un tronc unique pour expliquer la reconnaissance de Zeus à l'égard de Philémon et Baucis, qui après leur mort furent transformés en un tilleul et un chêne reliés ensemble par un tronc commun. Zeus voulut les remercier de lui avoir fait la charité alors qu'il s'était présenté à eux sous l'aspect d'un mendiant.

CHENETS. Base importante dans l'édification de nos passions, nos élans.

Bien placés dans le foyer, soutenant un feu ardent, ils dénotent une capacité morale à composer dans l'amour et permettent la stabilité en ménage.

CHENILLE. Première phase d'une évolution ; viennent ensuite la chrysalide et finalement le papillon.

Symbolise le travail intense qu'on doit fournir pour se transformer. La chenille équivaut à une vie primitive et promet une transformation profonde et évolutive de la personnalité.

CHÉRUBIN. Les chérubins sont les authentiques messagers de la plus haute puissance divine.

Ils appartiennent à l'ordre supérieur, entre les trônes et les séraphins dans la hiérarchie céleste.

Ainsi, en être visité nous permet d'accéder au savoir et à la sagesse ultime, qui doit être transmise à ceux qui attendent la lumière divine. (Voir *ANGES*.)

CHEVAL. Langage instinctif entre le conscient et l'inconscient. Le cheval symbolise le psychisme inconscient, le contenu des forces de l'âme recevant l'énergie d'autres sphères. Comme le serpent il est aussi un symbole sexuel. Ce sont ces forces qui surgissent, menaçantes, effrayantes, galopantes que nous avons à affronter et à maîtriser. Son impétueux désir se manifeste par la mémoire de ses vies antérieures. Il se rapporte à nos instincts dirigés vers les besoins naturels, sexuels, dans les couleurs sombres.

Revêt-il une couleur plus pâle ? Il sort alors de la nuit et des influences obscures et peut annoncer une vie heureuse. Plus sa couleur devient pâle, plus on avance vers la lumière et la sublimation des besoins naturels, en s'élançant vers le détachement des liens terrestres et la générosité.

Le cavalier : c'est la raison de l'humain, travaillant à transmuter vers le haut son potentiel pour devenir plus lumineux à chaque effort. C'est la volonté de tout homme de diriger ses tendances vers la liberté et l'amour véritable.

Ainsi, *monter à cheval* dénote un comportement hardi sexuellement, puisque toutes les énergies passent par le bas, venant de la nuit de l'âme.

Que vous montiez ou non le cheval, il est très important qu'il y ait entente entre vous et lui, il en dépend de votre santé et de votre équilibre.

Le cheval sauvage parle d'une vie intérieure, déséquilibrée : par contre, *le cheval domestique* annonce une vie harmonieuse et équilibrée.

Le cheval noir symbolise l'homme primitif, dont les bas instincts n'atteignent aucun contrôle, c'est pourquoi le voir intervenir en rêve annonce des passions incontrôlées menant à la destruction de soi.

Le cheval brun pâle signifie un amour heureux et partagé.

Le cheval ailé parle d'une grande recherche mystique acquise.

Le cheval d'un blanc limpide, éclatant, plonge le rêveur vers un détachement de la vie matérielle ; c'est-à-dire de la gloire, de la richesse et de la vie sexuelle, il est alors chevauché par les esprits lumineux qui le conseillent, l'alimentent de leur force et de leur puissance. À ce moment-là, l'instinct de l'animal est transmuté dans le divin. Il est la manifestation du but terrestre axé sur l'éternité.

Le cheval blanc sale et terne prend la signification de la tiédeur évolutive. Il se rapproche de la signification du fantôme, par régression.

Chez l'adolescent, l'apparition du cheval en rêve parle de la naissance, de l'impétuosité du désir sexuel.

Le cheval peut se relier à l'eau, aux lacs et rivières. L'eau est la capacité de renouvellement et contient tous les secrets de la vie inconsciente.

Voir surgir un cheval d'un lac, c'est l'éveil conscient de cette puissance en chacun de nous. Évidemment, la couleur et l'aspect du cheval vous disent quelle puissance vous développerez ou quel mouvement existentiel s'offre à vous.

Le lac parle d'union : est-ce une union spirituelle ou physique ? Bien revoir votre scénario de rêve.

Votre cheval onirique réussit-il à faire jaillir l'eau de l'un de ses sabots ? Votre propre volonté, doublée d'une intuition sûre, vous facilitera toute créativité et en premier lieu, l'amour.

Prend-il l'aspect de Pégase ? Ce cheval blanc est magique; attendez-vous à des réussites percutantes à tous les niveaux, par votre publicité courageuse, doublée de la chance pure. (Voir aussi *SPORT*.)

CHEVALIER. Il vous renseigne sur vos priorités et vos engagements.

Le prototype exemplaire des chevaliers est l'archange saint Michel, le premier à lutter prestigieusement contre les démons et à mettre en déroute l'armée du Mal. Bien que les chevaliers n'existent maintenant que dans l'histoire et dans la littérature, nous savons que leur degré de perfection fut plus ou moins exemplaire. Toutefois, il en ressort une idée spécifique d'engagement dans un accord de loyauté absolue, à laquelle leur vie était assujettie. Peut-on reconnaître que refoulant la corruption ambiante, ils n'en étaient pas moins violents, brutaux, sensuels, grossiers et impatients ? Bref, ils ne furent pas des modèles.

À quelle chevalerie votre chevalier de rêve vous classe-t-il ?

À quelle classe de guerrier vous identifiez-vous ? Contre quoi luttez-vous ? La puissance, les prolétaires ou vice-versa.

Quelle puissance veut-on imposer en soi, dans la vie courante ? Celle de la richesse.

Défiez-vous le pouvoir de l'argent ou celui de la vie spirituelle ?

Encore là, *que voulez-vous défendre en priorité ?* L'irréalisme du téméraire. Comme le célèbre Don Quichotte, qui se bat pour des projets utopiques et chimériques ; la différence sexuelle, par exemple : le féminisme.

En conclusion, quelle que soit la chevalerie de votre existence, la milice à servir, les engagements doivent nous conduire au premier but de l'existence, lutter pour sa liberté contre ses instincts infernaux afin d'aller habiter le palais spirituel de l'âme polie par l'épreuve terrestre.

Voilà le sens du chevalier, cette facette de notre comportement qui se libère des conventions inutiles et destructrices, afin d'acquérir la pérennité, la sérénité, l'amour. (Voir *INTERDITS*.)

CHEVEUX. La chevelure colore par sa couleur, son style l'aspect sexuel. Le symbole de la vigueur dans la vie intime a la même signification que les ongles. Ils ont un aspect de séduction dans la vie sexuelle, associative et sociale. Ils parlent de votre pouvoir magnétique sur autrui. *En rêve, votre capacité de prouver votre virilité ou votre attraction* se voit par votre chevelure abondante, longue, saine, propre et bien coiffée, elle annonce alors du bonheur en amour.

Les cheveux défaits indiquent que nous sommes soumis aux forces négatives, à l'embrouillement.

En Chine, *avoir les cheveux épars* affirme un deuil, par l'attitude sociale face à un rituel devant une mortalité, en signe d'acceptation.

Partout les cheveux sales et hérissés sont un signe de désœuvrement, de tristesse, de sentiments amoureux frustrants et compliqués.

Les cheveux en désordre, emmêlés, mal peignés, dénotent l'inquiétude, les idées confuses.

Si la scène du rêve se passe au travail : il y aura désorganisation venant de l'autorité.

Être obligé de se faire tondre les cheveux présage de maux graves, de périls imminents et souvent de pertes d'argent ou d'abstinence sexuelle.

Décider de se couper les cheveux annonce des renoncements volontaires en amour.

Être chauve présage la victoire dans un procès et l'insuccès dans la vie sexuelle.

Avoir des cheveux artificiels ou anormaux est un signe de déboires financiers.

Avoir les cheveux en poils d'animaux annonce une maladie ayant rapport avec les maladies d'animaux.

Avoir les cheveux blancs : perte d'énergie découlant de peines amoureuses. Chez les mystiques, vie spirituelle enrichissante.

Les cheveux blonds se rapprochant de la couleur solaire annoncent des passions harmonieuses et épanouissantes.

Les cheveux roux ou encore frisés ou crépus permettent de croire en l'amour passionné mais non mystique.

Les cheveux coupés en houppe (musulmans) annoncent un dépassement de sa personne vers une sortie cosmique, une entrée dans la zone supraterrestre.

Les cheveux placés en forme de sphère indiquent la compréhension de toutes choses, nous identifient aux resplendissants rayons solaires. C'est la marque d'un être ayant atteint le plus grand rayonnement de l'âme, la plus grande perfection, lesquels octroient de remarquables succès.

Perdre ses cheveux : peine d'amour.

Raser ses cheveux : renoncement volontaire à un amour.

CHÈVRE. Elle représente une nature primesautière et capricieuse, serviable.

En Chine, on l'associe au dieu de la foudre.

En Grèce, la chèvre est symbole d'éclair.

Pris dans un sens sacré, la chèvre s'associe à la manifestation de Dieu, pour faire saisir sa volonté.

CHEVREUIL. (Voir *CERF.*) (Idem pour tous les cervidés.)

CHIEN. Dans la mythologie, le chien est associé au monde invisible et à la mort. Il est l'ami fidèle qui guide l'âme des morts, après avoir été leur compagnon pendant la vie terrestre.

Il protège comme la mère. Par sa capacité de flairer, il peut prévoir intuitivement le présent et l'avenir de l'homme. Dans ce sens, il devient l'allié qui s'associe à l'entité humaine et à sa raison. Symbole solaire et lunaire à la fois, il doit conduire notre destin vers des royaumes célestes.

On peut lui donner un autre sens et comme tous les animaux, il peut parfois représenter l'instinct qui vit en chacun de nous.

Dans la vie onirique, il devient concret et palpable.

Ainsi, *voir un chien de luxe* annonce des distractions mondaines fort agréables.

Les petits chiots de race : le début d'un grand amour.

Voir un beau chien de race : un ami de qualité vous offre sa sincérité et son affection.

Voir un chien bâtard de taille moyenne : c'est toujours très heureux, c'est toujours la même fidélité qui s'attache à nous.

Voir un chien blanc : bonheur parfait dans l'union.

Voir un chien noir : on vous trompe. Sur le plan caché, le chien noir, c'est l'aspect négatif venant de l'autre monde, il interdit l'entrée au château, si un œil est vu dans son ventre, et même s'il n'a pas cet œil, cela signifie qu'un travail de magie se fait et est la cause de vos défaites. Il représente le gardien de l'Enfer, avec sa horde de démons qui vous attaque, s'il revient constamment dans vos rêves.

Voir un chien roux ou brun pâle : très bon présage dans une relation sentimentale. Le chien d'un ami qui vient vous caresser la joue peut annoncer une trahison.

Être poursuivi par un chien agressif et triste, c'est un signe de solitude, par votre faute, vous préférez vivre trop froidement et artificiellement, pourtant un ami a besoin de vous.

Un chien qui aboie et mord signifie qu'un ami peut devenir un ennemi. Il faut s'attendre à être attaqué.

Un chien mort représente un danger pour votre santé.

Maltraiter un chien signifie qu'un comportement mal dirigé met votre vie en danger.

Un chien inconnu qui vous lèche et caresse annonce des trahisons, pire s'il mord.

Voir plusieurs chiens dans la rue est un signe de conflit, on se consulte, on bavarde (dépendant du nombre de chiens, ce rêve peut être chanceux). La race du chien énonce les qualités ou les défauts propres à son hérédité raciale.

CHIENDENT. Voir pousser du chiendent prélude des difficultés qui renaissent constamment dans sa vie affective.

CHIMÈRE. Ce monstre hybride à tête de lion, à corps de chèvre, à queue de dragon est terrifiant. De sa gueule sort un feu qu'il crache. Ce monstre existe en chacun de nous, il est le symbole très complexe venant de l'imagination destructrice, jaillissant des profondeurs de l'inconscient.

C'est notre exaltation maladive qui peut nous anéantir.

Sa tête de lion dénote une tendance trop dominatrice.

Son corps de chèvre nous conduit vers une sexualité vicieuse, trop exigeante.

Sa queue de dragon pousse vers des excès de vanité, tournant le dos à l'évolution de l'âme.

Cette puissance dévastatrice demande d'être constamment pourchassée en profondeur.

Depuis Chimère, ce monstre mythique grec, l'humanité peine à contrôler ses tendances primitives. Le voir en rêve vous signale d'exercer un plus grand contrôle sur votre imagination, afin de ne pas dépasser la limite dans l'autorité et dans vos besoins affectifs et sexuels.

CHINOISERIE. Même signification symbolique que *chinois*. Annonce des complications comme dans la vie. Cette signification vient d'une expression populaire « faire des chinoiseries ».

CHIRURGIE. La signification de la partie du corps qui passe à la chirurgie représente ce dont on doit se défaire pour être plus heureux et retrouver son équilibre. (Voir *ORGANE*.)

CHIRURGIEN. Il doit prendre une décision, faire un choix.

CHOCOLAT. Indice d'un besoin affectif.
En donner : c'est aimer.
En recevoir : c'est être aimé.

CHOIX. (Voir *CARREFOUR, L'AMOUREUX*.)

CHÔMAGE. Fatigue dans la continuité quotidienne d'un état vécu. Il représente une stagnation dans ses motivations, sa pensée. Il annonce un manque d'élan doublé de maladie nerveuse. Mais il se peut qu'accidentellement vous vous retrouviez en chômage.

CHOU. Le chou n'annonce aucun profit et du point de vue sentimental, il représente de vaines espérances.

CHOUETTE. Elle symbolise l'esprit observateur et réfléchi qui domine dans les ténèbres, qui ne craint pas le mensonge. Oiseau nocturne, certains lui ont fait une réputation de voleuse et de malhonnête.
Pour les Anciens, voir une chouette dans sa maison s'emparer de ses biens annonce la mort d'un proche.
Blesser une chouette : votre manque d'intégrité vous portera malheur.

CHRIST. Symbole du pouvoir acquis par la souffrance, l'obéissance, l'acceptation et la plus sublime épuration, la perfection.

Tout ce qui se vit inexorablement sur terre provient des décisions d'un gouvernement invisible. Le Christ est le symbole d'un modèle à suivre, auquel chacun peut s'identifier.

Et dans ce sens, il oriente l'homme dans son existence, ayant été lui-même concerné dans une programmation terrestre. Il est depuis deux mille ans la plus grande affirmation de l'échec et de la puissance, par sa mort et sa résurrection.

Médiateur entre Dieu et les hommes, d'origine divine (il retrouve sa divinité à son baptême), il sera l'apôtre au pouvoir miraculeux recevant l'admiration et à la fin subira la trahison majeure.

L'humiliation et le martyre acceptés dans un contrôle surhumain, divin, furent ses armes pour atteindre le véritable pouvoir et donner à l'homme sa protection et le rehausser à un palier plus lumineux. N'aspirant qu'au bonheur, refusant la souffrance, nous n'en sommes pas pour autant exemptés. Nous rencontrons la souffrance, la trahison et beaucoup meurent assassinés et pire encore, condamnés par erreur. En miniature nous sommes Lui, à divers degrés, dans la trajectoire de notre destinée.

Le voir apparaître en rêve est donc très significatif dans les circonstances actuelles que nous devrons vivre. Puisqu'il est devenu le plus grand pouvoir, son intervention doit nous rassurer sur notre route.

En rêve le voir souffrir, c'est vous-même qui accédez bientôt à une plus grande évolution, à une nouvelle grandeur, en payant par la souffrance.

Devient-il lumineux ? Il annonce un changement radical dans votre idéal de vie. C'est un grand bonheur, parfois une guérison, sûrement une libération.

Car Il est là présent, nous tenant la main, nous fortifiant dans les circonstances heureuses ou malheureuses.

Certaines personnes ayant vécu de pureté d'intention le voient dans les mois précédant leur mort ; il vient adoucir et préparer la fin de vie des âmes qui doivent passer la grande transition dans la paix et la joie accordées aux justes, auxquels nous nous identifions. Il peut alors être perçu dans la valeur christique en rapport à son image, comme participation à son exemple, dans une vocation de sauveur par le sacrifice et même dans la mort, d'où résultera l'espoir qu'il nous donne par sa résurrection.

Car nous souffrons pour l'une des trois raisons suivantes : 1° Nous avons déjà fait souffrir d'autres ; 2° Pour se fortifier et apprendre ; 3° Nous avons accepté de souffrir pour les autres volontairement.

CHRYSALIDE. Seconde étape importante de l'évolution.

On vit une grande mutation intérieure, métamorphose qui remplit de persévérance combative l'être qui la vit. (Voir *CHENILLE.*)

CHUTE. Tomber et se relever indique qu'il faut prendre soin de sa santé. C'est un avertissement. Tomber sans se relever annonce une maladie prochaine.

CICATRICE. Elle représente une peine, une injure qui s'estompe, mais laisse des traces de plus grande maturité.

CIEL. Le ciel a trait à la vie du rêveur et donne la tonalité à son vécu. Il précise le fil des événements à venir.

Le ciel bleu et ensoleillé signale une vie heureuse, la sérénité dans la vie affective et amoureuse, et beaucoup de vitalité.

Assombri par de gros nuages gris, il annonce la tristesse, des luttes incessantes, des patrons intransigeants, tyranniques, des procès, des pertes inexplicables. Et l'amour devient presque impossible.

Couvert de petits nuages blancs ou d'un cumulo-nimbus ensoleillé, les ennuis s'achèvent.

Le ciel en flammes rouges présage des combats (des guerres sur le plan mondial), voire des ennemis acharnés, puissants et autoritaires mettant la vie du rêveur en péril.

Les grêlons, tombant du ciel, informent le rêveur de peines douloureuses.

Les flambeaux et torches enflammés, tombant sur terre et venant de la voûte céleste, de même que les troncs d'arbres, les colonnes ou piliers de ciment, dévoilent des dangers peu communs venant des machinations secrètes de l'entourage, telles qu'un mauvais sort pouvant anéantir votre équilibre et votre sécurité.

La foudre tombant près de soi est annonciatrice de succès, si on n'a rien de négatif, d'illégal à dissimuler. La foudre est bénéfique aux personnages publics ou dans la politique, aux riches, aux puissants et aux soldats. Tout dépend de sa couleur, car elle peut annoncer des pertes si elle est rouge. Mais tous ceux dont les métiers les obligent à paraître ou à être mis en vedette, tels que les orateurs, les écrivains, les avocats, les artistes, auront fait un bon songe s'ils sont touchés ou approchés par la foudre sans être brûlés. Elle leur annonce des triomphes personnels. Mais la foudre oblige le voyageur à rentrer chez lui.

Voir tomber la foudre sur sa maison peut annoncer un déménagement ou un changement de vie.

Pour résumer, je signale qu'il est mauvais de rêver de la foudre *si on est couché,* mais *si on est debout,* elle donne ce qu'elle offre de bénéfique.

Le ciel a aussi la signification de la conscience, du degré de développement de l'âme, ou encore de son climat intérieur.

Monter au ciel, si on y monte joyeusement : grande amélioration de l'état psychologique, sérénité, équilibre, joie intense. Le ciel étoilé promet la protection divine, le bonheur et l'amour.

Mais se sentir aspiré vers le firmament annonce des luttes en perspective, c'est comme si on faisait peser sur le rêveur des influences secrètes ; ou encore cela peut signaler une tendance inconsciente autodestructrice.

Se retrouver au 7e ciel indique, comme dans la vie, une joie extraordinaire. Mais les sept sortes de cieux parlent d'un état intérieur et non d'un lieu. Plusieurs couches célestes nous viennent dans l'image du monde. Certains croient à 7 cieux, d'autres vont jusqu'à 17 couches célestes. Selon les Bambaras, il y a sept cieux.

Le premier ciel appartient au corrompu et à l'obscur.

Le deuxième : plus éthéré, partiellement assaini, épuré, il est la contrée des hommes et des animaux.

Le troisième : ciel noir, lieu réservé aux génies. C'est là que reposent ces esprits intermédiaires entre Dieu et les hommes.

Le quatrième : lieu où faits et gestes de la création sont surveillés et étudiés dans un miroir. Il est le lieu où se tient la comptabilité du monde.

Le cinquième : lieu où siège la justice divine, où guerres et combats se poursuivent contre les génies venant du 3e ciel. L'éclair et le tonnerre résulteraient de ces combats.

Le sixième : c'est celui du sommeil. Les secrets du monde y sont protégés. Les âmes et les génies vont en songe recevoir les instructions du dieu Faro, et s'en purifient.

Le septième ciel : c'est le royaume de leur dieu Faro. Il est le réservoir des eaux fécondantes et purificatrices déversées généreusement sur la terre.

Quel que soit le nombre réel de degrés célestes, nous recevons en songe les influences de ces couches célestes et composons sans le savoir avec leurs activités bienfaitrices ou obscures, soumis que nous sommes aux lois positives et négatives qui régissent l'univers, là où seule la véritable justice finit par triompher devant nos efforts et nos limitations, où un grand ordinateur a tout vu, tout enregistré, et tout calculé, de notre bonne volonté devant nos imperfections. Mais je le répète, le ciel est un climat intérieur, résultant du scénario de chaque virage du destin.

CIGALE. Elle demeure d'après la fable l'image de l'imprévoyance et de l'insouciance.

Entendre chanter la cigale annonce des moments excitants dans la vie, mais dans un sens péjoratif et angoissant.

La cigale qui stridule promet des soucis matériels.

CIGOGNE. Adversaire du mal, cet oiseau de bon augure symbolise le respect filial et la responsabilité envers les vieillards.

En général, voir une cigogne annonce une naissance pour ceux qui désirent un enfant.

Voir une cigogne seule est un signe de bonheur au foyer, d'union pour les célibataires.

Un nuage de cigognes est un présage de mésentente ayant rapport à des questions monétaires, et sous-entend des vols.

CILS. Les cils ont la propriété symbolique de séduire autant que les cheveux et les ongles.

CIMENT. Il symbolise la vie stable, les amitiés profondes.

Couler du ciment : on veut exagérément fortifier des liens amicaux ou amoureux, par crainte de les voir s'éloigner. (Voir *MORTIER*.)

CIMETIÈRE. Un rêve de cimetière implique une remise en question dans la manière de penser.

Être dans un cimetière signifie qu'on doit prendre conscience de ce qui est mort en soi : sentiment, projet, travail, relation. Cela peut annoncer aussi une mort, tout dépend du contexte du rêve. (Voir *CERCUEIL, ENTERREMENT*.)

CIRQUE. Il représente une situation confuse dont l'issue est difficile à définir.

CIRCONCISION. Opération consistant à rendre symboliquement plus masculin le garçon, c'est-à-dire le côté actif, positif et conscient d'un comportement. Chez les Polynésiens, les juifs et les musulmans, elle symbolise une nouvelle naissance, elle permet l'accès à une nouvelle phase de l'existence. Épuration symbolique de l'âme. Dans les coutumes chrétiennes, le baptême a remplacé la circoncision. (Voir *BAPTÊME*.)

CISEAUX. Les ciseaux invitent à couper des liens, des habitudes. Fin d'une amitié ou d'une activité rebutante. Détachement, rupture.

CITADELLE. *Voir une citadelle* représente un projet assez difficile à atteindre.

Monter dans la citadelle annonce une victoire ou la réalisation d'un objectif parfois d'amour, parfois d'affaires.

CITHARE. Messagère de nos émotions, la cithare évoque le chant des oiseaux. Elle annonce des sentiments amoureux, voluptueux et passionnés.

CITRON. Amertume.

CLAIRIÈRE. Une clairière, un petit sentier conduisant hors de la forêt annoncent une meilleure compréhension de soi-même et de la direction de sa vie.

CLAVICULE. *Se briser la clavicule* : incident où vous subissez un traumatisme psychologique. Un support intérieur vient de se briser et on doit changer radicalement quelque chose dans sa vie et essayer de réhabiliter ses forces en réajustant la base de ses émotions.

CLEF. Son nom s'associe à la découverte, au pouvoir et au commandement.

Voir une clef : la réussite vous est offerte.

Voir des clefs ou une clef : plusieurs opportunités s'offrent à vous. Elles annoncent l'avancement, l'honneur, une promotion en affaires, comme en amour.

Recevoir ou donner des clefs, c'est recevoir ou transmettre la combinaison du succès.

Dans la serrure : elle symbolise le pouvoir d'ajustement, la puissance énergétique de l'engagement complémentaire dans l'autre, c'est-à-dire l'adjoint ou le conjoint. Sans l'opération, aucune union ou association possible.

Passer la clef dans la serrure et ne pas réussir l'opération : c'est un échec dans une association, dans un changement de sa vie qui ne peuvent s'opérer.

Prendre ses clefs signifie que la réussite n'est pas appuyée par la chance.

CLITORIS. Organe « masculin » chez la femme, il signifie la part de l'âme féminine qui est tournée vers l'action, l'affirmation et la réalisation.

CLOCHARD. Une facette de la personnalité du rêveur. Stressés comme nous sommes, qui n'est pas frustré de tant de règlements et d'interdits devant les conventions sociales à observer quotidiennement ?

Ainsi, le clochard opprimé vit en chacun de nous, replié sur lui-même, et la nuit où toute morale abdique, devant la liberté nocturne, où nos frustrations s'effacent pour laisser libre cours à nos besoins, cette facette de notre personnalité apparaît et compense pour nous libérer de nos repliements. Et le matin, on se réveille en forme, prêt à accepter à nouveau les contraintes de la vie. C'est l'exemple parfait d'un rêve de défoulement.

Mais toutefois, si ce genre de rêve se répète, il y a étude d'ajustement à faire, il peut s'agir d'un rêve révélant un sérieux complexe d'infériorité, une impression d'avoir raté sa vie.

Pour les femmes, comme l'homme représente son partenaire amoureux, il n'est pas réjouissant de le voir apparaître en rêve. Il est bon de le voir mourir ou s'éloigner de soi. Alors nous aurons fait un rêve transformateur et positif.

CLOCHE. Annonce un événement public de joie ou de peine. Est-ce la cloche d'un enterrement ? vous oublierez tous vos soucis et commencerez dans la joie une nouvelle idylle.

Annonce-t-elle un mariage ? L'amour qui vous concerne se vivra aux yeux de tous.

Sonner les cloches : épanouissement dans votre vie sentimentale.

CLOUER. On réussira à se stabiliser dans la vie.

CLOWN. Le clown habite en vous, dans les circonstances actuelles. Vous ne le voulez pas. Mais rêver, faire rire la foule, et être un clown, c'est craindre d'être un objet de risée, c'est l'incapacité de s'affirmer, et c'est souffrir d'un sentiment d'infériorité.

COCCINELLE. Elle annonce un moment heureux à venir.

COCHON. Il représente un profit, de l'argent acquis d'une façon plus ou moins légale, sans moralité. (Voir *PORC*.)

COCON. Enveloppe soyeuse dont se sert la chenille pour se transformer en chrysalide. Il représente une nouvelle capacité dans les idées et au niveau de la personnalité. La métamorphose s'opère plus de l'intérieur que de l'extérieur.

CŒUR. Considéré comme étant l'organe moteur. C'est dans ce lieu central que se focalisent les sentiments. L'intelligence et l'intuition se logent dans le cœur, selon la pensée traditionnelle. Combien d'expressions populaires n'a-t-on pas reliées à cet organe vital : ne pas avoir de cœur, les grandes pensées viennent du cœur, avoir la rage au cœur, se redonner du cœur, à cœur ouvert, de tout cœur ou avec cœur, avoir mal au cœur... Toutes ces expressions imagées le demeurent dans la vie onirique et ont la même signification.

Symbole de l'amour, de la bonté, le cœur prend le sens de l'idéal. Pour l'adolescent, *avoir un cœur blessé par une flèche*, annonce qu'il sera amoureux. Pour que ce rêve soit bénéfique, le cœur ne doit pas saigner car tout ce qui est physique devient psychique.

Avoir mal au cœur annonce de la peine.

Ne pas avoir de cœur revient à ne pas avoir d'amour, d'âme, de sensibilité.

Avoir la rage au cœur : agressivité émotionnelle.

Se redonner du cœur : retrouver une capacité d'être, de poursuivre un but, malgré l'affaissement.

Cœur à cœur : dans la meilleure intention et les meilleurs sentiments.

COFFRE. Quel trésor y a-t-on inséré ou veut-on y insérer ? Quel merveilleux symbolisme cette boîte mystérieuse n'éveille-t-elle pas ? Quelle loi ou quel pacte peut-on y découvrir déposés là pour servir l'homme dans ses débats, ses luttes en marche de son évolution ? Quelle révélation ou communication avec le ciel l'âme curieuse ne découvrira-t-elle pas en rêve ? Il y a un prix à payer et les épurations par l'épreuve agiteront la vie du rêveur à la vue du coffre. Oui, la découverte oblige à la conquête, à l'effort et au polissement de l'âme. Parfois, selon l'aspect, le coffre rejoint le sens du cercueil, du placard ou de la boîte à bijoux.

Le trésor dans une boîte équivaut à tout ce qui devient sacré. L'important c'est de posséder le coffre, ou de l'atteindre. (Voir *PIERRE PRÉCIEUSE, PANDORE*.)

COFFRET. *Vide* : vie médiocre, pauvre.

Plein : il est important de comprendre le symbole des objets qui s'y trouvent. (Voir *PANDORE* et son coffret grâce auquel l'humanité reçut l'Espérance en contrepoids de tous ses maux.)

COIFFE. La coiffe de la mariée a une signification morale insoupçonnée qui invite à la pureté, à la perfection dans l'union.

Elle vous renseigne sur votre désir de vous marier. (Voir *COIFFURE.*)

COIFFEUR. Le coiffeur représente cet observateur secret qui habite en nous et nous fait remettre objectivement de l'ordre dans nos idées, dans notre façon de voir.

Se faire coiffer : c'est demander de l'aide afin de mieux ordonner ses pensées et voir clair.

Être coiffeur ou coiffer : c'est aider quelqu'un à trouver l'harmonie, à se défaire de ses embrouillements.

Ne pas réussir à se coiffer : le meilleur coiffeur est depuis toujours l'Esprit-Saint, le plus rapide thérapeute du cerveau qui saura vous aider à élucider votre indécision, votre obscurcissement.

COIFFURE. Elle est l'image de la personnalité profonde. La coiffure, c'est un langage afin qu'on vous identifie dans votre façon d'être socialement.

Qu'est-ce qui vous motive et de quel sentiment vous coiffez-vous ? De quelle sorte d'éducation, de rang social, de quelle profession, vos pensées vous peignent-elles ?

Exemple : être peigné à la Marilyn Monroe, c'est l'idée de séduire qui domine dans une démarche.

Par contre *être peigné à la mode de 1920*, votre manière de penser et de philosopher est périmée, axée vers un passé lointain. Mais tout dépend de ce que vous projetez comme comportement en rapport avec chaque genre de coiffure. (Voir *CHAPEAU.*)

COLIBRI. De très bon augure, il représente un individu puissant qui intercède pour vous et vous sauve de la défaite. Annonce la prospérité.

COLLIER. Il signifie l'union et a la même signification de continuité, de réussite que le cercle.

Enlever un collier : c'est mettre un terme à une association, à une relation importante.

COLLINE. Symbole de la montée, ressortant du chaos, c'est-à-dire de la confusion. La montée sur la colline promet une merveilleuse croissance personnelle.

Gravir une colline annonce une amélioration de son sort.

La gravir à pas lourds, et sans pouvoir accéder au sommet, indique une vie pénible remplie de luttes, menant à l'insuccès.

La descendre : c'est abandonner un projet, un sentiment stable.

COLOMBE. Sur le plan humain, elle signifie l'âme pure, juste et simple.

Dans la Bible, elle fut porteuse du rameau d'olivier, signifiant la paix, la vie et la sauvegarde, message de Dieu à Noé. À son baptême, Jésus reçoit l'Esprit-Saint qui l'habitera et le guidera sous la forme d'une colombe.

Ses présages sont toujours favorables. Sa présence en rêve s'adresse très souvent à l'âme mystique qui prie l'Esprit-Saint, elle porte le message d'éclaircissement désiré.

Pour ceux qui cherchent un idéal dans l'amour, *la colombe annonce la fidélité*, et la pureté d'intention dans l'union.

Sacrifier une colombe : désir d'expier l'ignorance et la négligence autour de soi.

COLONNE. Symbolise l'arbre qui relie le ciel à la terre. Elle est un appui, un support pour qui demande de l'aide. Elle est l'intermédiaire entre les échanges et l'inspiration. Prise dans une optique plus concrète, la colonne représente un homme bon, un appui précieux. Mais il se peut qu'on soit suffisamment évolué pour trouver le support en soi-même, capable de se nourrir de ses propres assises, de son propre ressort.

COLONNE VERTÉBRALE. Dynamisme pour conserver la stabilité de la personnalité consciente. Se rapproche du sens de l'arbre.

Brisée, la colonne vertébrale parle d'une vie intérieure court-circuitée où la montée vers un feu divin ne se produit que très peu. La structure de l'âme étant cassée dans sa capacité de faire circuler les énergies positives et sublimantes. Exemple : on perd la foi à la suite de longues épreuves.

La colonne vertébrale rejoint symboliquement l'expression populaire : « il n'a pas de colonne vertébrale » c'est-à-dire il n'a pas de résistance ou de détermination.

COLOSSE. Ce géant peut être un animal, une statue ou un homme immensément grand. Il représente la puissance, l'autorité à laquelle nous sommes indubitablement assujetti, puisqu'il possède des pouvoirs supranormaux. Il indique la voie de l'absolu.

Voir en rêve un colosse : si le rêve présage de la chance, tant mieux, car sa volonté domine votre vie.

COMBAT. Se battre en rêve indique qu'en vous deux tendances s'opposent et vous épuisent. Incitation à prendre une option dans une alternative de votre vécu.

(Voir *BATAILLE, GUERRE.*)

COMÈTE. Événement important.

Lire dans un journal qu'une comète a fendu le ciel, annonce un retentissement dans la vie politique et sociale du pays. L'histoire dit qu'une comète avait annoncé aux devins la mort de César.

La voir fendre le ciel annonce l'effondrement d'un système politique, d'une forme de gouvernement, avec des possibilités de guerre et de révolution. Il faut juger si la révolution ne se fait pas en soi, dans son propre univers intérieur.

COMPAS. Il représente symboliquement l'esprit de mesure et de méditation, à la recherche de la perfection.

Sur le plan scientifique, il est l'emblème de la géométrie et de l'astronomie ; dans ce sens, il conseille de développer davantage la faculté du calcul et de la méthode. Lequel de ces deux sens peut s'insérer dans le langage onirique partant de l'expérience de votre vécu ?

Par quelle recherche êtes-vous obsédé en ce moment ? Le compas sert à tracer le cercle, c'est-à-dire la perfection, la connaissance parfaite. Quelle sphère ou planète de votre psyché voulez-vous explorer ?

COMPLIMENT. Ne doutez plus de vous, mais restez modeste en vous faisant une sévère évaluation.

CONFESSION. Besoin de rétablir la paix dans l'inconscient, besoin de méditer.

CONCIERGE. Vous attachez beaucoup d'importance à un sentiment nouveau, attendez encore quelque temps avant de prendre une décision sentimentale.

CONCOMBRE. Voir un concombre annonce la guérison, le retour à la santé.

CONDOM. On se protège pour ne pas tomber amoureux, si on l'utilise.

Le voir : Il serait préférable de ne pas subir une pression amoureuse et de s'en libérer.

CONDOR. Il représente une personne puissante dont il faut se méfier. Le condor se rapproche du sens de l'aigle mais en plus obscur, en plus sombre. Il faut adapter sa signification symbolique à votre conception personnelle.

CONFISERIE. Désir de bonheur intense, en compensation d'une vie un peu monotone.

CONFITURE. Abondance, richesse que procure un engagement amoureux. Mais encore plus de soucis que de ne pas l'être, car la confiture veut dire aussi trahison.

CONGÉDIEMENT. Pris dans un sens de perte d'emploi, il est possible que dans les semaines à venir, sa signification se produise telle que vécue dans le rêve.

Quant aux malades, ce rêve indique que leur état de santé ne s'améliorera pas. (Voir *FONCTION*.)

CONGÉLATEUR. Rejoint le sens de la mise en conserve. Il symbolise la prévoyance. Mais ici, on planifie à long terme sa vie amoureuse avec quelqu'un. On veut la protéger contre l'usure du temps. Si les aliments se conservent bien, il en sera ainsi des sentiments. Il est donc mauvais de le voir sans qu'il soit en marche. Comparativement au réfrigérateur, on mise sur un attachement beaucoup plus profond et de longue durée.

CONIFÈRE. Les arbres qui restent verts toute l'année représentent les amitiés à garder car elles protégeront toujours même dans l'infortune. Symbole d'immortalité, de pérennité.

CONSERVE. Les conserves ont trait aux sentiments. Quelle qualité d'affection veut-on prévenir ou conserver en amour?

Tout dépend de la signification symbolique de ce qu'on met en conserve. Les conserves parlent de sentiments dans un sens négatif impliquant des déboires affectifs.

CONSOLATION. Pour les pauvres, être consolés apporte une aide, un réconfort.

Pour les bien nantis, c'est un signe d'outrage, de déboire.

CONTRAT. Il est possible que vous signiez un contrat ces jours-ci, votre situation instable pourrait prendre fin.

CONTREBANDE. Elle peut représenter une facette de notre personnalité qui nous cache quelque chose, par peur de la vérité ou par complexe d'infériorité.

Il faut rechercher le symbolisme de ce qui est passé en fraude pour mieux comprendre le rêve et comprendre ce qu'on cache à soi-même, ou aux autres. Ou encore, s'il s'agit d'une personne connue qui passe quelque chose en fraude, essayer de savoir quelles sont ses sources de trahison.

CONTRÔLEUR. Il représente un jugement objectif. Son rôle est de juger notre comportement et de déterminer si on peut avoir accès à une nouvelle direction sur le plan de la vie intérieure.

(Voir *CHAUFFEUR, POLICE.*)

CONVALESCENCE. Indisposition psychologique ; essayez de savoir ce qui vous affecte à ce point.

COQ. Il symbolise la vigilance et ce qui ne peut être contesté. Il est l'emblème de la fierté et représente le maître de céans, l'époux *dans la vie d'une femme.*

Pour l'homme, sa vue annonce qu'il devrait surveiller davantage ses intérêts.

Le coq invite le rêveur à se lever tôt et à veiller à ses affaires. *Un combat de coq* annonce des luttes financières, des mésententes sentimentales.

COQUELICOT. Il annonce un moment d'emballement éphémère.

COR. L'instrument de musique parle de nos élans émotifs et affectifs.

Le cor de chasse exprime plutôt l'ennui, la tristesse.

Entendre le son du cor, c'est être extrêmement sentimental avec une sensation de solitude.

CORAIL. Son symbolisme rejoint les trois règnes : animal, végétal et minéral.

Selon la mythologie grecque, la tête tranchée de la Méduse se serait transformée en corail. Les Anciens lui reconnaissaient le pouvoir de protéger du mauvais œil, et c'est pourquoi on s'en est servi pour faire des amulettes. Il a aussi le pouvoir d'arrêter les hémorragies.

Noir, il annonce les séparations amoureuses.

Rouge, il présage une passion amoureuse.

(Voir *PIERRE PRÉCIEUSE.*)

CORBEAU. Son symbolisme est rempli de contradiction selon les pays.

En Chine et au Japon, il symbolise la gratitude filiale, le sens des responsabilités familiales.

En Inde, il est messager de la mort.

Dans la Genèse, il est le symbole de la perspicacité.

En Afrique noire, le corbeau représente l'esprit protecteur.

Sa vue dans la vie onirique peut inciter à la solitude volontaire, à la retraite spirituelle.

Dans les rêves, cet oiseau annonce l'angoisse, la crainte. Il est lié au message de l'épreuve, du malheur. Son apparition dans la vie nocturne présage le vol, ou l'adultère. Le contexte du rêve indiquera ce qu'on se fera dérober. Il nous faudra faire preuve de prudence et de philosophie. Pour juger, voir les personnes qui nous accompagnent dans le scénario du rêve, afin de ne pas se laisser manipuler.

CORBEILLE. Elle représente la femme et sa fertilité.

La corbeille pleine de fruits, de vêtements annonce le commencement d'une nouvelle vie, de la chance, du travail et de l'amour.

Corbeille vide : le contraire.

Dans un rêve féminin : solitude; *dans un rêve masculin* : rupture.

CORBILLARD. Il représente une période de transition, d'attente et de stagnation sur le plan des sentiments.

Il indique que l'on doit se détacher du passé, anticipant de communiquer ses sentiments à une personne de valeur qui viendra nous apporter de nouvelles bases de vie.

CORDE. La corde implique une montée vers le haut. Sa signification rejoint une valeur magique et sous-jacente, reliée à des vertus personnelles, d'où germe ce support céleste. Elle est une semence lumineuse qui descend vers l'âme prédestinée et répondant aux demandes de Dieu. Et seulement à l'âme méritante, dont le cheminement est constamment protégé par les forces cosmiques. (Voir *CÂBLE*.)

Mais la corde sert aussi à attacher et sceller. Elle peut inciter à l'union, à l'association.

CORDON OMBILICAL. Pris dans le sens de racine d'où naît et se nourrit toute vie, il se relie à la période de gestation quand le fœtus est encore relié à la mère.

Dans les rêves, indique l'âme en gestation constante qui se renouvelle à travers des mutations multiples en direct attachement à la nourriture cosmique d'où s'alimente toute capacité de véritable avancement psychique. (Voir *NOMBRIL*.)

CORMORAN. Il annonce une période difficile, causée par des bouleversements majeurs dans la vie. Le courage et la détermination aideront à reconstruire une base de vie solide.

CORNE. Symbole de puissance, de pouvoir spirituel qui émanent de la personne.

Elle dégage des vibrations de force intellectuelle et de génie de même qu'une prétention agressive. À cause de sa forme en demi-lune croissante, elle est l'image de la nouvelle lune.

Par sa forme pointue, elle revêt un aspect viril et agressif, et associe à sa signification l'arme puissante, protégée par les forces lumineuses ou ténébreuses.

Les bœufs et les bovins sont l'emblème de la Magna Mater, ce qui explique leurs caractéristiques de fécondité dans la représentation des divinités dans les cultures néolithiques.

Possédant l'aspect féminin et masculin, dans un principe actif et passif, elle parle de ces dualités à travers lesquelles l'homme doit maintenir son équilibre intérieur et arriver à sa maturité, à la réalisation de soi.

Par sa forme creuse et féminine, elle est le symbole de la fécondité. En général, la corne représente une puissance en soi ou autour de soi. Pour la femme, elle parle de fécondité et d'aventure émancipatrice. Pour l'homme, elle indique qu'il doit être très astucieux en affaires.

Voir une tête surmontée d'une corne de bête est un signe de mort violente, d'agressivité qui se retourne contre soi.

Moïse descendit de la montagne portant des cornes et dans ce sens, elles symbolisent l'agressivité, un état coléreux. *En général* : pouvoir et autorité.

CORNE D'ABONDANCE. Elle annonce l'amour, la prospérité, surtout pour la femme, parfois c'est le signe d'une naissance.

La tenir en main : triomphe.

CORNEILLE. *Voir une corneille* annonce un délai avant de conclure une affaire.

En Irlande : symbolise la déesse de la guerre.

CORNUE. La cornue est un vase qui amène une vue différente des choses et annonce une transformation intérieure, un grand changement dans la manière de penser à la suite d'une recherche intérieure, d'une analyse.

CORRIDOR. Il annonce une période entre deux états de vie, deux évolutions. Il prend le sens d'une stagnation et d'un effort vers l'accouchement à une autre vie et à l'aboutissement d'une longue recherche intérieure.

Longer les murs d'un long corridor pour arriver dans un recoin signifie que la vie présente ne promet aucun épanouissement, aucun débouché et c'est l'annonce d'un état dépressif dû à une situation sans issue.

Sortir d'un corridor pour aller dans un jardin fleuri annonce une période de bonheur après un moment de solitude intense.

Tout ce qui se passe dans un corridor signifie le développement d'une situation pour déboucher vers un destin heureux ou malheureux, selon le contexte du rêve. (Voir *PASSAGE, TRAVERSÉE.*)

COSMOGONIE. Elle est la planification de l'énergie première du chaos universel, la structure dans la transcendance et la métamorphose évolutive constante. Elle rejoint l'organisation de la hiérarchie dans tout le cosmos à travers les temps, depuis le début du monde, et échappe au temps et devient espace de création, exemple de l'œuvre et de l'organisation du monde par les dieux, depuis le début de l'œuvre universelle, étant nous-mêmes une petite histoire du monde à la réplique de la vraie. (Voir *MANDALA, CERCLE.*)

La cosmogonie symbolique représente notre structure personnelle en voie de réalisation constante. Elle est notre centre sacré et ce qui l'entoure et l'édifie. Dans chaque être humain, elle représente l'action vers le développement, en luttant contre ce qui est périmé pour introduire une nouvelle évolution. Principe même de l'initiation à travers l'épreuve. Dans le rêve, elle précise la recherche intérieure dans une période de confession et rétablit la paix en nous.

CÔTES. Elles concernent la santé, les affaires du rêveur. Les côtes blessées, meurtries sont un signe de maladie, d'obsession, d'embarras pécuniaires.

CORSAGE. Voir un beau corsage promet le bonheur et l'amour.

COU. Le cou représente le canal où passent les énergies partant du cerveau pour circuler à travers le corps entier. C'est en lui que circulent et siègent la vie, la psyché et sa beauté. Sa signification est donc primordiale en comparaison de tous les autres membres du corps.

Là où toute l'énergie manifeste sa force énergétique et la beauté de la vie. Il est donc très préjudiciable de le voir laid ou difforme.

Ainsi, *voir pousser des furoncles, des plaies sur le cou* annonce une maladie surtout psychique et des blessures à l'ego.

COUCHER. Il annonce la fin de quelque chose et prépare par le sommeil de la nuit un autre germe de vie. Le soleil qui se cache derrière une montagne ou qui s'enfonce dans la mer, annonce la fin d'une activité, d'un amour, ou d'une entreprise.

COUCOU. (Voir *HORLOGE.*)

COUCOU. Cet oiseau annonciateur du printemps n'en demeure pas moins un symbole négatif. Son comportement de parasite par le fait qu'il pond ses œufs dans le nid des autres oiseaux implique une certaine paresse et de la négligence. Il a aussi la réputation d'être possessif à l'excès et jaloux.

L'opinion populaire veut qu'il soit prometteur de richesse, si on porte sur soi une pièce de monnaie à la période de ses premiers chants printaniers.

En Afrique, son chant est censé exciter l'énergie sexuelle.

Dans la pensée védique, il symbolise l'âme humaine au cours de ses pérégrinations célestes et terrestres.

Pour les peuples sibériens, l'illustration de deux coucous représente le soleil et la lune, c'est-à-dire l'union amoureuse.

COUDÉE (mesure égyptienne). Symbolise l'ordre, la justice et la vérité.

COULEUR. Les 7 couleurs de l'arc-en-ciel ont une correspondance avec les 7 notes musicales, les 7 cieux, les 7 planètes de l'astrologie traditionnelle, les 7 jours de la semaine.

Elles distinguent les 4 éléments : *le rouge et l'orange* s'apparentent au feu, *le jaune ou le blanc* s'apparentent à l'air, *le vert* convient à l'eau et *le brun et le noir,* à la terre.

Comme symbole de l'espace, *le bleu* indique la dimension verticale.

Le bleu clair est la couleur du ciel. *Le bleu terne* est la couleur de la base du firmament. *Le rouge* est la couleur horizontale.

L'Orient est *rouge clair* et le *rouge foncé* s'applique à l'Occident.

Le noir est le symbole du temps. *Le blanc,* de l'intemporel. *Le noir et le blanc réunis* parlent du positif et du négatif, de la dualité dans chaque individu.

Le noir est le monde des origines, du germe de toute vie et représente l'obscur. Il donne les phases intermédiaires de développement pour en arriver à une clarté de plus en plus étincelante jusqu'au *blanc* de la naissance.

Chez les Indiens de la Prairie : *rouge* = ouest, *bleu* = nord, *vert* = est, *jaune* = sud.

En ésotérisme, les 7 couleurs du prisme solaire nous relient aux 7 esprits de lumière et nous branchent sur la source d'énergie cosmique.

Le rouge nous relie à l'esprit de vitalité et donne énergie, volonté et combativité.

L'orange nous relie à l'esprit de sainteté, aide à développer l'individualité, la générosité, la confiance en soi.

Le jaune d'or nous relie à l'esprit de l'intelligence, développe l'intuition, l'esprit, le jugement et l'amour divin.

Le vert nous relie à l'esprit de l'éternité, permet les continuels recommencements de vie à travers les perpétuelles métamorphoses de l'âme et pris dans ce sens, devient l'esprit de richesse, en installant de nouveaux printemps intérieurs.

Le bleu nous relie à l'esprit de vérité, nous donne le désir d'accéder à la connaissance. Il guérit les poumons et calme les nerfs.

Le bleu indigo nous relie à l'esprit de force et contribue à développer l'amour de la vie spirituelle, nous imprègne de force mentale et de combativité.

Le violet nous relie à l'esprit de sacrifice, protège contre la magie noire, permet les dédoublements sans danger.

Enfin *le blanc* est la couleur de la grâce, de la sagesse et de la victoire. Il a pour qualité de calmer les passions et de redonner la paix intérieure à ceux qui savent travailler avec cette énergie cosmique. Rapidement, le blanc a le pouvoir de redonner la sérénité et d'effacer les obsessions.

Toutes les couleurs limpides, étincelantes, représentent les énergies qui parviennent de l'Invisible lumineux.

Toutes les couleurs ternes, obscures, sales, picotées de noir, prennent source dans l'astral négatif.

Le bleu est la couleur qu'on attribue à Jupiter et à Junon. Il est la couleur de l'esprit, de l'intelligence, de la loyauté, de la sérénité, de la fidélité et de la paix. Il n'y a absolument rien de négatif concernant le bleu, qu'il soit pâle ou foncé. Excepté s'il est tacheté de noir. Le bleu parle de l'inconscient et de grande spiritualité. Sa vibration se rapproche de celle de la flûte.

Le rouge est la couleur du feu, de l'esprit pétillant, de la passion. On l'attribue à la planète Mars. Le rouge donne beaucoup de combativité, de volonté, de courage, mais il peut prendre la signification de la colère, de la haine, de la cruauté, du carnage, et peut conduire à des actes meurtriers. On dit que le diable est rouge. Le rouge vin apporte beaucoup de tristesse en amour. Cette couleur s'associe, en musique, à la trompette.

Le jaune est la couleur qu'on attribue au soleil. C'est la couleur d'Apollon. Elle est reliée à l'intelligence, à l'intuition, à la sagesse. C'est pourquoi on dit d'elle que c'est la couleur de l'inspiration heureuse, du bon conseil. Le jaune trop pâle annonce des déceptions, des trahisons. Le soleil levant, même s'il est pâle, est positif et déclenche un nouvel éveil de la conscience, et de nouvelles possibilités. Le soleil rouge est négatif, comme le soleil couchant. Sa sonorité s'associe à la petite trompette et au cor.

Le vert, c'est la couleur de Vénus. C'est le renouvellement dans la nature. Il redonne la vie à l'âme à travers ses mutations. C'est la couleur de l'espérance, de la santé qu'on recouvre et qu'on récupère. Si le vert pâle est heureux et positif, le vert trop foncé, par contre, annonce une dégradation et même le désespoir et peut mener à la folie.

Le blanc oblige au détachement et peut signifier le deuil mais aussi la chance en toute chose. On attribue le blanc à la lune, à Diane, la Sainte Vierge. C'est le reflet de l'Absolu. Le blanc étincelant, immaculé, annonce le contact avec l'énergie lumineuse aussi puissante que le soleil. C'est un symbole de virginité, de pureté, de justice mais aussi de triomphe et de victoire. Le blanc fade, sale, nous apporte les vibrations de l'astral négatif. Aussi la neige blanche et froide dont la vue nous fait grelotter peut annoncer la peine, la détresse. La signification est positivement heureuse, si la neige est douce, ouatée, et que le vent qui la projette est une brise légère. En général, les instruments à cordes s'ajustent à ses vibrations.

Le noir est la couleur de Saturne. Il est toujours une couleur de renoncement, de deuil. Tout ce qui est teinté de noir oblige au détachement. L'objet noir dans un rêve symbolise ce dont vous devez vous libérer dans la vie. Mais le noir peut être brillant ou terne, miroitant ou plombé. S'il est brillant, il annonce le danger venant de l'extérieur; s'il est terne, le danger viendrait de l'intérieur, c'est-à-dire de soi. Sa musique convient aux timbales et aux tambours.

Le violet : on lui attribue Neptune comme divinité. Sa musique serait le violon, sonorité alto.

Couleur de tempérance, de renoncement aux intérêts mondains, aux ambitions terrestres, le violet invite à la méditation, à l'amour de l'invisible, couleur mystique par excellence, elle évoque l'équilibre entre l'esprit et la matière, elle incite à rationaliser ses amitiés, à faire un choix judicieux en amour.

Le gris est relié à Mercure. Il implique un renoncement mitigé, le juste milieu, la vertu, couleur de la pensée et de la communication.

Le brun : on lui attribue la couleur de la terre, de teinte chaude et simple. Le brun rejoint les émotions de vie sereine et quelque peu prosaïque. Vibration confortable, annonce une vie naturelle, sans passion et sans extravagance. Sur le plan chromatique, c'est la couleur du non-manifesté, de l'obscur par rapport à la lumière.

COURIR. Peut revêtir plusieurs significations.

Pourquoi court-on ? Par fuite, par peur, ou dans le but d'atteindre un objectif.

Courir peut prendre l'aspect d'un conflit intérieur avec soi-même ou avec d'autres.

Qui fuit-on ? Pris dans ce sens, il faut savoir qui essaie de nous assujettir.

Courir et atteindre le but déterminé représente un rayonnement personnel qui nous permet de réaliser nos objectifs.

Courir, fuir sans y parvenir, c'est être effrayé par quelqu'un ou par quelque chose. Il est important d'analyser ce genre de rêve afin de se libérer de ceux qu'on obsède, parfois sans s'en rendre compte, ou encore de ce qui nous obsède.

COURONNE. La couronne est un symbole d'autorité, d'identification ou de consécration, ou encore annonce un nouvel état.

Porter une couronne en or annonce une haute promotion à son travail, des honneurs professionnels.

Porter une couronne d'épines annonce une trahison qui affecte la vie psychique.

Porter une couronne de guirlande nous rapproche de l'initiation aux cultes des mystères.

Porter une couronne de plumes octroie des qualités surnaturelles, nous identifie aux mœurs et croyances des Indiens d'Amérique.

Porter une couronne d'herbages annonce la maladie.

Porter une couronne de palmes d'olivier est signe de mariage, de prospérité, de victoire pour les combattants et les mystiques.

Porter une couronne de cire annonce des situations désespérées.

Porter une couronne de laine annonce des ennemis dangereux, la perte d'un procès.

Porter une couronne de fleurs d'oranger annonce un mariage dans la pureté.

Porter une couronne de sel annonce des congédiements, des problèmes avec le gouvernement, l'autorité.

Porter une couronne de persil annonce une maladie grave.

Porter une couronne de fleurs annonce l'amour, le bonheur, la perfection si les teintes le permettent.

Porter une couronne de lumière consécration de sainteté.

COUSSIN. Le coussin représente le confort moral, la sécurité affective. Le brosser, c'est voir à ses affaires, c'est essayer de remettre à neuf un amour.

COUTEAU. Se rapproche de la signification de la hache et du ciseau. Il annonce des conflits, mettant un terme à la passivité.

Frapper une personne à coups de couteau signifie qu'on lui dira des paroles blessantes.

Tuer une personne ennemie à coups de couteau annonce une victoire sur soi-même ou sur une autre personne. Il faut adapter l'interprétation d'après le scénario du rêve.

Les longs couteaux tels que les épées évoquent la noblesse et la dignité spirituelle des combattants pour la justice ou la guerre.

Tandis que les couteaux à lame courte indiquent les pulsions instinctives.

Le couteau à pain symbolise une vie abondante et prospère après une rupture.

COUVENT. Être au couvent, c'est avoir besoin de méditer, de peser le pour et le contre, c'est faire une évaluation de la direction de sa vie avant de prendre une décision.

COW-BOY. Il annonce des moments à venir dans lesquels votre esprit sentira un besoin de changer ses habitudes et de vivre davantage d'aventures.

COYOTE. Son nom ébranle notre quiétude et éveille la crainte, l'angoisse. Un des animaux les plus maléfiques et les plus rusés. Il annonce des ennemis rapaces, lesquels alimentent leur malice des forces négatives, infernales. Sachons-le bien, ils n'ont peur ni de se détruire, ni de détruire leurs proches.

CRABE. Le crabe a de multiples résonances selon les civilisations.

En Chine, il représente la ruse, la malice, et son mythe est relié à la sécheresse.

Au Siam (Thaïlande), il est lié aux rites pour implorer les pluies fécondantes.

En Inde, on lui attribue la cinquième heure, mouvement descendant du soleil, parce qu'il correspond au solstice d'été.

Au Cambodge, voir un crabe en rêve et réussir à se l'approprier présage que tous nos souhaits seront exaucés.

Il véhicule les forces suprêmes de création maléfiques ou bénéfiques. Dieu ou démon, tout dépend des civilisations. Ruse et malice lui conviennent. L'écrevisse représente le signe du cancer. Dans l'Antiquité classique, son image était associée à celle de la lune. En général, il représente des forces des mondes souterrains, maléfiquement puissantes, dont la ruse n'épargne aucunement les êtres purs et de bonne volonté. C'est pourquoi dans la conception occidentale, il présage l'ennemi et la ruse.

Dans la vie onirique, *voir un crabe monter sur soi* représente une obsession épuisante et une angoisse de se faire prendre au piège.

Se débarrasser d'un crabe amène une libération bienfaitrice chez le rêveur.

Manger ce fruit de mer amène unc guérison psychique.

CRACHAT. Rêver que quelqu'un crache sur soi ou sur ses biens annonce des injures, des affronts.

Cracher sur quelqu'un ou sur quelque chose, c'est détruire ce que nous avons adulé, apprivoisé.

CRAIE. Annonce des événements de courte durée.

CRÂNE. Il représente le subconscient, cette partie de l'esprit qui retient tout, qui se souvient de tout, à travers les suites de vie. Symbole de l'impérissable dans l'âme, d'où naît toute inspiration. Sommet du squelette, sa signification se rapproche de celle de la tête. D'après le Rig-Veda, il serait le cadre de l'être primordial et c'est de là que sont nés les cultes du crâne.

Dans les rêves, il nous replace dans le souvenir, dans nos idées et notre émotivité, lesquels n'ont plus de valeur.

L'apparition du crâne nous oblige à nous ressaisir devant nos traumatismes, et nous incite à oublier la souffrance et à conserver de l'expérience vécue la sagesse qui en découle, de s'en inspirer, pour restructurer les énergies et les motivations nouvelles vers un autre palier ascendant.

CRAPAUD. *En Asie*, il a des pouvoirs divins et l'on s'en sert pour obtenir la pluie et protéger contre les agresseurs.

Au Vietnam, le crapaud écarlate symbolise le succès.

En Occident, il est l'image contraire de la grenouille. Son rôle d'intercepteur de la lumière céleste le place dans une représentation des forces sombres et infernales, et devient synonyme de la laideur et de la maladresse.

En Grèce, on lui attribue le symbole de la luxure.

Pour les sorcières, le crapaud baptisé aux forces infernales – si elles le plaçaient sur leur épaule gauche – devenait une protection certaine.

Enfin personnellement, je pense que le crapaud représente nos instincts, je ne le crois pas de mauvais augure, si nous avons appris comment élever nos aspirations et vibrations et diriger librement notre vie.

CRAVACHE. Besoin de diriger. Agressivité basée sur la domination.

CRAVATE. Par sa forme longue, elle rejoint un symbole sexuel ou encore par le cercle qu'elle forme autour du cou, donne l'idée d'un attachement sans fin.

Nouer sa cravate annonce donc un engagement.

Détacher sa cravate exprime l'idée d'une libération.

La mettre représente tout au moins un sentiment affectif libre si elle n'est pas fixée par un nœud. Car le nœud unit dans un attachement affectif.

CRAYON. Le crayon traduit un moyen d'expression avec l'entourage.

Le tenir à la main : on veut s'affirmer, si on écrit bien on réussira facilement.

Un crayon sans mine : on veut, mais quelque chose nous intimide ou on a l'impression d'être impuissant.

Et que peut-on écrire avec ? *des billets doux*. C'est l'amour dans lequel vous reprenez confiance, ou encore c'est la perte d'affection qui vous limite. Écrire revient à créer un événement ou à le provoquer par sa conduite, à partir d'une constatation venant d'une prise de conscience.

CRÉANCIER. Il représente la santé.

Être endetté : c'est être malade, un repos est nécessaire.

Ne plus être poursuivi par ses créanciers : indique une maladie sérieuse, mais pas incurable.

Payer ses dettes : c'est recouvrer la santé, ses énergies.

CRÉATION. Tout ce qui se transforme, tout ce qui part de rien, du chaos et prend forme, nous oblige à réaliser la magie véritable et possible dans le rêve. Travail du rêveur aidé par ses guides, où les métamorphoses de l'âme se manifestent sous forme de création. Quel avancement merveilleux ou régression malheureuse. C'est dans la vie onirique que contes et légendes deviennent véridiques. Et c'est de votre pensée diurne que se forme le miracle ou le désastre par l'imagination. Énergie bien dirigée ou mal dirigée, à vous de comprendre ce que votre imagination crée, à partir de ce que vous provoquez à l'état de veille dans la vie quotidienne.

CRÉMATION. Les rêves de crémation symbolisent la sublimation de nos instincts primitifs vers l'élévation, où tout ce qui est inférieur, vil et bas est brûlé par le feu de la connaissance, de la perfection, et de l'épreuve.

CRÈME. *En manger ou en avoir* prouve qu'on retrouve la considération publique ou qu'on récupère une amitié, un amour.

CRÉPUSCULE. Tout ce qui est énoncé dans un rêve où les clichés donnent sur le crépusculaire, n'aura pas de suite heureuse et longue. Il exprime la fin d'un temps, d'un cycle avant un renouveau. C'est une période où tout s'éteint progressivement vers une fin. Déclin et mélancolie.

CRÊTE. Voir une crête symbolise la personnalité du rêveur avec ses désirs d'ambition amoureuse, c'est une manifestation de l'effort devant la poursuite d'un idéal. Qu'elle soit vue au-dessus du casque ou de la tête, peu importe.

CREUX. Souligne le caractère du vide profond, de ce qui est inconscient et souterrain. Il se rapproche du symbole de la caverne et du retour en arrière afin d'analyser une situation à partir du passé. Il est important d'analyser ce qu'on y voit afin de savoir sur quelle base on doit envisager la vie présente et future.

CRI. Peut signifier quelque chose de maléfique, le drame devant l'oppresseur ou encore la protestation. Mais à l'occasion de victoire, il peut être un cri d'enthousiasme : celui de réagir devant les vicissitudes de l'existence ou celui de triompher victorieusement volontairement. C'est pourquoi les cris doivent être interprétés avec les vibrations du rêve.

Entendre des cris de joie : cela vous ajuste dans vos succès, vos triomphes ou celui de votre entourage.

Par contre, *entendre un cri de quelqu'un que l'on connaît*, indique que cette personne a besoin de vous.

Le cri d'une personne inconnue signifie une période de lutte, pendant laquelle on ne devra compter que sur soi-même. Encore là, le cri est-il angoissant ou joyeux ?

CRINOLINE. Porter une crinoline représente un désir de séduire sans se compromettre.

CRISTAL. Symbole de limpidité, de pureté, il est associé à la lucidité d'esprit. Stade d'évolution immature comparé au diamant, lequel représente la perfection.

Voir une lumière pénétrant le cristal, c'est l'émerveillement chez les mystiques, la créativité chez les artistes et l'inspiration chez les écrivains, car il laisse pénétrer une focalisation d'énergie surnaturelle.

Il est le diamant insuffisamment développé, qui n'est pas rendu à maturité symboliquement. Il est l'union entre le ciel et la terre par sa capacité à recevoir les messages invisibles dans la clairvoyance. Il est dans les contes de fées et les légendes, « l'illumination ». D'une façon plus réaliste, il représente un heureux degré de développement mystique, une belle capacité d'aimer purement.

CROCODILE. Animal terrien, rattaché aux forces des ténèbres. Il provient du tréfonds de la nuit des temps.

Chez les Égyptiens, cet animal est perçu comme un monstre. Ils prétendaient que les yeux du crocodile indiquaient le lever du jour, sa gueule, un meurtre, et sa queue, l'obscurité et le trépas.

La Bible parle du crocodile comme d'un animal du début des temps préhistoriques. Sa signification s'apparente au dragon, bien que plus ancien encore. Symbole de l'inconscient collectif, il s'identifie aux forces destructrices dans chaque être humain, les rêves de terreur peuvent le faire apparaître. Monstre dangereux, il place le rêveur à la découverte des connaissances secrètes à travers des luttes nécessaires et dangereuses pour atteindre l'élévation progressive de l'âme, vers la compréhension mystique et divine.

Pris dans un sens matériel, dans l'interprétation du rêve, il symbolise l'hypocrisie, les gens sans honneur.

Voir des crocodiles embusqués dans la boue près d'un fleuve indique que des individus rapaces, des brigands vous guettent.

Capturer un crocodile annonce une victoire sur ses ennemis.

Contrôler pacifiquement un crocodile indique une totale maîtrise de soi et de ses pulsions inconscientes.

CROISSANT. Symbole lunaire par sa forme de quartier de lune. Il est la représentation de tout ce qui change et se transforme constamment à travers un cycle.

Dans l'Antiquité, de par son identification avec Artémis-Diane, le croissant devient un symbole de la chasteté et des naissances. Dans le même sens, comme la vierge du christianisme, il est aussi apparenté à la lune.

Le croissant de lune uni à l'étoile devient le symbole du paradis. Les théologiens musulmans lui donnent la signification de la résurrection vue dans un sens surnaturel. Pour eux, le croissant équivaudrait à la croix dans la chrétienté. Dans un sens onirique, elle promet une rénovation intérieure, un nouveau dynamisme après un détachement.

CROIX. Son origine nous vient d'un ancien instrument de supplice. Support et symbole de médiation dans une communication intermédiaire entre le ciel et la terre, à travers le temps et l'espace. Et dans ce sens, prend une signification de protection vers une montée. Dans la religion chrétienne, elle personnifie le Christ. Combien y a-t-il d'icônes dont les saints tiennent un crucifix dans leurs bras ? Symbole d'acceptation et de participation à l'œuvre salvatrice de Jésus. Chacun porte sa propre croix, c'est-à-dire ses luttes et épreuves de l'existence terrestre unies au Sauveur, la croix ayant à peu près la même connotation dans l'expression du sacrifice du messie, dans l'iconographie chrétienne. Mais la croix est pouvoir et protection.

La vue de la croix en rêve nous confirme la nécessité de prier.

Voici l'énumération des sortes de croix.

La crois en tau, en forme de T de l'alphabet. Sa signification nous vient de l'ère hébraïque, et signifie le pardon devant le châtiment. Elle réunit les deux principes féminin et masculin.

La croix à une traverse, celle que l'on voit partout comme ornement religieux, qu'elle soit grecque ou latine. La première en forme de carré représente l'idéal, la deuxième en forme rectangulaire représente le réalisme.

La croix à deux traverses, ou croix de Lorraine, la première traverse sous-entend la phrase de Pilate, « Jésus de Nazareth, Roi des Juifs ». La deuxième identifie le Christ les bras étendus sur la croix. Et c'est soit une suggestion pour tous à souffrir pour les pêcheurs, soit la rédemption de nos péchés qu'elle veut exprimer.

La croix à trois traverses : depuis le XVe siècle, seul le pape a le droit de la porter. Elle le classe, dans l'église catholique, chef de la hiérarchie des ecclésiastiques, la croix double revenant au cardinal et à l'archevêque et la croix simple à l'évêque.

Autres significations qui en découlent :

La croix de la passion, telle qu'illustrée sur le chemin de croix, nous identifie dans nos souffrances à celle du Christ.

La croix de la Parousie de la Victoire, c'est celle que le Christ brandira comme un étendard ; elle est ornée d'une bannière ou d'une flamme. Elle place le rêveur dans une étape d'illumination intérieure, après avoir vécu une longue période initiatique dans l'épreuve et l'humiliation.

La croix du Paradis des Élus de Dante : « Sur cette croix, le Christ resplendissait tant que [...] J'en étais tellement transporté d'amour que jusque-là, il n'y eut rien qui me liât de liens aussi doux. »

Et selon la Bible, elle est l'arbre de vie, le pôle du monde, l'arbre de beauté, sacré par le sang rédempteur. Un seul Juste est le pilier du monde et la croix représente ce pilier.

La croix de Malte symbolise les quatre éléments et l'écoulement du temps, emblème des Chevaliers de Malte.

En Égypte, *la croix Ansée* symbolise la vie divine et éternelle. On voit souvent cette croix à la main des divinités. Elle situe l'homme dans son avenir intemporel, anticipant la béatitude céleste. Elle est comme une promesse de bonheur éternel si on la voit en songe. Son apparition dans la vie onirique est un encouragement à continuer à travers les luttes, les souffrances et les humiliations.

La croix de Saint-André : en forme de X, c'est la croix de l'épreuve affligeante et programmée parmi les épreuves karmiques, celles qu'on ne peut éviter.

En Asie, la croix symbolise la profession de foi musulmane.

En Chine, la croix représente le chiffre 10 – comme totalité des nombres.

En Afrique, la croix tatouée symbolise les quatre points cardinaux et les quatre cheminements vers les génies de l'invisible, bons ou mauvais.

En Amérique, chez l'Indien, et pour l'Européen, *la croix romaine* symbolise l'arbre de vie, lien par lequel les énergies peuvent circuler entre le ciel et la terre.

La croix Svastika ou gammée : c'est dans la religion hindoue un symbole de croyance et d'appartenance mystique. C'est aussi depuis Hitler, l'emblème du parti national-socialiste nazi allemand.

On peut avoir un aperçu de ce que la croix, en tant qu'emblème mystique, demeure le symbole du centre de la vie intérieure. C'est un élément de support pour le croyant ou l'initié. Elle est une invitation à se situer vers l'axe, vers la montée. Son sens sacré peut passer de l'identification à la sublimation dans l'acceptation de la traversée de la vie en regard de l'éternité ou d'un idéal à atteindre. Qu'elle concrétise un idéal politique ou religieux, à vous de l'intégrer à votre symbolisme personnel dans la vie onirique, car elle a la même interprétation dans le rêve. (Voir *CALVAIRE, CRUCIFIXION, ISIS.*)

CRONOS. (Voir *SATURNE.*) Époux de Rhéa. Il symbolise le temps, les cycles. Le plus jeune des Titans, fils d'Ouranos, il est de la deuxième génération des dieux et sera remplacé par Zeus...

Armé de sa faux, il engendre, stabilise et détruit ce qu'il a créé. Il touche à tout ce qui s'est établi avec le temps ou ce qui doit se terminer avec le temps.

Pris dans un sens évolutif, son nom s'apparente au contrôle de nos instincts primitifs.

Mais son avancement se continue dans un arrêt par la mort.

Le voir enchaîné ou endormi : les épreuves peuvent être éloignées, le temps ne figure plus.

CROSSE. Son apparition en rêve indique un pouvoir céleste, une autorité d'origine cosmique qui échoit au rêveur par l'entremise d'une communication ouverte entre le ciel et la terre. Elle destine son porteur à devenir un propagandiste de la vérité, de la foi.

CRUCHE. (Voir *AMPHORE.*)

Remplie de vin, la cruche est signe d'amour partagé et de créativité.

Remplie d'eau : elle représente l'honnêteté et la réussite.

Vide : elle désigne le refoulement, le manque d'opportunité et d'ouverture pour atteindre un idéal.

CRUCIFIXION. *Pour un riche*, être crucifié annonce une perte de biens.

Pour les pauvres, être crucifié est un présage de gloire, d'honneur, de richesse et de prospérité.

Pour celui qui postule un emploi, c'est un signe de protection. Ce rêve est propice *aux voyageurs*.

CRYPTE. La crypte du rêve indique un désir d'être miraculé. Son aspect de chapelle souterraine, où les reliques de martyrs ou de saints sont exposées aux yeux de ceux qui viennent demander une protection, nous place devant la signification de l'hybride de la chapelle et du cimetière.

Se retrouver dans cet endroit dans un rêve, nous dévoile une grande nécessité de prier et d'accepter ce qui nous est refusé, comme il nous fut refusé par le passé d'autres espoirs, d'autres projets. Essayez de comprendre comment dans d'autres circonstances analogues vous avez surmonté l'épreuve, en vous réajustant dans un abandon, dans une foi vivante. Si vous ressentez qu'en rêve vous êtes exaucé, vos souhaits se réaliseront.

CUBE. Son sens énonce la perfection, la sagesse, la vérité dans lesquelles le comportement du rêveur le place dans la trajectoire de la vie et promet la stabilité et la réalisation totale des buts fixés.

CUEILLIR. Travailler à la cueillette des fruits, c'est récolter les fruits de ses efforts, de ses luttes. Il est donc primordial de connaître la signification du fruit cueilli.

Exemple : *Cueillir et croquer une pomme* annonce un succès amoureux qu'on savoure.

Cueillir des fleurs annonce de la tendresse, parfois de la passion, tout dépend de la fleur et de sa couleur.

CUIR. Coudre et ajuster le cuir annonce un mariage heureux. Teindre des peaux indique que notre vie ressemblera à un grand livre ouvert, que faits et gestes seront connus de tous, même ceux que l'on voudrait passer sous silence.

CUIRASSE. (Voir *BOUCLIER.*) Laisser tomber une cuirasse indique que les affronts ne nous font plus peur.

CUISINE. La cuisine avertit le rêveur de ce qui mijote dans sa vie. Ce que l'on voit dans la cuisine représente un événement à venir, heureux ou malheureux, à savoir ce qui se prépare.

Préparer de la soupe, c'est se sentir plus ou moins bien et *en manger* annonce une meilleure santé.

Être dans la cuisine avec une autre personne et faire une foule de choses chacun de son côté représente un manque de communication, une solitude même si on est entouré.

Être dans une cuisine où rien ne se passe signifie une vie stagnante et monotone, aucun événement à prévoir.

CUISINER. *Cuisiner* signale un effort d'adaptation, une attitude aimante.

Cuisiner des recettes réussies représente une capacité de créer une atmosphère de bonheur pour soi-même et les autres.

Rater des mets, c'est ne pas savoir comment attirer ou garder l'amour.

CUISINIER. Symbole de l'animus dans un rêve féminin.

Voir un cuisinier : l'amour rentre dans votre vie.

Pour les malades, *voir apparaître un cuisinier* présage des peines et non de la récupération, sauf si les mets préparés sont des fruits de mer, bien apprêtés – alors ils recouvreront la santé.

CUISSE. Symbole de provocation sexuelle, elle possède une autre signification, celle de la force, de la combativité morale. Tout dépend du contexte du rêve, si la tonalité onirique se veut érotique ou psychique.

CUISSON. La cuisson est la participation de Dieu à la volonté humaine. Exemple : la cuisson du pain ; la pâte représente la partie de la richesse conjuguée à l'action humaine. La cuisson est l'œuvre humaine alliée à la volonté divine.

CUIVRE. La couleur cuivre, mélange de rouge et de brun, représente l'amour et la stabilité, la création de la vie. *D'après les Dogons du Mali*, ce métal se rapproche fondamentalement de la signification de l'eau, donc de la source de vie, et irradie la lumière, par son aspect brillant, et se rapproche ainsi de la chaleur du soleil. Ses vibrations incitent donc à l'amour, mais parfois à la guerre, dans les buts de justice divine *d'après les Bambaras.*

Chez eux, le cuivre vient du cinquième ciel, celui du feu et du sang, car leur dieu Faro sait tout des péchés des hommes. Par l'intermédiaire de ce métal, il surveille leur comportement parfait ou imparfait.

En Russie, le cuivre aurait une signification symbolique identique à celle de l'or. Il est donc de très bon présage pour le juste.

Pour la femme, rêver d'un vase de cuivre lui annonce qu'elle sera protégée dans sa vie amoureuse et professionnelle et dans sa créativité.

Voir ce vase brisé : le contraire, la personne aura une séparation, un échec.

CULBUTE. *Faire la culbute avec adresse* : adaptation sociale à travers des ajustements.

Une culbute tête en bas, pieds en l'air représente l'homme vaincu, tout dépend si on retombe sur ses deux pieds, lutte et équilibre dans la défaite, équivaut dans la vie du rêveur au symbole de maison en ruine, les animaux difformes, etc. (Voir *PENDU du Tarot*.)

CUL-DE-JATTE. Très symboliquement, indique des traumatismes qui arrêtent le développement de la personnalité. Il faut savoir ce qui vous a brisé intérieurement et vous en débarrasser psychologiquement en communiquant et en méditant. Personnellement, je pense que l'Esprit-Saint est le plus efficace des éclaireurs, et de loin le meilleur psychothérapeute. Essayez-le, vous verrez !

CUL-DE-SAC. *S'aventurer dans un chemin sans issue* : c'est réaliser qu'une décision prise antérieurement conduit à l'échec.

Être accompagné ou se faire accompagner par une personne dans un cul-de-sac : indique un besoin d'analyser une situation afin de trouver un cheminement bien orienté. Car pour le moment, l'orientation avec cette personne n'a aucun bon sens et ne conduit à rien.

CULTIVATEUR. Le cultivateur du rêve prend un sens sacré de l'homme, en proportion de ses efforts avec son créateur. En amour, il représente le triangle, c'est-à-dire la compréhension dans la répartition des énergies bien équilibrées en regard de la volonté, de l'émotion, et de la sagesse.

Ainsi, *voir un cultivateur labourer, semer ou récolter* annonce une propension à trouver l'amour et le bonheur dans la vie.

Comme il compose avec les saisons, il prend la notion de l'évolution périodique par l'action de semer et de récolter. (Voir *SAISONS*.)

CUPIDON. Vous subirez une passion amoureuse. Dans la mythologie, il est le fils d'Aphrodite. Elle le chargeait de lancer la flèche à ceux qu'elle voulait faire tomber amoureux.

CUVE. (Voir *BAIN, BAPTÊME, CHAUDRON*.) Symbole du renouveau, de la renaissance.

CYBÈLE. On la voit sur un char traîné par des lions. Cette allégorie prouve son pouvoir de commander, après Saturne son époux. Dans la mythologie romaine, elle est l'épouse du roi suprême des dieux et mère de Jupiter. Elle se place au centre des quatre éléments par ses maternités. Elle représente la Magna Mater et maîtrise les forces enfermées de la terre. Elle est source de toute fécondité, autant à partir de la mort que de la renaissance et du bonheur en se basant sur la connaissance mystique. Elle est source de richesses par sa connaissance des dieux ; la voir est donc très bénéfique, sous forme de gravures ou de statues, selon votre culture et ce que votre imagination projette sur elle.

CYCLOPE. Il représente une force violente et brutale. Démon chez les Chrétiens avec un œil placé au milieu du front, personnage sombre et déformé chez les Celtes possédant un seul œil, un seul bras, et une seule jambe, il symbolise la partie noire des forces de la création.

Ainsi, le voir en rêve affable, c'est être en harmonie avec soi-même. On contrôle les énergies négatives vivant dans chacun de nous. Agressif et méchant, il signifie qu'on sera la proie des foudres et qu'on subira la colère de Dieu.

CYGNE. Oiseau ouranien, céleste, il symbolise la pureté, la lumière jaillie des cieux qui vient féconder la vie intérieure. Son élégance fait transparaître le raffinement de l'âme. Dans combien de contes, de mythes n'est-il pas présent pour représenter la puissance céleste, la lumière fécondante ? Oiseau dont les attributs sont autant lunaires que solaires, donc hermaphrodite, représentant l'harmonie des opposés, réunis dans la même unité ou même animal, c'est-à-dire qu'il est influence passive et active à la fois dans un élan amoureux et mystique. Il est lumière et parole simultanément manifestées. Pensée et action conjuguées dans un combat qui mène à la destruction du mal, afin d'introduire instantanément la pureté, le bien, le beau, la perfection.

Il annonce dans la vie du rêveur une ouverture vers une progression de l'âme qui se tourne vers la connaissance dépassant l'obscurité, l'insignifiance.

Il pousse les poètes à exprimer leur douceur, leur tendresse d'âme.

Il crée avec les musiciens, à qui il promet le succès et la chance.

Aux mystiques, il promet la sérénité et un pas de géant vers la montée, une métamorphose merveilleuse.

A l'amoureux, il promet des amours et des unions parfaites appuyées par la Toute-Puissance.

Aux clairvoyants, il déclenche une justesse remarquable dans la perception des visions.

Bref, son apparition en rêve promet à quiconque fait un effort une richesse partant d'abord d'un développement intérieur.

Il est bon de *voir le cygne noir se métamorphoser en cygne blanc* comme dans le conte d'Andersen. Alors là, la mutation positive de son symbolisme devient bénéfique, et l'amour devient heureux et épanouissant.

Entendre chanter un cygne, il est temps de préparer l'autre vie, en tout cas d'autres activités.

CYPRÈS. Parle des amitiés qui ne se flétriront jamais. Arbre sacré, arbre de la connaissance.

Le voir annonce souvent un deuil mais ne coupant en rien la communication affective par la séparation physique. Il devient dans ce sens un symbole de renaissance, de résurrection.

Manger des graines de cyprès annonce la longévité.

Se voir en rêve, se frotter les talons avec sa résine avertit le rêveur d'un succès venant de la volonté suprême et tenu comme miraculeux.

Respirer l'odeur du cyprès : joie pure venant d'une amitié, d'une inspiration lumineuse.

D

DACTYLOGRAPHIER. *Si vous dactylographiez*, il faut lire ce que vous écrivez, afin de vous souvenir de ce qui doit être très important de concevoir, de comprendre, de saisir en rapport avec une œuvre, un sentiment, une philosophie ou une croissance personnelle. La machine à écrire doit bien fonctionner. Elle nous renseigne sur ce qui est possible dans nos projets.

Si la machine à écrire se bloque, cela nous prévient de ce qui est impossible dans nos projets ou conceptions. (Voir *LETTRE*.)

DAGOBERT (le bon roi). *Entendre ou chanter cette chanson* vous invite à développer le sens de l'humour en réaction positive face aux moqueries dont vous pouvez être l'objet ces jours-ci, car les railleries n'ont jamais empêché les rois de régner.

DAIS. Le dais, ce ciel symbolique au-dessus d'un trône ou d'un autel, peut avoir une signification de protection venant d'une dignité matérielle ou surnaturelle.

Le dais carré ou rectangulaire annonce des protections d'ordre terrestre et matériel.

Le dais circulaire promet des appuis d'être surnaturels.

DAHLIA. On reprend courage.

DAMAS (chemin de). Rêver que nous avançons sur le chemin de Damas ou que nous le retrouvons indique une communion à une nouvelle foi, à une nouvelle croyance. C'est un virage important dans la conception d'un nouvel idéal.

DAME. *En voir plusieurs* : commérages, vous parlez trop de vos projets, ils s'évaporent.

Jouer aux dames, si vous gagnez : capacité à dépasser les difficultés. (Voir *CARTES*.)

DAME (petite). *Se l'entendre dire* : on vous estime, sans plus.

La voir s'éloigner de vous : vous retrouvez l'estime de vous-même.

DAME-JEANNE. Symbole de la femme épanouie et féconde. Elle peut aussi indiquer une personnalité prenant beaucoup d'espace et de temps dans le vécu actuel de votre existence.

DAMIER. Symbole des oppositions intérieures et des luttes. Le damier annonce des conflits, des peurs inconscientes. Si vous réussissez à damer le pion de l'adversaire, vous éluciderez une situation ou une énigme personnelle mettant fin à une dualité devant un choix, ou une manière de penser. Peut signifier une victoire sur un rival.

DANAÏDES (tonneau des). *Pris sur le plan matériel* : votre situation financière ne peut s'améliorer, vos dépenses excèdent constamment vos revenus.

Pris sur le plan affectif : votre exaltation amoureuse ne connaît aucune satisfaction complète, vos efforts demeurent infructueux, devant une conquête sentimentale.

DANCING. Le dancing dénote un besoin de se distraire.

DANDY. *Vu par un homme* : essayez d'être plus conscient et ouvert afin de vous introduire avec justesse.

Vu par une femme : personnage impertinent et artificiel, froid dans votre vie sentimentale.

Qu'avez-vous à faire avec un individu qui ne veut s'ouvrir ni à la débrouillardise ni à l'intelligence ?

DANGER. Le véritable danger provient de ce qui n'est pas encore développé, de ce qui n'est pas encore compris au contact de l'expérience vécue d'où proviennent nos cauchemars.

Nos abîmes représentent des luttes intérieures, des peurs inconscientes qui assaillent et rendent anxieux en raison de nos insuffisances, de nos défauts.

Enfin, si vous voyez un danger en rêve, soyez prudent et réfléchissez afin de vous éloigner d'une situation à laquelle vous ne pouvez pas encore accéder.

DANIEL (prophète biblique). La clairvoyance onirique peut passer par le canal de l'exemple du médium parfait que fut le prophète Daniel.

Essayez de vous souvenir de ce qu'il annonce, car ce qu'il énonce a un rapport avec votre développement intérieur ou un fait de votre vie.

DANSER. La danse peut rejoindre un symbolisme érotique, religieux ou créatif en participation aux mouvements des énergies interstellaires et astrales.

Pratiquer une danse rituelle : on retrouvera son dynamisme et ses forces mentales.

Danser avec quelqu'un annonce la paix sentimentale, l'harmonie parfaite, beaucoup de compréhension mutuelle.

Danser seul, sur une musique endiablée signifie qu'on sera manipulé ou qu'on sera l'objet de persiflages ou d'épreuves.

Danser le ballet classique avec une grande virtuosité stimule le besoin de créer et indique le succès dans ce domaine.

Danser joyeusement en famille : bonheur avec les siens.

Dans une atmosphère gaie prédit la richesse, matière au spirituel.

Danser sur une montagne ou sur un toit annonce un préjudice. Peut concerner la mauvaise issue d'un procès.

Voir danser des personnes qui nous sont chères avec des inconnus est un signe de déboire, de tromperie pour le rêveur.

Pour les malades : danser est néfaste et produit de la souffrance et du chagrin.

« Faire danser les écus » selon l'expression populaire : imprévoyance, dépenses exagérées.

DARD (langue du serpent). *D'après Sushruta* : « Se voir franchir un fleuve, un lac ou une mer d'eau trouble, où l'on a été piqué par un serpent, des sangsues, ou des abeilles, indiquent bonheur ou guérison selon qu'on se trouve en bonne ou mauvaise santé. »

Personnellement, je crois que se faire poursuivre par un serpent qui veut nous injecter son venin, indique – s'il y parvient – que nous succomberons à une passion amoureuse. Bonne ou mauvaise influence d'après la couleur du serpent, s'il fait jour ou nuit, cela a une signification différente. (Voir *NUIT, JOUR, SERPENT*.)

DATE. Les dates que vous voyez ou entendez en rêve indiquent un événement en rapport avec votre vie actuelle. (Voir *CALENDRIER*.)

DAUPHIN. Son symbolisme rejoint la capacité de se régénérer et de se métamorphoser psychiquement.

Et dans ce sens, il est le sauveur, le protecteur dans les pérégrinations de l'existence terrestre à travers les évolutions constantes.

Dans un sens plus prosaïque, il indique un personnage gai, à l'esprit vif, rempli de bonté qui veille sur nos motivations et intérêts.

Pour les gens qui projettent un voyage, c'est un signe de protection.

Voir un dauphin mort annonce la perte d'une amitié sincère.

Tuer un dauphin annonce une malchance dont on sera la cause.

DATTES. *En manger* : augmentation de votre vitalité.

DA WAH (invocation). D'un pouvoir quasi divin, cet appel disposerait d'une maîtrise sur tout l'univers ; il correspond à une méthode d'incantation secrète, réservée à la tradition islamique et à son rituel.

L'entendre en rêve invite à se protéger contre les foudres qui pourraient agir contre soi. Elle nous prévient d'une nécessité de se garantir contre des forces extraordinairement puissantes.

Bien interpréter la fin du rêve afin de savoir si ces forces sont dirigées pour ou contre soi.

DÉ À COUDRE. La circonspection est à surveiller surtout en amour, car un coup de foudre pourrait vous surprendre.

DÉ À JOUER. Il indique qu'il ne faut pas trop compter sur la chance pour régler ses problèmes, ses soucis.

DÉBÂCLE. On perdra ce qu'on estime être le plus important dans la vie.

DÉBARQUER. La façon, l'endroit et les gens avec qui l'on débarque expliquent la cause et la fin d'une affaire, et la manière possible d'en envisager une autre par les résultats obtenus.

DÉBAUCHE. Attention, surveillez vos instincts sexuels débridés.

DÉBRIS. Les débris indiquent que rien ne peut être exempté dans une épreuve.

DÉCACHETER. Décacheter une lettre dénote de l'indiscrétion, s'il s'agit d'une enveloppe adressée à une autre personne.

Joie et nouvelles vous remplissent de curiosité justifiable si cette enveloppe vous est adressée.

DÉCALQUER. C'est manquer d'inspiration, d'imagination, c'est être dépourvu d'originalité et de personnalité que de rêver décalquer une forme déjà dessinée. Comportement trop rempli de conformisme.

DÉCAPITATION. Il illustre une résultante de nos actes.

Rêve très important annonçant une impuissance à imposer ses aspirations, ses pensées et ses motivations.

Souvent, le rêveur vit un sentiment de culpabilité en regard de son comportement passé, où un désir inconscient surgit de se voir punir par autrui.

Moment dépressif à dépasser, par une acceptation de ses erreurs devant l'aveuglement de sa conduite antérieure.

Après ce rêve, essayez d'abord de vous pardonner à vous-même, ensuite demandez qu'on excuse votre absurdité et envisagez dans une belle attente, les yeux fermés, un soleil merveilleux. La vie terrestre n'est faite que de recommencements et d'ascensions.

Espérez dans la toute-puissance du soleil et de ses rayons sur vous. (Voir *SOLEIL.*)

Imposez tous les jours ce travail à votre imagination. Toutefois, la décapitation n'est pas seulement un état psychologique. Dans les faits, la décollation, qu'elle soit condamnation ou exécution onirique, laisse prévoir dans la vie de douloureux événements, décès d'êtres chers, perte de biens matériels, par mauvaise gérance, ou par le feu, ou par cataclysme naturel, ou encore par divorce.

Le contraire est annoncé aux véritables criminels, s'ils font ce genre de rêve, ils en tireront des avantages et s'en tireront indemnes. *Mais les banquiers, les dirigeants, et les négociants* perdront beaucoup d'argent à la suite d'un rêve de décapitation.

Favorable aux héritiers, la décapitation n'allégera pas ceux qui veulent faire reconnaître par la loi des réparations d'outrages.

DÉCHAUSSER. Ce rêve parle des biens, des privilèges, de l'amour.

Les chaussettes ou chaussures qui couvrent les pieds sont des habits affectifs qu'on véhicule dans la société.

Exemple : *enlever des souliers rouges,* c'est renoncer à un sentiment passionné.

Enlever des souliers noirs, c'est vouloir oublier un sentiment excessivement triste et désirer se libérer totalement.

DÉCOLLER (du sol). Désir intense de changer de contexte, de relation, de faire des choses nouvelles. Ce rêve informe d'une capacité de vous adapter, si vous décollez.

Être aspiré malgré soi vers le ciel, luttes de source mystérieuse et anxiété.

DÉCOLLETÉ. *Pour une femme* : cela dénote un désir de séduire. *Pour un homme* : en voir un, vous accepterez ou pas une provocation sentimentale.

DÉCOR. Dans les rêves, les décors extériorisent la richesse ou la misère évidente que la vie nous offre. Il faut essayer d'analyser si les décors correspondent à vos états intérieurs, sinon, il faudra attendre quelque temps pour réaliser ce que le rêve énonce.

À vous de juger par la tonalité des clichés et des vibrations reçues.

DÉCOUDRE. Si coudre des vêtements présage d'un ajustement amoureux, tout au moins associatif, découdre annonce la désorganisation, la déconfiture dans un projet dont l'ensemble équivaut à la préparation d'une rupture ou d'un divorce.

DÉCOURAGEMENT. Sensation onirique qui promet une période difficile.

DÉCOUVERTE. Faire une découverte annonce une surprise, une nouvelle compréhension pour ces jours-ci.

Qu'avez-vous à comprendre, quel voile avez-vous à lever sur une situation ? Il faut en tirer profit.

DÉCROCHER (un objet). On se libère du passé. On rompt avec ce qui n'a plus d'intérêt.

DÉDALE (personnage mythologique). De loin le plus grand ingénieur, sculpteur et architecte de la culture grecque.

Cet esprit ingénieux légendaire qui construisit le Labyrinthe dans lequel il se retrouva prisonnier.

N'est-il pas l'homme moderne, capable de tout inventer, ayant dans son subconscient le pouvoir créatif qui s'est accumulé depuis des siècles, dans l'industrie polytechnique et militaire, et qui sera le premier prisonnier inquiet, angoissé pris dans les dédales, le labyrinthe, de ses décisions devant le danger de ses propres découvertes, innovations et fabrications ? Et vous, pourquoi se trouve-t-il là dans votre image de la nuit ? En quoi ressemblez-vous à ce fameux architecte que fut Dédale ?

DÉESSE. Les déesses habitent les palais féeriques ou les mondes imaginaires. Elles ont des pouvoirs surhumains.

Pour une femme : la déesse du rêve signifie une invitation au bonheur, à un grand épanouissement à se découvrir une grande valeur.

Pour l'homme : son apparition en rêve l'invite à réaliser que ses espoirs et exigences du comportement féminin ne sont souvent accessibles que la nuit, dans la vie onirique. Et encore, selon les attributs de cette divinité, elle peut agir miraculeusement sur la psyché du rêveur. (Voir *DÉMÉTER, ISIS, APHRODITE.*)

DÉFENSE. Si on vous interdit quelque chose en rêve, cela annonce une perte de liberté en rapport avec ce qui est interdit.

DÉFÉQUER. Symbolise un dégagement, une libération.

Déféquer à son aise aux toilettes ou dans un endroit discret signifie qu'on sera délivré de ses soucis, qu'on retrouvera ce dont on a besoin, ou encore qu'une situation intenable dans laquelle on vit sera réglée très discrètement.

C'est parfois aussi l'oubli de ce qui semblait inoubliable.

Déféquer au bord d'une rivière, d'une nappe d'eau ou dans les champs est un heureux présage concernant les relations sentimentales.

Déféquer dans sa chambre, par terre : annonce une maladie, un divorce ou une brouille avec des amis.

Déféquer dans une église : annonce un grand péril.

Déféquer dans un lieu public : c'est un signe de honte.

Déféquer en diarrhée : c'est ne pas être capable d'assumer un amour insupportable ou toute situation destructrice. Pour ceux qui ont un complexe de dévalorisation à la vue de leurs excréments, réajustez-vous, vous valez beaucoup plus que ce que vous croyez.

DÉGAINER. *Dégainer* : représente une agressivité sexuelle, un défoulement.

Rengainer : indique qu'on n'arrive pas à passer à l'action. Peut-être est-on trop timide ?

DÉGEL. Il signifie que l'on sort d'une période de solitude, de peine, de maux de toutes sortes.

On verra de nouveau la vie en rose, car l'amour est à sa porte. Il signifie aussi la détente.

DÉGOÛT. Il signifie une contradiction à vivre avec des gens dont le comportement nous choque et à tolérer une situation que l'on méprise. Il est souhaitable d'éloigner de soi ce climat déroutant.

DÉGUISEMENT. Être masqué ou déguisé signifie qu'on projette une fausse image de soi ou qu'on se trompe soi-même. *Voir une personne déguisée* : on vous fait de la fausse représentation. (Voir *MASQUE*.)

DÉLIRE. Vous subissez à votre insu l'influence trop forte d'une personne malhonnête.

DÉLIVRER. Votre situation confuse va se terminer, car vous aurez l'éclaircissement ou l'appui afin de vous défaire d'une situation oppressante.

À vous de savoir si vous désirez combattre et agir vers une libération intérieure ou extérieure.

DÉLUGE. Le déluge annonce un cap à dépasser, un temps qui s'effondre, un appel à une vie intérieure plus lumineuse. Moment d'épuration à envisager. Les structures actuelles de votre existence n'ont plus de valeur et doivent, dans les circonstances actuelles, s'effondrer. Une vie nouvelle doit apparaître, de nouvelles idées et conceptions amenant de nouvelles relations plus enrichissantes, plus épanouissantes. Transformation radicale de votre manière de penser, de philosopher et de vivre, à savoir comment se passe ce déluge : en êtes-vous terrifié, sauvé ? (Voir *MAISON-DIEU* et *JUSTICE du Tarot*.)

DÉMANGEAISON. Surveillez votre état de santé. Nervosité.

DÉMARRER. Démarrer, c'est entreprendre de nouveaux projets qui réussiront.

DÉMASQUER. Ce rêve vous prédit la découverte d'une intrigue malveillante ; à l'avenir, vous verrez sous leur vrai jour des gens concernés.

DÉMÉNAGEMENT. Le déménagement dénote un climat intérieur différent, marque une métamorphose cachée.

Déménager pour habiter un logement plus grand, plus éclairé, plus somptueux annonce un changement heureux dans la vie, mais pas nécessairement un déménagement réel.

Déménager dans un endroit sombre, triste indique un changement malheureux dans la vie.

Rêver de déménager constamment dénote une insatisfaction permanente de son genre d'existence, de sa vie présente.

DÉMÉTER. Cette reine de la fertilité et des éternels recommencements cycliques dont elle contrôle le rythme et les alternances, symbolise, dans la vie onirique, les ambitions matérielles justifiées. En tant que déesse fertilisante de la terre, elle verse aux âmes réincarnées la nourriture spirituelle et leur révèle le véritable sens de la vie.

La voir apparaître en rêve permet l'éclaircissement tant recherché sur les vérités profondes de son cheminement vers une vie matérielle plus prospère.

DÉMON. Pour toute personne humaine, un bon esprit est placé sur l'épaule droite.

Un mauvais esprit est placé sur l'épaule gauche.

Tous les deux servent insidieusement à l'inspirer.

Bons ou mauvais génies se confrontent constamment dans la pensée. Les mauvais esprits offrent des inspirations qu'on pourrait qualifier de tentations contre notre propre vocation ascendante, nous poussant à violer les règles morales de la raison, et placent le voile de l'obscurité sur nos désirs. Le démon vit au plus profond de nous-même par l'expression de l'orgueil.

On peut voir apparaître en rêve des formes humaines noires; ces entités font partie de l'astral négatif et travaillent contre notre évolution, nous incitant à agir contre notre libération, essayant de nous aliéner, nous inspirant des actes contraires à notre bonheur. Actes et pensées tournés vers la pureté d'intention les éloignent automatiquement. (Voir *ÂME, APPARITION, DIABLE, NÈGRE.*)

DENT. On divise les dents en trois sortes : les incisives, les molaires et les canines.

Les trois sortes de dents ont symboliquement des correspondances différentes.

Les incisives se rapportent à la gloire, à la réussite sociale. Inspiratrices de joie, elles accompagnent l'élégance d'une conversation.

Les canines se rapportent à l'esprit de combat, d'agressivité; fortifient la capacité, l'énergie dans le travail.

Les molaires symbolisent les protections secrètes et puissantes; donnent de l'endurance et de la persévérance.

D'après Artémidore d'Éphèse, elles ont trait aux habitants de la maison, aux gens qu'on affectionne et à la santé.

Les dents en évidence de la mâchoire supérieure représentent les maîtres de la maison et les amis de premier plan.

Les dents de la mâchoire inférieure et celles d'en arrière représentent les enfants ou les gens de second ordre.

Rêver des dents a donc une signification importante.

Une bonne dentition est un signe de bonne santé et d'épanouissement.

La dent cariée représente une situation ou un sentiment dont il faut se défaire.

Se faire extraire une dent saine annonce la perte d'un être cher.

Perdre une dent saine annonce un choc psychologique relié à un décès.

Et puis… n'extrapolons pas trop !

Rêver des dents peut tout simplement indiquer qu'il est temps de prendre un rendez-vous chez votre dentiste.

En tant que symbole du temps, la perte des dents est aussi un symbole de perte de force, de dynamisme, de jeunesse, de sex-appeal.

Tandis que posséder une bouche garnie d'une belle dentition atteste une combativité, un magnétisme sexuel et une grande confiance en soi.

DENTELLES. Elles signifient un désir de séduction, d'excitation. Mais généralement, elles n'annoncent rien de prometteur et de stable en amour.

Blanches : elles promettent des moments heureux.

Noires : elles obligent à renoncer à un amour.

DENTISTE. Se voir chez le dentiste afin de nettoyer ses dents ou de les réparer en vue d'avoir une meilleure dentition, c'est reprendre confiance en soi, retrouver sa combativité afin de garder ou reconstruire des sentiments amoureux ou familiaux.

DÉPART. De deux choses l'une, ou bien vous faites un rêve d'angoisse d'être délaissé, ou vous faites un rêve de désir intense de détachement.

Partir, c'est quitter une situation, un amour, pour évoluer, progresser différemment mais on continue à vous aimer.

Le départ de quelqu'un d'autre annonce la fin d'une relation, d'une aventure, d'un amour, parfois indique une perte d'argent, selon ce que cette personne représente pour vous. Si ce rêve se répète constamment, cela dénote une obsession constante d'être délaissé. Bref, on se sent abandonné, inaccepté.

DÉPEÇAGE. Cela indique que l'on passe sa vie au crible de l'analyse en ce moment, afin de mieux connaître ce qui exalte ou ce qui arrête notre motivation.

Besoin de voir chaque facette de notre vie, afin de repartir sur une nouvelle base.

DÉPENDRE. Vivre en rêve dans la dépendance d'une personne inconnue, *pour les personnes vivant une période faste et active* : ce rêve annonce la fin de ce genre de vie.

À l'avenir vous devrez obligatoirement tenir compte des décisions d'autrui ou de leurs motivations.

Pour les gens déjà dépendants du point de vue sentimental ou financier, ils retrouveront leur autonomie s'ils font ce rêve.

DÉRACINER. Le déracinement provoque le détachement. *Ce genre de rêve* annonce soit la fin d'une affection, d'une relation, qui provoque la perte des forces nerveuses, soit un déménagement, un changement radical qui provoque en soi un déséquilibre momentané.

Voir des racines dans le sol vous incite à analyser à la base une façon de vivre un sentiment, une profession.

Dans les deux cas, un réajustement calme et sain sera nécessaire.

DÉRAILLER. Ce rêve représente une circonstance indépendante de notre volonté, qui annihile nos motivations profondes. (Voir *TRAIN, RAIL.*)

Nécessité de comprendre pourquoi une aspiration a échoué afin d'y remédier.

DESCENDRE. Descendre, c'est retourner à un état premier, chaotique.

Descendre, c'est abandonner un idéal, une situation ou position sociale, ou encore un amour selon le rêve.

On délaisse intérieurement ce qui a eu beaucoup d'importance dans ses préoccupations et motivations ; on s'avoue un échec, on rejette l'impossible.

Descendre et remonter, c'est prendre du recul pour examiner la situation sous tous ses angles.

Recevoir quelque chose en montant indique une réussite totale dans le projet symbolisé par l'objet reçu.

Recevoir quelque chose en descendant est de mauvais augure, réussite temporaire.

DÉSERT. La présence en rêve du désert est très significative. Elle incite à l'introspection sur sa motivation de vivre.

Tout est mirage : amour, gloire, richesse, puisque les réussites concrètes ne sont parfois qu'éphémères.

Nous arrivons tous tôt ou tard dans le désert de nos aspirations. Le désert peut refléter nos états intérieurs :

Désert de l'âme tentée par les démons : symbolise la recherche spirituelle quand l'être s'est éloigné des lois morales et constate la désolation et le châtiment. On se réveille un matin les mains vides.

Désert du cœur : s'adresse aux émotions et sentiments, fait comprendre une profonde sécheresse et une grande solitude dans l'absence de l'amour, laquelle conduit à la dépression morale. Période de solitude intense où les sources d'affection se tarissent, après un deuil, une rupture.

Se retirer volontairement dans le désert pour méditer manifeste une vie intérieure axée sur la méditation. Vivant dans la confiance, on rencontre l'oasis, c'est-à-dire l'extase mystique qui nous révèle notre degré d'évolution. Et la direction à suivre devient céleste et miraculeuse, c'est là que le vrai mariage se produit.

La certitude d'un support moral invisible garantit une sérénité indestructible.

L'eau vive coule constamment dans l'âme, car l'oasis, c'est le mariage des opposés en ville ou dans les prés ou encore dans les lieux délaissés et déserts.

Peu importe l'oasis, c'est un état d'âme, une capacité de communiquer avec l'Invisible, à ne plus jamais se retrouver seul dans les circonstances de la vie. Il est donc souhaitable de voir apparaître dans votre désert de rêve une oasis, de la végétation, un cours d'eau ou un puits.

Ce cliché nocturne annonce le plus heureux cheminement de votre pensée évolutive, car l'appui divin répond à la recherche de l'esprit et vient la remplir de sa richesse infinie.

DÉSERTEUR. Vous créez votre infortune par votre mauvaise volonté et votre manque de coopération.

C'est un signe que vous voulez passer à côté de votre programmation terrestre, votre véritable voie à suivre.

Le déserteur est celui qui oublie le but de la vie, de sa responsabilité à progresser.

DÉSHABILLER. *Se déshabiller sans gêne* : c'est se moquer de l'opinion publique, c'est ne pas être complexé par la situation vécue.

Marcher nu : on connaît de A à Z votre misère et votre pauvreté. Si cela ne vous gêne pas, vous n'êtes pas souffrant de votre nudité.

Déshabiller quelqu'un : vous voulez tout savoir sur la vie intime de la personne que vous réussissez à déshabiller. C'est aussi le priver de protection ou d'amour si on le met complètement nu, on réussira à lui enlever son crédit social.

DÉSOBÉIR. Vous vous insurgez contre quoi ? contre qui ? Moment de révolte. Essayez de savoir pourquoi.

DÉSORDRE. Nécessité de voir clairement une situation dans une relation.

Car rien ne peut arriver de positif, si on est aussi embrouillé dans ses pensées.

DESSERT. Il annonce le plaisir, la joie teintée d'une note de sensualité.

DESSINER. Tout prend germe de vie par l'imagination. Tout produit de l'imagination qu'on arrive à concrétiser dans un dessin, annonce une réussite tangible dans la vie soit amoureuse ou professionnelle.

Dessiner exprime un pouvoir de réalisation concrète par la signification symbolique de l'objet ou de la personne dessinée.

DÉTECTIVE. *En voir un* annonce une inquiétude devant la crainte d'une situation trouble.

Le détective du rêve oblige à la circonspection devant une démarche inquiétante.

En être un, c'est exécuter une tâche lourde de responsabilités.

Être poursuivi par un détective, c'est avoir mauvaise conscience.

DÉTERRER. *Creuser le sol* annonce un retour vers un événement passé, vers une découverte, vers une surprise ou une recherche.

Refuser de creuser la terre, c'est être satisfait de sa vie présente, on n'essaie pas d'analyser ses faits et gestes en regard du passé.

Déterrer un trésor signifie une heureuse compréhension de soi-même, dans une révision de sa vie. Le trésor parle des richesses intérieures à saisir par l'expérience vécue.

Déterrer un objet : on retrouve à l'heure actuelle un rebondissement concernant une affaire sentimentale oubliée ou une affaire professionnelle ou familiale.

Encore là, il peut s'agir aussi d'un objet perdu, matériellement.

DETTES. Les dettes ont trait à la santé et à l'équilibre psychologique du rêveur.

Se voir endetté est une incitation à changer quelque chose. Reposez-vous, essayez de retrouver la sérénité et la paix en méditant.

Les dettes représentent aussi ce que nous avons encore à nettoyer afin d'arriver à la luminosité que donne la perfection. Car nous sommes venus sur Terre chargés de dettes, en vue d'acquérir de la richesse intérieure. Voilà la cause inhérente à nos dépressions et marasmes.

Payer ses dettes, c'est retrouver l'harmonie intérieure, la santé et le dynamisme.

DEUIL. Le deuil signifie un renoncement. De quoi, de qui portez-vous le deuil ? Vous aurez à vous détacher soit par obligation, soit par volonté.

Annonce rarement la mort de quelqu'un.

DEVANTURE. La devanture symbolise ce qui est à votre portée. C'est comme une annonce publicitaire. On veut vous vendre un état de vie. Êtes-vous prêt à payer ce que la façade semble affirmer et promettre ? (Voir *MAISON, FAÇADE.*)

DEVIS. Se retrouver devant le détail des travaux à mener, et évaluer leur coût. Vous place dans une situation dans laquelle vous devez bien peser le pour et le contre de votre projet. Et vous poser la question si vous avez le courage et l'énergie d'entreprendre ce qu'on vous propose d'exécuter.

DEVOIRS. Un retour à un comportement d'écolier vous oblige à réaliser que vis-à-vis de certaines facettes de votre personnalité, il y a encore des déficiences.

On doit accomplir un travail intérieur pour devenir plus affirmatif et mature dans la profession.

DIABLE. Il représente une tentation qui passe par le canal de ce qui nous émerveille et nous angoisse. Le diable du rêve parle d'un défi à vaincre. Il peut prendre de multiples aspects. Il est symboliquement représenté par Lucifer, le dragon, le serpent, le naja, le boa, le tigre, le griffon.

C'est le gardien du seuil qui veut empêcher l'individu d'atteindre l'accès au trésor, au château, c'est-à-dire à son plein épanouissement et au succès.

Est-il le démon du Dr Faust, Méphistophélès ? Il est alors la raison de l'homme qui cherche le succès rapide en tournant le dos à la lumière, arrêtant son évolution et s'endormant dans ses désirs terrestres.

Par le fait même, il limite la personne humaine aux désirs immédiats, l'éloignant de sa vraie liberté.

Le compagnon de Faust, ce petit diable cornu, personnifie l'inspiration trompeuse et affadissante qui étouffe l'âme.

Prend-il l'aspect du Diable du Tarot? C'est une invitation à lutter contre les désirs passionnels et matériels trop intenses, qui obscurcissent la raison.

Invitation à contrôler sa faiblesse devant les mauvaises ingérences, à ne pas se lancer dans des affaires illicites.

Incitation à méditer sur des choix à approfondir.

Prend-il l'aspect de Lucifer, le chef des anges rebelles qui, selon la tradition biblique, régnerait sur les forces occultes à l'inverse de la vérité? Et pourtant son rôle fait découvrir une partie de la vérité.

Le voir en rêve vous avertit qu'une initiation vous projette dans un combat, lequel signale la ligne de démarcation d'un passage à franchir. Une porte s'ouvre sur la lumière, mais il faut payer le prix pour y parvenir. Un autre degré d'évolution s'annonce, non sans danger pour le futur initié. C'est à ce moment que les points dorés, lumineux apparaissent dans les visions ou dans les rêves, que la lumière blanche devient l'arme nécessaire pour lutter contre les dangers astraux martiaux.

Transition majeure et extraordinairement importante que ce passage vers une sortie de la noirceur nous conduisant à la libération et l'accès au trésor.

Il est nécessaire d'ouvrir son esprit sur l'aspect des luttes occultes. Plus la psyché rejoint la perfection, plus elle devra lutter contre les forces des ténèbres, plus elle est exposée aux dangers, plus l'intention de pureté doit s'affirmer. Car les forces et énergies dites inconscientes ne sont que l'affranchissement à ces puissances de la noirceur grâce à l'appui des forces de la Lumière.

Car chacun a son destin et chacun a ses affrontements, selon la programmation terrestre et ses buts.

Chacun a un libre choix et les forces attaquantes s'adaptent à notre degré d'évolution.

Les forces défendantes surgissent et nous protègent selon nos mérites et affirmations.

Le soleil, la lune, la lumière blanche viennent nous conduire vers le trésor symbolique, c'est-à-dire la sérénité, la paix, l'équilibre, la victoire, de même que le carré, le cercle, le triangle pointé vers le haut et l'étoile, etc.

Notre vocation est celle de passer du côté de la lumière. Et ce n'est qu'invitation et libre choix. (Voir *DÉMON, MÉPHISTO, TAROT.*)

DIADÈME. (Voir *COURONNE.*)

DIAMANT. (Voir *PIERRES PRÉCIEUSES.*)

DIARRHÉE. Rêver de diarrhée dénote une digestion anormale. Dans le rêve, elle annonce l'aspect de l'amour ou de l'affectivité mal assimilé, mal vécu.

Il est possible que la personne aimée n'apporte aucun réconfort ; au contraire, elle rend inacceptable les moments actuels, à cause d'une maladie physique ou psychique.

Ce rêve indique aussi qu'on doit surveiller ses finances.

DICTIONNAIRE. Maintenant vous comprenez que le savoir n'a pas de limites.

DIEU. Son apparence est personnelle à chaque individu, selon l'imaginaire.

Dieu s'est caché derrière ses représentants, l'entourage même de son gouvernement divin est inaccessible aux âmes incarnées. Il a parlé aux prophètes à travers ses détachés de la lumière. Depuis la nuit des temps comme dans le Nouveau Testament, Yahvé a donné la Table des commandements à Moïse. Des noms nous sont parvenus, « Elohim » prononça le Christ, sur la croix, en disant : « Pourquoi m'avez-vous abandonné ? » dans un dernier souffle suppliant.

Dans la mythologie grecque, Zeus semble représenter l'autorité suprême.

Chez les Romains, Jupiter dominera sur tous les autres dieux.

Aton, chez les Égyptiens est un démiurge des temps primitifs. Et depuis, Dieu agit à travers les anges et les successeurs des dieux mythologiques, c'est-à-dire les anges, les archanges et les saint(e) s. Dans les rêves, tous les symboles solaires et lunaires rejoignent sa divinité.

D'après saint Jean, « Personne n'a pu voir sa luminosité et vivre ». Trop lumineux, trop solaire, trop éblouissant. Tenons-nous-en à ses représentants même dans le symbolisme.

Et les symboles qui le représentent nous apportent la richesse spirituelle et la réalisation de nos objectifs.

DIFFICULTÉ. Maîtriser une difficulté annonce une victoire.

DIFFORMITÉ. Symbolise un dépassement vers des pouvoirs inhabituels ou une régression dans la mésadaptation.

Une autre face des choses est toujours sous-entendue quand surgit un être difforme.

La difformité nous fait sentir d'autres pouvoirs maléfiques ou bénéfiques à l'opposé de l'usage coutumier des membres indiqués.

Ainsi, *l'aveugle* voit et perçoit par intuition ou voyance. Un seul œil oblige à développer un pouvoir plus grand avec cet œil.

Le mutilé développe une agilité plus forte des membres restés intacts. Dans les rêves, on peut voir un membre plus proéminent, ce qui indiquerait qu'une faiblesse a fait croître une autre force de l'esprit.

Le fou du rêve a des pouvoirs de tout réussir miraculeusement parce qu'il saisit à l'envers. (Voir *INFIRME, HÉPHAÏSTOS.*)

DILIGENCE. Une merveilleuse randonnée dans l'imagination en rapport avec un sentiment amoureux.

DINDE. Une dinde qui gonfle son cou devient un symbole phallique masculin, viril. (Voir *PHALLUS.*)

Dans son aspect général, elle est un symbole de maternité et de fécondité.

Voir une dinde ou en manger est un signe d'aisance et de bonheur.

Pour une femme cela peut annoncer une situation confuse.

Se faire dire qu'on est une dinde a la même signification dans le rêve que dans la réalité.

DIONYSOS (Bacchus). Son nom évoque les plaisirs, les défoulements, les exubérances. C'est le dieu de la végétation, de la vigne, du bon vin et du renouvellement des saisons.

Le voir en rêve présage des réjouissances, des orgies, de la sensualité. Si on veut le saisir dans une vie mystique et spirituelle, il devient le libérateur conduisant vers l'enivrement surnaturel.

Il fait passer l'homme vers les joies divines.

Il symbolise dans ce sens l'effort de l'humain à se spiritualiser. Il donne confiance afin de dépasser ses complexes et inhibitions dans une fougue miraculeuse vers un idéal d'être.

DIPLÔME. Vous passerez avec succès ce que vous avez à prouver bientôt.

Tenez bien compte du message, si vous le passez ou le tenez en main, car vos désirs seront justifiés.

DISCOURS. Vous aurez à apprendre beaucoup sur vous-même pour bientôt.

DISPUTES. *Y assister* : graves soucis, essayez de comprendre votre relation avec les personnes en conflit.

Y prendre part : obligation de se défendre.

Avec parents et amis : une occasion vous est offerte de régler certaines rumeurs, ou refus.

DISQUE. De nos jours, le disque a pris plusieurs significations.

Est-il le disque solaire ? Il vous incite à refuser des motivations matérielles pour vous tourner vers une compréhension surnaturelle.

Sa signification se rapproche de celle du cercle, de la roue, de l'anneau.

Avec l'apparition de ces symboles, tout attachement, sentiment ou projet, prend la dimension de l'éternité.

Le disque ailé, chez les Égyptiens, est un des plus beaux symboles à voir en rêve puisqu'il nous situe dans un très haut degré d'évolution où tous les pouvoirs se réunissent et nous transforment en puissance.

Chez les Chinois, le disque sacré représente la montée parfaite vers les cieux, et le même disque troué au centre serait le ciel lui-même.

Est-il le disque à enregistrer des sons musicaux et des chants ? Il annonce une éventualité dans votre vie affective.

Si la mélodie entendue est joyeuse : elle affirme un sentiment amoureux, pour bientôt.

Est-elle triste ? Elle peut révéler une vie sentimentale incomprise, etc.

Est-il le disque ou rondelle de hockey ? Il représente la femme, le jeu étant les événements de la vie. Le bâton prend la signification de l'homme. Si le disque pénètre le but, il y a épanouissement dans une union possible.

Est-il le disque des feux ou des signaux pour indiquer une voie libre ? Il vous renseigne si le temps est propice ou non à une démarche vers un projet, ou une réalisation.

DIVORCE. Il annonce ce que le scénario du rêve met en évidence, une séparation en l'occurrence.

DIX. (Voir *NOMBRE*.)

DIX MILLE. Même signification que dix, mais sa vibration rejoint celle de la plénitude et de la rénovation dans l'abondance.

DIX-SEPT. (Voir *NOMBRE.*)

DODÉCAÈDRE. Forme géométrique de douze faces pentagonales. Il représente la symbolique de croissance des plus élevées. Sous une apparence de polyèdre, le dodécaèdre condense dans sa disposition l'univers entier. Sa composition possède des vertus magiques reconnues afin de participer en tant qu'individu à l'évolution céleste constante. Il représente un cycle complet d'évolution comparativement aux 12 signes du zodiaque.

DOIGT. Chaque doigt a une signification importante et particulière.

Le pouce représente la volonté, le pouvoir par la force et Vénus (amour) l'influence dans tout être humain.

L'index : l'indication de la voie à suivre s'il pointe quelque chose ou quelqu'un, ou encore il peut signifier la puissance dans la réalisation, l'autorité, le commandement et les qualités de jugement. Sa planète Jupiter donne le pouvoir et la richesse.

Le majeur est l'affirmation de la personnalité, de la philosophie, des mathématiques. Saturne l'influence dans une pensée méthodique.

L'annulaire concerne les arts, l'idéal, les sentiments, la capacité créatrice. Le soleil l'influence par la chance et l'idéal qu'il inspire.

L'auriculaire représente l'intuition, la diplomatie, les sciences, les dons de comédie, de politique et de pouvoirs occultes. Mercure lui donne la capacité d'intelligence.

Se voir un doigt en moins annonce une fatigue ou une impuissance causée par un problème concerné par le doigt coupé.

Rêver avoir plus de cinq doigts est un signe de malchance.

Avoir les doigts coupés ou se faire couper les doigts : exception faite du pouce, annonce une séparation, un divorce.

Se faire couper le pouce résume l'idée de l'affaissement de la volonté, une destruction de la personnalité.

DOLMEN. Il nous fait prendre conscience de notre attitude mentale pour nous défendre. On place un dolmen dans un lieu afin de protéger ou soumettre ce lieu à des influences invisibles : il crée un reflet comme une présence du cosmos, la pierre étant réceptrice des influences célestes.

Cette table de pierre, placée dans les parcs, les champs, sur le bord de la mer, ou comme monument funéraire révèle une défense des lieux.

Sur le bord de la mer ou dans un parc, elles sont comme des gardiens des lieux qui protègent des mauvaises influences.

Placé à côté d'un sépulcre, la pierre protège l'âme du mort et l'empêche d'errer méchamment.

DÔME. Il n'apparaît que dans les grands rêves. La coupole représente l'image de l'univers et protège vos espoirs. Tout ce qui est rond symbolise la sphère céleste. Et ce qui est carré rejoint le symbole de la terre et s'applique au palpable et au réalisable.

Le dôme est le point central des pouvoirs par lesquels l'âme humaine doit dépasser sa condition et s'envoler vers le divin.

Il nous renseigne donc sur l'orientation et la direction de la transcendance vers une montée évolutive, dans une sublimation totale et illuminée.

Il promet donc la réussite à tous les niveaux : amour, travail et vie spirituelle. (Voir *CIEL*.)

DOMPTER. Dompter un animal signifie que l'on domptera un instinct sauvage en soi.

DONNER. Donner prend la signification de recevoir puisque tout sentiment de générosité nous gagne de nombreux amis qui nous protègent.

Exemple : donner du chocolat, c'est offrir de l'amour. Il faut analyser ce qu'on donne car cela signifie ce qui vous reviendra bientôt.

DORMIR. *Rêver que l'on dort* signifie une quiétude trompeuse car quelque chose devrait être perçu consciemment.

Voir quelqu'un dormir indique que c'est le temps parfait pour agir et négocier.

Dormir avec quelqu'un du sexe opposé est parfois un signe d'infidélité conjugale de la part du conjoint. Tout au moins, cela indique que face à la situation vécue réellement, laquelle peut être malheureuse ou heureuse, on ne saisit pas une facette de la relation.

Dormir dans un lieu saint ou un temple annonce une guérison.

Dormir dans les rues, les champs ou un endroit public annonce une maladie sérieuse.

L'important est de se réveiller à la fin du rêve, c'est alors qu'on comprend que la vérité est tout autre.

DORURE. La dorure indique qu'il faut se méfier des apparences.

DOS. Il parle surtout de la vieillesse du rêveur, selon le contexte du rêve.

Voir un dos sain et beau annonce de la joie et du bonheur pour la fin de la vie.

Voir un dos droit : réussite et combativité, dynamisme.

Voir quelqu'un de dos indique tout ce qu'on découvrira sur cette personne, sans qu'elle le sache.

Tourner le dos à quelqu'un est un signe de réconciliation.

Voir un dos courbé et décharné est un présage de vieillesse malheureuse et pauvre.

Se faire tirer dans le dos a la même signification que dans la vie, c'est-à-dire qu'on nous fera une mauvaise surprise.

Avoir quelqu'un sur le dos : on se fera harceler.

Voir quelque chose dans le dos d'un inconnu : concerne le rêveur lui-même, si le personnage du rêve est du même sexe.

DOT. Recevoir une dot est l'annonce d'un mariage pour les célibataires.

DOUANE. La douane apparaît dans les grands rêves. Prend un sens de passage, elle annonce un moment de transition importante. On peut rêver se voir aux douanes à l'occasion d'une séparation ou d'un mariage, ou encore au début ou à la fin d'une entreprise.

La douane a pour objet de déterminer si on a les qualités et les conditions requises pour effectuer ce changement de vie. De plus, sa vue en rêve annonce que faits et gestes seront connus.

DOUCHE. *Prendre une douche* : annonce une amélioration dans la qualité de vie du rêveur.

L'eau étant source de régénérescence et d'amour, la douche promet un renouveau affectif ou amical.

De ce fait, il y a promesse d'équilibre psychique retrouvé.

DOUZE. (Voir *NOMBRE*.)

DRAGÉE. *Les dragées médicamenteuses* : si on les avale, elles sont annonciatrices de santé retrouvée.

Les dragées aux amandes incitent au bonheur, à condition de faire un choix et de fixer ses priorités.

DRAGON. Pris dans un sens ésotérique, il est le Gardien du Seuil qui veut nous empêcher d'atteindre les trésors cachés, le palais, le château.

Son apparition en rêve marque le début d'une ascension, une

période initiatique. Le temps est arrivé où nous devons affronter cette force dangereuse.

Le combat contre cet animal monstrueux se doit de finir en victoire, afin de faire surgir la puissance en soi et d'accéder à une nouvelle naissance, à un élargissement de conscience, à une souveraineté intérieure, c'est cela la découverte du trésor. (Voir *COFFRE, DIABLE, BALEINE, HÉROS, ENFER.*)

Pris dans un sens plus prosaïque, il devient la puissante autorité : le maire, le patron, le président, le roi.

Si le dragon est docile, c'est un signe de promotion, d'avancement.

S'il est repoussant, c'est l'annonce d'un conflit, d'une perte de situation.

S'il s'éloigne de nous, ce peut être, selon le contexte du rêve, la perte d'une protection, ou s'il est dangereux, un gain dans un combat libérateur.

Sur le plan subjectif, le dragon représente les forces inconscientes, les instincts profonds, aveugles et négatifs qui peuvent nous détruire. Il est donc préférable qu'il soit docile ou vaincu.

DRAPEAU. Le drapeau rejoint le patriotisme d'un peuple, la fierté d'un pays.

Le pays, c'est le plus grand amour, le lieu de notre sécurité. Le drapeau totalise nos espoirs, nos attentes, notre fierté et exprime l'aspect positif et l'aspect négatif servant à nous affirmer à travers nos élans amoureux.

Le bâton est l'aspect positif, l'actif masculin et *le tissu* est l'aspect négatif, le passif, le féminin.

Il représente notre monde intérieur vers la créativité, l'affectivité et l'affirmation de notre force.

Dresser un drapeau : affirmation de ses capacités, fierté marquante d'une personnalité équilibrée. On a réussi à harmoniser les contraires.

Mettre un drapeau en berne : souffrance, renoncement, déception.

Drapeau noir : on a décidé de tourner le dos à un sentiment, à une forme de vie, à équilibrer ses opposés.

Drapeau blanc : on est sûr et conscient de sa réussite à tous les niveaux : amour, profession, amitié, famille.

DRAPS. Les draps sont un symbole affectif important.

Changer de draps, c'est changer de partenaire en amour.

Mettre des draps propres dans le lit signifie qu'on repart à neuf dans une relation sentimentale.

Les draps sales annoncent un amour malheureux, teinté d'irrespect.

Les draps étendus sur une corde à linge sont souvent un signe de mortalité ou de séparation.

Laver ses draps signifie une nouvelle entente basée sur une discussion qui efface tous les malentendus.

DROGUE. *Inhaler ou ingurgiter des drogues, des pilules* annonce la guérison aux malades et l'amour aux cœurs esseulés.

DROITE. Nous avons souvent une alternative dans la vie, marcher à droite ou à gauche. Servir la droite ou la gauche.

La droite représente la légalité, la félicité, le conventionnel, tout ce qui sera su et vu et accepté, le positif.

La gauche c'est le contraire, l'illégal, l'obscur, le caché, l'inaccepté, l'adultère, le désordre, le négatif, le non-conventionnel.

En Extrême-Orient, la droite a une signification différente. Le côté droit est défavorable, déshonorant, le côté gauche est pur, sacré.

Chez les catholiques, la droite est l'actif et le futur, la gauche le passif et se réfère à une période antérieure.

DRUIDE. Prêtre et métaphysicien celtique. Savants et philosophes, ils sont des sages et des initiés qui ont été remplacés par les prêtres officiants chrétiens.

Voir apparaître un druide en rêve : il est préférable que son aspect soit protecteur et rempli de mansuétude.

Cela indique une élévation due à un personnage puissant, secret, et mystique.

Cela peut aussi signifier une ouverture de pensée vers la compréhension des mystères.

Le contraire s'il est agressif ou si son regard est soupçonneux. Attendez-vous à des déboires difficilement explicables car les druides avaient aussi le pouvoir de punir par des moyens occultes.

DUEL. Il représente la dualité positive ou négative dans chaque individu.

Gagner un duel présage que l'on retrouve l'harmonie intérieure et affective.

Voir les armes des duellistes annonce un procès.

Parfois, le duel peut annoncer un mariage.

DURGA. Symbole ambivalent de la femme qui aime, élève, régénère et détruit.

Cette déesse à laquelle les initiés de Calcutta sacrifient des boucs représente la force vitale intensifiée, à double aspect régénérateur et destructeur.

DUVET. Il indique qu'en amour on sera aimé plus qu'on n'aimera. Vous placez mal vos affections et dans ce sens vous récolterez peu.

E

EAU. L'eau a été notre première demeure, notre premier toucher. Nous avons poussé dans l'eau, nous avons été aspergé d'eau comme témoignage de foi. Nous nous lavons dans l'eau ; les Ondines qu'elle contient nettoient quotidiennement notre corps physique et éthérique et grâce à l'eau que nous buvons, nous continuons à vivre.

Elle est nécessaire pour quatre points symboliques :

Naissance, épuration, nutrition, régénération dans notre vie psychique.

Elle donne naissance à des ouvertures de la pensée. Elle les purifie et les transmute à des niveaux évolutifs ou régressifs, selon son aspect : propre, limpide, clair ou sale, embrouillé ou mystérieux.

Elle représente les métamorphoses les plus marquantes, vers le possible des possibles. Elle rejoint la signification de la mère qui donne la vie, et qui contribue dans l'amour à la continuation et à l'évolution de ce qu'elle a fait germer.

Si elle est source de vie, elle peut par immersion aussi donner la mort.

Il est très important de connaître nos rapports avec cette masse immense qui se retrouve sous l'aspect des rivières, des fleuves ou des lacs, des fontaines ou des sources. Comment nous conduit-elle à travers la coulée, la traversée de la vie ? Nous aspire-t-elle dans ses profondeurs ? (Voir *POSÉIDON*.)

Il faut savoir si nous pouvons composer avec cette force. Y nage-t-on facilement ? S'y noie-t-on ? Ou encore circule-t-on avec bonheur et sérénité sur un bateau naviguant paisiblement ? Si oui, elle symbolise une composante dans les débats de l'existence et procure la paix, la lumière et l'amour.

Sert-elle au baptême ? Elle est alors fertilisation d'une nouvelle inspiration, elle est conductrice d'un pouvoir sacré et libérateur, elle élève et permet de réaliser un espoir.

Prend-elle l'aspect de la rosée, de la pluie, du torrent, de la source ? Elle est toujours la mère qui déploie son pouvoir faisant jaillir l'épanouissement ou l'oppression qui égaie ou assombrit, qui revitalise ou intoxique ceux qui ont un contact avec elle ; à vrai dire ses influences sont infinies. Par ses multiples fonctions, elle est représentative des forces inconscientes, sa dimension s'étend à celle de l'éternité à travers des renouveaux constants.

Dans la vie onirique, elle produit les mêmes effets.

L'eau claire et vive annonce bonheur, amour, félicité et bonne santé.

L'eau froide oblige à se ressaisir et à sortir de sa peine.

L'eau sale et boueuse annonce l'embrouillement en amour ou en amitié, des soucis. Très souvent ce rêve prépare une rupture.

L'eau qui déborde d'une rivière ou d'un fleuve nous renseigne sur un manque de contrôle émotif ; on est submergé d'émotions et la pensée rationnelle n'a plus de priorité.

L'eau noire ou mystérieuse nous indique un danger venant d'un amour non partagé. Menaces.

L'eau dormante annonce un danger.

L'eau impropre ou contenant des insectes annonce des trahisons, une séparation.

Les eaux claires qui envahissent la maison sans y semer le désordre annoncent que l'on gagnera l'affection d'un homme riche, généreux et loyal.

Les eaux boueuses qui envahissent la maison en déplaçant les objets, les meubles annoncent un ennemi violent.

L'eau qui part de la maison et se répand dans la ville représente l'autorité acquise grâce à la bienveillance et la générosité. (Voir *BAIN, DOUCHE, NAGER, BOIRE*.)

ÉBÈNE. Le bois d'ébène aurait une propriété de chasser la peur. Le noir ébène nous relie aux influences des ténèbres et ce à quoi on doit renoncer. Dans les rêves, la noirceur indique qu'on ne peut voir venir un événement malheureux. Les choses colorées de noir obligent au détachement de ce qu'elles symbolisent.

ÉBLOUISSEMENT. La chance vous sourit, profitez-en.

ÉBOULEMENT DE TERRE. Difficulté et mauvaise santé en répercussion d'un radical changement de vie, souvent d'une séparation ou d'un deuil. Essayez de connaître ce qui vous harcèle secrètement et cherche à détruire votre vie.

ÉCAILLE. Voir tomber les écailles des yeux, enfin on comprend une situation confuse. La lumière se fait jour sur une facette de sa vie.

Les écailles symbolisent la limite entre le haut et le bas, entre la noirceur et la lumière. Certains considèrent l'écaille comme la représentation du ciel lui-même et de rayons lumineux.

ÉCAILLE (de poisson). Ennemis de bas étage.

ECCLÉSIASTIQUE. *Une femme qui rêve de prêtres séculiers* rencontrera la trahison affective.

Ils sont le symbole d'une personne déjà engagée, parce qu'un prêtre ne peut se libérer de sa consécration. C'est pourquoi mis à part des symboles personnels, les religieux en rêve annoncent de sombres moments en amour, des culs-de-sac dans la destinée.

Par contre, *voir des moines dans un monastère* est un signe de protection dans l'adversité.

ÉCHAFAUD. *Voir un échafaud* implique de la part du rêveur beaucoup d'inquiétude. Pourquoi doit-on être exécuté ? Qu'a-t-on commis ? De quoi se sent-on coupable dans son comportement ? Ou encore s'agit-il d'une personne connue qui se dirige vers l'exécution ? Que représente-t-elle pour lui ?

Si cette personne est du même sexe, il doit analyser en quoi son attitude ressemble à cette connaissance, car elle le représente.

S'agit-il d'une personne inconnue de sexe opposé ? Le rêveur doit prendre conscience qu'une personne n'arrive pas à se pardonner une erreur. Rêve important à analyser. (Voir *DÉCAPITATION, PENDU.*)

ÉCHAFAUDAGE. Cela représente des projets qu'on essaie de mettre à jour.

Comment est l'échafaudage ? *Solide*, il annonce des réalisations bien structurées. *Qui s'écroule*, il en sera ainsi de vos espoirs.

ÉCHALAS. *Planter des échalas pour soutenir les vignes ou autres branches* indique des qualités de prévoyance, d'organisation afin de retirer le maximum dans ses affaires en général sur le plan affectif.

ÉCHALOTE. Votre attitude agace et provoque votre entourage. Essayez de prévenir des conflits.

ÉCHARPE. Si vous portez une écharpe au bras, attention à vos gestes et vos paroles, vous vous exposez aux bouderies ou, pis encore, à la solitude. Prudence et retard dans ce que vous escomptez.

ÉCHASSE. Marcher sur des échasses promet aux hommes malhonnêtes des pertes de procès, aux justes des luttes et une santé précaire.

Pourtant, elle annonce un désir de s'élever par la ruse et l'adresse.

Évidemment, comment arrivez-vous à vous déplacer, à déambuler avec ces hautes béquilles ?

Facilement, alors vous trouverez un personnage puissant disposé à vous appuyer.

Si vous tombez, votre recherche sera très difficile ou s'avérera nulle, selon votre agilité à vous servir des échasses.

ÉCHÉANCE. Chaque échéance indique un temps limite qu'on vous alloue pour vous transformer, prendre une décision ou réaliser un travail.

Votre rêve vous indique si oui ou non vos efforts arrivent juste à point.

ÉCHELLE. Voir une échelle signifie des pérégrinations éventuelles.

Mais les escaliers vus en rêve promettent une amélioration de vie. L'échelle annonce des conquêtes plus laborieuses et de l'élévation plus lente.

Voir une échelle indique un défi à relever.

Monter une échelle : ascension spirituelle pour ceux qui recherchent une intensité de l'âme.

Elle indique une conquête sentimentale pour les esprits tournés vers une démarche affective et une montée vers une réussite sociale pour ceux qui luttent dans leur profession.

Lien entre la terre et le ciel, la noirceur et la lumière, elle rejoint le sens d'une traversée.

Descendre d'une échelle, c'est un retour à une première idée, à un premier état soit religieux, amoureux ou professionnel.

C'est habituellement la joie qui accompagne une montée et c'est la tristesse qu'annonce la descente.

Ainsi, *se voir descendre d'une échelle*, c'est renoncer à un projet.

Tomber d'une échelle annonce un échec cuisant.

Être sur une échelle branlante est un signe de maladresse.

Passer sous une échelle, selon l'imagerie populaire, présage de la malchance.

Voir quelqu'un descendre d'une échelle vous informe de son intention actuelle d'abandonner une affaire.

ÉCHO. Vos pensées bonnes ou mauvaises, joyeuses ou tristes continuent leur cheminement et préparent ce que vous provoquez comme un écho. Que dit l'écho, c'est ce que vous avez inconsciemment préparé.

En tant que personnage mythique, Écho nous place en face d'un état régressif et passif.

Incitation à ne plus subir les événements mais à changer ce qui peut être changé, accepter ce qui ne peut être modifié, et composer en totalité dans un élan volontaire et sage, prêt à toute éventualité.

ÉCLABOUSSURE. Tôt ou tard, nous recevrons une résultante de notre vie.

Parfois, des rebondissements viennent nous salir conséquemment à des actions parfois tenues secrètes. Jamais de cause sans effet, ni d'effet sans cause. On pourrait répandre des ragots sur vous. Attention tout de même à ne pas trop vous laisser blesser par l'opinion publique.

ÉCLAIR. Symbole ambivalent, l'amour et l'illumination apparaissent souvent sous la forme du feu.

Il représente un sentiment violent, une passion brève et apporte la malchance si un coup de tonnerre l'accompagne.

Pris dans un sens figuré, c'est un éclaircissement de la conscience, une intuition subite qu'elle veut signifier. Chez le mystique, un moment d'illumination peut surgir après l'avoir vu dans un cliché.

ÉCLAIRCIE CÉLESTE. Moment heureux où toutes les luttes n'ont plus raison d'être quand les nuages disparaissent.

ÉCLAIRER. *Éclairer quelqu'un* : vos conseils aideront quelqu'un à se réajuster.

Faire de la lumière : on comprendra mieux d'ici quelques jours un sujet qui nous embrouille en ce moment.

ÉCLATEMENT. Vous serez surpris par certaines révélations venant de l'entourage. Ce que vous voyez éclater symbolise ce qui doit se terminer.

ÉCLIPSE. *Éclipse lunaire* : surveillez votre sensibilité, selon les aspects de la lune et ce que vous ressentez.

Elle vous place devant une évidence heureuse ou malheureuse à laquelle vous ne pouvez vous dérober.

Éclipse solaire : un temps révolu est arrivé, un choix s'impose dans votre vécu actuel.

Événement marquant, pouvant être tragiquement subi ou heureusement accepté.

Après un tel rêve, surveillez davantage votre santé physique et votre état mental.

ÉCLOSION. *L'éclosion d'une fleur* : moment épanouissant en amour.

L'éclosion d'un œuf : nouvelle compréhension, nouvelle capacité intérieure, découverte et inspiration.

ÉCOLE. La vue de l'école angoisse un peu. Elle vient répondre aux efforts actuels. Elle représente l'école de la vie. L'endroit où l'on est assis, le lieu où l'on se trouve dans l'école ou la classe, la matière à étudier, le genre d'examen à passer, sont autant de réponses à ses problèmes et ont un rapport direct avec ce que l'on doit comprendre pour vivre d'une manière rationnelle.

Être cancre, ne rien comprendre et tout gâcher signifie qu'on ne sait pas comment réagir dans les circonstances actuelles.

Voir l'école de son enfance indique qu'on se trouve en face d'un conflit identique non résolu dans l'enfance ou encore cette vision de l'école peut rappeler de bons ou de mauvais souvenirs. Essayez de savoir si elle vous annonce du bonheur par la rencontre d'un ancien professeur aimé ou encore de la peine, des frustrations par la rencontre de professeurs détestés et antipathiques. Votre comportement en classe vous renseigne sur vos réactions instinctives. Le compagnon ou la compagne de classe sympathique ou non vous annonce des faits heureux ou malheureux à venir.

ÉCORCE D'ARBRE. Personne de devoir.

Votre bonne réputation, votre honorabilité sont plus que méritées.

ÉCOSSER. *Écosser des lentilles annonce des peines*, des soucis fort douloureux.

Ouvrir des gousses pour sortir les graines des légumineuses promet de graves querelles.

Écosser des pois ou des haricots : on vous met à nu dans votre dos. Bavardages nuisibles.

ÉCOUTER. Incitation à tendre davantage l'oreille aux conversations de l'entourage. Peut-être y trouverez-vous une merveilleuse inspiration.

ÉCRAN. Surveillez les images qu'il vous offre, car c'est ce qui se prépare dans votre vie et qu'on vous permet de visionner.

ÉCRASER. Vous êtes déterminé à détruire ce qui vous oppresse. Quels sont la personne ou l'objet écrasés ? Le rêve vous montre ce que vous êtes décidé à contrôler.

ÉCREVISSE. Elle sensibilise à un retour dans le passé afin de mieux juger du présent.

C'est positif pourvu que le passé ne déborde pas le présent, car il en résulterait un état de dépression et de régression.

ÉCRIRE. Écrire, c'est sentir une déficience de la mémoire. Il semblerait que vous devriez donner plus de suite à vos idées ou à vos promesses.

Ce que l'on ne parvient pas à écrire : c'est ce que l'on n'arrive pas à saisir ou à réaliser dans la vie.

Écrire de la main gauche : représente de la malhonnêteté inconsciente ou non calculée. Mais si vous êtes gaucher, vous n'êtes pas concerné.

ÉCRIT. *Lire le message qu'il contient* vous indique une vérité à assimiler en rapport avec une relation ou une réalisation, ou votre évolution.

Ne pas pouvoir le lire : vous ne comprenez pas ce que vous vivez vraiment dans les circonstances actuelles. Vous comprendrez plus tard.

ÉCRITEAU. Il vous transmet dans un langage conventionnel la direction à suivre pour une décision que vous prendrez bientôt, selon ce qui est écrit. Essayez d'en comprendre le symbolisme.

ÉCROU. Attention à la mécanique que vous employez.

Pris dans un sens figuré : il faudrait analyser le projet en cours afin de voir s'il n'y a pas une faille qui minerait la réussite.

ÉCROULEMENT. Il annonce un grand dérangement dans la vie du rêveur, nécessitant une lutte ardue afin de protéger son équilibre psychologique.

Voir un édifice s'écrouler : c'est tout un monde où l'on a établi sa vie qui va disparaître. Ainsi, l'objet disparu explique symboliquement ce de quoi on devra se défaire. Exemple :

Pour les gens mariés : voir une maison qui s'effondre annonce une séparation, un divorce.

Pour une veuve vivant avec ses enfants : le départ de ceux-ci.

ÉCU D'OR. Il annonce la chance que rien ni le temps ne peuvent dévaloriser.

ÉCURIE. Elle parle des instincts inconscients de la vie affective et sexuelle.

Nettoyer une écurie : on veut mettre de l'ordre dans sa vie.

Nourrir les animaux : satisfaction, bonheur.

Voir une écurie balayée par un raz-de-marée : on sent l'équilibre de sa vie affective se rompre. Angoisse profonde.

Voir l'écurie détruite par le feu annonce la fin d'un sentiment important dont on ne peut accepter l'issue fatale.

Y être poursuivi par un animal noir annonce un besoin de se détacher d'un amour destructeur.

Voir l'eau inonder l'écurie et noyer les animaux : rêve d'épouvante, on ne peut plus contrôler ses appréhensions devant le naufrage de sa vie. Besoin de réagir, de retrouver le contrôle du système nerveux.

EDELWEISS (pied-de-lion). Les fleurs nous identifient aux émotions de l'âme. Cette plante poussant sur les montagnes, devenue très rare, ne nous fait assimiler que les plus nobles sentiments, les plus ultimes idéaux.

ÉDIFICE. L'édifice représente ce que le rêveur a réussi à établir de stable dans sa vie affective, sociale. Il est l'ensemble d'un contexte de vie.

L'édifice, c'est l'histoire d'un vécu dont rien ne peut déranger la continuité dans la trame du destin. Chaque étage, chaque pièce signifie une facette de la vie. L'histoire qui se passe dans la maison indique le problème à résoudre.

Un gratte-ciel ou un riche édifice indique que l'on jouit d'une vie bien organisée et prospère ; se rapproche de la signification du palais. (Voir ce mot.)

Construire ou assister à la construction d'un édifice, c'est se bâtir une nouvelle base de vie personnelle, familiale ou sociale.

L'édifice qui s'effondre ou qui tombe en ruine annonce une période d'épreuves, aboutissant à la fin d'un genre de vie.

ÉDITEUR. *Le voir en rêve* place le rêveur dans un désir intense de refaire sa vie.

Le voir en rêve annonce un temps révolu, on doit affirmer sa vie dans une nouvelle structure.

L'éditeur est le symbole de l'amoureux (se) avec lequel (laquelle) on doit engager sa vie, comme dans un mariage.

Vu au féminin comme au masculin, l'éditeur nous oblige à redéfinir les bases d'une vie vers un engagement total.

ÉDREDON. On s'en sert quand on prend froid. Il signifie un besoin d'aimer, donc une insatisfaction sexuelle, un manque d'amour ou un refoulement.

EFFACER. Dénote un besoin d'oublier. Le passé étant la sagesse, l'expérience, il est toujours important de se nourrir de lui comme richesse pour le reste, autant en emporte le vent. L'oubli, le pardon c'est la libération vers la paix et le bonheur.

EFFEUILLER. Effeuiller une fleur signale la pensée tournée vers le romantisme.

Pour une femme, arracher pétale par pétale : passivité amoureuse.

Pour un homme : esprit froidement calculateur en amour.

EFFORT OU ACTIVITÉ PÉNIBLE. Les efforts dans les rêves récurrents signalent une période de retards, marquée d'épreuves qui font, avec le temps, développer de nouvelles forces. Les moments de la vie qui exigent beaucoup d'efforts signalent qu'on transite par une période initiatique. On pourrait parler d'épreuves ou de tests qui n'en finissent plus. La souffrance finit par opérer une métamorphose au sein de la personnalité. Après, des pouvoirs ou des talents s'ajustent à un état de vie de plus en plus intéressant, facilité par une plus grande maturité.

Si vous faites des rêves où les efforts sont pénibles, néanmoins, rassurez-vous ce n'est pas inutile, au contraire c'est précieux. Vous parviendrez tôt ou tard à une vie plus épanouissante, plus lumineuse et ainsi, vous aurez gagné en maturité. S'offrira à vous une percée vers la réalisation et le succès.

Par ailleurs et dans un tout autre ordre de perceptions, ce qui s'avère pénible dans le mouvement des membres du corps physique manifesté et caractérisé par la lenteur, la rigidité, les douleurs, parfois l'inertie peut définir un rêve de santé physique qui prévient d'un danger. Ce danger peut être vu sur d'autres personnes éprouvant les mêmes difficultés à se mouvoir mais concerne également la santé de celui qui rêve.

ÉGIDE (bouclier). Elle symbolise une arme de protection spirituelle.

La voir en rêve incite à placer sa confiance en la personne méritante et pure. Accepter le patronage de quelqu'un n'est-il pas endosser son idéologie, ses principes ?

ÉGLANTINE. Relation par qui vous vivrez un amour poétique, des sentiments tendres et une fièvre printanière.

ÉGLISE. La signification de l'église revêt les aspects les plus doux et les plus sombres à la fois. Dans les moments difficiles de la vie, on sent un besoin d'aller prier à l'église, et cela a la même signification dans les rêves.

Prier désigne un besoin d'être protégé. Mais l'église a aussi le même rôle que celui joué par la mère qui aime, étreint, protège et console.

Se retrouver à l'église heureux et serein. Cela indique qu'on se sent réchauffé par des contacts chaleureux et puissants, si des personnages sympathiques vous accompagnent.

C'est se retrouver au centre de nous-même, serein et rassuré de notre cheminement familial, amical ou social. C'est méditer sur notre instinct de vivre et de survivre afin de découvrir des grandes vérités intérieures dans la traversée de la vie. Cela prend dans ce cas le sens de barque, vaisseau, navire. (Voir ces mots.) On est au passage d'un état vers un autre. C'est aussi dans l'église que nous découvrons nos ennemis comme nos vrais amis.

Nous faisons tous partie de la même traversée et, dans ce sens, l'église rejoint le symbole de l'inconscient collectif.

Se sentir triste dans une église au milieu de la foule indique la confusion, le refoulement sur soi-même.

Prier à la messe signifie une période de tristesse, on a besoin d'aide.

Dormir dans une église annonce la guérison pour les malades et la fin des soucis pour les pauvres.

Se battre dans une église : présage de conflits conduisant vers un choix dans une priorité affective. Angoisse profonde. Il est bon de rencontrer des êtres affables et puissants. Cela annonce des appuis vers une montée.

Se réveiller dans une église : guérison d'une maladie.

Voir un service funèbre avec un catafalque indique la nécessité d'oublier un sentiment profond afin de revivre.

Voir une église en ruine ou détruite incite à se redéfinir une confiance dans la vie. On doit surtout compter sur soi-même.

Sortir d'une église : on renaît vers une vie plus mature.

Sortir par un vitrail : renouveau.

ÉGOUT. L'égout indique un besoin d'être plus sélectif dans ses relations, car certaines sont de réputation douteuse.

ÉGRATIGNURE. L'égratignure signifie une blessure à l'ego, les autres étant le reflet, le miroir de notre comportement. Peut-être que notre attitude est à réviser.

ÉGYPTE. Symbole de refus et de fuite.

D'après la Bible, c'est le pays des perversions, de l'idolâtrie en opposition à la terre promise.

Elle symbolise l'union des opposés entre la richesse d'une partie de ses terres et de l'infertilité de ses contrées désertiques.

Ainsi, *se retrouver en Égypte* nous situe intérieurement à vouloir vivre une motivation matérielle, et du danger de se sentir brisé par cette motivation, peut naître un grand désir de s'en éloigner et de vivre libre et détaché de la matière.

ÉLAN (animal). En rêver n'est nullement favorable aux bonnes relations.

Les cornes ou les bois exposent le rêveur aux intentions belliqueuses d'une personne. Ce qu'on aperçoit sur la tête explique ce qui se passe dans la pensée d'un associé ou ennemi éventuel. Cela vaut pour tous les cervidés qu'il s'agisse de l'orignal (élan du Canada), du lapon (d'Europe), du caribou (Amérique), du chevreuil, du cerf, du daim.

Il y a certaines nuances à apporter pour chaque type de cervidés en fonction du contexte et des coutumes. En Amérique, les rennes servent à tirer le traîneau du Père Noël ; l'animal prend un sens de joie et de bonheur dans ce contexte. Chez les Amérindiens américains, il y a des légendes propres à leur culture concernant l'élan.

Dans un autre ordre d'idées, en général la chair des cervidés bien cuisinée s'avère l'une des plus délicieuses à savourer. Symboliquement, en manger augure de satisfactions sensuelles et de plaisirs amoureux si on la déguste avec délices. C'est le contraire si elle est crue.

ÉLECTION. *Dans un rêve féminin*, assister à l'élection d'une personne connue de sexe opposé la renseigne sur un choix amoureux.

Pour tous, à moins d'être vraiment en politique, rêver d'être élu signifie que le sujet exposé dans le rêve concerne directement le rêveur et qu'il doit voir clair en lui pour agir efficacement.

Perdre une élection, c'est ne pas comprendre une facette de sa vie présente, car l'élu ne peut être votre lot en amour. Ce rêve oblige à s'analyser afin de changer une direction prise ou une façon d'agir.

ÉLÉMENT. Dans les rêves, ils situent nos états intérieurs en rapport avec nos réalisations, motivations et transformations.

L'élément feu nous identifie à l'esprit, à l'ardeur, à l'enthousiasme.

L'élément eau nous identifie à l'âme, à la sensibilité, à l'émotivité.

L'élément air nous identifie à la vigueur, au mental, à la vie intellectuelle.

L'élément terre nous identifie au corps, au réalisme palpable, au matériel et aux sens.

Pour les Chinois, il y a cinq éléments :

Pour eux, *la terre* est le point central et rejoint les 4 points cardinaux.

Le bois se relie au printemps, à l'est.

Le feu se relie à l'été, au sud.

Le métal à l'automne, à l'ouest.

L'eau se relie à l'hiver et au nord.

À travers les étapes de l'existence, les éléments nous indiquent le climat soit affectif, soit évolutif de montée ou de descente initiatique. Climat amoureux par la chaleur et l'été. La maturité est signalée par l'été et l'automne. La solitude, l'attente, la méditation, le repos par le froid et l'hiver.

Le renouveau s'allume par le feu et la fougue printanière. La vie mystique rejoint la vie du rêveur par l'eau. La découverte rationnelle et scientifique par l'air. La réalisation et la détermination, par la terre.

La volonté arrive à maturité par le métal avec lequel on a forgé la sérénité, tout ce qu'on a structuré par l'expérience, la sagesse. (Voir les mots qui s'y rattachent, *SAISONS, POINTS CARDINAUX.*)

ÉLÉPHANT. Symbole de prospérité et de réalisation.

Il est la représentation de l'animal qui peut combler tous les désirs et donner la paix, la pluie et l'abondance.

Sa vue incite l'homme à se développer, à tourner son esprit vers la connaissance, la piété et la pudeur.

En voir un seul annonce une chance inouïe, une relation influente.

Se promener à dos d'éléphant présage une ascension professionnelle et sociale remarquable.

Pour les femmes désireuses d'avoir des enfants, il annonce la fécondité.

L'éléphant noir ne promet que des succès se terminant dans l'épreuve et l'angoisse.

L'éléphant garantit une réalisation merveilleuse de tous ses espoirs, « plus sa couleur est pâle plus la chance est grande », à considérer d'après le nombre.

ÉLEVAGE D'ANIMAUX. Si le berger représente le maître spirituel, les animaux représentent les personnes humaines qui ont un développement spirituel moyen. L'élevage parle de la croissance de la vie intérieure, du dressage de nos réflexes et de nos émotions afin de parvenir au contrôle mental afin d'accéder à la véritable liberté. Les animaux représentent nos instincts profonds. Qui ne rêve pas de voir éclore un œuf, d'où sort un poussin, ou encore qui ne se voit pas à la tête d'un troupeau ou encore, s'il n'en est pas un, de rencontrer un berger ? Le pasteur, c'est le berger (guide intérieur) qui renseigne et oriente avec vigilance vers le sentier de la connaissance, de la maturité.

Dans la vie onirique, il est rare que nous soyons le dirigeant des animaux. On les voit parfois naître, on les surveille, les nourrit, les élève, les voit paître, les dompte parfois. L'élevage des animaux rejoint le dressage de nos élans en passant par la vie affective, professionnelle et spirituelle, puisque nos penchants déterminent notre comportement face aux intérêts vécus.

Bien diriger son troupeau c'est bien suivre son guide intérieur vers l'amour, la sociabilité, et par conséquent vers le succès, la réussite. Il est bien important d'analyser notre relation avec l'animal (instinct), car il nous représente, avec les autres en passant par notre façon d'être. (Voir les animaux concernés.)

ELFES. Divinités aériennes sortant de la terre, génies vibrant et dansant au rythme ensorcelé de la nuit, et qui semblaient offrir l'extase, l'émerveillement, mais contrairement, qui donnaient la mort.

Ils existent dans l'imaginaire des adolescents qui se laissent fasciner par les premiers éveils de la sexualité, et chez l'adulte qui refuse d'atteindre la maturité et la sagesse, en oubliant d'aimer avec détachement, pensant que l'amour sexuel doit demeurer stable, jamais rompu, reniant par incapacité les avenues imprévisibles de l'existence.

ÉLIXIR. Boire un élixir revient à dire que vous rejoignez les visiteurs qui vous appuient là-haut.

Symbolise ce qui devient réalité éternelle, ouverture supérieure.

Boire à ce breuvage immortel, c'est connaître l'excès du feu qui réchauffe et garde l'esprit éveillé à la sublime ascension, laquelle protège de la coupure des joies divines et éloigne des abîmes les plus profonds.

ELLÉBORE. Cette plante qui fleurit en hiver vous oblige à reconnaître que le sentiment qu'on vous prête ne prendra jamais fin, même dans l'éternité. Autrefois, on disait qu'il avait le pouvoir de guérir de la folie, si telle est votre croyance, il en sera ainsi si vous y rêvez.

EMBALLER (un paquet). Une surprise vous attend bientôt.

EMBARQUEMENT. Nouvelles orientations de vos affaires. (Voir *BATEAU, CAMION*.)

EMBOURBER. La direction prise n'est pas la bonne, essayez d'être plus conscient de vos choix, afin de vous sortir d'un état intérieur confus et dépressif. Si vous parvenez à sortir du bourbier, vous comprendrez le pourquoi de vos erreurs en recevant un appui.

EMBRASSER. *Embrasser une personne connue* représente une bonne entente avec cette personne.

Embrasser une personne de sexe opposé annonce un moment d'allégresse, de joie pour bientôt.

Échanger des baisers avec des enfants est un signe de tendresse et de joies intérieures.

Embrasser des personnes étrangères ou ennemies, c'est faire un effort pour se réconcilier avec quelqu'un.

Embrasser un mort annonce sa propre mort si on est malade; si on est en santé, c'est un signe de maladie.

Être embrassé et enlacé simultanément annonce une trahison, surtout si on est embrassé sur la joue.

Être embrassé sur le front est une manifestation de tendresse et de respect.

EMBRAYAGE. Enfin, une option est prise; on est déterminé à agir.

Embrayer (en parlant de son auto), c'est être décidé à passer à l'action, c'est avancer dans la vie.

EMBRYON. Peut avoir plusieurs significations.

Il peut s'adresser au développement de la personnalité.

Représente tout ce qui est en train de naître dans la vie intérieure vers une nouvelle conscience d'être ou encore tout ce qui nous tient à cœur vers une réalisation amoureuse, professionnelle ou religieuse. (Voir *BÉBÉ*.)

ÉMERAUDE. Elle est un porte-bonheur qui annonce la réussite de tous les espoirs. (Voir *PIERRE PRÉCIEUSE*.)

ÉMISSION (de radio ou de télévision). Elle donne le ton de votre situation amoureuse actuelle. (Voir *RADIO, TÉLÉVISION*.)

EMMÉNAGEMENT. (Voir *DÉMÉNAGEMENT*.)

EMPEREUR (l'). 4e arcane majeur du Tarot. Il représente la domination par la suprématie de la connaissance et de l'intelligence dans les réalisations concrètes et matérielles. Son apparition en rêve incite à connaître sa force à équilibrer ses tendances contraires, à développer sa volonté afin d'acquérir un contrôle sur soi-même et sur les autres. Il oblige à développer son autorité par le savoir afin d'étendre sa puissance et gouverner. Il donne le pouvoir. Mais s'il devient despote, il aura un choc en retour, en subissant l'influence des faibles.

EMPLOYÉ. Il est normal qu'un patron rêve parfois à ses employés. Il peut mieux saisir sa relation avec eux, mais la signification de l'employé a aussi un sens surnaturel. Le corps est le serviteur de l'âme, l'employé de service symbolise l'évolution de la traversée terrestre. Il subit les ordres de la raison qui lui demande de contrôler ses instincts, d'élever ses aspirations et décisions à travers les pérégrinations de l'existence. Est-il bon serviteur ? Agit-il honnêtement ? Existe-t-il une complicité avec le rêveur ? Si oui, l'harmonie et la paix se conjuguent vers une montée et un développement de l'être. L'individu ne se joue pas une comédie, il est lucide et idéaliste, l'âme vibre en équilibre avec l'esprit.

EMPOISONNER. Rêver de s'empoisonner pousse le rêveur à comprendre le pourquoi de sa dépression morale afin de réagir.

Empoisonner quelqu'un d'inconnu : votre manière de penser vous détruit, essayez de comprendre que tout pouvoir vient de la concentration de la pensée et de l'imagination ajustée à un contrôle émotif.

S'empoisonner c'est se nourrir de pensées négatives, d'intérêts destructeurs.

En rêver incite celui qui dort à comprendre le pourquoi de sa dépression morale afin de réagir.

De même, *empoisonner quelqu'un d'inconnu* : votre manière de penser vous détruit.

Empoisonner quelqu'un de connu : vous vous détruisez par votre mauvaise foi.

ENCEINTE. Les femmes rêvent souvent d'être enceintes ; même les hommes rêvent parfois qu'ils portent un enfant.

C'est le germe d'une nouvelle voie intérieure débouchant sur un objectif concret ou des aspirations nouvelles. (Voir *BÉBÉ*.)

ENCEINTE (lieu). C'est avant tout la clôture protégeant la vie intérieure. Lieu infranchissable où se place tout ce qui est objets précieux (sentiments) ou outillage (mécanisme de la pensée, vertus), ou encore l'enceinte est un lieu interdit, comme l'enceinte d'un tribunal. Dans un rêve, elle parle d'un état intérieur qui porte à vouloir vivre dans une consécration totale à ses croyances.

Se trouver à l'intérieur d'une enceinte et sentir qu'on ne doit pas y être, c'est dérober à quelqu'un ses droits, c'est manquer de respect, c'est être trop envahissant, souvent par manque d'affinités.

S'y trouver et se sentir profondément recueilli, c'est retrouver le centre de sa vie et vibrer spirituellement à un état de croissance en plaçant des barrières pour ceux qui veulent y pénétrer. L'enceinte, c'est l'endroit réservé. Chacun a obligatoirement ses secrets, parce que beaucoup ne peuvent les comprendre et jugent trop facilement.

ENCHÈRE. Assister à la vente aux enchères annonce une période difficile matériellement mais plus encore au plan psychologique. On attend, on espère.

Votre crédit personnel est nettement insuffisant.

Acheter aux enchères : opportunités à saisir qui sont déterminées par le symbolisme de l'objet acheté. (Voir *ACHAT*.)

ENCHEVÊTREMENT. Voir un enlacement de branches, de lierres ou de serpents exprime un état intérieur d'incapacité à se sortir des broussailles, à se défaire des problèmes élémentaires de l'enfance.

C'est le contraire des rêves d'envol ou de démarrage qui annoncent une libération.

ENCENS. Symbole de purification, de défense, de protection.

Encenser : on sent un besoin de se protéger des vibrations négatives, ou encore on désire nettoyer ses pensées par la méditation, le détachement du matériel, afin de composer avec les forces lumineuses.

ENCLOS. Chacun possède un lieu sacré dans lequel il est seul à posséder le pouvoir d'y accéder ou d'accepter ce qui semble convenir comme nourriture pour sa vie intérieure.

L'enclos c'est un univers personnel, peuplé de nos instincts, de nos croyances, de notre compréhension, de nos connaissances, et motivations.

C'est notre véritable pays, où nous avons le privilège certain de gouverner.

C'est à partir de lui qu'on peut visionner le monde, réfugié dans une forteresse.

Être dans un enclos : on se sent engagé dans un sentiment, une croyance, une motivation.

ENCLUME. L'enclume, c'est le pouvoir que possède la pensée d'être déterminée et persévérante en attendant un certain résultat quand des événements déclencheurs seconderont l'affirmation de la volonté. Obstination.

Selon l'expression populaire, *se retrouver « entre l'enclume et le marteau »*, c'est être disposé malgré soi à être une victime parce qu'on se situe entre deux idéologies.

ENCOMBREMENT. Trop d'intérêts sont en cause et sèment la confusion. Laissez-vous un peu de répit afin de mettre de l'ordre dans vos pensées.

Vous aurez le temps d'avoir un éclair de génie avant de prendre une décision et de remettre de l'ordre dans le chaos de vos aspirations.

ENCRE. L'encre représente la couleur de vos vibrations, de vos états d'âme.

L'encre rouge ou pourpre évoque des blessures physiques et affectives.

Bleue : elle met l'accent sur le contrôle émotif.

Noire : elle annonce une neutralité, voire un renoncement.

Avez-vous oublié d'exprimer vos émotions ou vos appréciations ? La vue de l'encre implique une nécessité d'écrire dans les circonstances actuelles.

ENFANT. Il est l'affirmation de soi, de notre fierté, de nos aspirations, de notre cheminement intérieur, de notre dépassement.

Un garçon nous laisse présager toujours une réussite, des gains d'argent et une combativité. Il symbolise ce qui doit se réaliser. Il est une identification solaire, diurne, bref tout ce qui est prêt et mûr à être réalisé, c'est pourquoi la mort d'un garçon signifie un échec.

Une fille se rattache à la vie nocturne, à la lune, à ce qui germe, se développe, s'éveille, c'est la conception d'un but à atteindre. La fille, c'est l'éveil d'un projet, d'un état intérieur. C'est tout ce qui doit croître et arriver à maturité ; c'est pourquoi la fille peut annoncer des problèmes financiers ou l'insuccès d'un projet. Elle représente le passif. C'est pourquoi sa mort en rêve peut présager la fin d'une situation déprimante. Sa mort annonce la fin de la passivité, un passage vers l'action, vers une réalisation concrète d'un projet.

Être responsable d'enfants ne nous appartenant pas annonce de multiples soucis. L'attitude des enfants du rêve, c'est le tourbillonnement de nos espoirs et motivations à travers des intérêts matériels ou spirituels.

Égarer un enfant, c'est oublier de nourrir une idée, c'est manquer de suite dans ses idées.

Voir danser un enfant connu annonce un danger pour la santé de cet enfant s'il a le même âge dans le rêve et dans la vie.

Voir un enfant sans cheveux ou avec une longue barbe est un signe de maladie pour cet enfant.

Des fillettes qui nourrissent un bébé sont un signe de fatalité.

Voir des enfants qui parlent, qui s'expriment bien et qui semblent heureux est un signe de bonheur et de chance dans les occupations composant la trame de l'existence.

ENFER. L'enfer désigne un état d'âme, provenant d'un vécu incompatible avec la sérénité, à cause de son propre comportement ou de celui d'autres personnes.

L'enfer oblige l'individu à réaliser qu'il ne s'est pas encore libéré d'un climat de perversion première, entouré ou habité encore par de vieux monstres contre lesquels il doit lutter.

C'est pourquoi *se retrouver aux enfers* annonce des combats indéniables, des angoisses à surmonter, des dangers imminents à surpasser. Rêve dépressif s'il en est un où nous devons affronter des êtres repoussants, immondes et tragiquement puissants.

Sortir de l'enfer, c'est avoir compris ce qui cloche dans un problème actuel, autant sur le plan des faits, des individus, que de la conscience et c'est se libérer en se séparant des causes. (Voir *DRAGON, TRÉSOR*.)

ENFERMER. *Être enfermé* : on essaiera de vous posséder démesurément. C'est la marque d'affection venant d'une personne égoïste.

Enfermer quelqu'un : vous êtes trop possessif en amour. Essayez d'être plus sincère. Votre arrogance pourrait vous jouer de vilains tours.

ENFLURE. Fatigue, nécessité de se reposer et de voir plus clair dans sa vie.

ENGRAISSER. Se voir engraisser ou être plus gras qu'on ne l'est en réalité, annonce une amélioration de son état de vie, soit sentimental ou financier.

ENGRENAGE. Signification double : il y a les bons et les mauvais engrenages.

Les mauvais engrenages signifient qu'on se laisse trop facilement entraîner, qu'on subit un entourage ou une situation qui crée la déchéance.

Pris dans un sens positif, les engrenages sont l'équivalent de bonnes relations : ils signifient chance et avancement.

ENLACER. En rêve, les personnes qui nous enlacent sont, dans la réalité, hypocrites et de mauvaise foi.

Si c'est un amant ou une maîtresse, il est certain que son attitude est trompeuse.

ENLÈVEMENT. L'enlèvement symbolise la séduction, la conquête par la puissance magnétique.

Le réussir annonce du succès dans un sentiment partagé.

Ne pas l'entreprendre : on manque de confiance.

Manquer l'enlèvement : rupture et échec.

ENLISER. Se retrouver enlisé dans la boue ou dans l'eau ou autre matière n'est pas épanouissant. Ce rêve représente une situation sans issue, on ne sait comment tenir le coup face à un problème actuel. On perd pied dans les dédales d'une relation problématique.

Voir un inconnu de l'autre sexe s'enliser vous renseigne sur la fatigue et la lutte d'un proche.

Voir un inconnu du même sexe s'enliser vous concerne personnellement.

ENNEMIS. Rêver d'ennemis passés ou présents oblige à se rendre à une évidence, à voir de façon réaliste ses véritables contacts. Il est bon de vaincre ses ennemis, cela annonce sa réussite sur des rivaux éventuels.

Se voir vaincu annonce des situations difficiles.

Se réconcilier avec un ennemi vous signale que vous avez tout intérêt, étant donné les circonstances, à enterrer un différend.

ENSEIGNEMENT. Le sujet enseigné indique ce qu'on doit comprendre pour continuer à vivre efficacement, car enseigner c'est apprendre. (Voir *CLASSE, ÉCOLE.*)

ENSEMENCER. Vous provoquerez, à court terme, des sentiments partagés, des succès intéressants.

ENSEVELISSEMENT. *Vous voir enseveli dans un linceul* augure d'un changement radical de votre façon de vivre.

Il est nécessaire après ce rêve de penser à une nouvelle organisation de vos affaires en général.

Rêve malgré tout fort prometteur de succès, à condition que vous acceptiez un certain virage dans votre existence après vous être détaché du vécu actuel.

EN-SOF (ou Aïn Soph). Mot employé fréquemment dans la Kabale pour signifier le dieu caché, en désignant l'Infini, l'Absolu. (Voir *CIEL, DIEU.*)

ENTERREMENT. Il signifie toujours la fin d'un mode de vie et de penser.

Ne pas voir ce qu'on enterre annonce une union sentimentale avec une personne libre.

Enterrer un ami, c'est renoncer à son affection ou encore, c'est se défaire de ce qu'il représente symboliquement, soit ses entreprises, son état de vie, ou son action. Bref, ce qu'on projette sur lui.

Voir son propre enterrement annonce une vie nouvelle, de nouveaux succès.

ENTONNOIR. Dépenses constantes, souvent inutiles.

L'argent coule trop facilement entre vos mains. Nécessité de réagir.

Nécessité de faire une liste des priorités afin d'économiser.

ENTORSE. Les passions malheureuses se voient par des souffrances sur le corps.

Ce rêve parle d'un état de conscience, d'un malaise psychique.

Votre esprit, par trop timoré, vit un sentiment de culpabilité.

ENTRACTE. Un moment à choisir pour continuer ou non la trame d'un sentiment, d'un état de vie. Il annonce un moment de répit dans une besogne, une séparation passagère sur le plan sentimental, un calme momentané dans une évolution.

ENTRAILLES. Les entrailles représentent nos richesses, nos crédits professionnels, notre épanouissement, notre vie affective.

Voir son corps ouvert et contempler ses entrailles indique un sentiment de plénitude et de satisfaction au point de vue performance et aisance.

Voir son corps ouvert, ne pas pouvoir trouver ses entrailles et s'apercevoir qu'elles sont disparues annonce une perte très importante de biens, de privilèges.

Voir quelqu'un d'autre observer nos entrailles signifie qu'on nous envie et qu'on nous cherche noise.

Subir une opération à l'abdomen : on vous extorquera des biens.

ENTRELACS. Un idéal de perfection vous est promis à la vue des entrelacs et le succès s'y greffera, à coup sûr. Les entrelacs représentent à travers les arts décoratifs et les œuvres d'ornements, un symbole de poussée évolutive d'une mystérieuse énergie, à travers les vents ou ondées, conduisant à l'inspiration et à l'émerveillement.

L'âme, vivant des luttes et des pérégrinations dans son existence, compose déjà en interaction au rythme des vibrations cosmiques, dans le flux et le reflux de toute forme créatrice.

Évolution harmonieuse où l'homme vit une montée constante, rejoint par le biais de la grâce les étapes de développement de l'âme jusqu'à la perfection divine.

ENTREPÔT. Il représente la vie affective, les passions, les réserves de la vie sentimentale. Son apparition revient constamment dans les rêves sexuels.

Vide : il annonce la solitude, un sentiment non partagé.

Plein : on peut se stabiliser, la joie et l'amour sont promis au rêveur.

L'entrepôt c'est une capacité de conserver son potentiel sacré, dans la réalisation de soi.

ENVELOPPE. *En tenir une dans vos mains* : on pense à vous. L'enveloppe signifie qu'on capte la pensée de quelqu'un et que bientôt on recevra de ses nouvelles.

ENVIER QUELQU'UN. Succès pour la personne enviée. Parfois la chance vous concerne directement si cette personne est du même sexe que vous.

ÉPAULES. Elles sont symboliquement le pouvoir de réalisation par la force et la résistance physique.

Grosses et belles : nous informe que notre courage et notre détermination débouchent sur d'enviables situations.

Petites, blessées : elles annoncent le contraire et présagent la maladie d'êtres chers, la venue d'épreuves marquantes qui détruisent les forces nerveuses et combatives.

ÉPAVE. Elle représente ce qui reste en vous, comme un souvenir après une séparation ou un décès.

ÉPÉE. Symbole de puissance, elle rejoint en même temps les aspects positif et négatif de tout ce qui est militaire et guerrier.

Elle a un sens négatif et destructeur parce qu'elle représente une agressivité injustifiée mais elle possède un sens positif et défenseur en ce qui concerne la justice et l'idéal.

Sa lame scintillante éclaire comme un soleil. Elle nous fait rejoindre le sacré. Elle retranche l'obscurité de la lumière. Dans ce sens, elle exprime le combat de l'initié pour atteindre la lumière totale, c'est-à-dire la Connaissance.

C'est donc une arme à conquérir, elle représente une force volontaire en vivant sa propre guerre sainte.

Ainsi, elle peut apparaître *double et placée en forme de croix, les pointes vers le bas* : elle signifie alors le sacrifice accepté.

Se voir une épée dans les reins : il faut s'attendre à se faire presser, harceler.

Voir une épée suspendue au-dessus de la tête : un danger peut nous surprendre à n'importe quel moment.

Jeter un coup d'épée dans l'eau : vos efforts ne porteront nulle part.

La façon dont elle est placée a aussi un langage symbolique.

La voir placée la pointe vers le haut : victoire.

La voir placée la pointe vers le bas : défaite.

La tenir en main : vous avez tous les atouts de votre côté.

Si elle est brisée : défaite évidente.

ÉPERON. Essayez d'être plus vigilant, les circonstances actuelles vous le recommandent.

ÉPERVIER. Symbole solaire puissant. Il représente le pouvoir, l'autorité, le patron rusé et rapace. On l'identifie à l'ennemi qu'on doit surveiller. Sa présence dans le rêve présage des ruptures sentimentales ou des pertes d'argent.

ÉPI. L'épi est le symbole du pouvoir surnaturel qui vient du ciel pour fertiliser la terre.

Sa croissance, avant d'atteindre la maturité, est identique au progrès de la personnalité humaine. C'est-à-dire que le germe de vie est identique à la graine qui doit mourir pour renaître et dans ce sens est synonyme de mutation psychique dans l'évolution des êtres pensants. Il est donc le symbole de l'abondance maternelle et de la richesse fertilisante de l'âme.

Voir des épis verts est une promesse de réussite.

Mûrs et lourds : nos efforts seront récompensés.

Pauvres et maigres : c'est une période d'attente, de stagnation, on est déçu des résultats.

L'épi de maïs a aussi une signification sexuelle par sa forme et son rôle de collaboration céleste, qui consiste à germer et à produire les grains.

L'épi de blé parle toujours de richesse et d'abondance. Il est possible que l'épi soit une promesse de montée ou de prospérité.

ÉPICE. Il ne tient qu'à vous d'organiser votre vie afin de ne pas vous ennuyer, d'y mettre l'assaisonnement voulu.

ÉPICIER. C'est l'imaginaire qui s'invente un personnage afin d'aller chercher un approvisionnement affectif.

L'épicier du rêve est le distributeur d'amour. Il est l'homme dans la vie d'une femme.

Il peut aussi apparaître *dans un rêve masculin* : il devient une facette de sa personnalité qui se permet de vivre ou non un sentiment ou un amour. Peut-on acheter ce qu'on désire ? A-t-on l'argent pour payer ? (Voir *ARGENT, ACHAT*.)

ÉPINE. On vit en ce moment une période d'adversité, d'incompréhension.

Se piquer à une épine : difficulté financière, inquiétudes.

Les arracher annonce une délivrance de ses soucis et souffrances.

ÉPINGLE. Pour les Occidentaux, l'épingle est source de rupture et de conflit, elle rejoint le symbolisme de l'épine.

L'épingle à cheveux a une autre signification : elle est synonyme de beauté et d'élégance, voire de séduction.

Selon l'expression populaire : « *tirer son épingle du jeu* », c'est être débrouillard en affaires.

Virage en épingle à cheveux : détour très restreint d'un chemin, d'une route, annonçant un événement où toute habileté volontaire est obligatoire pour une nouvelle orientation.

Monter en épingle : donner beaucoup d'importance à quelqu'un ou à un événement.

Donner un coup d'épingle : ne pas se gêner pour être méchant, etc.

ÉPITAPHE. On oubliera ses préoccupations actuelles pour un changement en mieux, en tenant compte des expériences passées.

ÉPONA. Chez les Grecs, déesse protectrice des chevaux et des écuries.

Elle distribue l'abondance.

La voir apparaître en rêve promet l'amour et la richesse. Mais nous invite au contrôle émotif et incite à la bonté, à la prodigalité.

ÉPONGE. On essaiera de dépasser les peines et les malentendus.

ÉPONGER. Ce rêve représente l'effort surhumain que l'on fait pour calmer ses émotions en essayant de comprendre les autres.

ÉPOUVANTAIL. Essayez de ne pas avoir peur de tout et de rien, car vos peurs sont mal fondées.

ÉQUERRE. Symbole de mesure d'égalité de l'espace.

L'équerre appartient au dessinateur comme au charpentier. Dans les rêves, elle annonce des désirs qui devraient se concrétiser bientôt si des formes géométriques parfaites se dessinent comme le cercle, le triangle, le carré. (Voir ces mots.)

ÉROTISME. Source de feu. Oui, l'érotisme demeure la plus grande source de feu à transmuter en flamme mystique, divine.

Toute euphorie, tout enivrement, tout flamboiement, toute excitation sensuelle, sexuelle, traduit dans la vie onirique un émerveillement de l'âme.

Les fonctions du corps se transforment en rêve en exercice ou en mouvement de l'âme.

L'érotisme physique devient enchantement de l'émotivité, de la spiritualité. L'éblouissement d'un sentiment, d'une passion amoureuse passe en rêve par l'orgasme physique.

Rêver de ne pouvoir atteindre l'orgasme, de ne pouvoir éjaculer traduit des émotions névrotiques. Le feu de l'âme ne s'allume plus ou pas suffisamment.

Le feu crée la vie, le feu soude, le feu fusionne deux sentiments ou encore des attachements amicaux, amoureux, ou surnaturels.

L'érotisme rejoint la conception philosophique quelque peu différente selon les pays et les mœurs.

Dans la Bible, l'exemple de l'union mystique nous est donné par Yahvé exerçant un mariage religieux avec le peuple d'Israël (les Justes). C'est l'exemple du feu supérieur, reliant l'univers divin à l'âme humaine.

En Inde, l'homme s'unit en principe en pure image de l'esprit qui rejoint sa complémentarité. Conscient de sa forme, hermaphrodite de l'âge préhistorique, unissant ses opposés, union du soleil et de la lune, en tant que substance universelle, le yogi rejoint et unifie, harmonise ces différences en son centre intérieur. Exemple du feu, accomplissant un mariage intérieur des pôles négatifs, positifs.

En Égypte, on exprime ouvertement par des œuvres d'art les manifestations du feu divin, lequel vivifie l'homme en passant par les sens dans les aspects exprimant les plus hautes émotions dans la noblesse sacrée de l'étreinte comme les plus bas instincts dans les obscénités des ébats libertins. Exemple de deux cheminements sexuels, évolutifs ou régressifs. L'érotisme sert à faire circuler les énergies. C'est la force la plus puissante dans l'homme.

De quelle façon l'utilise-t-on ? Le profane-t-on ?

Il est donc important de savoir composer avec ce feu, pôle d'attraction à la vie. Comment le dirige-t-on ?

À quelle force s'allie-t-on dans l'astral ?

Entre quelles mains le transfère-t-on dans l'orgasme ? Cela dépend comment on vit l'amour.

Sait-on respecter l'évolution de l'autre ?

Dans quelle intention aime-t-on ?

Mal vécu, le feu retourne aux forces obscures. Bien vécu, le feu retourne aux forces lumineuses, forces auxquelles nous nous associons.

Dans le rêve, se voir faire l'amour avec une personne du même sexe, c'est dépasser une dualité intérieure. C'est trouver la force d'accepter l'inacceptable. C'est retrouver l'harmonie à travers les opposés.

Faire l'amour avec une personne du sexe opposé : désir d'union. Les participants qui arrivent à vivre l'orgasme tombent passionnément amoureux.

Ne pas avoir d'orgasme en faisant l'amour avec quelqu'un, c'est ne pas pouvoir l'aimer.

Si dans vos rêves vous n'avez pas d'orgasme, il est important de vous ressourcer par une alimentation plus naturelle, par la connaissance spirituelle, par une vie intérieure plus intime, afin de rallumer le feu, le dynamisme personnel.

On protège le feu en ne le distribuant pas à la prostitution morale, par la comédie de l'amour faux, égoïste, pervers, intéressé. (Voir *ENFANT*.)

ÉRINYES. Symbole de la conscience.

Démons empruntant la forme des chiens et des serpents noirs. Elles sont les instruments de la vengeance divine, en jetant l'angoisse dans l'âme humaine en conséquence de ses égarements. Elles symbolisent nos remords devant une erreur de comportement jugé incompréhensible. Ce rêve doit nous exhorter à poser des actes de charité afin de retrouver la paix intérieure.

ESCALIER. L'escalier prend toute la signification de la montée et de la descente. C'est employer toutes ses énergies vers ses ambitions.

Monter, c'est faire un effort, c'est changer de niveau, c'est améliorer un climat affectif ou spirituel.

Ce qui est au haut de l'escalier permet une conclusion heureuse ou malheureuse d'un but à atteindre, d'une recherche en cours.

C'est au haut de l'escalier qu'une résultante débouche sur un autre combat, une autre réalisation, un degré de connaissance supérieur, un état plus heureux, plus conscient.

L'escalier a le sens de passage entre deux états de vie.

Décide-t-on de monter ou non ? Comment monte-t-on ? Aisément, la transition est donc agréable et facile.

Dans quel état est l'escalier ? Solide, les voies intérieures sont capables d'assumer ce changement vers le développement du moi, de la conscience.

Si vous tombez en montant : un comportement maladroit ne permet pas cette libération qu'elle offre.

Monter un escalier en spirale : on comprend mieux l'amour divin.

Descendre, c'est retourner à ses capacités premières, c'est rebondir à l'intérieur de soi, vers ses instincts et son inconscient. C'est renoncer à une motivation nouvelle, à un sentiment ou une évolution. C'est l'évidence d'une incapacité à se dépasser dans une libération.

ESCARGOT. Par sa forme creuse, il représente la femme et la fécondité.

À cause d'un symbolisme se rapprochant du temps, il nous incite à ne pas prendre de décisions trop rapidement ou à ne pas dépasser les étapes. Il y a un temps pour chaque chose.

Il faut attendre le moment de la lumière et patienter jusqu'au moment où la noirceur s'estompera.

Si l'escargot rentre ses cornes : attente, crainte, méditation.

S'il sort ses cornes : naissance ou résultante de tout ce qui a été pensé ou préparé.

ESCLAVE. En général, il annonce un changement de position.

Se voir exposé et mis en vente comme un objet est un signe d'oppression; il faut prévoir des pertes de privilèges, ou encore des pertes financières pour les bien nantis. (Voir *DETTES*.)

Être esclave en rêve oblige à s'analyser pour savoir ce qui coupe notre liberté. C'est par Cham, fils de Noé, que notre esclavage symbolique a commencé. L'esclavage est un héritage de notre manque d'idéal, de foi, mais surtout de notre mauvaise volonté. (Voir *NOÉ*.)

ESCRIME. Paroles agressives et désobligeantes échangées, qui pourraient aboutir à des percées lumineuses de réconciliation ou le contraire.

ESPION. Tromperie ou déloyauté dans votre entourage. Agissez avec beaucoup de circonspection.

ESPRIT. Pendant le sommeil, nous recevons des visiteurs et très souvent ce sont nos guides. Il est important de savoir comprendre leur message. (Voir *ÂME, APPARITIONS*.)

Entre deux mondes, visible et invisible, existe un lien et c'est le langage symbolique.

Ce monde invisible ne se montre qu'en partie, y laissant toujours une dimension voilée, parfois un cercle, une couleur, un œil, une fleur, des monstres mythologiques, le soleil, la lune, des mots, une phrase, un vent, une colombe; ils sont parfois figure géométrique, image, sons, musique, paroles, astres, ces messages clairs ou énigmatiques qui passent par les esprits, nos guides.

EST. (Voir *POINTS CARDINAUX.*)

ESTRADE. Monter sur une estrade dénote un goût d'être mis en valeur, d'être à la vue de tous, d'être adoré. Et vous le serez bientôt, si le cliché du rêve le permet.

ÉTAGES. *Ce qui a lieu aux étages supérieurs* a trait à des ébauches de projet, de pensées, à un état émotif, à ce qu'on peut penser intérieurement à propos d'un fait véritable.

Ce qui se passe au rez-de-chaussée indique ce qui doit se réaliser dans les faits.

ÉTAI. Il prévient le rêveur d'un besoin de support et il le recevra éventuellement.

ÉTAYER. Vous réussirez à vous renforcer vous-même, car vous possédez vos propres assises.

ÉTAIN. Par la planète qui le représente, Jupiter, il signifie la chance, l'abondance. Son influence provoque une habileté à concilier une disposition innée et les expériences acquises de façon à atteindre le succès.

ÉTALAGE. *Ce qui est en vue sur les tablettes* symbolise ce que la vie vous offre.

Encore là, elle oblige à faire un choix. Peut-on choisir ce qu'on aime ou désire ? A-t-on l'argent pour payer ?

Faire du vol à l'étalage signifie un manque d'intégrité morale ; on se place dans une attitude contraire au bonheur, à la réciprocité. (Voir *ARGENT, ACHAT.*)

ÉTANG. L'eau touche toujours le domaine des liens affectifs : époux, épouse, amant, maîtresse, enfants, parents.

Voir un étang représente des sentiments cachés, suspects, doublés d'un état d'impuissance. Surveillez davantage vos réactions.

Ce qui émerge de l'étang est ce qui se concrétisera dans votre vie actuelle. (Voir *LAC, MARAIS.*)

ÉTEIGNOIR. Invitation à devenir plus dynamique, car on manque d'enthousiasme pour le moment.

ÉTEINDRE. Éteindre un feu destructeur qui brûle une maison ou tout autre bien, c'est penser rationnellement afin d'éviter des pertes affectives et de l'usure d'énergie.

ÉTENDARD. L'étendard relie trois facettes d'expression générale : il symbolise le pouvoir du chef, sa représentation et ses qualités et vertus, son ralliement à un groupe, à une nation. Bannières, drapeaux, totems se rapprochent en connotation, afin de susciter l'inspiration dans toute lutte vers une victoire matérielle ou spirituelle.

L'étendard vous expose une identification personnelle dans le combat de la vie, un idéal à affirmer la raison dynamique de ses luttes.

ÉTOILE. Les étoiles apparaissent dans la voûte céleste semblables à des petits soleils déterminés, fixes, combattant contre l'obscurité. Elles annoncent l'amour, la protection, le bonheur. Elles offrent une percée lumineuse dans l'inconscient humain. Ce sont des esprits lumineux qui nous guident et nous défendent, étant des puissances rattachées et soumises aux ordres de Dieu.

Anges de lumière, elles nous préparent à devenir des étoiles à notre tour.

L'étoile à 5 branches, appelée étoile de David, est une manifestation directe de la lumière divine, du gouvernement central de l'univers auquel l'âme mystique s'identifie. Cette étoile se nourrit de rayons de joie et de connaissance.

L'étoile à 6 branches, ou sceau de Salomon, symbolise l'union de l'esprit et de la matière, de l'interaction de l'élan et de la matière. Équilibre à établir par le sentiment entre les forces humaines et divines. Elle donne la protection céleste.

L'étoile à 7 branches a la résonance du son harmonieux de la musique, des sept couleurs du spectre solaire, nous reliant à la Source de vie, à l'énergie cosmique. Équivaut à l'arc-en-ciel.

L'étoile a une signification presque générale de clarté, de chance, d'évolution, d'avancement, sauf chez les Mexicains.

L'étoile du matin est dangereuse car elle peut déclencher des maladies.

Au Pérou, les étoiles sont les yeux des âmes justes qui viennent visiter les Terriens. *Chez les Incas*, les étoiles les représentent au ciel, c'était leur double qui composait à leur prospérité et leur abondance.

L'étoile de Bethléem symbolise une ouverture d'esprit envers l'astrologie.

Sur un plan plus prosaïque, les étoiles favorisent la réalisation de projets cachés, d'opérations secrètes.

Les voir disparaître du ciel est un signe de mortalité dans la famille.

Voir des étoiles filantes peut annoncer une perte de biens ou l'impopularité, selon le contexte du rêve.

Voir briller les étoiles par un toit annonce un danger par le feu d'après les Anciens.

Leur apparition est autant de protections venant de la Toute-Puissance, réservées à l'âme qui lutte pour vaincre les ténèbres. Les initiés en voient constamment. Les étoiles obéissent aux volontés de Dieu.

Voir un ciel étoilé promet les plus hautes interventions du Gouvernement de la lumière et présage le succès à tous les niveaux.

ÉTOILE POLAIRE (l'). Point fixe et central du firmament autour duquel se définit l'organisation de la position des étoiles. Elle sert de point de repère aux voyageurs dans les déserts, aux navigateurs sur les eaux et dans les airs, aux nomades. Toute vie ici-bas possède son étoile polaire, son centre d'où tout émane, autour duquel tout s'organise, se distribue. Toute attraction majeure d'une vie devient notre étoile polaire, c'est-à-dire notre centre de vie.

C'est le mari pour une épouse en comparaison, l'étoile filante serait l'épouse qui aurait abandonné ses parents.

Mais au fond de vous, je vous laisse chercher votre propre étoile polaire. C'est-à-dire, votre priorité vitale et dynamique. Êtes-vous né sous une bonne étoile ?

Voici les étoiles royales qui, selon l'astrologie sidérale, marquent fortement la destinée et projettent l'individu dans une influence bénéfique.

Aldébaran, dans la constellation du Gémeaux à 8 degrés promet la gloire par la violence, les honneurs publics par le courage, la combativité et la vie militaire.

Régulus dans la constellation du Lion à 28 degrés. Gloire due à la volonté martienne, octroie des honneurs militaires et la richesse.

Fomalhaut, constellation du Poissons à 2 degrés. Haute renommée par la chance. Fortune.

Sirius dans la constellation du Cancer à 13 degrés. On ne lui donne pas toujours son rôle royal, mais étant la plus brillante étoile du firmament, elle illumine l'esprit du juste. Marque un danger par les armes.

Spica ou l'Épi dans la constellation de la Balance à 22 degrés. Célébrité par les arts ou les sciences, discerne des notoriétés publiques intarissables et la richesse.

Mais il existe une étoile maléfique, c'est *Antarès* dans la constellation du Sagittaire à 8 degrés. Réussite par l'enthousiasme dans l'action, la témérité, menace de mort violente, étoile néfaste par l'imprudence qu'elle suscite dans la bravoure.

ÉTOILE (l'). 17e arcane du Tarot. Son emblème est l'étoile à 8 branches, son influence donne l'éternelle jeunesse, l'amour indestructible et l'espérance. Elle symbolise la création en voie de réalisation à l'intérieur de l'homme qui prend conscience d'une naissance mystique en mutation, d'une formation initiatique. On regarde enfin le ciel pour la première fois, on s'éveille aux mystères. On relie la nuit au jour par la phase du réveil. On ouvre enfin les yeux à la lumière cosmique dans une fière affirmation de soi. Créativité, inspiration.

Correspond au signe du Lion.

ÉTOURNEAU. Sa vue indique qu'on se perdra dans les dédales d'activités ou de démarches fastidieuses qui ne mènent nulle part.

ÉTRANGER. Plusieurs significations sont valables. Ce qu'ils peuvent nous faire rêver, ces mots *étranger, étrangère* ! Quelle note exotique ne laissent-ils pas déferler dans l'imagination ? Au fond, c'est la situation de l'homme, tous exilés que nous sommes, depuis la condamnation le chassant du paradis terrestre. Oui, c'est que nous sommes pèlerins sur cette terre, le ciel étant notre Patrie.

De même que rentrer au bercail signifie la conversion, s'il est pris dans un sens religieux, biblique.

Par contre, les étrangers sont aussi ceux qui nous visitent sur la terre. Ici, je veux parler d'êtres ne vivant pas avec un corps comme le nôtre, et qui sont de passage. Ils viennent de la lumière ou de la noirceur.

Les étrangers nous angoissent souvent avec raison. Il faut savoir reconnaître leurs influences négatives ou positives. Vengeresse ou protectrice, c'est une façon de les identifier parmi les bons et les mauvais mages invisibles. Et nos nuits en sont peuplées sans que nous nous en doutions. Voilà une signification ésotérique, occulte.

Si on prend l'étranger dans un sens symbolique et concret, il exprime une sensation intérieure de vivre parmi les gens de même ethnie, de même famille, de même environnement sans aucune identification, aucune similitude de pensée ou d'appartenance.

L'étranger habite dans chaque individu qui n'arrive pas à s'identifier au monde qui l'entoure.

Si vous le voyez arriver dans un cliché de rêve, il ne peut vous offrir qu'une de ces trois significations. Ce que vous vivez présentement vous aidera à comprendre ce que l'étranger de votre vie nocturne veut dire.

ÉTRANGLER. C'est un signe d'angoisse imminente, de jalousie dont vous serez dangereusement victime *si on vous étrangle*.

Mais si vous êtes l'étrangleur, vous poserez des actes répréhensibles. Surveillez vos émotions.

ÉTRENNES. Les étrennes, les cadeaux manifestent des privilèges, des souhaits, des grâces, ou des miracles obtenus indirectement par un apport concret ou occulte. Les étrennes s'offrent pour signifier un nouveau cycle ou un nouveau projet.

Elles sont comme un souhait de chance pour l'événement qu'on veut signaler : naissance, mariage, ouverture d'un commerce.

Prises dans un sens pratique, elles sont une demande, une sollicitation, si on les donne à un supérieur avec qui on veut créer un lien de reconnaissance ou d'amitié.

Prises dans un sens plus général, c'est un souhait ou un vœu reçu ou donné, promettant le succès, la prospérité, l'avancement spirituel ou matériel.

Habituellement, les étrennes sont données par les supérieurs. Ils viennent des patrons, des parents, de la marraine, du parrain et des guides de l'Invisible.

En rêve, les étrennes sont symboliquement la reconnaissance de nos mérites, de la chance qui en découle.

ÉTUDIANT. Obligation de se rendre compte de ce qu'on doit comprendre afin de mieux réaliser sa vie.

Il faut se poser la question et se demander : « Qu'est-ce que notre comportement a encore à apprendre afin de devenir mûr et adulte ? »

Et l'appliquer au contexte de la vie actuelle, à ce qu'on vit au présent.

ÉTUI. L'étui par sa forme représente un symbole féminin, passif.

Le voir plein : c'est jouir de ce que les objets concernés représentent.

Vide : solitude, amour déçu.

EUMÉNIDES. Petits génies bienveillants, contraires aux Erinyes qui sont impitoyables pour l'âme punie par Dieu. Car les Euménides symbolisent une capacité à se pardonner ou à pardonner aux autres les erreurs et dépasser ainsi un état fautif vers un élan de progression et d'élévation. Se servir de ses faiblesses pour monter plus haut vers la perfection, se sortir du chaos.

ÉVASION. Un sentiment d'être prisonnier vous étouffe. (Voir *DÉSERTEUR*.)

ÈVE. Il est rare de la voir autrement qu'en représentation ou dans les textes bibliques.

Ève symbolise l'intériorité en voie de devenir plus consciente. Elle fut l'éveil, la première à penser, à comprendre la différence, à se servir de son intelligence pour percevoir ses instincts passionnels et émotifs. Pour les initiés, Adam et Ève sont des personnages bibliques qui symbolisent la dualité entre l'âme et l'esprit. Les luttes entre la raison et la sensibilité sont exprimées dans la Genèse par les conflits entre Adam et Ève. Chaque humain possède un double aspect : l'irrationnel et l'esprit.

L'âme, c'est Ève et la partie irrationnelle chez tout être humain.

L'esprit, c'est Adam et la partie raisonnable de l'être complet. Le serpent représente l'ingérence tentatrice.

Ève remplaça Lillith, c'est-à-dire la première femme d'Adam (première forme d'instinct chez la personne humaine). (Voir *LILLITH, MASCULIN-FÉMININ*.)

La faute originelle n'est rien qu'une étape évolutive dans la progression historique des humains.

Ève symbolise la défaite des forces obscures représentée par Lillith.

Les Pères de l'Église dénoncent Ève comme étant la femme, la chair et la concupiscence. Mais ce n'est qu'une partie de la vérité, puisque chaque être humain possède sa femme intérieure et son homme intérieur, affirmation bien exposée par la psychanalyse.

Si vous rêvez à Adam et Ève, comprenez la dualité existante en vous, qui lutte dans son évolution entre les tendances instinctives et la raison, laquelle essaie de contrôler l'émotivité, les passions, les vices.

Elles existent avec autant de force chez tout individu, quel que soit le sexe. L'humain est un mariage à réussir entre la chair et la raison, et c'est cette fusion harmonieuse qu'il faut marier en premier lieu, avant tout essai d'association extérieure et temporelle.

ÉVENTAIL. Attitude de coquetterie et de fierté. On désire changer d'air.

Un petit déplacement ou de nouvelles rencontres feraient du bien au moral.

ÉVÊQUE. Le voir, c'est être bon vivant.

Pour un homme, être sacré évêque est un signe de gloire et de succès. Ce rêve s'ajuste à vos espoirs et votre degré d'évolution.

Pour une femme, comme un évêque a un engagement de chasteté, il ne peut être libre pour l'aimer. Il représente donc un amour impossible.

EXCRÉMENT. On dit que les excréments sont synonymes d'or. En quoi les excréments sont-ils synonymes d'or ? Simplement parce qu'ils sont la matière finale de la digestion et résultat de l'assimilation des aliments. La psyché vit son mouvement régressif ou évolutif à travers un corps physique. Dans le rêve, le corps physique devient l'âme qui se nourrit d'émotion, de sentiments, de joie, de peine, de blessures, de motivations. Les aliments sont donc symboliquement nos relations et expériences de la vie à travers ceux qu'on aime et qui sont au fond les instruments de la progression vers un état plus mature. Les excréments, symboliquement, représentent la sagesse après avoir assimilé les expériences vécues. C'est pourquoi la matière fécale reste matérielle et obscure mais ses émanations sont synonymes d'or et de richesse. Richesse intérieure à ne pas en douter, qui contribue à la richesse matérielle. Elle devient donc fortifiante pour l'esprit qui peut s'inspirer de ses odeurs, c'est-à-dire de ce que l'expérience enseigne.

La médecine traditionnelle se sert d'excrément.

Les excréments d'animaux servent d'engrais et ont les mêmes significations dans les rêves.

Manger des excréments annonce une meilleure santé, une passion intéressante.

Être barbouillé d'excréments indique de l'argent ou des investissements.

En voir partout est un signe d'agitation et parfois de gain à la loterie.

Les excréments d'animaux présagent du succès à ceux dont les affaires ont un rapport avec le travail de ces animaux.

Les excréments doivent être normaux, de belle couleur pour annoncer de l'épanouissement. Liquides ou en diarrhée, ils sont de mauvais augure.

EXIL. S'établir en terre étrangère, si on ne projette pas de mariage ou le début d'une grande entreprise, c'est vivre un état dépressif ou encore c'est l'annonce de maux mortels qui vous accableront bientôt. Détachement d'un amour, bris d'une association.

EXPLORATION. Elle annonce un moment d'introspection, de découverte de soi-même.

EXPLOSION. *Être dans un gros édifice où il y a des possibilités d'explosion* indique que la vie présente rend le rêveur nerveux, et s'il n'opère pas de changement, il explosera.

La bombe informe d'un épuisement prêt à éclater. L'explosion annonce toujours un sentiment impulsif dont les résultats ne sont pas toujours mauvais ; à juger selon le contexte du rêve.

EXTRATERRESTRES. *Rêver en être un*, c'est accomplir des choses, c'est vivre des expériences qui nous distingueront de la populace et nous mériteront de la considération.

En côtoyer en rêve signifie que, prochainement, on entrera en contact avec des gens particulièrement intelligents, de condition sociale très élevée.

F

FABLE. Dans les rêves, comme dans la réalité, il y a toujours une leçon à tirer d'une fable. Il est donc important de comprendre le sens de la fable à laquelle on a rêvé car la fable est une invitation à changer son comportement, et de l'appliquer aux circonstances de son vécu. La fable intervient pour vous faire comprendre qu'une nouvelle croissance est à envisager.

FABRIQUE. En tant que revenu destiné à l'entretien de l'église, la fabrique peut indiquer une priorité dans nos intentions à réserver à Dieu. C'est-à-dire, réserver un temps pour alimenter son intérieur à travers nos occupations ou épreuves.

FAÇADE. La façade, c'est une mise en scène par un langage extérieur, qui sert à exprimer ce qu'on veut, ou ce qu'on peut offrir.

La façade se manifeste par nos vêtements et notre maquillage, nos coiffures ou encore par la façade d'une maison. Bref, ce qui se voit extérieurement comme une proposition à comprendre ce qu'on est ou ce qu'on veut paraître.

Il y a parfois une grande différence entre l'extérieur et l'intérieur, entre le devant ou l'arrière d'une maison. De là, on peut juger de la sincérité d'une personne, de ce qu'elle peut nous offrir. On peut constater s'il y a fausseté ou camouflage.

Il y a dissimulation si l'expression est artificielle, si on porte trop de maquillage, si le visage est masqué ou encore si l'arrière de la maison ne contraste pas avec le devant.

La façade : c'est une invitation à payer ce qu'on vous propose extérieurement, en ce moment.

FACE (visage). Symbolise le langage muet, l'expression de l'être, « ce que tu es transpire si fort que je n'entends même pas tes paroles », disait Emerson, traduisant en une phrase le symbole de la face.

L'expression reçue ou donnée déclenche un stimulus positif ou négatif.

Les beaux et jeunes visages annoncent l'amour, l'amitié, le bonheur, des engagements prometteurs.

Les visages laids et vieux expriment la peine, des trahisons, voire la haine, des sentiments qui s'étiolent.

Voir la sainte face de Jésus-Christ devient une projection de nos propres souffrances. Les visages mystiques promettent un développement intérieur et de bonnes intentions à notre égard.

Les visages inquiétants et mystérieux annoncent des trahisons, des intrigues malveillantes.

Les visages tristes veulent exprimer leurs besoins d'être protégés, c'est parfois carrément l'imploration d'un outragé ou d'un éprouvé qui demande notre aide.

FACTEUR. Le facteur ou encore le préposé aux postes vous annonce un événement inattendu, un déroulement dans vos projets actuels qu'ils soient sentimentaux ou d'affaires.

Pris dans le sens de fabricant, le facteur d'instrument : piano, orgue, oblige à repenser votre façon de vous comporter en amour, car le facteur de piano représente une dimension intérieure nouvelle que vous commencez à percevoir.

Si vous le voyez en rêve, vous êtes prêt à attendre silencieusement et de façon constructive un sentiment amoureux.

Les crieurs de denrées, appelés aussi facteurs aux Halles, obligent à reconnaître que vous avez besoin de réconfort, d'amour, et de sérénité à acquérir.

Si vous achetez et payez, vous voilà rassuré, vous vaincrez votre marasme et la solitude.

Si vous êtes ce crieur, vous avez beaucoup à offrir et séduirez bientôt.

FACTURE. Qu'avez-vous à payer, c'est-à-dire quel temps, quelle amitié, quel amour, quel dévouement, avez-vous à donner ?

Quelle énergie avez-vous à déployer pour posséder ce que vous connaîtrez ?

Payer, c'est accepter un sentiment, une offre et les rendre en retour.

FAGOT. On ne peut parler de fagot sans parler de feu. De même, on ne peut parler du corps sans parler de l'esprit qui l'anime, le feu étant l'action divine qui enflamme l'esprit, lequel le conçoit et en anime la chair.

Peu importe la vieillesse, les haillons, car l'esprit domine le corps et l'habillement. Le feu qui brûle le fagot, c'est l'esprit qui doit survivre au corps après s'en être servi comme un instrument et qui doit disparaître graduellement, mystérieusement en passant par les flambées amoureuses.

C'est pourquoi *réussir à allumer un feu* annonce l'amour, la compréhension, l'épanouissement.

S'il s'éteint, c'est la fin d'un amour, le désenchantement, la solitude.

FAILLITE. Tout est à reconstruire au-dedans comme au-dehors. Vie intime et vie sociale à réapprendre, à édifier à nouveau. Secouez-vous et souvenez-vous qu'avant de germer, les graines meurent, c'est un peu votre cas psychologiquement, pas vrai ! Et c'est la condition pour qu'elles croissent, prolifèrent, et se reproduisent à nouveau.

FAIM. La faim exprime un besoin et un manque pour assouvir ce besoin. Il indique un désir affectif non comblé, de la solitude. De quoi avez-vous faim ? D'amour ou de connaissance ?

Avoir faim peut aussi indiquer une faim réelle.

FAISAN. Symbole de l'harmonie, du travail acharné.

Le voir danser, chanter : les plus belles joies surnaturelles vous sont offertes, les amours les plus pures, les plus tendres.

Le voir battre de l'aile vous annonce la fin d'une vie vers une autre.

Entendre l'appel de la faisane ou du faisan : invitation à se replacer dans l'harmonie, à dépasser les attachements matériels et la luxure et vivre dans l'entendement divin. Mais si on entend dire comme expression populaire : « malhonnête comme un faisan », cela vous met en garde de ne pas faire d'escroquerie.

FALAISE. La falaise est le contraire de l'abîme et représente une victoire sur nos bas-fonds, nos incapacités. La falaise prouve qu'on a surmonté les creux où nous faisions face à nos limitations. Elle signale qu'on a remonté à la surface, c'est-à-dire vers la croissance de l'être, l'épanouissement.

L'important dans la vie comme dans les rêves, c'est de ne pas tomber.

Monter au sommet de la falaise, c'est dépasser ses peurs, ses faiblesses, c'est apprendre par la force de la volonté, c'est accéder à un degré plus élevé vers une liberté, un contrôle, c'est s'offrir une plus grande force, une grande perfection. On se voit hissé à un palier supérieur dans la montée de la vie et on en est rempli d'allégresse.

Être au bas de la falaise signale un désir de bonheur ou d'élévation. On stagne dans un état d'acceptation devant une incapacité de réaliser un désir, une entreprise nouvelle plus satisfaisante.

Se diriger vers la mer, sans être monté : méditation, solitude, recherche sur soi-même, période de stagnation, d'introspection.

Tomber de la falaise : échec, perte d'autorité par témérité, audace mal employée, moment de dépression morale, de régression.

FAMILLE. *Être avec des aïeux charmants* est un signe de chance ; les ennuis se dissipent ; *le contraire,* s'ils sont grincheux, désagréables, cela indique des difficultés à prévoir.

Voir les parents dans la force de l'âge, même si dans la réalité ils sont plus vieux, annonce l'amour et une protection assurée dans le mariage ou une union.

Les enfants concernent les projets, la vie intérieure, l'expression de soi.

Pour la femme, la tante est un présage de conflits, de disputes et l'oncle est un signe de protection.

Le cousin et la cousine sont des symboles amoureux.

Le frère indique l'ennemi pour l'homme. Pour la femme, l'homme qu'elle partage. Est-il un frère aimé ? C'est alors l'adoucissement de l'aspect négatif.

La sœur est aussi pour l'homme la femme qu'il partage. Pour la femme, la sœur est très souvent une projection d'elle-même, son ombre.

Toutefois, les bonnes relations avec une sœur ou un frère se manifestent dans la vie onirique et vous pouvez rêver vraiment à de doux et savoureux moments que votre rêve annonce pour bientôt.

De même, les réunions de famille annoncent aussi des joies à escompter. Selon la scène du rêve, elles peuvent annoncer parfois le contraire.

FAMINE. *Se retrouver dans un pays où règne la famine* : symbolise des maux, des punitions. Essayez de comprendre par ce rêve que si vous souffrez de solitude, cela vient de vous, de votre caractère ou de votre comportement.

FANAL. On cherche la source de l'embrouillement dans l'énigme. Vous essayez de comprendre, mais ce n'est que très difficilement que vous percevez la vérité. Amour secret qu'on comprend intuitivement, qu'il faudra concrétiser dans la lumière du jour ou encore contrariétés mystérieuses à vaincre.

Le fanal qui s'éteint : l'intuition ne sert pas votre recherche, et vous êtes placé en plein dans une énigme amoureuse.

FANFARE. Moments heureux, allégresse pour bientôt.

FANGE. La fange exprime le déshonneur ou l'épreuve dus à une conduite douteuse ou à une vie mal organisée. L'expression populaire *vivre dans la fange*, signifiant vivre dans la débauche, l'exprime bien.

FANTÔME. *Le voir en rêve* parle de vos angoisses, de vos fantasmes. À quoi se rattache le fantôme de votre rêve ? Pourquoi apparaît-il ? Avec qui ? Quelle émotion vous submerge à sa vue ? Il symbolise vos peurs dans le quotidien. Cherchez devant quoi ou devant qui les mêmes émotions surgissent dans la journée, et vous pourrez les faire disparaître de vos rêves. (Voir *ÂME, ESPRIT, APPARITIONS.*)

FARANDOLE. Reflète votre sociabilité.

Participer à une farandole : adaptation sociale. Si vous restez en retrait, on vous rejette. Pourquoi ? Il faut vous poser la question. Si ce n'est tout simplement qu'un excès de timidité, alors ! qu'attendez-vous ? Souriez.

FARINE. Richesse, épanouissement.

FAUCILLE. La faucille sert la constante bonne volonté de garder l'herbe tendre, la couper juste à point, afin que le jardin ne devienne pas comme un champ en friche, c'est-à-dire que l'amour conserve sa saveur et son harmonie.

Cet instrument parle des cycles et du temps, et compose avec la nature en coupant le blé mûr, symbole de prospérité, c'est-à-dire les recommencements sans fin en amour ou avec un associé.

Briser ou casser une faucille : union au projet vouée à une fin.

Les cycles, les recommencements n'existent plus à l'intérieur de soi.

Changement radical.

Les conflits mettent fin à l'association, à l'union.

Mais selon le but pour lequel on utilise la faux, ce qu'elle coupe symbolise ce qui s'achève dans un cycle répétitif.

FAUCON. Son symbolisme se rapproche de celui de l'aigle. Pour les Incas, un oiseau semblable au faucon était leur ange gardien. Solaire dans sa signification royale, il incite l'homme à monter vers les sommets et la lumière.

Le faucon représente donc le puissant protecteur s'il vous paraît serein et affable.

Agressif ou antipathique, il promet des déceptions professionnelles, de puissants ennemis, des personnes malhonnêtes.

FAUSSE MONNAIE. Faux sentiments, tricherie en affaires.

FAUTEUIL. Êtes-vous fatigué ? Il vous incite au repos. Êtes-vous en période de compromis ? Il compense un désir de s'imposer dans le respect, la dignité.

FAUTEUIL À BASCULE. *Se bercer* indique une période de calme, de détente sentimentale, de bonheur, suite à une décision prise en amour.

Osciller violemment en se berçant, puis basculer annonce une rupture provoquée par un excès de confiance.

FAUX. (Voir *FAUCILLE.*)

FÉE. Elles travaillent aux cycles de la vie, aux métamorphoses intérieures. Porteuses de pouvoirs surnaturels et non matériels, les fées agissent parfois à l'intérieur de nos rêves. C'est là que se situent les transformations magiques de la personnalité, où de concert avec les magiciens célestes, nous composons avec de véritables et toutes-puissantes fées. Ces êtres surnaturels qui nous visitent et nous aident dans nos efforts et nos luttes quotidiennes, connaissent l'heure où l'alchimie et la Pierre philosophale doivent opérer. Il est donc très important d'être en accord avec elles. Encore faut-il qu'elles ne se transforment pas en sorcières.

Jouer un rôle de fée : capacité intérieure, métamorphose psychique à s'éveiller dans une mutation non pas sur le plan matériel mais sur le plan spirituel, là où tout est vrai comme l'intérieur magnétise l'extérieur.

Si elles semblent fausses et mystérieusement dangereuses, elles représentent les aspirations impossibles.

Être fée : réussite phénoménale, surprenante.

FÊLURE. L'objet fêlé représente quelque chose de la vie du rêveur qui pourrait être complètement démoli, s'il n'y prend garde. Voir la signification de ce qui est fêlé.

FEMME. La femme est un symbole lunaire universel.

Pour une femme, le corps féminin inconnu la représente presque toujours.

Rêver d'une femme connue est un symbole à découvrir.

C'est un aspect de sa vie présente. Le rêve la renseigne sur la véritable relation qu'elle a ou qu'elle aura avec cette personne ou encore avec elle-même.

Pour un homme, rêver d'une inconnue l'oblige à voir d'un œil nouveau la personnalité de la femme avec qui il est lié en ce moment.

Rêver d'une femme connue représente la véritable relation qu'il a ou aura avec elle. S'il la connaît déjà, ce rêve détermine la qualité du sentiment.

Si la femme connue n'est pas celle de sa vie, elle devient un symbole personnel ; par l'analyse on peut deviner le sens personnel qu'il projette sur elle, dans la vie.

Rêver d'une femme historique indique qu'il faut chercher à connaître ce qu'elle fut dans l'histoire car elle représente une identification personnelle et colorée du personnage historique, le sens du symbole. (Voir *FACE, VISAGE, CHEVEUX.*)

FENÊTRE. La fenêtre, c'est un filtre entre nous et les autres.

Être à l'intérieur d'une maison et regarder à l'extérieur par une fenêtre, c'est étudier les gens qui nous entourent et c'est essayer de mieux les comprendre secrètement.

La fenêtre nous fait découvrir leur vraie condition physique, psychologique ou sociale.

Être à l'extérieur et regarder par la fenêtre vers l'intérieur, c'est analyser sa vie et ses intimes. Sont-ils sincères ? Trop accaparants ? Vous nuisent-ils ? Vous observez la réponse.

La fenêtre ouverte le jour exprime la confiance, on aime sans préjugé, on se laisse pénétrer comme un livre ouvert.

Avec du soleil : vitalité, amour, dynamisme et belles relations sociales.

La fenêtre ouverte la nuit : confiance téméraire, on se fie trop à son intuition à travers l'intrigue qu'on ne peut prévoir.

La fenêtre fermée le jour annonce un comportement trop méfiant, timide.

FENTE. *Être à l'intérieur d'une maison et voir une fente dans le mur* annonce un désir de changer de vie, de s'évader.

Être dehors et voir une fente dans une maison, c'est se questionner et désirer améliorer sa vie, ou anticiper de faire une conquête. Désir de s'engager à nouveau amoureusement.

FER. Il signifie la détermination, l'insensibilité, l'inflexibilité. Lien de communication entre les vivants et les morts, le fer représente le côté sombre, négatif tandis que le cuivre s'apparente aux rayons solaires et positifs.

Certains croient que le fer fertilise et qu'il guérit les enfants malades. La vue du fer incite à dépasser une vision matérialiste des choses, afin de s'élever et de lutter contre la fatalité.

FER (âge de). L'âge de fer symbolique concerne la vie sentimentale ou professionnelle et le travail intérieur. Il détermine un état de vie, il colore de sa signification le vécu actuel du rêveur. C'est celle que nous vivons. Pour la philosophie indienne, il est de loin, comparé aux autres âges prévus, le plus angoissant où l'homme connaîtrait les pires appréhensions venant de l'invisible, voué qu'il est à être exterminé.

L'âge de fer symbolise la soumission à l'obscurité, aux forces d'en bas.

C'est l'homme qui refuse de s'engager dans les voies spirituelles et lumineuses et qui en paiera tôt ou tard le prix par les défaites majeures de sa vie.

L'âge de fer annonce une fin catastrophique, le malheur. À vous de l'adapter à votre vécu.

FER À CHEVAL. Même signification que l'expression populaire qui signifie beaucoup de chance.

FERME. Se retrouver sur une ferme est une incitation à vivre plus près de sa vie instinctive, de la nature et aussi, d'écouter davantage ses besoins affectifs. Vous serez évidemment très heureux si dans votre cliché de rêve, vous la voyez peuplée d'animaux gras et bien portants.

Au fait, pourquoi pas un petit séjour dans la nature? Elle vous y invite.

FERMENTATION. Symbole de connaissance et de transformation profonde. Elle signifie l'effervescence vers une autre lumière. Rejoint le symbolisme du vin, de la bière, de tout liquide fermenté.

L'action de l'humain est fermentée par le temps et la volonté de Dieu à travers les expériences terrestres.

La fermentation provoque une transformation constante.

Voir un liquide fermenté, c'est la mutation de la pensée qui débouchera sur une autre vérité.

L'enivrement c'est le miracle d'un changement, d'un mieux-être spirituel ou sentimental.

FERMETURE ÉCLAIR. La fermeture Éclair qu'on ne peut fermer, parce que le tour de taille ne le permet pas, est favorable au rêveur et promet du bonheur, de la prospérité et de l'amour. Encore là, il faut juger d'après le contexte du rêve.

Elle peut vouloir signifier qu'une abstinence temporaire est nécessaire.

FERRAILLE. Vous vivez une période déphasée. Vous n'êtes plus qu'un débris de forces négatives; allez, cessez d'être intransigeant et mettez un peu de sentiment dans votre vie. Osez recommencer à nouveau.

FERRONNERIE. Le travail artistique du fer que vous exécutez en rêve promet des moyens intérieurs pour bien aller chercher l'amour et embellir son atelier. (*Voir QUINCAILLERIE.*)

FESTIN. Assister à un festin, c'est être assis à la table de votre vie affective.

Si vous mangez des mets à point, bien apprêtés : beaucoup de bonheur.

Ne pouvoir manger : solitude, peine.

Arrêter de manger : rupture ou décès.

Être à un banquet funèbre annonce aussi un décès.

FÊTE. *Les fêtes de jour* annoncent des périodes troubles et agitées. Un tournant dans la vie du rêveur.

Les fêtes nocturnes promettent amour, passion et joie de vivre.

Tout au moins, les fêtes de nuit annoncent des sorties agréables et mondaines.

FÉTICHE. Chaque représentation ornementale dégage des vibrations bénéfiques ou maléfiques.

Les fétiches possèdent une concentration d'énergie. Ce sont des supports sous forme de coquillages, de morceaux de bois, de cailloux, de métaux, de statuettes, etc. qui reçoivent des pouvoirs célestes et dégagent des vibrations surnaturelles. Leur signification est la même dans la réalité que dans les rêves.

FEU. Il symbolise la passion amoureuse dans le sens le plus large du mot.

Le feu et l'eau sont les deux plus grands symboles purificateurs, créateurs.

Le feu s'identifie à la couleur rouge. Sa saison est l'été. Dans le corps humain, on le place autour du cœur. C'est pourquoi il est le symbole le plus créateur d'amour.

Il y a deux sortes de feux : le feu purificateur, celui qui vient du ciel, réchauffant et éclairant l'esprit sans brûler. L'autre, le feu destructeur sans possibilité de régénérer, parce qu'en donnant la mort, il ne peut alimenter la renaissance. Avec lui, l'homme stagne dans l'effervescence, sans comprendre la sagesse divine.

C'est l'intellect qui nie l'intuition, et l'intellect qui représente le conscient reste le serviteur de l'esprit. L'intuition, c'est le contact de l'esprit s'ajustant à la dimension de l'éternité. L'intellect s'ajuste au palpable, au rationnel, et se limite à la terre et au temps.

Dans la pratique, on peut rêver à :

Un petit feu clair, il présage une passion heureuse et spirituelle.

Un immense feu clair ou feu rouge annonce des tracas et des perturbations.

Allumer un feu pour réchauffer et éclairer annonce santé et bonheur vécu dans la compréhension, le besoin d'aimer est comblé.

Le feu qui s'éteint annonce une perte sentimentale ou des embarras pécuniaires. S'il y a un malade dans la maison, c'est une possibilité de mortalité.

Mettre le feu dans le but de détruire annonce que l'on subira les conséquences de la haine que l'on sème autour de soi.

Un feu qui éclaire les ténèbres est un signe de protection dans l'épreuve, d'amour qui n'est pas destiné à être compris, à être durable.

Un feu qui brûle haut ou qui tombe du ciel représente des ennemis puissants et haut placés.

Un feu rouge, la nuit, annonce des préoccupations amoureuses que l'on ne pourra s'éviter.

Le feu dont la flamme jaillit en vibrations qui ondulent et qui montent annonce un élan fusionné soumis à des hauts et des bas. C'est l'image de l'instabilité dans une continuité amoureuse.

Allumer un feu par frottement signifie l'union sexuelle.

FEUILLES. Puisque les arbres symbolisent les cycles de la vie, la jeunesse, la maturité, le déclin et la mort, les feuilles parlent des états intérieurs en rapport avec l'apprentissage de l'âme dans les pérégrinations de l'existence vers ces étapes.

Les feuilles encore bourgeonnantes annoncent un éveil nouveau vers une croyance dans la vie et ce qui est projeté dans un futur rapproché.

Les feuilles vertes sont un signe de vitalité, de jeunesse, d'énergie, d'amour et d'amitié.

Voir une liasse de feuilles vertes : adaptation à la vie, à la collectivité.

Les feuilles jaunes : relations à terminer, incitation à se détacher.

Les feuilles qui tombent annoncent des maladies, des déceptions et un temps révolu.

Les feuilles mortes indiquent qu'un passé affectif nous étouffe.

L'oubli est la seule condition pour retrouver la joie de vivre.

Dépasser la mélancolie par le pardon.

Se voir enterrer sous les feuilles mortes : l'angoisse trop forte vous détruit à l'excès.

Balayer les feuilles mortes dévoile qu'on est décidé à élucider des sentiments sans valeur, qu'on rejette les réminiscences du passé.

FEUILLETON. Vous lisez ce qui va se concrétiser dans votre vie prochainement.

FÈVES. Symbolise ce qui a déjà pris germe de ce qui doit renaître.

Fraîches : elles sont un symbole érotique.

Sèches : elles annoncent des conflits sentimentaux et des ruptures.

Elles permettent les éternels recommencements.
Leurs graines promettent des désaccords.

FIACRE. Désir d'aventure romantique annonçant un déplacement amoureux.

FIANÇAILLES. *Les fiançailles où tout le monde est heureux, où tout se déroule normalement* annoncent de véritables fiançailles.

Si l'un des fiancés est absent, ce rêve annonce une rupture sentimentale.

Se fiancer avec une personne inconnue que nous percevons difficilement dans le rêve, c'est découvrir une facette inconnue de sa relation sentimentale, c'est ne pas percevoir complètement l'autre, sa réalité, son évolution ou régression. Bien analyser le rêve et les émotions perçues afin de mieux comprendre l'attitude de l'être aimé afin de s'y adapter.

FIBULE (broche décorative servant à fixer les vêtements). Symbolise la pensée de réunir deux forces qui s'allient dans une démarche, un combat.

Cette agrafe servant à attacher les vêtements symbolise l'ajustement, la capacité à consolider la stabilité d'une protection. Elle prend le signe d'un pouvoir, si on la porte comme parure sur les vêtements.

Elle vibre en communion avec le symbole qui la pare.

Quels attributs veut discerner la fibule : la virginité, la fidélité, la pureté, l'amour, la fertilité, la fécondité ? Voilà ce que vous octroie le destin en rapport avec vos désirs et souhaits, car toutes vibrations personnelles attirent et s'unissent aux vibrations cosmiques équivalentes.

FIÈVRE. Elle signifie un dynamisme remarquable, un amour passionné. Si la fièvre tombe, on deviendra plus réaliste, plus conscient de la valeur de la personne aimée.

FIGUES. *En saison,* les figues sont un signe de sentiments heureux, partagés.

Hors saison, elles annoncent des déboires, sentimentaux tout au moins, des retards.

FIGUIER. Symbolise la science religieuse et ésotérique. Il figure l'abondance dans la connaissance rationnelle.

S'il est vert, son dessèchement représente la mauvaise foi, l'erreur. Bouddha obtint l'illumination sous le figuier et c'était toujours sous le figuier qu'il enseigna à ses disciples. La fécondation est un de ses attributs, afin d'amener l'homme à la connaissance immortelle.

Le figuier est l'essence de la vie intérieure et le feu vital créateur.

Dans un sens plus prosaïque : son fruit, la figue, s'interprète d'une façon plus négative et représente les délateurs, les mauvaises ingérences qui font pression, si elle est vue hors saison.

Pour les femmes : à cause de ses graines, elle symbolise les grossesses désirées à condition qu'elle soit fraîche.

FIGURINES. Les figurines sont des représentations diverses en bois, en bronze ou en pierre.

Dans l'Antiquité, elles avaient une signification religieuse parce qu'on les vouait au culte des divinités ; leurs vibrations dégageaient une protection selon le culte connu. Aujourd'hui encore, les statues des saints dégagent aussi des vibrations protectrices et parfois miraculeuses, selon notre conception, d'après notre culture et nos croyances.

Les autres figurines décoratives ne sont qu'une identification à une profession, à un art, à une œuvre, elles nous promettent dans les rêves la chance réalisatrice si nous les possédons, les créons ou les achetons.

En général, les figurines nous disent de quelle protection nous bénéficierons, par le symbole qu'elles représentent.

(Voir *PYGMALION.*)

FIL. Symbolise le lien entre deux mondes, deux états en vue d'une unité. Son rôle est de relier vers le centre tout ce qui doit s'unifier. Il est le lien entre tous les réseaux de l'être, la lumière et la noirceur, le connu et l'inconnu, le jour et la nuit. Il est l'espace-temps, pour parler des alternances, des rythmes, des saisons, des causes et des effets.

Enfiler une aiguille, on tombera en amour, c'est un passage vers une autre vie.

Voir deux fils s'enrouler autour des doigts par une torsion volontaire : mariage.

Des fils entremêlés désagréablement : complications sentimentales, ils prennent le sens des cheveux.

Voir des bobines de fil : il faut penser à sa vie intérieure, à son cheminement évolutif et agir en conséquence.

Tisser ou coudre avec un fil : union.

Voir du tissage : cela concerne la trame de votre vie. Comment est-elle, dans quelle pièce, ou emplacement terrestre ou souterrain ? Où les voyez-vous ? (Voir *ces mots.*)

FIL D'ARIANE. Vous connaîtrez l'issue finale d'une énigme et sortirez indemne de l'imbroglio de votre existence, par un contrôle de vos instincts.

FILET (à cheveux). Les cheveux représentent les pensées du rêveur. Le filet servant à soutenir les cheveux est un signe, si on le porte, de vouloir garder intact l'ordre de ses pensées, de ne pas s'embrouiller dans ses conceptions, c'est ne pas vouloir changer d'idée.

FILET (piège). Le filet fabriqué d'un réseau de mailles a deux significations différentes dans les rêves.

Sur le plan psychologique, c'est l'alignement de notre vie intérieure et extérieure dont les replis s'entremêlent devant l'invitation à équilibrer nos énergies, nos tendances. (Voir *ENCHEVÊTREMENT, ENTRELACS.*)

Sur le plan social, il peut signifier les guets-apens de nos rivaux. C'est un pouvoir dont chaque homme peut se servir pour capturer, posséder ou avec lequel il peut être capturé ou possédé.

L'avoir en main, c'est espérer voir un rival commettre une erreur, un impair.

Réussir à prendre quelqu'un au piège, c'est humilier cette personne.

Pêcher un banc de poissons avec un filet annonce la réussite, le succès en affaires, en amour; pour les hommes, l'abondance, et l'allégresse sentimentale pour les femmes.

Être pris dans un filet divin, c'est l'apanage humain. Tous sont appelés et tous seront élus ou damnés, selon les mérites et vertus.

FIN DU MONDE. Annonce un virage sentimental important, lequel débute par une séparation. Désormais la vie sera totalement différente. C'est le début d'une autre conception de vie. C'est un tournant important dans l'existence du rêveur.

FLACON DE PARFUM. (Voir *PARFUM*.)

FLACON. *S'il est plein*, c'est le signe d'allégresse et d'amour. *S'il est vide* : tristesse, regrets.

FLAGELLATION. Elle représente un sentiment de purification chez les ascètes.

Si vous vous flagellez en rêve : désir d'éloigner les mauvaises influences, et exprime un grand esprit de sacrifice. C'est aussi la marque d'un grand sentiment de culpabilité, parfois sans raison.

Être flagellé comme punition : vous supportez difficilement de suivre les normes et vous vous exposez à être rejeté par ceux qui vous entourent.

FLAMBEAU. Nécessité de prier ou de faire un pèlerinage.

Voir un flambeau allumé : on aura une réponse céleste, vous serez guidé, éclairé dans l'épreuve.

FLAMME. Elle représente l'amour passionné ou l'inspiration.

(Voir *FEU*.)

FLATTEUR. Il a trait à des âmes abjectes.

Se sentir joyeux en compagnie de flatteurs est un signe de trahison, de déception.

FLAQUE D'EAU. La flaque d'eau représente un sentiment, un amour, une amitié. Annonce des soucis imprévus avec une personne de l'entourage si un(e) rival(e) y met les pieds.

FLÈCHE. Elle annonce de l'agressivité sexuelle, ou guerrière. Elle est dépassement, intuition rapide, décision immédiate et choix.

La flèche sert à la guerre, à la conquête mystique ou amoureuse. Elle symbolise aussi la mort et le destin. L'idée d'assimiler la flèche à l'amour nous vient des Japonais.

Sa pénétration dans la cible peut aussi être prise dans un sens mystique, c'est l'homme qui s'unit à Dieu.

Et l'amour sexuel n'implique-t-il pas le feu divin, à travers une union physique, qui de déception en déception fera désirer l'union surnaturelle, celle qui ne finira jamais ?

Flèche à pointe en or et brillante : amour naissant.

Flèche à pointe en plomb : amour déclinant.

Recevoir une flèche : on tombera en amour. Il faut bien étudier le contexte du rêve, la flèche peut représenter des paroles désobligeantes.

Voir lancer une flèche indique un désir de séduire, de passer à l'action.

FLEUR. Symbole de l'âme, caractère de beauté, on lui octroie un rôle passif et éphémère comme celui de la vie. Son influence est naturellement évolutive et poétique.

Elle annonce l'amour, la joie, l'amitié, ou encore les ruptures, les peines, la mort.

Promettant des sentiments que l'on subit sans les décider, *les fleurs en bouton ou légèrement écloses* annoncent un sentiment doux, pur, revitalisant.

Les fleurs roses annoncent un amour tendre et délicat.

Les fleurs séchées indiquent des sentiments éteints, moribonds.

Les fleurs rouges présagent des amours passionnées, des sentiments possessifs.

Les fleurs blanches nous obligent souvent à prévoir un détachement suite à un décès, mais pas toujours. Leur nombre et leur couleur sont des indices très importants pour connaître la signification du rêve.

Voir *un champ de fleurs blanches* peut annoncer des funérailles ou, *de toutes sortes de couleurs*, l'amour des êtres, de la vie en général.

Recevoir un bouquet de fleurs : on vous aime et on voudrait vous conquérir.

FLEURET. Il annonce un flirt.

FLEUVE. C'est le cheminement naturel de la vie. Il est l'image de ce qui prend source, s'étend longuement, toujours inlassablement dans la même direction et sa continuité se mêle à ce qui ne finira jamais. Et ce à travers la fécondité, les décès et les renaissances.

Serpentant à travers les montagnes, sillonnant les forêts, les champs, il représente le trajet de l'homme à travers ses expériences vécues.

Voir un fleuve annonce la possibilité d'un changement.

Se voir descendre un fleuve avec le courant annonce une vie facile.

Se voir remonter le fleuve à contre-courant indique la réussite grâce à son courage et à la force de sa volonté.

Nager dans un fleuve sous-entend une période de luttes que l'on saura contrôler. Manque d'appui.

Y chavirer présage un événement imprévu, une rupture.

Nager pour gagner la rive annonce que bientôt on aura terminé une période d'incompréhension et de solitude et qu'on trouvera la solution à l'énigme vécue, si on atteint le bord.

Un fleuve plein d'écueils indique une période de contrariétés.

Le fleuve qui déborde de son lit et inonde le terrain présage un danger par manque de contrôle émotif.

Sec et vide : il est un signe de maladie ; on a besoin de récupérer et de se reposer ; aux hommes d'affaires, il annonce la malchance et la pauvreté.

Rempli de fanges : il indique que l'on est impliqué dans des projets malhonnêtes.

Un mince filet d'eau au fond du fleuve signifie qu'il faut récupérer, recouvrer la santé, pour ensuite être plus productif.

Se noyer dans un fleuve annonce une épreuve dépassant les forces.

Être emporté par les eaux du fleuve, c'est ne pouvoir échapper à une ou des contraintes, longues et épuisantes et c'est une menace dangereuse pour l'équilibre.

Les eaux d'en haut : grâces, bonnes influences.

Eaux d'en bas : disgrâce, défaite.

Traverser un fleuve : passage purificateur vers d'autres motivations.

(Voir *TRAVERSÉE, PONT*.)

FLOTS. La traversée des flots laisse prévoir des conflits, des luttes, des agitations multiples.

La plongée dans les flots a une signification épurative dans un changement radical. On cherche à découvrir une vérité, la pensée, l'attitude sera désormais différente.

En ressortir présage une meilleure compréhension de ses possibilités de diriger sa vie. (Voir *VAGUES*.)

FLÛTE. *Pour le mystique*, la flûte est la musique des Anges.

Pour les profanes, elle est légèreté en amour, libertinage.

FOIE (et BILE). Du foie émergent des énergies négatives. Il est l'auteur de passions, d'inquiétude, de haine.

Le foie représente l'agitation vivant au sein de chaque individu dont l'émotivité est mal contrôlée. Il suscite les passions, et on se fait de la bile pour ceux qu'on aime ; le foie signale nos états émotifs, nos passions.

Le fiel des animaux représente l'animosité, les conflits, la condamnation.

La bile des humains ne diffère en rien dans sa signification, elle juge si on doit condamner, s'offusquer.

L'expression populaire « *se faire de la bile* » (s'empoisonner l'existence) a la même signification dans la vie onirique que dans la vie réelle. Tendance à trop s'inquiéter.

Rêver de manger le foie d'un ennemi, c'est vouloir s'identifier à son courage.

FONCTION. La fonction symbolise notre idéal d'être, nos efforts, la croissance de notre personnalité.

Quelle que soit votre fonction sociale ou professionnelle dans votre rêve, que vous soyez prêtre, champion, guerrier, artisan ou cultivateur, il est très important de l'exercer en toute équité, respectant les normes établies par le patron ou le gouvernement, car c'est votre évolution personnelle qui passe par l'entendement universel d'une fonction.

Être dépossédé de sa charge ou de son occupation, se voir renvoyé de ses offices signale qu'on subira une disgrâce personnelle et de l'humiliation.

Avoir terminé son travail : prendre sa retraite ou finir une œuvre peut signifier l'arrêt de l'évolution, en regard d'une démarcation ou d'un arrêt du travail sur soi-même.

La grande œuvre étant notre travail intérieur à se perfectionner, terminer une œuvre, une fonction, une profession, c'est terminer sa vie ou le but de celle-ci.

Ce rêve peut provoquer des crises majeures au niveau de la santé physique et psychologique.

FONDRE DU MÉTAL. Transition, transformation intérieure. On travaille à se recycler et surtout à être plus déterminé, plus inflexible.

FONDS BAPTISMAUX. Désir de se purifier, et décision d'éloigner l'obscurité. Voilà les deux raisons de se rendre vers les fonds baptismaux.

Le baptême annonce une nouvelle vie, une purification et une libération du passé.

Indique le renouveau, le dynamisme, et l'espoir. Il est une coupure avec les forces noires.

Baptiser un garçon : vous irez jusqu'au bout de vos entreprises, succès certains, souvent union réussie, ou nouvelle conception de son idéal, nouvelles motivations, et de l'amour.

Baptiser une fille promet une nouvelle philosophie, nouvelle motivation mais attente, et assujettissement dans l'œuvre entreprise.

FONTAINE. La fontaine a inspiré les poètes et les mystiques. Ces derniers ont imaginé plusieurs sortes de fontaines ayant des propriétés soit immortelles, soit curatives, dans un sens régénérateur, purificateur, inspirateur.

Après la mort, selon la tradition orphique, il existe deux fontaines aux portes de l'Enfer, dont l'une répondrait à l'oubli (la tiédeur) et l'autre à la mémoire (la croyance, la foi); cette dernière déciderait du retour à la patrie, au ciel; l'autre serait l'exil, le retour au chaos.

L'eau du ciel serait l'hydromel. Si votre culture vous oriente vers de tels rêves, se retrouver à l'une de ces fontaines prévient d'un bon ou d'un mauvais cheminement.

La fontaine placée au pied d'un arbre, au milieu d'un jardin, distribue la vie, l'amour. Elle rajeunit, elle est appelée la Fontaine de Jouvence, elle redonne la jeunesse, son mouvement rejoint celui de l'éternité.

Prise sur le plan mystique, elle est une récompense pour la pensée du Juste qui se souvient et se nourrit de l'amour divin.

Chez les catholiques, cette fontaine est la communion eucharistique, mais la prière ardente permet aussi de recevoir cette énergie cosmique.

Dans l'Antiquité, comme de nos jours, les croyants reconnaissent aux eaux des fontaines des pouvoirs guérisseurs.

Les fontaines qu'on retrouve aux pieds des saints et des saintes le confirment. On reconnaît dans les lieux de pèlerinage les pouvoirs thérapeutiques de l'eau qui coule et distribue les vibrations investies de pouvoirs célestes. La signification de ces fontaines a les mêmes effets dans les rêves que dans la vie réelle, et beaucoup de rêves libérateurs se servent de ces portraits de croyance, pour effectuer une guérison physique ou psychique.

Chez les Germains, la fontaine Mimir donnait le savoir, la connaissance. Si votre étendue culturelle vous place dans cette croyance, il est possible que vous rêviez boire de cette eau. Si oui, vous devrez éventuellement sacrifier certaines croyances et conceptions pour opter pour des vérités supérieures, mystiques et, de ce fait, vous connaîtrez la sérénité de l'esprit à partir d'une révélation.

Généralement prise dans un sens plus prosaïque, la fontaine de laquelle ruisselle une belle eau limpide et claire laisse prévoir l'éclosion d'un amour, d'une joie profonde.

Une fontaine à sec annonce des moments de solitude, rejoint le sens symbolique du désert.

Boire à une fontaine est un signe de renouveau, de vitalité, d'épanouissement. (Voir *EAU, JARDIN*.)

La fontaine placée dans un jardin fleuri et paré d'arbres annonce un rare bonheur, un amour idéal.

FORÇAT. Il signale une facette de la personnalité, en rapport avec les fonctions.

Rencontrer un forçat oblige à prendre conscience que le travail que l'on fait est fastidieux, et que le ressort intérieur connaît un manque de dynamisme. Travail pénible ou asservissant. Qu'est-ce qui vous opprime à ce point ? Il faut vous poser la question.

FORCE (la). 11e lame du Tarot, correspond à la 11e maison astrologique. Signale l'affirmation de la volonté, la solitude dans le combat vers la conquête mystique, occulte. Symbolise la force, la volonté dirigée vers la sublimation morale. C'est la purification spirituelle qu'elle veut mettre en valeur. L'innocence parfaite, dans la domination de toutes les situations. C'est le triomphe de la justice, par une victoire sur nos instincts, et la transmutation des forces inconscientes dans un parfait contrôle, en force consciente. C'est l'incarnation de la bravoure qui vainc l'épreuve, exerce sa liberté d'action et s'élève en dignité confiante.

FORÊT. Symbole de l'inconscient. Chez les mystiques, la forêt est le temple pour prier et méditer, c'est là qu'ils trouveront la nourriture céleste, c'est-à-dire l'inspiration et le réconfort.

La forêt vierge a inspiré nombre de poètes. Elle leur paraît dévoreuse et mystérieuse mais peut apporter, au contraire, repos, paix et sérénité.

Elle est obscurité, enchevêtrement profond chez tout être qui désire et craint les révélations.

On peut y rencontrer des animaux : nos instincts primitifs ou ceux des autres.

Se trouver devant une forêt annonce un moment de recueillement, d'arrêt pour faire le point en soi.

Être dans une forêt, c'est rechercher des vérités profondes, dans ses options, dans son cheminement.

S'y trouver et apercevoir une clairière ensoleillée annonce la compréhension d'un nouveau projet, d'un nouvel état d'âme.

Ce qu'on peut voir dans la forêt, soit une personne ou un animal, nous informe de nos soutiens ou adversaires qui laisseront leur marque pour toujours. On reviendra souvent, en pensée, vers ce qu'on a vu dans la forêt.

Une forêt qui brûle signifie que l'on s'épuise. L'énervement est au comble, il faut essayer de contrôler son imagination.

Voir des arbres morts dans une forêt représente une grande solitude, il faut accepter de se détacher de ce qui n'a plus de valeur.

Et essayer de s'ajuster à des liens affectifs nouveaux. L'important est de voir où l'on débouche après être sorti de la forêt. C'est là qu'est l'issue de notre existence.

FORGER. La forge nous prévient des efforts qu'il faut mettre pour se redresser, en se forgeant de nouvelles vertus, de nouveaux pouvoirs, de nouveaux espoirs.

La forge nous replace avec les énergies obscures, infernales présentes, dans tout cheminement qu'on devra dépasser pour atteindre une victoire, une élévation mystique ou encore une croissance de l'être.

Forger c'est créer à partir du non-être. Le forgeron, c'est le soudeur entre les sphères célestes et infernales. Il est donc le transformateur entre deux étapes de la vie intérieure vouée à se développer, il est l'outil du divin dans l'élaboration de ses plans. Encore là, faut-il courir le danger de se laisser attirer par l'aspect négatif, c'est-à-dire la sorcellerie (pouvoir d'en bas), la dépasser en composant avec les forces d'en haut par l'observation des lois de pureté, d'équité et d'amour et établir le juste milieu, la vertu.

Est-il le forgeron infernal ou céleste ? Il devient l'option du bien ou du mal selon le choix. Forger, c'est se placer sur l'axe ciel-terre et recevoir des pouvoirs selon sa fonction.

C'est composer avec les énergies. C'est parfois un pouvoir revenant au prêtre ou au magicien. Symbole ambivalent.

Forger, c'est acquérir des capacités redoutables ou souhaitables, selon la source de la puissance reçue.

Le forgeron nous place toujours devant des événements contrariants, puisqu'il faut faire des choix, il y a lutte et conquête des vertus ou des qualités pour arriver au succès.

C'est pourquoi être dans l'obligation de forger annonce des événements disgracieux où l'on peut être pris dans des démêlés avec la loi, ou encore devoir se défendre contre des ennemis. C'est une obligation de se défendre avec l'arme de la pureté contre la méchanceté, la vengeance.

La flamme dans la forge annonce un renouveau après une période de luttes, où nous pouvons transformer le fer, c'est nous-même, dans la croissance de nouvelles possibilités.

Voir des ouvriers travailler dans une forge présage la victoire sur ses rivaux.

Être soi-même forgeron, c'est créer des pouvoirs, on peut forger des bracelets, des boucliers, des serrures, etc. (Voir *CES MOTS, HÉPHAÏSTOS, CABIRES.*)

FORTUNE. Représentée sous la forme d'une déesse aveugle, tenant à la main un gouvernail, elle dirige la destinée des humains.

On attribue à ce personnage légendaire de la mythologie romaine, distribuant une attitude inconséquente, l'abondance, la fécondité et la victoire.

FOU. Ce qui semble sage à l'homme contrarie la sagesse de Dieu.

Être atteint de démence, c'est être assez détaché de l'opinion populaire pour s'affirmer avec originalité et réussir.

Être fou, c'est de bon augure : on verra le monde à l'envers, car on se plaira à travailler passionnément et on remportera du succès dans ses entreprises.

Pour les hommes publics, c'est un signe d'autorité.

Pour les nerveux, c'est un signe de santé, de calme retrouvé.

Pour les timides, c'est un signe d'audace.

Rencontrer une personne inconnue du même sexe atteinte de folie : attention pour son propre équilibre.

FOUDRE. Le marteau et la hache, l'éclair et le tonnerre sont des objets, des éléments pour parler de la foudre des dieux, de leurs châtiments.

La foudre est justicière. En détruisant, elle libère par l'obligation de s'améliorer.

La foudre sacralise ce qu'elle frappe, qui elle frappe, car elle donne des pouvoirs, de la clairvoyance, des passions amoureuses.

La foudre est le résultat de la volonté divine, récompense ou punition du ciel.

Voir tomber la foudre : si elle ne détruit rien, bon présage.

Être assommé par la foudre : de très gros ennuis.

Être touché par la foudre, c'est tomber amoureux ou encore, dans un sens surnaturel, c'est être sauvé, c'est passer à l'immortalité par une période d'épuration par la souffrance et le détachement.

Une maison détruite par la foudre annonce une séparation, un divorce.

Rêver de foudre, si l'on projette un voyage présage un événement malheureux au cours de ce voyage.

Rêver de foudre, si on est marié signifie que cette union peut être détruite par un nouvel amour.

Rêver de foudre si on aime être vu et connu, c'est un signe de gloire.

Être foudroyé en position horizontale : annonce une maladie très sérieuse, tout dépend si on est déjà malade ou en bonne santé. (Voir *OURANOS.*)

FOUET. Symbolise le droit de donner des châtiments si on le tient à la main.

FOUETTER. Se faire fouetter oblige à se rendre compte qu'on a provoqué une épreuve, une inimitié.

Ce rêve signifie que l'esprit indolent mérite la foudre, c'est-à-dire le châtiment : incitation à réagir.

Être fouetté par un supérieur indique un avancement ; *par un inférieur*, c'est un signe de défaite.

Être fouetté avec un fouet en cuir annonce une blessure à l'égo.

Blesser ou fouetter un supérieur, c'est détruire ses chances par un emportement agressif.

FOUGÈRE. On découvrira un appui dans un moment de solitude.

FOULE. Symbolise les forces passives et inconscientes. La foule apparaît dans les rêves d'homme public et lui fait comprendre son approbation ou sa désapprobation, sa popularité ou son impopularité, bref, sa relation avec la masse, la population.

En général, la foule intervient dans les rêves de personnes repliées sur elles-mêmes, ou souffrant d'un complexe d'infériorité. On rêve à la foule dans des moments de séparation, de solitude.

Rêver de sentir écrasé par la foule : la vie nous compresse comme la foule. L'opinion publique nous compresse aussi.

Se perdre dans la foule, c'est ne plus savoir quelle orientation prendre, quel sens donner à sa vie. C'est se laisser faussement sécuriser par son manque de réalisme.

FOULURE. Elle annonce des ennuis passagers.

FOUR. Le four, ce sont les principes féminin et masculin réunis par la forme creuse et la chaleur.

Il représente le sein maternel où tout se nourrit et prend vie, se transforme, se métamorphose et atteint la maturité. Le four est un centre créateur, comme une matrice d'où émerge une renaissance dans la fusion d'éléments différents.

Le four sert à faire la transmutation de nos états progressifs, en passant par nos aspirations profondes.

Le four ou fourneau, c'est la maturation de tout ce qui concerne nos affaires, nos projets. L'important, c'est de prendre conscience de l'état à la fin de la cuisson.

Si la cuisson est à point : réalisation complète et épanouissement, présage de grand bonheur ou de gros bénéfice.

Le pain mal cuit ou qui retombe après la sortie du four annonce une déception majeure, qui restera sur le moral.

Ce qui est en cours ne se réalisera que partiellement, c'est comme si le feu créateur, c'est-à-dire la collaboration invisible, s'était retiré.

Le four cuit aussi des œuvres d'art en porcelaine, en argile. De même que les œuvres d'art doivent être parfaites et non brisées, cela annoncerait, si elles sont difformes, une difficulté à réaliser ses objets, de la malchance, de l'insatisfaction. La chaleur et le feu représentent l'apport de Dieu dans l'œuvre humaine.

Le four non chauffé : vous manquez de feu sacré ou de désir ou vous êtes mal branché.

Pour résumer, *réunir les ingrédients et pétrir la pâte,* c'est l'œuvre de l'humain, *mais la faire cuire* est conditionné par la participation du divin, et le résultat exprime la volonté de Dieu, dans la programmation terrestre.

FOURCHE. Elle symbolise ce qui est à définir, à piger. C'est en quelque sorte le retour au chaos, à l'indifférencié. Elle est l'indécision opposée à la décision.

Si vous tenez la fourche en état de confusion, vous pourrez induire quelqu'un en erreur. (Voir *TRIDENT*.)

Si quelqu'un d'autre tient la fourche : ne vous laissez pas convaincre, il y a de l'indécision. Obligation de savoir se servir de son intuition.

FOURCHETTE. Votre générosité proverbiale vous rend trop dépensier ou trop sensuel.

FOURMIS. La fourmi nous fait penser au travail et à la prévoyance.

Les apercevoir en rêve signifie que le labeur, la prévoyance et le sens de l'organisation conduiront au succès, à la prospérité.

Pour les hommes publics, rêver de fourmis est un signe favorable.

S'amuser avec des fourmis, c'est avoir des amis égoïstes.

Pour les malades, être entouré de fourmis, sans y toucher signifie qu'il recouvrera la santé.

Voir une fourmilière : prospérité.

Voir grimper sur soi des fourmis accuse trop de nervosité. Essayez de vous détendre.

Un amas de fourmis dans le lit annonce une vie sexuelle angoissante.

FOURREAU (étui). *Vide* : vie sans éclat, sans appui, stagnation.

Avec une épée : affinité amoureuse, réciprocité.

FOURRURES. Érotisme raffiné.

Pour l'homme, porter de belles fourrures annonce l'amour d'une personne raffinée, douée de qualités remarquables.

Pour une femme signifie qu'elle sera protégée par un homme généreux en amour.

FRAISES. *En cueillir ou en manger* : quelques moments tendres à compter sentimentalement.

FRAMBOISE. Les confitures annoncent beaucoup de confusion dans les sentiments. (Voir *FRAISES*.)

FRANGE (passementerie). La frange des vêtements possède plusieurs sens symboliques selon les rites employés et connus.

Saisir la frange d'un personnage puissant, c'est accepter de se placer sous son autorité.

Toucher la frange ou le manteau peut signifier recevoir une faveur de cette personne ou une guérison.

Lier deux franges appartenant à deux personnages de pouvoir, de rôles égaux, c'est un signe d'allégeance politique ou autre.

Couper la frange du vêtement de quelqu'un, c'est définir des droits de regard sur cette personne, c'est avoir un permis de détruire son prestige public, par la loi ou les coutumes, ou encore entre époux, de répudier le fautif; rejoint le symbole de la coupe de cheveux, du rasage qu'on subit.

FREIN. *Être obligé de freiner,* c'est devoir contrôler un vif désir sexuel et être plus prudent.

Débloquer un frein : enfin, on réussit à s'affirmer en amour.

Être incapable de freiner, c'est ne pouvoir contrôler ses élans, ses émotions, ses passions, c'est risquer d'être contrarié par des conflits sentimentaux ou d'affaires.

FRELON. Il signifie que l'on découvrira une personne dangereuse parmi ses amis intimes.

FRÊNE. Il donne un pouvoir presque magique pour chasser l'ennemi, les rivaux.

Pour la femme, le frêne annonce la fécondité.

FRÈRE. En général, ce rêve indique qu'il faut partager certains privilèges, de l'affection.

Pour une femme seule, le frère représente l'amour d'un homme qui n'est pas libre. La femme mariée qui rêve de son frère partage son mari avec quelqu'un d'autre et pas nécessairement avec une autre femme.

Pour un homme, son frère représente le concurrent en affaires ou l'amant de sa femme.

Ce rêve peut aussi représenter une situation avec un frère véritable, bien analyser le contexte du rêve.

La mort du frère annonce qu'on sera débarrassé d'un ennemi, d'un rival.

C'est toujours avec le recul qu'on peut savoir le véritable sens d'un rêve.

FROID. Avoir froid, frissonner, c'est souffrir d'un manque affectif.

FROMAGE. *Voir ou manger du fromage* annonce des gains faciles.

Voir une souris grignoter un fromage signifie que nous doutons de nos chances, de nos succès et de leur durée. Soyez plus confiant.

FROMENT. Le froment est ce produit supérieur dérivé du blé. Le meilleur blé de la culture n'est-il pas la pensée la plus pure venant de l'esprit humain ?

De grande valeur symbolique, le froment c'est l'orientation du juste qui accepte les pérégrinations de l'existence et sait se nourrir de l'alliance divine. Et qui, par conséquent, reçoit la bénédiction du ciel laquelle redonne le feu dans une nouvelle naissance et la meilleure récolte de l'âme.

FRONDE. Arme de défense, elle rejoint le sens de l'arc.

FRONT. *Un beau front lisse et brillant* indique que l'on a suffisamment confiance en soi pour défendre ses opinions et réussir.

Une blessure au front annonce un choc, un affront, suivi d'un moment de dépression.

Avoir une plaque protectrice sur le front ou sur le visage présage une responsabilité qui exigera du courage. Porte déshonneur aux personnes probes, honnêtes. Favorable aux personnes de petite vertu.

FRUIT. Les fruits parlent de la qualité de nos relations affectives et de l'abondance à tous les points de vue.

En général, les fruits signifient la satisfaction de l'esprit, des sens. Ils représentent le résultat de nos efforts, de la recherche du bonheur.

Pourris ou meurtris, ils indiquent que le succès attendu n'en vaut pas la peine.

Rongés par les vers, ils signifient de l'insuccès, un amour destructeur.

FUDO-MYOO. Voir cette représentation en rêve se rapporte à ceux dont l'âme fut fortement imprégnée de la philosophie bouddhique. Le rêveur est placé devant la détermination à vaincre par sa pureté et par sa force, et dépasser ainsi ses ennemis extérieurs et ses faiblesses intérieures. (Voir *NOMBRE CINQ*.)

FUMÉE. *Vue d'en bas montant vers le haut* : elle symbolise la prière, la pensée de l'homme s'élevant vers Dieu.

La fumée blanche présage une bonne nouvelle.

La fumée noire annonce une maladie sérieuse ou de la mortalité.

FUMIER. Un tas de fumier présage des profits, de la prospérité.

Être couché sur un tas de fumier annonce la richesse, les honneurs, car rien ne peut être mauvais, le meilleur s'en vient.

Une personne qui nous salit avec du fumier promet des dommages dans un proche avenir.

FUNÉRAILLES. Elles annoncent l'oubli et le bonheur dans une nouvelle vie.

Chance en affaires, si on a connu des déboires en ce sens. On enterre un état de vie, c'est très bon si on était malheureux. Très mauvais si on était heureux.

FURET (putois). Le voir signale la rencontre d'une personne curieuse, recherchant toujours l'innovation.

FURONCLES. *Soigner une plaie et la guérir,* c'est retrouver son équilibre et rétablir une situation normale. Ex. : passer d'une perte d'emploi à l'obtention d'un nouvel emploi.

L'endroit de l'éruption nous indique ce qui est touché dans la sensibilité de l'individu, toujours pris dans un sens symbolique.

Avoir des furoncles au cou annonce une maladie prochaine, de la dépression, de la névrose.

Le furoncle placé à cet endroit traduit : un manque d'adaptation sociale, un arrêt de l'évolution.

Sur les reins : ils annoncent des pertes d'argent et de résistance.

Aux pieds : ils représentent des obsessions dues à des pertes sentimentales ou d'affaires.

Bref, le prestige est atteint, et les pertes d'énergie ébranlent l'émotivité.

FUSEAU. Représente le sillonnement qui régit toute création dans l'univers. Il distribue le fil des événements de la vie, lesquels servent à tisser la trame du destin de l'homme.

Le fuseau distribuant le fil au début d'une pièce de tissage annonce les commencements de la vie terrestre.

Le milieu de la pièce annonce la moitié de la vie et la fin, la dernière étape de la vie.

Si la pièce est terminée, c'est la mort physique. (Voir *FONCTION*.)

G

GAGE. Un gage rejoint le sens de faire un vœu, un souhait.

Donner quelque chose en gage sous-entend une implication sentimentale à la suite d'une nouvelle rencontre.

En recevoir un : obligation de donner un crédit financier ou encore, au plan affectif, de se donner totalement en amour.

GAIETÉ. *Se sentir gai* peut vouloir dire une amélioration de la vie, face à une situation difficile.

Rire : annonce le contraire; une facette de la vie du rêveur est mal orientée. Bientôt il réalisera les ridicules d'une option.

GAIN. On recevra un témoignage d'amour ou une reconnaissance professionnelle. Tout dépend du combat qu'on mène spécifiquement par le temps qui court.

Gagner à la loterie : chance en amour.

Les chiffres gagnants expriment la qualité de cet amour.

GALE. *Pour le pauvre, être atteint de la gale* annonce richesse et bonheur.

Pour le riche, c'est un signe de grande autorité, de dignité accrue.

Vue sur d'autres personnes, la gale présage le contraire.

GALÈRE. La galère recommande de voir avec un œil plus critique ses connaissances et ses relations comme ses activités.

Sa vue oblige à la prudence et à la discrétion, en rapport avec les lieux, les gens à fréquenter ou les projets envisagés prochainement, si on est galérien. Elle est aussi un indice d'insatisfaction professionnelle.

GALERIE D'ART. La pièce d'art qui prend de l'ampleur dans votre cliché de rêve représente un événement à venir heureux ou malheureux.

Il faut analyser le symbolisme de cette œuvre d'art dessinée ou sculptée. Parle-t-il de vos amours, vos affaires ? Est-il une allégorie ? À vous de découvrir le sens symbolique de ce que l'œuvre représente.

GALETTE (ou biscuit). La galette symbolise des gains provenant de protections amicales.

Croquer une galette : promet la guérison aux malades.

Pour que le rêve soit bénéfique, il est bon de ne pas ingurgiter de liquide en les croquant : dans ce cas, ce rêve annonce une trahison par des amis.

GANGRÈNE. Blessure d'ordre sentimental, fatigue nerveuse.

Les membres gangreneux indiquent de quelle sorte de blessure il s'agit.

Être gangreneux annonce une stabilité dans les finances, même de l'abondance.

GANT. *Être bien ganté* détermine de bonnes relations menant à un prestige social.

Voir un inconnu la main gantée oblige à réaliser qu'une personne de l'entourage pourrait être dangereuse.

Perdre ses gants : prudence, la chance s'amoindrit, vos contacts aussi.

Mettre des gants, c'est faire attention à ses paroles, à ses actes, car on sent que la tension monte.

Porter des gants blancs : intégrité, sérénité.

Gants noirs : le contraire, malhonnêteté.

Voir quelqu'un jeter un gant par terre indique qu'on nous lance une provocation, *le ramasser*, c'est être prêt à se défendre, comme à se venger, en répondant à ce geste de défi.

Enlever ses gants devant quelqu'un, c'est reconnaître la supériorité de cette personne.

Gants déchirés : amères désillusions.

GARAGE. De quel garage s'agit-il ? Celui d'une cour privée ou d'un commerce.

Le garage près d'une maison, c'est l'équivalent de l'hôpital de nos motivations. C'est le lieu où l'on stationne l'auto. L'auto est le principe moteur de notre dynamisme. Où en est-on dans ses élans et projets ?

Moment dépressif à surmonter.

Il faut se reposer davantage, et savoir se redéfinir de nouveaux objectifs.

Se retrouver sans auto dans un garage exprime un état de dépression intense.

Le garage perçu en tant que commerce, bouillonnant d'activité avec une pompe pour refaire le plein d'essence, a un sens différent.

L'essence, c'est l'énergie qui soutient l'effort volontaire dans la poursuite de ses objectifs.

La pompe à essence : c'est l'aspect instinctif latent placé au fond de chaque individu.

Le garage en tant que commerce : répare les défectuosités de l'automobile, c'est-à-dire l'aspect négatif de notre personnalité où certaines imperfections empêchent notre pensée de s'affirmer, de s'envoler vers de nouveaux idéaux. Mais c'est aussi le lieu où l'on fait remplacer des pièces de moteur, ou le moteur lui-même : c'est là qu'on change son mécanisme dans la manière de penser. (Voir *MOTEUR*.)

GARAGISTE. Un aspect de la pensée individuelle dans un rêve masculin, laquelle travaille à analyser les aspirations personnelles, à rebâtir des forces et à s'orienter vers une renaissance intérieure en étudiant sa manière de comprendre un projet amoureux.

En essayant de percevoir ce qui est à changer, à former, pour arriver à un nouvel élan de vie.

Dans un rêve féminin, le garagiste symbolise l'homme qui arrive à point, dans une période de luttes et de vide où le système nerveux est fatigué. C'est un appui afin de recommencer une nouvelle existence.

GARDIEN. Qu'il soit un garde du corps ou un surveillant dans un établissement, à la façade d'un château : obligation de se défendre, ou de se protéger contre un danger. (Voir *MONSTRE, DRAGON, HÉROS, GÉNIES, CHÂTEAU.*)

GARE. La gare dévoile au rêveur une démarche intérieure afin de planifier une nouvelle direction de vie.

Se trouver sur le quai d'une gare, c'est attendre un nouveau départ dans la vie, et concevoir un nouvel éveil de la conscience, c'est envisager un autre cheminement.

Petite gare : changement sans trop d'importance.

Grande gare : transformation intérieure remarquable.

Projet d'envergure.

Avoir trop de bagages, au point de ne pas pouvoir monter dans le train, sous-entend l'incapacité de se détacher du passé, ce qui empêche le rêveur d'avancer dans la vie, d'arriver à temps pour saisir la chance.

Perdre son billet explique la confusion qui empêche d'accéder à une autre dimension intérieure, à un changement soit par négligence ou par incapacité.

Se perdre dans une gare indique la difficulté de savoir préciser ce que l'on veut.

Voir de nombreuses voies s'entrecroiser signale la nécessité d'une analyse complète de ses motivations, la confusion envahit le rêveur, par trop de possibilités envisagées.

Si le train nous conduit dans une gare inconnue : l'évidence de parvenir à un autre travail intérieur, à une autre passion, car lorsqu'une étape se termine, une autre recommence.

Le contrôleur du train ou le chef de gare représente une partie de soi-même qui censure, si tout le potentiel est adéquat pour une nouvelle orientation et si les circonstances s'y prêtent.

Prendre le train, c'est être engagé vers une nouvelle direction, une nouvelle vie, le changement escompté arrivera. (Voir *TRAIN.*)

GÂTEAU. *Offrir ou recevoir un gâteau* annonce un moment heureux, un échange de sentiments.

Le partager, si on vous donne votre part : bonheur partagé harmonieusement.

Tous les gâteaux, petits ou gros, représentent les plaisirs des sens, la volupté.

GAUCHE. La gauche revient au non-conventionnel, au caché, à la noirceur, au négatif.

Tourner à gauche à une intersection, c'est s'engager dans des activités secrètes, des amours illicites ou non conventionnels.

GAZ. Vous avez le feu sacré pour réussir, il s'agit de bien planifier.

Allumer le gaz : réussite rapide.

Ne pas y arriver : on a encore besoin d'apprendre avant de réussir, tout au moins, il y a des retards.

GAZELLE. Symbole de séduction d'après une expression populaire.

La tuer : vous posséderez un amour durable, que vous soyez un homme ou une femme.

Pouvoir suivre une gazelle : que d'énergie vous pouvez déployer ! Pour réussir, rien ne vous repousse et en plus vous êtes très créateur.

Voir une gazelle tuée par un fauve : amour destructeur ou encore force inconsciente destructrice.

GAZON. *Bien tondu et vert* : bonheur, joie affective.

GAZOUILLEMENT D'OISEAU. Bonheur certain. Rencontre heureuse qui permet de faciliter la communication de ses émotions, de son allégresse.

GÉANT. Les géants de la mythologie grecque sont des colosses brutaux voués à la puissance inférieure, c'est-à-dire venant de la terre.

Ils ne peuvent être vaincus que par la volonté de l'homme unie à celle de Dieu.

En rêve, les voir ou les regarder sur une illustration doit nous inciter à la prière afin de demander la protection de la lumière devant l'évidence d'une répétition de malchance.

C'est la seule façon de se sortir de cette noirceur. Car Dieu ne peut nous sauver sans notre permission, et les forces attaquantes étant ce qu'elles sont, nous ne pouvons nous sauver sans son accord.

Par contre, il est possible de voir un géant sans qu'il représente ces êtres mythologiques. Il est toutefois très important qu'il ne se dresse pas contre vous ou votre réussite, car sa puissance peut décider de tout.

Il est donc important que ce géant ne soit pas tellement plus grand que la moyenne. Dans ce sens, il peut indiquer dans *un rêve féminin* l'homme dominant la vie sentimentale et dans *un rêve masculin*, le géant promet la fortune ou la célébrité.

GENDARME. Il symbolise une protection comme la mère qui surveille et sécurise.

GÉNÉRAL. Le général renseigne sur une facette de la personnalité du rêveur dans les pérégrinations de l'existence.

Se trouver en présence d'un général, c'est être capable de diriger à bon escient le combat de la vie.

Se voir sous les traits d'un général, c'est aimer commander et être à l'aise en commandant les autres.

Dans un rêve masculin, il est beaucoup plus la puissance à diriger sa vie.

Dans un rêve féminin, il peut représenter la femme soumise, devant l'homme qu'elle aime.

GENÊT. Funérailles en perspectives, si on voit une personne recouverte de branches de genêt fleuries. Le genêt provoque l'oubli des traumatismes.

GÉNIES. *Avoir son bon génie*, c'est accepter l'aide d'un être surnaturel bienveillant, c'est connaître une influence bénéfique autant sur le plan terrestre que surnaturel.

C'est aussi une expression employée pour parler de l'intuition, de ses inspirations.

Les mauvais génies symbolisent les mauvaises influences qui conduisent à l'erreur, à la malchance et à la destruction.

GENOU. Il symbolise un pouvoir politique.

Le genou représente aussi la force, la puissance, la dignité et l'endurance.

S'agenouiller devant quelqu'un, c'est reconnaître ses valeurs. C'est un geste respectueux, envers un personnage investi d'une autorité, d'une puissance.

Saisir ou toucher des genoux, c'est demander protection.

Les genoux meurtris, galeux représentent une santé débile.

Les beaux genoux robustes annoncent des changements heureux et protégés, des voyages de plaisir, de la santé et de la joie de vivre. Le genou rejoint la signification de la jambe, du pied et des mollets.

GEÔLIER. Il apparaît dans les rêves où nous méritons d'être puni.

Il annonce un danger d'être pris en faute et d'être dénoncé.

Ou encore il représente une situation dans laquelle on ne peut se justifier ouvertement.

Être geôlier, c'est avoir eu un comportement qui a éloigné la chance, et la cruauté retombe sur soi. Car il fait observer des lois à ceux qui ont trompé les autres ou qui en ont abusé.

Être libéré de la geôle : enfin on peut agir et contrôler sa vie.

GERBE. La gerbe témoigne de l'abondance. Elle symbolise la force par l'union et la prospérité par la fusion des énergies dans l'éphémère qui se renouvelle constamment.

Et dans ce sens, la première gerbe symbolise la naissance, la deuxième, la jeunesse, et la dernière symbolise la mort.

Recevoir une gerbe de fleurs, c'est recevoir l'amour, la joie condensée dans la gerbe.

En donner : richesse et dynamisme à partager. On aime et on veut s'unir à quelqu'un.

GERBE DE BLÉ OU D'AVOINE. Elle est un indice d'attente couronnée de succès dans les entreprises, à condition qu'elle soit à l'abri, sinon des protections sont à prendre afin de ne pas perdre des acquis.

GEYSER. Sentiment passionné à découvrir, sous les traits d'un personnage flegmatique et froid.

GIBIER. Le gibier représente la domination qu'on veut établir sur la personne aimée, ou sur l'associé en affaires, etc.

Le gibier implique une action, celle de chasser, c'est-à-dire de séduire, de magnétiser.

Réussir à prendre un animal, c'est réussir à maîtriser un coup bas. Mais dans le cas du gibier, il est préférable que la victoire ne soit pas évidente. Donc, l'apparition du gibier en rêve incite à la prudence. Il ne faudrait pas qu'une autre sorte de gibier surgisse de quelque part, c'est-à-dire de la méchanceté, de la traîtrise venant de mauvaises ingérences.

GIFLE. Dans les rêves tous les coups représentent des paroles blessantes, des amitiés perdues, ou des conflits ouverts.

GIGOT. Manger du gigot bien apprêté invite le rêveur aux réjouissances et plaisirs épicuriens.

GILET. *Un gilet propre et de couleur gaie* indique un amour joyeux.

Avoir à choisir un gilet annonce un état précaire dans une relation sentimentale.

Si on choisit un gilet : bien regarder son état et sa couleur, il parle des qualités d'amour.

Chercher un gilet : vous ne croyez pas qu'on vous aime, c'est pourtant le contraire.

GINSENG. On manque de confiance en soi (voir *ANAPHRODISIAQUE*), état de stagnation.

En ingurgiter, c'est retrouver une vie plus équilibrée, une résistance nerveuse accrue, et beaucoup de dynamisme en amour.

GIRAFE. Caractéristique d'une personne quelque peu snob, vaniteuse et girouette. Personnalité trop influençable ou selon le cas instabilité dans la profession ou les activités.

GIVRE. Choc refroidissant les sentiments.

Le givre annonce une période de peines à traverser.

Si le soleil brille, la joie viendra bientôt.

GLACE. Elle sépare le conscient du subconscient.

Tout ce qui sort de l'eau annonce une percée consciente de l'objet symbolisé.

Voir la glace recouvrant la nature, la mer, un lac : période de solitude.

Manque affectif.

GLAÇON. *Voir un seul glaçon* annonce une peine sentimentale.

Les glaçons qui flottent dans un verre plein présagent une passion amoureuse.

GLADIATEUR. Apercevoir un gladiateur détermine une provocation et de là, la nécessité de se battre. (Voir *COMBAT*.)

GLAIVE. Symbolise l'affirmation volontaire vers la lumière. Le glaive représente la puissance mise au service de la sagesse.

Voir un glaive : votre perspicacité jointe à votre désir d'authenticité est prête à s'affirmer, à imposer ses vérités afin de combattre l'erreur, l'obscurité, la malhonnêteté.

Bref, c'est être éclairé et agir fermement.

Le tenir à la main : vous déclencherez un combat victorieux. (Voir *ÉPÉE*.)

GLAND. Le chêne symbolise la force, la sagesse, la longévité. Son fruit, le gland, annonce du succès.

S'il tombe de l'arbre : difficulté à escompter.

Ramasser des glands tombés : tribulations.

GLAS. Entendre sonner le glas est un indice de renoncement intérieur, de peine.

GLISSADE. Danger de trahison, on préfère retourner aux sources premières ou projets abandonnés.

Glisser en marchant annonce un comportement téméraire ou tout au moins une aventure risquée.

Tomber en glissant : insuccès et épuisement.

Décider de glisser vers le bas, c'est l'abandon de quelque chose afin d'en retrouver une autre, représentée par ce qui est en bas.

Ce qui est au pied de la glissade peut symboliser un état d'âme, ou une activité, ou un sentiment.

Glisser et ne pas tomber (voir *ASCENSION, DESCENTE*), c'est laisser tomber quelque chose, la fin du rêve nous montre s'il en était mieux ainsi. (Voir *TOMBER*.)

GLOBE TERRESTRE. Un désir de voyager sera bientôt comblé. Le pays ou le lieu promet un pouvoir ou de la chance et est en relation avec l'endroit indiqué sur le globe. Le globe terrestre peut aussi indiquer une recherche pour retrouver sa vraie raison de vivre, son centre sacré.

GLORIFIER (se). *Se vanter dans les rêves*, c'est sentir une nécessité de se valoriser. C'est un signe d'insuccès.

GLOUTON (animal carnassier). Influence néfaste qui dévore la vie et la redonne. C'est le jeu constant de la régression ou de l'évolution à travers les mutations terrestres.

Il symbolise le temps, le début ou la fin de quelque chose. Exemple : un divorce, un décès.

GLYCINE. Dans les jours à venir, sentiments remplis de délicatesse amoureuse. Elle indique un sentiment profond et stable.

GOBELET. Instrument matériel pour recevoir le degré de maturité en s'abreuvant à la nourriture surnaturelle.

Vide : une période difficile se termine.

Boire du lait au gobelet, c'est accepter l'épreuve de la vie avec tout le développement que la souffrance permet. Car le lait symbolise l'encouragement reçu des forces d'en-haut.

GOÉLAND. Il annonce le bonheur, de l'amour et parfois un peu de jalousie.

GOITRE. *Se voir avec la gorge grasse et abondante* est un signe de bien-être, de succès.

Avoir le goitre annonce une maladie.

GOLF. Jouer au golf, c'est se débattre dans l'ébauche d'une relation sentimentale. (Voir *HOCKEY*.)

GOMME. *Mâcher de la gomme* : on repense constamment à ses fautes passées.

Essayez d'oublier et de vivre au présent.

GONDOLE. Se promener en gondole, c'est trouver l'amour dans ses déplacements.

Conduire une gondole stimule l'esprit vers l'initiative d'une conquête sentimentale.

GORGE. *Avoir mal à la gorge* : peine d'ordre sentimental.

GRAAL. Le Graal, vase d'émeraude, serait le vase dont Jésus-Christ se serait servi à la Cène. Le posséder assure une jeunesse éternelle.

Il va de soi que nous pouvons tous le posséder mystiquement par des conditions de vie intérieure contemplative, prônant l'ascétisme.

Cela n'est pas facile de posséder le don de vie et d'illumination par la grâce divine.

Cela n'est pas sans faire naître une dualité, un voyage entre nos désirs spirituels et nos désirs matériels afin de devenir une image authentique, parfaite du Christ.

Trop souvent l'incapacité de refuser les joies matérielles telles que la richesse, la gloire, aveugle le soupirant ascète. Ce vase symbolise l'accès à la plus haute forme de connaissance éternelle assurée, par l'acceptation des épreuves terrestres.

Donc, s'il apparaît dans vos clichés de rêve, il traduit votre intériorité et des avancements surnaturels que vous méritez, car sa signification est la même dans la vie onirique qu'à l'état de veille.

GRAINE. *Manger des graines* annonce des conflits, des désagréments.

La vue de la graine en rêve offre de nouvelles possibilités.

Si on la sème, c'est une chance d'améliorer sa vie, de mieux s'orienter.

GRAISSE. La graisse annonce toujours l'abondance, la richesse.

Manger la graisse d'un animal désigne les qualités à acquérir de cet animal.

Voir des vêtements tachés de graisse annonce un mariage d'apparat.

Si l'aspect est désagréable : outrage reçu.

GRAMMAIRE. Obligation de s'en tenir au respect et à l'intégrité.

La grammaire indique le respect des normes préalablement établies dans un engagement. Et on est toujours le premier à s'en féliciter.

GRANDIR. *Se voir grandir en rêve* indique que coûte que coûte, on est déterminé à s'affirmer, à réussir.

GRANGE. Elle annonce la richesse ou la pauvreté. Tout dépend si elle pleine ou vide.
Si elle est en bon état : promesse de prospérité.
Délabrée, elle présage la misère.
Bien interpréter ce qu'il y a d'entreposé.
Ce que vous y voyez symbolise la chance et la malchance à escompter.
La grange parle autant de la vie amoureuse, de la vie sexuelle et dans ce sens, indique la richesse d'ordre sentimental.

GRAPPE DE RAISINS. Elle représente l'amour le plus complet, le plus désintéressé que l'on puisse vivre.
Les raisins secs promettent des amours insatisfaisantes.

GRATTELLE (gale). *En être atteint* est un heureux présage.
Voir quelqu'un d'autre atteint de la grattelle annonce des événements fâcheux.

GRAVER. *Graver, dessiner des formes géométriques* annonce la fin de ses soucis et la réussite dans le domaine désigné par le rêve. Ex. : Dessiner un triangle isocèle annonce l'amour pour bientôt.

GREFFE. *Signification sexuelle* : union, mariage, parfois association d'affaires.
Il est important qu'elle soit bien réussie, alors c'est un présage d'harmonie et d'épanouissement.

GREFFIER. Il promet plus d'autorité et de prestige aux opprimés.

GRÊLE. La grêle laisse prévoir une période de tristesse.
Voir tomber la grêle signifie que les pensées tenues secrètes seront dévoilées au grand jour.

GRELOT. Le grelot énonce un goût de se distraire, de jouir de la vie. Il faut en profiter.

GRENADE (fruit). Elle annonce l'amour pour le célibataire et une nombreuse progéniture pour les gens mariés.
Tous les fruits à nombreux pépins annoncent la productivité, la fécondité.

Boire du jus de grenade : Grossesse.

Chez les chrétiens, la grenade devient le symbole de la perfection.

L'intérieur de la grenade représenterait la structure de gouvernement universel avec ses hiérarchies.

GRENIER. Le grenier, c'est le lieu où l'on se retire en soi-même afin de penser, de s'instrospecter. Bref, c'est ce qui se passe dans l'esprit, en rapport avec son vécu actuel, faisant un lien avec notre passé, notre enfance et tous les souvenirs enfouis, de même que les traumatismes vécus et les débris, en les élevant vers un meilleur ajustement de la pensée, une plus grande adaptation.

GRENOUILLE. Elle symbolise le plaisir en ce monde, les métamorphoses. Elle invite au bonheur, au réveil des joies terrestres.

Entendre coasser la grenouille : renaissance et amour printanier, lequel peut faire oublier les souffrances passées.

Tuer une grenouille, c'est refuser de s'ouvrir et de croire à nouveau à la vie ou à ce qui la représente.

Pour un voyageur, voir une grenouille est très bénéfique. Elle lui promet des déplacements heureux.

Voir des grenouilles représente des bavardages indiscrets et étourdissants.

Frapper des grenouilles : c'est imposer son autorité.

Jeter dehors un mâle et une femelle grenouilles annonce une séparation définitive pour un couple.

GRIFFON. Animal fabuleux, doublement solaire, par son hybridation se situant entre l'aigle et le lion, de complémentarité humaine et divine. Il symbolise la dualité des forces terrestres et célestes, qui empêchent de parvenir au trésor, c'est-à-dire la perfection vers la plus haute lumière céleste.

GRILLE. *Si la grille est fermée* : incitation à la discrétion et au respect des conventions.

Ouvrir la grille : tout est possible, on vous ouvre son cœur, sa protection.

Ne pas réussir à l'ouvrir : échec de vos projets.

GRILLON. Présage de bonheur au foyer.

Entendre le grillon est un indice de protection pour les musiciens. C'est un signe défavorable pour les malades. Il incite les timides et les craintifs à ne pas croire à leurs fantasmes. Il signifie en général que dans l'épreuve, on ne récoltera qu'indifférence.

GRIMACE. En rêve, se moquer de son prochain ou le ridiculiser n'apporte que soucis et regrets.

GRINCEMENT. Il annonce de mauvaises nouvelles, souvent un accident inattendu.

GRIS. (Voir *COULEUR*.)

GROSEILLE. Les groseilles annoncent l'amour.
Tous les fruits présagent des moments heureux. Si elle n'est pas vue en saison, elle annonce des retards dans les joies promises.

GROSSESSE. Elle annonce la réussite dans un projet en cours.
Pour la femme désireuse d'avoir un enfant, cela annonce la réalisation de son projet.
Se voir enceinte et ne pas en admettre le fait signifie un avortement, la fin d'un projet.

GROTTE. Symbole maternel de retour aux sources par son aspect.
Entrer dans une grotte, c'est vouloir analyser à nouveau un événement passé, afin de résoudre un problème actuel.
Ce que l'on voit nous renseigne comment dépasser la stagnation présente, ou un traumatisme obsédant.
Sortir de la grotte avant l'éveil, c'est avoir compris comment se départir de l'angoisse présente, de penser en considération de l'avenir.

GRUAU. Le gruau signifie prospérité, succès, protection.

GRUE. *En Inde*, elle est annonciatrice de danger, de tromperie.
En Occident, elle symbolise la stupidité.
En Orient, la longévité et la stabilité amoureuse.
Une seule grue annonce le mariage aux célibataires et une naissance à ceux qui sont déjà mariés.
Voir une bande de grues annonce un complot, un larcin, alors vigilance.
Voir une grue en période hivernale signifie qu'on bénéficiera mal du fruit de ses efforts. Il faut attendre les belles saisons pour escompter le succès.

GRUE (mécanique). Elle annonce un travail moins pénible ou la solution à des conflits sentimentaux.

GUÉ (passage). Il confirme le passage incertain d'une zone intérieure vers un avancement.

Arriver au gué d'une rivière indique toujours une étape de transition avant d'atteindre un autre niveau de compréhension, d'intérêt, ou de réalisation.

C'est mourir à une façon de vivre, cela implique des craintes, des angoisses et des dualités intérieures, parfois des batailles.

Traverser facilement le gué : merveilleuse transformation de la vie.

Tomber ou rester pris dans un trou indique une incapacité à s'affranchir d'un dégagement vers ses désirs et intérêts, afin d'arriver à une autre dimension de vie.

S'il y a combat ou guerre : se trouver vainqueur et réussir la traversée, on débouche sur une période d'épanouissement.

GUÊPE. Voir une guêpe maçonnant son nid représente l'âme en quête de construire son centre sacré, montant chaque palier vers la maturité à travers ses motivations. Elle annonce les projets, les intérêts qui se réalisent et qui profitent dans un sens spirituel.

Par contre, tomber dans un guêpier : attention on s'engage dans une mauvaise direction.

Se faire piquer par une guêpe indique qu'on subira une bonne ou une mauvaise influence.

Il est préférable de *l'attraper et de la placer en boîte*, ainsi on éloignera les mésaventures.

GUERRE. Symbolise les forces aveugles, autodestructrices qui s'éveillent dans chaque individu recherchant l'unité.

Anticiper une guerre ou s'y préparer présage de la mésintelligence qui conduira à des conflits, à des ruptures.

Avoir les armes à la main indique qu'on sera l'instigateur d'un procès, d'une querelle et qu'on en récoltera la mésaventure, on déclenchera des conflits intérieurs rebondissant sur l'entourage.

La plupart du temps, les rêves de guerre s'adressent à des procès subjectifs, à une guerre intérieure. On fait le trajet entre deux attitudes, deux sentiments, deux éventualités devant lesquelles il est difficile de faire un choix.

Habituellement, on cesse de rêver à la guerre quand on réussit à prendre une option définitive.

Les rêves de guerre incitent à la méditation, à l'isolement afin de voir clair en soi, et à découvrir ses priorités.

GUI. Souvent le gui annonce une guérison.

Il promet la protection, la chance et pour longtemps.

GUICHET. *Se retrouver au guichet d'une station de métro ou d'autobus où il y a beaucoup de monde*, c'est se replier sur soi-même et avoir de la difficulté à résoudre un problème, une énigme, à savoir si on peut continuer dans une voie désirée.

Être servi de façon satisfaisante à un guichet, c'est-à-dire réussir à avoir un billet, pouvoir le payer, c'est résoudre un problème, c'est faire un choix dans une direction précise, en amour, en affaires, bref dans un idéal fixe.

GUIDE. En général, le guide symbolise l'inspiration, l'intuition. Ce rêve conduira à la solution d'un problème actuel. (Voir *AMIS, APPARITIONS, ANGES, ESPRIT.*)

GUILLOTINE. La guillotine suscite un désir d'autopunition.

Aller à la guillotine, c'est vivre un sentiment de culpabilité en regard de l'autre.

Tout le monde fait des erreurs par manque de maturité.

Les uns, les autres doivent apprendre à se pardonner réciproquement. (Voir *POTENCE.*)

GUIRLANDE. *Porter une guirlande, une couronne de fleurs en saison* est un présage de joie, de santé.

Porter une guirlande de fleurs séchées ou fanées annonce des sentiments malheureux, des discrédits familiaux ou sociaux. (Voir *COURONNE.*)

H

HABIT. La qualité du style de l'habit nous indique le langage de l'intériorité de la personne, se mariant à l'adaptation sociale, au rôle que son éducation lui destine, que ses qualités, vertus, défauts ou vices mettent en évidence.

Voir une personne vêtue richement annonce un individu épanoui, chanceux, adapté à son milieu. (Voir *VÊTEMENT, UNIFORME.*)

HACHE. Symbolise le choc créant la lumière, la séparation traumatisante qui permet d'aller plus haut.

La hache coupe, sépare, crée les différences, mais aussi

permet des ouvertures. À travers les oppositions naissent de nouvelles perceptions.

La hache, c'est une arme puissante pour se sortir du chaos, pour avancer vers la maturité. Si on s'en sert en montant, n'est-il pas vrai que les chocs constants de la vie créent une lumière nouvelle, qui se développe dans l'effort de l'adaptation, en surmontant ses peines, ses blessures ?

De même, la hache sert à fendre des bûches, lequel produira la chaleur, pourtant on détruit un arbre.

Fendre des bûches promet un travail intérieur intéressant et qui produira ses fruits, en développant son intuition et en doublant l'action d'un idéal élevé.

L'emploi de la hache a un double aspect et il faut bien en tenir compte dans les rêves.

Bien analyser si le coup donné est destructeur, et s'il l'est, reste à savoir si le résultat, d'abord décevant, ne débouchera pas sur une percée lumineuse.

Le bois coupé sert aussi à bâtir une maison, un édifice.

HAIE. Les haies sont des moyens pour clôturer une dimension afin d'établir des limites pour protéger son intimité, sa vie personnelle et amoureuse.

Être obligé de calculer les limites de son terrain est un mauvais indice pour les affaires, c'est aussi l'annonce d'un conflit d'association sentimentale.

Voir une haie autour d'un jardin oblige le respect. Cela indique qu'on ne permet pas d'ingérence dans ses affaires. On veut protéger ce qui est acquis.

Être à l'intérieur d'une haie signifie la fidélité.

Ainsi, *passer par-dessus une haie pour en sortir* est un signe d'infidélité.

Sauter soi-même par-dessus la haie, c'est faire les premières démarches pour retrouver sa liberté.

Voir quelqu'un sauter la haie et pénétrer dans son jardin énonce une ingérence, une action suggérant l'infidélité.

Briser une haie symbolise un comportement grossier, irrespectueux en amour.

HAILLONS. Le langage le plus évident, c'est notre habillement.

Être habillé de haillons annonce une pauvreté matérielle, une inquiétude et une angoisse morale mais pas nécessairement une pauvreté psychique.

HAINE. Elle annonce une vie solitaire et sans appui, si ce rêve se répète souvent.

Haïr des gens haut placés, c'est provoquer sa malchance.

HALTE. *Voir ce mot écrit* indique qu'il est encore temps de décider définitivement de sa vie, tout n'est pas encore complètement élaboré.

Il est possible de voir, soit dans une gare ou un terminus d'autobus ou encore sur une route, une pancarte sur laquelle est écrit le mot « halte ». C'est alors le moment décisif de s'engager ou non dans un projet sentimental ou autre. Il faut avant de s'engager plus profondément méditer quelque peu afin de saisir si on préfère continuer sa vie de la même manière, ou accepter un autre virage.

HAMAC. Pour votre équilibre, il serait bon de prendre un temps d'arrêt, de prendre des vacances ou encore une année sabbatique. Cela revient à dire que les circonstances de votre vie mettront vos énergies à l'épreuve.

HAMEÇON. Incitation à renoncer à quelqu'un ou à un projet.

Se laisser prendre à l'hameçon implique beaucoup de naïveté de la part du rêveur et des difficultés sont à envisager.

Pêcher à l'hameçon annonce la chance en amour, à condition de prendre un beau poisson en bonne santé, sinon c'est l'ébauche d'un projet se terminant par beaucoup de soucis.

Voir des poissons morts au bout de l'hameçon, c'est un manque de chance, bien souvent causé par soi-même.

Voir quelqu'un d'autre manier l'hameçon nous prévient de prendre garde de ne pas tomber tête baissée dans un piège quelconque.

HANNETON. L'amour entre dans votre vie et crée des circonstances exigeant beaucoup de diplomatie, car ce genre d'adaptation demande de l'audace et de la ruse, afin de faire valoir ses droits sans détruire la passion.

Se faire piquer par un hanneton : difficulté à prévoir.

HARICOT. Les haricots parlent de la vie sexuelle.

Semer des haricots : on rencontrera l'amour.

Voir des haricots promet l'union, mais aussi les dangers de l'infidélité ou de la trahison.

Haricot grillé : on sera protégé divinement dans ses attachements.

HARMONICA. Union reflétant l'harmonie en amour.

HARNAIS. Il signifie que l'on est attelé à une tâche et qu'on doit œuvrer dans cette direction, à condition d'être courageux, patient et soumis.

HARPE. La harpe symbolise l'inaccessible que l'homme vit occasionnellement sur la terre.

Ses vibrations élevées servent de lien entre le ciel et la terre et c'est à partir de son centre intérieur que ces vibrations naissent par l'harmonisation de ses aspects négatifs et positifs, c'est-à-dire par la polarisation des désirs matériels et spirituels vers un parfait contrôle.

La harpe, c'est la mélodie de l'enivrement amoureux laissant primer la plus haute perfection, la plus grande délicatesse, le plus grand raffinement des sentiments.

Jouer de la harpe dans une église ou à la maison annonce le mariage à l'âme solitaire, mais de sérieux ennuis dans toutes sortes d'entreprises pour les gens mariés ou associés.

HARPIES (mauvais génies). Seule une vie spirituelle peut les chasser.

Elles sont de mauvais génies à corps d'oiseau de proie, à tête de femme, aux serres rapaces, qui tourmentent l'âme en l'incitant aux vices et à la méchanceté.

Il est bon de les voir s'éloigner, afin de sentir un dégagement vers un contrôle de soi.

Selon l'expression populaire : femme criarde et de mauvais caractère.

HAUTEUR. Le haut symbolise tous nos grands espoirs de bonheur, d'amour, d'équilibre intérieur.

C'est la connaissance à atteindre.

Monter rejoint le sens d'apprendre d'une façon moralisante, épreuve qui élève.

La hauteur représente l'illumination chez les mystiques.

La hauteur est le couronnement de l'épanouissement suprême à travers les épreuves et les souffrances.

La hauteur c'est aussi, si on la voit d'en bas, un but à atteindre.

Être en haut, c'est vivre une libération, un détachement ; encore là faut-il interpréter ce qu'on y voit.

Être en haut mais lutter encore, c'est une invitation à se surpasser encore. De palier en palier, de montagne en montagne, de hauteur en hauteur, le combat existe toujours mais plus facilement.

Se trouver en haut d'une maison, d'un édifice, d'une montagne présage la réalisation d'un projet, d'un succès, d'une réussite, reste à savoir si l'aspect est heureux ou malheureux. Il y a parfois des précipices, des canyons à traverser ou des châteaux, des forteresses à atteindre.

Apercevoir une immense ville et la contempler du haut d'un toit annonce un grand amour qui changera la vie du rêveur.

Voir une ville en feu indique la fin d'un attachement affectif.

Se sentir trop haut au point d'en être angoissé et apeuré et être obligé de descendre révèle une défaite, une rupture, le retour à un état premier.

L'expression populaire «*tomber de haut*» a la même signification que dans la réalité, c'est-à-dire avoir une grande déception.

Être dans les hauteurs, faire une chute, la contrôler, avoir le pouvoir de diriger lentement sa chute, c'est savoir se détacher sans se briser intérieurement.

HÉCATE. Déesse des mots, magicienne légendaire qui faisait apparaître les fantômes et provoquait les sortilèges. On la représente comme trois femmes adossées à une colonne ou encore comme une femme à trois corps.

Elle symbolise les forces inconscientes agissant dans les étapes de la vie : la naissance, la jeunesse, la maturité, et la fin de vie, vers la mort.

En faisant apparaître des monstres, des fauves, elle oblige à une montée de plus en plus lumineuse vers l'ordre de l'esprit qui veut se sortir de ses instincts primitifs, du chaos.

HÉLICE. Symbolise le support lié au feu de l'envol de l'âme, vers la continuation de la vie au cours d'un projet.

Si elle tourne normalement : les événements se lient à vos efforts et votre cheminement est sans problème.

Si l'hélice n'arrive pas à tourner malgré votre volonté : on ne se conjugue pas à vos battements et rien ne se produit.

Si elle s'arrête : il n'y a plus de coopération nécessaire, à la motivation concrète.

S'il s'agit de l'hélice d'un navire, d'un yacht : on ne compose plus avec vous dans le prolongement du quotidien. Il faut communiquer davantage.

L'hélice d'un avion : projet ou aventure impossible.

HÉLICOPTÈRE. Goût de changer de décor, de se dépayser pour un certain temps, autrement dit, la monotonie vous pèse lourdement.

HÉLIOTROPE (tournesol). Cette fleur représente l'individu qui cherche constamment la vérité, la perfection, l'harmonie dans l'union.

Symbole solaire du plan végétal, elle donne les ambitions vers la gloire, la vie mystique ou encore l'amour.

HÉMÉROCALLE (lis jaune et belle-de-jour). La voir en rêve : symbole de merveilleux moments où vos soucis disparaîtront.

HÉMICYCLE (demi-cercle). Il représente un manque d'expérience pour juger une situation et de ce fait, on se lancera dans un projet négatif.

L'hémicycle symbolise le degré de compréhension, accessible aux humains si on compare la vérité totale et universelle à celle de la terre.

HÉMORRAGIE. Elle annonce une perte d'énergie nerveuse due à des chagrins, des peines.

L'organe blessé symbolise le sujet de ses peines.

Une blessure au cœur avec perte de sang annonce une rupture, une perte sentimentale.

Une blessure au cœur sans perte de sang signifie un coup de foudre.

Une blessure à la bouche concerne des conflits avec les gens de la maison.

Une hémorragie vaginale présage des chagrins et de l'incompréhension amoureuse qui mine le moral.

HENNIN (coiffe du Moyen Âge). Ce rêve nous amène en arrière dans le temps dans un comportement très romantique et vous indique votre manière de séduire et d'aimer.

HÉPHAÏSTOS (Vulcain). Forgeron de Zeus, il fabriqua avec son enclume bouclier, bijoux, broches, bracelets, colliers pour les déesses et les plus belles femmes.

Il représente une facette de l'homme qui paie le prix de ses talents créateurs et de ses vertus.

Surpassant ses déficiences, il découvre des pouvoirs magnétiques et exprime la puissance de l'esprit sur la matière. Ses chefs-d'œuvre représentent l'effort humain à se sortir des états imparfaits pour conquérir la beauté morale, laquelle est symbolisée par les déesses de l'amour.

Voilà la véritable signification des bijoux, la conquête des qualités qui permettent la connaissance parfaite de savoir aimer et réussir.

HÉRACLÈS (Hercule). Symbolise l'aspect « force pure » dans chaque individu, laquelle travaille à détrôner les vices, les imperfections afin d'atteindre la jeunesse éternelle.

Héraclès, l'Hercule de la mythologie romaine, doit livrer des combats dès sa naissance.

Aussi, les douze travaux d'Hercule symbolisent-ils les douze constellations du zodiaque.

À travers ce sillonnement, l'humain doit se battre pour atteindre la perfection de ce que chacune d'elles représente. (Voir *ZODIAQUE*.)

HERBE. Symbolise les remèdes, les émerveillements, la chance. Les herbes se rattachent à un pouvoir curatif et revivifiant. Dans l'Antiquité, on leur attribuait diverses propriétés, celles d'agir sur la fécondité, la virilité, la vitalité, les accouchements. Selon les Anciens, elles avaient autant d'influence sur la fertilité que la richesse.

Encore de nos jours, les herbages qu'on boit en infusion ou en décoction, qu'on fait bouillir ou qu'on prend en comprimés ou en sachet ont des effets thérapeutiques reconnus.

Vues en rêve, elles deviennent une incitation à surveiller sa santé et rejoignent les mêmes pouvoirs curatifs.

Voici quelques exemples pour saisir ce qu'elles nous expriment.

Le tilleul sert à calmer le système nerveux et fluidifier le sang. Symboliquement, cela indique que vous vivez une tension trop forte.

La camomille agit surtout sur les engorgements du foie, les maux de tête. Elle concerne les passions et les émotions nocives.

La menthe demeure une plante précieuse contre les vomissements. Elle excite les organes de la digestion. Il faut vous poser la question : qu'est-ce que vous n'arrivez pas à digérer dans votre vie ? et y remédier. La menthe ingurgitée en rêve vous y aidera.

Le ginseng aide dans les maladies chroniques, fatigue physique, ou mentale et prévient le vieillissement. Quel dynamisme avez-vous à retrouver ?

Les herbes odoriférantes ont des pouvoirs magiques pour attirer, pour envoûter ceux qui respirent le parfum de l'une de ces fleurs ou de ces plantes.

En manger annonce la misère, la dépendance.

Les herbes sèches symbolisent la maladie, l'insatisfaction ou des rencontres sentimentales frustrantes.

L'herbe du gazon représente la joie de vivre, du bonheur s'il est vert et bien entretenu.

HÉRISSON. Symbolise l'avarice et la goinfrerie cachées sous l'apparence de la timidité.

Personnification de tout individu déterminé et égoïste qui trouve moyen de s'enrichir par l'action, la ruse et l'agressivité.

Hérisson prêt à lancer ses pics : votre agressivité vous nuit.

HERMÈS (Mercure). Messager de Zeus.

Divinité de l'intelligence ingénieuse, créatrice. Protecteur des voleurs et des commerçants. Il déploie une activité réalisatrice en inventant la lyre et la flûte. Curieux, il voulut apprendre la magie et offrit sa flûte à Apollon, dont il reçut en échange des leçons de divination.

Zeus, impressionné par ses talents, le plaça à son service en tant que messager entre le ciel et les enfers. De nos jours, on le retrouve dans l'individu intelligent, autant artiste que commerçant ou érudit, vivant selon les circonstances parfois entre le bien et le mal.

Obligent ceux qu'ils côtoient à rester adaptés à leur évolution, semblant mentir parfois, mais étant sincères et capables de s'adapter constamment à ceux qui l'entourent, si différents soient-ils dans leur conception de la vérité et dans leur évolution.

HERMINE. Cette bête annonce quelque chose de doucereux en amour. L'homme qui rêve à cet animal doit se méfier de la sentimentalité et du raffinement de la femme qu'il aime. Elle a bonne apparence mais son âme n'est qu'agressivité et vanité.

Fourrure d'hermine : amour innocent et pur.

HERMINETTE (outil). Symbolise, d'après ce qu'elle coupe ou modifie, ce qui est à oublier ou à transformer soit en vous ou autour de vous.

HERMITE (l'). 9e arcane majeur du Tarot. Représente le signe de la Vierge et du Capricorne. 6e maison astrologique. Il s'isole dans une vie intérieure; secrètement, il savoure la sagesse qu'il sait difficile à communiquer. Il approfondit la Connaissance. Il porte le manteau de l'initié et son bonheur est bâti dans ses communications avec l'invisible. Maître de ses passions, réalisant la fadeur de la gloire terrestre, il connaît les véritables pouvoirs du maître initié, par un esprit profond, méditatif, étranger à toute frivolité, dans le célibat, la chasteté ou la continence.

HÉRON. Symbolise l'individu attentif et subtil atteignant parfois une curiosité non justifiable.

Vu sur un plan mystique, il annonce un esprit clairvoyant et spirituellement connaissant.

HÊTRE. *Un hêtre rempli de feuilles et en bonne santé* est un présage de guérison pour les malades, de chance et de succès pour ceux qui ont des projets d'amour ou d'affaires.

Un hêtre blessé, malade ou sans feuilles annonce une période de maladie, de mélancolie, causée par un manque affectif.

Pour la femme, cet arbre représente l'aspect du mari, du père.

Pour un homme, l'arbre le représente en rapport avec l'apprentissage de sa vocation terrestre.

HEURE. Il est très important de connaître l'heure qu'il est dans votre rêve.

Le matin annonce un éveil de la conscience, une nouvelle compréhension de la vie, une nouvelle chance, un début de quelque chose qui durera.

Les heures avant midi sont signe de le succès.

Midi est le zénith de vos chances. Alors, c'est le signe de la réalisation plus que certaine.

Après trois heures : le soleil bien que fort déclinera dans les heures à suivre, c'est l'équivalent d'un léger retard dans l'action, la chance est mitigée.

Après six heures, il ne faut compter sur aucune chance.

HEURTOIR. *Agiter un heurtoir ou voir un inconnu l'agiter,* c'est avoir besoin d'aide, c'est chercher l'appui de quelqu'un.

Si on frappe à votre porte en soulevant un heurtoir, c'est cette personne qui a besoin de vous, de votre encouragement ou encore de votre amour. C'est une demande.

HEXAGONE. Polygone à six branches, symbolise la difficulté d'atteindre l'immortalité par l'indécision entre le bien et le mal.

On le nomme le sceau de Salomon, il symbolise l'union de l'âme humaine et de l'âme divine, le mariage des opposés afin d'atteindre l'harmonie parfaite. (Voir *SCEAU DE SALOMON.*)

HIBOU. Oiseau de nuit, il conseille l'âme du rêveur, car il a accès aux secrets messages de l'inconscient. Il annonce des changements.

De très mauvais augure *en Égypte* : il annonce les deuils importants et les difficultés.

En Chine, il est l'animal terrible et violent.

Entendre chanter le hibou présage un décès.

D'après les Indiens, il est favorable et protecteur aux travailleurs de nuit seulement.

En général, voir un hibou incite à la tristesse, à la mélancolie et à se retirer de la vie sociale.

HIÉROGLYPHE. *Ce caractère d'anciennes écritures égyptiennes* indique qu'on ne saisit pas l'essence d'un problème en rapport avec une personne dont on ne partage pas la même philosophie. Il y a une énigme à déchiffrer.

HIPPOCAMPE. *En manger*, c'est guérir d'une maladie nerveuse.

En voir un, c'est avoir une vie plus naturelle qui commence à pointer sur le plan sexuel.

HIPPOPOTAME. Il symbolise des pulsions inconscientes parce qu'il vit presque toujours dans l'eau.

En Égypte : il détruisait les récoltes mais sa femelle protégeait les naissances.

Le voir en rêve : amène des séparations sentimentales, à cause d'impulsions ou d'une vie mal contrôlée.

Sur le plan psychique : il représente les forces brutales et inconscientes qu'on ne peut maîtriser sans l'appui de Dieu.

HIRONDELLE. Chaque nouvel amour est un chant d'hirondelle. Elle symbolise le printemps et est très significative pour localiser le temps, puisque son retour annonce la saison printanière.

En tant qu'oiseau migrateur, elle promet les affections pures mais souvent soumises au temps.

Hirondelle blessée : situation trouble en amour.

HIVER. *Rêver de paysage d'hiver, hors saison* annonce des peines, de la solitude, parfois un décès.

Cela présage une période difficile pour l'émotivité. Cela dépend aussi de la scène du rêve; il arrive que cela annonce un événement se produisant en saison hivernale. Pris dans ce sens, l'hiver peut annoncer un heureux événement.

HOCHET. *S'amuser avec un hochet* : c'est s'occuper d'une foule de choses futiles pour se distraire qui ne mènent nulle part. Il faut être plus réaliste.

Voir un hochet : c'est vibrer à un nouvel intérêt sans valeur.

HOCKEY. Le bâton de hockey par sa forme allongée et son utilisation offensive symbolise le sexe mâle.

La rondelle : par sa forme ronde, rejoint l'aspect féminin.

Réussir à compter un but : c'est l'union, l'harmonie.

L'important, c'est de compter un point, le préalable n'est que recherche d'une fusion entre le négatif et le positif. Rêve sexuel, s'il en est un, où la séduction opérera ou non. La réponse est située dans le filet. Dualité amoureuse dans un rêve féminin, rivalité amoureuse dans un rêve masculin. Pour ceux qui ont joué un match de hockey ou qui en joueront un, la signification du rêve prend un autre sens.

HOMARD. C'est l'instinct de l'humain malicieux qu'il exprime.

Cuire un homard : seule façon de surmonter en rêve sa malveillance dotée d'une dimension de regret, de tristesse vis-à-vis de son propre comportement.

HOMME. L'homme est un symbole solaire.

Pour un homme : le corps humain masculin le représente presque toujours.

S'il rêve d'un homme inconnu : cet homme inconnu est un symbole à découvrir, car il signale un aspect de sa vie présente.

S'il est connu : le rêve renseigne sur la véritable relation qu'il a ou qu'il aura avec cette personne ou encore avec lui-même. Car l'homme connu met souvent en évidence une projection d'une facette ignorée de sa personnalité ou de sa vie. Un exemple : Rêver d'un homme primitif incite le rêveur à travailler à son avancement intérieur, à raffiner sa personnalité, à élever ses vibrations et émotions.

Pour une femme : rêver d'un inconnu l'oblige à voir d'un œil différent la personnalité de l'homme avec lequel elle est liée en ce moment.

Si elle rêve d'un homme connu : il représente la véritable relation qu'elle a ou aura avec lui. Ce rêve détermine la qualité de ce sentiment ou de ses relations amoureuses.

Si l'homme connu n'est pas celui de sa vie : il devient un symbole personnel qu'elle projette sur lui dans la vie.

Rêver à un homme avec lequel on a vécu un grand amour et dont on s'est séparé pour des motifs sérieux : replace le rêveur dans la même situation en ce moment avec une autre personne.

Les parties du corps humain : sont reliées à trois dimensions :

La tête : relie la personne à la vision céleste, donc au surnaturel, à l'âme divine.

La poitrine : relie la personne à l'atmosphère, donc aux émotions et sentiments, à l'âme pensante.

Les pieds : relie la personne aux désirs terrestres, aux possessions matérielles, à l'âme animale.

Rêver à un homme historique : indique qu'il faut chercher à connaître ce qu'il faut dans l'histoire, car il représente une identification personnelle et colorée du personnage historique. (Voir *FACE, VISAGE, CHEVEUX.*)

HOMME-SANDWICH. Il symbolise un message important.

HOMA (oiseau mythique). Dans la poésie persane, sa signification est à l'opposé de celle du hibou, du corbeau.

Cet oiseau légendaire, noble, aux aspirations élevées et aux vertus bénéfiques auxquelles l'homme peut s'identifier, présage le succès conduisant à la gloire et à la fortune.

HÔPITAL. La vue de l'hôpital sous-entend un désir inavoué mais intense que les autres combattent pour soi, car la fatigue est à son comble.

Les rêves où l'on se voit à l'hôpital : n'indiquent que très rarement une véritable hospitalisation.

Le mal physique dans les rêves : annonce un malaise obsessionnel qui épuise la résistance psychique. On peut diagnostiquer les sources de ses angoisses en faisant un rapprochement entre les choses, les objets ou les personnes qui s'y trouvent, et le lien que nous avons avec elles, et les événements qui se produisent dans les faits réels de la vie.

Bien analyser les personnages sur lesquels on a symboliquement projeté ses malaises.

Sortir de l'hôpital : fin d'une anxiété.

L'infirmière : est une facette de sa personnalité qui aide à se dégager grâce à un contrôle émotif.

Le médecin : est aussi une capacité intérieure à se soigner, à se sortir du marasme.

HORIZON. L'horizon projette le rêveur vers l'avenir.

Clair, illuminé, avec le soleil qui commence à pointer : il promet les meilleures réalisations, le début d'un travail, d'une œuvre.

Sombre, au soleil couchant : il annonce la fin d'un projet ou une mauvaise santé.

HORLOGE. L'horloge oblige à tenir compte du temps, en rapport avec tout ce qui est en mouvement.

Elle place le rêveur devant les machinations contre lui. Elle signifie une opposition aux réalisations envisagées par le rêveur, et dans ce sens l'heure indiquée a beaucoup d'importance.

Voir une horloge qui se brise : est un présage de maux, de souffrances de toutes sortes et parfois annonce la mort.

Les heures avant midi : sont un présage de changement.

Celles du soir : dénoncent la fin d'une œuvre ou l'échec.

L'heure renseigne sur le début ou la fin d'une forme de vie, d'activité, ou de sentiment, et de sa qualité. (Voir *NOMBRE*.)

HOROSCOPE. *Rêver d'horoscope* : indique l'inquiétude du rêveur face à sa vie, sa santé, ses projets ou sa famille.

Dans la vie nocturne : la vérité dite sans fard est toujours digne de foi.

Se faire dresser un horoscope ou avoir un dialogue avec une personne disparue : indique qu'il faut tenir compte des propos entendus, car ils sont véridiques.

Se faire prédire l'avenir par une personne qualifiée : mérite qu'on soit persuadé de ses paroles : il faut se fier aux prédictions.

Les astrologues, voyants, devins et même les animaux qui parlent : prédisent l'avenir dans les rêves et sont dignes de foi.

HORUS (œil de la justice). Dieu à la tête de faucon. En rêve on peut le percevoir par un œil ou par un disque solaire aux ailes d'épervier. Ce dieu égyptien peut apparaître pour ceux qui ont une culture égyptienne ou pas. Il provoque les combats entre les forces de la lumière et des ténèbres. Il est l'œil de la justice, surveillant l'observation des lois de Dieu sur les hommes.

Sa vue nous oblige à nous ouvrir aux lois naturelles écrites en chacun de nous, car tôt ou tard nous payerons l'épreuve qui nous forcera à passer de l'obscurité à la lumière. On le voit en rêve lors d'une période initiatique.

HÔTEL. Rares sont ceux qui vivent à l'hôtel.

L'hôtel, c'est donc un symbole annonçant le temporaire, ce qui ne peut durer. À moins de prédire véritablement un voyage, ce rêve est néfaste. On ne peut s'adapter à l'artificiel, là où rien ne nous soude à la vie. Ou bien le contexte social n'est envisagé que momentanément dans un besoin de se distraire ou de se reposer.

Ainsi, *se retrouver dans un hôtel ou un motel* présage une suite d'échecs en rapport avec l'énoncé du rêve.

HOUX. À cause de ses piquants, lesquels symbolisent les blessures et les peines, le houx représente un bonheur dont il faudra payer le prix. Ce rêve invite le rêveur à devenir plus réaliste dans ses élans amoureux.

HUILE. Elle joue un rôle épurateur et providentiel sur un plan spirituel.

L'huile rejoint la fonction sacrée d'oindre. Bénir ou consacrer avec l'huile, c'est laisser passer un fluide à travers l'oint, porteur de l'Esprit de Dieu et des qualités qu'il confère, joie divine et pouvoir d'accéder à la lumière. Autrefois, l'huile servait à éclairer; de nos jours, elle sert à chauffer, et son énergie travaille en accord avec les combinateurs électroniques. Ici, l'huile est conductrice d'amour dans la vie affective. Symboliquement, elle signifie la pureté. C'est pourquoi mettre de l'huile dans ses rouages est une incitation à être plus clairvoyant et compréhensif en se détachant de toute mesquinerie.

Voir des taches d'huile annonce un événement difficilement oubliable, qu'ils soient heureux ou malheureux.

Sentir l'huile, cela indique que l'on travaille intellectuellement d'une façon excessive.

Se voir jeter de l'huile sur le feu : on excitera les sentiments violents.

Mettre de l'huile dans les plaies de quelqu'un : on consolera cette personne.

Selon les Anciens, s'enduire d'huile (crème) est néfaste pour l'homme et la femme, sauf pour celui dont le métier nécessite un maquillage : ce rêve signifie aussi qu'on devra régler des conflits, ou cacher certains gestes. Enfin, il faudra être coulant. (Voir *MAQUILLAGE.*)

Offrir de l'huile à l'autel : amour et fécondité.

L'huile de palme : facilite les grossesses.

HUÎTRE. L'huître, par sa forme creuse et parce qu'en elle germe la vie, rejoint un sens de fécondation.

On ne peut analyser le symbole de l'huître sans introduire le sens de la perle, son fruit. Elle symbolise toute vie qui s'ouvre au monde et au soleil, après une longue naissance intérieure et secrète.

Elle met en évidence les qualités spirituelles dans l'effacement, l'humilité.

Elle symbolise la femme.

Y trouver une perle : grand épanouissement. (Voir *PERLE.*)

HUPPE. Cet oiseau symbolise l'intelligence qui découvre tout.

C'est le guide, l'inspiration qui aide à se sortir d'une situation sans issue. On lui attribue la découverte des trésors cachés. C'est évidemment une force qui est au fond de soi, acquise par des vibrations pures et déchargées, à la recherche de la vérité.

Pour une femme, selon la légende, la voir en rêve lui octroie l'intégrité, la beauté morale, mais très souvent le mari ou l'amoureux n'a pas de valeur.

HUTTE. Elle évoque la pensée de la traversée de la vie, la précarité du passage vers l'autre monde. Tous les êtres humains vivent dans une hutte, demeure passagère des vivants, des exilés que nous sommes en ce bas monde terrestre.

Voir une hutte en rêve nous incite à l'ascétisme ; besoin de se nourrir d'autres valeurs que celles de la terre. La méditation est nécessaire après ce genre de rêve.

Voir une hutte annonce dans la vie concrète : l'instabilité dans les projets amoureux ou autres. Moment où l'on ne se sent valorisé ni par soi-même, ni par les autres.

Quelque part, quelqu'un sait que ces instants sont un couloir vers un autre épanouissement.

HYBRIDE. Monstre sacré, divise l'homme entre ses bons et ses mauvais instincts ou représente la sublimation d'une force. Demeure l'indice d'un but à atteindre.

Mélange de deux différences, l'hybride moitié homme, moitié animal est une manifestation du sacré et de l'intervention de Dieu.

Il apparaît dans les grands rêves où la psyché subit des métamorphoses importantes.

Parmi les hybrides, il y a l'homme-serpent : lequel représente la force supérieure conçue comme l'initiateur.

L'homme à tête de lion : force symbolisant la royauté.

L'homme à tête de taureau : initiateur pastoral.

L'homme à tête de cheval : initiateur des grandes envolées surnaturelles.

HYDRE DE LERNE. Monstre mythologique représenté par un serpent à sept têtes. Héraclès ne cessait de les couper et elles repoussaient toujours. Elle représente la difficulté à contrôler l'instinct sexuel qui, malgré les efforts, se réanime constamment. Se rapporte au signe du Scorpion.

HYDROMEL. Vin des dieux fait d'eau et de miel réservé aux sages et aux vertueux.

En tant que boisson d'immortalité, elle récompense ceux qui réussissent à montrer patte blanche devant le gardien du seuil. C'est l'état de beauté morale où l'âme atteint un degré de subtilité pour jouir ici bas de grand bonheur avec l'Invisible lumineux.

Cette boisson donne une sensation d'être sublimement illuminé par des joies concrètes prenant source dans l'au-delà.

HYÈNE. La hyène symbolise l'intelligence intuitive axée sur le gain matériel, n'hésitant pas à acquérir les connaissances nécessaires, afin de satisfaire la bêtise, la méchanceté la plus notoire.

Ainsi donc, se voir entouré de hyènes et devoir fuir annonce que l'on vous causera préjudice.

Faire battre en retraite, capturer ou tuer une hyène signifie que l'on ne s'en prendra plus à soi. Victoire sur les ennemis.

Entendre hurler la hyène présage qu'il y a un danger : il faut être sur ses gardes, prêt à se défendre rapidement.

Prise sur le plan mystique, on peut la voir apparaître dans une période initiatique, elle est un indice du passage dangereux vers l'illumination.

HYPERBORÉEN. Pays légendaire de la mythologie grecque où vivaient des surhommes justes et savants, l'équivalent des Martiens, mais ce pays est à la Grèce Antique ce que l'Atlantide est pour notre civilisation.

Ces extra-hommes peuplent-ils vos rêves ?

Ils ont tellement de pouvoir et de connaissance que nous n'avons qu'à exprimer un seul désir. L'important c'est qu'ils soient d'accord avec nos projets et attentes, qu'ils soient gentils et protecteurs, sinon, danger.

Aujourd'hui, les Hyperboréens sont les habitants du Nord qui peuvent exprimer en rêve la solitude.

HYPNOSE. *Se faire hypnotiser* : rejoint le symbolisme de l'enivrement où la raison disparaît pour faire place aux images irréelles, vers une vie inconsciente par l'amour, l'émerveillement que suggère au rêveur une personne dont l'influence très marquante le transformera totalement.

Si on hypnotise : c'est le contraire, on agit et transforme l'être aimé, ses associés ou subalternes.

HYSOPE. Une infusion de feuilles de cet arbrisseau est stimulante et agit sur les poumons. Sur le plan mystique, elle sert à la purification.

Invitation à plus d'humilité, de détachement, si vous ingurgitez cette tisane.

HYSTÉRIQUE. Dans les rêves comme dans la vie, c'est un état émotif à cause d'un problème souvent insoluble pour le rêveur. Cherchez dans la suite du rêve le pourquoi d'un tel état.

I

IBIS. L'ibis au bec long, au plumage blanc, tête et queue noires, était un oiseau sacré.

Comme incarnation du dieu Thot, il est l'inspiration créatrice et scientifique partant d'un aspect ésotérique.

Sa sagesse, sa clairvoyance liée à la connaissance de l'initié rejoignent en équilibre une compréhension sage, concrète, propice à l'enseignement, aux révélations.

Cet oiseau migrateur détruisant les reptiles sur le bord du Nil, selon la tradition égyptienne, représente, s'il est vu en rêve, l'aide efficace, la protection dans l'adversité, le guide spirituel.

ICARE. Personnage mythologique. Fils de Dédale et d'une esclave. Emprisonné dans le labyrinthe, avec son père, il réussit à s'envoler grâce aux ailes fixées par celui-ci avec de la cire sur ses épaules. Il s'évada ainsi de la prison du Minotaure tué plus tôt par Thésée. Averti pourtant par son père Dédale de ne pas monter trop haut près du soleil, il désobéit, vola si haut que la cire fondit et Icare tomba dans la mer, où il se noya.

Sur le plan profane, Icare représente l'individu possédant des ambitions irréalisables ou encore c'est l'intellectuel au cerveau déformé par la vanité de l'esprit, le nerveux qui ne sait pas contrôler ses émotions. Sur le plan surnaturel, il personnifie l'âme qui base sa vie sur l'amour humain, oubliant que seul l'amour divin peut rendre durable la véritable source d'affection avec la personne humaine.

ICEBERG. Il faut vivre un chagrin beaucoup plus profond qu'on ne le croit.

ICÔNE. L'icône est un support nécessaire à l'imagination, afin de fixer l'esprit sur ce qu'il représente pour se concentrer efficacement sur une perception voulue spirituellement, à laquelle se rattachent des pouvoirs de délivrance ou de miracle.

Voir une icône en rêve signifie que la prière est une aide pour soi et qu'elle peut appuyer l'oppressé, comme une bouée de sauvetage peut le sauver de la noyade.

IF. Symbole de longévité, d'équilibre, de santé et de bonheur.

IGLOO. Sous une apparence froide ou indifférente, vous bouillonnez d'amour, d'affection.

IGUANODON. Symbole archétype se rapprochant du dragon. Il parle du souvenir de nos vies antérieures puisqu'il est un gigantesque reptile préhistorique. Il nous ramène dans les couches inconscientes de la préhistoire.

Il représente une force inconsciente bonne ou mauvaise selon l'attitude qu'il prend dans votre rêve.

Contrôler l'iguanodon, c'est se défaire d'obsessions déprimantes. C'est vaincre l'hostilité cachée d'une personne de l'entourage. Bref, c'est se détacher de préjugés ou d'oppressions qui épuisent monstrueusement.

ÎLE. Qui ne rêve pas de s'évader sur une île déserte, de vivre hors de toute contrainte, vibrant d'une insolite liberté, à la découverte de merveilleux châteaux entourés de la mer ? Elle est l'opposé du récif.

L'île de votre vie nocturne peut prendre l'aspect d'un refuge, d'une surprise afin d'échapper à la monotonie quotidienne et aux angoisses projetées dans l'inconscient.

Pour l'atteindre, il faut un envol, un trajet sur mer ou dans les airs, c'est-à-dire un détachement de l'esprit. Cela annonce un désir de vacances très souvent. Mais il peut s'agir d'un désir intense de trouver une harmonie, une sérénité profonde où tous les espoirs de bonheur ne seront plus contrariés.

Pris dans un sens ésotérique : l'île intérieure, c'est un centre sacré de paix, de connaissance qu'on ne peut atteindre que dans l'autre vie.

L'île, c'est notre temple intérieur à découvrir, tout dépend du contexte du rêve. Il est donc bon de se voir échouer sur une île déserte. Cela annonce une période de répit, de bonheur terminant une période difficile. Elle annonce la sérénité retrouvée. L'île, c'est aussi très souvent le plus merveilleux refuge sentimental.

IMAGE. Toute gravure ancienne ou image, quelle qu'elle soit, vous oriente vers un retour en arrière, pour saisir ce que vous vivez ou vivrez.

Quel souvenir, ou quelle réminiscence éprouvez-vous à la voir ? C'est ce qui se vit ou se prépare d'identique au passé en ce moment, du moins symboliquement d'après votre culture, ou vos expériences vécues.

IMPÉRATRICE (l'). 3e lame du Tarot, correspond à la 3e maison astrologique. L'intelligence suprême au service du pouvoir, elle représente la mère, l'épouse en tant que fécondité universelle. Elle manifeste le pas vers l'amour et la connaissance en passant par l'eau, le soufre et le sel, le feu se rapportant à la passion. L'eau se rapporte à l'inspiration, au passage, le soufre, à la transformation par la purification, le sel, la philosophie, la sagesse, la connaissance. L'Impératrice, c'est l'ouverture et le passage à l'acquisition de la sagesse en passant par la passion amoureuse. Parfois aspect double de sublimation ou de perversion, elle personnifie la femme forte, douce, remplie d'idéal mais qui sait persuader.

IMPERMÉABLE. Si vous le voyez, obligation de couvrir sa sensibilité des commentaires désagréables venant de l'entourage.

Si vous le portez : coûte que coûte vous ne voulez pas vous laisser rejoindre. Indifférence ou incompréhension, ou les deux à la fois. Analysez-vous !

IMPORTUN. *Voir un importun* suggère une analyse de soi-même afin de connaître ses désirs secrets ou les choses par lesquelles on est importuné dans la vie ; enfin essayez de voir clair dans ce qui pourrait vous apporter un épanouissement.

Se sentir importun, dans une relation ou un endroit, oblige à se rendre compte qu'on ne vous désire pas dans une relation.

INCENDIAIRE. Il n'y a pas de songe plus funeste que de se voir mettre le feu aux bâtiments et tout détruire.

Ce rêve indique qu'on ne respecte pas la chance offerte, qu'on se détruit soi-même et les sentiments qu'on nous porte.

Si le feu ne fait qu'éclairer, chauffer, sans détruire : il signifie alors qu'on flambe d'amour.

En songe : les propos que tiennent les inconnus se rapportent toujours directement aux intérêts du rêveur. (Voir *HOMME, FEMME.*)

INCENDIE. L'incendie, c'est le dynamisme dévastateur, c'est le feu destructeur. C'est l'échec évident qui consume vos intérêts.

Les objets détériorés, les maisons délabrées ou les ruines en flammes indiquent qu'un oubli semble nécessaire pour recommencer à neuf, afin de retrouver une nouvelle stabilité dans la vie.

Les objets précieux, les maisons en bon état, ou toute autre chose bonne et nécessaire que le feu ravage sont autant de pertes dans la vie. Bien saisir le symbolisme qu'ils représentent.

Si le feu a pris au rez-de-chaussée : danger pour votre stabilité.

Aux étages : sentiments trop passionnés.

À la cave : on s'épuise trop dans un va-et-vient.

Au grenier : vous ne voyez pas clairement, attendez avant de prendre une décision.

Voir brûler ses cheveux : déception amoureuse ruinant la santé.

Voir brûler une grange : vos biens sont perdus par votre manque de prévoyance.

Voir une maison entourée de flammes, sans qu'elle brûle, ni se calcine, annonce une grande passion amoureuse qui animera la vie du rêveur. (Voir *FEU*.)

INCESTE. Symbolise en rêve un défi contre le sacré social, de l'audace outrée contre le conformisme.

Parmi les récits des dieux et déesses de la mythologie, l'inceste fait profusion. (Voir le *COMPLEXE D'ŒDIPE* et celui d'*ÉLECTRE*.)

L'inceste est une fixation demeurée à une phase sexuelle infantile, chez l'adulte.

Aspect d'une névrose poussant l'individu à se retirer trop à l'intérieur, incapable de dépasser l'entourage familial dans ses élans sexuels.

Si vous vous voyez vivre un inceste : cela n'implique pas le même problème névrotique dans la vie onirique, mais cela indique un désir de dépasser une peur, une crainte, d'oser s'affirmer dans un projet qui parfois n'a rien à voir avec la sexualité filiale, l'inceste. Cela indique l'audace pour réussir un exploit invraisemblable.

Par contre, si dans la vie l'inceste circule dans vos veines et artères, alors on continue de vivre la nuit ce qu'on pense le jour. À vous de bien analyser votre motivation en rapport avec vos clichés de rêve et de vous en départir si vos tendances sont névrotiques ou encore à vous affirmer audacieusement dans vos projets.

INFANTICIDE. Tuer un enfant en rêve représente un désenchantement, un renoncement à une chose longtemps désirée. Cela atteste que l'évolution intérieure est noyée dans un projet.

Tuer un enfant qui ne vous appartient pas : vous confirme une libération de vos soucis.

INFIRME. L'infirme affirme un déséquilibre, mais peut vouloir insinuer une compensation par le biais d'une difformité. Il indique que le psychique est handicapé et qu'une analyse en profondeur est nécessaire pour parvenir à une parfaite santé mentale. (Voir *DIFFORMITÉ*.)

INITIATION. Toute période d'épreuve où nous devons nous détacher de l'inoubliable, du périssable est une initiation dans la vie comme dans les rêves.

La métamorphose est toujours un passage, une mort en quelque sorte, pour renaître à de nouveaux feux plus purs, plus éthérés, avec une connaissance plus approfondie, à chaque fois, de l'infinie Connaissance.

Savoir en rêve qu'on vit une initiation indique une période de luttes où l'on réussit à accepter l'inacceptable, à pardonner l'impardonnable en étant conscient de recevoir des récompenses accordées par le Très-Haut, celui de savourer l'élixir de l'immortalité, de se réchauffer déjà au feu qui rejoint, renseigne mais ne consume pas.

Du même coup, on arrive à oublier l'inoubliable.

Ce sont dans ces rêves que les monstres préhistoriques, tels que dragon, serpent, crocodile ou encore baleine apparaissent. Et l'arme nécessaire est la collaboration des forces lumineuses, obtenue par la perfection, la pureté d'intention, la décision d'opter dans la direction du bien, du beau, du parfait.

Quels que soient les risques, les renoncements, peu importe d'où provient la source des batailles visibles ou invisibles. C'est le pouvoir sacré de l'immortalité que l'initiation octroie : la compréhension et l'acquisition de l'impérissable richesse. Voilà le cadeau et les étrennes reçus de l'Invisible. (Voir *CADEAU, ÉTRENNES*.)

INJURES. Jamais de cause sans effet, ni d'effet sans cause. Si en rêve vous recevez des injures, attendez-vous à ce qu'on vous témoigne des reproches ou de l'hostilité. (Voir aussi *AGONIR*.)

INONDATION. *Voir des digues, des barrages rompus* est un signe d'alarme. Des obsessions, des angoisses prennent le pas sur la raison et des forces inconscientes submergent le conscient de telle sorte qu'on perd le contrôle de nos émotions dans le quotidien.

Il est important de savoir ce qui est inondé afin de pouvoir contrôler ce qui nous obsède.

I.N.R.I. Sigle que Pilate fit inscrire sur la croix du Christ et qui veut dire « Roi des Juifs ».

Il exprime l'humiliation ultime, si vous le lisez en rêve, mais l'humiliation par des causes surnaturelles parce qu'on vit une projection de soi à travers les souffrances du Christ. Ce rêve vous affirme que vous ne méritez pas ces épreuves, ces railleries mais que vous avez accepté de souffrir pour d'autres.

INSECTES. Ils signifient qu'il faut prier pour ses parents et amis défunts. Ils peuvent dans le concret nous faire prendre conscience des personnes inconséquentes dans nos relations.

I.S.H. ou I.H.S. Abréviation pour exprimer « Jésus Sauveur des Hommes ». Lire ces lettres en rêve laisse sous-entendre que la Providence vous dispensera une faveur bientôt.

INTERDITS. Les interdits symbolisent la censure morale existante, innée ou acquise, pour chaque humain, soit par les interdits religieux, soit par les interdits sociaux, soit par les interdits légaux.

Si tant d'interdits rajoutés au naturel existent, c'est que nous n'observons pas les normes qui nous incitent à respecter l'amour, la justice, le droit de chaque personne.

Exemple : si le mariage a été institué, comme une assurance de stabilité, de bonheur, c'est qu'en général, rares sont les personnes qui savent vraiment aimer.

Les interdits conventionnels existent et se rajoutent comme des manteaux de sur-moi, à cause de nos insuffisances, de nos manques, de nos insouciances.

Tant de réglementations ou de conceptions conventionnelles finissent par constituer des blocages pour ceux qui se laissent conduire selon l'opinion populaire, sans comprendre le pourquoi de cette carapace sociale et sans l'adapter à leur degré de développement. À mesure que la perfection pénètre l'être social, plus il lui est facile d'observer les interdits et même devenant acquis par automatisme, l'interdit nous domine. Mais il y a des interdits dont on ne pourra jamais se défaire comme de jouer la comédie par intérêt en amour, passer à un feu rouge, soigner sans précaution les malades, etc.

Certains interdits se pratiquent couramment, comme utiliser des influences occultes pour se donner des privilèges, auxquels nous n'avons pas droit dans la programmation du destin. Déranger la volonté divine, c'est courir tôt ou tard à la résultante de nos actes qui nous reviennent en boomerang.

Car tout ce qui part de nous nous revient en bien comme en mal, peu importe le temps, c'est la vie, le choc en retour.

À vous de saisir par le contexte du rêve ce qu'on vous défend afin d'évoluer avec le moins d'erreurs possibles ou encore à vous de juger si ce qu'on vous défend vous étouffe, vous bloque parce qu'ils proviennent d'une éducation de principes erronés et si vous pouvez vous en défaire sans irrespect.

En général, dans la vie onirique : les interdits sont observés devant un danger.

INTERNET. Internet offre la possibilité de naviguer sur un océan d'information. C'est l'encyclopédie la plus au point en tout genre d'information. Le symbole d'Internet oblige à un questionnement, à savoir : êtes-vous branché ? c'est-à-dire un passionné ou un obsédé de quelque chose. De toute évidence cette passion nécessite le paiement à un serveur. Ce qui revient à dire que dans l'existence, on est motivé jusqu'à payer le prix en temps et parfois en sentiment, pour satisfaire des centres d'intérêt. Symboliquement être branché signale qu'on est obsédé pour quelque chose et prêt à y mettre tous les efforts dans la vie réelle. Les images virtuelles ne sont qu'un symbole à décoder exhibant le sujet de nos passions de vivre.

L'objet de nos motivations apparaît sur l'écran de l'ordinateur onirique qui n'est rien d'autre que la transposition d'un intérêt révélé par un ou plusieurs motifs de divertissement ou d'étude. Cela peut s'étendre à toute participation à la vie familiale, sociale, religieuse, par extension à celle sexuelle des clubs de rencontres.

Alors si vous vous trouvez :

À lire un courrier, cela veut dire que vous attendez, vous espérez des nouvelles de quelqu'un qui vous intéresse ou non et vous êtes à même de refuser ou d'accepter selon l'intérêt éprouvé. Si les nouvelles sont bonnes ou mauvaises, elles le seront également dans la vie.

Si vous vous renseignez sur le prix d'un voyage, cela indique votre besoin de vivre une excursion intérieure et explorer tous les recoins de votre petite vie.

Le voyage c'est la forme que prend le rêve pour se découvrir une voie nouvelle. Il peut y avoir des découvertes magnifiques.

Si vous visitez les divers moteurs de recherches, en fonction des recherches, vous pouvez saisir le profil de vos désirs et motivations.

Si vous visitez une pharmacie, c'est que vous êtes inquiet pour votre santé. Certains détails vous feront comprendre ce qui cloche à ce niveau. Sortir de la pharmacie annonce une guérison.

Si vous êtes en train de « chatter », vous aurez l'occasion de vous intéresser aux autres et de les intéresser. Moments intensément agréables à prévoir en amour, en amitié.

Si vous lisez les nouvelles d'un journal, ce que vous lisez symbolise votre vie, vos amours, votre santé en fonction du sujet que vous lisez. Si vous possédez des facultés psi, vous pourrez y lire des faits à venir sur le plan mondial.

Si vous êtes dans une librairie en train de choisir un sujet de livre, cela dévoile un aspect révélateur de votre vie. Notez-le bien. Comparez le sujet ou le passage écrit et ce qui absorbe vos pensées ces jours-ci. Retenez le personnage illustré sur la couverture et faites un trait avec ce qui semble inapproprié ou approprié pour votre avancement.

INTERPRÈTE. Il annonce une aide bienfaitrice dans une situation difficile.

INTESTINS. Symbolise ce que la vie nous apprend, nous fait assimiler à travers l'amour, le gain, le travail, l'ambition, la gloire ou la peine, la perte, les difficultés de travail, la malchance, l'humiliation.

C'est toute une métamorphose constante de nous-même, de l'assimilation, de l'accumulation de l'expérience de la montée vers la sagesse que les intestins nous donnent en rêve.

Biologiquement parlant, les intestins transforment les résidus de la digestion en excréments. Les matières fécales ont la même vibration que de l'or dans le symbolisme. Donc, si les intestins fonctionnent bien, il faut conclure que la richesse est à notre porte.

Les voir sortis du ventre annonce des difficultés sentimentales ou financières.

INVITATION. Être invité chez quelqu'un, c'est qu'on implore notre appui, notre affection.

IRIS. Déesse de la mythologie grecque, elle est la messagère des dieux, l'équivalent au féminin d'Hermès.

Elle véhicule l'énergie fluidique divine et la joie qu'elle procure comme la chance aussi. (Voir *HERMÈS, MERCURE.*)

IRIS (la fleur). Une protection contre le maléfique vous est offerte à la vue de cette fleur.

IRISATION. Tout ce qui s'irise annonce une nouvelle chance, la fin d'une période noire. (Voir *ARC-EN-CIEL.*)

Dieu vient vous récompenser selon vos mérites acquis. (Voir *JUSTICE du Tarot.*)

ISBA. Elle nous renseigne sur notre solitude présente. Le feu dans l'isba annonce la fin d'un manque affectif. L'amour entre enfin dans votre vie.

ISIS. Déesse Mère égyptienne la plus représentative. Elle était la plus élevée et la plus universelle en Orient et sur les versants de la Méditerranée et des pays environnants.

Son dévouement la place comme la protectrice de la famille et des foyers, des mariages, des morts, leur donnant la vie éternelle.

Reine de la nuit, elle favorisait la végétation.

La croix ansée prodiguait ses pouvoirs magiques et infinis.

Elle symbolise la mère universelle qui aime, protège, remplit d'espoir.

Elle surveille et initie tout au cours du périple terrestre et assiste jusqu'à l'autre vie.

ITALIEN. Un grand amoureux, possessif, quelque peu jaloux comme il se doit, c'est l'autorité affective de votre homme, si vous êtes une femme.

IVOIRE. L'ivoire symbolise la chance, la puissance et exprime la pureté, l'incorruptibilité.

Voir ou porter un objet quelconque en ivoire vous prévient de la chance dans les projets en cours.

Selon Artémidore d'Éphèse, voir de l'ivoire à l'état brut, en défense d'éléphant, est un songe très défavorable pour la femme et aussi négatif pour l'homme. La sécurité physique du rêveur est menacée, on peut s'attendre à être attaqué. Tout ce qui est à l'état brut ne promet rien de raffiné ni d'exaltant.

IVRESSE. Une heureuse ivresse promet beaucoup de bonheur. Mais l'ivresse trop prononcée annonce des mécomptes au rêveur. L'ivresse c'est le dépassement de la conscience qui vibre aux valeurs de l'autre monde par un contact direct.

C'est la connaissance qui éblouit l'âme et l'inspire dans une excitation surnaturelle et sacrée. (Voir *BACCHANTES.*)

L'ivresse c'est l'amour qui illumine, qui élève et fait croître l'âme, de manière bénéfique.

IVROGNE. Il signifie un comportement manquant d'objectivité et de courage; l'attitude du rêveur est la cause d'échecs cuisants par trop d'émotivité aberrante, laquelle détruit le jugement.

IXION. Roi thessalien, ayant tué son beau-père, fut puni par les dieux qui le placèrent à l'écart du peuple. Zeus eut pitié de lui et lui octroya une place dans l'Olympe. Mais il ne sut respecter Zeus, en essayant de séduire sa femme Héra. Transformée en nuage par la volonté de son mari, elle subit l'étreinte de ce roi pervers et conçut de lui les Centaures.

Le châtiment d'Ixion le conduira aux Enfers, lié à une roue enflammée tournant éternellement.

Cette légende mythologique prévient la personne humaine de sa vocation divine et du danger de l'orgueil, de la vanité devant l'élévation protectrice divine.

Plus concrètement : la malhonnêteté envers ses protecteurs mettra le rêveur face à des cruautés. Il se verra dégradé, puni.

J

JABOT. Cet ornement de corsage ou de chemise dénonce une coquetterie trop conventionnelle.

Voir le gonflement du jabot d'un oiseau : vous recevrez une injure.

JADE. Porte-bonheur. (Voir *PIERRES PRÉCIEUSES.*)

JAGUAR. Voir apparaître en rêve un jaguar : il faut se rendre à l'évidence que l'agressivité est à son comble, la vôtre ou celle d'un autre.

L'important c'est de contrôler ces forces négatives en soi ou autour de soi.

Forces dangereuses par lesquelles s'exhalent la méchanceté et la rage qui pourraient se retourner contre vous.

N'attendez pas que les événements vous abrutissent.

Contrôlez votre vengeance, votre rancune ou votre jalousie, vous ne vous en porterez que mieux et surtout, ne la provoquez pas.

JAIS. Il a la réputation de protéger contre le mauvais œil.

Le voir : vous oblige à envisager la nécessité de vous protéger. (Voir *PIERRES PRÉCIEUSES*.)

JALON. Symbolise une voie, un itinéraire à suivre.

Poser, planter des jalons, c'est planifier un projet, une entreprise.

JALOUSIE. Un sentiment que vous vivrez bientôt dans votre vie.

JAMBE. La jambe, c'est pour les deux sexes le pas social, la démarche vers l'adaptation aux autres, c'est l'effort déterminé à s'affirmer soit en amour, en affaires, ou en croissance personnelle. La jambe crée des liens, le pied décide, dirige, met la note finale. C'est pourquoi la jambe doit être bien galbée, ni trop mince, ni trop forte ; elle montre notre force virile exposée à la face de la société.

Pour une femme, c'est souvent un outil de séduction.

Pour les deux sexes, c'est la manifestation de la capacité volontaire à s'attacher et à s'imposer ouvertement.

Avoir les jambes trop minces, décharnées, ou encore disproportionnées par rapport au reste du corps annonce une vieillesse solitaire et pauvre.

Faire la belle jambe, courir à toutes jambes, donner des jambes sont des expressions populaires qui ont la même signification dans la vie active que dans la vie onirique.

Porter une jambe de bois, c'est souffrir d'un traumatisme auquel on a su s'adapter même s'il est toujours là, plus ou moins apparent.

Recevoir un croc-en-jambe : trahison imprévue qui déclenche une fatigue à moins que vous ne vous releviez rapidement dans votre cliché de rêve.

JAMBON. Chance située à la limite de l'honnêteté. Revenus et profits par le biais d'une relation.

Servir du jambon à des convives et en manger annonce un plus grand profit.

JANUS. Dieu romain du temps de Saturne, gardien des portes de Rome, il aurait existé à l'âge d'or de l'humanité, âge où la beauté morale, l'honnêteté parfaite existaient et où l'abondance répondait à la paix profonde des êtres.

Il fut le roi éducateur des aborigènes. Que reste-t-il de ce dieu qui, de nos jours, ne connaît plus aucune notoriété ni reconnaissance, ne signifiant plus qu'un roi ou dieu légendaire ?

Il fut le premier à ouvrir les passages dans l'évolution des Terriens. Il est porteur des clefs du début des temps et de la baguette toute puissante. Il est l'image de la politique impériale, des plus grandes richesses, voyant et jugeant l'ensemble des situations dans toutes ses facettes. Il symbolise le début, tout ce qui doit continuer dans la beauté et l'intégrité à travers de successives adaptations.

Le voir en représentation symbolique annonce la chance dans ce qui ne se terminera jamais. En tant que gardien, il veille à laisser pénétrer en chacun la paix seulement et protège contre les influences négatives.

JARDIN. Le jardin évoque ce qu'il y a de plus subjectif. Le jardin, c'est notre centre paradisiaque intérieur où nos regards s'étendent à l'infini, sur la joie, le plaisir, le bonheur.

Le jardin représente la vie naturelle, sexuelle et celle de l'âme où la porte de Dieu s'ouvre constamment.

Le jardin, c'est la perception intérieure vers l'extérieur. C'est là qu'il ne faut pas laisser entrer les dévastateurs des fleurs, des arbres, des arbrisseaux, car chacune des plantes de la végétation représente un pouvoir magique, affectif, amoureux, divin en tant qu'intermédiaire.

On y rencontre grotte, fontaine, statue, source, jet d'eau revêtant l'aspect sacré de la personnalité dans toutes ses renaissances et croissances. Il est l'intrigant, le mystérieux refuge, l'île au centre de soi, où l'on se retire pour retrouver la sérénité, le rêve, la paix et se régénérer.

Le jardin c'est tous ceux qu'on aime, c'est aussi là qu'a lieu la noce très souvent.

La vue d'un jardin oblige à prendre conscience d'une vérité.

La haie ou la clôture d'un jardin symbolise une protection contre de mauvaises ingérences dans l'amour, la fidélité, la croissance de l'être.

Voir un jardin bien cultivé avec des arbres, des plantes, des fruits, des fleurs, c'est l'annonce d'une vie affective très heureuse.

Travailler le terrain et semer dans le jardin présage des joies à venir, elles sont en préparation. Travail intérieur intéressant.

Aride ou desséché, c'est l'indication d'une vie triste, malheureuse, stagnante.

Plein de mauvaises herbes : indique une nécessité d'améliorer la qualité de sa relation et de sa motivation amoureuse, car la médiocrité perturbe l'idéal affectif.

Le jardin enneigé annonce une grande peine sentimentale, de la solitude.

Le jardin de façade parle de la vie au grand jour.

Le jardin de la cour arrière affirme ce qui est caché.

S'il y a un feu : amour passionné.

Un jet d'eau : un sentiment idéalisé.

JARRE. En tant que vase d'abondance, elle représente la mère, l'épouse où l'on puise constamment l'amour, qui permet de naître, de croître et de s'élever à la maturité, à la connaissance.

La voir brisée laisse présager des malentendus débouchant sur des brisures, des séparations.

JASPE. Symbole de l'accouchement. (Voir *PIERRES PRÉCIEUSES*.)

JAUNE. Symbolise l'intuition, l'intelligence, la clairvoyance. Couleur du soleil, le jaune représente la couleur du sage qui médite, prie et perce les secrets.

Le jaune terre est un présage de maladie, de mort.

Le jaune combiné au noir atteste la jalousie, suite à un sentiment décevant. Pour être positif, il doit être propre, limpide, au meilleur étincelant. (Voir *COULEUR*.)

JAUNISSE (ou ictère). Se voir souffrir de jaunisse accuse la réception d'un choc, d'un traumatisme psychologique, venant d'une névrose, de la peur, de trop de crainte pour tout ou pour rien dans votre façon de prendre les événements ou les gens.

JÉRUSALEM. Toute ville est représentative de la mère, de l'amour, de la protection, selon la culture personnelle et l'impression ou la projection que l'on se fait d'elle.

Ex. : La Jérusalem céleste, c'est la promesse de bonheur pour l'âme des justes à la fin des temps. Là, il n'y aura ni pleurs, ni grincements de dents, là on ne connaîtra plus la soif, ni la faim, ni la peine, là où la mort n'existera plus.

Alors Jérusalem peut aussi vous faire projeter des conflits politiques ou encore si vous l'avez visitée, un souvenir de voyage. À vous de juger ce que la ville de Jérusalem de votre rêve veut vous signaler : l'amour, la paix ou la mésentente intérieure, la ruine, le succès, les pertes, etc., car les villes expriment des idées intérieures, des sentiments, des projets. En rêve, la ville n'est pas un lieu mais un climat intérieur, un sentiment dans une projection.

JÉSUS. Si vous le voyez en rêve, il représente non le Jésus personnage biblique, mais un état de perfection, un palier vers la perfection totale. C'est le bébé, c'est l'enfant, c'est l'adolescent intérieur voué, à mesure que s'ouvrira la lumière, à une mission terrestre et rédemptrice qui comprendra le cheminement progressif vers l'initiation. Jésus est un symbole de cheminement intérieur. Le Jésus symbolique du rêve situe le degré de travail de l'âme qui s'éveillera graduellement à l'holocauste, par ses jeûnes, ses choix, ses méditations, ses prédications, ses métamorphoses.

Jésus connaîtra la fusion au Christ (son âme divine) souffrant et crucifié après le baptême par Jean-Baptiste au Jourdain.

Dans les rêves, il représente une forme d'identification à travers les enseignements du vécu, faisant prendre conscience de sa vocation divine. (Voir *CHRIST*.)

En résumé, Jésus est un état, un degré symbolique en suivant la trajectoire du Christ. Nous sommes tous dans l'attente : notre Jésus intérieur d'abord, puis viendra le Christ intérieur.

JET D'EAU. C'est l'affirmation d'un sentiment pur et idéalisé de ce que l'amour peut inspirer de plus évolué.

JETER. Jeter quelque chose, c'est se détacher de ce qui est symbolisé par l'objet jeté.

JEU D'ÉCHECS OU DE DAMES. Les jeux annoncent, en général, des problèmes et des ennuis de toutes sortes.

Jouer aux échecs, c'est affirmer un esprit logique et très calculateur dans ses visées, c'est l'annonce de gain de procès ou de réussite surprenante.

Voir d'autres personnes jouer aux échecs présage qu'on sera déshonoré par des esprits rusés et malhonnêtes.

Refuser de poursuivre le jeu, c'est manquer de combativité ; une forme de malaise psychique nous empêche de foncer, de lutter.

Voir une table d'échecs ou de dames annonce des litiges, des conflits, des procès. (Voir *JOUTE*.)

JEÛNE. Il annonce une période de renoncement ou de privation affective nécessaire pour atteindre ce que vous désirez.

JEUNESSE. En rêve, il arrive parfois de se voir jeune, sans rides, de sentir son corps s'alléger, s'assouplir. La jeunesse annonce toujours un état de bonheur, d'épanouissement, souvent de l'amour. Pour en définir la signification en rêve, je vous donne ma conception de la jeunesse.

Sentir qu'on retrouve sa jeunesse, c'est recouvrer un feu, une passion, une nouvelle raison de vivre. Mais c'est encore plus que cela. La jeunesse, la vraie jeunesse s'acquiert avec la sagesse. Mais c'est encore plus que la sagesse, c'est un état heureux. Mais c'est encore plus que d'être simplement heureux. La jeunesse, c'est se reconnaître participant de l'univers, avec une fougue, un feu intarissables, parce qu'en soi s'est établi le mariage des opposés. La jeunesse est visible dans les yeux de ceux qui ont ou qui n'ont pas de rides. C'est l'âme qui s'est ensoleillée de l'éternité qui a embrassé l'élan, la fusion avec la beauté, la bonté, la générosité.

La jeunesse, c'est l'âme qui a compris qu'on n'est jamais trop gentil. On la retrouve chez ceux qui ont oublié le calcul.

La véritable jeunesse s'acquiert presque toujours à la maturité ou dans la vieillesse, bien qu'elle puisse être déjà comprise à tout âge de la vie. C'est un peu comme être devenu divin et en être conscient. Ce qu'on appelle habituellement la jeunesse n'est qu'une petite idée de la vraie jeunesse. La vraie jeunesse, c'est un don prodigué à ceux qui l'ont méritée par la bonté et la discipline. Que disais-je ? La jeunesse c'est être un peu Dieu ! C'est plus que cela, nous devons, c'est le but de la vie, devenir des dieux. C'est ça la vraie, l'authentique jeunesse. Voilà, ce que votre rêve vous dit, si vous vous voyez rajeunir.

La jeunesse, c'est connaître l'enivrement par la montée. Elle est souvent la résultante de toute une vie.

Par contre, se retrouver avec des amis de jeunesse ou du passé présage de bons moments.

Se retrouver avec des personnes antipathiques rencontrées lors de sa jeunesse annonce les mêmes émotions que dans le passé.

Se voir jeune, c'est la rencontre du bonheur, de la paix, de l'amour.

JEUX. Le plus grand jeu correspond à l'enjeu de la vie. C'est ce que chacun possède et peut mettre dans la grande joute de l'existence au contact des autres, dans ses projets et ambitions.

Le jeu implique des circonstances imprévues où l'on devra mettre sur table son caractère, ses possibilités, ses mérites. Le jeu annonce des périodes de luttes, des défis à relever.

Se voir jouer, quel que soit le jeu, au hockey, au base-ball, au golf, au trictrac : promet des problèmes et des ennuis multiples. Il faudra compter sur la logique, l'esprit méthodique et calculateur dans ses visées pour réussir dans une affaire en cours, ou dans un procès ou litige.

Voir d'autres personnes jouer sans nous signifie qu'on sera déshonoré par des gens rusés qui essaient de nous abaisser.

Refuser de poursuivre le jeu, c'est manquer de combativité ; cela dénote une certaine faiblesse psychique, un laisser-aller dangereux.

Voir une table d'échecs ou de dames annonce des litiges, des conflits, des procès.

Ainsi, le gain au jeu, pour être bénéfique, doit se terminer en victoire personnelle et intérieure. La perte annonce évidemment le contraire, là où l'on n'a pas pu trouver une performance de force, de ruse ou d'influence magnétique.

Jouer, quand il s'agit de fête nationale, ethnique, sociale ou familiale, nous indique une recherche pour s'identifier dans ses relations, c'est un effort d'introspection vers un investissement social dans un but de fusion avec la vie de tous les jours, dans ses aspects les plus importants : amour, travail, famille.

Notre comportement au jeu est lourd de significations et de conséquences.

Tous, nous sommes invités aux jeux, car le jeu nous intègre à la vie, il la remplit constamment.

Le comportement au jeu, c'est la résonance de la vie intérieure. Le plus sérieux est ce que l'on pense être le moins sérieux, car au jeu, c'est là qu'on extériorise ses possibilités et ses faiblesses, ses réactions et ses émotions, son contrôle sur elles. Bref, au jeu, bien qu'on l'ignore, c'est là qu'on se prend le plus au sérieux.

JOCASTE. Représente la mère qui endosse toute la responsabilité affective de son fils dont le père craint depuis sa naissance de le voir prendre sa place dans le cœur de son épouse. Et finalement il blessera son fils au point de le traumatiser psychologiquement et de le jeter fatalement dans les bras maternels.

JOKER. Avoir le joker, coup de chance.

JONAS. Jonas, dit la Bible, demeura dans les entrailles de la baleine pendant trois jours et trois nuits mais des entrailles de ce mammifère il priait Dieu de lui venir en aide.

Jonas symbolise ceux qui savent prier sincèrement au cours d'une période de stress, de vide, en faisant une recherche intérieure, sur laquelle débouche une nouvelle naissance.

JONGLEUR. Il vous signale que pour réussir, il faut s'armer de ruse, de diplomatie et même plus, de magnétisme et d'habileté.

JOUES. *Voir des joues rondes, épanouies, couleur de miel* est un indice de bonheur, de chance, de vie épanouissante.

Voir des joues creuses est un signe de tristesse, de manque affectif.

Avoir des joues trop fardées manifeste la honte, car on a découvert une faille dans votre conduite.

JOUG. *Être sous le joug* : De qui ? De quoi ? De l'amour, d'un patron, d'un profiteur, de l'époux, de sa femme, de sa famille ?

Le joug implique un dominateur oppressant, asservissant, contraignant.

Comment subit-on le joug ? Comment s'en libère-t-on ? C'est la question à poser.

Subir un joug d'une façon humiliante ou encore voulue, afin d'atteindre l'affermissement de la volonté et de se purifier, voilà la différence à saisir.

En rêve, la plupart du temps, le joug représente un travail ardu, pénible.

Briser le joug, c'est retrouver son indépendance. Le joug en tant que punition rejoint le développement de l'initié avant de connaître une lumière intérieure.

JOURNAL. Il annonce une nouvelle concernant la vie quotidienne.

JOUTE. Toutes les joutes annoncent un conflit intérieur.

Pour la femme, c'est une dualité face à un amoureux.

Pour l'homme, la joute annonce un rival.

JOYAU. C'est avoir pris une direction précise que de le voir ou de le porter. Il annonce toujours les qualités, la limpidité de l'âme dans un attachement amoureux.

JUGE. Les rêves où interviennent des juges, des avocats et des procureurs, signifient des problèmes et des dépenses d'énergie ; l'intimité du rêveur sera offerte à la curiosité des gens.

Le juge vous signale ce que vous devrez faire afin de mieux vous épanouir, ou ce que vous devez corriger dans votre attitude. Les jugements sur vos besoins dans la vie, sur votre santé sont à prendre à la lettre.

Se voir assis à la place du juge et rendre des sentences annonce un procès gagné.

Pour le malade, gagner un procès lui promet de retrouver sa santé, mais s'il le perd, sa condition précaire s'accentuera.

Si vous êtes en procédure : le juge vu en rêve ne promet que conflits et controverses.

JUGEMENT (le). 20e arcane majeur du Tarot, correspond à la 8e maison astrologique. Le Jugement, appelé aussi la résurrection, parle des morts et des renaissances initiatiques, des attachements et des détachements. Cet arcane majeur exprime l'inspiration, le souffle créateur à travers les mutations, l'appréciation de l'effort, la condamnation à un retour en arrière dans l'épreuve, la volonté de s'en sortir avec le pardon, le mérite en reconnaissant ses erreurs, replace l'âme dans une valeur nouvelle, comme réalisant une thérapie, une libération, une résurrection de l'être. Victoire de l'esprit sur la matière. Amène des résultats immédiats dans un triomphe personnel.

JUGEMENT DERNIER. Il représente une mise au point, la planification finale d'un nouveau projet, le dernier regard vers l'objectif à réaliser. En rêve, c'est se juger soi-même car on se sent coupable face à un acte, une pensée.

JUIF. Selon une expression populaire, veut signifier l'intelligence et la ruse.

JUJUBIER. Cet arbuste épineux symbolise la puissance défensive contre l'agression.

Son fruit, le jujube, était très apprécié par les initiés en tant que nourriture immortelle. Immortelle veut dire « qualités qui nous accompagneront dans l'autre vie ».

JUMEAUX. *La vue de jumeaux* indique que nous sommes arrivés à un moment très décisif de notre vie.

Rêver de jumeaux annonce des événements d'intensité, de force, de dualité, ou d'harmonie, face à une décision.

Les jumeaux identiques signifient l'harmonie, la réussite parfaite et inattendue. Ils sont une force unifiée dans le bien ou le mal.

Voir des jumeaux non identiques est un signe d'opposition dans un projet en cours.

Ou encore, les jumeaux différents annoncent sur le plan moral des choix, des options comme une direction à prendre, celle du côté matériel ou spirituel de la vie, envisagée lumineusement ou ténébreusement.

JUNGLE. Toutes les forêts symbolisent l'inconscient. C'est là que circulent et vivent des animaux sauvages, dangereux, d'autres sont inoffensifs, certains sont serviteurs.

C'est dans la jungle qu'habitent nos instincts inconscients ou insoupçonnés, les plus divers, les plus puissants, les plus redoutables aussi.

Y rencontrer des animaux féroces, c'est rencontrer nos tendances agressives et nos révoltes.

Être assailli par des animaux sauvages indique l'effort à déployer afin de contrôler un aspect caché. C'est le moment de rompre avec certaines forces venant de l'invisible, Dieu ne peut nous aider sans notre demande et nous ne pouvons nous défendre sans sa puissance quand surgissent des rêves d'aussi fortes entités, venant de l'obscurité.

JUNON. Déesse universelle de la mythologie romaine, épouse de Jupiter. Sa protection s'étend sur les mariages, la fécondité, les accouchements et les moissons.

JUPITER. Planète de l'abondance, de la loi, de la richesse, de la religion.

JUPITER. Dieu, chef suprême des divinités. Chez les Romains, son autorité, ses pouvoirs souverains sont ceux de la lumière suprême. Il symbolise la toute-puissance agissant sur la destinée, en bien ou en mal.

JUPON. Le jupon, comme tous les sous-vêtements, symbolise la séduction féminine. Il en va de même pour les soutiens-gorge.

JURY. *Que vous fassiez partie d'un jury ou pas* : il semblerait que vous n'ayez pas la conscience tout à fait tranquille, ni que vous soyez tout à fait irréprochable.

JUS. *Boire du jus*, c'est prendre en considération l'expérience. C'est voir sa vie avec recul et considérer que le meilleur était peut-être au passé ou au présent. Dans les jours à venir, vous serez à même de vivre un merveilleux sentiment.

Le jus, c'est la capacité de vivre de sa sagesse et de l'apprécier, la savourer.

Cela reviendrait à jouir du fruit de l'expérience avec tout le raffinement spirituel que cela permet en amour, en amitié.

JUSTE. « Un seul Juste est le pilier du monde. »

Voir un être reconnu juste, c'est-à-dire agissant avec lumière, justice et mesure, lequel guide et remet l'ordre dans le chaos, renseigne, aide à analyser un mode de vie. C'est la capacité de retrouver en soi l'harmonie des opposés et c'est juger de son évolution. Le juste conseille, oriente à nouveau vers la paix, le feu et la motivation surnaturelle.

Car le juste du rêveur est votre ombre, votre projection ou encore, votre guide invisible.

JUSTICE (la). 8e arcane majeur du Tarot, correspond à la 8e maison astrologique. Elle est l'application de la conscience la plus éthérée. La Justice nous place devant la conception de l'Éternité, nous incite à chaque instant à rétablir l'équilibre des énergies dans les opposés en rapport constant avec une résultante de ses actes et pensées, nous obligeant à une discipline de l'observation des lois divines, tout en s'adaptant aux besoins terrestres et aux nécessités de la vie. Cet arcane nous indique la justice dans une vision de nos mérites et vertus face à la dimension éternelle de la vie.

K

KAKI (fruit). Il est employé en Extrême-Orient pour souhaiter la prospérité en affaires.

Formule de souhait, il rejoint cette signification dans les rêves comme dans la vie. Vœu d'abondance matérielle ou de richesse spirituelle, il convient dans les deux sens, et selon vos projections dans la vie onirique.

KAKI (couleur). Si, à la vue du kaki, une projection de troupes armées de terre se présente à votre imagination, cela laisse percevoir des émotions agressives en rapport avec l'entourage, si vous identifiez le kaki à la guerre, bien sûr. (Voir *GUERRE, SOLDAT*.)

KAMIKAZE. Ce pilote de guerre japonais, volontaire pour écraser un avion chargé d'explosifs ne vous représente-t-il pas dans votre comportement ?

Si vous le voyez en rêve, il vous fait prendre conscience d'un idéal patriotique sans mesure ni condition. Puisque dans le rêve, le pays c'est l'empire personnel à faire respecter, vous ne craindrez pas d'imposer coûte que coûte votre autonomie, quitte à exploser vous-même avec les défenses de l'entourage, même au prix de votre propre équilibre. Il expose la facette d'une personnalité qui s'épuise au prix de ses propres idéaux ou de ceux que l'éducation a profondément ancrés en lui.

Un idéal à atteindre fort risqué où l'on décide par sa propre volonté de rompre avec tout.

KANGOUROU. La femelle kangourou porte pendant six longs mois son petit dans sa poche ventrale, et dans ce sens on projette sur elle l'amour maternel, protecteur.

Nous sommes tous en rapport avec nos ambitions et nos œuvres avec les kangourous puisque nous maternons constamment ce qui est notre idéal que nous surprotégeons en bondissant par sauts dans nos réalisations.

KAYDARA. Dieu de l'or, de la connaissance, chez les Foulbés. Prenant diverses formes quand il devenait visible, il préférait se montrer vieux, petit, difforme ou même mendiant afin de confondre les esprits superficiels ou trop désireux des richesses. C'est pourquoi on lui octroie dans la légende le pays des nains, ou des génies pygmées. On le représente avec sept têtes (sept jours), douze bras (douze mois), trente pieds (trente jours).

Comparé au soleil, il symbolise le temps, il participe à l'ordre cosmique et le pourquoi de toute désorganisation. Son équivalence serait le soleil pour les pasteurs nomades des savanes africaines. Il représente le spectre de la lumière, par laquelle s'ouvre la dernière étape vers l'illumination.

KOLA. En Afrique Noire, on l'a intégré dans l'art décoratif. On se sert de ses gousses pour faire des croix.

Mais sa saveur amère symbolise les épreuves successives dans la trame d'une amitié ou d'un amour.

Voilà pourquoi *manger une noix de kola pour ces peuples* signifie un mariage.

L

LABORATOIRE. L'apparition d'une scène de laboratoire en rêve : oblige à s'analyser. Moment d'introspection nécessaire pour mieux comprendre son comportement psychique mais l'analyse peut s'étendre aussi à la santé physique ou encore à la vie amicale ou sentimentale, enfin cela dénote une recherche personnelle précieuse, importante.

LABOURAGE. Labourer, c'est créer l'amour. C'est tracer le sillon de sa vie.

Labourer, c'est devenir un agent de liaison entre le ciel et la terre. Le labourage est un acte sacré, dans un sens de participation à la création. Labourer, c'est être un magicien de la nature avec Dieu.

Le ciel envoie sur le champ la magie de la fertilité. Le champ, c'est nous les humains.

Le sillon : représente la femme.

Le soc de la charrue : l'homme.

La semence : ce sont nos efforts dans l'union. C'est pourquoi, tout ce qui est produit de la terre parle de nos amours, de nos affaires lucratives aussi.

Le labourage peut s'interpréter autant sur le plan des affaires intérieures et spirituelles que matérielles. Tout dépend de nos motivations et de nos vibrations.

LABYRINTHE. Le labyrinthe, c'est un état temporaire où l'imagination visionne une multitude de cheminements, une multitude de voies.

L'important, c'est de découvrir le bon sillonnement afin de se rendre au centre de soi-même. C'est-à-dire de se retrouver, et sentir une identification de son vécu et de l'adapter à sa raison d'être.

Épreuve intérieure profonde pour se diriger vers ce qui est le plus sacré en soi, le sens de la vie, vu autant sur le plan affectif, psychique, que spirituel.

Parvenir au centre : c'est découvrir une certitude, une grâce.

Partir du centre et sortir du labyrinthe : annonce une résurrection intérieure après de pénibles démarches en soi-même, c'est vivre une libération et l'appliquer consciemment. (Voir *MINAUTORE, DÉDALE, MANDALA, VILLE, CAVERNE*.)

LAC. Symbole d'une partie de l'inconscient, où se logent des châteaux souterrains dans lesquels se trouvent des trésors précieux, des bijoux, des cristaux.

Du lac peut ressortir le fruit de l'imagination créatrice offrant des serments amoureux ou autres, exprimant les grandes aspirations devant se transformer en une réalité.

Le lac est aussi un laboratoire où se produisent les transmutations, partant de désirs matériels vers le spirituel.

Le lac, c'est le miroir de nos espoirs inconscients qui peuvent devenir concrets ou conscients; il parle de nos relations avec les êtres chers, la famille, le conjoint.

Un lac scintillant sous les rayons du soleil signifie que l'amour nous redonne joie et équilibre.

Marcher ou flotter au-dessus de l'eau annonce une réussite miraculeuse, une chance exceptionnelle et imprévue.

Se retrouver seul devant un lac annonce une remise en question de sa vie; une séparation pour les gens mariés et l'équivalent du mariage pour les célibataires.

Y faire une promenade en barque, avec une personne du sexe opposé, c'est avoir pris une option amoureuse stable.

S'y trouver au clair de lune exprime tout le romantisme de l'union.

Traverser un lac à la nage présage une longue période de controverse.

Arriver sur l'autre rive et décider de revenir sur le lac indique qu'après une rupture, on revient sur ses positions.

Voir surgir une sirène d'un lac promet une passion dangereuse poussant l'âme à l'autodestruction.

Voir surgir un cheval blanc : transformation importante de la vie sexuelle vers un détachement spirituel épanouissant.

Voir surgir un cheval brun pâle : amour apportant le bonheur.

Selon les Anciens, la vue d'un lac est une incitation au mariage.

LAINE. Tout vêtement de laine nous comble de bonheur, de chaleur, d'amour épanouissant. Il est donc important qu'il soit beau, sans défaut, sans tache, de belle couleur.

Avoir les cheveux transformés en laine annonce une maladie nerveuse, tout au moins, un déboire sérieux.

LAISSE. *Tenir une laisse à la main,* c'est dominer.

LAIT. Le lait symbolise la connaissance, la science qui donne la croissance. Le lait, c'est la nourriture de l'âme vers un dépassement. Les périodes de croissance de la personnalité doivent symboliquement s'abreuver de lait.

C'est une nourriture légère facilement assimilable pour le bébé qui doit s'acclimater à la vie terrestre.

Le lait se boit, se prend toujours dans une instance vers un devenir, un développement, un mieux-être dans la récupération des énergies et l'adaptation.

Pour le bébé : il prépare à l'absorption d'une nourriture plus solide.

Pour le malade : le lait est nécessaire pour retrouver la santé.

Pour l'angoissé : le lait est l'aliment pour retrouver la paix, la sérénité, l'équilibre, l'harmonie.

Pour le mystique : le lait est l'aliment pour se nourrir graduellement de la connaissance, de l'amour invisible, à travers les combats que l'initiation nécessite.

Dans les rêves, le lait prend la même signification spirituelle, bien différente de la fonction réelle, mais indique toujours un état de fragilité.

Boire du lait : nous oblige donc à prendre conscience d'une faiblesse, d'un manque et de notre vulnérabilité. Mais, aussi, indique ce vers quoi nous nous acheminons, vers une meilleure ouverture, ou une plus grande force, ou une naissance intérieure.

Boire au verre : dénote un comportement normal dans les luttes de la vie.

Être allaité au sein : nous place dans un état d'infériorité face à la personne qui nourrit.

La plupart du temps, boire du lait : est une incitation à surveiller sa santé physique ou psychique, tout au moins sa résistance.

LAMENTATION. Parfois en rêve, on ne pleure pas, on hurle son angoisse dans une lamentation.

Les lamentations expriment une demande, une imploration d'être protégé, un aveu de sa fragilité. Les lamentations se vivent dans les rêves où nous sommes assujettis à des forces trop grandes, trop fortes pour notre capacité ou à des épreuves trop lourdes à envisager. Rêve de stress, de fatigue, dû à une situation exténuante.

LAMIE. Dans la mythologie grecque, un monstre féminin qui épouvantait les enfants.

Elle symbolise le regret et la jalousie des femmes qui n'ont jamais été capables de donner la vie.

LAMPADAIRE. Le lampadaire éclaire le jardin ou la rue. Il ouvre la pensée vers la connaissance qui permet de mieux comprendre ce que la vie enseigne.

La lumière comme le feu représente aussi l'amour et ce qu'il nous apprend nous redonne joie et lumière intérieure.

Le lampadaire : parle d'un amour secret ou d'une ouverture à saisir plus consciemment un attachement qui prendra de l'ampleur. Parce qu'il se rapporte à la noirceur, il doit être allumé pour qu'il permette l'accès à la prise de conscience.

LAMPE. La lampe allumée dit toujours amour. Elle représente quelqu'un, une présence. Elle peut symboliser la présence de Dieu dans le rituel religieux. Elle est l'esprit universel pour le contemplatif. *Si une lampe s'éteint* : c'est la perte d'un amour, ou une coupure de communication mystique pour l'initié.

Balancer des lampes : on rejette la pensée conventionnelle.

Voir une lampe dans le creux d'un rocher ou dans un sanctuaire : c'est aspirer à la protection de l'Invisible.

Éteindre une lampe : solitude voulue.

Si elle s'éteint d'elle-même : rupture sentimentale involontaire.

LANCE. La lance symbolise ce qui doit être différencié, ce qui doit être clarifié et séparé.

Elle oblige à l'action, à l'affirmation. Elle suscite la présence du héros, elle exprime souvent l'agressivité, l'autorité et la force.

Dans la vie onirique, elle prend un sens sexuel.

Voir une lance : obsessions sentimentales.

La tenir à la main : vous passerez à l'action de séduire que vous soyez une femme ou un homme.

Pour l'adolescent(e) : être poursuivi(e) par une personne armée d'une lance, c'est l'éveil de la sexualité.

LANDAU. *Pour une femme* : ce que le landau contient représente un événement de sa vie.

Pour l'homme : il représente une protection maternelle.

Se sortir du landau : est un signe d'affirmation de la personnalité, de libération intérieure.

LANDE. *Remplie d'herbes fraîches où poussent les fleurs des champs* : elle représente un sentiment intéressant mais sans être vraiment reconnu.

Séchée : elle représente une vie affective triste et monotone. (Voir *VALLÉE.*)

LANGAGE (forme d'expression). Le langage s'établit en rapport avec la connaissance ou la révélation.

Il est une ouverture pour laisser passer les représentations imaginées, les idées, les sentiments, la gravité, les sons, vers une réalité à communiquer ou à recevoir.

Il y a plusieurs sortes de langages, écrits ou parlés, énigmatiques ou révélateurs. Il y a la langue de la Révélation, l'arabe qui est la langue de la substance révélatrice. Dans les rêves, elle est un message énigmatique et mystique que le rêveur décodera avec le temps et les événements vécus.

Ex. : la tour de Babel symbolise la confusion de l'esprit (langue multipliée), châtiment divin provoqué par l'obscurcissement de l'âme et l'orgueil.

Se retrouver dans la tour de Babel annonce une réprobation, un jugement sévère à cause d'un esprit trop tourné vers des ambitions démesurées.

Par contre, le don des langues, le retour à un unique langage universel, soit celui de l'Esprit-Saint, est le contraire de la tour de Babel.

Posséder en rêve ce fameux don des langues promet une réceptivité à la vérité et au pouvoir de l'exprimer, l'inspiration vers la lumière à transpercer l'ignorance et mieux voir à travers les êtres, et les événements, ce qu'on pourrait appeler l'intuition juste, la clairvoyance.

Le mantra est aussi une forme d'expression pour inviter le divin à descendre jusqu'à nous. Les souffles sonores ont des pouvoirs de résonance insoupçonnés, et sont un véritable langage, entre les sphères ciel-terre pour répandre sur le monde une bénédiction cosmique. (Voir *AUM*.)

Les religions en possèdent toutes.

La musique ne connaît aucune frontière dans son message de beauté ou encore de laideur. Elle transmet un langage direct entre les sphères, elle produit le langage magique le plus puissant.

Les couleurs sont un langage interdimensionnel entre les forces invisibles et la personne humaine.

En rêve, les prononcer : c'est une imploration à prier davantage, car nous serons exaucés.

Parler une langue : c'est s'identifier à la qualité représentative de cette nation ou de ce peuple et à ce que les expressions populaires de notre langue lui ont fait octroyer, comme un héritage.

Prononcer des mots : c'est déjà être ou vouloir être dans son âme. Le français, notre langue, reflète dans les messages qu'il annonce toute la réalisation concrète, la sincérité, l'authenticité des œuvres ou des sentiments parce qu'à travers lui on exprime la vie. La langue maternelle promet autant de sincérité que l'amour maternel et protège toute réalisation.

De même, le pays, la province, la ville qui nous a vu naître ou ses gouvernants concernent les sentiments amoureux et profonds. La langue parlée de sa nationalité permet de réaliser les espoirs les plus sacrés, les plus nécessaires à l'épanouissement.

Personnellement, parler l'italien me laisse croire à la joie de vivre, à l'amour, mais aussi à la possessivité des Italiens dans leur façon d'aimer, et pour moi je m'arrête là : à l'amour. C'est ce que je projette sur eux et sur cette langue. Si je vois un Italien ou que je l'entends parler ou que je parle moi-même cette langue, je sais qu'il y aura une question d'ordre sentimental. Voilà, servez-vous de vos projections sur une ethnie et vous comprendrez un symbole personnel d'une langue en rapport avec ce que vous concevez sur un peuple, quand vous verrez quelque étranger habiter vos rêves (l'étranger représente une langue), ou encore si vous êtes amoureuse d'un Anglais qui vous parle comme le Premier ministre en français, vous pourrez en déduire toute sa sincérité en amour ou dans ses projets avec vous. (Voir *LETTRE*.)

LANGUE (organe). Symbole sexuel ou symbole d'éloquence, tout dépend du contexte du rêve et de vos préoccupations.

Voir une belle langue en rêve : annonce la chance au travail pour ceux qui vivent du verbe ; l'amour pour les autres.

Perdre ou se faire couper la langue : laisse sous-entendre à ceux qui écrivent des poèmes comme aux chansonniers la fin de leur carrière et pour les autres, la fin d'un amour, l'impuissance sexuelle.

Se mordre la langue : indique que l'on fera peut-être une indiscrétion dans les jours prochains.

La langue a le pouvoir de détruire, de créer, de justifier, de pervertir, d'anéantir, de limiter et d'enseigner. Ainsi, selon certaines expressions populaires ou images, la langue peut avoir différentes significations, comme :

— *avaler sa langue* : traduit une obligation de rester silencieux ;

— *avoir la langue bien pendue* : on réalisera qu'on a trop parlé dans les circonstances ;

— *avoir la langue trop longue* : on ne saura garder un secret ;

— *avoir mauvaise langue* : on se permettra de faire de la médisance ;

— *tirer la langue* : on connaîtra une période pendant laquelle on aura besoin d'aide, d'appui, ou encore cela peut signifier qu'on se moquera de quelqu'un.

LANTERNE. *Allumée* : elle avertit d'être extrêmement prudent et clairvoyant.

Éteinte : elle signifie que rien n'est défini dans ce qui est en cours, mais surtout que votre inconscience peut vous créer des impondérables. On ne jouit pas d'une bonne intuition. Il est temps de vous ajuster, d'essayer de voir la source de vos déboires.

LAPIN. Symbolise la fertilité ou encore personnifie un être doux, facilement blessé.

LAPIS-LAZULI. Cette pierre opaque d'un bleu intense a une valeur sacrée et protège du mauvais œil. Elle symbolise la sphère céleste étoilée dans la nuit, et comme chaque étoile est une puissance cosmique vivante, rien ne peut détruire le rêveur, car il possède la plus bienveillante surveillance cosmique.

Et l'épreuve serait comprise et contrôlée avec le temps.

LARMES. *Les larmes qui coulent sur les joues en rêve* : ne sont que joies.

Qui coulent sur d'autres : peine, douleur.

LATIN. *Parler latin,* c'est parler de manière à dissimuler certains faits ou une certaine situation.

Entendre parler latin dénote une incompréhension concernant les problèmes relatifs à une préoccupation actuelle.

Ne plus être capable de parler latin : déception qui surprend.

LAURIER. Symbole de victoire et de gloire immortelle, il symbolise aussi tout ce qui ne finira jamais.

Selon les expressions populaires, se *voir recouvert de lauriers* annonce un succès retentissant.

S'endormir sur ses lauriers : ne pas continuer une carrière pourtant commencée dans la gloire.

Se reposer sur ses lauriers : pouvoir connaître le repos après de remarquables succès.

Cueillir des lauriers : bonne renommée assurée.

LAVER. L'expression populaire « s'en laver les mains » a le même sens dans les rêves et dans la réalité, c'est désirer ne pas être responsable de quelque chose, c'est ne pas avoir la conscience tranquille.

Se laver les cheveux, c'est sentir le besoin de penser différemment, de recommencer à neuf sur un plan amoureux et le besoin d'oublier et d'envisager d'autres conquêtes.

Se laver de la tête aux pieds annonce une meilleure santé, un renouveau intérieur.

Laver des vêtements, c'est devoir débattre certaines questions en famille ou en amour.

Éclaircir ou laver une vitre, c'est essayer de mieux comprendre l'entourage.

LÈCHEFRITE. *Pour l'homme* : la lèchefrite représente une femme sensuelle qui lui causera un préjudice.

Pour la femme : elle indique des satisfactions d'ordre sentimental, *selon qu'elle est pleine ou vide*. Dans ce dernier cas, elle annonce de la solitude pour les deux sexes, tout au moins une rupture évidente.

LÉGÈRETÉ. Se sentir léger annonce une vie intérieure libre et inspirée, où l'angoisse n'a aucune prise.

LÉGUMES. Les légumes parlent de la qualité de nos amours.

Les légumes frais sont en général de très bon augure.

Les légumes secs sont un signe de malchance, de déboires, de bonheur tirant vers la fin.

Particulièrement, le riz prédit des voyages sur mer sans problèmes et éveille l'esprit à une plus grande lucidité.

Les fèves concassées annoncent des désaccords.

Les lentilles : des peines amères.

Le millet : des frayeurs.

L'épeautre : de la pauvreté.

Le chou n'apporte pas de profit.

Les betteraves, les navets, les courges donnent de vaines espérances.

La graine de lin prédit du bonheur aux infirmes, aux médecins, aux thérapeutes en général.

Le concombre annonce un retour à la santé.

Le melon promet des amitiés, des amours, mais perturbe les affaires.

LÉMURES. Selon la croyance romaine, apparitions fantasmagoriques des âmes des morts souffrants qui viennent angoisser les vivants.

En voir en rêve peut prendre deux significations. Cela peut confirmer les âmes tourmentées des ancêtres qui viennent se venger. Ou bien ils sont des esprits venus de l'enfer pour tourmenter l'imagination des humains. (Voir *VÉNUS*.)

LENTILLES. *Manger des lentilles* annonce des pleurs, des chagrins, des conflits légaux.

LÉOPARD. Symbolise la fierté, la force redoutable d'une énergie agressive dont il faut savoir se servir et que l'on doit canaliser dans un contrôle de soi.

LÈPRE. En général, la lèpre annonce la richesse. (Voir *GALE.*)

Être lépreux, c'est un signe d'honneur et d'autorité.

LESSIVER. *Lessiver,* c'est résoudre des problèmes affectifs. *Ne pas trouver de machine à laver ou ne pas pouvoir faire la lessive,* c'est ne pas réussir à résoudre un problème qui, de toute manière, ne peut s'éclaircir.

LETTRE. Les lettres d'une langue totalisent une vibration d'ensemble, chaque lettre illustre le degré de développement de l'âme, puisque l'ensemble des lettres d'une langue serait l'ultime degré de perfection divine, but de la fonction qu'implique chaque réincarnation.

Elles signaleraient au rêveur le numéro du palier qu'il a gravi et de l'expérience terrestre qui lui convient.

Elles jettent une lumière vers la montée dans la compréhension de la vérité et de la perfection.

Chaque lettre, comme les nombres, a un pouvoir, une vibration qui renseigne, et cela en rapport aux événements du destin.

La face de Dieu serait composée de 32 lettres que nous n'avons pas encore pu toutes découvrir, ni déchiffrer, et que nous n'avons pas pu ranger par ordre. Et si cela était, nous aurions les mêmes pouvoirs que Dieu, nous pourrions ressusciter les morts et recréer le monde. L'Évangile a réussi à déchiffrer 24 lettres. Le Pentateuque, 22 et le Coran 28. Le chiffre 22 a donné naissance à l'enseignement ésotérique par les 22 arcanes du Tarot, chaque lettre ayant une résonance numérique avec des pouvoirs et des expériences qui s'y rapportent.

Les lettres, les noms ont des vibrations reconnues, elles ont des pouvoirs magiques.

De même, écrire des phrases possède une puissance surprenante. Les lettres ont une autorité évidente, qu'elles servent à exprimer des interdits, comme des ordres exécutoires ou légaux ou encore à jeter le dévolu sur l'âme amoureuse ou agressive.

Écrire est en quelque sorte une forme de magie positive ou négative, une défense ou une provocation.

Cela dit, les lettres sont en rêve l'expression soit de votre degré d'évolution, soit d'événements tracés sur la trajectoire jugée nécessaire de votre destinée ; les lettres servent de support aux messages divins. (Voir *ALPHABET*.)

LEVAIN. Il met en évidence la dynamique d'une composante. Mettre du levain dans la pâte, c'est agir en sorte de pousser la formation d'une œuvre. C'est l'espoir.

Prend le sens de semer et germer.

Le levain, c'est l'enthousiasme, le dynamisme, le feu sacré.

LEVIER. Le levier représente le personnage central conduisant à la réussite, vers un projet désiré.

Bien analyser ce qu'il soulève.

LÈVRES. Les lèvres, ces messagères, sont des symboles érotiques et affectifs.

Les belles lèvres promettent l'amour, la joie.

Les lèvres pincées, difformes ou ulcérées dénotent de l'infortune, du malheur. (Voir *BOUCHE*.)

LÉZARD. Parce qu'il aime et désire le soleil, on peut prétendre que le lézard symbolise ceux qui cherchent la vérité, la lumière et vivent dans la méditation et la bienveillance.

Selon une expression imagée, faire le lézard voudrait dire se détendre paresseusement à la chaleur.

Ce qui dans un rêve pourrait annoncer des vacances ou encore la jouissance de la vérité prise sur le plan surnaturel.

Voir un lézard peut apporter une nouvelle passion de vivre, ou la naissance d'un enfant.

LIANE. Symbolise l'amour qui fait évoluer positivement car elle s'enroule autour de l'arbre auquel elle s'attache vers une montée, c'est-à-dire vers une meilleure compréhension de la vie intérieure.

Vie amoureuse ne permettant pas de respirer librement.

LIBELLULE. Elle représente une personne élégante aux idées très libérées. Ne serait-ce pas vous en ce moment ?

LIBERTÉ. Se retrouver libre annonce un désir de briser des liens parce qu'on se sent prisonnier de quelqu'un ou de quelque chose. Ce rêve peut vous annoncer une libération de ce qui vous fatigue ou vous restreint.

LIBRAIRIE. *Se retrouver dans une librairie* indique qu'il serait bon de s'instruire davantage, d'élargir le champ de ses connaissances.

LICORNE. La licorne est un symbole de l'éclat de la puissance et de la vertu.

Dans la religion chrétienne, elle est la transcendance de la vie sexuelle, elle représente Dieu fait chair dans le sein de la Vierge Marie.

La Dame à la Licorne personnifie tout renoncement à l'amour pour le vivre plus parfaitement dans une sublimation afin de le préserver du dessèchement, du périssable de la sexualité. Ce mythe exprime la fascination de la pureté, en voulant s'éloigner des cœurs corrompus. La licorne saisit l'impur très facilement comme la jeune fille qui veut éloigner d'elle sa vie de femme.

Cela étant accepté, une force surnaturelle pénètre l'âme qui découvre les plus pures joies surnaturelles en récompense divine.

Voir deux licornes s'affronter : dualité intérieure à désirer la maternité et se refuser d'enfanter (par pureté ou sublimation) physiquement en préférant vivre des naissances spirituelles.

Voir une licorne : présage de chance pure.

Voir apparaître une licorne et bien s'entendre avec elle annonce un succès total dans les projets en cours, si on tient l'unique corne dans sa main.

Tuer une licorne désigne la malchance causée par une conduite vaniteuse et entêtée.

LIERRE. Représente tout ce qui est persistant et durable en amour, en amitié.

Voir un lierre désigne un sentiment d'être possédé par quelqu'un, ce sentiment pourtant heureux pèse sur la liberté.

LIEU D'ENFANCE. Se retrouver sur les lieux d'enfance dénote un désir de se sentir protégé comme l'enfant ayant besoin de l'appui et de la responsabilité des parents.

Cela peut, par déduction, correspondre à une période particulièrement difficile du vécu actuel ou à un moment de solitude ou relié à des conflits majeurs.

Se retrouver dans le passé insinue que nous revivrons bientôt une situation analogue, que ce lieu connu nous a jadis permis de vivre. Dans ce sens, il faut nous poser la question si ces lieux nous replacent en souvenir dans des émotions heureuses ou malheureuses. Et dans les circonstances, comment elles reviennent dans notre vie.

LIÈVRE (lapin). Le lapin personnifie tout esprit immature acceptant l'effort, la lutte pour atteindre la sagesse, la maturité. *Pris comme symbole sexuel,* le voir en rêve annonce l'amour, la joie tournant positivement ou négativement vers une vie plus ou moins secrète.

LIFTIER. *Voir un garçon d'ascenseur* indique que, présentement, on analyse une solution afin de voir clair dans une décision à prendre sur une facette de son vécu. Le liftier est la personne qui pourrait donner un jugement sûr, un conseil.

LILAS. Il annonce un amour printanier.

LILITH. Selon une tradition kabbalistique, Lilith, première femme d'Adam, serait née de la terre au même moment qu'Adam, et Ève serait née d'une côte d'Adam, c'est-à-dire de son union avec Lilith. Lilith se révolta contre Adam afin que son égalité soit reconnue, elle venait comme lui de la terre (de ses instincts primitifs). Elle était donc son égale. De là, leur séparation, et le début d'une carrière démoniaque pour la première femme du monde terrestre, qui donnera naissance aux vampires et aux créatures fantasmagoriques. Symboliquement, Lilith est l'ennemie des mariages, c'est la femme illégitime et séductrice ou encore la femme abandonnée, créant des conflits familiaux par vengeance. Lilith, c'est la femme des amours ombrageuses qui se venge sans cesse. Elle représente l'âme qui est assujettie à des vices quel que soit le sexe. La vocation de la personne humaine est de se nettoyer par l'épreuve des restes de son influence.

LIMACE. Elle personnifie un individu inopportun sans être nécessairement mal intentionné.

Personne dont la lenteur impatiente.

LIMBES. Endroit situé près des Enfers, les limbes représentent le lieu de séjour des enfants mort-nés ou sans le baptême, souffrant encore des souillures du péché originel. C'est le lieu où ont séjourné les âmes des adultes qui, bien qu'ayant obéi aux lois naturelles, ne bénéficiaient pas encore de la rédemption.

Ce qui explique la descente aux enfers de Jésus-Christ, après sa résurrection.

Se retrouver dans les limbes en rêve exprime encore le possible et cela symbolise un état psychologique devant une situation opprimante, une réconciliation.

Ils ne sont pas le lieu du non-pardon, mais celui de la tiédeur, de ce qui doit être blanchi par une explication.

Se retrouver dans les limbes, c'est une invitation à sortir de sa grossièreté première afin de se faire accepter et aimer. Les limbes ne sont pas un lieu mais un état psychologique devant une réconciliation sentimentale.

LINGAM. Symbole phallique et procréateur dans un sens complètement épuré du dieu indien Çiva. Le linga, feu divin, s'unit à l'énergie lunaire et forme l'union des opposés, d'où jaillissent la connaissance, l'harmonie intérieure, le mariage. En Chine, le kuei, ce jade en forme de triangle, symbolise le sacré de l'union sexuelle et de la procréation, il est la signification du lingam. (Voir *PHALLUS*.)

LINGE. Tout tissu ou vêtement sert à habiller socialement. Il représente nos sentiments et comportements, nos états émotifs, notre adaptation ou notre mésadaptation sociale.

Coudre du tissu présage une union.

Découdre annonce des conflits, une séparation.

Sales ou tachés : ils nous préviennent d'éventuels conflits.

LINGERIE. Les sous-vêtements dévoilent les intentions séductrices de la rêveuse. Ils mettent en relief les désirs d'attirer à soi sexuellement la personne aimée. Cela concerne en l'occurrence les culottes, soutiens-gorge et jupons. (Les chemises de nuit et les robes de chambre [en rêve] signalent plutôt une indisposition physique ou mentale.)

Selon que les sous-vêtements soient en bon état, de bonne qualité et plus ou moins sophistiqués, on peut envisager de quelle manière le jeu relationnel sera plus ou moins romantique, si les sous-vêtements sont détériorés, de mauvaise qualité, on peut déduire que des blessures sentimentales ont pu faire perdre confiance en la capacité de conquérir l'élu.

De nos jours, la gent masculine compose, elle aussi, avec les artifices de la séduction autant que la gent féminine par la chevelure, les parfums, les vêtements, les sous-vêtements, de telle sorte que la même interprétation onirique s'avère juste pour les deux sexes.

LION. Il est la puissance, la souveraineté de la justice. Animal solaire, ses vibrations se rapprochent de l'or. Il est l'affirmation de la force exprimée.

Symboliquement, on le compare aux grands Maîtres tels le Christ ou Bouddha.

Il fait donc surgir les passions nobles.

On se sert du lion afin de se protéger des influences sataniques. Pris dans un sens plus concret, il est le roi de l'économie, le patron, le magistrat, etc.

Un lion docile et câlin est un signe de protection influente et annonce une promotion.

Un lion qui rugit et nous agresse indique que nos supérieurs sont insatisfaits, que nous attirons leurs foudres.

Maîtriser un lion, c'est bien contrôler ses impulsions.

Porter une tête de lion manifeste un succès surprenant.

Le mot « lionne » a la même signification que le mot lion, mais s'adresse plutôt au sexe féminin.

LIRE. *Lire des écrits compliqués et bien les comprendre* annonce la richesse et les honneurs après un grand changement.

Apprendre à lire une langue étrangère indique un changement de situation ou de pays.

Être obligé d'apprendre à écrire, c'est ne pas saisir l'essentiel, l'énigme dans ses affaires. C'est continuer une situation problématique, c'est ne pas réussir à monter dans son évolution.

Éprouver de la difficulté à lire les mots d'un message ou d'une lettre, c'est ne pas réussir à voir la faille dans une relation ou une affaire.

LIS. Symbolise la blancheur, la pureté, l'innocence, la virginité.

Voir un lys invite l'âme à s'abandonner totalement à la grâce de Dieu.

Le lis rouge des prairies annonce des passions défendues.

Cueillir un lis, c'est subir un coup de foudre et se replacer dans les désirs terrestres. Peut être pris dans un sens subjectif, auquel cas il sous-entend une tentation intérieure.

Le lis à six pétales (héraldique) prend le sens du cercle, de la roue, présage de gloire et de fécondité.

Dans certains rêves mystiques, le lis des vallées rejoint l'image du Christ.

LIT. Le lit symbolise le centre de la vie en général, il peut être le lit de naissance, de la récupération, du sommeil, de la vie sexuelle et de la mort, d'où se dégage l'importance de son symbole.

Symboliquement, le lit prend la signification de l'union du corps et de l'âme du rêveur. Il est tout ce qui prend l'aspect de stabilité dans la trame d'une vie.

Ainsi, *un lit propre et bien fait* signifie la sérénité et l'équilibre.

Ne pas avoir de lit indique un moment de fatigue intense dû à un manque affectif et d'adaptation sociale.

Un lit en désordre désigne une insatisfaction sexuelle.

Voir une personne de sexe opposé dans son lit : désirs sexuels incompris et insatisfaits.

Se voir au lit ou encore voir une personne inconnue de même sexe dans son lit annonce une période de malaise psychique, il y a quelque chose à laquelle on ne peut s'adapter. Névrose et sombres moments.

Se voir couché sur un lit et avoir les membres le dépassant, c'est avoir un idéal qui dépasse les conventions sociales, c'est vouloir vivre plus intérieurement qu'extérieurement. (Voir *PROCUSTE.*)

Coucher dans un lit à une place : vie vouée au célibat.

Lit à deux places : votre vie se passe et évolue dans le mariage ou l'union.

Ce qui se trouve sous le lit annonce ce qui ne peut plus continuer dans le cadre de vie actuel. Bien analyser le symbolisme de ce qu'on y voit. C'est le caché ou le mystérieux de votre existence.

Voir un animal glissant ou rampant sous son lit présage des ruptures, de la maladie, ou encore de la dépression morale.

Le dessus du lit concerne ce que vous vivez concrètement.

Le dessous indique ce que vous vivez sans en connaître vraiment l'origine.

LITERIE. *Propre,* elle annonce le bonheur en ménage, une relation sentimentale empreinte de pureté, d'épanouissement, d'idéalisme.

Sale, la literie indique qu'une modification de l'être aimé s'impose. La malpropreté morale détériore l'effluve de l'âme et de l'union. Un renouveau doit s'effectuer.

En mauvais état : ainsi se situe la dépréciation d'une union vouée à la rupture.

LIVRE. Le livre concerne la vie du rêveur, il le renseigne, il influence toute sa destinée.

Le livre représente une nouvelle connaissance, une nouvelle orientation de la pensée, une organisation de la vie à repenser.

Très souvent, il répond à une question que le rêveur se pose en lui-même. Il est un regard sur l'univers en rapport avec l'existence de chacun ; dans ce cas, le livre prend l'aspect d'une révélation sacrée.

Un beau livre annonce la richesse, l'équilibre, la santé et l'adaptation aux conventions et à l'époque.

Les vieux livres indiquent qu'une réadaptation s'impose. On doit se défaire de conceptions périmées afin de retrouver la joie de vivre.

Le titre ou l'enluminure sur la couverture du livre signifie ce qu'on comprendra bientôt, afin de continuer plus efficacement dans la vie.

Bien analyser le symbolisme de la gravure représentée. Elle est le sujet par lequel le message ou l'inspiration sont donnés.

Un livre fermé : essayez de comprendre que tout ne peut être révélé, le titre ou l'illustration est déjà un message sur votre but à atteindre.

Un livre ouvert : une phrase est tout un enseignement à saisir sur lequel nous devons méditer.

LOCOMOTIVE. Rêve fréquent où nous voyons la locomotive tirer des wagons de voyageurs ou de marchandises.

Elle est le principe actif qui fait avancer la matière inerte.

Elle représente donc le feu, la passion qui active tout vers une direction.

Elle est la puissance énergétique vers la réalisation de tout objectif sentimental ou autre, surtout sexuel.

Voir un train sans locomotive : on a beaucoup de potentiel mais pas suffisamment de feu sacré, de motivation, ou encore la personnalité n'arrive pas à extravertir son idéal.

Voir un train tiré par une locomotive miniature sans force suffisante pour tirer les wagons : les objectifs du rêveur ne sont pas accompagnés d'une volonté agissante suffisante, même si on possède les qualités requises pour atteindre le succès.

La locomotive qui fend le vent et file à toute vapeur indique qu'on déborde d'énergie en vivant un grand amour ou un grand idéal.

La locomotive qui se brise, ralentit ou qui s'arrête en plein champ signifie qu'on manque d'affection, que le feu d'un amour s'éteint.

Voir une locomotive filer seule : amour heureux et aveugle mais qui n'est pas tout à fait partagé.

LOKI. En Scandinavie, il représente le démon qui a engendré les monstres.

Puissances destructrices, entités monstrueuses comme le serpent hideux et quantité d'animaux féroces, qui à la fin des temps, jouiront de la destruction du monde et railleront l'humanité détruite. Ils représentent les ruses méchantes, la perversion de l'esprit dans chaque individu, lesquelles le conduisent vers sa perte totale.

LORELEI. Ondine symbolisant l'émerveillement irrationnel et dangereux qui conduit l'âme à sa perte par une mauvaise influence.

LORIOT. Oiseau au plumage jaune ne se nourrissant que de fruits. Sa vue en rêve annonce une union, un mariage.

LOSANGE. Symbole érotique, il représente la femme, et sa puissante fécondité.

Le losange, pris dans ce sens, annonce l'amour, le bonheur. Dans un sens ésotérique, il représente le passage du futur initié dans la matrice du monde, là où il rencontrera les forces des profondeurs terrestres, s'en libérant par la lumière.

Pris de cette façon, le losange représente l'échange entre le ciel et la terre.

LOTERIE. *Gagner à la loterie,* c'est rencontrer l'amour. C'est être l'élu, le gagnant.

LOTUS (espèce de nénuphar). Symbolise l'épanouissement spirituel du sage. Il est le potentiel de chaque être, étant parvenu à la réalisation totale, le nirvana, la plus haute perfection. Il représente l'âme pure qui ne se souille d'aucune mauvaise ingérence.

LOUP (VE). *La louve* représente le désir passionnel.

Invoquer une louve : peur de la stérilité.

Le loup, c'est parfois l'instinct agressif voué à une juste défense ou le contraire, l'agressivité destructrice et méchante.

Le loup représente soit un rival en affaires ou le propre instinct du rêveur.

Incitation à la circonspection ou à contrôler ses tendances négatives.

LOUPE. Le vécu actuel incite à analyser minutieusement chaque recoin de son existence afin de mieux se comprendre et éviter un impondérable.

LOUTRE. Symbolise les alternances, tout ce qui est changement.

La peau de loutre a une valeur de réceptivité magique.

Pour les initiés, elle est une messagère et ouvre l'âme à des renaissances mystiques.

Le symbolisme de la loutre se rapproche de celui du chien en le complétant. (Voir *CHIEN*.)

LUMIÈRE. La lumière est une frontière, un passage entre l'invisible et le visible, entre l'inexpérience et l'expérience, entre l'incompréhension et la compréhension, la lutte et la victoire, l'insuccès et le succès.

La noirceur, l'obscurité, c'est tout ce qui germe vers une réalité comprise, c'est-à-dire la lumière, le visible, le réalisable.

Se retrouver dans le noir ou y marcher parle d'inconscience malchanceuse, parce qu'on ne saisit pas la source de ce qu'on vit. Même les meilleures promesses faites dans l'obscurité ne se réalisent pas. Parce que rien n'est vraiment prêt et est encore soumis aux forces obscures.

Il y a un temps pour les ténèbres et il y a un temps pour la lumière. À Hérode qui voulait que Jésus-Christ s'explique car il ne voulait pas le condamner à la crucifixion, ce dernier répondit : « Je n'ai rien à expliquer, c'est l'heure des ténèbres. » Ce qui revient à dire que l'heure des ténèbres est la période d'épreuve à laquelle nous ne pouvons nous soustraire. Il y a quelque chose à payer ou à offrir.

La lumière, c'est le compagnon de route de l'initié qui a combattu et gagné le prix de la victoire éclatante. Le vrai soleil vit dans le cœur de l'illuminé.

Le sage qui comprend tout, qui saisit, qui vibre avec l'intuition divine.

Le sage vit constamment alimenté des forces renaissantes et fertiles par l'infiltration de la puissance céleste en son âme.

La lumière étincelante fait saisir la révélation, le sens des mystères.

Le sage reconnaît la limite où opèrent deux directions précises, le chemin des ténèbres et le chemin de la lumière.

Chacune de ses pensées décide du chemin à poursuivre vers la lumière, parce qu'il a reçu le vrai baptême, l'épuration par la souffrance, il en sait le prix. Ses corps subtils sont devenus lumineux et capables de rejoindre cette dimension.

Pour l'initié, il y a même deux sortes de lumière dont l'une est lumière vivifiante et étincelante, l'autre est lumière redoutable, terne et fade, repoussante et poussiéreuse.

Il est donc facile de comprendre que *la lumière claire et radieuse* est un signe de joie, de dynamisme, d'énergie positive, elle est la promesse de l'appui céleste et la fin d'une période déprimante.

La lumière âcre, fade ou obscure annonce la dépression morale, la mélancolie, la malchance, la stagnation, une période encore soumise aux forces ténébreuses.

La lumière qui disparaît ou s'éteint présage la perte d'une protection, d'un amour, la malchance dans un projet en cours. Pour les malades, c'est l'annonce d'une longue convalescence.

Éteindre soi-même une lumière, c'est renoncer à comprendre davantage une situation, c'est agir contre sa chance, ou refuser la vérité.

LUNE. L'image de la lune rejoint la conception de la nuit.

Elle est la lumière de ce qui prend naissance, de ce qui germe.

La lune est l'inspiration dans les cycles des renaissances intérieures.

Elle éclaire dans la noirceur, elle est le ricochet de la vérité, étant la première à recevoir la pensée de Dieu, le soleil étant la connaissance même.

Elle sert les premiers breuvages de la vérité dans un reflet, de luminosité comme une révélation indirecte.

Elle contrôle les cycles dans le rythme biologique et elle symbolise le temps, le devenir. Et dans ce sens, elle donne l'idée de la mort, allant vers une nouvelle existence.

L'existence prend le sens de nouvelle conception à partir du détachement, de la mort intérieure. Elle a ce pouvoir de redonner la vie constamment.

On l'envisage destructrice et constructrice de vie, d'élan. Elle est donc une affirmation de la malchance et de la chance, de ce qui finit et recommence.

Le ciel de la nuit nous la présente comme une déesse qui guide l'esprit au milieu de l'obscurité.

Dans la mythologie, elle est personnifiée par Diane, Isis et Artémis, déesse guerrière à la porte du Cosmos, le défenseur de l'âme assoiffée de justice, de connaissance.

De nos jours, dans un travail d'initiation la sainte Vierge apparaît parfois sous la forme de la lune blanche étincelante dans un ciel de nuit ou de jour.

Dans les rêves : la lune laisse anticiper un travail vers une initiation.

La lune vue dans un ciel de nuit indique la protection contre les forces ténébreuses, contre lesquelles le rêveur se débat et lutte.

La lune vue dans un ciel de jour annonce la fin des épreuves, la victoire sur l'infernal.

Recevoir en rêve une invitation à voyager sur la lune oblige à se détacher de son vécu actuel et à renoncer à une manière de penser, de philosopher qui est dépassée.

C'est souvent l'annonce de la fin d'un état de vie, divorce ou fin d'une profession religieuse.

Une autre chose est à envisager pour mieux suivre son évolution. C'est toute une manière de vivre qui est à analyser et à oublier.

Une lune ronde et claire, tout comme le soleil resplendissant est un présage heureux doublé d'un apport de fertilité. Elle symbolise en général l'élément féminin : fille, femme, sœur.

Brillante, dans un ciel dégagé et clair, elle présage la fécondité et la chance à la femme qui désire la maternité ou l'épanouissement.

Brumeuse, floue et imparfaite, elle annonce des problèmes, des maux aux personnes âgées ou aux membres féminins de la famille.

Se mirer dans la lune indique une maladie grave ou une mortalité.

Voir la lune dans ses rêves signifie que ses secrets seront dévoilés.

Pour la femme, rêver de la lune est une incitation à s'occuper davantage de sa vie affective et d'elle-même.

Pour un homme, en rêver, c'est devoir faire plus de place dans sa vie pour la femme aimée.

Tous les bénéfices et tous les sévices manifestés par la lune sont moins aigus et moins prononcés que ceux du soleil, tout au moins plus voilés.

Aller visiter la lune : on dépassera nos aspirations matérielles, par une vie axée sur la vie mystique.

LUNE (astre). Satellite de la Terre, elle détermine les cycles et la fécondité.

Symbolise en astrologie la mère, l'épouse et la sœur aînée, la femme en général, et la famille.

Elle contribue à influencer la fin de vie et les six premières années de l'existence de chaque individu.

Elle symbolise la sensibilité inconsciente, l'attrait instinctif vers un intérêt ou un comportement.

Elle agit sur les rêves, la nuit.

Elle est la vie primitive qui sommeille dans le jardin de l'âme.

Elle est le mystère qui nous imprègne et détermine la tendance à l'instabilité, ou caprice, à l'aventure.

Elle est éveil et création.

Elle est tout ce qui alterne au gré de l'imagination.

LUNE (la) ou CRÉPUSCULE (le). 18e arcane majeur du Tarot, correspond à la 6e maison astrologique. Cet arcane influence la vie psychique, le retour sur soi-même. Il incite à l'examen de conscience dans une régénération morale. Au mystique, il dévoile le chemin dangereux de l'imagination et des influences magiques. Il prépare l'aurore de ce qui doit être une révélation. (Voir *DIX-HUIT dans NOMBRE*.)

LUNETTES. Les lunettes représentent une difficulté à résoudre un problème présent.

On ne saisit pas clairement ce qui pourtant devrait être vu afin de s'ajuster à des complications et les élucider.

Porter des lunettes : vous ne voyez pas clairement la situation dans laquelle vous vous impliquez présentement.

Porter des lunettes fumées : au contraire, vous voulez cacher quelque chose dans votre comportement.

LUTTE ou COMBAT. La lutte est une manifestation des antagonistes dans l'énergie universelle et du transfert des pouvoirs vers une victoire sur soi-même ou sur les autres.

Lutter avec quelqu'un : annonce un conflit avec cette personne. Il est préférable d'être victorieux car le résultat sera le même dans la vie que dans le rêve.

Lutter avec une personne inconnue : est un signe de conflit intérieur qui oblige à prendre une décision si on ne veut pas tomber malade.

Lutter avec un mort : annonce un procès, des difficultés au sujet d'un héritage ou de ses affaires en général.

Lutter avec un supérieur et le vaincre : laisse prévoir la réussite dans un domaine inconnu.

Lutter avec un inférieur et être battu : est un présage d'insuccès et de malchance.

Parfois, on lutte avec son ombre : cela vous oblige à laisser tomber un sentiment ou un idéal ou encore un projet.

LYRE. La lyre sert de communication vibratoire entre le ciel et la terre. Elle est l'inspiration poétique et musicale par excellence.

Elle invite les humains et les animaux à vibrer harmonieusement sur les plans terrestres, aquatiques ou aériens.

La lyre est l'instrument musical et poétique parfait et céleste. Elle est l'appui central représentant l'union des énergies cosmiques collaborant à toute intuition créatrice.

Elle sert à exprimer nos liens affectifs, nos états d'âme sur les plans évolutifs.

M

MACHINE. Voir *MOTEUR*.

MÂCHOIRES. Dans la vie onirique, les mâchoires rejoignent ceux que nous chérissons.

Elles représentent nos relations, nos amis, nos parents, nos amours.

Les mâchoires saines : présagent la stabilité de nos liens affectifs, une bonne sécurité financière.

Les mâchoires ulcérées ou blessées : nous préviennent de ruptures en amitié ayant une répercussion malheureuse sur nos affaires financières.

MAGNÉTOPHONE. *Voir un magnétophone* : oblige à déchiffrer une situation complexe symbolisée ici par le message entendu en songe.

MAÏA. Nymphe des cavernes, amoureuse de Zeus de qui elle enfanta Hermès. Elle symbolise l'éveil de la nature au printemps et l'affirmation de soi. Elle pousse à l'extraversion.

MAIGRIR. *Maigrir ou se voir maigrir* : annonce une dépréciation, des pertes d'argent, des querelles amoureuses, bref de la malchance.

Voir maigrir les autres autour de soi sans maigrir soi-même : signifie la prospérité et la jouissance d'une influence prépondérante, l'extériorisation d'une performance, d'un amour.

MAIN. La main affirme l'action, l'intention. Elle manifeste la créativité et l'élévation surnaturelle croissante et « peut voir » symboliquement.

Belle et propre : elle promet la chance, l'action, le plaisir.

Sale : la main indique de la malhonnêteté dans ses projets.

La main droite : action, volonté.

La main gauche : la passivité, le secret.

Petite : la main est signe de rapacité, d'avarice.

Grande : elle signifie la bonté, la bienveillance.

Galeuse : elle annonce des profits.

Voir le dos de la main : présage un revers à absorber.

Voir l'intérieur de la main : joie et succès, si c'est votre propre main. Vous êtes l'instigateur de vos succès, par l'affirmation de votre personnalité.

Si c'est celle d'un autre : chance venant de cette personne.

La main blessée : informe de blessures émotionnelles ralentissant les activités ; votre vie est mal planifiée.

Trop blanche : elle annonce la perte d'un être cher ; ou, tout simplement, de la fatigue.

La main mordue par un chat ou un autre animal : signifie que l'entourage détruit les réserves d'énergie. On devrait réfléchir, savoir mieux organiser sa vie.

Écrire de la main gauche : malhonnêteté.

Le langage des mains est très véridique.

La main fermée : veut dire la dissimulation, le secret.

La main ouverte : présage une déclaration ouverte.

La main levée, les doigts étendus : marque l'intrépidité, si on en voit l'intérieur.

La main baissée, pointée vers le bas, doigts étendus : indique la générosité et le bonheur, si on en voit l'intérieur.

La main serrée, dure, pointant l'index en l'air : inquiétude et menace.

Les mains jointes : signifient nulle autre chose que la prière et le recueillement.

La main, vue de dos, doigts réunis, pointés vers le bas, touchant le sol : indique une personnalité inébranlable, volontaire, flegmatique.

Voir la main droite de Dieu : on recevra force et bénédiction.

Voir la main gauche de Dieu : on recevra punition, malédiction.

Si l'index ou le médius rejoint le bout du pouce : c'est l'attitude de l'argumentation, d'une affirmation solide, intouchable.

Les mains ouvertes vers le haut, l'une reposant sur l'autre : parlent de recueillement et de méditation.

Tomber entre les mains de quelqu'un : signifie qu'on se laissera assujettir.

Voir la main d'une personne connue : cette personne pense beaucoup à vous et vous protégera, car elle voit et saisit votre vie.

Placer ses mains dans celles de quelqu'un, c'est lui abandonner votre vie, c'est lui faire confiance, c'est accepter un engagement mutuel.

Lever les mains vers le ciel : imploration adressée à Dieu.

Main pendante, paume à l'extérieur : expression d'un don, de la charité.

Imposer les mains : consécration divine transférant une énergie, un pouvoir sacré.

Marcher main dans la main : amour ou amitié tendre et sincère qui ne se démentira jamais.

Échanger une poignée de main, c'est recevoir un geste d'intégrité morale d'une bonne relation, signe d'une sincérité remarquable et automatique.

Perdre les doigts de la main annonce une trahison, une perte de biens ou c'est souvent vivre une séparation.

Avoir plus de dix doigts, c'est jouer de malchance.

La main coupée, c'est un signe d'impossibilité, de perte effective, surtout si c'est la main droite qui est coupée, la rupture sera montrée à la face du public.

MAIRIE. *Se diriger vers la mairie,* c'est désirer vivre une union.

Être à la mairie si tout se déroule normalement peut indiquer un mariage.

Mais si un des conjoints est absent, c'est l'annonce d'un amour sans issue possible.

La mairie est aussi le lieu symbolique d'un mariage harmonieux des opposés. (Voir *MASCULIN-FÉMININ, MARIAGE.*)

MAÏS. Le maïs est un symbole de prospérité et de richesse.

En manger : annonce des joies autant sexuelles qu'affectives. Son épi est une représentation sexuelle.

MAISON. La maison représente le centre sacré de la vie du rêveur, son état d'âme à travers les événements et sa position terrestre face aux influences célestes.

Elle est la vie du rêveur, la trame continuelle de son vécu.

La cuisine annonce les événements à venir, les mutations.

La chambre à coucher donne le ton des amours et de la santé.

Le salon ou la salle de séjour renseigne sur ce qui se rapporte à la vie ouverte au grand jour, la vie sociale, les sentiments et les amours légitimes.

La cave représente l'inconscient, ce qui commence à germer dans le conscient en rapport avec des constatations actuelles.

Le rez-de-chaussée concerne la pensée concrète, les événements appelés à se réaliser.

Les étages supérieurs désignent la couleur et la manière de penser par rapport à ce qu'on vit, et l'effort pour s'y adapter.

Le grenier, c'est souvent l'introspection, un retour dans ses souvenirs. Tout ce qui s'accumule avec le temps, parfois les réminiscences du passé dont il faut se défaire.

Il y a une signification prépondérante pour les différents éléments de la maison.

La façade renseigne sur l'aspect extérieur de la personnalité, c'est comme le masque de l'être, le paraître, ce qui semble s'offrir.

Le toit, c'est l'esprit, le cerveau, le classement des idées.

Les niveaux inférieurs s'adressent à la vie émotionnelle, instinctive, et inconsciente.

Les volets font partie de la mise en scène de l'apparence extérieure.

Fermés : personnage qui ne veut ou ne peut se laisser découvrir.

La porte et le seuil constituent un degré à franchir afin de mieux se connaître. C'est dépasser les interdits des acquis sociaux, c'est essayer de fusionner avec sa véritable personnalité.

Les fenêtres, c'est notre ouverture sur les autres, notre capacité d'échanger avec la vie extérieure.

L'escalier : lien de montée vers un devenir plus conscient, de soi-même ou de sa vie.

Il est facile de comprendre que rebâtir une maison, c'est se redonner un centre de vie, une nouvelle stabilité familiale ou amoureuse.

Démolir une maison annonce la fin d'un genre de vie, une séparation ou un divorce. De toute façon, une coupure certaine avec le passé.

Voir une maison flamber sans brûler présage un amour passionné.

La voir flamber et brûler, c'est épuiser ses énergies à cause d'un conflit sérieux, à l'occasion d'une séparation ou d'une mortalité.

Se lever tôt le matin et sortir de la maison indique la capacité de vivre une nouvelle vie efficacement.

Se lever tôt et ne pas sortir informe d'un état dépressif, de stagnation, d'un échec personnel.

Laver les murs de la maison, c'est rafraîchir sa vie intérieure, la rendre plus harmonieuse. Comme peindre colore un climat affectif et intérieur.

L'immeuble à appartements vous place dans les multiples facettes de la trame continuelle de votre vie familiale, amoureuse et sociale.

MAISON DE DÉBAUCHE. Elle annonce l'adversité et la discorde au rêveur.

MAISON-DIEU (la) ou la Tour foudroyée. 16e arcane majeur du Tarot, correspond à la 4e maison astrologique. Exprime le châtiment, l'effondrement, la malchance, la ruine. Chute de position temporaire. Crise nécessaire devant la témérité et l'échec en rapport avec les erreurs d'autrui. Il marque de son empreinte la crise salutaire qui détourne des entreprises dépassées.

MAKARA. Monstre marin se situant entre le dauphin et le crocodile. On lui attribue les qualités symboliques de l'arc-en-ciel ; dans ce sens, il a un rôle de pardon.

En tant que dauphin, son influence est celle du sauveur.

En tant que crocodile, il serait carnassier. Dans les deux cas, il possède des qualités : un esprit remarquable, dans un attribut soit positif ou négatif, soit salvateur ou destructeur. (Voir *ARC-EN-CIEL.*)

MALADE. *Rêver d'être malade* présage des maux et afflictions de toutes sortes.

Être au lit et ne ressentir aucun malaise, ni aucune fatigue annonce une maladie psychique.

Visiter un malade alité révèle le chômage, un préjudice, la maladie pour la personne visitée.

L'expression populaire « être malade », si elle est prononcée en rêve exprime le manque de réalisme devant une idée fixe, comme dans la vie éveillée.

MALLE. Une malle parle d'un désir de changement, de voyage.

Faire ses malles, c'est désirer faire un voyage, vouloir changer de décor.

Avoir des malles et ne pouvoir partir reflète l'incapacité de changer le poids de la monotonie.

MANA. Principe de vie, d'action, de force mystérieuse dont les amulettes, les pierres, les feuilles, diverses images ou objets fixés sur soi, nous placent en rapport représentatif avec le sacré universel. Le mana vibre émotionnellement avec l'image et promet des faveurs désirées.

MANCHOT. Ce rêve annonce une longue période d'inactivité pendant laquelle on se sentira détaché de son cadre, déphasé.

Être manchot, s'il s'agit du côté droit, annonce l'inaction causée soit par un accident ou autre chose attribuable à une fatigue nerveuse.

S'il s'agit du côté gauche, c'est l'annonce d'une passivité, d'un manque d'intuition, de perspicacité, cause d'éventuelle malchance.

MANDALA. Sa forme, parfois celle du cercle ou du carré ou les deux à la fois, symbolise l'image de l'univers sur lequel l'initié s'identifie et rejoint ainsi la puissance céleste infinie.

Il est l'appui sur lequel la personne qui médite retrouve son centre intérieur, son unité.

Il représente le temple sacré de chacun par les formes géométriques qui s'y trouvent placées à l'intérieur.

Il permet d'avancer, étape par étape, vers l'illumination, aidé d'illustrations symbolisant les canaux où se situe le guide, placé comme gardien et protecteur, celui-ci étant capable d'animer la vie intérieure en partant d'un non-manifesté pour passer au manifesté.

Le mandala symbolise la psyché humaine, celle-ci étant une représentation parfaite d'une réplique de l'univers.

Programmation magique d'images, suggestionnant le subconscient vers un développement puissant et surnaturel.

Son rôle est double. Il sert à protéger la nature ordonnée de la psyché ou à la rétablir si elle disparaît, puisque le mandala est l'image même de l'âme humaine dans ce qu'elle est consciente et inconsciente telle que Dieu l'a créée.

Dans un rêve, regarder un mandala, c'est une incitation à méditer, à retrouver un sens à la vie, à l'ordonner afin de vivre à nouveau la sérénité.

Après un tel rêve, habituellement, on sent dans les jours qui suivent une grande paix, face à la vie, l'amour, par une nouvelle compréhension de soi.

Le mandala rond : l'authenticité naturelle de l'âme, sa pureté.

Le mandala carré : la conception lumineuse de cette pureté, sublime.

MANDORLE. (Voir *OVALE*.)

MANDRAGORE. Plante aphrodisiaque dont la forme se rapproche du corps humain, elle symbolise la fécondité, l'amour. Cette plante promet aussi la richesse. Dans l'Antiquité, les Grecs s'en sont servis pour certaines opérations magiques.

Elle fut un support révélateur pour les voyants ou sorciers.

Et dans les rêves, elle peut rejoindre cet aspect magique, envoûtant.

MANGER. Manger symbolise la capacité de jouir de la vie avec nos semblables, autant sur le plan de l'amitié que de l'amour pur ou encore de l'amour passionné.

Ainsi, bien manger est un indice de vie affective heureuse, de joie intense de vivre.

Pour le malade, manger de la viande dans un banquet indique que la maladie s'aggravera.

Pour la personne en bonne santé, arrêter de manger au milieu d'un repas annonce une peine sentimentale.

Si on cesse de manger à cause d'une personne qui s'avance vers soi, c'est la mort de cette personne la plupart du temps.

Manger de la viande crue révèle une peine marquante sur le plan affectif.

Manger des oiseaux est un signe de profit, de combinaisons lucratives en affaires ou encore annonce un amour merveilleux.

Manger du poisson est un présage de guérison sur le plan psychologique. Plus le poisson est gros, plus c'est avantageux.

Manger des biscuits sans boire de lait est un signe de guérison et d'affaires menées à bonne fin et c'est de bon augure pour les amoureux.

Manger des olives, des câpres indique que des manœuvres frauduleuses sont menées contre soi.

Manger des confitures symbolise un amour qui apportera plus de frustration que de joie.

Manger des salaisons promet une mauvaise santé, des problèmes d'affaires. De même les mets vinaigrés en général.

Manger du bœuf bien apprêté est un présage d'amour, de sexualité épanouissante et de bonnes affaires en général.

Manger de la merde, c'est vivre un amour subit, un coup de foudre.

MANITOU. Symbolise l'énergie vitale dans tous les règnes d'êtres vivants. Chez les Algonquins, leur dieu suprême serait le Grand Manitou.

Rêve mystique.

Bienveillance bénéfique à condition que l'intervention soit douce.

MANNE. La manne chez les Hébreux évoque quelque nourriture mystérieuse, cachée, réservée aux justes, c'est de nos jours l'Eucharistie, chez les catholiques.

Et dans la mythologie grecque, l'ambroisie, comme l'hydromel le fut chez les Celtes.

Nourriture céleste qu'il faut mériter.

Rêver à la manne : c'est l'annonce de joies mystiques, dans une plus grande orientation de la pensée surtout si on la mange.

Sur le plan profane : la manne symbolise une chance à suivre au bon moment, un privilège imprévu dont il faut savoir profiter.

MANNEQUIN. Le mannequin est la projection personnelle d'une illusion.

Il signifie un manque de réalisme et de naturel.

Il parle de sentiments superficiels, de fausseté de la part de l'être aimé, qu'il soit vu au féminin ou au masculin dans votre cliché de rêve.

Un amour décevant parce que illusoire.

MANTEAU. Le manteau parle de ce qui nous couvre socialement dans un projet en cours. Il est donc un symbole de protection affective ou d'affaires.

Porter un beau manteau, de bonne qualité, c'est jouir de sécurité, d'appui, d'amitié dont on a besoin.

Se voir porter le manteau d'autrui, c'est désirer et recevoir l'appui de la personne dont on porte le manteau.

Voir un ennemi recouvert d'un manteau nous oblige à reconnaître que cet individu a de plus puissantes affiliations qu'on ne le soupçonne. Le manteau aussi peut être pris dans un sens de métamorphose, de l'identification à une pensée, à une mode, au rang social à travers un lien affectif.

MANUFACTURE. La grande fabrique de la vie, où tout produit brut de notre vécu se métamorphose au gré des circonstances.

La manufacture, c'est l'action vers un développement intérieur. C'est l'effort de travail vers nos premières découvertes mystiques où les vertus et pouvoirs, se saisissant, évoluent et progressent.

C'est la matière première, promesse des capacités nouvelles d'une personnalité agissante.

C'est autrement dit le lieu de fabrication de sa vie, d'érection d'une base sociale à envisager.

MAQUILLAGE. Le maquillage est un bon présage pour les gens dont le métier a besoin d'être transformé, maquillé.

En général, se poudrer, se farder le visage, c'est se trouver dans une situation déplaisante, par honte ou à cause d'une gaffe commise, c'est dissimuler ses émotions pour cacher ses méfaits, ses erreurs.

MARACAS. Instrument sacré de percussion se rapprochant du tambour. Symbolise un moyen de rejoindre la pensée de Dieu chez les chamans américains.

L'entendre ou s'en servir : c'est passer une période durant laquelle il est nécessaire de méditer et de prier, si on veut se sortir de l'impasse actuelle.

Car pour l'instant, la force est perturbée par l'agitation. En musique populaire, il exprime nos états émotifs.

MARAIS (mare). Le marais symbolise toutes les relations affectives les plus importantes : famille ou enfants, amant ou mari. C'est le centre de vie que l'on absorbe et d'où émergent des transmutations psychologiques importantes.

Voir un marais calme annonce la paix dans la vie intime et dans le contexte social.

L'eau calme parle d'une sensibilité imperturbable.

Avertir quelqu'un de ne pas pénétrer dans un marais, c'est lui interdire de venir perturber ses relations, de s'infiltrer dans sa vie affective. C'est surtout admettre que ce qui nous appartient, nous appartient égoïstement et jalousement.

MARCHÉ. Le marché est un climat intérieur. Il symbolise le lieu de rencontre, d'échange, de communication, de fusion.

Le marché bourdonnant d'activité signifie la prospérité, la paix.

Voir dans une épicerie des gens pauvres qui ne peuvent acheter : annonce de la solitude, ou encore une espèce de honte face à sa personne. Beaucoup de désir, peu de potentiel.

Y voir des étalages vides où il n'y a rien à vendre représente un manque d'opportunité. Personne ne répond à ce qu'on aspire sur le plan affectif.

Ce qu'on réussit à acheter au marché indique ce qui est à sa portée en ce moment, ce qu'il est possible d'échanger amoureusement.

MARCHER. Marcher, c'est avancer dans la vie. C'est suivre le sillonnement de son évolution. La façon de marcher est très significative. (Voir *BOITER, PIED, JAMBE.*)

Marcher à quatre pattes : état de soumission devant un être représentant un sentiment ou un événement du destin.

Marcher sur la tête : situation problématique où le ridicule prime.

Tomber en marchant : maladie ou dépression morale.

Marcher sur la rue représente une période de vie plus intérieure qu'agissante. C'est une période méditative, la pensée erre dans une monotonie ou une poésie dans une découverte à venir. On circule dans une forme de vie inconsciente.

Marcher nue dans la rue, c'est se sentir dénué de chance ou de sécurité. Grande angoisse au sujet de son vécu.

Marcher sur du gazon : bonheur.

Marcher dans les champs en friche : vie sentimentale frustre, triste.

Marcher dans la vallée verdoyante : richesse affective, détente paisible et naturelle.

Marcher sur une terre brûlée : de nombreuses peines se succèdent.

Fin d'un genre de stabilité dans les sentiments.

MARÉCAGE. Sa vue nous place devant nos liens affectifs : parents, époux, épouse, amant, maîtresse et enfants.

Sa signification se rapproche de celle du marais.

Patauger, s'y enliser laisse entrevoir une situation confuse, sans issue, parce que la combativité s'épuise dans l'inefficacité à rompre avec les personnes qui troublent ainsi la sérénité.

Le marécage annonce des conflits émotifs qui devraient inciter le rêveur à changer la direction de ses attachements. Tout au moins à faire respecter ses privilèges en tant qu'individu.

Le marécage, comme les vallées, les bois, les landes, vus en songe, ne sont de bon augure qu'aux prêtres, pasteurs et ceux dont le travail s'en rapproche par la fonction spirituelle.

Dormir dans les champs et les prés est encore plus mauvais, il faut envisager des tribulations et beaucoup de tristesse.

Franchir par monts et par vaux les champs présage des fatigues, des embarras dans toute association sentimentale.

MARIAGE. *Le mariage, par la fusion qu'il implique,* signale au rêveur la fin d'un genre de vie, donc un détachement, et une union vers une autre trame continuelle de l'existence. L'union marque la signification de tout mariage, l'alliance de deux vies, la fusion de deux opposés et le même élan, dans une vie sexuelle, amoureuse, afin de faire germer d'autres processus vitaux. Il devient la formule sacrée afin de trouver une complémentarité.

Assister à un mariage, si tout se déroule normalement, peut annoncer une union bien assortie.

Par contre, *si l'un des mariés n'y est pas,* c'est l'affirmation d'un sentiment impossible à vivre.

Selon Artémidore d'Éphèse :

« Le malade qui se verra épouser une jeune fille mourra, mais ce songe est bienfaisant à celui qui veut entreprendre quelque affaire, car il aura une heureuse fortune. »

Mais en général les noces apportent beaucoup de tribulations dans la vie du rêveur, elles apportent du désordre et de l'agitation.

Se marier joyeusement promet soit des héritages, des revenus supplémentaires à la personne déjà mariée et heureuse.

Mais *rêver se marier à un autre que son conjoint* peut annoncer un divorce et vice-versa si on voit son conjoint se marier à un autre. Pour résumer, le mariage dans les rêves, c'est aussi la fusion de projets différents et cela s'adresse parfois à des contrats ou à notre vie intérieure, harmonie par la fusion des principes différents.

Le mariage, c'est parfois une démarche de la personnalité à la recherche de son unité. (Voir *MASCULIN-FÉMININ, PANDORE.*)

MARIN. Il signifie l'instabilité, l'inconstance, une douceur momentanée.

Pour une femme : ce rêve indique que l'humeur changeante de son amoureux la bouleverse.

MARIONNETTES. Symbolise la projection de nos comportements, le ridicule qui ne tue pas, mais agite tout individu qui veut bien savoir comment s'améliorer.

Les voir nous invite à saisir la scène, à la comprendre, car elle s'adapte au ridicule de notre vécu éventuel, à notre agitation.

Tout est là, dans l'inconscient qui ne demande qu'à être distribué au conscient.

Peut-on y lire la dérision de nos passions, de nos sottises humaines, de nos drames collectifs et nationaux? (Voir *LÉGENDES.*)

MARRON. Fruit du châtaignier, il annonce le danger d'être victime de brutalité, d'événements désagréables.

C'est pourquoi ramasser des marrons ou en tirer du feu annonce des efforts risqués et inutiles.

MARTEAU. Symbolise un pouvoir, une force brutale à créer ou à briser.

Utiliser un marteau, c'est employer fortement sa volonté à construire ou à détruire quelqu'un ou quelque chose.

Si on l'emploie pour détruire, casser des objets, il importe de juger si on détruit quelque chose de symboliquement bon ou mauvais.

Son rôle est bénéfique s'il sert à tuer les voleurs, à se défendre, à éloigner les ennemis.

Le marteau, c'est la raison qui s'allie à l'acte volontaire, c'est l'intelligence qui comprend et discerne le bien ou le mal et agit en conséquence. (Voir *HACHE, CISEAU, COUTEAU.*)

MARTIN-PÊCHEUR. *Les voir voler deux par deux,* c'est l'annonce d'un amour réciproque.

Cet oiseau symbolise la paix dont il faut savoir profiter. L'autosatisfaction qu'il inspire amène des bonheurs éphémères.

MASCULIN-FÉMININ. On ne peut séparer le masculin du féminin, les deux pôles habitent la même créature, que l'être ait pris un corps féminin ou masculin dans son apparence physique, peu importe.

Chaque sexe est construit de principes féminin et masculin à la fois.

Dans chaque individu, cohabitent l'âme et l'esprit. L'esprit étant rationnel et masculin. L'âme étant la sensibilité charnelle et féminine.

D'où les oppositions alternantes et jamais partagées également dans chaque individu.

Sur le plan de la sexualité, l'homme n'est pas composé seulement de l'élément masculin, ni la femme de l'expression de l'élément féminin.

Parfois sous l'apparence d'un corps féminin, ressort plus fortement le principe masculin, viril et actif.

Tandis que dans la forme d'un corps masculin, souvent émerge l'aspect efféminé, veule, passif, nous le constatons sou vent. Par contre, en rêve, l'aspect masculin annonce en principe ce qui est prêt à se réaliser dans une volonté consciente.

Et tout ce qui est de principe féminin parle de ce qui germe, de ce qui se conçoit, mais qui n'est pas tout à fait rendu à maturité, prêt à être exécuté.

Les formes longues et allongées, pointues sont de principe masculin, les formes rondes et creuses sont de principe féminin. Les expressions du masculin se rencontrent sous la forme du père, du soleil, du feu, du lion, du serpent, de l'oiseau, des armes et des outils, de l'éternel adolescent, du prince.

Les expressions du féminin se rencontrent sous la forme de la mère, de la terre, de l'eau, de la lune, de la vierge, du cheval, de la vache, de la sorcière, de la baleine, bref tout ce qui est récipient.

MASQUE. Le masque symbolise la magie de l'extériorisation. Nous portons tous un masque voulu consciemment ou non. C'est celui de la raison divine de vivre ici-bas, lequel ne demande qu'à se libérer dans une épuration de nous-même.

Même la mort porte un masque énigmatique, celui d'une autre vie inconnue, et parfois qui fait peur. Et derrière le masque, nous cherchons sa signification et l'identification des aspirations ultimes de ce que nous deviendrons.

Il y a tellement de sortes de masques :

— *masque de magie, implorant les mages noirs pour la guérison* : il n'est pas heureux de le voir en rêve puisqu'il nous place avec des forces régressives, desquelles nous aurons à nous nettoyer dans un futur éventuel. Car l'attrait de la lumière est plus fort ;

— *masque servant à la mémoire des origines, lequel est porté par les danseurs imitant le héros mythique* : parle de ce que nous devons rebâtir en nous, c'est l'inconscient désir de se reconstruire ou de réparer ce que la monotonie détruit dans les liens affectifs. C'est constater la capacité de réanimer des sentiments et de redonner un sens à son vécu, de se placer au centre de sa vie.

Le masque, c'est un instrument qui apprend et qui enseigne l'impalpable par la puissance magique sur la vie subconsciente.

Le porter : c'est s'investir de pouvoirs invisibles dans le but de transmettre une force ou de tromper.

Le porter : c'est s'investir de pouvoirs surnaturels, accéder à une vie mystique intense.

Le mystique, comme le méchant, porte un masque, car tout

ne peut être dévoilé, même ce qui se transmet pour ou contre la bonté, la beauté, la sérénité.

Dans la vie onirique, il est important de porter le bon masque, car il pourrait nous assimiler totalement, c'est-à-dire devenir ce que nous essayons de paraître.

Par contre, il faut être circonspect, si on voit quelqu'un porter un masque : à cause de son pouvoir à transmettre, il ne faut pas se laisser hypnotiser par le porteur du masque. Dans l'entourage, il y a un individu qui vous cache ses intentions, ses manœuvres et sa puissance.

Réussir à démasquer : c'est découvrir l'intention cachée derrière un comportement soit trop timide, trop agressif, trop joyeux, trop triste, ou trop puissant.

Enfin bref, le masque c'est ce que chacun vit et n'ose exprimer sur lui-même et essaie de cacher.

MASSACRE. Pris *sur le plan subjectif*, le massacre nous place devant l'agitation intérieure et subconsciente. Trop d'agressivité n'est pas toujours bon.

Par contre, *réussir à tuer quelqu'un d'inconnu,* c'est se libérer d'une division.

De connu : il faut des raisons valables pour se défendre.

Massacrer des animaux : tout dépend si c'est un animal bon ou carnassier. L'important c'est de maîtriser ce qui doit l'être, car les animaux sont parfois nos amis, nos instincts, ou nos ennemis. Il faut bien analyser ses clichés de rêve. (Voir les *ANIMAUX* concernés.)

MASSUE. La massue est l'exécutoire du temps. Elle donne la mort et jette un stimulus de renaissance, dans un contresens. Elle a un effet double d'arrêt et de recommencement. Dans une perception prosaïque, la massue symbolise l'intransigeante autorité et les événements de portée gouvernementale, lesquels secoueront l'opinion. Qui porte la massue ?

Tenue par un hors-la-loi, c'est la dure affirmation de la malhonnêteté.

Tenue par un homme de loi, un juge, un héros, elle symbolise le jugement, le châtiment pour le fautif.

L'avoir à la main annonce qu'on s'évitera des ennuis.

En recevoir un coup : choc désagréable.

MAT ou le FOU. Le 0 ou la 22ᵉ lame du Tarot. On ne lui donne pas de numéro. Correspond à la 9ᵉ maison astrologique. Cet arcane ne vaut rien par lui-même mais il peut affecter toutes les valeurs et tous les nombres. Il est le début ou la fin d'une évolution. Il n'a pas de place déterminée. Coefficient de déraison ou de grande sagesse de l'initié à la suite de longs efforts. Le fou est celui qui paie ses erreurs, ses négligences ou celui qui a atteint par ses mérites la quête de la lumière la plus éclatante qui suit le détachement.

Dans les deux cas, on le ressent différent des êtres humains tel qu'un vagabond inadapté à la société, l'âme perdue au milieu des humains ou encore celui qui s'est classé au-dessus des ambitions terrestres et s'en complaît. Et dans ce sens, il est fou aux yeux des hommes et sage aux yeux de Dieu.

MAT DE COCAGNE. Jeu de hasard, à l'occasion d'une fête publique. Indique au rêveur s'il réussit à décrocher quelque chose, qu'une chance, qu'une opportunité symbolisée par cet objet, viendra au secours de ses efforts et marquera un tournant dans son existence.

MATADOR. Symbolise un sentiment d'orgueil, un désir de jouer le rôle du vainqueur, d'avoir le dernier mot.

Dompter ou tuer le taureau annonce une victoire sur ses instincts sensuels, par une volonté puissante.

Si le matador est blessé ou tué, vous subissez la domination d'une passion amoureuse.

MATELAS. Le matelas moelleux, confortable annonce des succès sentimentaux.

Recouvert de draps propres : union stable et harmonieuse.

Sans drap : la stabilité y est, mais l'union ne s'installe pas dans la réciprocité. Amour à sens unique.

Voir un matelas sans lit : annonce un amour non conventionnel, en dehors d'un cadre de vie normal ; en général, il s'agit d'une personne qui n'est pas libre.

MATIN. Le matin annonce toujours le début d'une œuvre, d'un amour.

Il symbolise le temps, mais dans ce qu'il y a de plus pur, de plus lumineux, parce que rien n'a encore été altéré par les insuffisances et les promesses compromises.

Le matin représente l'implacable main divine dans ses faveurs alors que *le soir* annonce la fin, la défaveur.

MATRICE. Dans les rêves, les formes creuses, comme l'amphore, la bouteille, le pot, le seau, le chaudron, le lac, le creuset, la mer sont les symboles de la matrice.

Remplie de substance claire et pure, revivifiante : elle promet toutes les renaissances comme substitut du sein maternel.

Certains animaux tels que le dragon, la baleine sont des matrices mais à condition d'être rejeté de leur bouche car être avalé oblige à revivre une deuxième naissance.

Symboliquement, la bonté de Dieu serait une matrice de régénérescence. (Voir *MÈRE, MER.*)

MÉDECINE. *Toute médication, toute apparition de représentant de la médecine officielle, reconnue ou non reconnue* symbolise la psyché dans un travail de libération (afin de se soustraire aux obsessions, aux peurs, aux angoisses reliées au vécu du rêveur), ses problèmes affectifs, de carrière ou d'adaptation sociale.

Être guéri par un médecin, un guérisseur, un chaman, un saint ou une sainte annonce un dégagement psychologique.

Dans les rêves, *les remèdes* sont autant d'ouvertures nouvelles de la pensée qui détachent de ce qui détruit, ou stagne.

MÉDUSE. La méduse était l'une des Gorgones. Ces trois sœurs étaient trois monstres dont les têtes projetaient des serpents hideux, leurs lèvres étaient décorées de défenses de sanglier, leurs bras étaient de bronze, leurs ailes dorées et leurs yeux de feu pétrifiaient ceux qui les regardaient.

Elles symbolisent les pulsions, les perversions marquantes de l'âme, lesquelles se traduisent dans la vie sociale, sexuelle et surnaturelle par l'aspect négativement vécu par l'orgueil, par la vanité et tout sentiment de culpabilité effroyable qui en résulte.

Les voir en rêve : projections d'autopunition évidente en regard de ses égarements ou de ses faiblesses passées.

Après ces rêves, il est important de vivre de réalisme et de ne pas tomber dans l'excès contraire, il est important de savoir se pardonner à soi-même lucidement les erreurs passées, afin de continuer de l'avant dans la marche de la vie. C'est cela, ne pas se laisser tuer par la Méduse.

MÉLÈZE. Symbolise le lien entre le ciel et la terre et tout ce qui ne finit jamais dans les liens affectifs.

Voir un mélèze : nous invite à prendre conscience d'une amitié que rien ne peut détruire.

MELON. Il annonce l'amour, une liaison qui fait oublier les frustrations mais n'apporte pas un résultat tangible sur le plan de la réalisation de projets ou d'affaires.

MÉLUSINE. Quel couple n'a pas vécu symboliquement la légende de Raimondain et de la fée Mélusine ? Mélusine représente l'épouse fidèle, dévouée, féconde, mère exemplaire, vivant dans la fortune d'un mari aimant, généreux dont elle avait elle-même provoqué l'ascension. La légende veut qu'elle posât comme condition au mariage que son mari ne la vît pas le samedi. Celui-ci accepta, mais avec le temps son esprit s'embrouilla, Raimondain douta de cette fée merveilleuse qui l'avait fait roi et qui, avant son mariage, l'avait secouru tant de fois lorsqu'il allait mourir, et ne put s'empêcher de devenir jaloux. Or Mélusine devenait moitié serpent, moitié femme une fois la semaine et cela, elle n'avait jamais pu le dévoiler à son époux.

Un samedi, alors qu'elle s'était retirée dans sa chambre, il regarda par un trou percé dans le mur, la vit prenant son bain et constata qu'elle était à moitié serpent, moitié femme. La douleur s'empara de lui et Mélusine, trahie, le quitta, clamant sa peine et retournant à son état premier sur la tour du château.

La leçon à tirer est merveilleuse et dépeint la destruction de l'amour par le manque de confiance et la jalousie. Il existe dans l'être aimé une partie secrète intouchable même pour la personne la plus intime. Le respect veut que nous ne touchions pas à cette partie de l'être qui n'est pas encore achevée mais qui germe en perfection dans l'ombre, et que parfois un besoin d'isolement fera progresser par la méditation et par une totale appartenance à soi-même.

MÉNADES. (Voir *BACCHANTES.*)

MENHIR. Ces pierres tombales brutes, placées comme monuments sur un lot mortuaire, symbolisent le gardien des énergies apparentées au défunt.

Comme si on transférait son âme du corps physique pour la laisser séjourner dans le mégalithe, lieu où elle serait protégée des maléfices et d'où elle ne pourrait sortir pour errer. Elle symbolise donc le gardien de l'âme placé entre le ciel et la terre, le menhir servant d'axe entre les deux. Dans ce sens, elle devient un médium protecteur et attentionné. (Voir *PIERRE, BÉTYLE.*)

MENTEUR. *Mentir à ses amis ou à sa famille* signifie que l'on tombera dans la détresse.

Être menteur indique qu'on récoltera le fruit de ses méfaits. Les mensonges pour la plupart viennent du désir de se camoufler par plaisir, alors qu'on reçoit le résultat contraire.

MÉPHISTOPHÉLÈS. Tête d'homme diabolique avec de petites cornes de chaque côté du front.

Démon assistant du Dr Faust, dès que celui-ci livre son âme au malin, au Prince de l'Enfer, il se définit ainsi : « Je suis une part des forces qui veulent toujours le mal, et sans cesse créent le bien. » Il symbolise un certain degré d'évolution de chaque humain qui vit dans l'affirmation de la réussite matérielle après avoir connu des échecs constants. C'est la motivation matérielle qu'on réussit en s'éloignant de sa vie intérieure. Toute réalisation matérielle finit par limiter les aspirations spirituelles et à nouveau l'âme cherche sa véritable demeure divine. Une étape d'avancement qu'est le succès pour transmuter vers un dépassement surnaturel.

MER. Symbole de la mère, c'est la plus puissante matrice du monde. Elle est l'inconscient qui deviendra le conscient. Dans la mer se décident les naissances, les morts et les résurrections. La mer informe, éclaire ; à cause d'elle, on passera du doute à la certitude, du brouillard à la clarté, de la passivité à l'affirmation, du mal au bien. Elle est le grand chaudron de la terre où circule la vérité prête à féconder le chercheur.

Elle est peuplée de monstres dangereux, contre lesquels des combats sont évidents. Elle est l'inspiration parce qu'elle représente le subconscient, lui-même témoin de la création du monde et de nous-même, elle est donc l'encyclopédie de référence afin de comprendre notre développement.

Elle assiste le rêveur en mère protectrice, ou dangereuse dans l'incursion de l'inspiration vers des renaissances, car elle se souvient de tout. Elle est dangereuse dans ses profondeurs, dans son immensité, à cause du danger de s'y noyer ou de s'y perdre.

Mais elle reçoit le message divin. Il est heureux d'y plonger afin de rencontrer des poissons y vivant sainement. Cela annonce la santé, l'équilibre, la chance.

Comme un monstre, elle avale, et pour bien comprendre le message du rêveur, on doit sortir de son étendue, et retrouver le sol, c'est-à-dire le conscient, après avoir mesuré ses capacités avec elle, avoir compris ses messages et conseils.

Elle peut nous faire découvrir des trésors, des châteaux ou encore des cités souterraines.

Elle nous initie donc à la vie intérieure car les trésors sont ceux de l'âme limpide qui se rajeunit de vie éternelle.

Trésor ou jeunesse sont les mêmes vibrations dans les rêves qui laissent bouillonner vers une vie plus consciente et rationnelle. Nos pouvoirs ou capacités sont là, enfouis au fond de la mer (l'inconscient). Il nous reste à devenir conscient de nos richesses inconscientes et à les transférer, à les appliquer au vécu.

La vie terrestre, c'est la traversée de la mer ou de l'océan : dans ce sens, elle parle du temps, de ce qui est le plus important dans la vie.

L'arrivée sur l'autre rive annonce la fin d'une stabilité de vie (le résultat) ou la mort.

Le navire, c'est ce qui est l'attraction, le support de la raison d'être. Le navire, c'est tout ce qui est pôle d'attraction à travers le long périple terrestre.

Le navire peut représenter le célibat, le mariage, c'est de toute façon le statut social dans toute son ampleur en rapport avec la personne ou les personnes, la ou les plus importantes qui le composent.

MERCURE. Dieu romain, l'équivalent d'Hermès chez les Grecs.

On l'identifie aux commerçants et aux voleurs. Pour bien comprendre cette identification, il faut envisager tout le processus de la montée de l'évolution en chacun. Chacun possède sa vérité selon son degré de développement.

Et la vérité semble mensonge souvent pour celui qui comprend ce que d'autres n'ont pas saisi à l'école de l'existence.

C'est une profanation du véritable sens du rôle de ce dieu que de le dépeindre comme menteur et voleur. Il était aimé de Jupiter qui l'avait institué en messager.

Il savait guider les voyageurs. Il a inventé la lyre et la flûte.

Le voyageur prend ici la signification du terrien dans son périple terrestre, à qui Mercure savait divulguer les messages de Dieu, à chacun selon sa bonne volonté, le respect des lois de la vie, de son commerce avec le Très-Puissant et de son degré de compréhension vers la lumière. (Voir *HERMÈS.*)

Ce rêve promet des messages importants si on le voit sous forme de statue ou d'illustration.

MÈRE. La mère de la vie onirique peut prendre deux significations. Elle peut représenter vraiment la mère naturelle, biologique ou encore elle peut vouloir signifier la mère symbolique, donnant non pas la vie de la chair, mais la vie en tant qu'énergie universelle, assistant l'âme qui monte de palier en palier vers la maturité.

Que ce soit l'une ou l'autre, mère biologique ou universelle,

elle prend la plupart du temps l'aspect physique de la mère naturelle et biologique.

D'où la difficulté d'analyser le vrai sens de la mère ; souvent, on le saisit dans un décodage après que les événements se concrétisent dans la réalité.

Pour ceux dont la culture mythologique influence la manière de penser, il est possible que vous rêviez à des représentations de déesses historiques ou mythiques dont les plus manifestes sont : *Gaïa, Rhéa, Héra, Déméter* chez les Grecs ;

Isis chez les Égyptiens ;

Ishtar chez les Babyloniens et les Assyriens ;

Astarté chez les Phéniciens ;

Kâli en Inde. Ces déesses sont philosophiques, métaphysiques bien que théologiques.

La terre, la lune, la mer vivant dans l'inconscient de chaque humain comme symboles de la mère.

Matrice vivante qui donne la vie, la nourrit et la reprend.

Sur le plan spirituel : les religions symbolisent la mère protectrice de l'âme qui donne la vie spirituelle, la renseigne et la dirige vers la connaissance. Elle peut être prise dans un sens péjoratif si elle castre de ses interdits et limite l'esprit qui veut s'élancer encore plus haut vers la libération et la lumière. Tout dépend de la religion, de la doctrine dans laquelle on veut se laisser engloutir afin de renaître. La plupart permettent des règles de vie qui élèvent, d'autres sont plus ou moins des éléments de destruction, surtout de nos jours, où existe une prolifération de nouvelles sectes parfois très dangereuses.

La Très Sainte Vierge Marie n'est pas une mère métaphysique et symbolique de l'Énergie, comme les déesses mythiques. Elle est la mère humaine et réelle de Jésus et à la mort du Christ sur la croix, par les pouvoirs que Dieu lui avait accordés, il la désigna comme la mère de l'humanité.

À sa naissance, sa pureté immortelle la désigna lumineuse et capable d'enfanter un Dieu fait homme. Elle est de nos jours un pouvoir politique et administratif de la terre, bien que non reconnu, tout à fait réel et concret dans des millions de cas qui restent secrets pour la plupart. Elle travaille à sauver la terre constamment de la destruction totale des hommes.

Elle doit laisser des messages maternels, avertisseurs. Elle apparaît aux âmes à la recherche de l'harmonie en période initiatique. Elle surveille chaque naissance mystique des humains avec tous les pouvoirs de la force vitale universelle. Guerrière ou conseillère, guérisseuse et compatissante, elle est toujours la mère à la tête de l'Armée de la Toute-Puissance qui veille sur chacun de nous.

Quels que soient sa présentation, sa forme, son symbole, sa réalité ou sa philosophie, la mère vit en chacun de nous, comme étant l'amour, la joie de vivre, l'équilibre psychologique. Elle représente cette capacité à vouloir vivre, combattre et survivre à travers les combats et les échecs. Elle est facile à faire réagir sans cesse. Ou encore vue sous un aspect négatif, elle devient le contraire d'après les expériences de vie avec la mère si elle fut égoïste, angoissée ou encore despotique.

Elle devient alors un symbole inconscient d'un instinct de frustration, d'inquiétude, d'oppression qui demeure dans la vie.

Certains animaux traduisent l'instinct maternel comme l'araignée, la poule, l'ours et la louve.

Dans la nature, la mère est représentée par les eaux claires ou noires, les vallées vertes ou brûlées ou boueuses.

Dans les contes et légendes : la fée ou la sorcière.

Il se peut qu'on rêve à sa mère réelle à cause de ses véritables relations avec elle. Ou encore qu'elle soit une exploration de la vie affective.

Pour l'adulte, elle est souvent la maîtresse ou la femme dans un rêve masculin.

Dans un rêve féminin, la mère représente l'amant, l'amour souvent secret, c'est pourquoi la voir joyeuse, belle est un signe d'équilibre, de bonheur.

La voir faible, souffrante, fatiguée ou brûlée, agonisante laisse percevoir la difficulté d'aimer, des peines évidentes.

Pour une personne ayant une décision sentimentale à prendre, la mère représente l'amant, le père représente le mari. La mère, c'est cette capacité d'aimer sainement ou maladivement. Elle est la sensibilité inconsciente, l'instinct, la poussée vers un comportement.

MESSE. *Entendre la messe* annonce la satisfaction, la joie.

Par contre, assister à un office religieux implique une nécessité de prier. Et quand prie-t-on ? Quand on a peur, qu'on a besoin d'aide, à cause d'une épreuve, la désillusion ou la maladie. Voilà pourquoi vous vous retrouvez à la messe en rêve.

Pour les mystiques : la messe est souvent un sujet d'extase, de joie surnaturelle.

MÉTAL. Le métal a trait à la vie naturelle, sexuelle, chez tout individu. Il exprime la qualité, la couleur d'une relation.

Le plus pur métal provient du minerai de la terre pour devenir métal brut et ensuite métal raffiné, poli, bref, pour prendre une structure solide et brillante. Les vibrations sortant de la matière dégagent un souffle magnétique comparable aux étapes d'imperfection de l'âme pour passer aux vibrations les plus subtiles, les plus éthérées, à mesure qu'elle subit des transformations, c'est-à-dire reçoit l'enseignement de la lumière, par les épreuves consécutives de l'existence.

Le minerai symbolise le chaos de l'âme, tout le triage à faire entre les opposés, le bien et le mal, l'indifférencié du différencié dans ses contacts amoureux.

Autrement dit, *le métal brut* dépeint l'âme qui ne comprend rien aux relations affectives et dont l'esprit n'a pas encore transpercé la matière.

Par contre, *le métal solide non travaillé* symbolise l'âme n'ayant pas su renoncer à ses vices, à ses défauts, à ses imperfections.

Le métal brillant, ayant subi tous les alliages, parle de l'âme ayant reçu une fusion des influences célestes.

L'argent, l'or, le platine sont des métaux précieux : ils parlent de la plus grande capacité d'aimer parfaitement et donnent une note de succès.

D'après les métaux et leurs résonances cosmiques plus ou moins évoluées et heureuses, on a identifié les âges de l'humanité. L'âge d'or de l'humanité fut sa première heure ; nous sommes à la fin de l'âge de fer, l'âge des guerres, et c'est la dernière, pour à nouveau revivre l'âge d'or, dont toutes les croyances diverses de la tradition mythique ou chrétienne annoncent le retour à la paix, à la prospérité et au bonheur.

En rêve, il est bon de se défaire de tous ses joyaux : cela revient à dire qu'on se dépouille de tous ses liens affectifs qui limitent parfois l'âme.

Le métal étant un moyen d'évoluer à travers la matière, mais il y a encore plus de perfection mystique à envisager.

Les sept planètes s'écrivent en influences dans le ciel par les sept principaux métaux.

Saturne par le plomb : le temps.
Jupiter par l'étain : la chance.
Mars par le feu : la combativité, la guerre.
Vénus par le cuivre : l'amour.
Mercure par le mercure : la perception, l'esprit.
La lune par l'argent : l'émotivité passive.
Le soleil par l'or : la chance pure.

MÉTAMORPHOSE. Elle symbolise toujours un sentiment plus intérieur qu'apparent de transformation profonde.

Les métamorphoses sont parfois régressives, vues comme un châtiment, ou évolutives, vues comme une récompense de nos luttes et travaux. L'amour transforme, le temps nous change en rapport avec notre vécu. Les métamorphoses se succèdent au cours de la vie, en rapport avec ce que nous entendons, aimons et admirons, bref ce à quoi nous aspirons incite aux métamorphoses bonnes ou mauvaises.

MÉTEMPSYCOSE. Ici, je veux parler d'une transformation symbolique, d'une métamorphose psychologique. Il est rare de vivre la métempsychose en rêve, c'est-à-dire d'être ou de se transformer en lièvre, en chat, en poisson ou encore en arbre ou en fleur. Très rare je l'avoue, mais cela arrive quelquefois, et ce genre de cliché de rêve rejoint ceux qui vivent quelque chose de marginal, ceux qui se camouflent dans la trajectoire opposée au conventionnel. Et ces êtres qui ont un tel rôle marginal peuvent rêver de vivre totalement ce qu'ils voudraient soit en amour, soit en affaires. Ils doivent s'acclimater à l'instinct des animaux pour survivre dans un monde où ils ne seront acceptés que superficiellement, faisant continuellement un trajet entre leurs besoins vécus ou tendances véhiculées secrètement et leur paraître vécu extérieurement. Rêve marquant où la capacité d'adaptation humaine ne connaît aucune limitation et qui promet des développements quand même surprenants.

MÉTÉORITE. Elle indique que depuis longtemps on aurait dû percevoir et régler une situation confuse qui rebondira bientôt. On fait ce rêve très souvent pour nettoyer des conflits qui ont pris source parfois vingt ans auparavant, à la suite d'un divorce ou de querelles de famille.

Ayant eu le temps de les oublier, l'œil de la justice universelle nous les ramène afin de nous épurer pour l'éternité.

MÉTIER. (Voir *PROFESSION*.) *Exercer un métier, quel qu'il soit, avec minutie et satisfaction* est un signe de réussite en affaires et une marque d'intérêt envers la vie.

Mal s'acquitter de sa tâche annonce une perte de situation, une maladresse de sa part, un échec. Ce rêve crée de l'impopularité provoquée.

Voir des inconnus à l'œuvre dans leur métier respectif ou voir leur atelier, leur lieu de travail apporte au rêveur le même espoir.

Finir un travail, c'est avoir envie de changer sa vie complètement, ses liens affectifs aussi. Il en résultera du mépris que vous aurez provoqué par froide agressivité ou démission volontaire.

MÉTRO. Le métro annonce une recherche, une obsession venant de l'inconscient, afin de saisir le sujet de ses anxiétés. Il représente un état dépressif et a le même genre de symbolisme que les espaces souterrains, les tunnels, les cavernes. Il parle d'angoisses profondes qui doivent être apaisées.

Il arrive qu'on rêve de métro après un traumatisme causé par une séparation, une mortalité ou des difficultés amoureuses exténuantes.

Ce rêve signifie que l'on croupit dans un labyrinthe de dépression morale et qu'on cherche une porte de sortie pour vivre épanoui et heureux.

Ce qu'on voit dans le métro indique l'objet de sa souffrance.

Sortir du métro avant la fin du rêve, c'est sortir de ses ténèbres intérieures, et vivre enfin dans la joie et le bonheur.

Il est possible aussi qu'on rencontre dans le métro un personnage royal ou autre, c'est souvent une prise de conscience pour savoir comment se sécuriser afin de voir la vie plus sereinement.

Rêver de métro, c'est saisir la cause profonde de sa mélancolie mais c'est aussi une manière de trouver les moyens, de mettre au grand jour ce qui est à portée de la main, pour combattre l'épreuve et jouir à nouveau de la vie.

Le métro angoisse, informe, emprisonne et offre une porte de sortie vers une plus grande force intérieure.

MEUBLE. Il représente les sentiments qui meublent la vie du rêveur.

Une maison bien meublée est un signe de vie confortable et heureuse. C'est la confirmation d'une stabilité dans ses affections.

Une maison sans meubles représente un manque de motivation, de lien avec le contexte présent de la vie. Fin d'une forme d'existence.

Les meubles de bois annoncent toujours une relation sentimentale chaleureuse et profitable.

La qualité, le style nous donnent la couleur, l'intériorité, l'éducation, le rang social de la personnalité qui vient vers soi, et de sa sincérité.

Ex. : *les meubles de style* dénotent une personnalité conventionnelle et de classe qui aime avec retenue.

Contemporains et riches : une personne de bonne éducation capable d'aimer sainement.

Vieux et démodés : une personne qui n'est pas adaptée aux idées nouvelles, et incapable d'aimer avec fraîcheur et qui provoquera peu de satisfaction dans la vie. Excepté si le style ancien a de la valeur et que le meuble est propre.

MEULE À AIGUISER. En rêver, c'est préparer de nouveaux projets par des décisions, des actes concrets en vue d'améliorer ses moyens de subsistance.

MEULE DE FOIN. La meule de foin à l'abri dans une grange ou dans une étable annonce des possibilités, des avantages professionnels définis.

Dans un champ au gré des intempéries : elle signifie qu'on doit travailler à ses intérêts, car pour le moment, rien n'est sûr.

Voir brûler des meules de foin : annonce un échec dans les projets en cours.

Même résultat *s'il pleut* sur les meules de foin.

Distribuer le foin aux animaux : c'est jouir de gains heureux et d'esprit d'initiative dans ses projets.

MIDI. Moment sacré de la pleine conscience où le succès est au plus haut point. Toute entreprise où est indiqué midi, annonce les belles réalisations, la prospérité, la stabilité.

MIEL. Comme le lait, il annonce un état intérieur nécessitant un réconfort.

À l'opposé du fiel, le miel est l'heure de la récompense, du bonheur tant désiré. C'est le breuvage de l'âme qui a mûri dans la pureté. Le miel est la rosée céleste, il faut l'avoir mérité, il invite l'âme à renaître après une initiation. Il contribue à l'enivrement mystique comme le lait, différemment de la bière (force guerrière) et du vin (force passionnelle) ; le miel est aussi un breuvage de l'immortalité.

Il est donc un des plus beaux symboles dont on puisse rêver.

Ainsi, *se voir butiner de fleur en fleur* veut dire une recherche sur soi-même, vers la maturité et *le miel* représente le résultat de cette recherche.

Manger du miel, c'est se nourrir de sagesse, de philosophie. Le miel est un symbole du moi supérieur.

MILAN (rapace). *En Chine,* il est de mauvais augure, on le considère comme bavard et trop curieux.

Au Japon et en Égypte, il représente une protection divine sur le peuple ou le clan, comme un esprit clairvoyant, avertisseur.

MILLE. *Voir le chiffre 1 000* : annonce une chance soudaine, un bonheur durable. Il symbolise ce qui sera immortel.

MILLET. Symbole reliant l'énergie céleste et souterraine. Le millet est surtout une nourriture de l'âme, résultant de nos efforts continuels pour progresser spirituellement, partant d'expériences difficiles où l'angoisse et la frayeur ne sont pas épargnées.

MIMOSA. Symbole du magnifiquement pur et puissant, le mimosa annonce à l'initié un degré d'évolution plus éthéré, le plaçant dans la lumière céleste, où il connaîtra enfin la paix et la sécurité.

MINOTAURE. C'est dans le labyrinthe qu'on enferma cet homme hybride à tête de taureau sur la décision du roi Minos. Il se nourrissait tous les ans et tous les trois ans de sept jeunes filles et sept jeunes garçons venant d'Athènes. Thésée, roi d'Athènes, décida volontairement d'affronter le monstre et réussit à le tuer. Grâce à la collaboration et à la ruse d'Ariane et de son fil, Thésée trouva le moyen de retourner à la lumière.

Le minotaure symbolise nos instincts sexuels coupables que l'on endort de mensonge, de ruse afin de ne pas s'éveiller à la lumière.

Le fil d'Ariane, c'est la grâce lumineuse et divine qui permet d'affirmer la volonté de maîtriser nos élans pervers afin d'arriver à vivre une véritable liberté.

MIROIR. Le miroir c'est le reflet juste et précis d'une vérité à découvrir. Il est l'instrument révélateur d'une analyse sur soi, sur sa vie, sur son évolution, sur ses combats, sur ses élans.

Voir une personne du même sexe que soi dans un miroir représente les facettes, les traits cachés de sa personnalité.

Se voir beau, et bien coiffé évoque l'idée de séduire, de vivre l'amour qui s'offre, de se marier.

Se voir mal coiffé annonce des idées confuses, des sentiments compliqués.

Se voir laid est un indice de solitude mal acceptée, de peine.

Se mirer dans l'eau présage une maladie sérieuse.

Le miroir magique : souvent des rêves dans lesquels nos véritables ennemis se découvrent, où nous faisons face à nos réalités profondes.

Voir un miroir couvert de poussière, c'est une indication que l'esprit est obscurci par l'indifférence et par la méconnaissance des lois cosmiques et divines.

Le miroir est aussi le jugement divin et il l'exprime par ce qu'on y voit, car il est le langage de la sagesse et de la connaissance.

Casser un miroir : malchance venant d'un entêtement, ne pas vouloir comprendre ses erreurs.

MOIGNON. Il représente les difficultés passagères dans la compréhension de soi-même, ayant une mauvaise répercussion sur le travail.

Quelqu'un ou quelque chose bloque l'activité.

MOÏSE. Dans le rôle de sauveur de son peuple, les Israélites contre les Égyptiens, il est symboliquement une facette du rêveur qui doit vivre une initiation et devenir maître spirituel. Faire une priorité à la vertu en se défaisant de ses motivations matérielles.

MOISSONNER. Ce rêve est un indice de succès *si les épis sont pleins et beaux.*

C'est un signe de plus grande prospérité, *si le soleil brille de ses rayons.*

Briser la faux : le temps est arrivé de ne plus faire d'effort dans la direction signifiée par le rêve.

MÔLE. Le môle annonce l'appui nécessaire dans une période difficile.

MOLOCH. Autrefois dans l'Antiquité, le père brûlait ses enfants dans un moloch, en sacrifice au dieu cananéen. Ce que Yahvé interdit par la voix de Moïse.

De nos jours, le Moloch ou Mélek est représentatif des dirigeants de certains pays, devenus le symbole vivant du despotisme, de la tyrannie exigeant une soumission absolue.

MOMIE. Trop vouloir protéger ses valeurs matérielles contrecarre souvent l'évolution spirituelle.

MONDE. Le monde, c'est le climat intérieur et ses différents niveaux de perfection, d'activité spirituelle. Symboliquement, il y a 3 mondes intérieurs : le monde céleste, terrestre et infernal.

Ici-bas : nous sommes branchés et nourris spirituellement selon nos vibrations, notre ouverture, notre réceptivité, car le monde est un climat intérieur et non un astre, ni un lieu dans l'univers.

Le monde infernal nous fait vivre en rêve les crevasses, les tremblements de terre, les chemins ombrageux sans lumière, les sables mouvants, les monstres terrifiants, les eaux mystérieuses, les noyades, etc.

Le monde terrestre ou intermédiaire est le lieu des changements constants, où des épreuves épurent l'âme dans une mutation intérieure. Ce monde est l'envol vers la lumière ou la descente aux Enfers. Dans les rêves, il y a la noirceur, débouchant sur la lumière, combat aboutissant en victoire, chemin tortueux se terminant en un chemin droit et facile. Ici tout est mouvement, à ce niveau, selon ses choix d'après l'effort dirigé.

Le monde céleste, celui du bonheur, de la sérénité où la sensibilité la plus éthérée ne connaît que paix et harmonie, se manifeste dans les rêves par des soleils éblouissants, des firmaments d'un bleu pur, parfois étoilés même diurnes, des jets d'eau étincelants, des arcs-en-ciel. C'est communiquer ici-bas même à la lumière, à travers les guides. C'est ne plus se sentir étranger et seul sur la terre.

MONDE (le). 21e arcane du Tarot, correspond à la 10e maison astrologique. Il donne le succès, la reconnaissance sociale, les événements chanceux et imprévus dans l'existence, les bénéfices matériels et les 4 éléments d'où découle l'harmonie cosmique symbolisée par 4 personnages.

Le cheval : terre.

L'aigle : l'air.

Le lion : le feu.

L'ange : l'eau.

Le Monde, 21e arcane, totalise l'homme et le monde dans tout ce qui est manifesté, réalisé.

Si on voit cette lame en rêve, il faut s'attendre à un succès social évident.

MONNAIE. Valeur d'échange. Il y a la fausse et la vraie monnaie, c'est-à-dire la malhonnêteté ou l'honnêteté.

Prise dans un sens symbolique, la monnaie s'attache aux faits et actes de vie basés sur la justice, en rapport avec la vérité spirituelle.

Notre âme est marquée du sceau de Dieu, comme la monnaie est marquée du sceau de la patrie.

Prise dans un sens humain : recevoir ou donner de la monnaie, c'est commercer nos capacités et vertus avec les autres.

La monnaie en or est toujours très favorable : on lui attribue l'actif, ce qui se réalise.

La monnaie en argent retarde la chance, on lui attribue le passif, ce qui est retardé, le caché.

Tout ce qui est en or ou en cuivre est particulièrement plus propice que l'argent.

Selon l'expression populaire, *« rendre à quelqu'un la monnaie de sa pièce »* annonce une vengeance méditée.

MONSTRE. Le monstre nous poursuit, nous défend d'accéder aux châteaux où sont cachés les trésors. Il faut le trouver, lui faire face, le tuer.

Il représente quelqu'un de l'entourage qui obsède les autres par son influence prépondérante. On sent notre personnalité et notre originalité s'annihiler au contact de cette personne.

Voir un monstre et le vaincre, c'est retrouver son libre arbitre grâce à la volonté consciente de ses forces.

Être avalé par le monstre annonce une résurrection intérieure si on en ressort. (Voir *BALEINE, DRAGON.*)

MONTAGNE. *Voir une montagne* annonce un projet important. La montagne représente la montée vers un centre sacré, soit matériel, spirituel ou amoureux.

C'est sur la montagne qu'est situé le château intérieur, la sphère de nos plus hautes aspirations, de la plus sublime connaissance ou de la plus grande prospérité matérielle.

Moïse reçut les commandements sur la montagne (la connaissance), il descendit rejoindre le peuple (la matière à instruire).

Pour atteindre la montagne, il faut la volonté, l'endurance, l'agilité et la lumière. Il faut parfois lutter contre les entités redoutables qui interdisent l'accès au sommet, car la montagne est habitée par les êtres divins ou ceux qui le deviennent. La montée en période initiatique ne se fait pas seule, on a besoin d'un guide pour traverser les écueils, et écarter les feuillages, faire disparaître les nuages, afin de se placer dans le sillonnement de l'ascension, et de la lumière. L'ascension grandit l'âme, l'éveille à la vérité cosmologique. Qu'elle soit matérielle, spirituelle ou sentimentale, il faut apprendre à se dépouiller de ses instincts primitifs, de ses embrouillements, il faut s'élever dans ses perceptions.

Ainsi, *se trouver au bas d'une montagne et la jauger* annonce un projet important en perspective.

Monter facilement une montagne promet une réussite facile.

Escalader une montagne sans fin signifie qu'il est difficile de poursuivre un but ou simplement de vivre. Luttes continuelles.

Être au bas de la montagne et ne pas réussir à voir le ciel augure qu'on ne comprend aucunement le moyen de se sortir d'une situation difficile ou que l'on n'en voit pas l'issue.

Tomber en escaladant la montagne annonce un échec imprévisible par manque d'habileté mentale ou de prévoyance.

Descendre une montagne, c'est abandonner un genre de vie, un travail ou un amour.

Se promener sur une montagne est un heureux présage pour les gens honnêtes et justes et annonce des difficultés et des pérégrinations pour les autres. Elle donne ou non ses faveurs aux opprimés. Car la montagne c'est le moment de lucidité et de vérité sur soi et les autres.

MONTER AU CIEL. *Se sentir aspiré vers le ciel contre sa volonté* indique un moment de mélancolie excessive, un état dépressif à vaincre surtout si la peur de monter trop haut nous étreint.

Arrêter et contrôler la montée marque une force de caractère qui refuse de subir les influences extérieures et sombres. Pour les initiés, ceux qui travaillent leur évolution spirituelle, *rêver de monter au ciel* annonce une meilleure compréhension des mystères et l'illumination ; un pas de géant, c'est percer le voile des mystères, bref c'est se diriger vers l'état céleste qui est en soi.

MONTRE. *Voir une montre* est une incitation à ne pas perdre son temps.

L'heure nous précise la chance de réaliser un projet en cours, soit amical, amoureux, ou d'affaires.

Toutes les heures à partir de l'aurore jusqu'à midi annonce des énergies bienfaitrices et productrices de chance et de bonheur.

Après-midi, le soleil n'étant plus à son zénith : le succès n'est pas assuré, et est moins retentissant.

MOQUERIE. *Lancer des paroles désobligeantes dans le but de ridiculiser un ami ou un ennemi* ne promet que déceptions.

MORSURE. La morsure demeure un acte de commandement intempestif.

Si vous mordez quelqu'un, votre comportement est trop possessif ou agressif.

Se laisser mordre, c'est se laisser posséder fortement, c'est se laisser dominer peut-être à tort ou à raison. À juger d'après l'ensemble du rêve, de toute façon, c'est se laisser marquer d'un sceau de possession, de passion amoureuse.

Si vous vous mordez vous-même, vous regrettez d'avoir commis un impair, un geste précipité.

Mordre dans un fruit, c'est savourer l'amour.

Amour heureux ou malheureux, tout dépend de l'état du fruit.

Mûr et sain, il promet tout le bonheur d'une relation mutuellement bien préparée.

Encore vert : retard à escompter.

MORT. Dans toute mortalité humaine, animale, végétale, existe toujours une facette double, comme fil conducteur vers une autre vie, du moins dans les rêves, c'est-à-dire une vie à envisager sur un autre angle, dans une autre optique à la suite d'un détachement. Dans la vie onirique, nous mourons parfois physiquement ; c'est l'annonce que l'âme se détache d'une manière de penser, de vivre, d'aimer, de travailler. Certains se voient morts dans un cercueil, et croient qu'ils mourront vraiment, erreur ! Angoisse inutile. Ce rêve annonce qu'il faut se détacher d'un sentiment ou d'une manière de vivre rendu intolérable pour le psychique.

Mourir est donc un présage d'oubli, de rejet de certaines valeurs périmées, de sentiments fanés n'apportant que régression ou stagnation.

Mourir, c'est redécouvrir une nouvelle façon de vivre, d'aimer. Mourir, c'est parfois se détacher, c'est parfois renaître. Tout dépend si on meurt à la peine, aux soucis, aux échecs constants, si on meurt à la maladie. Quand on rêve à la mort, il faut savoir si on meurt à l'épreuve ou au bonheur, si on meurt à la pauvreté ou à la richesse. Souvent, la mort annonce la fin des soucis ou une guérison. En général, nous mourons constamment, puisque nous évoluons sans cesse. Mourir, c'est une fois de plus jeter par terre un voile obstruant la lumière. La vie terrestre n'est qu'une suite de morts et de renaissances.

Par contre, *être tué* est complètement différent et apporte une dépréciation, une régression, rarement la chance.

Être tué par une bête annonce la richesse pour les pauvres et des pertes financières pour les riches.

Se faire tuer, c'est subir la détermination destructrice d'ennemis parfois connus, parfois inconnus ; cause d'échecs importants. Se faire tuer oblige à se reconstruire une personnalité, à se redéfinir une nouvelle croissance personnelle.

Se voir porter en terre est un signe de guérison.

Se voir sacrifié en holocauste présage le succès, une promotion.

Un ami réellement décédé, qui vient nous parler en rêve, signifie qu'il vient nous protéger. Dans une situation difficile, il est bon de méditer et de demander qu'un être cher vienne nous conseiller.

La sollicitation est plus efficace si elle est faite dans l'obscurité totale.

La réponse arrivera très souvent après quatre jours, à condition, évidemment, que cela plaise à Dieu et que cela n'entrave pas l'évolution du contacté dans l'autre dimension.

Voir mourir un parent ou un ami indique que nos sentiments à son égard se refroidiront.

Voir, en rêve, un ennemi qui est mort dans la vie réelle annonce des problèmes et des trahisons.

Voir quelqu'un mort dans un cercueil, c'est devoir se défaire d'un sentiment nuisible pour l'équilibre.

Voir un mort connu ressusciter annonce un procès, une succession difficile, tout au moins des conflits certains.

Tenter d'enterrer un mort-vivant, c'est vouloir oublier un amour, un sentiment négatif sans y parvenir.

Voir un mort qui ressuscite et meurt à nouveau présage la mort physique de cette personne.

MORTIER. Le mortier en tant que matière à mouler des formes symbolise l'enseignement reçu. Pris dans un sens sexuel, il représente la matière passive, le féminin.

Il comprend ce qui doit être complété par le masculin, l'actif pour arriver à la maturité. Et cet actif serait le vécu, grand catalyseur de l'expérience afin d'atteindre la maturité d'un sentiment, d'une philosophie.

Il représente l'expérience vécue qui doit prendre forme par la stabilité dans la vie concrète.

MOTEUR (ou MACHINE). Tout engin est une forme de mécanisme, de structure de la pensée dont on se sert pour percevoir ou concevoir un sentiment, une œuvre, une philosophie, une manière de vivre.

Exemple : Le moteur d'une automobile est la représentation qui sert à envisager la façon dont on peut concevoir une motivation.

Moteur défectueux : on ne peut plus accepter un sentiment ou encore une motivation.

MOUCHE. Elle représente une énergie étourdissante.

Un nuage de mouches symbolise une force intensifiée et malencontreuse.

Une mouche qui entre dans la bouche annonce une insulte.

Les mouches tsé-tsé parlent de nos ennemis qui, par leurs manœuvres sournoises, nous empêcheront de prendre conscience de la précarité d'une situation.

En général, la mouche incite le rêveur à ne pas perdre son temps avec les inconséquents, les mauvais génies. (Voir *ÉRYNIES*.)

MOUETTE. Elle symbolise l'expérience vers la connaissance, vers la lumière.

Elle annonce le bonheur en amour mais vécu de façon possessive.

MOULIN. Le moulin, c'est l'équivalent d'une puissante machine captant les énergies du vent (inspiration) et de l'eau (amour) qu'il transmet constamment.

Entre Dieu et chaque homme priant, existe un moulin de fluide miraculeux dont l'âme se fortifie inconsciemment.

Le moulin, c'est la capacité d'aimer, de s'inspirer, de renaître. Il est le mouvement énergétique de l'âme. Il devient un centre sacré et vital.

Ainsi, dans la vie onirique, *voir un moulin à vent ou hydraulique qui tourne et fonctionne* présage une situation profitable, une union heureuse, une association lucrative.

Voir un moulin arrêté annonce une période stagnante en amour ou en affaires.

Voir un moulin abandonné, c'est ne pas faire d'effort pour être heureux ; la négligence coupable, le talent inexploité peuvent être expliqués par la paresse à canaliser les motivations, les intérêts communs.

Voir un moulin placé sur un lieu élevé : bonheur, union idéalisée, réussite remarquable financièrement.

Voir un moulin placé sur un lieu enfoncé : la chance de réussir est là, mais n'apporte rien de gratifiant. Amour qui oblige à descendre de son niveau ou succès qui n'accorde aucune fierté.

MOUSTACHE. Symbole d'autorité, de maturité, de virilité.

Porter une moustache pour un homme annonce un comportement résolu, pour ne pas dire autoritaire. La moustache est aussi séductrice. À interpréter selon le contexte du rêve.

Pour une femme : porter une moustache l'oblige à agir, à s'affirmer fortement et en amour elle fera les premiers pas.

MOUTARDE. En général, la moutarde présage des déboires. Excepté pour les thérapeutes, dont elle augmente les satisfactions dans le travail.

MOUTON. Le mouton symbolise chacun de nous, en regard de la vie sociale, du clan, du pays.

Comparativement au bélier, le mouton c'est celui qui attend des ordres, des instructions, des références, des croyances, une morale à suivre.

Ne dit-on pas « doux comme un mouton » pour parler d'une personne traitable et affable ?

Chevaucher un mouton : obligation de donner ses opinions. Sur un autre plan, le mouton, viande comestible, a un sens symbolique dans la vie onirique.

Ainsi, *manger du mouton bien apprêté* est signe de bonheur et de succès.

Cru, il annonce des conflits, des peines marquantes.

Dans les rêves, comme dans la vie, *se faire traiter de « mouton »,* c'est manquer de personnalité, c'est suivre trop facilement les opinions d'autrui.

MUET. Ce rêve signifie qu'on risque beaucoup en faisant des confidences.

MUGUET. Il donne bonne réputation, un bonheur effervescent.

MULET. De très bon présage pour la vie professionnelle, annonciateur de gains pour le cultivateur comme pour le commerçant. Le mulet détruit l'harmonie dans les mariages. Le mulet entêté annonce des difficultés avec les subalternes.

MUR, MURAILLE. Le mur, la muraille indiquent un terrain ou un jardin ou encore un espace à protéger.

Elle est l'enceinte précisant très exactement la limite, indiquant les interdits à respecter le centre, c'est-à-dire le lieu intime secret et sacré où tout individu reçoit l'interaction des vibrations ciel-terre. C'est là où sur le plan terrestre se joue l'enjeu principal de la vie. Ce qui bout fortement dans la vie subjective, la vie affective, la vie sexuelle, la vie familiale, la vie sociale branchée à la sphère céleste indimensionnelle.

Le mur protège et étale ses défenses. On s'installe dans le bonheur ou le malheur car on y est en sécurité. L'isolement produit la sécurité dans laquelle on se complaît et à laquelle on s'habitue. Mais si la monotonie s'installe, la sécurité se transforme en frustration étouffante, en ennui. La muraille, c'est donc une invitation à se retirer.

Une muraille autour d'un patrimoine annonce paix et bonheur de vivre, car la muraille est aussi une protection.

Voir une muraille s'effondrer : la protection n'est plus là, on se sent à nu, l'âme sent les regards percer sa vie personnelle. Sa vulnérabilité est exposée aux yeux de tous.

Voir une brèche dans la muraille : on se sent surveillé.

Être prisonnier à l'intérieur d'une muraille : on voudrait être libre mais on n'ose pas en payer le prix.

Sortir de la muraille : on aura l'audace d'imposer sa liberté, son besoin d'indépendance.

Si le mur nous empêche de passer là où on a droit de passage : difficultés à prévoir.

Si on l'escalade : succès bien mérité.

MÛRES. Les mûres annoncent l'amour.

Tout ce qui commence à l'ombre du mûrier prospérera. Son fruit, la mûre, annonce la protection contre les forces ténébreuses. Il est heureux de voir les mûres ou de voir le mûrier de nuit, car symboliquement il brille dans l'ombre. Par contre, le jour lui est néfaste, ses vibrations deviennent maléfiques c'est-à-dire inconciliables avec la vie sentimentale. Ses fruits ont un rapport direct avec la progéniture.

Les mûres de même que son arbuste annoncent au rêveur une forte descendance.

Mais *coupé, le mûrier* révèle au rêveur la mortalité éventuelle ou des maladies sérieuses pour les enfants.

MUSÉE. Le musée intérieur, c'est l'histoire personnelle de chaque individu se projetant sur l'histoire du monde.

Il signifie qu'un souvenir, qu'une expérience vécue est en rapport avec certains objets observés dans le musée et de ce fait peut contribuer à donner la clef d'une énigme à laquelle le rêveur se voit confronté.

Le musée moderne symbolise la culture contemporaine du rêveur et possède le même lien personnel avec une projection concrète.

MUSETTE. *Souffler dans cet instrument* annonce des moments d'allégresse.

MUSICIEN. *Faire de la musique joyeuse* annonce des états intérieurs équivalents.

Par contre, si on joue de la musique triste, elle indique parfois des ruptures sentimentales. Selon son genre, la musique nous identifie, elle nous projette dans le futur. (Voir *SON*.)

MUSIQUE. Elle est un symbole onirique privilégié de l'amour, des émotions, des facettes de la vie affective ou encore d'une extase mystique.

La musique légère et gaie annonce un amour romanesque.

La musique symphonique pathétique, classique représente un amour profond, durable. On aura avantage à le préserver.

Encore là, il faut connaître le message heureux ou dramatique des vibrations qui s'y rattachent.

La marche funèbre signifie qu'on enterrera un sentiment.

La musique fait partie d'une force créatrice des plus puissantes, pour donner naissance à un climat intérieur. Elle est cela, mais aussi elle est un langage interdimensionnel des plus puissants pour communiquer dans tout le cosmos car l'univers lui-même possède ses multiples sons harmonieux ou inharmonieux semblables aux symphonies, aux mélodies, aux motets pour ne parler que du positif. Les airs musicaux fredonnés en rêve partent du subconscient qui reçoit constamment la mélodie céleste qui nous concerne particulièrement. Les dieux Apollon, Mercure jouaient de la lyre, de la flûte. Un air qui sort instinctivement est un message qui vient de l'inconscient.

MUTILATION. Il existe les mutilés négatifs, défaits, passifs. Il existe les mutilés agressifs, vainqueurs, actifs.

La mutilation peut exprimer en rêve la faiblesse, le déséquilibre mental de celui qui passe perdant le passage dangereux, le combat guerrier.

Ou encore, la mutilation peut exprimer le développement des forces concentrées, exprimées par la proéminence des membres gagnants, devenus plus gros que la normale, de celui qui a victorieusement passé l'initiation.

À vous de juger, par le scénario du rêve, si le mutilé subit ou triomphe avec la perte d'organe ou de membre.

On peut le saisir par la crainte qu'il inspire, la force qui se dégage du mutilé, ou encore la pitié qu'il nous suggère.

MYTHES. Chacun reconnaît l'histoire de l'âme à travers les légendes, les contes, les exploits historiques des dieux et des héros. Notre culture, nos croyances venant de l'histoire des êtres surnaturels contribuent à former un repaire pour l'esprit qui cherche une identification ou une projection personnelle à travers la montée. Projection nous incitant à retrouver le sacré du périple terrestre, de sa raison d'être envisagé dans le sens évolutif ou régressif, négatif ou positif, salvateur ou non ; chacun selon son élan, sa volonté, sa discipline, son désir de composer avec les lumières célestes ou encore selon sa paresse, son indiscipline, sa tiédeur de composer avec les forces sombres et infernales et cela d'une manière parfois tellement inconsciente.

Ne rien faire, c'est déjà bouder la puissance cosmique qui agit toujours, même si nous pensons rester au même point. Elle agit selon nos vibrations et mérites.

Que nous le voulions ou pas, nous sommes branchés au cosmos, à son énergie, et elle répond selon nos efforts par le grand ordinateur universel qui calcule, évalue la résultante.

Les mythes nous enseignent les débuts sacrés du commencement du monde et sont nos références, nos guides exemplaires.

L'originel continue à travers cette réplique de l'univers qu'est l'homme, vers son expression sublime ou perverse qui s'exprime par les combats, les conquêtes, l'accès aux degrés d'évolution.

Dans la mythologie grecque :

Zeus est l'image de la polarisation des forces, des désirs, de l'absolue puissance qui commande aux autres dieux ;

Hermès est l'affirmation de l'intelligence, de l'esprit universel ;

Apollon est la personnification de l'artiste, intuitif et lumineux ;

Héphaïstos est l'affirmation du grand forgeron de l'univers qui forge des énergies, des qualités, des pouvoirs, des liens.

Le héros à la guerre, victorieux ou vaincu, c'est chacun de nous. Il faut se poser la question, et se replacer au temps où les dieux enseignaient aux humains le commencement de chaque chose et les initiaient au cours de combats épiques.

Les mythes modernes, nés du cinéma, de la télévision tels que les films, les créations artistiques, les parodies théâtrales, la musique pathétique ou dramatique des opéras, les sculptures ou les peintures sont aussi des formes d'expression de l'âme contemporaine.

Les héros ou héroïnes des films de la télévision, du théâtre sont autant de perceptions où nous retrouvons une projection de nous-même, lesquelles stimulent l'esprit à l'effort évolutif ou incitent l'âme à la facilité régressive, car admirer, c'est déjà devenir.

NADIR. Le zénith, là où l'esprit voit clairement, c'est le sommet du potentiel, de l'objectif à atteindre. Le nadir est son opposé, il représente ce qui est à envisager comme développement avec le temps, un potentiel à exploiter plus tard.

Le zénith représente le sommet de l'axe terre-ciel tandis que le nadir représente le bas, ce qui est encore dans la matière, ce qui devra émerger du terrestre vers le spirituel, du non-assimilé vers l'assimilé, du non-compris vers le compris, de la noirceur vers la lumière, de l'échec vers le succès.

Voir le nadir annonce du retard dans un projet et renseigne sur tout ce qui est lointain.

NAGER. *Le mouvement de nager,* c'est le geste de l'âme et de l'esprit réunis pour réagir et passer volontairement à l'action afin de se surpasser.

Nager, c'est l'action obligatoire de continuer la vie, sans appui humain, c'est affronter ses frayeurs, ses insuffisances, ses vides personnels.

Frayeurs profondes si on nage en eaux profondes, peu inquiétantes dans les eaux superficielles.

Nager, c'est continuer à suivre le courant de sa vie, heureux ou malheureux selon la capacité de se régénérer dans l'eau, l'eau étant maternelle bienfaitrice ou dangereuse selon l'aspect et la couleur.

Ainsi, *nager dans l'eau claire* implique des difficultés moins troublantes que l'eau boueuse ou marécageuse, mais cela indique des attaques, des débats.

Nager dans l'eau boueuse représente des relations affectives, décevantes et malheureuses.

Nager dans l'eau noire : témérité inconséquente, danger ; si on sort de l'eau avant la fin du rêve, on aura clairement compris l'énigme de la situation.

Au contraire, si on reste dans ou au fond de l'eau, le message du rêve ne rejoindra pas la pensée concrète, on ne pourra pas résoudre le problème actuel.

Plonger dans les eaux profondes dénote la détermination du rêveur à la recherche d'une vérité. Exploration dans l'inconscient devenu nécessaire pour mieux se comprendre et mieux comprendre les autres. On y découvre nos forces latentes qui ne demandent qu'à être expérimentées dans l'action diurne.

Ou encore, on se renseigne sur ce qu'il est possible d'expérimenter dans les relations interpersonnelles.

Plonger est donc une décision de risquer le tout pour le tout, d'aller découvrir des vérités, ce qui n'est pas sans danger car on peut rencontrer des monstres aquatiques qui peuvent empêcher l'accès aux trésors personnels et contre lesquels il faut lutter.

Se noyer annonce une situation difficile qui dépasse les forces conscientes.

Il est heureux et bénéfique d'y voir des poissons bien vivants : cela annonce santé et bonheur.

Morts : ils annoncent de la malchance, des sentiments non partagés.

Tenir un poisson dans la main pour les deux sexes présage une conquête sentimentale.

Être piqué par un serpent annonce une guérison, à condition qu'à son réveil on soit sorti de l'eau.

Le courant paisible indique toujours la sérénité, la facilité.

Nager contre le courant dénote de l'adversité.

Le courant conduisant à des chutes annonce un futur marqué d'épreuves majeures.

Traverser une rivière à la nage indique un changement total de l'existence. Votre vie sera différente. (Voir *TRAVERSÉE*.)

Y rencontrer une barque ou tout objet sur lequel on pourra avancer : on rencontrera un appui.

NAIN. Le nain représente les forces négatives, obscures, pour ne pas dire perverses.

Il représente les tendances instinctives non contrôlées. Il vit dans tout homme qui applique sa volonté aux désirs matériels : gloire, richesse, sexualité, oubliant ses responsabilités morales, sa mission divine.

Logique et rationnel, le nain rit des reproches reçus mais qui seraient justes. Dans les rêves, il représente parfois l'égarement qui nous empêche d'accéder au trésor, au centre sacré tant recherché.

Se voir nain ou voir un nain inconnu, c'est agir inconsciemment de façon à se placer en infériorité, à attirer la malchance, peut-être par un manque de préparation ou un manque de respect, rarement par manque d'intelligence, au contraire.

Voir un nain connu ou un être connu de la taille d'un nain nous oblige à voir la décadence morale, spirituelle, culturelle ou encore matérielle d'une personne, la malchance qu'elle provoque par son attitude.

NAPPE. Elle met en évidence notre présentation vis-à-vis de ceux qu'on aime et qu'on rencontre socialement.

Une belle nappe en dentelle annonce aisance et vie confortable résultant de nos efforts.

Souillée de taches : elle ne donne pas un bon crédit social.

Propre : elle provoque le respect par intégrité morale.

NARCISSE. Fleur dotée de plusieurs symboles.

Elle représente le temps, le retour des saisons. Elle est printanière.

Sa vue peut annoncer un état d'âme, car elle endort, elle hypnotise et anesthésie comme l'amour.

On peut qualifier le sentiment qu'elle représente de vaniteux ou d'égocentrique, qui pourrait se transformer en idéal, et dans ce sens oriente l'être vers le devoir, le respect du sacré.

Elle peut représenter la personne que vous chérirez bientôt et si le printemps approche, vous en connaîtrez toutes ses particularités intangibles.

NARD (sorte de valériane). Les écrivains du Moyen Âge citent cette herbe graminée des régions montagneuses à cause de son parfum précieux. Ses racines pressées servent à fabriquer un parfum convenant à la classe royale.

Sa senteur correspond aux qualités les plus élevées, telles que : l'humilité, la charité, la pureté mystique, et cette plante vous annonce la qualité d'un amour.

NARGUILÉ. Cette pipe spéciale symbolise la fantaisie, l'euphorie. La voir indique que votre vie en est dépourvue en ce moment.

NASSE. On a des influences sur vous, on vous guette.

Se faire prendre dans une nasse, c'est tomber dans un guet-apens.

NATTE. Parce qu'elle rejoint un sens viril et volontaire, elle se rapproche du sens de la barbe.

La natte de cheveux exprime l'aspect sexuel, sentimental ou surnaturel.

La natte annonce l'attachement, l'enlacement amoureux ou mystique, selon le ton qu'elle donne soit matériel ou surnaturel du rêve, quel que soit le canevas de sa fabrication. (Voir *CHEVEUX, TRESSE.*)

NAUFRAGE. Un naufrage marque une brisure de paix intérieure, de coupure avec une stabilité émotionnelle et sentimentale. Le naufrage oblige le rêveur à des prises de conscience sur ses capacités à affronter seul la vie, sans protection, sans compagnon, se voyant à la merci des eaux profondes, c'est-à-dire de ses propres craintes et insuffisances.

Le naufrage, c'est la trame normale d'une vie qui s'effondre.

NAUSÉABOND. Tout ce qui est nauséabond, dégoûtant oblige à se glisser hors du lieu des mauvaises odeurs. Cela symbolise un passage où l'on sent la putréfaction de nos vices. Ce passage doit nous conduire à pratiquer des vertus. Ou encore toute personne dégageant des odeurs nauséabondes nous déplaît par son comportement.

Le contact de ces odeurs oblige l'esprit à prendre conscience qu'un changement doit s'opérer sur plusieurs plans, que l'ignorance devra faire face à des prises de conscience sérieuses.

Rupture et brisure d'amitiés nécessaires.

NAVET. Un sentiment stable est dans votre vie ou le sera bientôt. Sachez croire à nouveau à la chance et à l'amour.

NAVIGUER. *Naviguer* sert à traverser d'un état de vie à un autre.

Traverser, c'est passer d'une conception à une autre, d'un défaut à unc qualité, d'une incapacité à une force, d'une manière de vivre à une autre.

Naviguer, c'est s'envoler en esprit vers un monde différent, c'est se sortir d'une ère de soumission, c'est prendre l'option de vivre paisiblement vers d'autres aspirations.

Naviguer sur des eaux calmes sans difficulté incite au bonheur de vivre, surtout si le panorama est ensoleillé.

Sur des eaux houleuses et agitées, c'est un signe de difficultés à la suite d'événements qui contrarient et agitent l'âme.

Sur un grand bateau, c'est une direction de vie confortable et heureuse parce qu'il constitue la trame continuelle d'une vie.

Naviguer sur une embarcation légère, c'est l'indice d'une vie plus monotone, d'un bonheur plus relatif.

Une vague qui fait chavirer la barque : revers inattendu, nécessitant une réadaptation ou une séparation.

Échouer sur un récif annonce un changement radical dans la vie. Le contexte du rêve indique s'il s'agit d'un divorce, de la perte d'un travail ou d'une situation sociale à laquelle on tenait énormément.

C'est une libération seulement pour ceux qui vivaient au milieu de nombreuses vicissitudes ou qui traversent une période très difficile. (Voir *RÉCIF*.)

NAVIRE. Selon l'énoncé du rêve, le navire symbolise soit la femme, la vie, ou une entreprise.

Un navire qui vient vers vous, c'est un renouveau sentimental qui s'offre à vous.

Voir un navire s'éloigner et se perdre au loin annonce une désillusion, une perte sentimentale.

Être sur un navire avec une personne présage la réussite par ou avec cette personne, pour ce qu'elle symbolise pour vous.

Voir un navire accosté au port : conflit, chicane dans l'union, difficultés majeures.

Le mât du navire représente le maître de la maison, le chef de famille, la tête pensante qui dirige le navire, c'est-à-dire tout ce qui fait le courant normal de la vie et des êtres qui le composent.

NEIGE. La neige est un symbole de pureté, si elle est blanche, immaculée, étincelante.

La neige peut exprimer le froid qui habite l'âme.

Encore brillante sous les rayons du soleil, elle adoucit la solitude.

Voir une vaste étendue de neige en hiver est moins néfaste qu'en été, mais indique quand même un état de tristesse, soit à cause d'un deuil ou d'une rupture sentimentale.

Voir joyeusement tomber des flocons de neige : romantisme.

Si le soleil brille sur la neige : adoucissement de la peine.

Voir une tempête de neige faisant rage, recouvrant le paysage et bloquant les routes représente toutes les frustrations amoureuses en vue d'une conquête ou des conflits dans un amour non partagé ou impossible.

Les rêves où la neige intervient sont néfastes, il est donc important d'analyser davantage la cause de sa peine ou de sa solitude afin de se sortir d'une période stagnante.

NÉNUPHAR. Symbole créateur dans un sens terrestre.

Le nénuphar est une fleur d'abondance, de fertilité. Il annonce l'amour et le bonheur sur une base stable.

Fané : chance amoindrie.

Sec : déception.

NÉON. Le néon se classe parmi les luminaires donnant un éclairage artificiel. La lumière, c'est l'ouverture sur une évidence, sur l'épanouissement et l'amour. La lumière ou le feu exalte le dynamisme humain.

S'il s'éteint : peine et rupture, l'amour s'éteint aussi.

Néon d'une annonce publicitaire : quelqu'un pense à vous et vous aime.

En tant qu'éclairage, il promet toujours un lien affectif et amoureux mais peut s'interpréter dans le sens de commerce et possède une signification particulière. (Voir *SYMBOLE DE MOTS INDUCTEURS*.)

NEPTUNE. Si vous rêvez aux planètes, c'est parce que votre culture pousse votre imagination à en être fortement impressionnée. Neptune a la même signification onirique qu'astrologique. Son influence est double, elle touche l'individu dans sa sensibilité passive par l'imagination négative ou positive, elle crée des états difficilement contrôlables.

Elle contribue à former le mystique à l'esprit illuminé par l'extase ou le fou à l'imagination aliénée aux forces angoissantes de l'invisible.

Elle est la source d'inspirations géniales, ou de dépressions morales inexplicables et tenaces.

Elle est la pureté totale, ou la perversion outrageante.

Elle est le travail avec les mages blancs ou les mages noirs selon que la concentration de pensée s'oriente vers le bien ou le mal. Il est donc très important qu'elle soit bien aspectée dans un thème individuel.

Son influence a fait naître une nouvelle idéologie politique basée sur le sacrifice, en supposant celui-ci à l'origine d'un meilleur devenir, le communisme. Cette planète gouverne avec Jupiter le signe des Poissons, celui de la charité, de l'obéissance ou de l'hypocrisie, du mystère, du mensonge, de la perversion.

Plaçant l'âme dans la plus lumineuse sublimité ou le retour à la plus dégradante moralité. Un voile plane toujours sur cette planète. Elle est celle de la foi de l'Ère du Poissons, du mystère, de la pureté, de la fausseté, des mirages, des déceptions, de l'hypocrisie, du « paraître bon ».

Neptune nous place dans la masse, elle est la planète de l'inconscient collectif.

Elle est difficile à cerner, elle fait les bons et les faux prophètes.

Elle passe dans le cœur des hommes, elle influence les masses, la politique, elle donne l'inspiration aux artistes, elle exalte les amours idéaux.

Son influence agit comme l'éther, ou l'hypnose.

Tôt ou tard, nous réalisons qu'elle a éveillé le meilleur ou le pire, mais que même là, tôt ou tard, on finira par reconnaître qu'elle ne fut qu'une brume et que le soleil a fini par la percer et la faire disparaître.

Impalpable, elle reste au fond de l'âme l'illusion, le mirage qui dure un certain temps.

Et vous voilà prévenu, vous y voyez un trident la représentant. (Voir *TRIDENT*.)

NETTOYER (ou laver). Le corps représente l'âme et les vêtements parlent de ce qui nous habite et des sentiments ou conceptions dont on se couvre socialement.

Nettoyer ses habits : c'est réussir à savoir le pourquoi de certaines difficultés sentimentales ou familiales et d'y remédier par une conversation véritable.

Laver les habits d'autrui : indique que ses projets seront connus publiquement mais annonce quand même la réussite.

L'habit souillé : annonce une blessure intérieure difficile à effacer.

Laver des draps : c'est éliminer ses problèmes conjugaux, c'est recommencer une union sur une base nouvelle si on replace les draps propres dans un lit.

Étendre des draps sur une corde à linge : signifie qu'une séparation est la solution à des différends et annonce parfois un deuil.

Se laver : annonce une fraîcheur nouvelle dans la manière de penser; on oublie les malheurs passés. (Voir *BLANCHISSEUSE*.)

NEZ. Symbole sexuel d'intuition, de prévoyance.

Quoiqu'on le dise symbole phallique, il concerne plus précisément les problèmes à résoudre, les situations à cerner.

Le nez connu : vous met en relation avec les intentions de son possesseur.

Avoir le nez très long : c'est voir loin dans une affaire, on ne pourra se faire jouer, ni se laisser berner.

S'il devient démesurément long : il faut s'attendre à de sérieuses contrariétés.

Se voir sans nez : c'est manquer de discernement dans ce qui vous préoccupe en ce moment, soit en amour ou en affaires.

Chaque fois qu'on se voit sans nez : peut indiquer une affaire en mauvaise voie mais peut s'attaquer à chaque fois à un aspect différent de la vie du rêveur.

Avoir le nez trop court : a la même signification que ne pas avoir de nez, quoique la malchance sera moindre car le nez court est peu ouvert aux autres. Il personnifie la spontanéité et l'impulsivité.

Le nez droit : laisse présager l'honnêteté, la droiture.

Le nez large : accuse un tempérament joyeux, enthousiaste, mais très sensible.

Le nez long : appartient à un individu ayant le sens de l'autorité, de la persévérance et sachant réfléchir.

Le nez mince : accuse peu de personnalité et peu d'esprit de décision.

Le nez camard, légèrement écrasé : n'est pas l'apanage de la finesse, ni de la subtilité ; manque de contrôle de ses émotions.

Le nez aquilin : annonce de l'hypersensibilité, de l'orgueil, mais donne le sens de l'économie et de l'autorité.

Le nez pointu : accentue l'intuition, le raffinement de l'esprit, la curiosité.

Le nez retroussé : influence l'individu qui le porte vers la jovialité, le courage et l'initiative personnelle.

Le nez rond : a le goût des discussions mais sans motivation véritable.

Le nez gros : tourne ses intérêts vers toutes les jouissances matérielles.

Le nez trop pâle : laisse sous-entendre l'égoïsme et la possessivité.

Le nez trop rouge : annonce des gestes impulsifs.

Un nez très coloré : pousse à l'agressivité imprévisible.

Quelle que soit la forme du nez que vous portez en rêve, il vous façonne, et quel que soit le nez des personnes connues ou inconnues qui vous visitent astralement dans votre vie nocturne, le plus important c'est de savoir ce qu'ils expriment secrètement.

NICHÉE. La nichée est un reflet de la présence divine sur la terre. Dieu étant créateur de toutes les nichées, animales ou humaines, chaque nichée symbolise l'union, le mariage avec ou sans progéniture.

La nichée ne se crée que par le feu, c'est-à-dire l'amour : feu divin ou feu infernal. C'est-à-dire l'amour bien vécu ou mal vécu intentionnellement ou inconsciemment.

Le feu divin ne se tarit que par la tiédeur surnaturelle, laquelle peu à peu devient un feu ocre et ténébreux.

Le feu ou l'amour peut satisfaire les plus belles aspirations humaines ou inspirer les plus viles passions destructrices.

Il est important de savoir diriger lucidement le feu.

Voir des chiens ou des oiseaux paisibles dans leur niche présage de l'avancement et beaucoup de bonheur.

Il est donc très malheureux de voir la niche sans animaux ou détruite, ou encore voir la nichée tuée ou morte : cela n'augure que déceptions amoureuses et séparations.

NID. *Un couple d'oiseaux dans un nid* est un signe de bonheur.

Bien rempli d'œufs, il annonce de nombreux projets en amour et la croissance de l'esprit.

Le nid vide ne présage que solitude et attente.

Le nid tombé : vie sentimentale stagnante, tout doit être rebâti.

NIMBE. Le nimbe informe d'une fonction divine.

Le degré de luminosité de l'âme se voit dans les rêves par une lumière entourant la tête.

Tout personnage sacré possède une auréole. Le cercle lumineux se voit autour de la tête des saints, des saintes, de toute personne ayant une fonction révélée.

La voir entourant la tête de ceux qui vous visitent dans votre sommeil vous promet des faveurs protectrices.

NIVEAU. Ce mot symbolique est employé souvent dans les expressions populaires : « Se retrouver à son niveau. » Cette phrase signifie un accès dans la compréhension, dans la connaissance équivalant à une égalité culturelle, artistique ou sociale. Il faut s'ajuster au niveau, à la valeur. Cette inégalité ne se voit en rêve que par les vibrations reçues.

Le passage à niveau n'a pas la signification du carrefour, puisque seulement une direction est annoncée dans les deux sens. Et dans ce cas, il y a danger que d'autres motivations inconscientes viennent à l'encontre, perturbent la direction déjà prise.

Perturbation de la personnalité, *si un train frappe une voiture à un passage à niveau*, et complication concrète dans les projets à envisager par des valeurs égales, dirigées simultanément dans un cheminement opposé et dont le choix est impossible.

Exemple : amour contrariant le travail. Amour ne pouvant continuer à cause d'une vision différente des objectifs.

NOCES. Toute célébration ou fête parle d'agitation intérieure, d'une remise en question dans sa vie sentimentale.

Si la noce est heureuse, que les mariés sont présents et harmonieux : on peut espérer de l'allégresse en amour.

Attention, *si toutes sortes de complications surviennent au cours de la noce* : il y a peu d'espoir, beaucoup de désillusion, de confusion dans la vie amoureuse.

NOÉ. Survivant du déluge avec ses trois fils Sem, Cham, Japhet qui furent chargés par Yahvé de repeupler la Terre. Il symbolise une nouvelle voie bénie par la volonté divine lorsque nous ressortons indemne d'une longue période de souffrance, d'épuration. L'un de ses fils, Cham, ayant vu la nudité de son père, enivré du vin de sa vigne alors qu'il s'était retiré dans la tente pour s'assoupir après son enivrement, fut puni par Noé à son réveil par ces mots : « Qu'il soit pour ses frères le dernier des esclaves. » Cette phrase punitive continue de s'appliquer dans ses descendants qui existent encore aujourd'hui sous diverses formes d'esclavage : les peuples opprimés, les peuples affamés, les races condamnées à rester inférieures aux autres. Car l'enivrement de Noé et sa nudité représentent l'amour passionné qu'il vouait à Yahvé et sa nudité veut dire qu'il le faisait ouvertement. Le rire de Cham, nous le voyons constamment en ceux qui rient des croyants.

NŒUD. Le nœud symbolise un lien, une force, une énergie reliée à une autre.

Toute vie commence dans un lien terrestre. Toute évolution de vie est un constant et progressif détachement des liens humains et des biens matériels pour se nouer à la vie divine et céleste. Tout ce processus de libération serait le bonheur durable en dépassant les suites de bonheur éphémère. L'idéal serait de défaire le ou les nœuds, afin de voir clair dans une situation fort complexe. Y arriver, c'est comme posséder le fil d'Ariane pour se sortir du labyrinthe, ce serait trouver le fil d'or reliant l'âme humaine à l'âme divine, communication ou fusion éclaircissant les mystères.

Les marins de la Baltique portaient sur eux un mouchoir noué trois fois, le premier nœud défait apporte le bon vent, le second la tempête, le troisième le calme.

Les nœuds prennent une autre signification : celle d'interdire, de protéger contre le mauvais œil.

En Grèce et à Rome, ils sont des talismans préservateurs. Les Arabes se faisaient des nœuds dans la barbe à cet effet. En Europe on attachait en nœud la mouche sur le menton.

Les marins superstitieux font des nœuds à leurs vêtements quand se lève une tempête.

Nouer ses cheveux et prononcer « Allah ! » serait pour les Arabes une manière de se couper des vibrations agressives.

Le nœud est encore vu comme étant un mariage des pouvoirs invisibles bons à nouer ou à dénouer, c'est-à-dire ouvrir la voie aux bonnes influences et fermer la voie aux mauvaises.

En psychothérapie le nœud symbolise un blocage, une délimitation, un passage infranchissable. (Voir *ENTRELACS, LABYRINTHE.*)

NOIR. (Voir *COULEUR.*)

NOIR ou NOIRE. (Voir *NÈGRE.*)

NOISETIER. Sorbetier. Les druides employaient des arbres à caractère magique dans les cérémonies d'incantation ; le bois du noisetier, du coudrier, du sorbier, de l'if, du bouleau, servait de support intermédiaire et occulte.

On y traçait des lettres ou des gravures, lesquelles symbolisaient une puissance reconnue.

La noisette, fruit du noisetier, représente symboliquement un moyen d'atteindre le développement mystique et la connaissance que les poètes et incantateurs recherchaient patiemment.

NOM. Le nom est un mot d'élection magnétique faisant pression caractérielle sur celui qui le porte. Chaque personne est influencée par les résonances que les vibrations de son nom ou de son surnom émettent puissamment.

Dans les rêves comme à l'état de veille, prononcer le nom de quelqu'un : c'est agir sur son attention.

C'est influencer son esprit dans une invocation provocatrice, de demande ou de commandement, car le nom est une matière vivante, sacrée dans sa signification dont la passivité s'acclimate aux influences, aux pressions, aux magies prononcées sur lui.

La valeur infinie du nom permet de s'élever, si on le prononce en invocation, à la plus haute identification. C'est monter jusqu'à celui qui le porte, c'est accéder à son palier, c'est s'identifier à ses capacités spirituelles, divines, ou amoureuses, et par conséquent, c'est recevoir.

Prier en prononçant le nom de Dieu : c'est déjà s'élever et dépasser sa condition humaine ; chaque fois, c'est assimiler la puissance divine et se couper de l'attraction matérielle et connaître d'autres joies et bonheurs plus éthérés en montant de palier.

Prononcer le nom correctement et clairement de quelqu'un : c'est aussi établir un lien mystérieux et puissant permettant des échanges émetteurs, récepteurs autant pour la personne contactée que pour celle qui intercède. Il faut donc envisager que si vous entendez prononcer votre nom, quelqu'un a besoin d'aide et pense à vous. Il vous choisit électivement dans une des sphères de sa vie.

Prononcez le nom de quelqu'un : vous avez besoin de support ou encore vous vivez une découverte amoureuse importante envers une personne. Cela revient à faire un choix affectif, sentimental ou évolutif.

Prononcer le nom d'un saint ou de Dieu : difficultés et soucis ne s'aplaniront que par la grâce divine. Priez. Tournez votre attention vers la lumière. Votre force et votre puissance viendront par le respect des lois divines.

Porter un autre nom que son nom véritable : c'est l'annonce d'un grand changement intérieur, c'est endosser une nouvelle personnalité.

Signer son nom : c'est s'impliquer définitivement dans une affaire concernée dans le contexte du rêve.

Oublier son nom : c'est ne plus comprendre ce que nous sommes, c'est se chercher une identification.

Voir un nom en grosses lettres sur un panneau lumineux ou en tête de journal : est signe que vous serez consulté dans une affaire en cours.

Perdre son nom : veut dire comme dans la réalité avoir mauvaise réputation.

NOMBRE. Les nombres ont la particularité de décider si l'énoncé bénéfique ou maléfique du rêve se réalisera. Ils peuvent apparaître sous la forme d'un nombre précis d'objets. Exemple :

Cinq roses rouges : annoncent une vie amoureuse harmonieuse et équilibrée.

Voir deux roses rouges : annonce des soucis, des conflits dans un amour instable, car deux est lunaire, rempli d'opposition.

S'acheter une robe de dix dollars : parle des sentiments à investir, de l'implication à long terme puisqu'il est le chiffre du destin, de notre situation sociale.

Très souvent, lorsque le nombre indique une date, il annonce un événement attendu ou pas.

Nicolas de Cusa, évêque et philosophe allemand, de 1401 à 1464, a dit en ce qui concerne les nombres : « ils sont la meilleure façon de découvrir la vérité divine ».

Tout serait programmé d'après les nombres, selon Pythagore. Chaque être humain serait un petit univers produit en réplique exacte du grand univers cosmique. C'est pourquoi les nombres, par leur influence, enveloppent chacun de nous de leurs valeurs et idées. Le plus petit nombre est en relation avec l'infini, chaque chiffre étant une vibration personnelle s'identifiant à chaque vibration numérique cosmique.

Un : le point de départ, l'actif, les valeurs de l'intelligence. Il oblige à la débrouillardise, à l'esprit de décision. Il est le fondement positif d'une œuvre, d'une création. C'est le commencement de ce qui réussira. Son astre est le soleil.

Deux : la dualité, l'instabilité, le passif. Il est l'opposition dans tout projet, l'embrouillement qu'il crée empêche la continuité par des conflits. Situation instable. Son astre est la lune.

Trois : la conception, l'idée. Symbolise la Sainte-Trinité, le pouvoir spirituel, la compréhension d'une vérité. L'intelligence à saisir l'harmonie. Tout ce qui prend germe dans l'esprit. Sa forme géométrique est le triangle, lequel signifie équilibre entre l'intelligence, l'émotivité et la volonté. Ne donne pas la réalisation mais la conception d'une chose.

Quatre : la réalisation, la stabilité. Il représente tout ce qui se réalisera, se cristallisera. Avec ce chiffre, on jette les bases solides d'une œuvre, d'un sentiment. On l'identifie à la terre, et sa forme géométrique est le carré.

Cinq : l'inspiration, la créativité, la vie équilibrée. C'est le nombre de l'homme, les quatre membres suspendus en équilibre dans l'univers, la tête placée dans la pointe du haut, les deux pieds ancrés dans les deux pointes du bas, et les deux bras posés dans les deux pointes horizontales. Il marie le ciel et la terre harmonieusement. Il est la perfection et l'ordre divin incorporés à la nature humaine. L'homme sait réunir en lui le centre de l'univers. Sa forme géométrique est le pentagramme.

Six : l'opposition à l'harmonie céleste. L'indécision en amour. Il symbolise le choix difficile dans toutes passions déraisonnables. Hésitation et dualité entre l'âme et l'esprit, entre le désir et la raison. Il est l'épreuve entre le bien et le mal, entre Dieu et l'homme. Sa forme géométrique est l'étoile à 6 branches, le sceau de Salomon.

Sept : Nombre sacré du triomphe, du pouvoir magique. Il place l'individu devant une victoire, dans un cycle complet, une œuvre achevée, une perfection assurée. Il élève l'individu dans un triomphe personnel évident comme une récompense dans un appui divin par les valeurs de l'esprit. Sa forme géométrique est l'étoile à 7 branches ou septénaire.

Huit : la justice. Ce chiffre place l'homme devant les épreuves initiatiques. Et les épreuves se profilent chaque fois plus difficiles, s'ajustant au degré d'évolution acquis. C'est l'homme face à ses pensées, à ses actes, à ses paroles dans une résultante qui s'élève d'un degré à chaque fois, s'il y a acceptation.

Neuf : nombre de valeur rituelle, il oblige à la prudence, à transposer sur un autre plan. Ce chiffre est celui du temps, d'une mesure totale d'un cycle qui s'achève. Il est l'espace avant le recommencement. Ne rien commencer avec cette vibration numérique, il est un temps entre deux réalisations.

Dix : le destin, la totalité de vie. Il touche l'ensemble des multiples bases des conditions de vie. Il concerne le destin dans une nouvelle formule d'existence dans un choix difficile. Il remet en question toutes les bases de vie. Il oblige à la sagesse.

Onze : la force, la domination. L'intuition s'allie à l'intelligence volontaire. Il est le nombre de la puissance. Chiffre de vibration surhumaine. Pris dans un sens péjoratif, il représente la faiblesse, la dualité. Il rejoint le chiffre 2. Il est positif si on concentre sa force sur le contrôle des instincts, de l'émotivité trop grande.

Douze : l'apostolat, l'épreuve. Chiffre de la complémentarité terrestre envisageant un devenir mystique, à condition de se servir de l'épreuve comme un instrument d'épuration. Il est la numération de l'élu qui a su se purifier par la souffrance. L'humilité.

Treize : la mort, promesse d'immortalité. 13 annonce un temps révolu, la fin. Il est donc celui qui n'accorde aucun espoir de continuité d'une œuvre, d'un sentiment ou d'une affaire en cours.

Quatorze : la métamorphose, l'équilibre de l'âme. 14 fait jaillir la mutation intérieure. L'expérience doit servir pour jeter les bases d'une nouvelle orientation, cette fois-ci en exerçant un contrôle sur les instincts. On rebâtit avec plus de maturité et de contrôle.

Quinze : la passion, les joies terrestres, la cupidité. 15 met en garde contre la cupidité, la chute de l'esprit en voulant trop satisfaire un besoin de posséder la richesse ou d'assouvir les sens. Ce chiffre oblige à lutter constamment contre la régression, le désordre à tous les niveaux : physique, moral, philosophique.

Seize : la fragilité, l'effondrement. 16 n'est pas chanceux, il promet des objectifs téméraires, des chutes de position. Il est le chiffre des mauvaises intuitions par lesquelles les châteaux de cartes s'écroulent. Effondrement nécessaire pour s'ouvrir à plus de conscience, plus d'expérience.

Dix-sept : l'espérance. 17 rétablit l'harmonie après les luttes de l'existence. Il redonne l'espoir au sage, à l'initié, à celui qui a vécu. Il travaille à la rénovation totale de l'homme et de la terre. Il couronne les efforts du juste. Sa forme géométrique est l'étoile à 8 branches. Il est l'image de l'initié qui a réussi son mariage intérieur.

Dix-huit : l'obscur, le crépuscule, le déclin, l'illusion du matériel, la tromperie. 18 est double, il est lumière et ombre, magie blanche, magie noire ; il marque l'instant où l'on fait face aux ennemis secrets de l'initiation pendant laquelle on doit vivre la bataille contre les ténèbres, alors qu'on en ignore encore les dangers. C'est le moment où nous atteignons la roue fatale d'être ou de ne jamais être élu de Dieu.

Dix-neuf : l'inspiration, l'amour, la lumière qui met de l'ordre. 19 allume des images d'une clarté merveilleuse par lesquelles nous réalisons que tout désir est trompeur. Le soleil éclaire la pensée, on comprend enfin l'amour en se détachant de l'esprit de possession. Désormais, on ne confondra plus désir, possession et sécurité. On sublimera tout pour vivre la grande alliance amoureuse, mère de chance inouïe et de richesse intérieure.

Vingt : le triomphe, la victoire. Le souffle inspirateur appuie l'intelligence afin de découvrir la vérité. 20 manifeste le réveil de la vie spirituelle, il ne s'adresse pas à l'homme médiocre et inactif, car il lui complique la vie. Il promet la fin d'une épreuve, une faveur longuement attendue, la montée professionnelle désirée.

Vingt et un : la transmutation, la maturité, le chef, l'incorruptibilité. 21 oblige à transmuter de l'inconséquence folle à la sagesse profonde. Tout désir irrationnel peut détruire le fruit de longues expériences initiatiques. Il faut apprendre à justifier les sensations afin de les contrôler. Maturité de l'esprit se soumettant à une vigilance constante, à surveiller les excès. À cette condition, on reçoit la récompense d'un univers coordonné au couronnement de l'œuvre envisagée.

Vingt-deux : le céleste, l'absolu, la totalité d'une perfection de l'être, à condition de ne pas se laisser vivre dans la passivité. Il exprime, d'après les 22 lettres de la Kabbale, tout l'univers. Nombre de vibration surhumaine, mais surtout de libre choix, il est celui de la Sainte-Trinité ayant engendré l'étoile intérieure. (Voir *ÉTOILE*.)

Réussite par la sagesse, l'intuition. L'âme peut atteindre les sommets autant matériels que surnaturels. Il annonce le terme du sujet énoncé dans le rêve. Pris dans un sens surnaturel, il annonce la dernière heure où l'on a saisi l'enseignement universel. Mais ce nombre vécu dans l'abandon a des instincts aveugles et peut donner, au contraire, l'anéantissement personnel.

Vingt-quatre : chiffre sacré d'un temps, d'un cycle complet. Nombre qui totalise une œuvre, un temps complet à travers lequel l'homme a collaboré dans une identification avec l'univers. Exemple : les 24 étoiles, dont les 2 boréales et 12 australes, selon les Chaldéens, étaient juges de l'univers. C'est le chiffre d'une vibration qui pousse à jouer un rôle consacré.

Vingt-six : Totalise les lettres de l'alphabet français et, pour ceux qui parlent le français, ce nombre veut dire un cycle complet et rejoint le sens de 24, de 22. Il dit la fin de l'apprentissage surnaturel ou encore professionnel ou amoureux. De ce qui ne peut continuer, qui touche à sa fin. (Voir *LETTRE*.)

Vingt-huit : Embrasse toutes choses universelles. Selon les prophètes, 28 lettres composent l'enseignement du Coran et dans ce sens, il prend l'aspect de la révélation mystique, la plus proche de la vérité parce qu'on prétend que le visage de Dieu serait formé de 32 lettres.

Trente-deux : Unité divine. Le Verbe en soi, il contient le pouvoir divin. La perfection infinie. Ce chiffre est la clef de tous les possibles.

Quarante : la stagnation, l'attente. 40 marque une période d'attente, c'est le moment de méditer, car l'épreuve éloigne encore du succès. L'épuration est encore nécessaire pour avoir une plus grande lucidité. Exemple : les 40 jours du déluge.

Soixante-dix : Multiplie par dix la signification extraordinaire du nombre 7.

Soixante-douze : Le chiffre annonce la fin d'un long cycle, 72 s'accorde avec ce qui ne peut être sauvé ou prolongé dans le temps.

Soixante-dix-sept : Autant de chance que le 17.

NOMBRIL. Le nombril est le principal centre d'intérêt de toute vie : la famille, les êtres chers, son pays.

Voir son nombril en rêve : indique un grand bouleversement. N'est-il pas l'organe par lequel on a changé d'existence, on nous a coupé de notre mère naturelle, biologique ?

En rêve, le nombril annonce : une mortalité, ou un changement de pays. Décidément, une autre forme de vie est à prévoir.

Sa vue présage un grand détachement.

Il y a aussi à prendre en considération l'expression populaire « trop se regarder le nombril » ; si vous ne cessez de fixer votre attention sur votre nombril de rêve, vous voilà averti de ne pas trop centrer votre attention sur vous-même.

NORD. Se retrouver au nord signale une rupture sentimentale, c'est un peu comme le retour aux enfers. Et dans les saisons, c'est l'hiver. (Voir *POINTS CARDINAUX.*)

NOTAIRE. Il indique qu'on aurait intérêt à en consulter un dans l'affaire en cours, car on y gagnerait.

NOYER. Il annonce un événement concernant votre vie intérieure. Prend le sens de l'arbre en général.

NUAGE. Les nuages, manifestation de l'énergie cosmique, nous indiquent l'embrouillement de la pensée, à travers le concret de la vie. On peut les considérer aussi comme des médiums à saisir pour monter en grâce ou pour recevoir une protection divine; dans ce sens, ils sont des représentants de Dieu. Parfois de couleur blanche, rose ou bleue, ils sont des intermédiaires bénéfiques.

Les nuées éclairées de rouge : sont particulièrement porteuses d'amour, de protection de l'au-delà, issus de Dieu lui-même. Si le rouge est étincelant, c'est positif. S'il est trop opaque et terne, c'est négatif.

Les nuées noires ou sombres : annoncent des luttes avec les forces ténébreuses.

Les nuages annonciateurs de pluie : annoncent des discordes, des conflits.

Le verglas : annonce des difficultés, des conflits qui seront connus de tous.

Les petits nuages blancs : annoncent pour certains le bonheur, mais pour d'autres, interceptent passagèrement un grand bonheur.

Le cumulus blanc : place sous une protection lumineuse lors des luttes. Il est comme un jalon nécessaire et réconfortant sur lequel nous pouvons nous appuyer lors d'un combat.

Les nuages rouges enflammés : annoncent des ennemis dangereux, de longues luttes épuisantes, parfois des guerres.

Les nuages, comme transmetteurs de la volonté de Dieu, annoncent des événements perturbateurs au moment d'une période initiatique parfois secondée par la lumière, parfois non, nous laissant seul devant la lutte solitaire. À mesure que le ciel s'éclaircit, se dissipent les soucis.

NUDITÉ. Symbolise la honte dans un sentiment d'infériorité, de gêne.

Se voir nu : annonce une chute de niveau social, un genre de dépouillement moral, spirituel ou matériel.

La nudité est une épreuve morale afin de fortifier l'esprit qui doit rester serein dans la vérité primordiale, vue dans un sens de compréhension divine, chacun étant pur et sain. Pour certains gnostiques, la pureté doit être dévoilée, et la nudité n'est qu'un moyen de se purifier, de mieux se voir.

Se voir à l'aise dans la nudité : on ne souffrira pas honteusement de sa condition.

Être nu ou se dévêtir : désir d'être franc avec soi-même malgré un sentiment de frustration et de honte.

La nudité peut être prise dans un sens de dégagement, de détachement selon le contexte du rêve.

NUIT. Elle représente l'obscur, le mystère, l'imprévisible, les énigmes, tout ce qui n'est pas saisi, qui dort encore dans la brume de l'indéfini.

Elle donne vie, elle est le germe qui deviendra conscient à la clarté du jour.

C'est pourquoi la nuit est peuplée d'angoisses, de cauchemars, mais aussi de découvertes lumineuses, comme une percée révélatrice qui donne l'espoir quand elle s'éclaire de lumière blanche.

La nuit, c'est encore l'assujettissement à des ombres de la noirceur, à des entités qui exercent des pouvoirs contre l'affirmation de soi.

La nuit, c'est la domination des forces ténébreuses sur la vie de l'homme ; il doit la vaincre.

La nuit, c'est le retour à la matrice de l'univers, comme l'océan, afin d'aller saisir l'impalpable, ce qui est encore dans l'informel. (Voir *LUNE du Tarot*.)

NYMPHES. Divinités sortant des eaux claires, des sources, des fontaines. Elles élèvent et engendrent des héros. Leur résidence située dans les profondeurs des cavernes nous les fait percevoir comme redoutables.

Elles personnifient dans chaque individu mâle les forces inconscientes qui contribuent au développement de l'héroïsme, mêlées à une peur incontrôlable, chez les hommes que toute bataille terrifie ou que tout exploit difficile angoisse.

O

OASIS. Le désert, c'est le lieu où l'ermite se retire pour mourir et se revêtir d'une autre dimension. L'oasis, c'est le produit créateur d'un pouvoir nouveau, reçu de l'invisible comme un cadeau mérité ; c'est le développement de l'âme découvrant dans la retraite une résurrection intérieure. Ce pouvoir, c'est de sentir en soi-même la capacité de créer sa propre assise intérieure, par le détachement et la méditation.

À la vue de l'oasis : mille reflets des couleurs du spectre solaire nourrissent sereinement l'âme de joie surnaturelle.

OBÉSITÉ. *Être obèse* présage richesse, abondance ou bonheur. Tout dépend du contexte du rêve.

OBSCURITÉ. Nous place dans le mystère, l'intrigue, le sortilège.

OBSERVATOIRE. Le premier informé sera le premier arrivé. Qu'arrivera-t-il dans votre vie ? Quelle planète ou quel lieu du ciel pouvez-vous observer ? Vous êtes en attente d'un événement à venir. De même, la température sera-t-elle bonne ou mauvaise ?

Le ciel, c'est le film de votre devenir au futur. (Voir *TEMPÉRATURE, CIEL, PLANÈTE.*)

OBSIDIENNE. Roche verte de l'époque préhellénique dont les éclats ont servi de premiers couteaux, lances et racloirs. Son équivalence serait le silex. Aujourd'hui, le silex sert dans la construction du béton et l'empierrement. Les hommes préhistoriques se servaient de ses brisures rocheuses pour fabriquer des outils et des armes. Les armes demeurent encore des moyens combatifs de l'âme. De l'obsidienne, il demeure un souvenir symbolique de la pierre d'une extraordinaire beauté quand on la polissait.

Comme les pierres précieuses, les roches représentent l'âme de ceux qui nous sont chers.

La roche polie : c'est la qualité lumineuse d'une relation amicale, filiale ou amoureuse.

La pierre non polie : annonce peu de joie, comparativement à la roche polie reluisante qui, elle, promet les émotions les plus raffinées.

L'obsidienne cassée en forme de couteaux ou d'armes : symbolise l'agressivité morale ou sexuelle. (Voir *ARMES*.)

L'obsidienne a la capacité de refermer les plaies et symboliquement, cette pierre a le pouvoir de faire oublier les lourdes peines en redonnant l'amour.

OBSTACLE. Si votre chemin de rêve vous conduit vers un obstacle, il est utile de constater si oui ou non vous le franchissez. Cela indique un contrôle pour dépasser le cap d'une situation difficile. Tout dépend de la façon dont vous maîtrisez l'obstacle ou si l'obstacle vous arrête.

OCÉAN. (Voir *MER*.)

L'océan est l'indifférencié, l'indétermination première, le ténébreux, il est la forme incréée d'où tout est né, même les dieux. Toute l'énergie cosmique y est déposée. Ses eaux profondes ont engendré les baleines, les monstres marins, les requins, redoutables représentations d'entités infernales qui, comme les flots terrifiants, symbolisent les événements.

L'océan représente l'Esprit universel où va plonger le principe de vie qui le féconde et où l'âme individuelle se ressource constamment, après chaque expérience, chaque lutte, chaque illusion, chaque échec.

L'océan : un autre symbole de l'inconscient. L'océan oblige à l'infinie traversée de la vie.

Les petites traversées : signifient passer d'un vice à une vertu, d'une philosophie à une autre croyance idéologique, d'une incapacité intérieure à une force agissante.

La grande traversée des profondeurs : c'est naviguer au-dessus de nos insuffisances, de nos incertitudes, de nos angoisses, avant de nous amarrer dans le port d'une nouvelle sécurité expérimentée.

La traversée : marque une période de croissance de la personnalité ou encore le passage vers une autre qualité de vie.

Ainsi, *voir l'océan du rivage* : nous place devant l'énigme de notre vie, seul devant nos ressources inconscientes.

Voir l'océan : peut annoncer un changement heureux, si le ciel est beau et ensoleillé, si l'océan n'est pas agité et reflète des rayons d'argent.

Si le ciel est menaçant : c'est l'annonce de difficultés diverses. Car les nuages sont aussi actifs que les ennemis déclarés.

La traversée de l'océan : place le rêveur devant un changement majeur de l'existence car l'océan n'apparaît que dans les rêves très significatifs et importants. (Voir *TRAVERSÉE, MER, ABYSSE.*)

OCTOGONE. Polygone à huit angles, symbolise la résurrection.

On renaît avec l'expérience, la sagesse. A la signification de l'Étoile du Tarot. (Voir *ÉTOILE du Tarot* et *DIX-SEPT dans NOMBRE.*)

ODEUR. L'odeur révèle l'impression que l'on produit sur l'entourage ou celle que l'on reçoit de l'entourage.

Une odeur agréable pour l'olfaction : représente un cercle d'amis apportant beaucoup de joie, par de bonnes mœurs.

Une odeur fétide : nous indique qu'on est entouré de gens aux mœurs relâchées dont la présence nuit à notre respectabilité.

Réaliser qu'on sent mauvais : c'est réaliser qu'on produit une mauvaise impression, qu'on se mérite une mauvaise réputation.

Les plantes odoriférantes : portent chance si on les voit en rêve.

Les plantes dégageant des odeurs désagréables : annoncent des désagréments. Car les plantes sont des liens affectifs et les odeurs, les vertus ou les vices.

ŒDIPE. Qui n'a pas entendu parler d'Œdipe, dont le père Laïos, après avoir entendu l'oracle, sut que l'enfant porté par Jocaste, sa femme, « tuerait son père ».

Dès les premiers jours de la naissance, Laïos fit percer les chevilles de l'enfant, les attacha à une courroie. D'où ce nom d'Œdipe (pieds enflés) à cause des enflures aux pieds. Laïos déposa ainsi son fils dans une corbeille et ses serviteurs le portèrent sur la montagne ou à la mer. Les circonstances permirent que la reine Periboca le recueille et l'élève avec son mari le roi Polybos. Œdipe pensa vraiment qu'ils étaient ses parents naturels tant leur bonté fut grande et protectrice.

Devenu grand, il dut se rendre à Delphes. Au cours du voyage, passant dans une gorge, alors qu'il avançait, il se battit pour une priorité de passage. Vainqueur, il tua un homme qui se révéla être le roi Laïos, son vrai père, qui trépassa, réalisant ainsi la phrase de l'oracle. En arrivant à Thèbes, Œdipe dut résoudre un autre problème; il rencontra le Sphinx, un monstre à moitié lion à moitié femme, lequel posait des questions aux passants et tuait ceux qui ne pouvaient répondre. Et comme personne ne pouvait y répondre, il était un fléau pour la ville.

Œdipe, dont l'esprit pénétrant ne peut s'arrêter à la noirceur, réussit à résoudre l'énigme et répondit précisément aux questions. Dégagés de la frayeur, les Thébains tombèrent en admiration et l'élevèrent en dignité. En récompense, on lui donna en mariage la veuve de Laïos et il devint roi.

Mais une autre terreur, la peste, surgit. On consulte à nouveau la Pythie. La réponse demeure la suivante : « *La peste ne cessera que si la mort de Laïos est vengée.* » Tirésias, le devin, par son art, sait qui est le coupable, et essaie d'esquiver la réponse. Après de multiples recherches, Œdipe découvre qu'il a tué Laïos et qu'il a épousé sa mère. Jocaste, par les chevilles cicatrisées de celui qui est devenu son époux, découvre elle aussi qu'elle a épousé son fils. Double drame : elle se suicide et lui se perce les yeux avec la broche de Jocaste. Aveugle, il continue de régner sur le trône, mais ses propres imprécations contre le meurtrier retombent sur lui, il doit donc quitter son trône. Banni de la ville, il commence une vie errante : le roi Thésée accepte de le recueillir. Antigone, sa fille, veillera sur lui, le conduira au sanctuaire des Euménides à Colone, où il meurt. Le pays de son dernier souffle est béni des dieux. Œdipe trépasse paisiblement.

Œdipe, héros de la mythologie grecque dont s'est inspirée la psychanalyse pour expliquer le fameux complexe freudien de l'inceste inavoué, demeure la personnification d'un esprit faible, immature, traumatisé dès la naissance par le rejet de son père, qui le redoute intuitivement par peur de perdre pied à cause de la place prépondérante du fils, par peur de se laisser annihiler (tuer) par sa progéniture.

Œdipe l'âme traumatisée (blessures au pied) compense par un esprit dominateur. Devenu adulte, bien que boiteux, donc nerveux, faible, il doit se rendre à Delphes (l'amour).

Il n'a pas peur de tuer (de faire mourir le père) lors d'un passage creux et étroit (le subconscient). Il vit dans son subconscient une bataille libératrice, le rejet du père.

Mais à l'énigme du Sphinx qui pose des questions sur la vie amoureuse de l'homme qu'il est devenu, il sait répondre et devient roi (bonheur d'être dans son château intérieur) d'un autre pays (un autre univers intérieur) et épouse sa mère.

Bien sûr, inconsciemment. Avait-il un autre choix ? La peste (un climat névrotique) survint et il faut en savoir davantage. La Pythie (l'intuition) déclare qu'il faut venger la mort du roi. Quand on réalise ce que nos instincts inconscients ont pu détruire, nous capitulons, nous errons dans l'introspection et nous finissons par nous trouver un autre pays intérieur, nous laissons ce qui est acquis, pour acquérir d'autres philosophies plus élevées, un autre château, une autre royauté. Le courage de se pardonner à lui-même n'arrive pas au bon moment, il s'est crevé les yeux, il n'a pas voulu voir, malgré l'évidence, il a fui pour mourir serein (oublier), fortifié de sa faiblesse, après s'être détaché de ses liens parentaux, accompagné de sa famille (sa féminité) dans un pays béni de Dieu (son royaume intérieur divin).

ŒIL. *La vue d'un œil ou de plusieurs yeux* : indique qu'une prise de conscience est nécessaire. Une introspection s'impose face à une réalité ou une relation qu'on ignore complètement.

Œil droit : activité et futur.

Œil gauche : passivité et passé.

Le troisième œil : correspond au feu, car il est l'œil de la sagesse. On parle de l'œil de Dieu avec ou sans triangle, pointe en haut.

L'œil d'Horus : c'est l'œil de la justice. (Voir *HORUS*.)

L'œil de Fomoires : c'est l'œil des forces contre-initiatiques, anti-évolutives.

Par contre, selon l'expression populaire « avoir l'œil », c'est avoir un esprit vigilant, observateur dans une trame quelconque, d'un sujet donné. Le mauvais œil occasionne à celui qui regarde des peines, des sortilèges, une retombée nocive d'événements perturbateurs. L'œil symbolise une lumière, une manière de comprendre, de saisir mais aussi d'agir, d'aimer ou de haïr.

L'œil qui vous regarde : il vous représente, ou il a souvent besoin de vous, ou il a un dessein vous concernant, ou il veut agir pour ou contre vous ou par vous. Il veut s'unir à vous, dans un effort harmonieux ou vous posséder ou vous détruire. Essayez de comprendre qui est l'œil de votre rêve. Car il vous assaille de ses bonnes ou mauvaises vibrations constamment, il ourdit dans l'ombre ses aspirations honnêtes ou maléfiques. Car il vous observe à tout instant cet œil que vous voyez constamment dans des rêves récurrents.

Avoir une vue perçante : présage d'affaires lucratives, de bonheur en amour.

Voir trouble : on aura des problèmes financiers ou on subira l'échec d'un œuvre.

Se faire crever un œil : une cause extérieure déclenchera des conflits en amour, on vous portera préjudice.

Se crever les yeux : détachement douloureux, oubli volontaire d'un être cher.

Les parents rêvant de voir flou : vivront des graves inquiétudes pour leurs enfants.

Avoir mal aux yeux : peines et malchances. Douleurs passagères.

Avoir l'œil au beurre noir : querelles, ruptures. Aussi paradoxal que cela puisse être dans les rêves, l'œil c'est aussi l'amour.

Perdre un œil : maladie grave d'un être cher, souvent présage de l'éloignement d'un proche.

Être aveugle : présage de mortalité difficile à accepter. Mais profitera aux prisonniers et aux miséreux qu'on secourra.

Être aveugle : est de mauvais augure pour les voyageurs, les soldats, les chefs d'entreprise et les ambitieux qui récolteront des échecs. Les poètes créeront davantage s'ils ne voient pas.

Les malades rêvant de devenir aveugles mourront.

Si on ne perd qu'un œil : le malheur ne se produira qu'à moitié ; le malade ne mourra pas, mais restera très faible.

L'œil droit : se rapporte aux pères, frère, fils.

L'œil gauche : se rapporte à la mère, à la sœur, à la fille.

Avoir plusieurs yeux : très bon présage pour ceux qui désirent se marier ou avoir des enfants.

La personne riche ou célèbre qui rêve que plusieurs yeux la regardent : est informée que des personnes malhonnêtes ourdissent dans l'ombre sa perte, rarement le contraire.

De même, tout individu dénué de scrupule doit se méfier de posséder plusieurs yeux, comme la femme belle et élégante devra surveiller ses relations et ses propos, car tous deux auront des épreuves adaptées à ce qu'ils convoitent, désirent ou projettent sur eux, s'ils se voient avec plusieurs yeux.

ŒUF. L'œuf est une substance vitale primordiale et d'aspect double, actif et passif.

Composé de blanc et de jaune, lui-même n'est qu'une unité divisée et a besoin d'être fécondé par l'esprit universel, pour devenir unité vivante. Il est le symbole du chaos universel fécondé par l'esprit. Chaque humain peut s'identifier à l'œuf qui doit être fécondé, par la pensée universelle.

Les deux compositions de l'œuf représentent aussi l'union du ciel et de la terre et ce qui en résulte, pour expliquer que l'humain travail avec les forces célestes et terrestres afin d'accomplir un processus d'évolution.

Si l'œuf primordial a fait naître l'univers, l'œuf de votre rêve fait naître à chaque fois une croissance divine en nous.

Le blanc de l'œuf : représente le ciel et les astres, le sperme masculin.

Le jaune : la terre, l'humidité féminine.

Les œufs d'or : représentent les nobles d'esprit ou la connaissance divine.

Les œufs d'argent : représentent les femmes ou la connaissance passive.

Les œufs de cuivre : représentent le peuple ou la connaissance de l'amour.

Enfin, bref, l'œuf est aussi un symbole de perfection, de connaissance, de compréhension la plus éthérée. Il incarne la voie de toutes les renaissances possibles.

L'œuf s'apparente aux cycles des saisons, reflétant les renaissances à travers les réincarnations. Dans ce sens, la mort qui mange l'œuf symboliquement renaîtra.

La poule qui couve : signifie l'esprit qui se lie à un pouvoir spirituel fécondant.

Briser la coquille de l'œuf et voir sortir un poussin : annonce une libération psychologique, suite à une recherche soit scientifique ou mystique.

Si elle se brise d'elle-même : appui et confirmation céleste aidant à un dégagement intérieur. Travail avec les guides.

Le poussin : annonce la nouvelle personnalité du rêveur sagement conseillé par la voix divine. C'est sortir d'un état chaotique, c'est renaître supérieurement à une nouvelle identification psychique avec de plus grands pouvoirs, une plus grande ouverture de la pensée. L'œuf du rêve est toujours l'œuf philosophique, lequel procure la sagesse, la fait émerger dans l'esprit. Son langage se rapproche de celui de la pierre précieuse.

Pris dans un sens matériel, l'œuf est le symbole le plus prometteur de prospérité, de richesse soudaine, de force créative, car l'œuf est souffle d'inspiration divine.

Faire cuire des œufs : contrariétés, douleurs à moins de réussir la cuisson et de les manger, on découvrira un amour durable.

Briser les œufs en les cuisant : annonce une association ou un mariage impossible.

Les boire fouettés : annonce des plaisirs.

L'omelette : satisfaction, joie sans lendemain.

Marcher sur des œufs ou les casser : difficultés dans vos démarches à cause de la médisance ou des mésententes. Dépenses excessives.

Voir un petit nombre d'œufs : promet un plus grand gain que de les voir en grand nombre. (Voir *NOMBRE*.)

OGRE. L'ogre, c'est l'image déformée du père qui préfère détruire ses enfants, pour les posséder.

Il est le monstre qui dévore. Il est la force aveugle, pervertie du ravisseur devant sa victime, le mari ou l'amant destructeur.

Voir un monstre en rêve : annonce le contraire de l'épanouissement, le vol de ses ambitions et projets ou encore de ses propres sentiments.

OIE (sauvage). L'oie annonce la fidélité, mais aussi *la voir en rêve* avertit la jeune fille de la fin de sa virginité.

Comme intermédiaire de l'autre monde, l'oie symbolise aussi l'âme choisie pour remplir une mission divine.

Car, l'oie a l'âme intuitive et avertit des dangers, elle sait donner l'alarme guerrière.

Et dans ce sens l'oie sauvage représente l'épouse aimée, protectrice et fidèle. (Voir *OISEAU*.)

L'oie peut être aussi une invitation pour le rêveur de quitter son pays ou sa ville natals.

OIGNON. *Les oignons* : annoncent généralement des peines et une certaine tristesse.

Un seul oignon présent dans un cliché de rêve : indique que la santé ne peut s'améliorer.

Manger des oignons : annonce le recouvrement de la santé à ceux qui sont malades et aux autres, la réalisation de leur désir.

Sentir les oignons : traduit un comportement repoussant.

OISEAU. Les oiseaux apportent les messages célestes, ils favorisent l'envol de l'esprit, les oiseaux expriment l'esprit humain qui intellectualise et s'élève légèrement au-dessus des occupations terrestres. Les oiseaux sont aussi des fées célestes qui rejoignent les pensées humaines, d'après leur état intérieur pour annoncer des événements mystiques, amoureux, d'affaires.

Certains annoncent des états intérieurs joyeux, sereins, amoureux : tels que l'hirondelle, le goéland, la mouette, le pigeon, le rossignol, le canard.

D'autres se réfèrent à des états tristes, à des mauvaises nouvelles : tels que le corbeau.

Certains, à des messages mystiques : comme la colombe qui représente l'Esprit-Saint, et pousse l'instinct amoureux à une sublimation divine.

Certains ont une corrélation avec les affaires : comme l'aigle qui représente les chefs d'entreprises, les patrons; il est bénéfique aux guerriers, aux chasseurs, aux cultivateurs.

D'autres éloignent les mauvais esprits : comme le grand duc.

Les oiseaux nocturnes : endorment les craintes que l'on éprouve et les tracas que l'on redoute.

Les ailes des oiseaux : symbolisent les âmes des martyrs et les faveurs que nous recevons.

Un oiseau brisant sa coquille : présage un éveil spirituel, intellectuel.

Voir un homme à tête d'oiseau : symbolise l'âme d'un défunt et dans ce sens, les petits oiseaux représentent les âmes des petits enfants.

Les oiseaux de nuit : seraient les âmes maléfiques des esprits dégénérés. Leur message vient des forces obscures, des profondeurs de la terre. Ce sont en général : les chouettes, les grands ducs, les chats-huants, les butors. Ces mêmes oiseaux arrêtent le développement harmonieux des entreprises.

Seul, un oiseau de nuit entrant dans la maison laisse prévoir des mortalités ou des séparations.

Selon la tradition ésotérique sur les couleurs et les oiseaux :

— *le corbeau noir* : représente l'intelligence rationnelle;

— *le paon vert et bleu* : symbolise les réalisations amoureuses;

— *le cygne blanc* : symbolise l'instinct sexuel, engendrant la vie physique et spirituelle dans sa totalité divine. En ce sens, il guide vers Dieu;

— *le phénix rouge* : serait la transcendance dans un élan surnaturel pour accéder à l'immortalité, c'est-à-dire au plus haut degré de perfection.

Selon l'expression populaire, « l'oie blanche » personnifierait une douce jeune fille remplie de candeur.

Par sa lourdeur dans sa démarche, l'oie exprime la lourdeur de l'esprit.

Tout individu souffrant d'un problème caractériel, sans relation avec la pensée rationnelle, pourrait exprimer cette proéminence déformée d'un instinct poussé à l'extrême, par un oiseau sur lequel on projette un défoulement. Il devient, dans ce sens, l'ombre du rêveur. Dans ce cas, il faut juger d'après la sorte d'oiseau et son comportement. Dans les faits concrets, l'oiseau nous apporte ainsi des joies.

Si vos rêves en sont peuplés : vous vous sentirez plus léger, plus souple.

Le petit oiseau qui gazouille et voltige près de soi : annonce une tendre romance.

L'oiseau désorienté qui vole en tous sens : indique notre perplexité en amour, on n'arrive pas à se défaire d'une idée, d'une obsession.

Voir *un oiseau effrayé volant dans toutes les directions* : vous signale une vie amoureuse frustrante, un bon dialogue s'impose.

Le vautour et autres oiseaux rapaces : annoncent que des gens aux manœuvres insidieuses détruisent votre vie, votre équilibre.

OISELER. *Essayer de prendre des oiseaux* : annonce le retour d'un être cher, les retrouvailles d'un amour ou d'un projet perdu. *Oiseler* rejoint le sens de pêcher.

OLIVIER. L'olivier est l'arbre sacré et béni. C'est le point central réceptif des messages.

L'olivier rempli de feuilles verdâtres et de fruits : annonce la chance, la gloire acquise par un esprit prudent et pacifique.

Le voir sans feuilles, sans fruits, ou encore rempli de feuilles séchées : annonce la fin d'une période d'abondance, de faste.

En Grèce : il fut l'arbre consacré aux initiations éleusiennes.

En Chine : une légende veut qu'il neutralise le poison et le venin.

Au Japon : on le considère comme l'arbre de la victoire. Il est propice aux intellectuels, aux armées et aux entreprises civiles.

Dans la Bible : le retour de la colombe portant une branche d'olivier annonce à Noé la fin du déluge et dans ce sens, symbolise la paix et l'harmonie entre le ciel et la terre, la fin d'une attente, d'une punition. Le bois d'olivier présage l'amour parce que ses vibrations sont équivalentes à celles de l'or.

En Islam : l'olivier est l'axe du monde centré sur la source de lumière. Pris dans un sens biblique, l'olivier est le paradis des élus. L'olivier annonce des montées professionnelles remarquables.

Exception faite pour les serviteurs et les domestiques qui doivent abattre l'olivier pour recevoir la libération : le rêveur ramassant des olives ou marchant dessus rencontrera des contrariétés, des peines.

OM. (Voir *AUM*.) Support de méditation de la plus haute importance. Premier son de la création, resté inaudible. Il est le souffle créateur à partir duquel le non-manifesté devient manifesté, la noirceur devient lumière, l'imperceptible devient perceptible, l'incompréhensible devient compréhensible. Il est l'emblème du svastika indien.

OMBILIC (omphalos, nombril). Symbolise le centre du manifesté, du concret, du perceptible, d'où tout cheminement doit se libérer pour atteindre son centre sacré et spirituel.

Premier support d'expérience, la famille, les parents, ils symbolisent les êtres chers qui serviront de structure aux premières expériences de la vie.

Voir un enlacement de deux serpents autour d'une forme ombilicale : représente l'union des sexes.

Dans la méditation, il est bon de retourner au centre de soi-même pour se servir de l'expérience, afin de monter spirituellement. L'étoile polaire serait l'ombilic céleste car comparativement à la terre, centre terrestre, il y a aussi un centre céleste.

C'est pourquoi *voir l'étoile polaire* signifierait découvrir le point central de la vie surnaturelle. (Voir *NOMBRIL.*)

ONAGRE. Moitié âne, moitié cheval, l'onagre nous ramène à nos instincts primitifs, à ce qui n'a pas encore été contrôlé en soi. Il personnifie l'individu changeant, instable, n'acceptant ou ne pouvant accepter de se ranger, de subir un joug quelconque, incapable de dompter ses instincts, sa négativité, il limite sa vie aux plaisirs terrestres.

ONCTION. S'oindre d'huile bénite rejoint un symbolisme sacré. Cela annonce une sérieuse nécessité de recourir à une telle fonction sacramentelle afin de faire descendre sur soi la lumière divine, l'assistance de Dieu, à cause de déboires malencontreux ou encore pour s'en protéger.

Cela peut signifier qu'on désire accéder par la consécration aux lumières de l'Esprit-Saint, car une situation accablante le demande.

ONDINES. Fées des eaux, nymphes picturales, jolies, malicieuses et souvent dangereuses parce qu'elles produisaient l'envoûtement sur les marins ou les pêcheurs.

Elles personnifient les sortilèges de l'amour.

En voir apparaître une en rêve oblige à se rendre à l'évidence d'une éventuelle rencontre sentimentale à laquelle on s'abandonnera dangereusement, sans en saisir l'implication destructrice.

ONGLES. Les ongles parlent de nos intentions, de notre pensée tournée vers autrui, de nos motivations affectives.

Ainsi, *se couper les ongles* nous invite à un retrait, à un isolement dû à un conflit, ou à une contrariété.

Se les voir arracher : difficulté financière, douleur morale.

Les ongles qui tombent : annonce de cuisantes épreuves, soit par perte de biens ou par deuil.

La forme des ongles : dévoile nos qualités et défauts, de même qu'ils révèlent certaines maladies si vous les remarquez sur la main.

Les ongles très étroits : nous font remarquer un individu à la colonne vertébrale faible. Si de plus ils sont minces et bombés, il y a déformation de cette partie du corps, la constitution est faible aussi; ils accusent alors un caractère cupide et porté sur la haine.

Ceux qui ont les ongles très longs : possèdent une santé fragile, et souvent souffrent d'affections à la gorge ou aux poumons si leurs ongles portent des striures verticales. En général, ils dénotent un caractère méfiant.

Les ongles très longs de teinte bleuâtre : indiquent une grande timidité et sur le plan physique, révèle une énergie très faible et une mauvaise circulation sanguine; on peut s'attendre à la méfiance mêlée d'impatience pour ceux qui possèdent ce type d'ongles.

Les ongles larges : indiquent une faiblesse du cœur, surtout si le croissant n'existe pas ou encore est très mince, mais la nature douce et bonne du porteur de ces ongles est remarquable.

Les ongles plats et enfoncés : dénotent une fragilité du système nerveux et par conséquent de l'irascibilité.

Seulement plats, en forme de coquille et pointus à la base : il y a danger de paralysie.

Les petits ongles : dénotent l'obstination, la malice, la susceptibilité.

Les ongles ronds : signalent un caractère bon, parfois emporté, mais porté à la vie intérieure et mystique.

La couleur : suggère aussi certains indices de caractères.

Les ongles tachetés de blanc : annoncent faiblesse, fatigue et impatience.

Les ongles couleur chair : parlent de gentillesse, de lymphatisme et de jovialité.

Les ongles gris foncé : annoncent une mauvaise santé et un caractère artificiellement séducteur.

Les ongles rouges : donnent de l'énergie et le sens du commandement pouvant allcr jusqu'à la dureté.

ONYX. Pierre aux pouvoirs maléfiques. Elle crée les conflits entre amoureux, déclenche les fausses couches chez les femmes enceintes, et place celui qui la porte dans des angoisses inexplicables.

En terres perse et indienne : on la considère plus bénéfique, on croit qu'elle précipite les accouchements et qu'elle protège du mauvais œil.

OPÉRA. Si vous assistez à la représentation ou que vous y jouez, l'important est de comprendre à partir de cette œuvre une identification vraisemblable à l'histoire de votre vie actuelle. Alors, analysez bien chaque personnage, et le reflet personnel de ces individus forme la trame de votre existence actuelle ou future.

OPÉRATION. *Devoir subir une opération chirurgicale* : signifie qu'une facette de votre vie présente doit disparaître. Elle est représentée par l'*organe malade*. Il faut en déduire qu'un problème actuel use vos énergies.

Le cœur : représente un amour malheureux.

La tête : une fausse conception, une erreur de jugement, l'obscurité.

Les reins : la force, le bien-être matériel.

Le pied : l'amour mal orienté ou encore un problème familial ou professionnel.

Le foie : indique l'obsession d'une haine qui nous poursuit ou une passion trop intense, etc.

OR. Métal parfait, solaire, avec l'éclat de la lumière.

L'argile se transmute tôt ou tard en or, c'est le travail de tout homme à vivre symboliquement cette transformation.

Les anciens alchimistes opéraient cette métamorphose afin de découvrir le plus haut degré de perfection, de sérénité.

Couleur de la lumière, elle représente la plus grande richesse morale. Tout ce qui est en or est un indice d'une chance mirobolante. Chance qui n'est pas nécessairement matérielle. Le lieu et la situation du rêve indiquent dans quelle sphère la chance se manifestera. Tout ce que l'or symbolise ne se détériorera pas car l'or est fabriqué de savoir, de sagesse et surtout de pureté et de perfection.

Les initiés de la société Koré ne craignent pas la coprophagie publique car ils sont capables de transformer les excréments en or.

Vus dans ce sens, les voleurs d'or : sont des voleurs de lumière, de pureté, de connaissance.

L'or sous forme de monnaie : symbolise la perversion, les désirs trop matériels ou instinctifs.

Les bijoux en or : symbolisent la pureté d'une amitié ou d'un amour durable et heureux.

ORAGE. L'orage symbolise le mécontentement de Dieu, ses réprobations.

Il bouleverse tout ce qui était commencé ; les aspirations amoureuses s'en trouvent gênées, plus tourmentées, elles deviennent souvent tristement plus passionnées.

Aimer voir tomber l'orage : il existe en vous un besoin de vibrer énormément dans les jours qui viennent.

Et si le vent en fait un ouragan : il faut s'attendre à ce que tout ce qui semblait stable ira en s'effondrant. Le mieux est de se détacher car telle n'est pas la volonté divine qu'il en soit ainsi. (Voir *PLUIE*.)

ORANGE (fruit). Elle symbolise la fécondité, la femme qui sera plusieurs fois mère.

Dans un rêve, un homme qui donne une orange à une femme ou à une jeune fille : équivaut, dans la réalité, à une demande en mariage.

La couleur orange : représente des sentiments vifs, chaleureux et passionnés ou encore des plus hautement spiritualisés. (Voir *COULEUR*.)

ORCHESTRE. C'est l'orchestre mélodieux qu'on doit arriver à faire vibrer intérieurement. Y réussit-on ? L'amour, l'équilibre, comme des lumières, s'allument de l'intérieur par les sentiments passionnés.

L'orchestre du rêve : signifie la même chose que le mot musique, avec un sens plus social ou plus mondain.

Cependant, il faut y ajouter la note de collaboration harmonieuse dans les relations.

Jouer dans un orchestre : nous oblige à reconnaître une unité personnelle dans l'acceptation de l'amour.

Jouer faux et briser le tempo du groupe : c'est devoir réviser sa façon d'être, on manque de tact, on sème inconsciemment l'animosité autour de soi et surtout cela marque une incapacité à se fixer amoureusement.

Si l'orchestre reste muet, insonore : c'est que le sentiment amoureux ne démarre pas.

ORCHIDÉE. Si elle a servi à éloigner les influences pernicieuses dans les cérémonies sacrées, elle symbolise surtout l'intégrité, la perfection, et la fécondité, spirituelle ou physique.

ORDINATEUR. *Le fait de voir un ordinateur* oblige à des prises de conscience. Il apparaît devant vos yeux pour souligner des phases d'arrêt, de réajustement, de percée, de détachement, d'innovation, de recommencement, de sublimation et de propulsion dans son futur.

Se retrouver devant son ordinateur qui se met en marche automatiquement sans l'intervention du rêveur signale la capacité de s'ouvrir à une nouvelle façon d'envisager sa vie et de comprendre mieux celle de l'entourage. La nécessité de concevoir sa vie avec plus de réalisme et d'avancement. Obligation est d'acquérir plus de confiance et de positivisme.

Voir l'ordinateur en fonction avec l'écran illuminant des textes qu'on a ou pas le temps de lire signale une invitation au travail de croissance de longue durée. Le rêveur entre dans une étape de transition et fait face à un mur. Il doit le contourner en dépassant ses visions actuelles et en en découvrant d'autres supérieures. Cela suppose évidemment bien des tensions internes et externes causées par des événements qui contrarient l'ego, qui se complaît à rester dans ses ornières et à ne pas avancer. La vie se charge, par ce qu'elle impose, de changer de cap. Il faut se défaire de la trajectoire existentielle actuelle et prendre une direction plus éclairée, plus vivante vers la montée d'une conscience plus mûre, de plus en plus sage.

Écrire à l'ordinateur équivaut à entrevoir une nouvelle voie, à s'inventer une vie, à se déterminer des objectifs, mais surtout, hors de tout doute, c'est s'impliquer et s'aventurer dans l'inconnu. Bref, on se dessine un futur. Quand on peut lire ce qui est écrit, on peut comprendre où se situe la faille à combler dans l'organisation de sa vie, situer le sujet d'un travail en cours, en rapport avec des mémoires, des programmes acceptés avant de naître. C'est donc très important de prendre conscience et de se souvenir du sujet lu ou écrit et de ne pas l'oublier pour en saisir la vraie signification par la suite.

Voir un ordinateur ouvert sans fonctionner invite à se sortir de la léthargie et de la déprime. Grande nécessité à remettre en marche la dynamique de son orientation, de se passionner pour quelque chose, d'activer avec l'énergie stimulante. Le mettre en fonction équivaut à croire en soi, à sa possibilité de manifester la vie, à se replacer en orbite.

Si l'ordinateur ne s'allume pas malgré la commande du rêveur, ainsi va sa vie intérieure, les piles sont mortes, il faut réinventer la manière de s'enthousiasmer, de s'« allumer » à une raison de vivre. Cela signale une période critique où il faut faire volte-face dans la conception de soi et de sa vie qui s'avère désastreuse.

Voir un ordinateur brisé, endommagé prévient le rêveur qu'il rencontre des obstacles sérieux à la paix intérieure. Attention à la révolte, à la rancœur qui génèrent la régression ! L'attitude personnelle ou celle d'un proche détruit la voie du succès et de l'épanouissement. Cette orientation s'oppose à la protection de son intégrité, de ses origines, de ses programmes de destinée. Son degré d'évolution est volé, détruit par une attitude négative. Il y a même régression si on ne consulte pas un guide spirituel.

Si on termine une session et ferme l'ordinateur, c'est le signal qu'une période de travail de croissance est close. On pénètre dans une vie plus calme.

Si le rêveur se trouve devant une boîte de dialogue et ne sait pas comment l'utiliser, il doit s'inquiéter de son manque d'ouverture d'esprit et de ses tactiques inappropriées. Révisez vos règles de conduite dans une des sphères de votre vie. Invitation à la générosité, à l'éthique, à l'observation des concepts de base interpersonnels (tolérance, pardon). Il faut savoir poser le geste approprié pour composer avec l'objet d'une démarche actuelle, revoir le but anticipé, et cela vaut pour tout ce que vous entreprenez. Surtout ayez du doigté en tout pour vous créer une vie selon les critères de l'authenticité et de l'amour véritable. Le rêveur doit connaître les données pour suivre adéquatement ses programmes de destinée. Bien observer votre ressenti onirique pour comprendre de quoi il s'agit.

ORDURE. Marcher sur des ordures, c'est avancer dans la vie d'une façon pas tout à fait honnête.

OREILLE. L'oreille a le pouvoir de capter les ondes sonores et de procurer l'équilibre.

En rêve : elle perçoit l'ordre cosmique, les messages divins.

L'oreille capte la nourriture spirituelle, le réconfort provenant de l'invisible. Car elles reçurent la révélation.

Se voir gratifié de grandes et longues oreilles : est un signe de commandement, de longévité.

Se faire percer les oreilles : annonce une forme de soumission, un engagement, une acceptation ; ce rêve peut aussi être relié à la défloration pour une jeune fille.

Le percement des oreilles demeure depuis toujours l'expression d'une forme de fiançailles soit sentimentales, spirituelles ou encore il est relié à une fusion avec un métier précis.

Se voir avec plusieurs oreilles : signale des exploits galants, l'autorité sur le plan de la vie sexuelle et affective.

Un homme riche se voyant avec plusieurs oreilles : il acquerra une grande renommée si ses oreilles sont de belle forme.

Mais le contraire, si elles sont difformes : il n'aura que honte, calamité.

Pour le travailleur manuel : avoir plusieurs oreilles lui est très bénéfique.

Pour les chômeurs et ceux qui doivent se défendre en justice : rêver de grandes oreilles est un signe défavorable.

Avoir les oreilles démesurément longues : humiliation.

Songer ne plus avoir d'oreilles : annonce de la chance aux défavorisés et de la malchance aux favorisés.

Coupées : deuil.

Se curer les oreilles : annonce de bonnes nouvelles, de bonnes relations.

Se voir les oreilles battues : présage de néfastes messages.

Avoir de petites oreilles : tempérament craintif, esprit chaotique.

Avoir des fourmis dans les oreilles : est un bon présage pour les orateurs et les hommes publics, les précepteurs et les éducateurs, les journalistes.

Se voir avec les oreilles décollées : on provoquera inutilement des conflits.

Avoir des oreilles d'âne : est de mauvais présage pour les philosophes, leurs enseignements ne seront pas écoutés. Le roi Midas qui fut reconnu pour son manque d'intelligence fut puni par Apollon, lequel lui donna des oreilles d'âne parce qu'il avait préféré la musique de Marsyas au son divinement mélodieux de sa lyre. Non seulement il n'avait pas de discernement rationnel, mais il ne savait pas comprendre l'extase amoureuse (la musique).

Avoir des oreilles de bêtes sauvages : annonce des esprits fraudeurs et envieux dont on devra se méfier.

Avoir les oreilles basses : annonce de la créativité en perspective.

L'oreille a aussi une signification de polarisation des opposés lune et soleil par le pavillon qui symbolise la verge et par le canal auditif qui représente le vagin.

Et dans ce sens l'oreille doit être fécondée par l'influence cosmique ou le vécu.

Les expériences font éclore la vie de l'esprit, le développement surnaturel car l'oreille est l'organe de l'assimilation créatrice venant directement de Dieu.

OREILLER. Besoin de se reposer, moment à dépasser courageusement.

ORFÈVRE. L'orfèvre du cliché de rêve rejoint deux aspects, le bon et le mauvais agent de votre existence. Il peut vous induire en erreur où vous conseiller judicieusement.

Car il vend ce que vous pouvez symboliquement obtenir de la vie.

Vous suggère-t-il une statue en or ? Vous êtes sûr de pouvoir ériger votre propre protection dans la vie.

Vous propose-t-il une statue en bronze ? Il vous place dans une situation de défense par le bronze qui force à la guerre, qui oblige à se défendre.

Projet possible dans lequel on aura à batailler.

Voir la statue d'un saint ou d'une sainte en bronze : on vous protégera dans l'adversité. Confiance.

ORGIE. Elle signifie que notre basse moralité est sur le point de nous faire une réputation douteuse.

Le saint, le mystique qui vit dans l'ascèse vit par l'orgie onirique une sublimation du désir, une nouvelle vie d'intensité incomparable aux joies matérielles.

ORGUE. *Voir un orgue* : indique que le bonheur s'offre à vous.

Si vous jouez de l'orgue : vous retrouvez une belle harmonie intérieure.

ORMES. *La vue de l'orme* : incite à la tristesse, éloigne la richesse. Il pousse au retour dans le passé, à revoir de tristes souvenirs, lesquels obstruent l'espoir vers un futur réjouissant, prospère.

ORNIÈRE. *Se retrouver dans l'ornière* : revient à se contenter de la médiocrité, ne pas aller vers de nouveaux idéaux, ou d'autres horizons. Comportement conventionnel.

ORPHÉE. Trop belle et trop triste, cette légende mythique d'Orphée !

Lui qui savait merveilleusement jouer de la musique (l'amour mystique), autant de la lyre que de la cithare, avec lesquelles il savait charmer la nature (la vie affective et sexuelle), apaiser les tempêtes (la destruction), attendrir les animaux (l'instinct primitif), émerveiller les humains (son évolution) et les dieux (sa propre divinité en devenir).

Son histoire invraisemblable, celle de pouvoir influencer les dieux de l'Enfer (victoire sur les forces ténébreuses) pour libérer sa femme (son âme féminine, sa passivité) morte empoisonnée par un serpent, alors qu'elle refusait l'amour d'Aristée (la tentation, la régression).

Mais alors, les dieux y mettent une condition ! Il ne devra regarder son épouse (l'affectivité) qu'à l'aurore. Mais le doute, la faiblesse, l'incertitude s'emparent de lui.

Il ne peut s'empêcher de tourner la tête dans la pénombre de la nuit (ce qui germe en lui). Et aussitôt, elle disparaît et meurt (son idéal).

Orphée demeure l'exemple prolifique de la recherche mystique inachevée, son indétermination, malgré sa grande noblesse d'âme ; a inspiré une vaste littérature moralisatrice.

Il ne peut sauver son évolution, malgré sa puissance magique.

Il échoue par manque d'effort volontaire, de foi et de confiance.

Il en meurt lui-même fragmenté au fond du fleuve, c'est-à-dire il abdique dans une voie qui le dépasse.

Il symbolise la force combative dans chacun de nous qui sommes incapables d'assumer totalement nos opposés et fatalement nous laissons annihiler, dévorés par notre incomplémentarité.

Son manque de force d'âme rejoint tout homme au grand idéal, mais qui doute ou manque de caractère pour arriver à son but principal et qui essaie des chemins plus faciles ou moins directs.

ORTEIL. L'orteil du rêve représente l'esprit issu d'une noble hérédité.

Voir de beaux orteils : confirme le succès, une reconnaissance intellectuelle et sociale évidente.

Blessé : le contraire, on subira des calamités, de la honte.

Tout ce qui est issu des orteils : annonce d'éventuels succès, des triomphes exceptionnels.

OSIRIS. Dieu égyptien de la végétation et des naissances, époux d'Isis, sa sœur.

Il symbolise le recyclage de l'activité vitale universelle.

Son frère et ses ennemis jaloux de lui l'enfermèrent dans un coffre et le lancèrent dans les eaux du Nil. En tant que dieu assassiné et ressuscité au souffle des déesses Isis et Nephtys, il symbolise la résurrection dans chaque être qui vit et meurt constamment par ses aspirations, par ses amours.

Par les trois phases de sa vie, la trahison, la mort et la résurrection, il nous fait admettre que chaque vie a ses limites (le coffre), que chaque vie porte en elle l'âme éternelle (la résurrection). Il faut toutefois signaler que ce dieu agraire représente ce qui dans tout groupe ou individu est rendu à sa phase de développement suprême. (Voir *ISIS*.)

OSSEMENT. Les ossements du squelette du rêve signalent une attitude morale de dépassement par la vertu, la fermeté et la force en ce qui touche l'aspect total d'une vie, sa charpente, sa structure, dans ce qu'il peut ériger d'immortel.

Or, tout ce qui devient immortel le devient par l'épuration, le détachement, la perfection.

Les ossements représentent ce qui restera après nous, notre descendance. Ils représentent aussi le dépouillement affectif, moral chez le divorcé ou l'endeuillé. Bref, ce qui reste après la lutte, le détachement.

Selon notre contexte de vie et notre démarche intérieure, les os peuvent prendre l'aspect d'une mutation mystique ou de l'oubli d'un sentiment, ou de l'acceptation d'un deuil. Bref, ce que nous désirons après l'épuration dans ce qu'il y a d'indestructible.

OUEST. *L'ouest* correspond à l'approche de l'hiver dans les rythmes des saisons.

Si l'est assiste au lever du soleil, *l'ouest* s'endort au coucher du soleil.

L'est est donc ouverture spirituelle, mystique, et *l'ouest* est cheminement matériel, logique et formel.

Les pays de l'Est représentent l'invitation à la connaissance ésotérique et lumineuse, par conséquent *les pays de l'Ouest* sont plus concentrés sur la vie matérielle, avec des buts axés sur la vie extérieure.

Les pays de l'Est parlent du début d'un projet, d'un sentiment.

Les pays de l'Ouest ont le même symbole que le soleil couchant. Ils signifient la vieillesse. Et sur le plan d'un sentiment ou d'un métier, ils affirment un intérêt qui se dément dans ce qui s'achève.

OURAGAN. Il annonce la fin d'un genre de vie, il témoigne d'un grand bouleversement dans la vie du rêveur, lequel peut l'affecter psychologiquement.

L'ouragan agit comme la main coléreuse de Dieu. Il nous place devant l'agressivité, la révolte des éléments. Il brise les amours stables, détruit les états intérieurs.

Il oblige à recourir au pardon, à composer avec les forces lumineuses en acceptant l'épreuve, en vivant l'oubli, en appliquant la force mentale pour commencer à reconstruire sa vie.

OURANOS. On le représente sous la forme d'un taureau. Il est pourtant la personnification du ciel. Il fut le premier dieu, créateur d'un univers indifférencié, chaotique.

Il aurait conçu, d'après Diodore de Sicile, premier roi des Atlantes, 45 enfants, 18 de Gaïa, laquelle enfanta parmi eux les Titans, légende imprécise qui met en évidence la prolifération créatrice du premier dieu, détrôné par son fils Cronos (Saturne) dans de multiples appréciations. Sa fécondité dangereuse, parce que incessante, aurait selon d'autres auteurs engendré les 6 Titanides, les 3 Cyclopes et les 3 Hécatondes.

Il suscita la révolte de son fils qui lui coupa les testicules avec une faucille et les jeta dans la mer, afin d'arrêter les sécrétions fécondantes.

Il symbolise toute création qui émane, qui prend vie et progresse sans cesse, sans connaître d'arrêt, de limite.

Il est le premier souffle de vie, il représente la première partie de la vie, d'une œuvre, ou d'un état d'évolution qui vit en expansion, en prolifération.

Vient la deuxième partie où l'on fauche ou bloque cette effervescence, c'est Cronos (Saturne) qui intervient pour y mettre fin par l'introspection, la méditation après l'action.

Et la troisième partie, laquelle oblige à faire des lois, à structurer un nouveau départ, cette fois sans excès, avec mesure, c'est la créativité qui repart régularisée, organisée et infatigable.

Finalement, c'est l'expérience humaine sur toutes ses facettes que la création du monde jusqu'à nos jours représente.

En astrologie, Uranus le représente, il est la planète hermaphrodite sexuelle et divine, imprévisible dans ses influences, bonnes ou mauvaises.

Il n'avertit jamais, il cause des accidents, des sautes d'humeur, des montées ou des descentes professionnelles. Il est la foudre, il surprend constamment comme l'intuition, l'invention d'ailleurs.

OUROBOROS. Serpent en forme de cercle, se mordant la queue. Il symbolise la perfection et l'être illuminé.

Avec le serpent, d'après sa position en forme sinusoïdale, allongée, il représente l'homme fixé dans ses intérêts matériels : sexe, ambitions professionnelles, gloire, richesse. En forme de spirale, il traduit un degré d'évolution plus élevé, la tête du serpent regarde le ciel, l'homme vit toujours avec les mêmes motivations mais avec un esprit engagé vers son évolution, réalisant que tout devient terne et éphémère avec le temps.

La troisième position, celle d'Ouroboros, le serpent en forme de cercle se mordant la queue, parle de l'homme qui a marié ses opposés : le féminin, le masculin, le négatif, le positif, le ciel et la terre, la vie matérielle à la vie surnaturelle.

L'Ouroboros signifie réussir son véritable mariage intérieur, sur lequel peut se greffer la réussite extérieure.

Il représente l'homme sage, le pur, l'humble, celui qui a compris le véritable sens des valeurs et les a harmonisées par la lutte, le combat, la souffrance et l'humilité.

OURS. Un des aspects dangereux de la vie inconsciente, il est l'instant destructeur en soi ou chez les autres. L'ours est l'opposé de la douceur, de la tendresse, symbolisée par le lièvre, il est la sensibilité monstrueuse, terrifiante, destructrice, carnassière.

Personne autant que lui ne peut signifier la force cruelle, agressive. Sa motivation instinctive vient des forces obscures. Il surgit de l'ombre, il fait partie des phases de l'évolution chez tout être humain, en tant que force primitive, il manque de contrôle, il contente sa nature brutale, il peut tuer.

À divers degrés, l'ours nous habite instinctivement.

Pour ceux qui ont atteint un haut degré d'évolution, il est normal de maîtriser l'ours, c'est-à-dire la violence incontrôlée.

Mais avouons-le, occasionnellement, l'ours nous rejoint inconsciemment.

Mais si vous rêvez souvent d'ours et que votre nature douce demeure stable jour après jour, malgré des rêves récurrents : il faut bien l'avouer, quelqu'un a décidé de vous faire la guerre à votre insu, très secrètement.

Car l'ours symbolise la pensée guerrière de ceux qui nous

en veulent éternellement et qui veulent broyer notre âme, peu importe le temps.

OURSE (Grande). Symbolise le centre de la connaissance traditionnelle.

Elle représente le gouvernement invisible qui ordonne et évalue les mesures du temps et de l'espace et détermine les changements.

Elle rejoint le chiffre sept par les 7 principales étoiles qui la forment, et distribue l'ordre cosmique aux sept sources d'énergie du corps physique.

Sur le plan surnaturel, elle permet l'accès aux 7 vertus cardinales.

Dans un sens plus profane, elle symbolise le gouvernement central, c'est-à-dire le personnage amoureux qui prédomine dans vos sentiments, d'où découle toute la structure de la vie par laquelle l'enseignement, l'école de la vie vous sont offerts.

Bref, elle symbolise, en petit, le canal de l'évolution terrestre à travers la stabilité ou l'instabilité du trajet de l'existence sur lequel on reçoit la connaissance et la programmation.

OURSIN. Ce petit animal marin représente la vie de l'âme ayant atteint le sommet de la perfection. On peut l'identifier à l'esprit qui a réussi le mariage harmonieux avec sa sensibilité et sa raison.

Sur le plan matériel : sa vue annonce la réussite, grâce au magnétisme qui se dégage de l'équilibre, du contrôle rassurant, qui déteint sur l'entourage.

En manger en rêve : promet les plus délicieux moments en amour et les plus grandes joies mystiques.

OUTARDE. Ce gros échassier n'incite pas le sexe masculin, qu'il représente, à la fidélité ; au contraire, il symbolise le polygame recherchant par son immaturité autant la maîtresse que la mère chez les femmes qu'il fréquente, sans toutefois se laisser piéger par elles. Il réussit à mener une double ou une triple vie sans vraiment jamais se donner totalement. Libre, il le reste inconsidérément.

Pris dans un sens surnaturel, il représente le voyageur terrestre unissant son âme aux besoins terrestres. Avec le regard axé sur le retour à la patrie, le ciel car la vie terrestre ne l'accaparc plus totalement.

OUTILS. Tous les instruments qui servent à construire, à produire et non à détruire, sont toujours un signe de succès si on sait les utiliser.

Si on détruit : il faut juger si ce qu'on détériore est encore valable ou pas.

Si oui : il est bénéfique d'éliminer certaines facettes sans intérêt de sa vie.

Perdre ou briser ses outils : est un signe de malchance par notre manque d'efficacité ou de qualités.

OUTRE. L'outre symbolise le retour au chaos, la mort intérieure. Elle nous représente dans une période de détachement, d'incertitude avant de se redéfinir une nouvelle motivation, une nouvelle croyance intérieure, avant qu'un nouveau feu vienne nous éclairer, nous réchauffer. Période de stagnation.

OVALE. *Se voir entouré dans une forme ovale* : protection providentielle qui vient à vous dans une période douloureuse. (Voir *EXTRATERRESTRE*.)

OVNI. L'OVNI de la vie onirique peut s'adresser à vous à deux niveaux de votre être.

L'une spirituelle : puisque l'ovni est un lien entre le ciel et la terre; donc, il peut symboliser le guide inspiré qui protège et veille sur vous.

Mais le plus souvent : l'ovni représente un projet peu commun, ne pouvant être accompli que par des cerveaux érudits et géniaux, et qui, une fois divulgué, remuera l'opinion publique.

OXALIDE. Plante très recherchée pour le symbole qu'elle véhicule : elle favorise l'amitié réconfortante, par sa simplicité, et parce qu'elle fleurit à Pâques, elle annonce le renouveau intérieur.

P

PACHA. Attention, rien n'est plus trompeur que de penser posséder. Suivez bien ce rêve, il annonce la fin d'une période encore faste.

Soyez moins exigeant, moins égoïste, vous courez à votre perte par votre propre attitude.

PACTE. De quel pacte s'agit-il? Le pacte du rêve est-il honnête ou malhonnête?

Il va de soi qu'il y a un engagement dans un projet éventuel. Posez-vous la question si votre impression au cours du rêve était trop enthousiaste ou trop joyeuse, car il pourrait s'agir d'une très mauvaise affaire si vous êtes exalté et ridicule. (Voir *DIABLE, TAROT*.)

PACTOLE. Ce mot qui signifie source de richesse veut nous inciter dans les rêves à renoncer à trop désirer les possessions matérielles, car elles apportent l'appauvrissement de l'âme. Tout individu rêvant de jouir de richesses et de chance mirobolante devrait s'éveiller au détachement, car il représente la seule porte ouvrant sur la sérénité et le développement intérieur car le pactole est la richesse intérieure que l'invisible vous offre actuellement.

PAGAIE. Les pagaies signalent les efforts quotidiens, coutumiers dans la stabilité d'une vie.

Ainsi, *pagayer allègrement dans le sens du courant* : annonce une réussite sans effort.

Dans le contre-courant : des ennemis puissants vous obligent à l'effort.

Pagaie brisée, cassée : on ne peut réagir positivement par l'incapacité personnelle à s'adapter à une situation. On manque de moyens intérieurs.

Il faut se poser la question, si on n'a pas tout simplement mal choisi son orientation.

Analyse nécessaire afin de savoir comment se diriger différemment dans la vie.

Voir une pagaie : oblige à ne compter que sur soi-même. On arrivera à ses buts par ses propres efforts.

Si on réussit à bien ramer : on réussira une belle croissance personnelle dans un but précis. Capacité d'adaptation retrouvée et nouvelle orientation de votre pensée.

PAGE. La page détermine une réponse, ou une solution à une énigme dans une recherche actuelle.

Sans écriture, encore toute blanche : elle indique que tout est encore possible à propos d'une nouvelle attendue, rien n'est encore définitif.

Si elle est écrite : vous recevez la réponse vous révélant les conditions heureuses ou impossibles pour un projet en cours. (Voir *ÉCRITURE, LETTRE*.)

PAILLASSE (lit). N'indique rien de très avant-gardiste comme vie sentimentale. Le choix de l'objet de votre amour semble être une rétrogradation personnelle.

PAILLE. La paille n'est-elle pas identifiée à la pauvreté ?

De cette graminée, on a laissé le pédoncule coupé de ses grains, soit d'avoine, de blé, d'orge, de seigle ou encore de sarrasin.

Voilà le fruit du labeur séparé de son action, de ses efforts. La paille annonce que la volonté n'est pas secondée par la chance.

Elle sert en hiver à nourrir les vaches.

Elle annonce une période de stagnation où une nouvelle orientation s'impose, dans une recherche plus appropriée. La paille me fait penser à l'assurance-chômage. On subsiste en attendant, en amour comme en affaires.

PAIN. Le pain symbolise la richesse autant matérielle que spirituelle. L'abondance n'est-elle pas un reflet de l'expression divine émanant de chaque individu ?

Ici, je veux parler surtout de l'intériorité qui magnétise le succès. On pourrait s'étendre longuement sur la divinité intérieure, car il y a force divine ocre et sombre et l'autre, éclatante et ensoleillée. Il faut se poser la question. De quelle énergie s'alimente-t-on ?

De basse ou de haute moralité ? D'intégrité ou de malhonnêteté ? L'épreuve acceptée avec compréhension et amour devient nourriture. Ne disons-nous pas : « Donnez-nous aujourd'hui notre pain quotidien. » Cela revient à dire : faites-nous participer au pouvoir divin que donne la souffrance et au développement de la puissance intérieure qui est la véritable, inépuisable et éternelle jeunesse (richesse).

Distribuer du pain : c'est offrir aux autres notre pardon, notre amour inconditionnel, sans attachement, sans calcul.

La multiplication des pains par Jésus-Christ est la multiplication du progrès spirituel dont on doit se personnaliser. Mais le pain dans sa signification profonde est manifestation extérieure, tandis que le vin est enivrement intérieur. Le pain distribue l'action et l'action se matérialise concrètement, tandis que le vin grise et son transport produit l'amour, la richesse méditative.

Le levain (la planification) symbolise ce qui est en voie de développement dans un projet et *le pain* (l'aboutissement), la concrétisation dans ce qu'elle implique d'effort.

Il est donc préférable de le voir *blanc, immaculé, bien levé et cuit à point*. Cela indique une planification en cours comme une grossesse réelle, une association, une éclosion spirituelle se rendra à son terme complet.

La cuisson est la collaboration de l'homme avec l'invisible. Il faut se poser de sérieuses questions et redouter l'arrêt de ses planifications actuelles si le pain est *mal cuit, moisi, séché, ou noir* : attendez-vous alors à des affaires mal réussies, à des épreuves initiatiques.

Beurrer son pain : présage de très bonnes ressources financières.

Manger du pain blanc : annonce de l'aisance matérielle.

Manger du pain trop chaud : annonce de la maladie.

Faire cuire du pain : très grande motivation en perspective, soit d'ordre matériel comme préparer un nouveau travail plus épanouissant, ou encore soit d'ordre spirituel, comme bondir à une nouvelle croissance personnelle.

PAÎTRE. *Voir paître des moutons, des brebis, des vaches, des taureaux paisibles dans les prés, en grand nombre* : annonce des heures où nos désirs seront comblés, qu'on soit pauvre ou riche, inconnu ou célèbre, la prospérité est à notre portée.

PAIX. La paix est indescriptible dans la vie onirique comme dans la vie éveillée. On la ressent en rapport avec l'image, les personnages, les mots, ou encore le silence.

Pour me faire comprendre, voici un exemple :

Le roi Melchisédech habitait la ville de la paix, Salem, c'est-à-dire symboliquement son paradis intérieur, sa flamme divine. À la fin des temps, nos yeux verront descendre du ciel la Jérusalem céleste, et cette vision concrétisera une promesse de paix : « Il n'y aura plus la tristesse, ni les pleurs, ni les grincements de dents. » Le monde ne connaît plus la paix, l'idéal matérialiste place la haine dans les cœurs aux ambitions démesurées et basses. La paix n'est accordée qu'à ceux qui vivent du détachement et subliment les instincts passionnels, la possession.

La paix a des critères qui semblent déplacés face à nos intérêts, mais l'intérêt pacifique n'est pas près du degré d'évolution de la terre pour le moment. On vit presque toujours en amour, comme en affaire, la relation dominé/dominant, opprimé/opprimant. Si vous bénéficiez de la sérénité et de la jouissance de la paix dans vos vies nocturnes, il faut savourer ce qui vous revient comme une récompense à vos sublimations.

L'invisible compense toujours richement pour nos renoncements. Il les comble différemment de ce que nous avions prévu.

Pour résumer, la véritable paix, c'est la contemplation de la présence divine en chacun de nous.

La paix du rêve : nous dépeint notre climat intérieur à venir.

PALAIS. Le palais de la vie onirique est le rêve de tout individu qui est d'accéder aux résultats prévus, espérés, individuellement, matériellement, amoureusement et socialement.

Rêve subjectif important où l'on a réussi à se hisser au sommet de ses ambitions si on y pénètre.

On n'y arrive pas sans effort, sans luttes, sans contrariétés multiples. Il faut parfois se défendre contre les gardiens, surtout dans un rêve où on est à la recherche de son épanouissement intérieur, de multiples difficultés nous empêchent de l'atteindre.

Le palais rejoint trois niveaux de l'âme : le dissimulé, le caché au fond de chacun de soi ; le pouvoir de la volonté d'acquérir une manifestation concrète par la connaissance, afin d'atteindre la sublimation vers un idéal ; et la découverte du trésor, c'est-à-dire le bonheur divin et intarissable.

Le palais, le château représentent chez le mystique le triomphe contre les attaques des forces négatives, la vraie liberté intérieure enfin acquise. (Voir *CHÂTEAU*.)

PALIER. Il représente un degré d'évolution, de richesse.

S'y arrêter avant de monter : signifie une remise en question, un moment de lutte et d'introspection, un temps d'arrêt, mais positif.

Descendre de palier : régression et échec devant l'épreuve mal assimilée.

Une vie terrestre devrait être une montée incessante de palier en palier.

PALISSADE. *Escalader une palissade* : présage une découverte intéressante, c'est enfin pouvoir satisfaire sa curiosité devant l'inaccessible.

Enfin, on ne peut plus repousser notre amitié, notre amour.

Si on n'arrive pas à la sauter : difficulté à connaître l'intention véritable de quelqu'un, on nous cache quelque chose, on nous éloigne, on nous refuse.

Si on réussit à la renverser : on constatera la vérité dans une relation. On vaincra par l'effort, conquête difficile.

PALME. *Sa vue en rêve* : nous donne la certitude de la résurrection éternelle, elle nous place dans la vie plein d'espoir ; notre âme renaît à une dimension immortelle.

PALMIER. De très bon présage pour recevoir des avantages matériels, professionnels à escompter, et sur le plan sentimental, moment de bonheur à vivre intensément.

Palmiers de plage : désir de vacances.

Palmiers au désert : votre ego souffre par orgueil de la solitude.

PAN. Dieu hybride grec, barbu, agile, portant deux cornes au front, doué d'une ruse bestiale. Protecteur des bergers et des troupeaux. Il se dissimulait sous les buissons à l'affût des nymphes, pour satisfaire ses inassouvissables appétits sexuels, et s'il n'y parvenait pas, il se masturbait.

À sa naissance, sa mère rejeta cet enfant monstrueux, mais son père Hermès l'enveloppa dans une peau de lièvre et le porta sur l'Olympe et l'installa près de Zeus.

Celui-ci le montra aux autres dieux, qu'il excita de joie sensuelle. On lui donna le nom de Pan. Il représente la sexualité. À travers le temps, sa présence continua à créer des plaisirs au cœur de tous. Vers le temps d'Auguste, une légende veut que des voix mystérieuses entendues par un navigateur aient annoncé la mort du Grand Pan. Car son nom signifie tout et de tout temps, il fut le créateur des passions enivrantes.

Tout, le tout universel de la soif de jouissance et de l'énergie sexuelle procréatrice qui la compose en chaque individu de tout temps. De son nom est issu le mot « panique » qu'il fait naître dans l'âme parce qu'il affole les sens et détourne l'esprit de la raison.

Et la mort du Grand Pan est un cri d'épuration morale.

Dans le rêve, la mort du Pan est bénéfique au rêveur, à condition de renoncer à l'hypocrisie, à la corruption, bien souvent à ce que la société vénère secrètement dans le vice des passions.

La mort du Grand Pan annonce la fin d'une ère contagieuse de la corruption, c'est en rêve l'incitation à terminer un état de bassesse morale, une passion irrationnelle.

PANAIS. En général, il s'adresse aux biens du rêveur.

Ceux qui doivent passer à la loi : sont défavorisés matériellement à la vue du panais dans leur vie nocturne.

PANDORE. D'après un mythe hésiodique, la première femme Pandore reçut de Zeus et de chaque dieu de l'Olympe les plus belles qualités, mais Hermès lui donna la fourberie et le mensonge. À l'occasion de son mariage à Épiméthée, Zeus lui donna en présent un coffret, en lui interdisant sévèrement de l'ouvrir. Pandore, ne pouvant surmonter sa curiosité, souleva le couvercle et tous les biens s'envolèrent. Et au même instant, l'humanité se contamina de tous les maux et du même coup hérita de l'espérance.

Pandore représente le feu distribué aux humains à travers la sexualité. Or depuis, on projette sur la femme la responsabilité du châtiment, en dépit de l'amour mal vécu, mal compris.

Ici, il ne faut pas pointer le sexe féminin, mais la femme intérieure de chaque individu. Le rationnel représente l'esprit (homme intérieur) et l'irrationnel représente l'âme émotive (femme intérieure), laquelle ment à l'esprit, dupe le rationnel par l'émotivité, ridiculise la conscience par les passions aveuglantes, irrationnelles, déraisonnables. Mais avec le temps, le feu divin en passant par les élans amoureux finira par monter jusqu'à l'esprit. N'est-il pas vrai que notre besoin de feu, venant de l'autre complémentarité, nous oblige à adorer notre martyre, et qu'au fond, seule l'espérance devient notre unique sécurité alors même que l'amour nous a tout dérobé, puisqu'il est plus que mensonge et trahison de la perfection ?

L'espérance distribue l'énergie constante pour continuer la lutte, à monter de palier en palier.

C'est un héritage dont on doit savoir se consoler quel que soit notre sexe.

Pandore, votre âme féminine sensuelle, si vous y rêvez : c'est votre histoire d'amour, la reconnaissez-vous ?

PANTALON. Symbolise l'initiative, la domination. Il est de principe actif, il pousse à poser des actes.

Pour une femme, porter le pantalon : indique qu'elle est déterminée à acquérir plus d'autorité.

Si elle voit un pantalon d'homme sur une chaise dans sa chambre : elle doit s'attendre à être dans l'obligation non désirée de prendre plus d'initiative.

Et pour l'homme : cela l'oblige à prendre conscience de ses responsabilités.

Ranger un pantalon dans un placard ou en voir un : indique que nos obligations nous pèsent et que nous désirons pour quelque temps nous en libérer.

PANTHÈRE. Une femme se glissera insidieusement dans un de vos projets et peut devenir une ennemie.

PANTIN. *Pour une femme* : ce rêve indique que son partenaire n'a pas de suite dans les idées, qu'il manque de stabilité et de fermeté.

Pour l'homme : ce rêve signale qu'il subit son destin, qu'il manque de volonté, qu'il est trop influencé.

PANTOUFLE. Dénote une trop grande tendance à préférer l'intimité douillette de son foyer.

Si ce rêve persiste trop longtemps, il vous signale alors un manque d'adaptation sociale. Il faut réagir.

Les pantoufles peuvent indiquer aussi une détente après de longs et pénibles efforts. À vous de juger en adaptant ce rêve à votre vécu.

PAON. Au plus haut degré, il symbolise les iridescents rayons du soleil, la roue solaire.

On le dit vaniteux, qui le serait à moins, puisque les incalculables ocelles de ses plumes ont un déploiement royal en forme de roue.

À son état normal : sa queue basse et longue évoque le respect, la profonde dignité.

Dans cette attitude simple, il devient un médium entre Dieu et les hommes, sa vue en rêve concorde avec un développement mystique et promet la protection de la Toute-Puissance, débouchant sur un grand épanouissement à tous les niveaux.

Voir des plumes en éventail : il y a conquête dans l'air. À vous de savoir de qui le paon peut représenter l'ombre.

PAPE (le). 5e arcane majeur du Tarot, correspond à la 5e maison astrologique. Cet arcane promet une mission à l'enseignement, à la connaissance, et à la créativité affective, car l'esprit a compris le divin, a développé l'intellect et peut réussir le matériel. Sa force créatrice l'oblige à communiquer le savoir, car il doit passer à l'action. Il est le pouvoir moral et intellectuel vers un progrès évident et programmé. Il porte en lui le chiffre de l'homme, de l'amour mais cette vibration le place devant le danger de vivre une passion dangereuse. Cet arcane représente l'homme dans sa capacité d'aimer, d'éduquer, de répandre la connaissance. Toujours analyser par la position debout ou inversée de la carte.

Debout : le meilleur est à prévoir.

Retournée : amour compliqué et décevant.

Le mot « pape » représente parfois l'image de nos principes religieux ou encore de nos croyances catholiques. À ce moment, c'est le pape actuel que nous voyons dans notre cliché de rêve. L'autre apparaît sous l'apparence de la carte de Tarot.

PAPESSE (la). 2e arcane du Tarot. La Papesse, femme assise, mystérieuse, possédant le livre de la vérité mystique, de la Révélation, et la force de l'esprit qu'elle ne sait pas encore exprimer. Témoin de la révélation authentique, elle possède le savoir du Savoir. Sans pouvoir l'enseigner, elle possède la sagesse, elle est la manifestation la plus élevée de la mère. Elle est vouée au sacerdoce. Sa puissance ne peut être le pouvoir, elle est le savoir. Elle peut accéder aux annales akashiques dans la direction eschatologique du monde et du destin des humains. Elle vous signale un degré de croissance de l'âme fort intéressant. Elle peut, dans un rêve masculin, annoncer l'intervention bénéfique d'une femme.

PAPILLON. Il symbolise la maturité de l'esprit, le contrôle de l'émotivité. Ne dit-on pas : « léger comme un papillon » ? Léger veut signifier esprit éthéré, élevé, éveillé, qui ne peut être assujetti à la matière. Suivons le développement du papillon en partant de sa naissance. Il passe de l'état larvaire de la chenille : donc état inconscient et grossier pour passer au stade intermédiaire de métamorphose de la chrysalide, la mi-conscience et enfin passer à son plein développement et devenir papillon, c'est-à-dire atteindre la maturité, l'autonomie ; de cette maturité découle la compréhension. La vraie liberté n'est pas l'inconscience, ni la dérobade mais l'ouverture sur la lumière d'où découle ce détachement des besoins humains qui est loin de l'inflexibilité et de la possessivité, mais près de la conscience de ne plus perdre son temps avec le périssable. Tout rêveur, volant dans le ciel, vit un envol semblable au symbolisme du papillon, avec cette note différente des transmutations antérieures, qui est aussi symbole de renaissance.

PAPILLOTE. Les papillotes de la boîte à tirage nous donnent souvent le nom ou le numéro gagnant. C'est la réponse positive ou négative à vos aspirations. Exemple :

— *sortir le chiffre sept* : laisse prévoir la réussite en toutes choses ;

— *sortir le nom d'une personne* : vous oblige à saisir ce que vous pouviez mettre positivement à votre actif. Avec cette bonne ou mauvaise nouvelle du destin, la papillote vous fait des prévisions autant que le voyant.

PAPYRUS. Il révèle, comme le livre, le sacré de tout parcours terrestre. Il trace le cheminement et dirige comme un maître. Il est indirectement la programmation venant de Dieu, dans ce que nous devons apprendre, à travers les limitations prévues d'un destin et l'évolution que nous pouvons en tirer. Témoin des réussites et aspirations de toute vie.

Il est à la fois enseignement et renseignement, possibilité et restriction dans la planification de nos idéaux à atteindre. Bref, il lève pour un instant le voile de la lumière sur les écrits.

Roulé, le papyrus : annonce un temps de stagnation.

Déroulé : on réalisera ce qui est annoncé, le temps est arrivé. (Voir *LIVRE, PAGE*.)

PAQUET. *Faire ses paquets* : affirme un besoin de partir, de changer de décor.

Avoir trop de paquets : c'est entreprendre trop de choses en même temps. Ou encore, c'est s'embarrasser de trop de conventions ou de considérations désuètes.

Il est bon alors de savoir trier des paquets, de choisir l'essentiel.

Recevoir un paquet : quelqu'un pense à vous, vous recevrez des nouvelles bientôt.

Faire un paquet : on s'organise, on fait des déductions, on prend option, on est décidé à faire une déclaration, on ose faire du changement.

PARADIS. Le paradis du rêve annonce une période d'aisance, où l'effort n'existera plus, ne sera plus nécessaire, les grandes luttes étant terminées. Une découverte d'un état surhumain dépasse la chute. C'est à nouveau jouir de la grâce de savourer tous les biens intérieurs, divins, c'est aussi contrôler la connaissance du mal et jouir consciemment du bien.

Se retrouver au paradis : c'est avoir payé le prix d'un état lumineux, c'est vivre intensément l'amour serein, paisible en toutes choses. Désormais, on sait aimer et conserver sans négativité, purement, honnêtement, sublimement les sentiments. Autrement dit, le paradis c'est un état et non un lieu, c'est une capacité, et non une faveur, c'est un mérite constant et non un acquis.

Tous ces mots pour expliquer l'amour vécu avec maturité. Les paradis perdus sont des défaites amoureuses.

Dans les rêves, le paradis peut se manifester par une lumière étincelante, par des printemps, des paysages ensoleillés, des firmaments bleutés, des mélodies symphoniques, des anges ailés, des panoramas verdoyants et paradisiaques, des saints et saintes auréolés, des déesses ou des dieux. Et aussi, la toute-puissance selon vos croyances surnaturelles.

Enfin, atteindre le paradis : c'est atteindre le centre intérieur de paix, de sérénité, de contemplation, c'est être devenu son propre bouclier contre la rapacité et les bassesses humaines, tout en les côtoyant sans cesse dans le quotidien : c'est avoir dépassé le périssable.

Sur le plan concret : l'amour bien vécu est aussi le paradis.

PARALYSIE. Ce rêve signifie que la pensée est paralysée et non le physique. Malgré une forte volonté, on n'arrive pas à démarrer, à se sortir du marasme. Deux tendances s'affrontent en soi et il s'ensuit une angoisse qui apporte une très grande fatigue. Il faut essayer de faire l'unité en soi en prenant une décision. Posez-vous la question si vous êtes dans les conditions nécessaires à votre épanouissement et réagissez en conséquence.

PARAPLUIE. Il marque un repliement sur soi, un refus de s'affirmer, une fuite devant son autonomie, un renoncement à sa dignité, la constante présence de l'obscurité dans ses motivations.

Pour l'homme, le tenir à la main : signifie la crainte de la peine (pluie), qu'il fuit devant les réalités de la vie, ce qui l'empêche d'être indépendant et autonome.

S'il le perd : il souffre d'un sérieux complexe d'infériorité.

Pour la femme : il adoucit cet état intérieur, mais la prive de voir ciel et lumière, il lui annonce une conquête sentimentale, qu'elle ne refusera pas. (Voir *PLUIE, ORAGE*.)

PARASOL. Le parasol symbolise la voûte céleste. Son influence d'une grande importance rejaillit sur chacun qui le voit en rêve, car il protège comme les grands personnages qui donnent de l'ascension et dont l'influence épargne de l'outrage et de la pauvreté.

PARATONNERRE. Ce rêve représente une crainte que l'on a. Peur de subir le résultat de ses actes. Pourtant le ciel vous protège, il n'en sera rien. Cessez de vous énerver.

PARC. Le parc représente la vie naturelle, le romantisme.

Se promener dans un parc : c'est rechercher la poésie romantique, un besoin de vivre plus instinctivement.

PARENTS. *Les parents morts ou vivants* : jouent habituellement le même rôle dans le rêve que dans la réalité. Nous pouvons prendre conscience de l'influence bonne ou mauvaise qu'ils ont sur nous et aussi de nos véritables relations avec eux.

Voir ses parents : peut aussi annoncer une relation sentimentale qui s'installera sérieusement et à long terme.

PARFUM. La senteur, c'est notre réputation. Quelle senteur ou parfum dégage-t-on ? Décide-t-on de se parfumer ? Pourquoi ?

Le parfum de l'âme ne se tarit jamais dans le cœur de ceux qui aiment et de ceux qui sont aimés.

Le parfum, c'est le résultat de l'épuration, c'est le degré d'évolution qui transpire de chaque être. Il est agréable ou désagréable.

Le parfum représente nos vertus et qualités.

Se parfumer : c'est séduire par l'appât de qualités et de vertus transcendantes.

Bref, le parfum parle comme la lumière éclaire, il est notre réputation. Se parfumer, c'est aussi vouloir séduire.

Le parfum que l'on n'aime pas : indique que certains répandent des ragots à notre sujet.

Certains parfums identifient une catégorie précise de gens.

Le jasmin : convient aux rois (l'élu de son cœur).

La rose : aux biens-aimés (la vie amoureuse et tendre).

L'odeur du jasmin blanc ou saumon : convient aux enfants (la vie intérieure).

Le narcisse : est le parfum de la jeunesse (la fougue, le dynamisme).

Le parfum du lotus : identifie les personnes aux pouvoirs souverains ou richissimes (correspond à l'amour divin).

PARKING. *Il représente si c'est un terrain public* : une période d'arrêt, d'introspection et une obligation de se situer à nouveau, de retrouver son centre intérieur et de se redéfinir une nouvelle orientation.

Alors que stationner devant une maison ou son entrée : parle de votre motivation stable en amour par une option qu'on prend actuellement.

PAROLE. La parole se capte comme une révélation, l'intuition vibre comme un message diffus. Parole manifestée ou non manifestée, elle rejoint l'esprit qui comprend dans les deux cas et la rationalise.

La parole non verbalisée a créé les premiers temps de l'univers, elle donne des ordres actifs. La face de Dieu se compose de 32 lettres, lesquelles ont créé le monde, l'univers, les galaxies. La parole tue ou donne la vie. L'homme qui parle devient créateur de la vie ou de la mort. Il est donc très important de comprendre les paroles et de s'en servir comme outils de fabrication. La parole symbolise dans un sens biblique la sagesse. Elle est à écouter dans les rêves comme dans la réalité car elle renseigne, conseille, et prépare les actes et les ascensions d'aujourd'hui et de demain et compose en rapport avec le passé dans la révélation du destin.

PARTURIENTE. *Accoucher* : c'est mettre au monde une nouvelle vie intérieure, c'est déboucher sur une autre tonalité de sa vie.

Après un accouchement de rêve : on sait la couleur d'une relation sentimentale ou d'une relation d'affaires ou professionnelle.

Accoucher quand on travaille dans une recherche personnelle : exprime le rejet de ce qui est dépassé, périmé pour s'ouvrir à d'autres conceptions.

Mourir en accouchant : promet des succès retentissants et la femme qui fait ce rêve connaîtra une élévation remarquable ; elle se classe de ce fait même au rang de l'élite de la société sur qui elle projettera toute son influence sacrée, à partir d'une épreuve initiatique.

PASSAGE. Le passage rejoint le sens de la traversée. Il indique un vide intérieur entre deux états d'âme, deux statuts civils.

PASSERELLE. Lien entre deux états d'âme, la passerelle aide à passer par-dessus les ruisseaux, les étangs, les rivières, les falaises, les précipices. Elle symbolise donc une personne, une philosophie, une force à exploiter dans un passage vide de l'existence dans lequel on pourrait basculer dans ses propres affres intérieures. Car elle oblige à un développement de l'être, de la pensée, afin d'atteindre un autre terrain solide, un autre centre de vie, plus parfait, plus heureux.

La passerelle en bon état : indique l'aide attendue.

Ne pas la franchir : négligence empêchant le développement.

La franchir : c'est vivre une croissance personnelle, grâce à un appui ou une nouvelle manière d'envisager son existence.

Si elle n'existe pas ou si elle est défectueuse : on n'a pas les moyens de transformer sa vie, on vit un sentiment d'insuffisance, on essuie une période d'arrêt, on subit les séquelles du passé.

PASTÈQUE. Symbole du mariage et de la fécondité, comme l'orange, la mûre, la grenade, elle catalogue les soucis pour les enfants.

PÂTE. La pâte représente le mariage et la magie des complémentarités.

Pétrir la pâte : c'est créer, c'est déposer le geste d'unir des éléments qui formeront de multiples aspects de vie ou d'une vie, ou encore d'une œuvre. La pâte est symbole de fécondation et de grossesse.

Comme la cuisson : symbolise la croissance finale du fœtus ou la progression dernière d'une œuvre.

Les femmes enceintes peuvent rêver à la cuisson de pain ou d'autres aliments à base d'eau, de farine et de levure.

Si le pain a bien levé, cuit à point : on aura un enfant en santé.

Le nombre de pains : a aussi beaucoup d'importance. (Voir *NOMBRE*.)

La pâte n'est pas encore la réalisation complète mais elle est la conception, l'acte qui veut établir une première étape de base dont le reste devra être complété par Dieu.

PAUVRE. *Se voir pauvre et habillé de haillons* : c'est un signe néfaste pour tous, c'est un présage de faillite intérieure, de vulnérabilité. Mais il y a aussi la pauvreté acceptée qui conduit à l'illumination, car le dépouillement de l'esprit matériel est la condition à la naissance de la richesse éternelle.

D'où l'interaction de l'épreuve et de l'avancement mystique.

PAVOT. À sa vue, votre émotivité laissera tomber le voile de l'oubli sur vos peines passées, capables de renaître après une période de mutations. Il représente le célibat accepté et épanouissant.

PAYS. Comme la langue maternelle, notre pays nous promet toutes les chances. Symboliquement, il nous situe dans le plus grand amour. Rien ne peut plus représenter l'amour que notre patrie. Et les chefs de gouvernement sont des symboles de l'animus (voir ce mot dans l'introduction des symboles masculin-féminin). Les villes ou parties de pays sont des climats personnels et affectifs. (Voir *VILLE*.)

PÊCHE. Elle vous informe que l'amour frappe à votre porte.

PÊCHER. L'arbre possède cet aspect de lien entre le ciel et la terre.

La fleur du pêcher : symbolise la virginité, la pureté, la fidélité qui conduisent à l'extase mystique.

La pêche : protège contre les mauvaises influences.

Et le bois du pêcher : dégage un magnétisme magique et libérateur d'influences obscures.

PÊCHER LE POISSON. Pêcher spontanément, c'est tendre la main aux événements dans le but de changer son destin ou de se convertir, se transformer.

L'analyse personnelle est synonyme de la pêche. L'eau étant l'inconscient, là où toute la richesse de notre développement est emmagasinée, où les messages s'offrent pour nous aider à nous découvrir, à recevoir dans la préméditation des résultats de notre vie amoureuse ou de capter les succès professionnels.

Pêcher : c'est essayer de comprendre notre capacité de réaliser ce qui nous est offert dans les circonstances de la vie. C'est prendre conscience concrètement de ce que nous possédons ou développons comme matériaux personnels. Bref, pêcher, c'est poser l'acte de s'élever vers d'autres sommets.

Cela dépend aussi de ce que le destin nous a programmé. Pêcher c'est aller au-devant des faits, c'est s'unir aux événements du destin.

PÉGASE. Cheval ailé de la mythologie grecque, né aux sources de l'Océan, il est le fils de Poséidon et de la Gorgone. Il fut aperçu pour la première fois à la source de Pirène.

De son sabot, il sut faire couler une source sur la montagne.

Pégase se classe toujours au-dessus des dangers, il est le cheval ailé qu'aucun instinct ne peut abaisser à la déchéance, à la perversion. Il porte le tonnerre et le foudre[1] de Zeus, c'est-à-dire le châtiment. Mais il se déplace, court, vole à une rapidité qui le rend inattaquable, il s'élève vers les régions les plus sublimes. Il est la source qu'il fait jaillir donc la créativité, l'inspiration et ses ailes ont des pouvoirs surnaturels d'élévation.

---

1. En mythologie, on dit le foudre de Zeus.

Si le cheval représente l'instinct sexuel, le cheval ailé : représente le pouvoir illimité du détachement vers le spirituel.
Il représente l'âme du rêveur qui peut atteindre les plus grands pouvoirs et connaître les dangers de la plus haute évolution sans être détruit.

PEIGNE. Objet aux pouvoirs magiques, il représente la capacité inspiratrice et lumineuse de réunifier la personnalité à chaque fois que l'esprit rationnel se perd dans les dédales de la pensée. Il sert à harmoniser l'intériorité par l'éclaircissement de la synthèse du jugement.

PEIGNER (se). *Se peigner* : c'est mettre de l'ordre dans ses idées.

PEINDRE. Ce rêve est à interpréter selon l'aspect du tableau. Peindre, c'est échafauder des projets. Les couleurs dépeignent les états d'âme. (Voir *COULEUR, DESSINER*.)
Peindre sa chambre en rouge : correspond à un amour passionné.
Peindre en bleu indigo : parle de la vie mystique dans les relations amoureuses.
Dessiner un beau paysage : présage un amour heureux à venir.

PEINE. *Pleurer un peu* : annonce du bonheur.
Pleurer en rêve et rester peiné au cours de la journée : annonce une véritable peine.

PÈLERIN. Il représente une facette de l'âme du rêveur. Le pèlerin c'est tout être qui réalise la nécessité du détachement. Les plus grands pèlerins furent : le Christ, Bouddha, Mahomet, Osiris.
Le pèlerin : c'est celui qui accepte l'expiation ou la purification pleinement consentie, par pur idéalisme afin d'accéder pour toujours à sa véritable patrie, le ciel.
Le bâton qui le supporte : c'est l'appui divin dans son dépouillement terrestre. Sinon, le psychique ne résisterait pas.
Le ciel ici-bas est représentatif du plus grand bonheur.

PÉLICAN. Personnification du don de soi. On l'identifie au rôle paternel, salvateur, à celui qui paie le prix pour l'élévation de ses semblables.

PELLE. Symbole sexuel masculin (rêve fréquent).
Elle représente l'effort pénible pour arriver à se découvrir soi-même.

Pour une femme : se servir d'une pelle et creuser dans le but de découvrir un trésor, un minerai, représente un effort pénible pour se découvrir en passant par l'instrument le plus sûr, l'homme.

Pour un homme : creuser dans la terre représente une expérience sexuelle, y découvrir un trésor, c'est qu'il sera à l'avenir plus lucide et comprendra mieux sa véritable relation avec la femme.

PELLETER. Symbole d'union sexuelle. *La terre* représente la femme, *la pelle* l'homme.

Voir une pelle : représente la dispersion des biens ou encore l'effort à faire dans une recherche personnelle.

Enfoncer une pelle dans la terre : annonce la défloration d'une jeune fille, sa première relation sexuelle.

PENDAISON. La pendaison représente un sentiment très négatif de culpabilité.

Il faut se pardonner à soi-même et agir pour le mieux.

Le passé n'a qu'une valeur : l'expérience.

Voir un pendu connu : indique que cette personne est dans une situation sans issue. Moment difficile pour la personne qu'on voit pendue.

PENDU (le). 12e arcane du Tarot, correspond à la 12e maison astrologique. Il symbolise l'expiation, le prix des souffrances offertes en sacrifice pour soi ou pour d'autres. Il est l'apôtre, le sacrifié, la victime mais en apparence seulement. Cette lame semble être celle de la défaite. Mais le pendu est inconscient d'être victime et il mène une lutte occulte puisqu'il est voyant. Et sa protection vient des énergies invisibles. Il a un pouvoir puissant de concentration et d'intelligence, et il sait faire circuler et venir à lui la puissance entre le ciel et la terre.

Cet arcane annonce toutefois une période de purification et oblige à composer avec les forces occultes sans quoi, le sacrifice dépasse les forces. Sa réussite est à l'inverse des intérêts matériels dont il doit se défaire. Sur le plan de l'évolution, ce passage marque la fin d'un cycle actif et personnel d'engagement vers le début d'un cycle négatif et passif par lequel l'âme doit s'épurer volontairement.

PÉNIS ou PHALLUS. Il symbolise la source d'énergie, la puissance créatrice circulant entre le ciel et la terre. Semence puissante, obscure ou lumineuse selon la direction de nos pensées. Cette énergie prend source dans Dieu lui-même. Le phallus est l'équivalent du soleil et le soleil pénètre dans l'âme par la porte de la sexualité et du feu de l'amour.

Le phallus est donc la source canalisée de toute semence créatrice et évolutive, il est aussi l'idéal.

Avec l'amour on peut tout, on se sent capable de tout, en bien comme en mal. L'important c'est d'amener ce feu à la couleur claire et lumineuse, c'est-à-dire à la perfection divine par le contrôle absolu de nos tendances.

Dans les rêves, la sexualité ne rejoint plus la matière, elle est divine, puisque le corps représente l'âme. Et elle donne le pouvoir de se retrouver, de s'unifier avec soi-même en premier lieu et avec les autres ensuite.

L'érection : symbolise un lien entre la division et l'unification, entre le matériel et le surnaturel, entre la terre et le ciel, entre l'humain et le divin, entre l'inaccessible et l'accessible, entre le visible et l'invisible, entre l'impossible et le possible, entre l'homme et la femme, entre nous et ceux qu'on aime.

Avoir une érection : c'est qu'on est un homme et qu'on a la capacité de s'aimer et d'aimer la vie.

Avoir une érection suivie d'un orgasme : signifie l'épanouissement de la personnalité et la réussite, sur un plan de vie, du point de vue évolution ou expression de l'âme, sur le plan du travail ou sur le plan de l'amour, selon le contexte du rêve, car le phallus nous fait fusionner avec les éléments vitaux, père, mère, famille, santé et richesse. Il est un créateur à tous les points de vue.

Faire l'amour avec une personne du même sexe que soi, et dans la réalité n'avoir aucune attirance pour ce genre de relation : c'est essayer de trouver son équilibre, de faire l'unité en soi.

Réussir à avoir l'orgasme : c'est s'harmoniser, c'est être capable de devenir plus vivant, épanoui, unifié. C'est accepter les contrariétés ou divisions intérieures comme si elles n'existaient pas. C'est développer une force inconnue, c'est dépasser l'impossible.

Faire l'amour avec un enfant et avoir un orgasme : annonce une force accrue de la volonté, de la combativité en vue d'un projet en cours. (Voir *AMOUR, PSYCHÉ, ÉROS*.)

Avoir une relation sexuelle normale avec une personne de l'autre sexe : annonce de l'harmonie et de l'amour à condition que les deux partenaires arrivent à l'orgasme, sinon l'amour n'est pas partagé par celui qui ne vibre pas à l'extase sexuelle.

L'impuissance sexuelle : traduit dans la vie onirique une névrose face à la vie. Le dynamisme ne fait plus d'étincelle dans l'âme, la vibration joyeuse s'étiole, l'amour de la vie s'éteint. Pourquoi ? Parce que le feu trop sombre finit par s'éteindre. Il faut rechausser ses valeurs morales.

Le pénis normal : est un signe de bonne santé physique et mentale.

Petit : il indique de surveiller ses intérêts et sa santé.

Plus gros que dans la réalité, puissant et en érection : il annonce que le rêveur aura un plus haut niveau de vie.

PENSÉE. Elle est synonyme de l'homme méditatif et pensant en s'harmonisant aux lois qui équilibrent l'humain et l'univers.

PENTACLE. Talisman en forme d'étoile à cinq branches, représentant la vibration de l'humain (les deux pieds placés dans les pointes du bas, les deux bras horizontalement axés dans les deux pointes de chaque côté et la tête dans la pointe du haut).

On s'en sert en magie, en imprimant des formes géométriques, des lettres hébraïques et des signes kabbalistiques, correspondant à des reflets véritables de l'invisible afin d'obtenir des pouvoirs.

Le posséder en rêve : invite à plus de prudence dans ses agissements car l'obligation de se protéger est évidente, même si on a obtenu toute la protection nécessaire. Toutefois, votre manière de penser et d'agir ou de réagir symbolise un pouvoir occulte autant protecteur ou évocateur de chance en amour, en affaires qu'un talisman.

Car le talisman est avant tout un état d'âme, une victoire intérieure des plus hauts pouvoirs invisibles. Autrement dit, le pentacle est le résultat de votre manière d'être, d'agir et de penser.

PENTAGRAMME. En forme d'étoile à 5 angles ou de pentagone, le pentagramme sert de signe de reconnaissance pour ceux qui font partie d'une même société, qui cherchent le savoir, qui cheminent sur la route du pouvoir occulte conduisant aux plus grandes connaissances alchimiques. Avec lui, les vérités hermétiques et secrètes deviennent compréhensibles et possibles.

Le voir apparaître en rêve : indique que vos désirs seront exaucés, car il est la puissance et l'affirmation de la force la plus élevée. Étant conjuration et protection, vous devez ne rien craindre des luttes qui vous assaillent. Reste à savoir s'il vous appartient ou s'il appartient à quelqu'un d'autre car cette puissance magique rejoint les plus hauts plans.

PERCE-NEIGE. Cette fleur printanière symbolise le renouveau. Quel bonheur que de la voir apparaître en rêve, car elle stimule l'esprit vers l'espérance, l'oubli des peines et le courage.

PERCER. *Pour un homme, percer un trou* : représente un désir sexuel satisfait.

Pour une femme : c'est un signe d'une grande tentation.

Pour tous, percer un trou dans quelque chose de haut, comme dans un plafond : annonce une élévation de situation, un succès, et *monter par l'espace troué* : annonce que l'effort portera les fruits escomptés.

PERCHE (poisson). Elle serait aphrodisiaque, dans le sens qu'en manger inviterait aux plaisirs d'alcôve.

PERDRE. *Perdre un objet, ou une situation* : indique une perte dans le concret de la vie. Il faut alors chercher la signification de ce qui nous est retiré symboliquement.

Perdre son chemin : indique une vie mal organisée. Il faut se définir d'autres intérêts afin de se préciser une ligne à suivre car on se trouve dans la brume de ses espoirs.

PERDRIX. Elle symbolise la femme aux yeux radieux, à l'élégance raffinée et orgueilleuse. Sa grande beauté, sa grâce peuvent inviter à une trop grande séduction.

PÈRE. Le père représente la maturité de l'esprit à atteindre, le héros intérieur. Il représente le pouvoir, l'autorité, l'amour, l'idéal, le mari. Le père est la force active qui sert l'instinct de domination et donne le sens de la plus haute transcendance.

Pour chaque individu, *supprimer le père* : c'est le faire naître et l'assumer en soi.

Posséder son père intérieur : est une mort et une renaissance. Œdipe tue son père, Persée, qui n'a pas de père parce qu'il est né directement de Zeus, fut lui aussi élevé par un substitut du père ; au lieu d'épouser sa mère comme Œdipe, il ira tuer la Gorgone, aidé de la déesse Athéna, et de ce fait, il pourra aimer vraiment Andromède, sa femme. Posséder son père intérieur, c'est vivre glorieusement l'exploit du héros, c'est-à-dire atteindre la capacité d'aimer.

Avoir accès à la transcendance du père : c'est dépasser le besoin d'être paterne, c'est accepter l'appui, sans s'y accrocher. C'est être capable d'affronter sa solitude, afin de laisser germer l'autonomie qui mène à la véritable capacité d'aimer, sans peur, ni possessivité. C'est être capable de détruire en soi la noirceur, les ombres héritées de l'instinct du premier homme.Dans la lutte pour atteindre la maturité dans les rêves, le père peut apparaître sous l'aspect du principe masculin et actif. Dans tout individu cohabite le double aspect du père, négatif et positif.

Dans les rêves, le père négatif : nous ramène à l'autoritarisme, la destruction, la castration, les lois et les justices oppressives.

L'autre aspect du père, positif : nous fait découvrir la véritable individualité qui rayonne comme un soleil et se projette dans l'avenir, embrassant les lois et les paroles révélatrices, par la participation à la vie sociale et extérieure.

Voici des symboles de principe masculin et paternel :

D'abord, tous les héros solaires : le soleil, le feu, le ciel, le lion, le serpent, le dragon, l'oiseau, les armes et les outils et toutes formes longues et allongées ; le linga, le phallus, tout ce qui est de principe actif.

En comparaison avec la mère : le père est un symbole plus grand de bonheur et distribue plus d'énergie, l'amour y est plus épanouissant et plus profond.

Que son père soit vivant ou mort dans la vie réelle, y rêver : indique une véritable relation avec lui, selon l'état de vie et de la situation dans laquelle on se trouve.

Le père dans le rêve : peut signifier l'état d'un sentiment que l'on éprouve pour un homme ou pour une femme, car le père est souvent le symbole du mariage.

Le voir brûlé ou souffrant : annonce des déceptions sentimentales.

Le voir resplendissant : indique qu'un amour nous apportera autant de vitalité que le soleil.

Pour une femme : le père représente le mari ou l'homme libre et *la mère* représente l'amant ou l'homme secret.

PÈRE NOËL. L'âge a beaucoup d'importance pour un rêve comme celui-là. À tout âge, nos Pères Noël sont camouflés sous d'autres formes parce qu'ils représentent l'amour gratuit et généreux, mais insaisissable.

Peu importe, il reviendra dans l'âme qui croit à l'amour mais pour peu de temps, occasionnellement. Occasion éphémère.

PERLE. Elle symbolise la science du cœur, la connaissance à partir de l'expérience vécue. Elle calme la souffrance mentale, parce qu'elle suscite des découvertes enrichissantes.

Mais elle porte préjudice aux unions amoureuses.

Le collier de perles : prépare les séparations et garantit le développement de nouvelles forces insoupçonnées.

Union oui, mais pas de liens terrestres ; dynamisme intérieur et psychique.

PERQUISITION. Vous doutez des autres, de leur intégrité.

Perquisitionner : c'est enquêter sur autrui sans nécessairement y avoir droit. Cette attitude méfiante vous procurera des sévices.

Si au contraire on vous perquisitionne : vous redoutez le jugement de l'entourage.

PESTE. Ce rêve indique de douloureuses souffrances qui détruisent la vie du rêveur, venant de sources obscures en rapport avec un ou des ennemis puissants.

PÉTRIFICATION. Elle représente le châtiment des dieux envers la déchéance humaine.

Se voir pétrifié annonce non seulement un sentiment de culpabilité, c'est aussi une punition.

La méduse brûlait de ses yeux ceux qui la regardaient et elle les transformait en pierre. La pétrification nous annonce d'inlassables ennemis qui se vengent par orgueil ou par jalousie.

PEUPLIER. Il symbolise la dualité intérieure et régressive due à la douleur ou aux sacrifices dont on ne peut s'exempter, en répercussion de la désobéissance ou de la trahison passée.

Toutefois, il est propice à ceux qui vivent du commerce ou de la fabrication du bois.

PEUR. Elle annonce la défaite dans ses projets, défaite causée par un manque de confiance en soi ou un manque de résistance nerveuse.

Il faudra connaître le pourquoi de sa pusillanimité et s'en guérir.

PHÉNIX. Cet oiseau mythologique qui se donnait la mort en se brûlant par son propre feu et qui, de ses cendres, retrouvait la vie, a une valeur symbolique pour indiquer un temps révolu et les renaissances intérieures. On l'apparente au Christ sacrifié et ressuscité.

On l'identifie au lever et au coucher du soleil qui se répètent quotidiennement. Il symbolise les cycles de la vie terrestre. (Voir *SOLEIL.*)

Il symbolise surtout la capacité d'aimer intensément et sublimement à chaque fois.

PHILOSOPHE. Le philosophe représente une nouvelle façon d'envisager une situation ou soi-même. Par le fait même, on sera plus sage en renonçant à des futilités encombrantes.

PHOQUE. Il représente l'attitude de la femme qui ne veut pas se laisser séduire, par crainte ou appréhension de la sexualité ou encore par vertu, voulant demeurer chaste.

Il représente aussi toute une partie de nous-même qu'inconsciemment nous nous gardons de dévoiler, afin de nous permettre des mutations intérieures.

C'est la dissimulation pour transmuter vers des paliers supérieurs.

PHOTO. Les photos ont trait au passé, au souvenir qu'on se doit d'analyser parcimonieusement car il nous place devant une situation symbolique et représentative, face à un événement actuel qui serait identique avec une personne différente et présente actuellement dans la vie du rêveur.

Je vous donne un exemple : si Lucie vous a donné beaucoup de fil à retordre, il y a dix ans et si vous la voyez sur une photo : attention ! car ce n'est plus Lucie, mais une autre personne de sexe féminin, très proche, dans une relation qui ramènera les mêmes difficultés.

PHOTOGRAPHIER. Annonce un bonheur à observer, à analyser mais qu'on sera obligé d'oublier.

Accepter de se faire photographier avec un ami, un parent, c'est s'engager avec l'idée de laisser une empreinte marquante mais passagère sur les personnes concernées dont on se plaira à retrouver la trace plus tard comme une référence au bonheur ou au malheur à évoquer d'après le souvenir de la personne photographiée.

PIANO. Symbolise les espoirs amoureux.

Jouer mélodieusement du piano : signifie que tout va bien en amour.

Jouer sans entendre la musique ou encore jouer sur un piano défectueux : indique incompréhension en amour, un dialogue indéchiffrable s'est installé dans l'union.

Le piano fermé : signale un manque d'affection.

Fermer le couvercle : c'est refuser d'aimer.

PIVERT. Cet oiseau utile qui se cramponne à l'écorce de

l'arbre pour manger les insectes, est considéré comme ayant le pouvoir de détourner les éléments dangereux. Il est sécurisant par son intelligence intuitive et sait organiser parcimonieusement son bien. Il est animé du conseil divin pour guider les voyageurs. Sur le plan moral, sa vue apporte une libération du mental par l'analyse méticuleuse et bénéfique qu'il produit.

PIE. La pie connaît tout, comme le perroquet. Elle peut dévoiler des secrets, non pas en les répétant, mais parce que d'elle-même, elle est au courant de toutes les vérités bonnes ou mauvaises de la vie des couples.

Elle est pourtant représentative de la fidélité, mais ne tient pas facilement sa langue, soit par envie, présomption ou snobisme. Et de plus, elle est une personne de votre entourage qui vous dira des secrets ou en répandra.

PIED. Le pied a des pouvoirs identiques à la clef.

La clef sert à ouvrir des portes vers le surnaturel ou vers le temporel, partant du non-réalisable au réalisable.

Car le pied décide où il placera sa marche évolutive. Et dans ce sens, l'agilité est marquée par des ailes aux pieds. Le pied, c'est donc une manifestation de l'âme qui décide de sa trajectoire terrestre. C'est un pouvoir surtout de réalisation à s'affirmer à travers la vie matérielle, sexuelle et sociale.

Le pied se salit parfois dans la boue, c'est pourquoi le lavement des pieds est une purification de l'âme et de l'esprit.

Mettre des chaussettes, des souliers ou des bottes : c'est prendre une option sentimentale de fidélité.

La chaussure qui recouvre le pied : représente l'attachement, le sentiment, *tandis que le pied* : représente le magnétisme, le sujet de l'attirance, l'âme elle-même avec ses pouvoirs.

Avoir le pied mal formé, boiteux : exprime l'âme faible et vulnérable.

C'est pourquoi *les beaux pieds* : annoncent une réussite importante et à tous les niveaux.

Les pieds blessés : parlent de blessures sentimentales.

Avoir plusieurs pieds : est propice aux directeurs d'entreprises, mais coupe le libre arbitre et diminue la capacité visuelle, l'intuition pour ceux qui ont des problèmes avec la loi, c'est un signe de malchance, d'échec dans les projets en cours et même d'emprisonnement.

Voir avec ses pieds : annonce des voyages qui redonneront une juste notion de la vie. Mais ce genre de rêve peut aussi annoncer une maladie des pieds.

Le talon : représente la partie sensible du pied, là où l'échec peut nous asservir.

PIERRE. (Voir aussi *ROCHE.*) Depuis toujours, la pierre fut choisie pour représenter nos degrés d'évolution. Elle reflète notre intériorité. Elle dégage de puissantes vibrations vivantes. Elle est le résultat d'une cristallisation évolutive, car elle reçoit et vit avec nos vibrations.

La pierre taillée : est un reflet de l'œuvre humaine.

La pierre brute : rejoint la perfection de l'état premier, lequel contient le principe actif et passif, elle est le don divin indifférencié et à travailler.

La pierre en forme de carré : représente l'élément masculin et amène des réalisations concrètes et stables.

La pierre en forme de cône : rejoint l'élément féminin, le passif, l'attente qui se réalise, l'édifice spirituel sur lequel se consolidera toute l'élévation.

Les pierres levées comme le dolmen et le menhir : sont habitées par des génies du bien et protègent les humains.

En rêve : elle devient un symbole puissant de protection contre les mauvaises ingérences.

PIERRE À FEU. Le silex ou pierre à feu rejoint le sens de la hache. Il agit comme la foudre. Cette pierre symbolise la main vengeresse de Dieu. (Voir *HACHE.*)

PIERRE ANGULAIRE. Le fondement d'une chose, celui qui a édifié une œuvre, comme le Christ qui a fondé le christianisme. En général, les pierres véhiculent des forces. La pierre comme l'arbre sont des fixateurs d'esprit qui guérissent ou fertilisent.

Elle sert de support pour demander la pluie et le beau temps, l'amour et la protection sur la famille ou un état sur les souverains ou les gouvernants. Et parfois, le contraire, la malédiction peut s'infiltrer dans une pierre.

PIERRES PRÉCIEUSES. Elles représentent l'identification de l'âme dans une certaine forme de perfection. Dans les rêves comme dans la réalité, les pierres précieuses ont un sens précis, presque toujours bénéfique. On leur attribue un pouvoir de protection contre le mauvais œil et parfois même de libération de mauvaises habitudes ou de certaines maladies.

Montées sur une bague ou sur un collier : les pierres précieuses donnent la qualité d'une relation amoureuse.

Le diamant : reine des pierres, est un symbole d'un sommet dans un épanouissement naturel ; il donne la limpidité, la perfection d'un amour rendu à maturité.

Le diamant donne la capacité de comprendre les autres en partant d'une parfaite connaissance de soi. Il produit l'authenticité et la capacité de renoncement. Il rejoint le plus haut idéal et la sublimation totale.

Le cristal : représente un état d'évolution intéressant. Il permet la voyance, le pouvoir de deviner autrui, mais il n'apporte pas la fermeté et la force du diamant. Il représente un état d'immaturité par rapport au diamant. Il capte les énergies célestes et donne une endurance remarquable, et de plus, il invite à l'amour véritable.

La perle : possède une signification ésotérique, elle ne s'obtient que par la lutte initiatique, elle est l'amour mystique, non encore découvert concrètement. Elle donne une renaissance psychologique qui protège contre tous les maux, même de la folie. Elle permet d'accéder à une sublimation des instincts, à la spiritualisation de la matière, et à la transfiguration des éléments. C'est un gage brillant d'évolution.

Le corail : a le pouvoir d'éloigner la foudre et la propriété d'éloigner les incendies.

Il suscite l'amour et amène la prospérité ; surtout, *le corail orange* apporte un gage d'amour et de bonheur. *Le noir* crée un renoncement quant à une stabilité amoureuse mais protège contre le mauvais œil.

Le rubis : annonce un amour passionné, fidèle, assuré. Dans l'Antiquité, selon Portal, le rubis était considéré comme l'emblème du bonheur. Mais, s'il changeait de couleur, il devenait un sinistre présage ; lorsque le malheur était passé, il reprenait sa couleur normale. Il aurait comme propriété de neutraliser le poison dans les liquides.

L'émeraude : translucide et printanière, autorise tous les espoirs. Sa couleur glauque la rapproche du symbolisme de l'eau, des sortilèges de l'amour, elle provoque la maternité. Elle procure l'aisance matérielle et redonne l'espérance. Si elle augmente la mémoire, elle incite à la lascivité.

La topaze : annonce l'amour d'un homme courageux, loyal, pieux et d'une fortune bien acquise. Elle neutralise le poison dans un breuvage.

Le jade : comme l'or, il est chargé d'énergie cosmique et il a la propriété de protéger comme un porte-bonheur. Il symbolise la fonction royale et rien ne peut détourner la chance de celui qui le porte.

Le jais : cette pierre noire annonce des regrets par sa couleur de renoncement. Pourtant, il est reconnu protéger contre les maléfices. Au temps où les soldats partaient pour la guerre, les femmes brûlaient du jais pour les protéger et garder leur fidélité, car il agit même sur les tempêtes, les démons, les possessions et la sorcellerie.

L'améthyste : pierre violette, c'est un symbole d'humilité et de sagesse, elle possède la couleur la plus mystique. On devrait conseiller cette pierre aux alcooliques, pour qu'ils ne s'enivrent jamais, car paraît-il elle a le pouvoir d'empêcher l'enivrement si elle est placée dans un verre d'alcool. De plus, elle protège contre la sorcellerie si on y fait graver les figures du soleil et de la lune.

L'opale : cette pierre aux mille reflets insaisissables a la réputation d'être maléfique, on lui attribue la capacité de déclencher des sortilèges.

La pierre de lune : simple et peu chère, cette pierre porte à la sérénité de l'âme, à l'introspection lumineuse, à la poésie et à une certaine passivité.

La turquoise : de couleur bleu ciel ou bleu vert océan, elle symbolise l'évolution spirituelle.

Le saphir : pierre bleutée, elle guérit les maladies des yeux et libère de la prison. De plus, cette pierre est un talisman contre le mauvais œil, contre la vengeance, la sorcellerie. Elle donne la joie et conduit l'esprit vers la lumière. Le saphir porte à la méditation et permet des relations sentimentales tendres et spirituelles. Il rend pacifique, aimable.

L'agate : de différentes couleurs, c'est un signe de respect et de fortune.

L'ambre : annonce la chance à la femme et c'est un signe négatif pour l'homme. Il peut également conduire au mariage. (Voir *AMBRE*.)

PIEUVRE. La pieuvre s'oppose au dauphin et provoque des états infernaux, des angoisses dévorantes. Elle équivaut au retour aux Enfers. (Voir *ENFER*.)

Place dans la vie le rêveur dans une situation oppressante, douloureuse.

PIGEON. En général, il annonce des amitiés, des réconciliations.

Le pigeon apprivoisé à beau plumage, racé : annonce une union, une liaison durable.

Un couple de pigeons : présage un mariage.

Le pigeon sauvage, sans port d'attache, libre comme le vent : représente la femme amoureuse mais volage.

Une volée de pigeons : représente le rêveur lui-même dans la concentration d'une direction prise.

PILIER. Prend un sens de canal, où l'énergie circule au centre sacré de tout individu qui reçoit le feu réchauffant de vérité et de dynamisme. Même symbolisme que l'arbre, la colonne. Il recueille la force magique et les messages irradiants, mais aussi l'amour.

PILON. Symbole phallique. Son action est de détruire, de dépasser la maladie et de retarder la mort. De même principe que le phallus. (Voir *PHALLUS*.)

PIN. Les arbres témoignent toujours un sens magique.

Pour les mystiques, le pin et sa résine : sont un symbole d'incorruptibilité. S'en nourrir permet les plus belles extases surnaturelles de détachement.

Les fleurs de pin : ont une équivalence vibratoire, rejoignant celle de l'or. Il protège comme un gardien la vie initiatique, car un esprit habite cet arbre.

Deux pins placés côte à côte : seraient un présage d'amour et de bonheur dans le mariage.

La pomme de pin : symbolise un pouvoir divin de continuité dans les sentiments affectifs et de pardon qui, miraculeusement, font triompher la stabilité des sentiments.

Est-ce parce que le pin invite trop à la vie intérieure, au détachement matériel et au dépassement qu'Artémidore d'Éphèse dit qu'il plonge le rêveur dans le doute et la crainte, qu'il le pousse à la mollesse et à l'oisiveté ? Et qu'au fond, il n'est propice qu'aux constructeurs et marins dont le travail ne se fait qu'en touchant ce bois ?

PINSON. Il annonce une période de bonheur. L'amour chantera en vous, comme un joyeux pinson.

PIPE. La pipe est quelquefois un symbole sexuel. Tout dépend des préoccupations présentes.

Le tabac qui y brûle, la fumée qui s'en dégage et monte vers le ciel : indiquent qu'à partir du feu intérieur (feu qui brûle le tabac) ou d'une passion, l'esprit communique avec l'Éternel.

Ici, la fumée : représente une communication sacrée et mystique servant à implorer l'aide suprême.

PIQUE-NIQUE. Il annonce une joie passagère, en famille ou en amour selon ce qu'on mange.

À ceux qui sont amoureux, le pique-nique ne promet pas une durée dans la relation.

PIQÛRE. *Être piqué, dardé* : annonce un coup de foudre pas toujours heureux ou encore de mauvaises affaires sur le plan professionnel.

PISCINE. Elle représente la vie amoureuse dans le mariage ou dans une relation stable. Elle apparaît dans les grands rêves importants, où l'angoisse ou le bonheur prend une place prépondérante dans les liens affectifs.

La piscine sur le toit : annonce la conscience de vivre un grand amour, c'est une réussite totale dans l'union.

La piscine dans la cour : rejoint le sens du lac. Elle permet la solution de tous les problèmes à condition *que l'eau soit claire et propre.*

Noire ou sale : l'amour se rapproche des sortilèges. Elle est mystérieuse et imprévisible. Il y a danger. Il est bon de savoir si elle est placée au nord ou au sud, à l'est ou à l'ouest, cela aussi est très significatif, comme la gauche ou la droite de la maison a aussi sa signification. (Voir *EST, OUEST, NORD, SUD, EAU.*)

La piscine vide : indique une rupture ; la santé et l'amour sont à rebâtir.

Se baigner habillé ou dans une piscine publique : annonce de fâcheux événements en amour.

Nager dans une piscine : c'est devoir lutter dans l'existence, l'amour n'est pas gratuit.

PISTOLET. Agressivité amoureuse ou haineuse.

Voir un pistolet braqué sur soi : indique qu'on aura à se défendre.

Le pistolet de modèle très ancien : représente une agressivité sexuelle.

Se faire tuer ou être blessé : annonce un ennemi éventuel qui réussira à établir ses plans. (Voir *MOURIR.*)

PIVOINE. Cette fleur d'une richesse symbolique remarquable s'identifie dans la superstition au phénix.

Elle anime le rêveur vers la richesse de l'âme et le remplit de noble fierté.

Comme les fleurs ont trait à la vie affective, son apparition invite à la rencontre d'un être ayant de grandes qualités morales.

PLACARD. Il symbolise ce qu'on retient dans sa mémoire, les sentiments qu'on garde en réserve et dont on ne parvient à se détacher.

Ouvrir le placard et y découvrir quelque chose : un événement ayant trait au passé reviendra bientôt.

PLACENTA. Les premières eaux, qui ont servi à composer avec la vie en croissance fœtale, symbolisent une autre naissance, et beaucoup de succès dû à un comportement différent.

PLACE PUBLIQUE. *Se trouver dans un endroit public* : indique la confusion, le repliement sur soi-même, une recherche inconsciente dans l'univers de nos projets.

C'est aussi un temps de réflexion concentré sur le centre sacré de la vie et de la raison de vivre.

PLAGE. *Se retrouver sur la plage* : c'est faire un examen de conscience, avant de faire un choix dans la vie. C'est se retrouver seul et faire face à sa solitude.

Si le paysage est désagréable, triste, avec un ciel sombre ou noir : il faut fermer les yeux et imaginer un paysage agréable, réciter quelques mantras et prières, et prendre une douche afin de conjurer un mauvais destin, car ne l'oublions pas, les nuages noirs sont des individus dangereux, des maîtres puissants agissant contre nos aspirations et nos succès.

PLAGIER. Plagier dénote une attitude fausse dont on sera la première victime.

PLAINE. Elle représente la plaine de la joie, la plaine du bonheur, *si elle est ensoleillée.*

La plaine est encore malgré tout le monde de la lutte dans la vie sexuelle et affective surtout *si elle est en friche, mal entretenue ou ayant un caractère automnal.*

Elle représente la vie naturelle, la mère cosmique qui nous habite tous.

S'y promener : peut donner la paix, la sérénité ou encore rendre triste, selon son aspect. Elle donne la tonalité de l'affectivité et de la vie amoureuse.

PLAINTE. *Entendre une personne connue se plaindre* : indique qu'elle implore notre secours.

Entendre une personne inconnue se plaindre : indique qu'on souffre d'une peine secrète et par conséquent, qu'on a besoin d'aide.

PLANCHE. Trois sortes de planches figurent symboliquement.

La première, la planche de salut : nous secourt dans l'issue fatale d'une situation.

La planche pourrie : n'accorde qu'un faux espoir de protection.

La planche à tracer, à dessiner : nous mettra en contact avec une personne avec laquelle on établira le plan de son centre de vie.

Détruire une planche : c'est refuser les conseils ou l'appui de quelqu'un qui nous aime et dont on a besoin.

PLANCHER. *Se retrouver sans plancher sous les pieds* : revient à dire se retrouver dans l'insécurité, soit sentimentale, financière ou psychologique.

Le plancher a un rapport direct avec la stabilité psychologique du rêveur.

Le plancher branlant, défoncé n'augure ni résistance nerveuse, ni bon équilibre mental.

PLANER (ou s'envoler). Planer, c'est la capacité de prendre un envol de l'âme et de l'esprit, c'est dépasser la situation complexe et jouir enfin de la vie. C'est découvrir une situation qui dégage, c'est opérer avec la magie de la force de penser, de se motiver, de se réaliser.

On plane pour des réussites financières, amoureuses, spirituelles.

On dépasse nos angoisses, l'obscur.

S'envoler : c'est surtout tomber en amour.

Voler en position horizontale : présage un amour irréalisable soit à cause de la maladie, du chômage ou de l'oisiveté.

Tandis que s'envoler en position verticale : annonce toujours une amélioration de sa vie, du succès.

Se sentir happé malgré soi par une force étrangère et planer : annonce des influences mystérieuses sur sa personne venant de l'entourage.

S'envoler avec des oiseaux : représente l'opportunité de faire un voyage ou de se divertir en heureuse compagnie. Si on a commis des méfaits, alors c'est le contraire, on en récoltera les préjudices.

Voler avec des aigles : signale la liberté, la débrouillardise, l'élévation grâce à des qualités d'intelligence.

Voler trop haut au point d'avoir le vertige : dénote de l'anxiété, provenant des désirs dépassant les possibilités.

Et tomber bêtement par terre, sans se blesser : annonce une défaite acceptée avec plus ou moins de facilité.

PLANÈTE. Les astres nous invitent à un développement peu coutumier.

Aller explorer d'autres planètes nous met dans une situation personnelle et sociale où nous devons prendre connaissance d'une autre vision de nous-même dans la continuité de notre existence, en développant ce que chaque planète représente, en découvrant des forces ou des perceptions différentes. Par le fait même, nous aurons à explorer de nouveaux concepts, lesquels influenceront notre progression personnelle.

Les astres et planètes sont un autre univers personnel servant à découvrir, à comprendre, à assimiler et auquel nous devons nous adapter.

Les planètes annoncent une amélioration de nous-même, de notre profession ou de nos sentiments. Évidemment, cela dépend de son attribut. Il faut aller voir le sens de chaque planète.

Les planètes visitées ou vues nous imprègnent d'une force à développer, un talent à exploiter, une abondance accordée, un aspect de l'âme à améliorer, ou encore un équilibre à atteindre. (Voir *ASTRE*.)

PLANTAIN. Il met en évidence tout sentiment d'expression tendre et délicat.

Il favorise les grossesses.

En lui, repose le feu divin endormi.

PLANTE. Les plantes ont un pouvoir magique et souvent thérapeutique, quelquefois vénéneux en ce sens qu'elles reçoivent l'énergie du ciel et de l'intérieur de la terre.

Elles symbolisent non seulement des forces calmantes qui guérissent, elles sont aussi le véhicule des sentiments, des amitiés.

Toute la végétation reflète les puissances qu'elle capte du soleil et de la terre, et les redonne : c'est pourquoi, elles ont tellement d'importance dans le symbolisme amoureux.

Perdre une plante en rêve : signifie la perte d'un amour, selon le symbole de la plante.

Personnellement, mes plantes de rêve : identifient mes rapports affectifs avec ceux qui me les ont données.

Si elles s'étiolent : je constate que ces personnes s'éloignent de moi *et au contraire*, si la plante est en bonne santé, la chaleur anime nos rencontres.

Les plantes dépuratives (verveine, tomate) : si elles sont absorbées, sont propices à ceux qui vivent dans l'angoisse et ont de multiples problèmes.

Les plantes à senteur : parlent de nos relations et annoncent de la joie ou de la peine selon que la senteur est désagréable ou agréable.

PLATANE ou ÉRABLE. Symbole sexuel pour la femme.

Une branche de platane garnie de feuilles vertes : annonce la récupération et l'amour à la rêveuse.

Le contraire : si la feuille est séchée.

En général, il annonce la pauvreté mais est favorable à ceux qui font les sucres d'érable et possèdent une érablière de même qu'aux constructeurs, menuisiers, vendeurs de meubles et soldats.

PLATS. *Ce qu'ils contiennent* : représente ce qui nous est offert, dans la vie affective et sociale.

Leur état : nous fait connaître nos activités heureuses ou malheureuses.

Leur contenu : nous informe de ce que nous pouvons espérer en joie ou en frustration de nos relations.

Recevoir des fruits : amour, amitié.

Les plats vides : annoncent des rencontres stables mais sans saveur ; on vous refuse.

Rêver de salade est difficile à analyser : car il y a presque de tout, ce cliché annonce plusieurs satisfactions de source différente.

PLÉIADES. Étoiles, au nombre de sept, de la constellation du Taureau. Elles nous signalent, si nous les voyons ou les ressentons, que des actes trop ambitieux, une attitude trop turbulente pourraient nous rendre responsable d'accidents ou encore de pertes affectives, de ruptures amoureuses, car les étoiles représentent des liens affectifs.

PLOMB. La nature première et de base à toute évolution. Il correspond à Saturne et au dépassement de l'individu dont l'esprit veut rejoindre l'universalité.

Le plomb blanc : apporte une note de plus haute élévation que *le plomb noir*, parce que l'intelligence voit plus lumineusement les qualités de l'esprit qui s'ouvre à la créativité.

Le plomb : annonce les mutations lentes à travers un état de développement premier.

Le plomb n'apporte pas de chance et tout ce qui en est fabriqué non plus. Il est lourdeur de l'esprit qui doit progresser, s'éthérer.

PLUIE. La pluie, c'est l'épreuve qui épure l'âme.

La fécondité initiatique est distribuée par l'ange que la goutte de pluie véhicule.

De même Zeus prend la forme de la pluie d'or pour engrosser Danaé emprisonnée par son père dans une chambre de bronze afin qu'elle n'enfante pas. Dans ce cas, la pluie d'or symbolise les rayons du soleil et ne désigne plus la peine mais la joie et l'amour mystique qui féconde l'âme.

La chambre de bronze : symbolise l'esprit guerrier ou l'interdit du père de Danaé.

La pluie d'or : promet toutes les meilleures espérances de l'amour et de la maternité.

En général, la pluie d'eau : représente l'adversité sentimentale, un risque de rupture, l'examen à passer pour s'adapter à un amour.

La pluie chaude : retarde nos projets si le paysage est gai, mais ne les empêche pas de se réaliser.

Une telle pluie sur un panorama printanier : annonce le bonheur pour bientôt.

Sur un paysage d'automne : la joie qu'il promet sera moindre.

Un beau soleil à travers la pluie : annonce un succès immédiat.

La pluie froide tombant sur un paysage triste et automnal : signifie que le succès ne viendra que tardivement.

La pluie suivie d'un arc-en-ciel : indique que le rêveur se sort d'une période de malchance, d'ennui, de pauvreté. (Voir *ARC-EN-CIEL*.)

PLUME. Les plumes comme les cheveux symbolisent l'habillement de nos pensées et de nos prières.

Elles révèlent l'état d'âme et la qualité de ses vibrations. De plus, elles sont un reflet de nos vertus.

Mais encore, elles ont un pouvoir magique et deviennent comme une imploration, une forme d'expression, de communication avec l'univers et Dieu lui-même.

Une couronne de plumes : symbolise les rayons solaires, auréole correspondant à la royauté.

Les plumes détachées de l'animal : expriment que le sacrifice est accompli, que l'instinct de l'homme a capitulé.

Les plumes d'autruche : représentent la justice divine et l'ordre universel, jugeant les âmes.

POCHE. La poche représente le sexe féminin.

Dans un rêve masculin, la poche représente la femme dans la vie du rêveur.

Pour interpréter ce genre de rêve, bien analyser l'aspect de la poche et de ce qu'elle contient.

POIGNARD. *Poignarder* : c'est triompher d'un rival.

Être poignardé ou voir un poignard rouge de sang : annonce des blessures d'amour-propre venant d'un ennemi acharné. (Voir *ÉPÉE.*)

POIGNET. *Avoir les poignets larges* : promet l'action heureuse dans les entreprises, la réussite grâce à un travail acharné autrement dit, c'est réussir par la force du poignet.

POIL. Symbolise la virilité, l'autorité s'il est réparti naturellement, sans recouvrir tout le corps.

Sur tout le corps : il rapproche l'âme de sa vie végétative, instinctive et sensuelle.

S'épiler ou se raser : revient à se purifier par le sacrifice, le renoncement.

POING. *Rêver de se faire envoyer un coup de poing à la figure* : signifie qu'on nous prépare une forte et mauvaise surprise.

Lever le poing au ciel : c'est se révolter contre une situation oppressante ou contre la malchance. (Voir *MAIN.*)

POINTS CARDINAUX. Le nord, le sud, l'est, l'ouest.

Le nord : rejoint le symbolisme de la nuit, du froid, du néant, le lieu d'étude, de révision, de préparation, tout ce qui est en réserve.

Se retrouver au nord : annonce la solitude, solitude temporaire préparant un futur intéressant.

Endroit d'où partent les vivants et où les morts arrivent.

Dans le concret, le nord : représente une période de stagnation et d'introspection, avant de se redéfinir de nouveaux idéaux. Sa couleur est le jaune.

Le sud : rejoint le sens du sacrifice et de la vocation d'aimer. Le sud rejoint le sens du feu passionnel, de la satisfaction, de l'apogée mais aussi du déclin à prévoir. Son symbole rejoint celui du midi, du zénith, du succès.

L'est : symbolise la naissance ou la renaissance, l'éveil de la végétation, la force vitale, la poésie, le matin, la musique, le début d'un amour ou d'une œuvre. Bref, il rejoint le sens du paradis, du bonheur épanouissant. Sa couleur est le blanc. Il représente le début d'un cycle, le matin d'un bonheur ou d'un projet.

L'ouest : symbolise le déclin, la vieillesse, la disparition du soleil, l'apparition du mystère, le soir car le soleil disparaît et la noirceur remplace la lumière. Il est contraire au paradis ; son lieu serait symboliquement l'intérieur de la terre, là où sont les mauvais esprits. Il promet le déclin de nos aspirations. Sa couleur serait le rouge, le noir, le nadir.

Comme on peut le constater l'axe nord-sud semble dire naissance et maturité d'une vie et l'axe est-ouest naissance et mort, c'est la signification de la croix et/ou celle du carrefour. La mort symbolique veut dire oubli, détachement, rupture, divorce.

Le néant, la « réserve » symbolique, veut dire ce qui est encore inexploité, du potentiel intellectuel, ou psychologique, c'est tout ce qui est dans l'inconscient.

La naissance symbolique, c'est la découverte de ce que nous avons cru impossible à réaliser et les circonstances favorables qui s'y prêtent constituent le printemps d'un amour, d'un idéal.

La maturité, c'est ce que le sacrifice, la mission accepte avec sagesse. C'est le résultat bon ou mauvais de nos actes passés, le succès ou la défaite.

POIRE. Symbolise des sentiments amoureux. Elle vous annonce *si elle est mûre à point* : d'heureux moments en amour.

Mais son arbre le poirier : annonce des deuils ou des ruptures s'il est en fleur.

POIS. Le pois annonce l'abondance et signale que nos relations actuelles nous permettent d'être en confiance.

POISON. Attention, la mort est évidente pour celui qui en rêve, *ingurgite du pôison.*

Non pas la mort physique, mais celle de l'équilibre, de la joie de vivre, ce qui veut dire que la psyché ne vibre plus, que le feu central s'est éteint.

Lire la signification contraire pour mieux comprendre. (Voir *LAIT, AMBROISIE, NECTAR.*)

POISSON. *Un gros poisson* : peut signifier les prédicateurs. Le Christ serait selon certains le pêcheur, et les êtres humains, les poissons, c'est pourquoi un poisson énorme peut signifier le sauveteur lui-même, comme le dauphin peut représenter le maître spirituel.

Mais le poisson est aussi un symbole de vitalité, de prospérité, de sagesse et d'union amoureuse de la fécondité.

Ainsi, *manger du poisson* : c'est retrouver l'espoir, l'amour et l'équilibre psychologique.

Il est préférable de manger plutôt de gros que de petits poissons : ceux-ci signaleraient des désagréments en amour.

Le poisson mort flottant sur l'eau : annonce une dépression morale ou une maladie physique, un échec dans les procédures actuelles légales ou d'affaires. Peu de chance en amour.

Voir des gros poissons : est plus chanceux que de les voir petits, car les petits indiquent l'immaturité donc offrent peu.

Voir des poissons en bonne santé dans l'eau : présage des résultats heureux dans toute entreprise.

Être avalé par un gros poisson : promet au rêveur une période difficile, mais s'il en sort, il vivra une renaissance intérieure avec des projets différents de ceux qu'il a dû abandonner.

La femme enceinte qui rêve de mettre au monde un poisson : accouchera d'un enfant chétif.

Pêcher du poisson : nouvelles affaires en perspective, ou nouvelle rencontre amoureuse.

POISSONS. Douzième signe astrologique ayant comme maître Jupiter et Neptune.

Il représente le ténébreux, les mondes invisibles divin ou infernal. Ses natifs sont des mystiques réceptifs, des saints ou le contraire des esprits faux, démoniaques, pervers, hypocrites, vicieux.

Il est avant tout le signe de l'obéissance jupitérienne, c'est-à-dire l'observation des lois et de la charité, sinon c'est le retour aux enfers, car ce signe oblige au sacrifice, à l'apostolat, au renoncement.

Un voile est jeté sur ces natifs, ils sont impressionnables, idéalistes et créateurs mais toujours difficiles à cerner.

Voir ce signe en rêve informe d'un contact prochain avec une de vos relations ayant ces indices personnels.

POITRINE. La poitrine offre la protection et l'amour. Elle est une source de don de soi.

Elle provoque dans une attitude d'imploration, de supplication en se découvrant puisqu'elle nourrit, réchauffe, étreint, console, redonne courage.

Avoir une belle poitrine : est un signe de bonheur en amour pour la femme et lui annonce une naissance si elle est mariée et du succès professionnel si elle fait carrière.

Avoir une poitrine velue : signifie à la femme qu'elle sera obligée de prendre des responsabilités masculines.

Avoir les seins tombants : annonce la pauvreté ou une peine à propos d'un enfant ou d'une relation amoureuse.

Ne pas avoir de seins, mais posséder une belle poitrine pour une femme : lui annonce des succès, mais la vie de mère ou d'épouse lui échappera. Gloire et amitié seulement.

Être blessé au sein, ou avoir une tumeur : annonce des afflictions amoureuses portant à l'obsession épuisante.

Avoir plusieurs seins : est un signe de débauche pour la femme et annonce la prospérité à l'homme.

POIVRE. Vous ne mettez pas assez de piquant dans vos contacts.

PÔLE. Le pôle symbolise ce qui est fixe et stable dans nos émotions. Il détermine le climat intérieur de nos préoccupations ou notre état de vie.

Pôle céleste : climat de bonheur, d'amour, de sérénité.

Pôle terrestre : climat d'action, de soumission, d'énergie.

Pôle infernal : climat de détresse intérieure obligeant à changer de cadre de vie. (Voir *POINTS CARDINAUX*.)

POLICIER. Il symbolise le rêveur qui se surveille et craint une situation afin de savoir s'il y aura souffrance morale et préjudice : on a alors trop peur des blessures, des peines.

Les policiers interviennent aussi dans les rêves où l'on ne se sent pas tout à fait honnête, intègre : on s'agite sur des regrets ou des remords.

Se cacher du policier : c'est refuser de s'analyser honnêtement, c'est ne pas être capable d'envisager ses erreurs.

Être fouillé, arrêté par un policier : c'est s'autocensurer, afin de se donner des permissions, ou évaluer ses chances et ses capacités.

POLISSAGE. *Polir des pierres ou des métaux* : indique l'effort de se sortir d'une période de souffrance, d'épuration ; à l'avenir, on se comprendra mieux et on vivra davantage dans la tolérance, et l'acceptation.

POMME. Pomme de la vie, de la connaissance, de la liberté et de la vie sexuelle. Par la sexualité, l'humain découvre le divin par le processus d'étapes marquantes et reconnues. Et dans ce sens, elle devient le fruit de la révélation.

Le verger : symbolise l'état céleste, le bonheur spirituel, le pouvoir de garder la jeunesse intérieure.

Par contre, croquer la pomme : invite non seulement à la vie spirituelle, mais matérielle et le danger est de trop s'y complaire, ce qui amènerait la régression. Bref, la pomme est aussi le fruit du choix entre deux directions intérieures, surnaturelle ou matérielle.

Ainsi, *manger une pomme avec une personne du sexe opposé* : informe d'un amour réciproque.

La pomme rouge : équivaut à l'amour passionné.

La pomme verte : représente un attachement qui n'est pas arrivé à maturité. Il faudra attendre.

La pomme pourrie : menace de mauvaises ingérences qui troublent l'équilibre de l'union.

La pomme tombée de l'arbre : annonce peu de succès en amour.

La pomme véreuse : signifie qu'une mésentente ronge l'union, une mise au point est nécessaire.

POMME DE TERRE. Elle représente un lien affectif intéressant mais prosaïque.

POMMIER. *Le pommier en fleur* : annonce un amour prometteur.

Avec des fruits : promet tout l'épanouissement amoureux désiré.

POMPIER. Le pompier éteint les incendies, il empêche les cataclysmes.

Sa vue en rêve : oblige à la rupture sentimentale afin de ne pas tomber dans la régression et la destruction par un amour mal vécu.

PONT. Le pont est un lien entre deux états d'âme ou entre deux philosophies ou deux états sociaux.

Le pont oblige à traverser une période de vide, de spleen. Il dénote une solitude intérieure où la capacité d'adaptation n'est pas encore découverte pour trouver le terrain solide, c'est-à-dire où poser le pied dans une nouvelle orientation de vie.

Il devient donc tout ce qui peut nous sauver dans une période difficile et transitoire.

Son état indique la qualité de la protection que nous aurons.

Le pont brisé : informe le rêveur que l'aide reçue ne sera pas suffisamment efficace.

S'il n'y a pas de pont là où il est censé s'en trouver un : c'est l'avertissement de ne pas compter sur certains changements souhaités car ils sont irréalisables pour l'heure, faute d'appui et de moyens.

Le pont intervient dans les grands rêves initiatiques.

L'arc-en-ciel : est le pont reliant l'homme à Dieu et le protège dans ses projets.

Au fond, le pont comme agent de protection représente l'aide de Dieu, sa collaboration.

Le pont permet d'accéder à un état d'avancement en dépassant les influences obscures.

PONT-LEVIS. *En voir un baissé* : on n'a plus besoin de prier, on est exaucé, la voie est libre à la réalisation, le permis divin est accordé.

Levé : on ne contrôle pas ses décisions et l'heure est encore aux ténèbres.

Il faut lever son regard très haut, seul on n'y arrivera pas, la connaissance accompagnera une libération.

Dans un rêve comme celui-ci, il est important de dépasser la masse sur le plan de la croyance, on arrive à la plus dure épreuve, où seule la force suprême peut éliminer les barrières avec l'aide d'un guide spirituel.

PORC (ou cochon, ou truie). Se peut-il qu'il y ait plus sensuel, plus gourmand et vorace qu'un cochon ?

Et aussi plus prosaïque et égoïste que lui ?

Il représente celui qui ne veut pas voir la lumière, ni entendre les lois ésotériques et divines.

Il ne présage rien de très recommandable et pourtant il est l'emblème de la prospérité financière acquise plus ou moins honnêtement.

Manger ou voir des porcs : assure des gains matériels. (Voir *TRUIE*.)

PORC-ÉPIC. Symbolise un des êtres surnaturels qui, le premier, posa le geste sacré de créer. Il sema les premiers jalons d'une période difficile.

Sa vue en rêve : vous fera comprendre de grandes vérités à la suite d'épreuves successives.

PORTE. La porte représente une période transitoire ; c'est passer d'une situation à une autre.

La porte a aussi le symbolisme de pouvoir accéder au mystère intérieur ou aux possibilités inconscientes.

La porte protège, elle empêche les autres de nous rejoindre.

Elle est dans un sens une défense contre les envahisseurs et dans ce cas, elle est une arme pour éloigner les mauvaises ingérences.

Car, il ne faut pas laisser la porte ouverte la nuit, sans savoir qui nous visite : cela revient à dire qu'il ne faut pas se placer dans une situation ou prendre un engagement sans avoir compris dans quoi nous nous introduisons.

Verrouiller une porte : c'est craindre un changement de vie, on se cramponne au passé; s'il fait nuit, la crainte est justifiée.

Se trouver devant une porte coincée, barricadée ou fermée à clef : ne nous permet pas d'accéder à nos espérances et d'aller plus loin; on se trouve placé dans un état de stagnation dont la transformation est impossible.

Par contre, si on a la clef pour l'ouvrir et qu'on passe le seuil : on devra s'ajuster aux changements désirés. Reste à voir ce qu'il y a derrière la porte, le changement peut décevoir comme éblouir.

Les portes s'ouvrant seules : le mystère remplit votre pensée devant l'inconnu. Mais tout ce qui semble étrange dans un rêve l'est aussi dans la vie.

Il faut se poser la question : comment essaie-t-on de nous influencer? On ne doit surtout pas craindre de vivre la situation en rêve pour voir quel objet ou quelle personne peut inconsciemment exercer ce sortilège. Le sachant par le symbolisme de ce que vous y voyez, vous pourrez vous en guérir, vous en défaire ou l'accepter.

Car passer une porte : c'est changer de niveau, de centre et d'état de vie.

Arriver à une porte accompagné d'un partenaire amoureux si on ouvre la porte : c'est une autre vie à deux qui commence.

Une porte s'ouvrant sur un jardin fleuri : présage d'amour et de bonheur.

Il y a la porte de l'initiation, celle qui finit un cycle et en recommence un autre : des gardiens sont placés à l'entrée et seul le pur et le méritant possède le droit de passage. C'est l'initié qui franchit la porte des mystères, se défait des ténèbres et pénètre la lumière. De là peuvent apparaître les expressions la « porte du ciel » et la « porte de l'enfer ».

Évidemment, l'une, céleste, promet évolution et bonheur, plus éthérée, et l'autre, l'infernale, ne promet que régression et souffrances.

La porte du soleil : nous libère de notre condition individuelle pour nous projeter dans une dimension cosmique; seuls les initiés vivent cette ouverture sur le crâne qui permet les dialogues avec les êtres surnaturels.

La porte ouvrant sur le soleil signifie avoir accès à la révélation.

La porte serait le Christ lui-même car il était la porte d'entrée, la direction à suivre pour la vie éternelle, il avait payé le prix d'entrée des humains.

Et dans ce sens, la porte rejoint le sens de la clef et de la connaissance.

PORTEFEUILLE. Le portefeuille est porteur de notre crédit social, de notre force psychique et de notre pouvoir d'échange, de notre assurance.

En voir un, rempli de dollars : indique qu'on possède un bon potentiel d'énergie et que la chance d'atteindre nos objectifs est justifiable.

S'il est vide : attention car les finances et les énergies sont à la baisse.

Avec de la monnaie : il annonce des soucis et peu de chance.

PORTRAIT. *Voir le portrait d'un ami* : incite à repenser ce qu'il fut en bien ou en mal dans une relation, car la photo évoque un souvenir que vous projetez sur un personnage du même sexe dans le présent.

Voir le portrait d'un ami, brisé ou décroché : annonce sa mort, tout au moins la fin d'une relation, si vous le décrochez vous-même.

POSÉIDON. L'équivalent de Neptune, chez les Grecs.

Fils de Cronos et de Rhéa. Il avait le pouvoir de régner sur les eaux. Dans ses débuts, il eut beaucoup de difficultés à se faire une place dans l'Olympe parmi les dieux. Il se fit candidat à de multiples tâches et fut refusé dans chaque royaume. Déçu, il se révolta et se vengea. Il participa à plusieurs combats. Et à sa manière, il se battit à la guerre de Troie. La guerre de Troie, d'après sa signification sacrée, symbolise la conquête de l'Esprit-Saint.

Dans ses combats, il créa les tempêtes et les ouragans.

Il embrouilla la vue de ses ennemis par la brume. Mais pour se faire reconnaître des privilèges, il fit jaillir des rivières et des sources d'eau aux villes qui voulaient l'honorer. Dans sa vengeance, il tarissait les rivières et les cours d'eau.

Seul, l'amour le rendait obligeant et influençable, c'était là son point faible. Car ses attributs sont l'amour, l'inspiration, l'exaltation. Pendant ses moments de révolte, il inondait ceux qui le persécutaient. Il est représenté tenant un trident et se promenant sur un char traîné d'animaux monstrueux. Ce dieu hypersensible vit en chacun de nous, qui essayons d'être aimés, qu'il soit bien ou mal aspecté. Par lui, il nous est facile de conclure du véritable sens de l'eau. Pourquoi l'eau et l'amour sont-ils synonymes, pourquoi régénèrent-ils, embrouillent-ils, submergent-ils, nous noient-ils, nous nettoient-ils ou nous inspirent-ils ? (Voir *EAU, TRIDENT, NEPTUNE.*)

POSTICHE. Il représente la fourberie et une trahison venant de la personne aimée.
Le mettre : c'est votre attitude qui n'est pas tout à fait vraie ni authentique.

POT. Symbole féminin d'où tout prend naissance.
Il devient le vase pour recueillir la semence. Mais les événements de la vie sont la semence du savoir.
Il prend dans un sens profane le symbole de la femme, et au sens ésotérique celui de la connaissance.

POT DE CHAMBRE. *L'homme qui en rêve* tombera amoureux d'une femme inférieure à sa condition et un enfant pourra naître de cette liaison.
Se soulager dans un pot de chambre est de bon augure et annonce la fin d'une période trouble.

POTENCE. Elle vous signale un sentiment de culpabilité en rapport avec votre comportement passé, on a mal aimé ou on s'est mal conduit.
Être pendu : annonce la guérison aux malades et la liberté aux prisonniers.
Voir monter une potence : annonce la présence toute proche de faux amis, tout au moins une fausse conception à leur égard. (Voir *ÉRYNIES.*)

POUCE. De principe créateur, actif, il rejoint le sens de l'esprit qui s'affirme volontairement. (Voir *MAIN.*)

POULE. Elle représente la femme belle, mais trop conventionnelle.
Pour la femme, rêver d'une poule : indique qu'elle doit s'efforcer de sortir de l'ornière, de s'améliorer et de perfectionner sa personnalité.
Accompagnée d'un coq : ce rêve nous indique un couple orthodoxe.
Voir des œufs dans un nid : fécondité et prospérité.

Sacrifier une poule : c'est vouloir communiquer avec les défunts ; une façon de développer sa voyance.

POULET. Symbole érotique. Il annonce l'amour, il écrit les billets doux.
Le poulet cru : promet une peine sentimentale.
Bien cuit : accompagne les amours passionnées.

POUPÉE. Elle représente ce qui est artificiel et faux, les amours sans base solide, les projets contre nature.

POURSUITE. *Être poursuivi par quelqu'un* : c'est fuir cette personne qui ne cesse de penser à vous pour vous séduire ou vous commander. C'est fuir une influence, une passion, une éducation.
Courir sans être attrapé : explique des fatigues physiques et nerveuses incompréhensibles et de source invisible bien que réelles.
Si on réussit à vous attraper : vous subirez un joug.

POUSSIÈRE. La poussière oblige à dépasser nos regrets, nos souffrances inutiles et à nouveau vibrer au bonheur, par le pardon à nous-même et aux autres ensuite.
C'est réajuster la perception de ceux qu'on chérit présentement et en jouir, *si on époussette*.
Le symbolisme de ce qui représente ces regrets en rêve vous éclairera davantage.

POUSSIN. *Voir une poule avec ses poussins* : est signe de fécondité, mais surtout de l'esprit et de l'inspiration vers le développement de l'âme.
Plus il y a de poussins : plus la richesse est grande.

POUX. *Avoir des poux sur soi* : indique que l'on sera délivré de ses soucis.
En avoir trop au point d'en être incommodé : présage des malheurs, des affaires embrouillées.
Mais réussir à s'épouiller : annonce la fin de ses tracas et de ses difficultés.

PRAIRIE. *Se promener poétiquement dans la prairie, y admirer un soleil resplendissant* : annonce une journée de bonheur.
Traverser une prairie accidentée sur un chariot attelé par des chevaux, en compagnie d'une personne de sexe opposé : indique qu'il serait préférable de se défaire d'une relation sentimentale qui mine le moral.

PRÉDICTION (ou ORACLE). Les prédictions ou les oracles faits par des gouvernants, des personnages importants ou encore son père, sa mère, des prophètes, des astrologues, des interprètes de rêve ou bien encore des morts ou des animaux, sont toujours à prendre avec beaucoup de considération et de sérieux.

PRÉPUCE. Organe féminin chez l'homme, il symbolise le côté féminin de la psyché.

Chez le mâle, la circoncision, c'est l'opération qui consiste à prélever cette partie, elle demeure symbolique chez les peuples qui la pratiquent et est censée provoquer la masculinité totale du sexe qui deviendra purement solaire, totalement de principe mâle.

Voir cette partie du pénis en rêve quel que soit le sexe : indique que ses projets en cours seront retardés.

PRIÈRE. *Prier* : indique qu'on a besoin d'aide et qu'il faut s'en remettre à la bonne volonté divine, car seul, on n'y parviendra pas.

Voir quelqu'un nous prier de lui faire l'aumône : annonce une infortune, une déception pour cette personne.

Certaines prières nous furent données par des divinités célestes, par la volonté de Dieu qui voulait garder un lien avec les hommes de bonne volonté.

Le « Je vous salue Marie » fut récité la première fois par l'ange du Seigneur qui apparut à la Vierge Marie en lui disant : « Je vous salue Marie, Pleine de grâce, le Seigneur est avec vous. Vous êtes bénie entre toutes les femmes et Jésus, le fruit de vos entrailles, est béni. »

L'Église a rajouté le reste : Sainte Marie, mère de Dieu...

De même, le « Notre-Père » nous a été enseigné par le Christ lui-même au jardin de Gethsemani juste avant le début de sa passion qui commença au moment où il fut arrêté sur le mont des Oliviers. Il enseigna à ses apôtres la vraie prière : « Dans vos prières, leur dit-il, ne rabâchez pas comme les païens, ils s'imaginent qu'en parlant beaucoup, ils se feront mieux écouter. N'allez pas faire comme eux, car votre Père sait bien ce qu'il vous faut, avant que vous ne lui demandiez. Vous donc, priez ainsi. »

« Notre Père, qui es dans les cieux, que ton nom soit sanctifié, que ton règne arrive, que ta volonté soit faite sur la terre comme au ciel. Donne-nous aujourd'hui notre pain quotidien. Remets-nous nos dettes comme nous-mêmes les avons remises à nos débiteurs. Et ne nous soumets pas à la tentation, mais délivre-nous du Mauvais. Oui, vous pardonnez aux hommes leurs manquements, votre Père céleste vous pardonnera aussi, etc. Ainsi soit-il. »

Prier en s'abandonnant à la grâce divine doit créer la détente nécessaire pour capter la vérité sur nous et ouvre la porte sur la croissance personnelle et par conséquent, la libération. (Voir le mot *NOM*.)

PRINCE. Il symbolise l'homme qui possède le pouvoir d'éveiller l'amour et de le gouverner chez la princesse (la femme). C'est l'archétype du romantisme et la princesse a la même signification pour le rêveur sur qui elle opère sa puissance, et le rend conscient de la beauté de l'amour. Symboliquement, le prince amène l'éveil de l'harmonie intérieure et de la spiritualité dans la vie sexuelle.

PRINTEMPS. Il annonce une période de renouveau, une amélioration, une guérison ou une joie prochaine.

PRISME. *Regarder à travers un prisme* : représente un besoin de voir plus clairement dans une situation.

PRISON. La prison du rêve indique un état d'âme et non un lieu. Autour de vous, circulent une ou des personnes qui vous oppriment et entravent votre libre arbitre. Et cette situation déteint sur votre moral et détériore votre santé ; par exemple, un amour qui n'a plus de raison de vous retenir.

PROCESSION. *La procession dans les rues* : est toujours l'éloge d'un pouvoir, d'une force à laquelle l'âme du rêveur vibre et qu'elle reconnaît en rapport avec les puissances invisibles.

Voir une procession ou suivre une procession : signale l'influence surnaturelle dans le périple terrestre et indique qu'un souhait sera exaucé. Cela annonce la victoire sur la mort, le succès et le triomphe dans l'épreuve, la longévité.

PROCUSTE. Ce brigand de la mythologie grecque vivait sur la route de Mégare. Il avait dans sa maison deux lits, un grand et un petit sur lesquels il plaçait de force des voyageurs. Sur le grand lit, il faisait s'étendre les petits et sur le petit lit, il y couchait les grands. Et il ajustait ses victimes à la grandeur du lit, soit qu'il coupait les pieds et les bras qui dépassaient ou étirait les membres trop courts.

Ces supplices symbolisent tout humain qui doit s'adapter aux conventions sociales, qui se laisse pervertir par le conformisme, en reniant son idéal.

Procuste représente les tyrans de la pensée qui ne tolèrent pas les jugements d'autrui et entrent en guerre contre ceux qui ne rejoignent pas leur schème de pensée.

Avez-vous remarqué qu'il est souvent là, petit mais présent dans notre vie ? (Voir *LIT, BRIGAND.*)

PROFESSION (ou MÉTIER). Tous les êtres humains ont le même métier, celui du combattant ou du travailleur qui se polit à travers les tournants positifs ou négatifs de l'existence. Rôle ou métier se marient dans l'affirmation de la destinée divine de la personne.

Et ce polissement de l'âme revêt divers aspects de métier ou de profession, autrement dit divers états de vie.

Par conséquent, être forcé d'exercer un autre métier que le sien : est un signe de succès si on réussit dans ce métier.

Par contre, ne pas y arriver : annonce des imbroglios sociaux et des projets vainement entrepris.

De même, se voir travailler avec aisance dans sa propre spécialité où l'on dépasse les complications : est aussi un signe d'avancement.

Voir un inconnu parler de son travail : concerne le rêveur lui-même dans sa profession.

La femme qui se voit investir de fonctions réservées aux hommes : réussira dans un métier habituellement réservé à la gent masculine.

Se voir en rêve cultiver la terre, comme labourer, semer et planter : annonce un mariage aux célibataires et des naissances à ceux qui sont déjà mariés. Par contre, l'infirme, le malade seront avertis après un tel songe que leur état de santé déclinera. Les êtres sans idéal vivront des complications de toutes sortes.

Se voir dans le rôle de moissonneur, vidangeur, sarcleur ou laboureur d'un terrain après les récoltes : est présage de succès qui auront lieu à la saison où se font normalement les travaux.

Être le capitaine à la gouverne d'un navire et réussir à contourner les écueils : annonce une stabilité de l'existence obtenue à partir de dures luttes.

Et si le navire échoue sur un récif : les buts de l'existence ont sombré, c'est le vide de l'âme brisée, une nouvelle harmonie intérieure à affranchir, et une différente orientation de la vie à redéfinir.

Se retrouver tailleur de cuir ou couturier : est un métier propice à ceux qui veulent se marier ou ceux qui envisagent un concubinage.

Mais *les peaux étendues à cause de leur odeur* : provoqueront des indiscrétions désagréables car le cuir sent mauvais.

Être orfèvre : n'est guère heureux car les acides et poisons servant à cette profession annoncent de cuisantes épreuves.

Modeler des statuettes, graver des images ou dessiner : ne profitera plutôt aux personnes fausses, artificielles ou sans pudeur morale.

Mais toutes les productions artistiques en rêve : servent bien les ambitions des âmes justes et honnêtes.

Être agent d'immeuble : c'est repenser le prix à payer dans l'édifice social de sa vie, c'est évaluer son bonheur, c'est s'observer pour concevoir une autre forme d'existence.

Être agent d'assurances : peut indiquer un manque de sécurité sur le plan affectif. Et comme l'amour est impalpable et soumis au temps et aux cycles, il n'existe pas d'assurance même si on paie le prix. Cette profession en rêve vous place devant l'incertitude du destin.

Se retrouver ouvrier, œuvrant dans une manufacture : exprime le travail de l'âme qui se développe à l'usine des expériences terrestres. Période où l'on ne doit se fier qu'au travail sur nous-même et aux forces inconscientes qui assistent l'esprit pour endosser de nouvelles conceptions de vie ou de nouvelles forces.

Être chimiste : dénote un esprit d'analyse, d'induction dans la compréhension de l'œuvre de sa vie, en rapport avec ceux qui vibrent au même périple que soi. *Quand on rêve de son travail* : il faut essayer de savoir ce qui s'y passe, car le contexte du rêve renseigne sur un événement à venir.

Se voir porter l'uniforme propre à un emploi : est aussi un gage de succès assuré dans ses entreprises tant pour une femme que pour un homme.

Voir ou être un homme ou une femme politique : annonce des projets futiles.

Mais le président ou le Premier ministre d'un pays : annonce l'équivalent d'un mariage dans un rêve féminin.

PROFIL. *Si on voit quelqu'un de profil* : cela nous indique que cette personne ne nous révèle pas ce qu'elle pense, qu'elle nous cache sa vraie démarche à nos côtés.

Cette dissimulation peut être ou ne pas être inquiétante.

Il faut juger d'après la tonalité du rêve en général.

PROMÉTHÉE. Prométhée était le cousin de Zeus, le fils du Titan Japet. Il fut accusé d'avoir trompé Zeus en lui volant le feu de l'esprit. À ce titre, on lui décerne le nom de bienfaiteur de l'humanité (Ève serait dans la religion catholique son équivalent dans l'éveil de l'esprit).

Et Prométhée déclencha la colère de Zeus à plusieurs reprises dans le but d'enrichir les humains de ce feu qu'il déroba « à la roue du soleil » ou peut-être à Héphaïstos, ce qui inclina Zeus à se venger ; il façonna alors Pandore (voir ce mot), et punit Prométhée, en l'enchaînant avec des cordes d'acier sur le mont Caucase. Là, Zeus le condamna à se laisser dévorer le foie par un aigle, mais son foie immortel se régénérait la nuit.

C'est Héraclès qui le délivra de ses tortures.

Prométhée représente l'acquisition de l'esprit pensant et capable d'acquérir la connaissance rationnelle et de se nourrir de la vie intellectuelle mais aussi le danger de s'en servir dans des buts personnels et égoïstes pour satisfaire des idéaux prétentieux.

Car c'est voler à Dieu la puissance de l'esprit que de progresser seulement matériellement dans un but de suprématie, de pouvoir. C'est de cette soif de savoir, par vanité, qu'est né le complexe de Prométhée : l'intellectualisme pur, l'âme desséchée par l'orgueil.

Ce complexe de Prométhée est une incitation à sublimer le désir de triompher seulement par la science, la culture dans un but de régner sans se dépasser dans un besoin de créativité pure, détachée, nettoyée de tout prestige afin d'exprimer fraîchement la limpide lumière divine croissante en chaque être. À vous de savoir s'il est la projection d'une facette de votre comportement ou de celui d'autrui.

PROSTITUÉE. *La femme qui voit une prostituée* : lui annonce un état amoureux où elle se sentira l'âme d'une prostituée.

Pour l'homme, la prostituée : annonce quelques satisfactions peu profondes de l'amour de surface de la femme désirée.

Mais *la maison close* : promet des agitations morales pour les deux sexes.

PROTÉE. Dieu secondaire en mythologie grecque, « vassal de Poséidon » d'après sa fille Idothée.

Il serait aussi prophète, mais il refuse, comme assistant du dieu de la mer, de répondre aux énigmes des humains.

Il peut se transformer en vagues de la mer, avec l'instinct primitif de l'animal doux, agressif, énergique, passionné, ambitieux. Ces mille visages qui se transforment symbolisent l'inconscient qui ne répond qu'imprécisément aux questions des humains. Symbolise le mystérieux.

PRUNE. La prune possède une signification purement érotique et annonce des désirs sexuels manquant parfois de noblesse, de raffinement.

En manger : présage des satisfactions d'ordre sensuel.

PRUNIER. Le prunier a le même symbolisme que le printemps. Il annonce une renaissance, une nouvelle jeunesse intérieure, un nouveau cycle de vie, de l'impétuosité, de la fécondité.

PUITS. L'être qui a atteint la sagesse est un puits d'où émergent la vérité, l'inspiration, il devient les lunettes du monde.

Lorsque l'être ne comprend pas que la vie matérielle est un puits d'où émergent les monstres sortant de l'eau noire ou boueuse, il peut parfois être confronté au danger de s'y noyer.

L'être qui vit de sentiments vils, de basse sexualité est un puits séché où la puissance d'aimer ne peut continuer, où tout finit par s'évaporer et se tarir. Il vit de fatigue stagnante. Son orientation le dirige vers la putréfaction. Car le puits répond par l'inconscient, il est la réponse de nos actes et passions, il remet le bien ou le mal, selon nos vibrations.

Reflet de nous-même, il est notre miroir, mais ne juge pas. Il est vérité et constatation.

C'est pourquoi pour que le rêve présage de la joie : il faut qu'il y ait de la belle eau claire, afin de remplir le seau d'eau potable, ce qui révèle une analyse heureuse de ce qui nous revient en amour.

Par contre, l'eau sale, noire, boueuse : invite à changer sa façon de vivre, il y a une implication incompatible à votre vie et à votre santé mentale.

Y tomber : annonce de la maladie, des moments pénibles ou des difficultés insurmontables à moins que vous ne remontiez du puits.

Ce que vous y puisez : vous signale des transformations venant de l'inconscient.

Là vous aurez compris le pourquoi et serez libéré de l'énigme, prêt à prendre une option importante.

PUTRÉFACTION. Rejoint le sens des excréments; annonce la mort et place l'âme dans la lumière.

PYGMALION. Sculpteur de talent, totalement misogyne. Il haïssait les défauts dont la nature avait paré les femmes. Il se plut à faire la statue de sa femme idéale, qui prit vie grâce au concours de Vénus.

S'il apparaît dans un cliché de rêve : en amour, vous transformerez la personnalité de l'être aimé.

PYRAMIDE. La pyramide classique formée d'une base carrée (symbole de réalisation stable), de quatre faces triangulaires (symbole de dialogue ciel-terre), servait de demeure aux cadavres des rois momifiés.

L'homme : connaîtra du succès dans ses entreprises, les échecs ne marqueront plus sa vie puisqu'il sera dans un lieu sacré, indestructible, réservé à ceux qui reçoivent la visite des forces invisibles, c'est-à-dire que le rêveur recevra puissamment l'aide qui l'orientera dans ses entreprises matérielles.

La pyramide ne fait pas accéder au détachement par la spiritualité mais oriente les forces invisibles vers tout ce qui doit s'adapter au matériel.

PYTHON. Monstre dont la forme est le serpent.

Espèce de divinité infernale et ténébreuse qui fut tuée par Apollon. Sa défaite symbolise la mort des bas instincts remplacés par la naissance de la sagesse. (Voir *SERPENT*.)

Q

QUAI. *Être sur le quai d'une gare ou d'un port* : indique une recherche sur l'orientation de sa vie, c'est être dans l'attention d'une nouvelle voie intérieure en rapport à un travail ou un amour.

Si le train ou le bateau arrive normalement : c'est l'annonce de la réalisation de vos projets et le présage qu'on recevra des nouvelles d'un ami cher qui vient vers soi.

Par contre, si le bateau s'éloigne sans que vous y montiez : cela signifie un refus, la solitude, bref, une déception amoureuse.

Si toutefois vous embarquez dans un train ou un bateau : c'est que vous prendrez une option professionnelle ou sentimentale. Elle sera heureuse si vous êtes accompagné, surtout si le paysage est beau et ensoleillé.

Débarquer sur un quai : annonce la fin d'une liaison et le résultat de l'acceptation d'une autre vie.

Si, en plus, on ancre son bateau au quai d'un jardin apparte-

nant à une personne aimée : c'est le début d'un autre attachement, selon l'endroit où vous êtes amarré.

L'endroit est-il désert ? Vous retrouvez la solitude.

Y a-t-il une personne, une maison ? Tant mieux, vous allez vers une nouvelle existence qui s'avérera stable.

Les voyages par mer : impliquent des changements majeurs qui marqueront plus profondément que les voyages sur terre.

QUARANTE. Ce nombre marque une période transitoire, des moments d'attente, de punition ou encore de préparation ; vous attendez le feu vert.

QUARANTE-NEUF. Chez les lamaïstes, équivaut au nombre quarante des Juifs. (Voir *QUARANTE*.)

Il totalise les vibrations du périple de l'initié entre le ciel et la terre.

Il signifie la réalisation complète d'une renaissance après la mort.

QUARTZ. Pierre servant de support à la clairvoyance, à l'intuition.

Il sert à capter la lumière céleste qui veut rejoindre le sacré dans chaque âme.

Il est très précieux à l'initié pour communiquer avec la puissance divine.

QUENOUILLE. Elle symbolise, comme le fuseau, le temps qui passe, qui est calculé, qui ne revient jamais.

Sa forme représente le membre viril et signifie le fil des ascendances et des descendances. Mais elle symbolise autant l'organe sexuel féminin.

Elle devient un symbole de l'union des opposés et des ressemblances.

Sa vue en rêve : est une incitation à la défloration et au début de toute vie sexuelle.

QUÊTER. *Quêter* : n'est guère heureux dans la vie et dans les rêves, il vous renseigne sur un comportement négatif qui détruit votre chance. On possède un esprit trop calculateur, manquant d'altruisme.

Le contraire, donner à la quête : annonce de la chance pour bientôt, grâce à une individualité rayonnante et à la générosité qui ne connaît pas le calcul.

QUEUE. Symbolise le serpent. (Voir *OUROBOROS*.)

QUINCAILLERIE. *Posséder une quincaillerie* : vous avez tous les outils en main pour construire une nouvelle vie, à condition que vous le vouliez bien.

Y pénétrer : on envisage et découvre les moyens de s'appliquer à ériger les bases d'un nouvel amour, d'un nouveau comportement. Les outils étant des qualités, des possibilités personnelles qui permettent à la volonté d'atteindre ses buts.

R

RABOT. *Le rabot* : indique qu'on souhaite un commerce un peu plus agréable avec une personne de son entourage, mais au fond est-ce que ce n'est pas vous-même qui n'êtes pas assez sociable ?

RACINES. Elles manifestent une difficulté à savoir d'où provient l'origine d'un échec affectif ou autre.

Il faut étudier le problème à la base afin de s'enraciner à nouveau dans une relation ou une entreprise.

RADIO. *En rêver* : c'est recevoir des messages amoureux ou en transmettre.

Faire une émission de radio : c'est vivre un sentiment amoureux passionné.

Coanimer une émission, ou voir un couple le faire : vous signale que vous vivrez un amour réciproque, partagé bientôt.

Faire une émission de lignes ouvertes et ne pas trouver d'interlocuteur : c'est essayer d'avoir une explication avec son partenaire et échouer.

RADIOGRAPHIER. Situation complexe où le rêveur essaie dans le quotidien de s'analyser, afin de savoir ce qui ne marche pas psychologiquement et de comprendre comment s'en sortir.

RAIL. Il a le même symbole que le mot chemin.

Les rails droits, en bon ordre : signifient une réussite facile. Une direction de vie s'ouvre clairement.

Les rails brisés, tordus : annoncent des difficultés de travail, aucune chance d'avancement.

Voir une gare de triage où les rails sont enchevêtrés : représente une situation complexe presque inextricable.

RAISIN. Il représente une sentimentalité heureuse sans problème, *s'il est frais*.

Sec : il faut envisager plus de frustration que de bonheur dans une relation amoureuse.

RAME. *Se retrouver dans une barque et ramer aisément pour avancer* : indique qu'on aura l'emploi désiré et, grâce à des effets répétés, on atteindra son idéal.

Si la rame se brise : un échec dû à un événement extérieur retardera la réalisation.

RAMEAU. Les Catholiques qui veulent se protéger placent une branche de rameau de Pâques dans leur maison. Il chasse les mauvaises influences, les démons. Du même coup, il éloigne les maléfices.

Le rameau d'or : rejoint en équivalent dans le symbolisme les branches de gui et de chêne, lesquelles parent les réjouissances du Nouvel An.

Il incite à la sagesse, à la force et à la connaissance dont il est l'apanage.

C'est pourquoi le rameau ou la palme sont bénéfiques, s'ils apparaissent en rêve, car ils avantagent le rêveur de leurs bienfaits et laissent prévoir la fin d'une situation trouble soit par le dépassement du manque de maturité ou du manque de sagesse et de foi.

RAMPE. *Sentir un besoin indispensable de s'appuyer à une rampe pour monter un escalier* : indique un besoin d'être conseillé par quelqu'un dans un idéal à réaliser, un amour à accepter.

RAPETISSER. *Se voir rapetisser* : annonce une perte d'autorité, de prestige, une baisse en affaires.

RAT. Le rat ne jouit pas d'une réputation favorable. Son symbolisme rejoint des défauts répugnants tels que l'avarice, la cupidité, le parasitisme et s'étale dans l'activité clandestine.

Si vous rêvez de rat : il faut vous poser la question : qui autour de vous sans que vous vous en rendiez compte est illicitement profiteur de votre personne, de vos énergies, de vos biens matériels ou de votre amour ?

RATE. Organe de la digestion, elle a un rapport avec nos humeurs, nos états d'âme.

Son aspect positif est toutefois assujetti aux changements constants.

Elle symbolise l'instabilité des émotions.

RAVIN. Le ravin comme l'abîme représente ce qui n'est pas encore assez développé dans notre avancement personnel.

Il informe de nos insuffisances ou prétentions injustifiées.

Tomber au fond d'un ravin et remonter : annonce une expérience enrichissante.

Si on ne se blesse pas : on réussira à s'expliquer plus facilement nos erreurs.

La traversée du ravin : signale au rêveur une croissance de l'âme et de l'esprit vers une plus grande maturité.

Le ravin est un intervalle entre deux paliers d'évolution.

RAYON. Tout ce qui émane de perfection, de beauté morale rejoint l'incandescence, le lumineux. Et les rayons représentent ce qui ressort du centre sacré de chaque être et de ses vibrations rayonnantes.

Après ce rêve, on comprendra ce qu'on ne pouvait saisir auparavant.

Les rayons lumineux partant du ciel qui se projettent sur le rêveur : indiquent une intervention céleste dans un appui demandé.

RÉCIF. Ce contraire de l'île n'est pas un lieu désiré, rêvé, mais un état intérieur appréhendé comme dangereux, sujet de crainte, de peur, de destruction.

Les récifs sont l'équivalent des monstres dangereux.

Ils annoncent de sombres moments où la personnalité du rêveur déjà fatigué par la lutte reçoit le dernier coup qui le pétrifiera, le secouera d'angoisse et de défaite.

Pourquoi ? Afin de mieux comprendre ses erreurs inconscientes. (Voir *MAISON-DIEU*.)

RECTANGLE. A la même symbolique que le carré. (Voir *CARRÉ*.)

RÉFRIGÉRATEUR. Il symbolise ce que l'affectivité met en réserve, comme une union qu'on veut conserver.

Il prend le sens de l'armoire.

Le voir vide : ne promet pas d'amour mais de la solitude.

Le voir rempli de nourriture : indique qu'il y a de l'espoir à condition de dialoguer.

REFROIDISSEMENT. *Voir une personne aimée prendre froid* : indique que son attitude se refroidira envers soi.

REGARD. Le regard possède à lui seul un message, sa portée a un pouvoir magnétique et sait changer les états d'âme. Par la suite, la personnalité s'ajuste, évalue intuitivement. (Voir *ŒIL, YEUX, HORUS*.)

Le regard qui s'élève et regarde en haut : signale le pardon et le recueillement.

Le regard qui scrute le firmament : se pose des questions sur son avenir et sa vie. Il veut savoir ce qui trouble son existence.

Le regard tourné vers soi : indique l'intention de quelqu'un qui pense à nous influencer, soit à nous aimer, soit à se venger.

Dans le rêve, il est facile de ressentir ce fluide inquisiteur, magnétique, amoureux ou rancunier.

RÈGLE. La règle à mesurer est une manifestation de l'ordre universel.

Elle symbolise les lois à ne pas transgresser, mais aussi le début ou la fin d'une œuvre, d'une évolution, selon les indications se trouvant au début ou à la fin de la règle.

RÈGLES (menstrues). Elles indiquent qu'une peine sentimentale ou familiale use les énergies et affecte l'équilibre psychologique.

REINS. Les reins représentent la puissance, la richesse intérieure indestructible devant les oppressions de l'existence, lesquelles vont de pair avec la richesse matérielle.

Donner ses reins en rêve : c'est sacrifier ses buts et ses forces à une cause, ou à sa famille.

RENARD. Le renard est symboliquement l'animal le plus rusé, capable d'envoûter ses victimes par sa subtilité.

En Chine au IIIe siècle, on fabriquait des talismans pour délivrer de l'envoûtement des renards afin de neutraliser son influence quelque peu démoniaque qu'on lui reconnaissait ; et comme il personnifie l'instinct de l'homme, il n'est donc pas heureux de le voir apparaître en rêve, car il traduit l'attitude d'une personne de l'entourage qui essaie d'extirper malhonnêtement ce qu'elle nous envie de posséder.

RENNES. Le renne se situe entre le cheval et le cerf. En Amérique, il s'apparente aux étrennes du Père Noël, qu'il véhicule depuis le Grand Nord, et les conduit dans la cheminée de chaque maison où résident les petits enfants.

Le voir en rêve : fait penser à ce que la vie peut apporter de privilège gratuit mais éphémère.

Si c'est nous-même qui sommes transformé en renne : on aime dépanner et donner de la joie gratuitement.

REPAS. Communier à la vie, c'est poser le geste de s'unir à la vie, à la société.

Manger est un acte social.

Partager un repas : c'est jouir du bonheur avec ses semblables.

Ne pouvoir ingurgiter la nourriture : annonce des peines cuisantes et de la solitude, tout au moins une incapacité de vibrer à l'amitié, à l'amour.

REPOS. *Le repos qui représente une pause de l'existence* : annonce au rêveur une période d'impopularité, l'arrêt, la stagnation dans son évolution si on se voit couché et obligé de se reposer.

Mais pour le juste, le repos, la pause, c'est le début d'une autre forme de progression vécue dans le détachement divin, et de cette façon, une autre forme de paix intérieure vient habiter le rêveur, mais seulement à cette condition.

Se reposer : c'est l'arrêt des soucis, des peines, des contrariétés.

REQUIN. Le requin représente l'instinct d'arriviste, existant dans chaque être.

Avoir à se battre contre un requin : présage qu'un ennemi sans scrupule essaiera de détruire vos chances de succès.

Le voir apparaître : indique que l'arriviste est en soi ou autour de soi.

Il faut se méfier de sa propre rapacité ou encore de celle des autres.

Bien analyser le contexte du rêve en rapport avec votre humeur et votre comportement.

RÉSINE. Substance incorruptible, elle sert à la purification des lieux.

De la résine, on fait l'encens, la myrrhe.

Elle calme et élève l'esprit vers la vie divine.

RESPIRATION. Respirer, c'est le pouvoir de vivre, de s'alimenter d'énergie et de retourner à la source régénératrice.

Dans les rêves, la respiration est la puissance de l'âme qui s'alimente du feu de vie, de spiritualité, d'amour. L'air est complémentaire et symbolise le feu vital lui-même.

Respirer : c'est communier à l'inspiration, c'est s'allumer de l'affection de ceux qui nous entourent.

C'est pourquoi suffoquer : exprime la sensation de se dessécher dans un milieu inacceptable.

Respirer : c'est vivre le miracle constant de rejeter l'obscur et d'inhaler la lumière. (Voir *AIR*.)

RESTAURANT. Le grand restaurant de la vie, c'est l'amour. Que nous sert-on ? C'est ce qui sera symboliquement à votre portée dans votre vie sentimentale.

Les serveuses sont : notre instinct de générosité en regard d'un lien affectif. On devient serveuses d'amour.

Y mange-t-on ? C'est très important pour jouir d'une relation.

Ne pas manger : équivaut à la solitude, à l'amour qu'on ne peut partager.

S'y faire offrir de l'eau glacée : on exige l'amour passionné.

Être seul à manger : c'est être seul à aimer.

RÉSURRECTION. Comme ressusciter les hommes est un privilège divin, ressusciter autrui peut, si l'orgueil nous motive, annoncer des punitions célestes.

Par contre, voir ressusciter un mort : annonce la mort de la personne qui ressuscite, si elle est vivante encore dans la vie réelle.

Voir un mort ressusciter, s'il est vraiment trépassé dans la vie diurne : conflit, procès.

Et ressusciter soi-même par la grâce : annonce une nouvelle croissance de la personnalité, on sera très différent sans que l'entourage s'en aperçoive. (Voir *JUGEMENT du Tarot*.)

RETARD. *Être en retard veut dire dans la vie onirique* : ne pas avoir compris assez vite, ne pas avoir été conscient d'une situation et par le fait même, ne pas être prêt à temps pour profiter des occasions heureuses qui se présentent.

RETOUR. Nous attendons tous le retour. Nous cherchons tous le retour. Nous espérons toujours un moment où nous y serons arrivés à ce retour. Mais il est comme un trésor qui s'enfonce continuellement.

Le retour, c'est à nouveau avoir trouvé son centre de vie d'une façon consciente, non pas dans l'amour sexuel, car il fatigue vite les aspirations, non pas dans le mariage, ni dans la passion de l'amant. Le retour, c'est une confirmation intérieure, à vivre même ici-bas, de l'intervention de Dieu dans chaque événement, ou dans les êtres vivants, sans pour cela s'y attacher totalement, car eux-mêmes seront changeants. Le retour, c'est l'arrivée à la grande et imperturbable sérénité, c'est se sentir l'esprit constamment guidé. (Voir *OUROBOROS*.)

C'est en ondes alpha dans le rêve que nous vivons le retour, que nous y avons accès.

Dans un sens plus prosaïque : le retour nous replace en même situation du passé avec une relation, une amitié.

Retour sur des événements passés : ce rêve nous replace dans une situation analogue en rapport avec ce qu'on a vécu sur ces lieux aux mêmes âges. Ceci se relie à un événement actuel ou futur. Une analyse personnelle s'avérera très révélatrice.

RÉVEIL. *Se réveiller* : c'est comprendre pour la première fois qu'une situation qui existait déjà était vécue inconsciemment.

Cela oblige à regarder d'un autre angle nos préoccupations ou nos motivations.

Se réveiller dans une église : annonce une guérison.

Réveiller une personne : c'est désirer un dialogue profond avec cette personne et la sensibiliser à ce qu'elle ne peut comprendre.

RÉVEILLE-MATIN. Cela indique qu'un événement imprévu vous sensibilisera et vous obligera à agir d'une manière autre que celle à laquelle vous auriez pensé.

REVENANT. *Voir un mort connu circuler dans les rues, ou présent dans sa maison de rêve* : annonce qu'une facette de nous-même qui nous tient à cœur en ce moment mourra, soit en amour ou au travail.

Le revenant : annonce souvent des procès ou des pertes d'argent. Il vient chercher ce qui nous tient à cœur.

Les nuages qui sortent de la terre : symbolisent les revenants.

RÊVER. Il arrive parfois qu'en rêve on ait conscience de rêver. Ce genre de rêve indique que nous nous illusionnons sur quelque chose dans la vie courante.

Que nous ne sommes pas tout à fait dans la réalité face à un amour, un intérêt, un projet.

REVOLVER. *Placer des balles dans le barillet* : vous méditez une attaque, ou encore vous cherchez comment vous posséderez quelqu'un en amour.

RICIN. Cette plante de ricin demeure une incitation à accepter l'instabilité de l'existence car c'est la volonté implacable de

Dieu de nous obliger au détachement et elle ne peut être révélée aux humains.

Le rationnel de l'esprit n'y comprend rien, car il est aveugle.

Son huile servant de purgatif symbolise la vie psychique qu'il faut décongestionner et nettoyer : d'abord en changeant d'entourage et pour mieux se détendre.

Après ce rêve, il est à conseiller de méditer, de s'introspecter afin de savoir ce qui est à éliminer.

RIDEAU. Les rideaux qui enjolivent la maison symbolisent la chance obtenue par les relations, les affiliations.

De riches draperies de velours : présagent une existence facilitée par d'influentes amitiés.

Des murs ornés de tentures jaunes, élimées : signalent que certaines de nos amitiés sont usées et qu'il est temps de passer outre.

RIRE. Ce rêve annonce une situation triste, une période de soucis dont on réalisera tout le comique et le ridicule avec le recul du temps.

RIVIÈRE. Comme tous les cours d'eau, la rivière représente le chemin de la vie, l'énergie qu'elle distribue.

La rivière est le cheminement naturel de l'existence.

Naviguer par un beau temps sur une rivière calme : annonce la réussite dans ses projets, une belle vie en perspective.

L'eau agitée et tumultueuse d'une rivière : indique que l'on subira la rancune secrète, tenace de certaines personnes de l'entourage.

Une rivière à sec ou presque : promet la maladie, la solitude et l'épuisement, la nécessité de prendre un repos ; tout cela pour un temps seulement, bientôt tout reviendra à la normale.

Les torrents : dénoncent des maîtres despotes et rancuniers qui traiteront le rêveur sans égard, inhumainement, ou encore annoncent la perte de procès.

Voir des égouts qui se déversent dans une rivière et la polluent : représente la trahison qui troublera l'existence. Pour conjurer le mauvais sort, refermez les yeux, retournez en pensée à la source pure d'où émergent la renaissance et la vie.

Cela a souvent l'effet d'éloigner les êtres méprisables et de se rapprocher des êtres estimables, si on le fait à l'état Alpha.

ROBE. Si le corps physique représente l'âme, dans la vie du rêveur, les vêtements nous disent comment l'âme, la psyché s'habille socialement, comment notre sensibilité se protège de sa vulnérabilité par l'amour ou l'amitié.

La robe : est donc un sentiment plaçant le rêveur dans un état social heureux ou malheureux, adapté ou inadéquat, confortable ou inconfortable.

Porter une robe : annonce une conquête amicale ou amoureuse pour une femme, mais encore là, selon la couleur de la robe. (Voir *COULEUR*.)

Pour l'homme, porter une robe : est un danger qui le guette, en rapport avec une femme. Il sera dominé par elle en bien ou en mal.

Mais pour l'homosexuel : cette application n'existe pas, elle est au contraire heureuse.

ROCHE (ou PIERRE). La pierre sert de support pour représenter les vibrations de celui qui les donne.

La roche dénote peu de raffinement dans une relation car sa signification ne présage rien de parfait ; au contraire, elle annonce le retour au chaos, au primitif dans la façon d'aimer.

Mais lancer des roches : c'est comme lancer un mauvais sort, c'est répandre des ragots, si on les lance dans un tas de cailloux, car la pierre ou la roche est vivante ; on peut y faire pénétrer nos intentions.

De même, on peut se défaire d'un mauvais sort en jetant une roche sur un certain nombre de roches (huit précisément).

Être lapidé : c'est qu'on mérite la défaveur publique. Attention à un comportement trop marginal. (Voir *PIERRE*.)

ROCHER. Tous les rêves dans lesquels le rocher parle de l'immuable, de l'implacable, de l'inaltérable à travers le temps. L'astrologie relie le rocher à Saturne et au signe du Capricorne. Le rocher immense est Dieu et ses lois, et est ce que le calame a écrit dans la destinée.

Le rocher représente le gouvernement et ses structures.

Le rocher placé dans la boue : représente le gouvernement de la noirceur, les anges déchus, la masse infernale, les mauvaises personnes à travers lesquelles les forces sombres peuvent nous rejoindre et nous affecter.

Le rocher, c'est aussi s'il y a en son centre un œil qui regarde le rêveur, soit la pensée divine qui incite l'âme vers la perfection, soit l'œil des forces d'en bas qui attire vers le poids des passions et de la régression.

Quel que soit son aspect, le rocher annonce ce qui durera, ce qui restera permanent dans une persistance à travers le temps.

Voir quelqu'un sur un rocher : vous renseigne sur le succès de cette personne. La stabilité de ses affaires ne fait pas de doute.

Être soi-même sur un rocher : annonce un triomphe personnel.

Voir un rocher ou être en bas : annonce une épreuve, une tribulation de longue durée, mais qui, si elle est bien acceptée, apportera de la fermeté et de l'endurance au caractère.

Ceux qu'on voit sur le rocher, qu'ils soient connus ou inconnus : font partie de nos proches relations.

ROI. Le roi de la vie onirique symbolise la projection d'un idéal à réaliser, s'il s'agit d'un roi inconnu.

Mais il peut devenir l'identification à un personnage historique, s'il s'agit d'un roi d'un pays connu.

Dans les deux cas, le roi symbolise votre royaume intérieur, sa dignité sacrée et la volonté de le gouverner dans toutes les facettes d'une vie.

Et le roi est votre identification, si vous êtes un homme. Il est votre façon de vous réaliser, d'établir au sein de vous-même votre propre autonomie, de pouvoir vous connaître et vous imposer un contrôle personnel.

Pour une femme, le roi rejoint le sens du prince et lui promet un amour protecteur qui l'élèvera dans son estime personnelle.

Rêver d'être roi ou reine : annoncera aux malheureux, aux infortunés une action d'éclat qui redorera leur blason.

Aux malades : l'aggravation de leurs maux.

Aux poètes, aux penseurs : que leur talent sera reconnu.

L'homme en santé qui se verra investi du rôle du roi ou qui portera une couronne : annonce la solitude ou la mortalité autour de lui, car les rois ou ceux qui commandent sont seuls.

Les malfaiteurs qui se verront investis de la fonction de roi ou d'empereur en rêve : seront pris par la justice et incarcérés.

Mais voir un roi sur un trône : annonce une puissante protection.

Être un sujet d'attention pour un roi : c'est avoir la chance d'accéder à une plus haute situation.

Visiter un palais et y rencontrer le roi : annonce de la chance pure, une puissante alliance dans la réussite, une réalisation de son idéal. Le roi est symboliquement la centralisation de l'esprit, si l'esprit s'effondre, l'âme est en ruine.

ROITELET. Son nom le désigne le roi des oiseaux mais on en doute. Il est malgré tout rieur, et aime chanter le lever du soleil. Il est donc annonciateur de lumière céleste et représente les témoins de la vérité et de la connaissance spirituelle. Et l'amour qu'il déclenche est aussi rempli de dignité et de jovialité.

ROQUET. Tous les petits chiens de luxe annoncent de voluptueuses rencontres mondaines et sont l'occasion d'un bonheur passager.

ROSAIRE. Réciter le rosaire, qu'il s'agisse de l'aksha-mâlâ des Indiens formé de 50 grains, du chapelet bouddhique de 108 grains, des 99 grains du rosaire musulman ou du chapelet de 60 grains des chrétiens, c'est toujours prononcer des phrases répétitives afin de recevoir un appui surnaturel.

La prière est une nécessité pour dépasser l'épreuve.

Prier dans les rêves est une incitation venant de nos guides qui veulent nous faire comprendre que sans le secours d'en haut, il nous sera difficile de se sortir de l'épuration qui est en cours ou qui s'annonce, car le rosaire est symboliquement un arbre géant non dimensionnel, rejoignant le ciel et la terre.

ROSE. Symbolise la perfection comme le lotus ; elle est la représentation complète de la réalisation totale comme le mandala.

Elle a, par sa forme, le sens du cercle et de la roue, tous symboles du développement parfait complet et du reflet de l'univers indestructible. Son chiffre est le 5, celui de l'amour et de la personne humaine en équilibre cosmique.

Rêver d'une rose en or : est l'indice d'une vie mystique intense, d'une perfection spirituelle.

La rose bleue : représente un amour inconciliable avec la réalité mais pourtant vrai.

La rose blanche : l'amitié pure ou l'amour neptunien, platonique.

La rose rose : une pensée douce, la tendresse, la sentimentalité sereine d'un amour.

La rose rouge : un amour passionné, elle représente pour une mère l'amour profond qu'elle investit dans ses enfants.

Les roses fanées : un sentiment qui s'effrite.

Une seule rose : un grand amour tendre.

Trois roses : la conception, l'assimilation de la pensée amoureuse vouée à un être.

Cinq roses : un grand amour équilibré.

Six roses : l'hésitation, le choix en amour.

Porter une couronne de roses : c'est prendre plaisir à dévoiler un grand amour ou à le constater.

ROSEAU. Le roseau est le symbole de la flexibilité mais aussi de la lumière.

Il sait s'adapter et donner les messages. À ces prérogatives de messager, se rajoutent des qualités d'épurateur.

Son apparition en rêve indique une communication avec les guides de lumière dans une période de travail intense vers la croissance.

ROSÉE. Elle exprime une bénédiction céleste. À sa vue, on sent une grâce envahir l'âme.

Elle s'installe en nous comme une présence puissante de l'énergie solaire.

Sa signification rejoint le sens de la pierre, de la roche, du cristal, et incite l'âme aux vibrations les plus pures et à la renaissance, car on capte l'amour et les énergies d'en haut.

ROSIER. Il a la même signification que la rose elle-même. *Rempli de fleurs écloses et situé à droite d'un chemin,* il représente l'amour d'une personne libre, mais à *gauche du chemin*, il représente une personne qui n'est pas libre.

ROUE. La roue tourne et, dans ce sens, nous place devant les cycles successifs complets de la vie.

Tout en s'ajustant à la continuité, la roue concrétise le périssable. On pourrait dire que la roue s'ajuste aux éternels recommencements.

Elle dessine un cercle solaire par sa forme et contient l'expression de l'ordre cosmique auquel sont soumises les lois naturelles de la vie et de l'évolution.

Le moyeu de la roue représente l'unité intérieure, les pieux de la roue, le rayonnement de l'âme et la circonférence, la plénitude encadrant les limitations naturelles.

Cette interprétation rejoint les sens du mandala, du cercle, de l'auréole.

La roue signifie la fin et le recommencement constant.

Chaque individu pousse plus loin ses ambitions de telle sorte qu'il y a des hauts et des bas à chaque fois qu'il recommence, c'est la roue.

Roue arrêtée : abandon d'une affaire.

Roue en mouvement : vos espoirs se réaliseront.

Roue d'engrenage : réussite.

Roue brisée : problèmes financiers.

Roue de fortune : la roue de fortune représente la 10e maison en astrologie qui représente la situation sociale et la vie professionnelle. La roue, par sa marche, amène des hauts et des bas en tournant constamment. Elle représente l'instabilité de la vie. Car il y a montée et descente, elle est une manifestation de la justice à travers les lois et les réalisations.

ROUGE. (Voir *COULEUR*.)

ROUX. Il marque une vibration de chaleur, mais pas dans la pureté du rouge puisqu'il se classe entre l'ocre, le brûlé et le rouge. Le roux parle de passion physique se rattachant aux forces de la terre.

RUBAN. Il s'apparente à la décoration, il prend, d'après son utilisation et la forme qu'on lui donne, le sens de la fleur ou encore l'identification d'un état d'âme attendu ou programmé.

Que ce soit pour exprimer un acte de courage ou une vertu, le ruban est toujours un signe d'épanouissement en amour, en spiritualité ou en reconnaissance des visites. Sa couleur a aussi beaucoup d'importance.

RUBIS. (Voir *PIERRE PRÉCIEUSE*.)

RUE. *Marcher sur la rue,* c'est faire une incursion dans le subconscient.

La rue représente une perception venant de la vie inconsciente.

RUELLE. La ruelle signale une agitation vis-à-vis d'un amour secret ou encore concerne les activités ou préoccupations clandestines ou inavouées du rêveur.

Bref, la ruelle concerne les aspects cachés, secrets d'une vie.

RUPTURE. Symbolise la ruine par le symbolisme de l'objet qui se fracasse, qui se rompt.

Si on réussit à éviter une brisure : c'est l'indice que le rêveur accède à un palier plus élevé dans sa réalisation.

En rêve, rompre a le même sens que dans la vie diurne : cela annonce une séparation.

S

SABBAT. Il signifie un temps d'arrêt, de repos nécessaire, repos de l'âme qui dépose les armes.

Car le travail dans les rêves : représente l'engagement dans une profession, un amour, une vie stable.

Le sabbat annonce la période d'arrêt, de stagnation, de méditation, d'introspection avant le grand réaménagement d'un nouvel objectif.

Il ne permet pas les recommencements.

Il a trop à finir, à libérer, à nettoyer.

C'est le dernier au lieu du premier jour, en ce qui concerne l'action, car il est voué à la vie intérieure et contemplative.

Le dernier jour de la semaine n'accorde que la fin des choses.

SABLE. Le sable est amour ; on s'étend sur le sable pour se réchauffer sur les plages ensoleillées.

Il prend la forme du moule de nos mains.

On fabrique avec lui des châteaux de sable, mais il est mouvant et le vent le déplace.

Il symbolise l'éphémère sensation, le temps maître et vainqueur.

Tout ce qui s'écrira sur le sable : sera oublié et sans suite.

La tempête de sable : annonce l'échec ou la fin d'une idylle.

SABLIER. Le sablier est l'image du temps d'une évolution. Toute la beauté du cosmos pénètre progressivement l'âme par l'expérience et la sagesse.

Et par son vide qui se crée inlassablement, il représente les arrêts et les recommencements cycliques de l'avancement avec option de progresser positivement ou de rester stagnant et dans le vide.

SABOT. Le sabot représente un besoin de vivre d'une façon simple, campagnarde.

Cela peut indiquer, si vous portez des sabots : un comportement qui demande plus de raffinement.

SABRE. Le sabre possède un pouvoir de vaincre.

Prendre un sabre dans ses mains : c'est être décidé à passer à l'action, c'est-à-dire, prendre les grands moyens pour arriver à ses buts.

SAC À MAIN. Le sac représente la femme, et ce qu'il contient représente ses capacités, son potentiel, sa valeur.

Oublier ou perdre son sac à main : c'est souffrir d'un complexe d'infériorité suite à une aventure galante, c'est se sentir perdu.

Retrouver son sac : c'est retrouver confiance en soi.

Pour un homme, tenir un sac à la main : annonce une conquête sentimentale.

SACHET. Lieu où placer l'âme afin que Dieu la protège contre la corruption du malin, voilà le symbolisme du sachet.

Mais dans les rêves, le lieu est une disposition afin d'atteindre le salut mérité.

Car le sachet produit la senteur, la fragrance de l'âme qui sont les vertus qu'elle dégage, comme le sachet de thé dégage un arôme.

Le sac : sert à conserver; *les herbes qui y sont enfermées* : représentent les qualités.

Le sac signifie ici la conservation stable et les moyens d'y arriver.

C'est une forme de classification des valeurs morales qu'il veut représenter et la confiance de pouvoir s'y blottir.

SAGE-FEMME. Pour les gens qui sont dans une mauvaise situation financière ou sociale, la sage-femme annonce la richesse, tout au moins une libération.

Pour ceux qui travaillent dans le but de laisser une œuvre posthume : c'est un rêve fort bénéfique.

Pour les malades : la sage-femme n'annonce aucune récupération.

Pour ceux qui ont une situation enviable : elle leur donne le déshonneur, un échec dans les projets en cours.

Parfois, elle met en terre un déboire sentimental, selon la situation du rêveur.

SAGITTAIRE. 9e signe du Zodiaque, placé sous l'influence de Jupiter, il concerne les ordres établis, les lois, les religions, les conventions sociales.

Signe des dualités, tout sagittairien doit les polariser, les unifier et devenir l'ermite, le sage, l'initié.

C'est en partie le but de ses épreuves, que d'arriver à la sérénité de l'initié.

La flèche signale l'intention d'accéder aux plus hauts sommets et son dynamisme lui est une gageure de cette possibilité spirituelle. Il est représenté par un centaure lançant une flèche. (Voir *CENTAURE*.)

SAISON. La saison dans laquelle se passe le rêve est annonciatrice de la qualité de ce qui se produira et parfois du moment où il se produira.

Elle peut parfois signifier un état intérieur.

Le printemps : est annonciateur de renaissance, de joie, d'amour, de guérison.

L'été : présage un état heureux et le succès à condition que la chaleur ne soit pas suffocante, ce qui annoncerait plutôt une profonde inquiétude.

L'automne : annonce un bonheur qui semble un peu monotone, parfois un léger refroidissement amoureux, un intérêt sans emballement.

L'hiver : c'est la mort d'un sentiment, d'une ambition.

SALADE. Il indique qu'il faut clarifier la nature de ses relations avec l'entourage, qu'il faut mettre de l'ordre dans ses idées, dans ses projets.

SALAMANDRE. Selon les Anciens, une légende voulait que les salamandres puissent vivre dans le feu, sans être brûlées.

Depuis, on les identifie au feu ; elles sont une manifestation de la puissance solaire, mais avaient aussi la puissance de l'éteindre.

Elles symbolisent l'âme méritante qui sent la protection divine à travers les épreuves de l'existence et que rien ne peut anéantir ; ces individus savent vivre, diriger et contrôler les feux de l'instinct.

La salamandre peut représenter une protection dans une période trouble.

SALIVE. La salive a le pouvoir de guérir comme de contaminer. Mais elle peut insulter et bénir.

Elle symbolise l'influence de la parole selon son usage dans le rêve.

SALTIMBANQUE. Il indique une facette de la pensée du rêveur, celle de vouloir se distraire et voyager. Bref de se payer des fantaisies, de bourlinguer.

SANCTUAIRE. Symbolise le sacré immortel dans chaque individu.

SANDALE. Elle recouvre le pied, elle socialise l'âme axée sur la vie terrestre.

Elle habille partiellement le pied et lui permet de voir le ciel.

Et dans ce sens pour les religieux qui les portent, elle devient un symbole d'ouverture céleste à travers les préoccupations terrestres.

Porter des sandales : peut annoncer un sentiment amoureux qui permet beaucoup de liberté. (Voir *CHAUSSURES*.)

SANG. Il représente l'énergie mentale, il nourrit les forces combatives.

Il véhicule la vie dans tout le corps humain.

Voir du sang jaillir de son corps : signale toujours une perte d'énergie nerveuse, physique, souvent causée par une peine, des remords. Il faut établir la cause de l'écoulement de sang et savoir de quelle secrète blessure de l'âme on se morfond, afin de pouvoir prendre les mesures nécessaires pour vivre heureux.

SANGLIER. Animal dévastateur se rapprochant du porc. On lui prête une appartenance aux états infernaux. La destruction des récoltes en fait un animal fort impopulaire.

Ainsi, *être poursuivi par un sanglier* : indique que des gens aux pulsions inconscientes, aveugles et agressives nous assaillent, nous empêchent de travailler et nous donnent mauvais caractère.

Il faut chercher ce qui ne va pas en nous, autour de nous.

À ceux qui mijotent un projet important : le sanglier annonce la malchance ou une perte dans un projet en cours, causée par l'amour, les affaires ou la loi.

À nous de juger s'il y a un rapport direct avec nos motivations et une forme de pensée destructrice.

Le sanglier, c'est un instinct dangereux de nous-même ou des autres.

S'il nous agresse ou nous blesse : c'est une personne de l'extérieur qui veut nous empêcher de réussir.

Le sanglier est toujours un personnage important.

Aux cultivateurs : il prédit la stérilité de la terre.

À celui qui envisage le mariage : le sanglier donne le caractère du futur conjoint.

SANGSUE. Elle signale dans votre entourage une personne qui extorque de l'argent ou vous fait perdre votre temps.

SALOMON. Roi possédant la sagesse divine.

S'il apparaît dans vos rêves : il est possible que vous ayez à élucider des problèmes et vous trouverez la solution adéquate par un jugement sûr dans une affaire compliquée et fausse.

Joue le rôle d'arbitre dans une situation confuse. Vous devez prouver votre sagesse.

SAPHIR. (Voir *PIERRE PRÉCIEUSE.*)

SATAN. Symbolise l'ennemi combattant contre notre avancement.

Rejoint le sens du diable, du dragon, du serpent, qui doivent être vaincus.

Il place mille subterfuges sur le chemin afin de séduire les personnes humaines vers la régression, faisant oublier leur vocation ascendante.

Dans la vie, il représente tout individu dont l'influence conduit dans les dédales destructeurs à cause de son manque d'idéal et d'évolution. (Voir *TAROT, 15ᵉ arcane.*)

SATIRE. Tout poème ridiculisant les défauts, les passions et les vices est peut-être joyeux à entendre.

Mais dans les rêves comme dans la vie, être l'objet de satire : attire les moqueries, même plus, les sévices, les malédictions.

Mais si vous en êtes l'auteur : vous mènerez une guerre contre quelque individu de bas étalage.

SATYRE. Génie associé au culte de Dionysos, possédant de puissantes tendances vers la luxure. Selon le scénario du rêve, il faut vous poser la question, si le satyre vit en vous ou autour de vous. N'êtes-vous pas trop obsédé par les plaisirs sexuels ?

SAUCE. La sauce signale une vive sensualité.

Voir de la sauce : on désire vivre un flirt.

En manger : on passera outre aux conventions sociales, pour satisfaire une idée romantique.

SAULE PLEUREUR. Il est un indice de tristesse causée par un excès de sentimentalisme, un retour sur le passé.

SAUMON. *En manger* : annonce une belle récupération.

Pêcher du saumon : révèle un signe de chance professionnelle.

SAUTERELLE ou CRIQUET. *Voir une nuée de sauterelles qui s'abat sur les récoltes, obscurcissant le pays* : annonce au rêveur des affaires peu rémunératrices et des différends avec des personnes exécrables.

SAUVAGE, SAUVAGESSE. *Lutter contre les sauvages et s'en sortir vainqueur* : vous vaincrez vos tendances agressives.

Mais si, au contraire, vous ne vous défendez pas : vous continuerez à subir plutôt qu'à vous imposer.

Mais si des sauvages vous entourent pacifiquement : vos réactions vous inspireront naturellement.

SAUVETAGE. *Sauver quelqu'un de connu* : vous aiderez quelqu'un qui en aura besoin.

Secourir une personne inconnue du même sexe : signale votre propre effort à vous sortir d'une période difficile.

SAVON. Incitation à s'éloigner des personnes avec lesquelles vous avez une relation sociale, car il y a quelque chose de malhonnête à nettoyer.

SAXOPHONE. À cause de sa forme, il représente aussi bien le membre viril que le sexe féminin.

Les sons du saxophone : représentent une exaltation amoureuse.

SCARABÉE. Il équivaut en rêve au soleil levant.

Il signifie le bonheur, la satisfaction de soi et une forme d'éveil de la conscience.

En or : il indique que l'on sera excessivement chanceux.

Noir : c'est un indice moins heureux.

En voir trois : c'est la compréhension de sa chance.

Le maltraiter : c'est détruire sa chance.

SCEAU. Il est permis, autorisation, et appartenance ou reconnaissance à un gouvernement, un empire, une autorité religieuse ou officielle.

Le pays, l'empire sont nos centres sacrés, où l'on établit une gouverne de nous-même ou bien l'on accepte de se laisser gouverner. La religion est un centre sacré spirituel alors que l'État représente des aspirations de nos bases sécuritaires et affectives.

Ne dit-on pas « mon pays, mes amours » ? Dans la vie onirique, notre pays intérieur est aussi notre vie amoureuse et sexuelle et représente toute la stabilité qui en découle. Le sceau scelle l'empreinte de notre vie affective en reconnaissant l'influence de celui qui en sera le directeur, c'est-à-dire, soit l'époux ou l'épouse.

Voilà ce que le sceau représente : l'acceptation des intentions personnelles de la personne aimée.

Si le sceau est religieux : c'est notre vie spirituelle qui se marque d'une croyance divine relative à la secte religieuse. (Voir *PAYS*.)

SCEAU DE SALOMON. Étoile à 6 branches qui, composée de deux triangles entrecroisés, est une synthèse des opposés.

Le mariage du parfait et de l'imparfait, l'union du temporel et de l'intemporel, du positif et du négatif. Il allie le monde spirituel et matériel.

Le triangle inversé, la pointe en bas : représente le passif, l'eau, le féminin, la terre, les forces d'en bas ; pour le magicien, il rejoint les forces ténébreuses.

Le triangle, la pointe tournée vers le haut : représente l'actif, le feu, le masculin, le ciel, les forces d'en haut.

Il permet à l'initié de rejoindre les énergies célestes.

Bien placé s'emboîtant parfaitement : il exprime la vertu par l'hexagramme, lequel rejoint les quatre éléments réunis, le feu, l'eau, et par ses entrecroisements l'air et la terre.

Le sceau de Salomon, si on le voit en rêve : nous place devant un très, très haut degré d'évolution à condition de pratiquer l'union du principe suprême et surnaturel en dépassant ses tendances multiples, en faisant un harmonieux mariage des contradictions.

Le sceau de Salomon : c'est l'état de la personne humaine qui a choisi le juste milieu, la perfection et qui a réussi à atteindre le contrôle de tous ses instincts.

SCEPTRE. Le sceptre, plus encore que le bâton, symbolise la puissance et l'autorité puisqu'il prolonge le bras du roi, de celui qui trône sur le siège d'un royaume, de celui qui possède le pouvoir suprême.

Se voir porteur du sceptre : est bénéfique pour un prêtre, ou un dirigeant important ou à ceux qui espèrent régner sur quelque empire, spirituel, industriel ou professionnel.

Pour la gent féminine, posséder un sceptre : procurera de la joie, car le sceptre promet la liberté.

En général, le sceptre apparaissant en rêve : oblige à châtier les coupables, à promouvoir les exécutants des reconnaissances de leur mérite.

Le rôle du sceptre : c'est d'honorer, reconnaître, innover, diriger, pacourir tout un monde, et ce monde, le premier, il est intérieur.

Il vous dit, ce sceptre : votre croyance en vous-même et en votre inspiration, en votre contrôle, en votre capacité de vous affirmer en rapport avec vos fonctions et vos aspirations.

SCINQUE (animal saurien). On le considère comme étant de bon augure, pour guérir.

En rêve : il annonce la prochaine guérison d'une maladie, si vous vous voyez apprêter un remède avec ce reptile voisin du lézard.

Symboliquement, il représente l'aspect bénéfique du serpent.

SCORPION (animal invertébré). Il ne faut ni prononcer son nom ni même y penser, cet arthropode symbolise la haine, la méchanceté sournoise agissant sans provocation. Son venin mortel, il l'injecte sans savoir si on l'a mérité. Il est donc très maléfique de le voir en rêve.

Et s'il s'éloigne : c'est que vous serez épargné d'une vengeance que vous n'auriez même pas méritée.

Le tuer : est un indice de victoire, qui nous fera retrouver l'harmonie intérieure.

Le scorpion et la scolopendre ont la même signification.

SCORPION. 8e maison astrologique du Zodiaque, gouverné par Mars, Pluton.

Il est le retour aux forces infernales, ou la victoire contre ces forces.

C'est le vieil homme qui habite l'âme humaine ou celui qui a réussi à le faire mourir.

Et dans ce sens, il est le signe de la sexualité, du souvenir inconscient et de nos vies antérieures.

Il fait surgir des haines tenantes du passé.

Il règle l'économie mondiale. Ce signe est celui des mutations et des renaissances, en passant par la mort de nos bas instincts. Il est le signe des successions, des assurances et des gains venant d'autrui.

SCRIBE. Jésus-Christ les cite de cette façon : « Méfiez-vous de ceux qui se plaisent à circuler en longues robes, qui aiment à recevoir les salutations sur les places publiques, à occuper les premiers sièges dans les synagogues et les premiers divans dans les festins, et qui dévorent les biens des pauvres, tout en affectant de faire de longues prières. Ils subiront ceux-là, une condamnation plus sévère. »

Si vous les voyez dans vos clichés de rêve : l'exploitation du beau, du vrai, de la bonté et de la croyance n'est plus authentique en vous.

Surveillez davantage vos motivations sinon, tout ce que vous déployez n'est que fausseté ne créant que le vide intérieur et vous rend stagnant dans votre progression.

SEAU. Il représente l'élément féminin, la femme.

Vide : il signale une privation, une période de stagnation sur le plan sentimental.

Plein d'eau propre : il apporte la prospérité, l'amour.

Le vider : laisse sous-entendre qu'on veut se débarrasser d'un lien affectif.

Rempli d'eau souillée : il indique qu'on vit une relation amoureuse malsaine, et présage de répétitifs conflits.

SÉCHERESSE. La sécheresse s'apparente aux châtiments divins. C'est une phase d'épreuves à dépasser, où l'âme n'atteint pas le privilège du sentier de la lumière. La chaleur, la présence réconfortante de Dieu ont disparu. La solitude ne les a remplacées que temporairement, car la sécheresse prépare un renouveau. En attendant, la sécheresse est le contraire de la vie amoureuse. (Voir *JUSTICE du Tarot*.)

SECRET. Le secret est lié au pouvoir.

Il est possible qu'en rêve, un geste vous oblige au secret. Si vous êtes un initié, vous êtes constamment confiné au secret.

Quelle que soit votre fonction, le secret qu'on vous signale doit être observé à la lettre.

Car la vérité est toujours déformée par ceux qui ne peuvent la comprendre, et ils la tournent souvent en ridicule ou encore elle traumatise ceux n'ayant pas accès au degré d'évolution voulu puisqu'elle permet la compréhension.

SEINS. *Une poitrine blanche, ferme et nette* : annonce la joie, la réussite remarquable.

Mais la poitrine velue : n'est favorable qu'à l'homme, auquel elle promet des revenus intéressants.

Mais *la femme la voyant recouverte de poils* : prendra des responsabilités d'homme par obligation.

Les seins symbolisent le poids, la mesure par leur rôle :

le sein gauche : est de principe lunaire ;

le sein droit : est de principe solaire.

Ils se doivent d'être beaux, jeunes, fermes et robustes, ils promettent alors un mariage ou un grand amour.

De grosseur normale, et gracieux : ils annoncent la naissance d'un enfant et l'augmentation des biens.

Des seins tombants et flasques : laissent prévoir des difficultés pour un enfant, des désappointements quant à ses réalisations et même de graves soucis pour sa santé.

Les seins enflés outre mesure : sont annonciateurs d'avancement certain, car les seins peuvent se rapporter aussi à nos affaires.

Être blessé au sein par une personne familière : confirmera aux personnes matures ou vieilles des mauvaises nouvelles.

Mais aux jeunes gens : cette blessure, si elle ne saigne pas, les place dans une sérieuse idylle amoureuse.

Mais si la blessure est sanglante : il y a toujours de l'amour mais cet amour est souffrance.

SEL. Le sel est nourriture spirituelle.

Le sel est vertu protectrice et incorruptible.

Le sel est purificateur des lieux contre les mauvaises influences.

Le sel est alliance entre Dieu et ses créatures.

Le sel est symbole de sagesse, de connaissance.

Dans l'amitié, il fait reconnaître les bonnes ou mauvaises ingérences, selon la façon dont vous l'employez en rêve; il vous invite peut-être à la vie plus spirituelle par la méditation afin de nourrir l'âme.

Si vous le placez aux fenêtres ou aux entrées de la maison : il protège les lieux.

Si vous en rêvez : on vous fait des influences mystérieuses.

Les salaisons de viande ou de poisson : annoncent des difficultés, des hostilités en amour ou en affaires de même que des dangers pour la santé.

Si vous vivez une période où vous vous sentez coupé de la protection divine, que les nuages noirs vous font suffoquer : il est bon de se voir prendre un bain de sel marin, car il rétablit ce contact avec le divin.

Si vous pratiquez la détente grâce à un bain au sel marin, en rêve : vous réussirez à vous défaire d'une situation troublante en vous rapprochant de la méditation et de la prière.

SEMAINE. Les jours de la semaine déterminent la possibilité d'accéder à ce que le rêve énonce.

Nous éveillons-nous à un intérêt, à un amour, à un travail en fin de semaine dans la vie onirique? C'est l'indice de malchance. Il faut commencer au début, à l'origine du temps d'un cycle, c'est-à-dire le dimanche.

Le dimanche : est le jour du repos des luttes, des soucis. Il promet le succès comme le soleil.

Le lundi : sensibilise, par la nécessité d'agir; l'imagination envisage l'accès à l'action. Mais trop d'émotivité rend pénible l'effort. Passivité (Lune).

Le mardi : prédispose à la décision rapide, l'effort est soutenu par le courage. Développement, avancement (Mars).

Le mercredi : marque l'accès à une œuvre par les déplacements, la communication, les explications. Il faut parler pour se faire saisir clairement (Mercure).

Le jeudi : promet la chance, l'abondance, la réussite, donne l'obligation de juger plus largement une situation en acceptant une direction imprévue (Jupiter).

Le vendredi : parle de projet amoureux. Mais la fatigue de l'effort se fait sentir. On espère terminer ce qui est ébauché. Présage l'infortune (Vénus).

Le samedi : on bat en retraite de tout projet. Le temps du repos est arrivé. N'annonce aucun projet réalisable. Mais la fin de toute œuvre est déjà commencée.

SEMENCE. La semence symbolise l'esprit qui travaille sur sa sensibilité. Elle est le résultat de la volonté. Prise dans un sens plus prosaïque, la semence conduit à l'amour, elle est l'effort pour y aboutir, le jalon pour y parvenir.

Il est donc bénéfique de se voir faire les semailles en rêve : excepté si une personne très malade vit près de nous, cela peut annoncer sa mort.

SENTIER. *Le sentier parsemé de fleurs* : annonce l'ouverture d'un débouché de vie plus heureux.

Les sentiments restent secrets à l'abri des regards et les activités veulent demeurer secrètes.

Découvrir un sentier dans le bois : on sort de la confusion, on commence à se redéfinir une direction de vie, un stimulant vers un but nouveau.

SERPENT. Le symbole le plus polyvalent, prenant source depuis la nuit des temps ; il est la force indifférenciée, tantôt positive tantôt négative.

Il est tout ce qui est principe vital inconscient.

Le serpent est hermaphrodite, il rejoint les deux âmes, féminine et masculine. Les entités lucifériennes pénétrèrent Ève sous le symbole du serpent et elle comprit la capacité de penser, d'être consciente de ses instincts et de son corps, et de choisir entre le bien et le mal. Les initiés de l'ésotérisme voient en lui la base de toute évolution. Le serpent lové et endormi au bas de la colonne vertébrale dans le premier centre vital, doit se réveiller et monter animer chaque centre par une conscience mystique ; une fois qu'il aura atteint le dessus de la tête, l'initié apparaît dans la personne humaine.

Il est dans ce sens le dieu des ténèbres qui se transforme en dieu de lumière.

Dans les symboles, il s'associe aux enfers, à la profondeur de la terre, aux eaux primordiales autant qu'aux cieux, au firmament, à l'air et aux eaux purifiées.

Et dans ce transfert, il y a des énergies démoniaques qui se transmutent en énergie divine à mesure que la lumière nous pénètre par la perfection.

Il y prend trois formes :

en forme de sinusoïde : l'âme vibre aux bas instincts des désirs terrestres, ne connaissant aucun autre idéal que la vengeance, la jalousie, la possession ;

en forme de spirale : l'âme conçoit l'appui divin, la tête du serpent regarde le ciel et se détache graduellement de ses liens infernaux, elle sent la capacité de se libérer de la jalousie, de la vengeance, de la tuerie. La paix s'installera progressivement par la capacité d'aimer, d'affectionner dans le détachement ;

en forme de cercle se mordant la queue : l'âme vit dans une totale sérénité, par la pauvreté symbolique, c'est-à-dire par la sublimation complète de ses instincts primitifs. La personne humaine a dépassé les mauvais aspects de sa programmation. Elle contrôle par le dépassement et la participation au courant cosmique lumineux qui la visite constamment, sa vie n'est plus souffrance mais illumination. Le mot « épreuve » n'est plus employé, mais la volonté est alliée à la plus grande puissance, dans le combat qui ne cesse jamais, même dans la vie de l'initié.

La religion catholique a fait du serpent le tentateur, le démon : lequel se fait écraser la tête par la Sainte Vierge. Elle n'a pas voulu accepter le sens de cette force instinctive vouée à la purification, le présentant dans sa laideur.

La mythologie se veut collaboratrice avec lui : on voit Athéna, l'esprit rationnel de Zeus, pourtant céleste par son origine, porter le serpent comme attribut voulant signifier le mariage de la raison et des énergies instinctives.

La médecine, les arts, la poésie lui font jouer un rôle d'inspirateur.

Le python-dragon aux cent têtes : personnifie la clairvoyance venant des forces ténébreuses.

Apollon voulut élever un temple à l'oracle divin et dut tuer cette forme de communication avec l'invisible que représentait

Python. Ceci explique la source d'où émanent les deux sortes de clairvoyants, les deux étant alimentés par deux mondes opposés : ceux de la lumière ou de la noirceur, car le serpent qui nous suit représente notre intuition qui nous guide.

Le caducée formé de deux serpents s'enroulant autour d'un bâton, emblème de la médecine : place l'intuition en équilibre par ses forces montantes et descendantes.

La maladie étant causée par la force d'en bas et la guérison prenant source dans la victoire des énergies divines.

Les guides spirituels peuvent prendre la forme du serpent de couleur étincelante, lumineuse et pâle. Les guérisseurs d'âmes doivent en premier lieu être blanchis. Et tout thérapeute doit d'abord exprimer les échanges harmonieux des énergies.

Ceux qui ne peuvent vibrer aux plus hautes sphères ne sont que des pseudo-représentants de la science, et malgré les plus hautes connaissances du savoir, s'ils ne sont pas nettoyés de leur bas-fond instinctif, ils ne pratiquent qu'une médecine sauvage et douteuse.

Le caducée d'Hermès : exprime cette pureté d'intention branchée sur l'intuition de l'énergie cosmique laquelle distribue l'application exacte du savoir et du charisme qui l'accompagne. Pour reconnaître l'expression éthérée pure du serpent, la couleur ou le nombre apportent de valeureux indices.

Dans les rêves : il exprime la plupart du temps notre vie sexuelle.

Suivre un serpent : c'est être guidé par ses intuitions.

Rouge : il annonce une violente passion amoureuse.

Vert : il représente l'instinct naturel, la sexualité normale, la forte vitalité.

Noir et mat : il annonce un danger venant de l'intérieur de soi, tendance trop pessimiste en amour, cause de malchance affective.

Noir et brillant : il indique de sombres moments en amour parce que l'être aimé ne nous convient pas.

Rose et bleu : il signifie tendresse, raffinement sentimental.

Brun : il signale l'amour équilibré, chaleureux.

Rouge et noir : il annonce la cruauté, la violence venant de l'être aimé.

Rouge et jaune : il représente la passion intuitive, la compréhension, l'amour passionnément heureux aidé par le divin.

Jaune et noir : il indique qu'il faut se méfier de la personne aimée, de son hypocrisie, il faut se servir de son intuition.

Voir plusieurs serpents enchevêtrés : parle d'une vie sexuelle désordonnée.

Pour la femme, rêver d'un serpent vert avec effroi : l'informe qu'elle est traumatisée sexuellement, qu'elle craint l'homme ou la sexualité, qu'il lui faudra prendre conscience d'un refoulement sexuel.

Être piqué par un serpent : signifie qu'elle tombera amoureuse.

S'il est noir : amour à dépasser.

La femme amoureuse voyant en rêve un serpent niché dans son sein : sera malade.

Pour l'homme, être piqué ou victime d'un serpent : lui indique qu'il sera terrassé par des rivaux.

Le mari voyant en rêve un serpent niché dans le sein de sa femme : sera cocufié.

Le serpent d'airain que l'on peut sentir présent en rêve : annonce la protection divine, le pardon des erreurs commises et le début d'une vie prospère.

SERRURE. La clef représente l'organe sexuel mâle, et la serrure l'organe sexuel féminin. Les deux principes féminin-masculin réunis. *Avoir une clef en main et réussir à ouvrir une porte* : c'est pulvériser les obstacles et arriver à ses fins.

Une porte dont la serrure est mise, fermée à clef : signale qu'on se bute à un obstacle sentimental ou d'affaires, qu'il n'y a pas de transition possible vers un autre objectif.

Faire changer le barillet d'une serrure : vous refusez une intrusion inopportune dans votre vie.

SEUIL. *Passer le seuil* : c'est pénétrer à l'intérieur de soi. On passe du paraître, de la vie extérieure à la vie intérieure, *si on entre*.

Si on sort : le contraire.

SILO. Il représente ce qui est à sa portée en ce moment, sur le plan sentimental. Rejoint le sens de caveau.

Plein : il annonce de bonnes réserves amoureuses, la sécurité sentimentale.

Vide : l'amour n'est pas partagé.

Pour l'agriculteur : ce rêve peut se rapporter à ses gains puisque le silo représente les économies.

SINGE, GUENON. Le singe sautant de branche en branche, agile imitateur lascif, bouffon, paraît très différent de sa symbolique : ce n'est ni l'apanage de la fidélité ni la remarquable intelligence mais plutôt la limitation à imiter ceux qui l'entourent.

En rêve, il représente une facette du rêveur.

Il n'est donc pas heureux de rire de lui, car il nous renvoie l'image de notre propre attitude du moment dans une affaire en cours.

Il y a donc un côté plutôt obscur, grotesque et conventionnel dont la personnalité doit essayer de se dégager.

Mais le singe de la vie nocturne peut aussi signifier un individu sournois et malfaisant qui vous visite souvent.

SIRÈNE. Les sirènes représentent les sortilèges de l'amour polluant l'âme de la personne humaine et la détruisant.

Amour fatal et obsédant dont il est important de s'éloigner parce qu'il n'est aucunement réalisable. (Voir *DIX-HUIT dans NOMBRE, LUNE du Tarot*.)

SIROP D'ÉRABLE. Annonce un amour printanier qui ne se produira qu'aux temps des sucres.

SOC. Le soc représente l'actif de la volonté agissante dans toute direction prise. (Voir *CHARRUE*.)

SODOMIE. Mécanisme de la pensée tournée vers les choses matérielles : richesse, succès, sexualité, gloire.

SOIE. Tout ce qui est fabriqué de soie promet des relations raffinées, fières, avec une note fantaisiste.

SOLDAT. *Voir un soldat inconnu* : c'est porter en soi le sens de la responsabilité familiale, collective, mais surtout celle de s'affirmer. Les soldats sont de principe masculin, ils sont représentatifs de l'instinct d'une personne autoritaire qui veut casser votre caractère, mais que vous refusez fermement.

L'armée de soldats : personnifie l'autorité agressive qui veut s'imposer coûte que coûte.

Autorité paternelle ou maternelle ou encore autorité du conjoint délaissé qui veut s'imposer dans votre liberté. Qui sera vainqueur, qui sera vaincu ?

Le contexte du rêve vous donne la réponse, car le pays dans les rêves, c'est le centre de vie sacré, l'amour.

SOLEIL. Le soleil est le père nourricier du principe de toute vie. Le soleil est représenté symboliquement par le chrysanthème, le lotus, le tournesol, l'aigle, le cerf, le lion et l'or. Le soleil donne la constatation intuitive et rapide, tandis que la lune donne la constatation par reflet imaginatif envisagé.

Le soleil est l'esprit, la lune est l'âme ; ils vivent à un degré différent et donnent équilibre et force, dans chaque humain mâle ou femelle.

L'œil droit : serait représentatif du soleil ; *l'œil gauche* : de la lune. De même que de l'œil droit émerge l'intelligence et de l'œil gauche la mémoire.

Le soleil rayonnant : annonce au mystique l'illumination.

Les dieux et les héros solaires sous l'aspect des légendes épiques nous éduquent pour conquérir le soleil rayonnant de l'initié, à différents niveaux des aventures épiques.

Pour les alchimistes : le soleil noir est la matière première, l'âme primitive vers son évolution ; il est aussi l'inconscient.

Le soleil noir est l'antithèse du soleil radieux du midi, c'est-à-dire de l'illumination, de l'esprit rayonnant et libéré. Le soleil distribue donc la force énergétique la plus puissante et témoigne de la vitalité, de la conscience, de l'intelligence.

Assister au lever du soleil : c'est le prélude d'un nouveau succès, d'un nouveau cercle d'amis, d'un nouvel amour mais surtout d'un merveilleux équilibre, d'un épanouissement certain.

Le voir à son zénith faire feu de tous ses rayons : est signe de vitalité, de dynamisme, de compréhension, d'intuition, de volonté et de réussite remarquable par l'intelligence.

Rêver d'éclipse du soleil : un déroulement imprévisible bon ou mauvais dans vos réalisations.

L'éclipse : vous redonne vitalité ou affaiblit votre santé physique.

Rêver de coucher de soleil : informe de la fin d'un genre de vie, d'une activité ou d'un amour.

Le soleil rouge : promet un amour insatisfait, un homme qui n'apporte pas beaucoup de satisfaction, parfois un partenaire trop âgé dans la vie d'une femme. De même il annonce des soucis au sujet des enfants et indique des problèmes affectifs qui seront vus et connus de tous.

Être un soleil : annonce un poste honorifique et d'autorité.

Un des plus beaux rêves pour une femme est de voir dans le ciel un soleil jaune : car il annonce l'amour d'un homme merveilleux qui lui promet le bonheur.

Mais le soleil concerne aussi les enfants et un soleil levant suivant sa course jusqu'au point de l'horizon occidental sans que des nuages l'obstruent : annonce toutes les réalisations professionnelles désirées, de la joie et des honneurs avec la progéniture.

Un soleil teinté de sang ou de couleur obscure, ou encore couvert de brume : annonce au rêveur qu'une multitude de tracas s'attaqueront à lui et s'il est parent, que ses enfants dépériront. Mais ces derniers aspects du soleil permettent de garder secrets à travers ces pérégrinations les incertitudes, les sentiments et les pensées.

SOLEIL (le). 19e arcane du Tarot, correspond à la 7e maison astrologique. Se résume par l'association et le mariage. Le soleil octroie la capacité d'aimer purement, le bonheur par une affinité voulue et appréciée de la nature, l'union sincère, et la joie familiale. De plus, donne le talent artistique ou littéraire, le mariage réussi, la richesse intérieure éblouissante et une réputation prestigieuse. Il représente la personne humaine qui a élevé ses limites à la conscience majestueuse du lever du soleil.

SOLITUDE. Si la tonalité de votre vie nocturne vous remplit de clichés de rêve où la solitude prime, dites-vous qu'elle est nécessaire pour le moment, elle est votre professeur, à vous de comprendre. Cela ne veut pas dire pour autant que vous n'êtes pas aimable mais qu'il y a d'autres raisons que seul Dieu connaît. Elles sont inexplicables pour la personne humaine. Elles arrivent pour payer des erreurs antérieures, pour vous élever dans la perfection ou encore par acceptation de la souffrance pour d'autres comme fit le Christ. Dites-vous que la souffrance a ses droits, car acceptée, elle donne la détente nécessaire à la progression et elle devient un futur pouvoir.

SOMMEIL. Il représente une quiétude trompeuse. Manque de réalisme. Vous ne comprenez pas ou ne concevez pas ce qui est évident dans votre vie intérieure, affective ou professionnelle.

SONNETTE. *Si on sonne à votre porte, dans la vie onirique* : c'est que quelqu'un de votre entourage demande votre aide.

Si c'est vous-même qui sonnez : vous êtes dépassé par une situation et avez besoin d'un appui, ou bien encore d'amour.

Si on ne vous répond pas : il faudra continuer à vous ressourcer par d'autres moyens que la vie naturelle et attendre l'apport divin.

SORCIÈRE, SORCIER. Les deux, la sorcière comme le sorcier, sont des résidus de l'inachevé dans la psyché.

Leur apparition en rêve nous signale que nous devons réévaluer une dimension intérieure, obscure, soumise et non libérée des tendances destructrices.

Que nous les subissions dans les contacts avec l'extérieur ou qu'ils soient encore intégrés dans notre subjectivité, leur symbolisme rejoint les énergies instinctives de l'esprit non discipliné, non purifié.

La sorcière : représente le côté hideux et maléfique de la femme, haineuse et primitive dans sa relation avec l'homme ; elle est le contraire de la personne parfaite et idéale.

La sorcière peut nous éclairer et laisser entrevoir la relation avec la mère autoritaire, écrasante et accaparante.

Le sorcier : est l'homme possédant une influence sur la famille, la vie collective et sociale.

Il manifeste le côté grossier du père, du mari, dont l'empire ou la fonction d'autorité demeurent pervers, sombres, non éclairés, encore soumis aux intérêts des forces d'en bas, par la vengeance, la haine, la pensée destructrice.

Dans chaque être humain, il est le contraire de la lumière, et sur le plan de la connaissance, il informe que le terrien n'a pas encore cloisonné son territoire entre la science et la magie.

SOUFFLE. Le souffle est création entre la régression et l'évolution. Il est formé du principe négatif et positif pour conserver la vie. Il libère, imprègne d'essence vitale. Il faut nécessairement qu'il soit pur, car il est vie et inspiration. Il est manifestation et vie. La circulation du souffle à travers l'âme physique s'opère par la concentration de la pensée, car le souffle agit avec la pensée dirigée et transmise à travers le corps physique et les corps subtils à l'aide des mantras qui ne sont rien d'autres que souffles sonores.

Ce souffle sonore rejoint toutes les dimensions de l'univers. Il équivaut au baptême et à la résurrection. Il peut capter les plus hautes vibrations des guides de Lumière. (Voir *AUM*.)

Il attire à lui les plus puissantes énergies cosmiques et les assimile à l'âme humaine et les inspire vers le divin.

Le souffle nourrit et libère.

Il nettoie non seulement les poumons et le sang, mais l'âme aussi. C'est-à-dire que les refoulements dans l'inconscient se déversent dans la nuit de l'oubli par l'extériorisation du souffle appuyé par la concentration et l'introspection. Le souffle est plus que créateur, il est magiquement thérapeutique. Le souffle donne l'inspiration qui modifie la vie psychique, matérielle et spirituelle, car le souffle est intelligence, conseil, force, expérience, sagesse et action.

Il plaît, réchauffe ou blesse de ses odeurs.

Et dans les rêves : le souffle redit subitement tout ce que je viens d'énoncer, car le souffle est divin et dans ce sens, le souffle humain est impur.

L'odeur : symbolise les qualités et les vertus divines qui se dégagent. Elle est comme le vent, elle est remplie d'amour et de chance, de pureté et de vertu, d'inspiration.

Le souffle divin apparaissant sous la forme d'un jet lumineux semblable à une traînée de salive : peut guérir l'âme et le corps s'il est vu en songe.

SOUFFRANCE. Les souffrances physiques nous renseignent sur les épreuves morales, vues sur une personne inconnue de même sexe, et concernent le rêveur lui-même, mais sur d'autres, nous devons nous attendre à jouer un rôle de consolateur, de malheureux.

SOUFRE. Le soufre correspond au feu et annonce une période d'épuration par l'épreuve.

Ses vibrations transmettent la volonté de Dieu ; il est la volonté spirituelle de l'esprit. Le soleil éclaire le ciel, le soufre éclaire l'âme comme ce luminaire.

C'est une pluie de soufre symbolique qui détruisit Sodome. C'est pourquoi, le soufre annonce de la maladie ou des afflictions, dans un but de purification par culpabilité ou par châtiment.

Le soufre travaille à orienter vers la lumière par les souffrances, il allume la clarté intérieure.

La symbolique pomme d'or équivaut au soufre, fruit de l'immortalité.

Selon l'expression populaire « sentir le soufre » : ne donne pas bonne réputation et déclenche le même rejet dans la vie éveillée.

SOUPE. *Manger de la soupe* : annonce la guérison d'une maladie, la disparition d'une obsession.

On se sent toujours libéré après ce rêve.

SOURCE. Origine de vie, d'amour, de joie, de santé. Elle symbolise aussi la vitalité, la connaissance et la fécondité.

S'abreuver à une source d'eau limpide : annonce l'amour réciproque.

S'y rafraîchir ou s'y baigner : redonne la vitalité, la santé.

Si l'eau est souillée ou boueuse : on vit un attachement qui déséquilibre par des blessures constantes.

La source desséchée : annonce une période d'attente sur le plan sentimental. Par conséquent, la source de joie intérieure est aussi tarie et le pessimisme nous empêche de jouir de la vie à nouveau.

SOURCILS. *Voir des sourcils forts et épais* : est un signe de santé et de bonheur.
Voir des sourcils clairsemés : annonce des soucis, des deuils.

SOURIS. *En général, la souris* : présage un moment dépressif intense.
Quelquefois, une petite souris : représente une femme dont un homme est fortement épris.
Un grand nombre de souris : représente une peine secrète qui mine le moral.

SPHÈRE. La sphère est un signe de perfection, de totalité, d'équilibre. La sphère a la même signification que le cercle.
Se retrouver dans une sphère : signifie qu'un cycle est terminé, qu'un temps est révolu et annonce la plénitude, la connaissance, en rapport avec un état ou une œuvre.

SPHINX. Il symbolise l'impénétrable, l'énigmatique, la sérénité. On lui attribue les qualités royales du lion, son ambition lui fait envisager le succès, le triomphe comme les souverains, les pharaons. Il annonce les débuts d'une destinée exceptionnelle axée sur une mission secrète et nécessaire.
Voir un sphinx : vous aurez de lourdes responsabilités et pas nécessairement celles que vous prévoyez dans la trajectoire de votre existence. Le sphinx tourne ses intérêts vers le matériel.

SPORT. Le sport, quel qu'il soit, annonce une période de tension où des conflits de longue durée sont à prévoir. On peut comprendre la signification de ce symbole par l'expression populaire québécoise « c'est du sport ». Expression qui résume une situation exigeant de l'adresse, de la réflexion, de l'habileté, de la force, de l'endurance, du courage, de la ténacité. Le mot tran... sport met bien en évidence les émotions qui nous transportent quand on est sujet à des tensions, des conflits.

Les conflits, les difficultés de longue durée se voient, en rêve, sous diverses formes d'activités sportives, ou encore par l'apparition de champions, ou d'équipements sportifs, ou de lieux où se pratiquent des sports.

Le duel, le combat de lutte ou de boxe, de même que l'arène préviennent le rêveur de stress, de grande fatigue et à la limite de maladie. Ces visions invitent le rêveur à se conscientiser au combat interne ou externe qui l'habite ou auquel il est confronté. Par son incapacité à choisir entre deux tendances ou deux attitudes ou deux sentiments ou deux états de vie, avec le temps la fatigue, l'épuisement ou encore la maladie s'installent. L'adversaire du rêve c'est le reflet de soi ou la transposition d'un état sur un personnage symbolique qui renseigne sur la cause de nos tensions. Le reflet de soi peut prendre l'apparence d'un animal, d'un enfant, d'un être humain, d'un ami et condense la charge émotionnelle ou le blocage psychologique que transporte le rêveur. Il arrive que des états intérieurs qui affrontent le rêveur prennent la forme du corps humain d'un inconnu ou d'un proche. Le rêveur veut conserver des acquis. Il refuse de lâcher prise en amour, au travail et se fragmente en un ou plusieurs symboles chacun reflétant un genre de sentiments différents. Alors, l'instinct de vie transposé sur un ou plusieurs reflets de soi cherche à conscientiser le rêveur de la nécessité de couper avec des engagements, des passions ou encore des habitudes, des mentalités, qui détruisent sa santé ou son équilibre. Le reflet de soi possède une signification unique pour le rêveur d'après ce que lui en sait ou en comprend ou encore en ressent.

Les armes : *épée, pic, dard, les champs de bataille, les engins de guerre, les bâtiments et les champs de guerre* préviennent des mêmes tensions au sein de la relation ou de l'association. Car les armements et les soldats annoncent des conflits et de la révolte sous son propre toit ou avec l'entourage.

La randonnée équestre : se promener paisiblement à cheval renseigne de l'harmonie entre le rêveur et sa pulsion vitale, y compris sexuelle. Indice de bonne santé et bon équilibre psychologique, le paysage reflète ce qui se passe intérieurement. Tant mieux s'il est beau. Mais si le cheval se cabre, cette harmonie est rompue. On panique.

Et si le cheval se blesse c'est cet instinct qui est blessé, mutilé, qui souffre. Cela étant, il est à conseiller d'analyser ses attitudes face à l'organisation de ses pensées et la conduite de ses réactions, qui sont inséparables de la vie amoureuse, de la perception de l'idéal et des choix de vie.

Si le cheval meurt, il y a de graves menaces pour la santé. Le cheval comme la mère sont des symboles du corps physique vivant ou mort.

Si vous fouettez votre cheval pour qu'il coure au grand galop, vous êtes prêt à agir envers et contre tous en fonçant témérairement vers votre but, peu importent les conséquences. Animé seulement par la passion folle qui vous domine. Et si vous vivez des moments épanouissants et romantiques en amour, il pourrait arriver de vous voir avec une personne du sexe opposé assise à votre côté ou sur un autre cheval se déplaçant dans la même direction.

Assister à une course de chevaux dénote une passion inclinant à surveiller et analyser vos exploits amoureux. Si le cheval du rêveur gagne c'est le présage de la chance pure en amour. On possède la disposition propice pour entreprendre une relation amoureuse.

Participer à une course hippique met en relief l'esprit de conquête pour vaincre tous les obstacles afin d'être choisi par l'élu(e). Le contraire si on n'y arrive pas.

La chasse à courre, sport pratiqué par les monarques et les nobles. Ce sport coûteux convenant aux favorisés, consiste à suivre les pistes de l'animal, soit un gibier ou un élan, à le poursuivre avec une meute de chiens, à le contrôler en l'entourant, puis à la fin à le tuer. Le veneur de la meute termine en déchiquetant la chair qui servira à l'alimentation. En rêve, le gibier symbolise un compagnon ou un ami doté de pulsions sauvages qui dans le futur se transformerait en être dangereux à tous points de vue. S'il s'agit d'une chasse à l'élan ou de tout animal dont la tête est ornée de bois, le chasser et le tuer informe qu'on s'éloignera de personnes perfides, acariâtres, hypocrites, malintentionnées.

La natation : nager signale un dédoublement du corps énergétique. Le rêveur nage dans l'incertitude de ses espoirs amoureux risquant de s'y noyer. Il ne se sent pas stabilisé ni certain de ses acquis.

S'il plonge dans l'eau profonde, il cherche à résoudre une situation problématique doublée d'intenses émotions.

S'il remonte à la surface, il sera transformé par l'acquisition de nouvelles perceptions ou de nouveaux apprentissages pour lutter contre ses peurs, ses phobies, son manque d'ouverture face à un défi, la plupart du temps amoureux.

Des objets ou des gadgets de secours peuvent apparaître sur ou dans l'eau ; en les analysant, le rêveur comprendra de quelle manière il peut surmonter ses appréhensions. S'il les utilise efficacement pour sa survie, le rêveur acquerra de la maturité.

S'il parvient à la terre ferme, il se sortira indemne de sa confusion.

S'il est accompagné sur la terre ferme d'une personne de l'autre sexe, enfin l'harmonie surviendra entre amoureux.

La plongée dans la piscine réfère à des débats relationnels suscités par des problèmes d'ordre familiaux ou sentimentaux. C'est une plongée dans la matrice universelle, l'eau qui donne naissance à de nouvelles forces, à une nouvelle conscientisation. Souvent le rêveur y rencontre la cause de ses divisions (objets, gadgets à analyser), la présence de ses appréhensions (personnes, animaux).

Si on veut que le rêve soit constructif, il faut avoir exploré ou tout réglé avant de sortir de la piscine. Bien analyser chaque symbole rencontré et évaluer sa signification à partir de ses propres conceptions et son histoire personnelle.

La plongée sous-marine est déclenchée par une situation stressante ou une crise existentielle. La plongée demeure une fouille dans les sphères les plus inusitées de l'inconscient afin de se ressourcer et grandir. On peut y découvrir l'origine d'une déficience ou encore la solution à une impuissance en analysant bien ce qu'on y rencontre tels des objets, des animaux, des trésors symboliques. On se sentira rassuré. Ainsi le rêveur peut enfin s'ouvrir à des perceptions qui transforment la personnalité.

La pratique de la planche à voile avertit qu'il faut garder l'équilibre au milieu des remous sentimentaux, des émotions houleuses suscitées par une ambition ou un attachement.

Si le rêveur tombe mais se relève, c'est l'indice d'un avertissement avant de se perdre dans ses émotions.

Mais *s'il reste dans l'eau*, il sera certainement perturbé, piégé au point de se sentir traumatisé.

S'il s'y noie, il devra se reconstruire intérieurement.

Tous les rêves de sports d'équipe impliquant une équipe adverse tels le hockey, le base-ball, le basket-ball etc. présagent de douloureux débats entre conjoints ou associés. Le rêveur doute et manque de confiance. Bien des barrières limitent sa liberté d'aimer et de se réaliser. Une enseignante rêva qu'elle envoyait le ballon à l'autre équipe (ses élèves) au jeu de ballon volant. En retour le clan adverse lui renvoya le ballon aplati, dégonflé et dur. Le ballon était le double onirique de la rêveuse qui informait qu'elle était dure et dégonflée de ne pas susciter l'intérêt dans ses cours. Le ballon dépeignait sa dureté, sa froideur et son découragement.

Toute forme ronde ou ovale symbolise la femme et l'élément féminin, donc l'état de la rêveuse.

Le polo exige beaucoup d'équilibre et d'habileté de la part des participants qui, montés sur leur cheval, doivent faire des tours d'adresse pour pousser une boule dans le camp adverse à l'aide d'un maillet à long manche. Là encore l'effort fourni par le cavalier onirique signale que dans la vie du rêveur se préparent des conflits qui exigeront de lui beaucoup d'habileté, de précision, de diplomatie et souplesse pour contourner les plans d'un adversaire ou d'un conjoint ou associé.

S'il réussit à lancer la balle dans le camp adverse, il saura trouver des solutions.

S'il gagne, il vaincra des personnes qui lui causent des soucis dans la vie réelle.

Bien observer l'état de la boule que le clan adverse lui renvoie. La boule étant un symbole d'émotivité, par elle il comprendra de quelle manière il réagira dans la vie suite à ces tensions.

L'important c'est que le rêveur arrive à compter un but ou à vaincre le club adverse. Il vaincra ses oppositions, ses blocages, et alors, augmentera la confiance envers son engagement ou son groupe. Les gestes qui n'atteignent pas leur but signalent le manque de maturité. On ne sait pas s'y prendre.

Les équipements sportifs défectueux informent de nos mécanismes de pensée qui sont inappropriés.

Bien observer ***les mouvements*** pour saisir le degré d'efficacité ou d'inefficacité (les actes mal orientés ou sans résultats). Si les gestes ne sont pas réussis, il faut consulter. Dans la vie, il est souhaitable de demander conseil dans le but de changer de points de vue, de s'ouvrir à une nouvelle compréhension des faits ou de nouvelles façons de dire les choses. Car tout est dans l'attitude. Remémorez-vous les émotions qui accompagnent chaque geste dans chaque étape de votre rêve. Faites un parallèle avec les émotions vécues réellement. Cela permet au rêveur de mieux se situer afin de retrouver son unité, son centre. Les gestes et les équipements sportifs (manière de penser et de comprendre) qui n'atteignent pas leur but signalent le manque d'adaptation ou d'ouverture dans les efforts en cours.

Les sports saisonniers, d'hiver et d'été, d'automne et de printemps.

Ceux d'hiver sont imprégnés d'une grande tristesse à cause du froid glacial particulier à la saison (excepté si le rêve est fait en hiver). On souffre du manque de compréhension, d'assistance, d'amour. Le paysage ou le fond de scène dépeint le climat intérieur du rêveur agité ou triste au centre de son drame. Mais si le soleil éclaire la neige, l'épreuve s'adoucit.

Les sports d'été, malgré le stress, révèlent un être profondément chaleureux, prospectif ou amoureux. La scène onirique signale les efforts réussis ou ratés pour continuer en amour.

Les sports du printemps sont comparables aux espoirs qui iront en s'améliorant comme l'indique la saison, alors que ***tout ce qui a trait à l'automne*** n'annonce aucun succès à venir mais plutôt des longs efforts vers le déclin.

Là encore, *le ciel menaçant ou l'ouragan* rend difficile de conserver ses acquis amoureux ou d'affaires ou autres. Il faut observer jusqu'à la fin du rêve pour comprendre si le contexte onirique incline au bonheur.

Dans les sports avec adversaire et coéquipiers, il est bon d'observer nos défauts ou qualités transposés sur eux. Si on gagne en rêve, on gagne aussi dans la vie ; si on perd, on perd aussi dans la vie. En rêve, ***la victoire contre l'équipe adverse*** informe le rêveur qu'il trouvera les solutions et la diplomatie pour conserver ses acquis et vaincre.

Il est de même avec les joutes de ***hockey***. La dualité est rompue si on compte un but, après on comprend mieux comment affronter les défis de l'existence et de certains aspects de sa vie.

Les sports qu'on pratique seul ou en groupe tels le cyclisme (implication sexuelle), ***le patinage, le ski alpin, le ski de randonnée*** exigent eux aussi de la souplesse, de l'habilité pour conserver l'harmonie au centre des flux et des reflux de l'attachement affectif. Ces sports font référence à la capacité de conserver l'équilibre psychologique (car on peut tomber, se blesser, se rendre infirme, tout est question d'équilibre).

Pratiqué en groupe, il faut observer les situations complexes tissées par ceux qui accompagnent le rêveur.

Descendre une côte dépeint la nécessité de se détacher alors que monter indique les efforts pour s'adapter.

Si on monte jusqu'en haut de la pente, on réussira à vivre harmonieusement.

Il y a quelque chose à découvrir pour comprendre certaines attitudes, certains blocages. Comprenons que la scène du rêve n'est qu'une métaphore, qu'une comparaison pour dire de quelle façon vous vous sentez dans telle sphère ou telle relation ou telle situation ou telle implication.

Les sports motorisés tels que le pilotage d'avion, la conduite de voitures de course font appel aux risques encourus dans l'organisation trop précipitée de ses emportements, de ses passions, où la sagesse n'a pas de place. Il s'agit de passions qui nous transportent. Il faut de la sagesse pour conduire sa vie en l'organisant avec modération, respect et prudence. On conduit son véhicule comme on conduit sa vie. Et il y a toujours les autres en dehors du véhicule ou sur la piste à parcourir en tenant compte des autres comme dans la vie relationnelle.

Les sports pratiqués en solitaire signalent des efforts d'introspection, de réflexion, parfois ils annoncent un moment de répit et une détente avant de s'impliquer ou de prendre une orientation.

La course automobile signale que le rêveur vit intensément et qu'il craint de ne pas être à la hauteur. Il voit la relation amoureuse comme une compétition. Il faut que j'arrive le premier (le meilleur) si je veux qu'on m'aime ou qu'on me choisisse. Coûte que coûte on veut dépasser tous les obstacles enfreignant le bonheur.

Les sports d'évasion sont les sports d'automne au cours desquels les conjoints partent à ***la chasse*** pour décrocher de la monotonie du quotidien, se reposer des problèmes et des responsabilités du travail et de la famille. Les sports du printemps se placent parmi les activités d'évasion qui ramènent chaque année les passionnés de ***la pêche*** loin de leur maison. Ces deux saisons encouragent les sports de détente entre amis pratiqués dans un décor pittoresque et sauvage. Ces rêves invitent à profiter d'un peu de répit au milieu des tensions quotidiennes. Ces sports dépeignent la capacité de rester stable malgré l'abandon temporaire de son univers en s'offrant la satisfaction de vivre autrement dans l'absence passagère ou la diversion ou l'incompréhension du moment. Le rêve présente ces scènes pour aider le rêveur à mieux se comprendre et se renouveler.

La chasse demeure une transposition de nos besoins de conquête, de contrôle, de possession, de domination et malheureusement en certains cas de destruction.

La chasse aux oiseaux représente nos amours basées sur les affinités. Tuer un animal doux et pacifique témoigne d'un instinct destructeur. Bénéfique s'il s'agit d'un oiseau prédateur.

Quant à *la chasse aux animaux sauvages*, elle prend le sens de dompter nos instincts sauvages. Il est souhaitable de les épargner pour les apprivoiser, les dresser, les aimer, et de s'en faire des compagnons agréables. Car l'animal est en nous et il faut savoir le consoler, le guérir, le contrôler et dompter ses pulsions dans notre propre territoire humain. Encore là il y a bien des si... À la chasse, arrive-t-on à capturer sa proie ? L'animal étant un aspect instinctif à satisfaire (instinct ou attitude en soi à saisir, à analyser, à contrôler, à réorienter ou à sublimer ou à éliminer en le tuant). L'instinct sauvage mieux dirigé ou contrôlé apportera-t-il plus de joie à ceux qu'on affectionne ?

Alors qu'à ***la pêche*** on se calme, silencieux dans un décor champêtre. Mais réussit-on à prendre du poisson qui vient ou ne vient pas ? qui mord ou ne mord pas ? Là encore, il faut se questionner, le poisson étant la pulsion psychique vivante (poissons vivants) qui peut créer une force vers un recommencement en amour ou en affaire ou autrement.

Si les poissons sont morts, il demeure souhaitable de se détacher faute de motivation, on ne peut se relancer, s'accrocher, on ne croit plus à la nécessité de se battre pour vaincre dans une sphère spécifique. Tout est fini. La pêche c'est la motivation profonde à puiser dans les ressources infinies de l'inconscient pour trouver en soi des moyens de se dynamiser à nouveau et régler une affaire en cours. Ce ressourcement en soi peut aboutir à construire une vie beaucoup plus heureuse.

Dans la catégorie des sports de détente, on pourrait inclure ***le golf***, qui offre un divertissement amical, social, exercé sur des arpents verts (le bonheur). Mais le golf se pratique avec des participants-concurrents. Il faut bien observer le drame qui peut s'infiltrer parmi ces gens et bien suivre la direction de la balle. Gagner ou compter un point c'est aussi vaincre des tensions intérieures au sein de la vie affective.

Quand on vit des dilemmes, des situations non clarifiées dans ses relations professionnelles ou amoureuses, les comptes s'accumulent et on rêve de la pratique de sports. On peut rêver de joute de ***tennis***, les personnages oniriques sont des aspects émotionnels ou comportementaux du rêveur indécis qui « se renvoie la balle ». Même signification pour le joueur de golf qui se retrouve sur le terrain de golf. C'est un signe qu'il faut reprendre le jeu interpersonnel avec un proche. Ce qui invite au dialogue avec soi-même en premier pour le continuer avec l'autre quand on s'y sent prêt. Si on compte un point ou réussit un trou, on tend vers une victoire intérieure et parfois extérieure. On élargit ses frontières au jeu de la vie en s'adaptant aux conflits actuels.

SQUELETTE. Le squelette de la vie onirique peut prendre deux significations de détachement : affectif ou transformateur.

La première signification : indique que des liens affectifs n'existent qu'à l'état de résidus. Il symbolise dans ce sens la nécessité d'oublier.

Aussi, bouger un squelette : annonce la maladie grave ou la mort d'un être cher.

Pour le détachement transformateur : le squelette renseigne sur l'expérience de la vie après la mort, influence l'esprit vers la sagesse.

Il effraie parce que l'oubli nous fait souffrir.

Sa signification tourne autour des aspects de mortalité, de détachement ou de connaissance pris dans le sens de l'expérience du vécu.

STATUE. Les statues personnifient de majestueuses puissances de l'invisible. Elles sont les inspiratrices des personnages qui détiennent des pouvoirs politiques ou autres sur terre.

Les statues influencent ceux qui doivent agir à travers elles.

Elles décrivent les décisions qu'ils prendront dans les structures magistrales, religieuses ou gouvernementales.

La statue de bronze : vous défend des oppresseurs.

Les très grandes statues d'or qui bougent : annoncent des revenus et une richesse surprenante.

Être transformé en statue d'or : annonce la richesse au pauvre et pour l'homme de condition aisée, cela indique qu'il sera épié et aura des ennemis.

Être transformé en statue de fer : est annonciateur de misère sans merci.

Si on fabrique la statue d'une personne aimée : c'est qu'on travaillera à former la personnalité croissante de cette personne selon l'image qu'on désire d'elle.

Modeler une statue : promet beaucoup de succès et une bonne renommée.

Voir la statue de quelqu'un sur un piédestal : signifie qu'on porte une admiration injustifiée à cette personne. (Voir *DESSINER, GRAVER.*)

STERNUM. Le sternum centralise les cordes qui conduisent l'esprit divin à tous les endroits du corps.

Quand on le voit brisé, c'est la croyance du support divin qui ne circule plus en nous ; on perd la foi par trop d'épreuves et par le manque d'appui.

SUD. *Se trouver au sud dans ses rêves* promet l'amour ou le succès. Le sud équivaut au zénith.

SUDATION. *Suer, avoir trop chaud en rêve* annonce des épreuves qui effraient et donnent de l'insécurité.

SUICIDE. *Se suicider,* c'est avoir une vie limitée, diminuée par ses instincts destructeurs, c'est mourir intérieurement. Il ne faut compter que sur soi-même, sa force, sa volonté, son travail, pour traverser cette période dépressive. Même si la vitalité est momentanément très diminuée, il faut s'efforcer d'agir, car sinon dans la situation présente, on n'aboutira nulle part.

SUPERMARCHÉ. Un moment d'évasion dans lequel le rêveur concentre son attention sur la recherche affective.

Le supermarché, c'est le centre affectif. C'est le lieu où l'on rencontre l'amour, où ceux qui nous aiment nous reconnaissent, où l'on peut faire un choix.

SVASTIKA. Symbolise un tourbillon de création autour duquel se répartissent hiérarchiquement les cercles évolutifs, créés, rejoignant le sens de la roue.

Il est le centre autour duquel se situent les quatre coins de la terre.

Sa vibration correspond au nombre 10 000, lequel formule la masse des êtres et de la vie.

Il convient dans son sens horizontal au pouvoir royal.

Il convient dans son sens vertical au pouvoir sacerdotal.

La croix svastika est aussi la croix gammée de Hitler et peut, à cause de ce fait, avoir perdu, dans l'imagerie populaire, son sens sacré. Mais qu'on s'en serve en politique ou selon les croyances de l'Extrême-Asie, cette croix centralise les énergies venant de directions différentes selon son but divin ou infernal, elle capte comme un moulin les énergies cosmiques.

SYNAGOGUE. Symbolise l'aveuglement spirituel.

T

TABAC. Le tabac a des pouvoirs magiques ; il est la base de toute forme d'extase, puisqu'il sert à brûler. Comme toute passion allume l'âme et le corps de celui qui le consomme, l'amour ne manque pas *si vous allumez le tabac*.

Sans être allumé : le potentiel est là sans plus.

TABERNACLE. Le tabernacle résume ce qu'il y a de plus sacré pour vous dans un dialogue entre l'intemporel et le temporel. Sa vue incite à la prière, à la transcendance par la méditation.

TABLE. Elle représente la stabilité de la vie. Elle situe le rêveur dans sa vie affective, amoureuse.
L'aspect de la table à dîner : indique la qualité d'une union, d'un mariage.
Une table bien dressée, remplie de fruits et de nourriture : informe de l'abondance en amour, de la compréhension surtout si on est invité à manger.
Une table sur laquelle il n'y a rien à manger : signale au rêveur l'amour inexistant, même si elle est dressée.
Une table à dîner renversée : annonce l'éclatement d'un mariage.
La table de travail : se rapporte directement à sa profession. Les écrits que l'on y verra, l'attitude des personnages qui entourent le rêveur sont importants pour connaître la signification de ce songe.

TABLEAU. *Voir quelque chose d'écrit sur un tableau noir* : annonce une nouvelle pour bientôt.
Le sujet d'un tableau, d'une peinture : donne le sens de ce que l'on doit comprendre par le symbole qu'on y voit. Il est comme le film à venir de la vie.

TABLIER. *Mettre un tablier,* c'est vouloir se protéger des soucis anodins de tous les jours.

TABOURET. Il représente le besoin de laisser vos angoisses et de vous détendre en vous détachant de vos soucis.

TAFFETAS. Le taffetas incite au plaisir de séduire, d'être admiré, de plaire.

TAILLIS. Il représente une vie sentimentale frustrée. On ne connaît pas toutes les données d'une situation et on manque de lucidité.
Sortir d'un taillis, c'est prendre une décision, c'est saisir et épouser un nouveau style de vie.

TALKIE-WALKIE. (Voir *TÉLÉPHONE.*)

TALON. Tout l'équilibre de la sensibilité se situe au talon.
Se faire mordre au talon : on trouvera le défaut de votre cuirasse. Un ennemi vous prendra au dépourvu.

TAMBOUR. Il annonce un événement surprenant auquel on réagira fortement, car il donne un message comme le téléphone.

TAMBOURIN. Son son plus grave que le tambour évoque par la légèreté de sa musique les sons stellaires qui enchantent. Il incite à la vie intérieure, à la contemplation.

TAMIS. La confusion n'est pas bonne conseillère, essayez de faire un choix important dans vos obligations ou dans vos relations.

Bref, passez au crible les préoccupations de votre vie actuelle.

TANK. *Le voir vide ou se vider* : annonce un échec ou la fatigue.

Rempli : il promet du succès dans les entreprises.

TANTALE. Ayant voulu se croire l'équivalent des dieux, il les trompa et fut condamné aux Enfers, à la faim et à la soif. Par son élévation, sa chute, sa vaine exaltation, Tantale symbolise le châtiment de la personne qui aspire orgueilleusement à s'élever avec prétention dans ce qui ne lui appartient pas. Il vit dans tout être humain qui n'est jamais satisfait de ses succès. Il représente la recherche poursuivie sans fin d'un idéal jamais assouvi.

Ne pouvoir atteindre ce qui est accessible serait le supplice de Tantale. Il ne peut saisir ce qui se dérobe à son désir, comme un trésor qui s'enfonce constamment.

TAPIS. Le tapis comme les meubles parlent de votre vie affective et sociale selon leur qualité et leur éclat.

Les beaux tapis : annoncent des amours heureuses et une vie confortable.

De couleur rouge : il est promesse d'amour passionné.

Le beige : de l'amour tendre.

Noir : de renoncement, de rupture.

Les tapis sales, tachés : ne représentent rien de très épanouissant ni de pur en amour. Le tapis rejoint le sens de jardin et des désirs de bonheur sacré.

TAROT. Jeu de cartes le plus ancien, basé sur les symboles mythologiques. À travers les arcanes mineurs et les arcanes majeurs, on y trouve un enseignement ésotérique de la plus haute quintessence, surtout les 22 arcanes majeurs, lesquels correspondent à une trajectoire de la destinée humaine, levant le voile hermétique de la programmation ajustée à chacun, prévoyant chaque lutte et détour qui composent les cycles terrestres, vers la réalisation de soi. Il est possible que ces arcanes majeurs appelés lames se présentent dans vos clichés de rêve.

Ils ont la même signification que dans la vie diurne.

C'est pourquoi, je donne l'explication des lames majeures.

Elles permettent de connaître les voies d'évolution initiatiques vers la sagesse divine afin d'atteindre la gnose.

Certains arcanes du Tarot ont une résonance dans une implication sociale marquante. Ce sont l'Impératrice, l'Empereur, la Papesse et le Pape. Ils désignent les personnes destinées à une place prépondérante dans la société, sur le plan matériel ou spirituel.

L'Impératrice : par le savoir et l'intelligence répond à la loi de vibration.

L'Empereur : par sa capacité de gouverner répond à la loi de réalisation.

La Papesse : par sa conscience spirituelle et protectrice détient la voie du silence et du secret qui doit s'ajuster à la loi de l'attraction.

Le Pape : par son expérience doit enseigner comme un guide la conservation des forces mentales par la loi d'inspiration.

D'autres se rapportent plus au travail de la personnalité dans son développement. Ce sont l'Amoureux, l'Hermite, le Pendu, le Bateleur. Ces arcanes obligent à trouver des solutions à l'intérieur de soi par la découverte des outils nécessaires devant des situations apparemment insolubles.

L'Amoureux : trouvera sa transformation intérieure par la voie des sentiments. Il met en évidence la loi du libre choix en amour.

Le Pendu : trouvera son cheminement intérieur par la voie de la transformation spirituelle. Il détermine la loi de compensation.

L'Hermite : trouvera dans la solitude son évolution en passant par la voie de la sagesse et du courage, appliquant la loi de connaissance.

Le Bateleur : connaît la clef de tous les mystères et saura transformer les situations les plus aberrantes par la voie de la débrouillardise, du savoir-faire et de la détermination. Il applique la loi de volonté.

D'autres arcanes placent l'individu devant les forces majeures dans une lutte ou une fusion. Ce sont le Chariot, la Maison-Dieu, la Roue de Fortune.

Le Chariot : représente la capacité d'envisager les plus grands mouvements de force, les plus grands défis. Il centralise l'individu dans la loi des responsabilités.

La Roue de Fortune : situe le destin ou intervient dans les revirements de situation heureux ou malheureux en mettant en évidence la loi des cycles.

La Maison-Dieu : touche l'individu dans l'effondrement de ses assises par l'épreuve, il obéit à la loi de l'équilibre des opposés.

D'autres mettent en action les forces invisibles. Ce sont le Diable et la Mort.

La Mort : place l'individu dans le non-choix, il doit se plier à la fatalité des détachements. On doit s'incliner devant la loi des transformations.

Le Diable : exprime toute l'influence du mal à l'intérieur de l'individu et à l'extérieur de lui. Il le rappelle aux lois des forces diaboliques avec lesquelles il est enchaîné par l'intérêt exagéré du matériel.

D'autres se situent dans un sens double et s'adressent à des qualités ou des états combatifs visant à établir ou à sauver l'équité et la vertu comme priorités. Ce sont la Force, la Justice, la Tempérance et le Jugement.

La Force : met en évidence des situations fort difficiles dans lesquelles nous avons à vivre des instances ou des combats intérieurs. Cette lame doit détourner par le courage mental, la déchéance et les pires fatalités. Elle met en action la loi de l'effort absolu.

La Justice : réfère à la loi et à la justice universelles et non à celles de l'humanité. Cet arcane dépasse le temps terrestre et s'étend à la loi de cause à effet en rapport avec les suites de vie.

La Tempérance : dicte un comportement vers l'universalité par la voie de l'harmonisation et de la juste mesure. Elle obéit à la loi de transformation par un nettoyage de tout ce qui est obscur dans l'inconscient.

Le Jugement : nous apporte une vision panoramique de notre cheminement au moment où l'on se pose des questions sur la direction de notre vie. Il répond comme un juge quand la vie nous renvoie selon notre destin et nos vibrations une réponse de récompense ou de condamnation comme à la fin du Monde. Il met en évidence la loi de réincarnation.

D'autres arcanes mettent en relief les influences invisibles par la relation cosmique ou astrologique. Ce sont l'Étoile, le Soleil, la Lune et le Monde.

L'Étoile : nous rend réceptif à la créativité, à l'inspiration, à la compréhension des mystères en nous mettant en contact avec l'indimensionnel infini. Elle protège et donne la chance par la loi de l'économie de vie.

Le Soleil : nous place au centre de l'énergie rayonnante en une dimension de l'univers où l'inspiration se veut active et productrice. Il invite à vivre la loi de polarité.

La Lune : se rapporte à l'imagination, à l'émotivité, au sexe, au féminin, à la nuit, à l'inconscient et à l'éveil en passant par tous les sortilèges de la nuit pour passer au matin de la maturité des émotions. Elle nous fait vibrer à la loi du rythme.

Le Monde : nous implique dans la découverte de l'androgynie, l'homme atteignant sa propre complémentarité par la connaissance de sa nature et de sa relation avec l'univers cosmique perçues dans un sens eschatologique. Cet arcane nous place en relation de combats victorieux ou destructeurs pour atteindre le plein épanouissement ou la déchéance en rapport avec la fin des Temps et jusqu'à la fin du Monde. Il répond à la loi des correspondances.

TATOUAGE. Le tatouage est une forme d'écriture ayant un sens symbolique, en signe d'allégeance à un groupe, à une tribu, à une foi.

Les tatouages d'animaux dont le rêveur se verra paré lui conféreront, outre les vertus et les forces réelles et proverbiales de ces animaux, une immunisation magique contre leurs propriétés maléfiques.

En général, il représente selon la croyance une protection et une identification à ce qui est dessiné sur la peau.

TAUPE. *En rêver* : avertit de ne parler à personne de ses projets et indique qu'il faut prendre garde aux projets aventureux car ils peuvent être la cause de perte d'argent.

À l'amoureux(se) : ce rêve indique qu'on lui manifestera un attachement intéressé.

Sur le plan de l'esprit : elle oriente l'homme vers des aspirations surnaturelles, profondes qui lui font accepter la mort de la matière. De ce fait, elle le guérit de ses passions et de ses instincts troubles.

TAUREAU. Le taureau fut représentatif d'une civilisation remontant à la nuit des temps. Des prototypes d'emblème religieux qui le prouvent remontent jusqu'au IIIe siècle avant notre ère.

Féroce et mugissant, il est la puissance première de la force du sang ; on le vénérait dans de multiples aires comme une divinité. Ses cornes représentent une puissance qu'il faut savoir briser afin de sublimer spirituellement cette force qui, au départ, vient des passions. Car le taureau est le contraire de la vie de l'esprit, il est la force des passions animales primitives, de la sensualité, des désirs instinctifs.

Chevaucher un taureau et être en paix avec lui : promet de l'aisance et le contrôle des forces agissantes.

De même, chevaucher le taureau : c'est dominer et transmuter ces énergies vers le spirituel.

Les bovins sont des influences des forces d'en bas ou des forces d'en haut, selon leurs couleurs.

Le blanc est céleste, *le brun* est terrien, *le noir* est ténébreux. Mais si ces couleurs sont lumineuses, elles ne sont pas nécessairement aussi négatives car elles sont protégées par la lumière. Sa signification est alors différente.

Le blanc est sublimation, *le brun* est amour, réussite terrestre, *le noir* promet les redoutables influences sexuelles parce que assujetties aux forces ténébreuses.

Le taureau qui vous terrasse : vous êtes fou d'amour, et à la merci de vos instincts.

Un des symboles les plus puissants de la vie sexuelle, le contrôler, c'est vivre en équilibre la passion amoureuse ou ses soifs d'argent.

Le taureau calme, en accord avec soi : annonce une puissante protection.

Le taureau est aussi l'annonce, si vous êtes en commerce : de bonnes ou mauvaises spéculations selon qu'il vient vers vous ou qu'il s'éloigne, car il détient le pouvoir matériel aussi.

Bref, le taureau vit en chacun de nous dans nos désirs de jouir et d'acquérir l'argent et de posséder l'amour.

S'il disparaît : on parvient à la maîtrise totale de ses instincts.

TAUREAU. 2e signe astrologique. Sa planète dominante est Vénus et la Lune.

Il véhicule la masse porteuse de vie, la soif de vivre, la nature printanière féconde, sa force tactile à jouir sensuellement de tout, il sait convoiter les biens terrestres et possède une détermination inflexible pour gagner des biens. Peu changeant, fixe, il ne démord pas par l'inflexibilité de sa pensée. On le trouve parfois trop accroché au conservatisme dans sa philosophie.

TAXE. L'argent ou l'énergie vont de pair dans les rêves.
Être obligé de payer des taxes, c'est donner ce qui revient de droit à chacun, parfois au prix de l'épuisement.

TAXI. Le taxi, c'est l'aide qui permet d'accepter la vie dans une période de solitude.
Amour ou amitié qui soutient temporairement.

TÉLÉPATHIE. *Faire une conversation à distance,* c'est une façon de capter la vérité, c'est une manière de se situer face à une amitié, un sentiment; c'est un message à considérer, la télépathie par les rêves.

TÉLÉPHONE. *Voir un téléphone* : on veut communiquer avec quelqu'un.
Téléphoner et recevoir une réponse : vous recevez l'amour ou l'aide désirés.
Téléphoner sans recevoir de réponse : c'est vivre un amour non partagé, une rupture d'amitié.
Si c'est le rêveur qui reçoit un appel : cela signifie qu'on a besoin de son appui, de son amitié ou de son amour.

TÉLÉVISION. *Ce que l'on voit à l'écran* : *variété, information, publicité* renseigne sur ce qui se dessine dans un projet à venir. Il est important de se souvenir de ce que l'on visionne et d'en saisir le sens symbolique.

TÉMOIGNAGE. Le témoignage peut être déposé par le rêveur devant un tribunal.
Ceci incite le rêveur à parler de sa démarche personnelle, de son évolution, de sa réalisation à partir des paroles du juge.
Si on témoigne pour lui d'un fait, il faudra prendre en considération la conversation entre le juge et le témoin et se souvenir du jugement donné, il sera bon que vous l'appliquiez dans votre manière de vivre ou d'être. On peut recevoir un jugement concernant sa santé, sa conduite, ses besoins affectifs, son intégrité, etc. (Voir *JUGEMENT du Tarot.*)

TÉMOIN. Le témoin qui vous observe est toujours gênant.
S'il est connu : vous serez dans l'obligation d'avouer ce que vous désirez secrètement.
S'il est inconnu : vous avez peur de vous avouer quelque chose.

TEMPÉRANCE (la). 14ᵉ arcane du Tarot, correspond à la 11ᵉ maison astrologique. Elle marque une pause régressive, un coup d'arrêt, le transfert de la capacité d'agir, en plaçant l'esprit dans la matière afin de nettoyer les eaux inconscientes de toutes les impuretés dans un effort pour rétablir l'harmonie universelle en prenant conscience de la fraternité authentique.

TEMPÊTE. Punition ou châtiment divin, la tempête apporte un bouleversement majeur dans la vie du rêveur.

Regarder une tempête, tout en étant à l'abri : c'est éviter la catastrophe par prévoyance.

Être au beau milieu de la tempête ou devoir se débattre contre elle : annonce une période préjudiciable d'âpres luttes contre l'adversité.

Si la tempête chambarde tout : cela présage qu'il faudra laisser tomber tout ce qui nous tient à cœur dans la trame de sa vie. Équivaut à la Maison-Dieu dans le Tarot (voir ce mot).

TEMPLE. Le temple rend sacrés les événements qu'il annonce, car il parle toujours de cette partie en nous qui prend le plus d'importance, la plus grande dimension et qu'on voudrait indestructible : nos désirs, nos croyances, nos amours matérialisent le temple intérieur, le sacré personnel, lequel rejoint l'image cosmique du sacré universel. L'autel où se dit l'action de grâce, où se célèbre la bonté divine, c'est là que le transfert des énergies humaines en énergies divines se fait.

Dans le temple, il y a ces aspects de l'intarissable et de l'amour qui s'ajustent à des dimensions illimitées.

L'espérance y séjourne dans une continuité. En rêve, si on est éprouvé, on va prier, et à l'autel on sacralise ce qu'on veut durable comme un miracle de l'Esprit et du souffle par la lumière.

Dans la vie onirique : le temple n'est pas un lieu mais une dimension sacrée qui décide de ce qui sera à jamais un idéal visé, accessible et branché sur l'aspect divin.

Le temple nous signale nos espoirs réalisables ou irréalisables par les scènes que nous y voyons. (Voir *ÉGLISE.*)

Les sermons entendus prennent le sens de l'école. (Voir *ÉCOLE.*)

TENNIS. *Dans un rêve féminin, jouer au tennis* : ne promet pas la fidélité ; instabilité amoureuse.

Dans un rêve masculin : n'est guère plus heureux, car des conflits et des procès s'annoncent suite à une infidélité.

TENTE. *Dresser une tente,* c'est désirer se soustraire à la monotonie, et vivre une aventure.

TERRASSE. Ce rêve symbolise la vie naturelle, affective et sexuelle. Que s'y passe-t-il ? À vous de l'analyser symboliquement selon vos projections sur les individus qui s'y trouvent.

TERRE. La terre, c'est notre patrimoine intérieur.
Si elle est riche et fertile, couverte d'arbres : la joie vous est offerte.
Mais si elle est remplie de pierres ou de cailloux : vous n'obtiendrez pas ce que vous désirez ; des erreurs de parcours retarderont la concrétisation de vos espoirs.
Mais si on y aperçoit une plante, une fleur : il y a déjà une amélioration.
La terre sans verdure, sans fleurs : annonce une solitude momentanée.
Baiser le sol : annonce une humiliation.
Le tremblement de terre : laisse prévoir un bouleversement, un événement qui détruira ce qui a le plus de valeur pour vous, votre vie équilibrée.
Ce qui disparaît dans les fissures du sol : symbolise ce qu'on devra oublier.

TESTAMENT. Il indique qu'on doit le faire ou le refaire afin de se libérer d'une obsession.

TÊTE. *Se voir sans tête ou avec une tête différente* : c'est devoir envisager la vie d'un angle différent ou prendre un nouvel essor.
Porter sa tête ou la tête d'un autre dans ses mains : annonce du succès, de la promptitude dans l'exécution.
Avoir une grosse tête : annonce la réussite, le succès, les honneurs aux pauvres et la défaveur aux riches.
Avoir plusieurs têtes : est un signe de succès, de victoire sur le destin difficile pour les pauvres, les infortunés et le contraire pour les riches et les favorisés.
Avoir en main une tête d'animal : c'est pouvoir identifier son comportement par rapport à celui de cette bête.
Porter la tête d'un lion, d'un éléphant ou d'un animal royal : annonce la chance et promet un poste important.
La tête d'un animal combatif : indique que le courage nous conduira à la réussite ou à l'échec, selon le contexte du rêve.
La tête d'un animal domestique, comme celle d'un âne : annonce la soumission et l'esclavage.

Se voir avec une tête d'oiseau : promet l'amour ou un voyage selon la sorte d'oiseau, il symbolise ce lien affectif ou la migration.

Avoir le cou tordu qui regarde vers l'arrière : informe de ne pas s'engager dans le projet envisagé, on n'y récoltera que vains efforts, démarches inutiles.

TÊTE DE MORT. *En voir une en chair et en os ou en reproduction d'image* annonce des ennemis implacables et dangereux.

THÉÂTRE. *Les personnages, les décors, enfin tout ce qui se passe sur la scène* : se rapportent à sa situation, à un événement que l'on vivra bientôt.

Si le rideau ne se lève pas : votre passivité vous conduit à la non-réalisation de vos espoirs.

Si la pièce est gaie : un bon moment à venir est promis.

Triste : le contraire.

Le théâtre rempli à craquer : parle de confusion ou d'un échec dans le sens signalé par la pièce qui s'y joue.

THERMOMÈTRE. Il montre le degré de motivation et d'optimisme pour conserver sa vitalité psychique et sa créativité. Si le thermomètre indique que l'on est fiévreux, cela signale rarement une fièvre réelle, mais plutôt que l'on est passionnément amoureux ou exalté.

TICKET. Le ticket oblige à l'échange. Nous devons donner pour recevoir, payer de sa personne, de son potentiel, de son temps, de sa valeur pour acquérir ou posséder un sentiment, un travail, une dimension nouvelle.

Le ticket est donc indispensable pour vivre en société, pour s'affirmer dans la vie, pour progresser. Il est le permis de donner, de recevoir et informe si nous pouvons vivre un nouveau sentiment, une nouvelle direction de vie.

TIGRE. Symbole d'agressivité de la part d'une personne de notre cercle social, mais qui peut nous conduire à l'échec par ruse et intelligence. Mais le tigre est très souvent une émotion émergeant subitement de l'intérieur, soit par jalousie, ou par rivalité.

Tuer un tigre : victoire sur un ennemi.

Le contrôler : victoire sur un état colérique en soi ou autour de soi.

TILLEUL. On a besoin de laisser tomber le stress et de se détendre, entouré d'amis sincères. Car le tilleul symbolise la fidélité dans l'amitié.

TIRELIRE. *Mettre de l'argent dans sa tirelire,* c'est récupérer ses forces.

Brisée : on l'est aussi, besoin de vivre une profonde introspection et de s'unifier dans une nouvelle croyance en soi-même afin de reconstruire ses énergies.

TIRER. *Se faire tirer dessus* : indique que quelqu'un veut vous démolir psychologiquement.

Si l'on en meurt : il réussira.

TISANE. Sa vue en rêve vous fait saisir la fatigue concernant votre cadre habituel, besoin de se détendre et d'oublier en s'éloignant quelque peu de l'entourage.

Il y a sûrement un peu de nettoyage à faire psychologiquement. Il faut oublier ce qui vous fatigue depuis longtemps.

TISSER. La vie personnelle est un tissage continuel.

Quand la toile est finie : c'est la mort.

De même, le tissu, le fil à tisser, le métier : sont des symboles du destin et des étapes de sa continuité.

Tisser : c'est créer sa vie, sa croissance personnelle. Le tissage personnel s'adapte et se fait en rapport avec l'ordre céleste qui est la structure du mouvement de l'univers. Tisser correspond aux cycles, au temps dans l'enchaînement des faits et actes, et du déroulement des jours. (Voir *FIL.*)

Exemple : le fil d'Ariane est une voie intérieure qui sert à se sortir de nos engorgements sans issue et permettant de mieux se sortir de nos impasses sentimentales et exigences sexuelles.

TITANS. Fils d'Ouranos et de Gaïa, ils symbolisent l'effort de croissance en chaque être qui veut dépasser ses instincts. Effort animé par un désir de s'élever, de dominer, afin d'améliorer les structures du monde et de les contrôler.

Ce monde symbolise la progression intérieure de chaque individu, qui veut croître constamment, s'organiser et créer avec ordre, modération.

TOISON D'OR. Le mythe de la Toison d'Or symboliserait l'accès à ce que le jugement rationnel reçoit comme inaccessible. C'est la recherche pour acquérir le trésor matériel ou spirituel, mais les dangers de la perversion, de l'exaltation identifient le dragon qui empêche de parvenir au trésor, c'est-à-dire à la perfection de la connaissance de l'amour.

Danger de se laisser envahir, hypnotiser par sa propre perversion. L'exemple de l'idéaliste qui ne prend pas les moyens rentables pour arriver à son but final. Exemple : On prie Dieu et l'on se venge quand même. Certains désirent trois buts se contrariant, et se plaignent, et cherchent le pourquoi de leur malheur ou de leur échec. On le constate couramment.

TOIT. Le toit rejoint la signification du crâne.

Tout ce qui se passe sous le toit : indique ce qui se passe dans sa tête.

Se retrouver sur un toit : annonce le succès.

S'y trouver et regarder la ville : annonce un amour qui marquera sa vie et qui commence à germer. On trouvera une grande stabilité.

Il n'est pas bon de voir sous le toit, de la vermine ou un feu destructeur : cela vous oblige à constater que vous êtes épuisé mais surtout déprimé, angoissé.

De même, y trouver des toiles d'araignée : indique beaucoup d'anxiété.

La foudre qui frappe le toit : annonce un danger d'accident à la tête.

L'eau qui s'infiltre à l'intérieur du toit : indique qu'on est trop perméable et que les émotions sont mal contrôlées.

TOMATE. Symbole d'amour, de fécondité, de joie familiale.

TOMBE. *La tombe de la vie onirique* : nous oblige à descendre à l'intérieur de nous-même et à y découvrir un cimetière (le détachement). C'est là que se trouve ce qui n'aura plus d'importance bientôt : sentiment, travail, frustration qui blesse et use, symbolisés par ce qui vous déprime ou vous obsède en ce moment dans la vie réelle.

Ainsi, *être à l'intérieur d'une tombe* : c'est se trouver dans l'obligation de se détacher en vivant un grand changement, c'est mourir à quelque chose.

Quitter la tombe avant le réveil : c'est aller consciemment vers une nouvelle vie, ce qui n'est jamais tout à fait joyeux.

Le mort ou le vivant que l'on voit dans une tombe : informe des liens desquels nous devons nous détacher pour garder notre équilibre.

Voir un mort ressusciter et mourir à nouveau : annonce une mortalité physique.

TOMBER. L'expression populaire « *tomber de haut* » exprime nos profondes désillusions dans un projet autant dans la vie éveillée que dans la vie endormie.

Par contre, *si vous tombez par terre* : c'est l'annonce d'une période dépressive remplie de fatigue à surmonter. Toutefois, si vous vous relevez avant la fin du rêve, cela ne sera que temporaire. Alors, attention !

Les longues chutes dans le vide : nous préviennent que nous voyons trop grand dans une affaire en cours. Ce genre de rêve traduit toute l'angoisse de ne pas réaliser un idéal.

TONDRE. Les cheveux ont une signification d'attraction magnétique et sexuelle.

Couper les cheveux à quelqu'un : signifie que l'on aura gain de cause dans ses affaires, et dans un procès.

Se faire couper les cheveux par un barbier : c'est de bon augure. On fera des associations bien assorties, des transactions financières, judiciaires très prudentes.

Se faire tondre par autrui : annonce un conflit ou des procédures judiciaires dans lesquelles on ne récoltera qu'humiliation, injures et perte d'argent.

Être tondu sur la tête : peut aussi annoncer une vie sentimentale frustrante, insatisfaisante, ou inexistante.

TONNEAU. Il représente un symbole féminin et évoque la richesse et la joie.

Vide : il oblige à espérer l'abondance et l'amour.

Moment difficile.

Plein : il annonce la prospérité, l'allégresse sensuelle pour la femme et une conquête satisfaisant les sens pour l'homme.

Le tonneau des Danaïdes : signale une situation difficile sans amélioration, situation désespérante.

TONNELLE. Un moment délicieux de l'existence où le romantisme primera en amour.

TONNERRE. Le tonnerre manifeste la puissance divine comme une justice. Il annonce un événement imprévisible, un anéantissement. Difficulté pouvant détruire une œuvre, une profession, la stabilité d'une union.

Mais le coup de tonnerre suivi d'un éclair promet un coup de foudre, on tombera amoureux.

TOPAZE. (Voir *PIERRES PRÉCIEUSES*.)

TORCHE. La torche sert à voir dans l'obscurité qui est en soi et pousse à l'inspiration, à l'introspection.

Une torche enflammée : indique une découverte. La torche incite le rêveur à la purification par la lumière.

La torche qui s'éteint : présage d'une incapacité à saisir un problème psychologique ; difficulté de se dépasser vers la perfection.

Voir des torches portées par d'autres personnes : annonce des critiques sévères sur notre conduite.

TORCHON. Le torchon annonce des disputes, des conflits.

L'avoir à la main : on est décidé à régler une situation.

Brûlé : il annonce un danger de séparation, car le pardon s'avère difficile.

TORÉADOR. *Voir un toréador dominer facilement le taureau* : montre la capacité de contrôler ses passions, ses instincts. C'est une victoire sur soi-même.

Le voir blessé : indique que nos instincts débridés nous conduisent à des blessures d'amour-propre.

TORRENT. Il représente des patrons, des supérieurs, des juges, un conjoint ou un associé qui seront impitoyablement présents dans les événements à venir. Il est préférable de ne pas se heurter à l'adversaire, car on sera vaincu.

Réussir à franchir les torrents à la nage, en s'accrochant à une planche, à une barque indique que l'on se tirera d'affaire grâce à une protection. (Voir *NEPTUNE et POSÉIDON.*)

TORTUE. Symbole de stabilité et de lenteur, la tortue annonce la longévité, surtout si vous vous promenez assis sur elle. La tortue annonce beaucoup d'équilibre et de stabilité au rêveur.

La tortue rentrant ses membres sous sa carapace : inspire et conduit vers la méditation et la sagesse parce que la prière protège et sert de bouclier.

Arrêter la marche d'une tortue : c'est se couper d'un idéal trop matérialiste.

TORTURE. *Être torturé par un inconnu* : c'est être obsédé par un problème en ce moment.

Être torturé par une personne connue : oblige à reconnaître son véritable ennemi.

Si vous torturez vous-même quelqu'un : vous vous comportez comme un véritable tyran.

TOTEM. Ce symbole peut prendre une signification différente pour ceux qui ont des croyances rattachées au totem. Pour les autres, c'est une conception partant de l'extérieur comme un filtre, pour saisir une influence en rapport avec une idéologie, car le totémisme fut la première forme d'organisation humaine.

Le totem représente un lien relié à une plante, à un animal comme substitut d'un ancêtre, pour protéger individuellement.

Il est évident que la vision en songe du symbole promet la sauvegarde provenant d'une puissance à laquelle on a préalablement consacré un lien de parenté symbolique.

TOUPIE. Elle parle des travaux menés à bonne fin.

Jouer avec une toupie indique qu'un imbroglio en amour ou dans le travail ne nous oppressera pas trop longtemps, même si les faits exigent un certain savoir-faire.

TOUR. *La tour élevée dans le ciel* : illustre la structure d'une vie placée pour recevoir les plus puissantes influences. La tour est en quelque sorte un centre sacré, pour atteindre un paradis intérieur.

La tour de bronze : manifeste la défense de la vie sexuelle, à partir de cette interdiction; la pluie d'or produira l'amour mystique et fécondera l'âme.

La transmutation à travers la vie sexuelle (la tour) ne sera complétée que par l'apparition de la perfection totale, c'est-à-dire *de la tour en or;* comparativement, *la tour de plomb* serait la lourdeur charnelle.

La tour de Babel : symbolise l'orgueil qui amène la confusion, suite à un châtiment.

Se tenir armé, comme un gardien d'une tour : c'est se trouver dans l'obligation de défendre sa liberté et ce que l'amour représente de sacré en soi.

Grimper dans la tour : indique qu'on comprendra mieux l'amour, par l'acquisition de la sagesse, par une pensée mystique, et la lucidité. (Voir *CHÂTEAU.*)

TOURBILLON. *Sur terre* : il représente un moment d'agitation, de la stagnation mêlée de difficultés imprévues.

Sur la mer, s'il est montant vers le haut : il signifie à travers l'épreuve, l'inspiration, la découverte *et descendant vers le bas,* un moment d'angoisse extrême. Car le tourbillon provient de sources invisibles et incontrôlables pour la volonté humaine, lesquelles créent toujours une intervention rapide, violente dans le cours des événements.

TOURNESOL. Rejoint la signification du soleil, et donne la nourriture de l'immortalité.

Annonce de la joie, de l'amour sur un plan élevé.

TOURTERELLE. Elle promet l'amour, le bonheur, la fidélité conjugale.

TRACTEUR. Représentant une des facettes de la signification du cheval, le tracteur fait partie des symboles sexuels. Comme tous les véhicules motorisés, il véhicule l'engrenage de vos projets. Il représente les forces instinctives et permet de canaliser des projets, de concrétiser des idéaux.

TRAIN. Le train est pour l'imaginaire un retour à la diligence, et au cheval. Car il annonce des déplacements, des voyages. Le train est aussi l'image de la vie collective, sociale, du destin dans lequel nous sommes impliqués : liens amoureux, trajet psychologique. Il place le rêveur dans son évolution qui se fait difficilement et renseigne sur ses possibilités à prendre de nouvelles directions intérieures.

Arriver en retard et manquer le train : informe qu'on ne peut prendre une nouvelle orientation psychique, matérielle ou professionnelle, soit par incapacité, par indifférence, par négligence, par embrouillement ou par complexe d'impuissance, d'infériorité, de culpabilité. On n'arrive pas à se sortir de la routine, dans sa manière de penser à cause des fixations inconscientes qui entravent la progression personnelle.

Le chef de gare : est le gérant impersonnel de nos réalisations.

Le contrôleur du train : guide notre destin comme le chef de gare et juge si on a le potentiel (le billet) pour une nouvelle voie progressive.

Le train bondé : dénote une difficulté à s'intégrer socialement.

La locomotive : est la pensée consciente qui s'enflamme dynamiquement d'idéal ou d'amour et entraîne toutes les circonstances extérieures pour réaliser sa motivation (le feu).

La locomotive qui nous poursuit ou qui est à deux doigts de nous écraser : peut être identifiée aux forces obscures, régressives comme le dragon. Mais cela peut nous pousser encore plus vers notre but, en dépassant nos peurs et découragements, ce serait refuser la névrose, et conquérir de nouvelles forces.

La gare d'arrivée est difficile à percevoir : c'est plutôt un état intérieur qui capte le résultat de ses actes.

Se trouver dans un train de classe supérieure à celle que donne droit le billet : dénote un complexe de supériorité, on joue avec soi-même, on s'illusionne sur ses valeurs, ses qualités ou ses droits et on en subira les conséquences frustrantes.

Le contraire : si le billet vous donne droit de voyager en classe supérieure et que vous réalisez que vous êtes en classe inférieure, cela dénote du pessimisme, un complexe d'infériorité.

Les trains pauvres, poussiéreux, inconfortables : sont une incitation à remarquer sa pauvreté psychique, matérielle, spirituelle qui se rajoute à toute déception et démotivation, à l'idéal déçu. Besoin de se rafraîchir les idées, d'épurer ses émotions.

Les beaux trains riches, luxueux : obligent le rêveur à comprendre une belle évolution permettant de dépasser ses espoirs.

Le déraillement : traduit une névrose ou une incapacité qui éloigne de ses buts premiers.

Voir une longue queue de trains immobilisés sur des voies multiples : laisse sous-entendre une conception ténébreuse et conflictuelle de sa vie intérieure. Stagnation personnelle à éliminer. On se pose trop de questions sur ses moyens à démarrer et quelle direction prendre.

Train qui écrase une personne, un animal ou une chose : pour avancer vers une direction prise, il faut parfois détruire ce qui vient contre sa volonté, soit un autre désir, un autre amour, une autre manière d'être, ou un autre état de vie.

Les bagages qu'on apporte en voyage : sont l'indispensable, le nécessaire, l'essentiel qui laisse le rêveur dans l'obligation de faire des choix, des triages, des détachements dans son adaptation sociale.

Oublier ses bagages revient à dire : « Je suis impuissant à coordonner mes efforts, à cause de négligences conscientes ou inconscientes. »

Les bagages embarrassants : sont souvent nos illusions, nos projections, nos fixations, nos désirs vaniteux, nos révoltes, nos haines, nos rancunes, nos appétits inutiles.

De combien d'émotions oppressantes nous encombrons-nous, lesquelles fatiguent le moral et éloignent les nouvelles voies à découvrir.

Ne pas avoir de bagages : dit au rêveur son imprévoyance dans la réalisation d'un but.

Abandonner ses bagages : c'est laisser tomber des points morts de son existence, des peines, des soucis qui n'ont plus de valeur d'être. On supprime enfin les afflictions inutiles et dépassées, car les bagages sont nos attachements, nos opinions, nos sentiments, nos soucis, nos préoccupations, nos engagements, soumis aux changements et aux cycles de l'existence.

TRANSSEXUEL. *La femme qui se verra en songe affublée d'un pénis* : sera inévitablement astreinte à des tâches dures normalement réservées aux hommes. Il y a pour elle risque de veuvage et de défection du conjoint.

L'homme qui se verra avec des attributs féminins : désirera alléger le fardeau de ses responsabilités à cause de circonstances extérieures, comme la santé ou un divorce le rendant responsable d'activités réservées aux enfants. (Voir *MASCULIN-FÉMININ, ÉROTISME.*)

TRAVAIL. Symbole très important qui dit qu'une dynamique de vie s'éteint ou apparaît. Il y a un rapport direct avec la durée de la vie ou de l'évolution.

Avoir terminé une œuvre, c'est cesser de vivre irrévocablement. Une mort, il faut s'entendre, peut être psychologique.

TRAVERSÉE. Elle annonce une période où le destin ne sera plus jamais le même, une période de peine, une coupure avec le passé, une étape transitoire.

Traverser un bois, une rivière, c'est passer d'un état d'âme, d'un état de vie à un autre.

TRÈFLE. Symbole de chance et de la Trinité, donc, de l'inspiration.

Trouver un trèfle à quatre feuilles : présage la bonne fortune.

Le trèfle vert pâle, vert tendre : indique l'inspiration heureuse et la chance qui se manifestera incessamment.

Le trèfle vert foncé : indique que la chance viendra tardivement.

TREMBLEMENT DE TERRE. Il annonce un événement bouleversant qui nous troublera au plus profond de nous-même.

Ce que la terre engloutit : représente ce qui disparaîtra de notre vie, à la suite d'un choc.

Pour ceux qui ont des dettes ou ceux qui se proposent de voyager : ce rêve est fort prometteur, mais pas pour les amoureux.

TRÉPIED (siège). Symbole de chance pure. Il est inspiration mystique dans l'œuvre humaine. Il est appui divin dans l'élaboration de projets d'envergure.

TRÉSOR. La véritable signification du trésor n'est pas facile à concevoir, trop d'oppositions s'y rapportent.

Le trésor est le résultat du polissage de l'âme par l'épreuve. C'est pourquoi le découvrir n'est pas suffisant, il faut le posséder, c'est-à-dire aller jusqu'au bout de sa réalisation totale. Le trésor caché est de nature morale et psychique. Avant d'y parvenir, il y a des victoires à gagner, des luttes dangereuses contre les monstres, les tempêtes, les brigands sur les routes. Le trésor est contemplation de la lumière intérieure.

Il est la connaissance, l'immortalité qui s'acquiert par la sublimation. Il est dangereusement isolé par nos vices, qui nous empêchent de l'atteindre. C'est pourquoi l'épreuve est un futur pouvoir.

La découverte d'un trésor dans la terre : annonce des soucis éminents de même qu'au fond des mers.

Mais le posséder dans un château : est fort bénéfique.

Comme de réussir à le placer sur un bateau : annonce une issue heureuse après de longues et dures épreuves.

Le trésor donne plus d'intuition et de capacités intérieures, la vraie richesse en rêve est celle qui demeure intarissable.

Essayer de posséder un trésor : c'est un peu le supplice de Tantale. (Voir *TANTALE*.)

TRESSE. La tresse composée de trois mèches de cheveux, lesquelles réunissent le masculin, le féminin et la spiritualité, symbolise l'union, le mariage.

Se tresser les cheveux veut dire : « Je m'unis totalement et peu importent les coups du destin, je ne changerai pas dans ma volonté pensante. »

TRIANGLE. Le triangle est un parcours solaire et de fécondité.

Le triangle, la pointe vers le bas : s'identifie à l'élément eau et représente le sexe féminin.

Le triangle, la pointe vers le haut : s'identifie à l'élément feu et représente le sexe masculin.

Le sceau de Salomon composé de deux triangles inversés : exprime toute la sagesse divine et la complémentarité dans l'harmonie des deux sexes.

Chaque côté du triangle a une signification précise et ils doivent être de longueur égale ; de cette façon, il y a perfection dans la volonté, la sagesse et la sensibilité.

Les trois côtés doivent s'équilibrer entre eux, et témoigner du contrôle à exercer sur les émotions, la pensée, et la détermination. La base serait la durée et les deux autres, la lumière et les ténèbres.

Le triangle isocèle ayant une base plus étroite que ses deux côtés : équivaut à l'étoile flamboyante ou à l'étoile à cinq branches, c'est-à-dire l'harmonie universelle réglant l'harmonie individuelle.

C'est pourquoi le triangle conduit à l'amour, à partir d'un état de perfection.

Le triangle est le reflet d'une capacité de l'âme qui a atteint la sagesse, l'harmonie et le contrôle de ses émotions.

TRIBUNAL. En général, il annonce des soucis, des dépenses et informe que nos pensées seront offertes à la curiosité publique.

Gagner un procès qu'on intente : c'est recouvrer la santé.

Le perdre : c'est soit de la maladie ou des difficultés professionnelles ou amoureuses.

La condamnation reçue : nous renseigne sur nos faiblesses dont il faut tenir compte concernant surtout notre santé ou notre comportement.

Être juge et donner une sentence annonce un gain, car on rendra justice soi-même dans les procédures en cours. (Voir *JUSTICE du Tarot*.)

Se voir devant un tribunal : c'est souvent se sentir coupable d'une bêtise commise. (Voir *TÉMOIGNAGE.*)

TRIDENT. Par sa fourche composée de trois dents, il représente les trois formes de besoins instinctifs dans la personne humaine, en rapport avec la sexualité, la nutrition et la spiritualité.

Il est passé, présent et avenir. Il domine avec Neptune les océans et les eaux qu'il veut agiter ou calmer, tarir ou en augmenter le volume.

Le trident agit à l'instar de la foudre mais différemment.

Il représente le danger de se laisser pervertir et pousse à se laisser séduire en donnant la faiblesse, d'où découlent les châtiments.

Il peut avec son maître conduire à la plus grande sublimation comme à la plus grande dépravation selon ce qu'il déclenche dans le scénario du rêve. Le trident permet la voyance. (Voir *NEPTUNE, POSÉIDON.*)

TROMPETTE. La trompette ouvre les grands événements solennels. Elle est célébration harmonieuse entre les plans terrestre et céleste.

Elle annonce la liberté intérieure.

Souffler dans une trompette : c'est retrouver l'aisance, l'honorabilité mais ne laisse pas secrets nos faits et gestes même les plus confidentiels.

Pour les malades, jouer de la trompette : indique que leur santé se détériorera. (Voir *JUGEMENT du Tarot.*)

TRÔNE. Le trône implique une notion de gloire et demeure un symbole de grandeur humaine.

Le trône divin est représenté par un trône dressé dans le ciel apocalyptique; il parle de la gloire divine à la fin des temps. De plus considéré comme une force unissante, le trône est représentatif de forces intermédiaires entre les aspirations célestes et terrestres.

Le trône : promet des privilèges à l'indigent, lequel fera des actions d'éclat, le captif recouvrera la liberté, le poète et le philosophe auront des protections royales et le capitaine pourra se réjouir de se voir sur un trône.

Mais il n'est pas heureux : pour ceux qui jouissent d'une bonne santé, car ils tomberont malades ou leurs proches dépériront ou encore ils se retrouveront dans une forme de solitude.

Le malfaiteur sera dénoncé, le greffier ne travaillera que par les bénéfices d'autrui.

Voilà pourquoi s'asseoir sur un trône : annonce de futiles présomptions.

Mais voir un roi sur un trône : promet une puissante protection.

TROU. *Sortir d'un trou* : guérison.

Voir un trou : signifie que l'on peut tomber malade, attention!

Voir quelqu'un tomber dans un trou : indique une dépression morale pour cette personne ou sa mort selon son état actuel de santé.

TROUPEAU. *Le troupeau de bêtes grasses et en bonne santé* : est un signe de richesse, de prospérité assurée.

Le troupeau de bêtes malades et chétives : annonce la pauvreté, une faillite.

Un troupeau calme et paisible : est un indice de succès en affaires. Le troupeau est la masse humaine soumise au berger, le maître spirituel.

TRUIE. Symbole de grande fécondité et de grande abondance et dans ce sens, elle équivaut à la prospérité que la vache représente.

TRUITE. Elle symbolise l'amour ou la chance en amour.

Manger de la truite : sauvegarde l'équilibre psychologique.

TUER (assommer ses ennemis). C'est un heureux présage, il annonce une issue rapide comblant ses désirs et représente parfois une victoire sur soi-même si on tue un étranger.

Se tuer : annoncerait une perte de situation ou une dégénérescence intérieure marquante.

TUILE. Elle fait partie d'un tout. La tuile recouvre, protège le toit.

De même, *la tuile dans le symbolisme* : protège l'esprit, le met à l'abri des intempéries.

Ce que la tuile recouvre symboliquement : annonce la réussite, en rapport avec ce qu'elle préserve.

Si une tuile vous tombe sur la tête ou sur vous : attendez-vous à un échec.

TURBAN. Le turban symbolise d'après les croyances arabes une reconnaissance, une dignité nationale et chez les musulmans un pouvoir professionnel et civil. Il distribue la force à celui qui croit, et possède une noblesse qui se rapproche de la signification de la couronne.

Être investi du turban : équivaut à un couronnement dans l'islam.

Le nombre de plis et sa grandeur donnent plus de prestige à celui qui le porte car plus il est gros, plus il occupera une fonction publique importante. Tout un langage est élaboré pour exprimer le degré de dignité en rapport avec la fonction. Pour ceux qui ont reçu une culture se rapportant à ces croyances, il faut l'identifier symboliquement à la signification onirique de la couronne, à la fonction de roi, de la coiffure et du chapeau. Pour les autres, essayez de saisir ce que vous projetez sur ces us et coutumes.

TYPHON. Fils de la colère d'Héra, il est cracheur de flammes, sa forme monstrueuse se situe entre celle de l'humain et celle de l'animal. Il est la source des éruptions volcaniques ; ses coulées de lave cuisantes symbolisent la colère menaçante contre le dieu céleste qui, lui, possède la foudre et les éclairs pour éclaircir l'esprit et punir.

Les typhons rejoignent dans la vie onirique l'instinct perverti, le contraire de la sagesse. (Voir *DIABLE du Tarot.*)

Il représente toute personne qui refuse de s'améliorer par la sublimation et qui se laisse envahir par une mentalité destructrice avec une puissance remarquable, et comment !

U

UNIFORME. L'uniforme oblige à la soumission, aux normes établies.

Porter l'uniforme : c'est afficher une certaine soumission aux conventions sociales, une résignation à l'autorité, aux conventions.

L'uniforme qui ne nous sied pas : indique une inadaptation sociale ou familiale.

L'uniforme trop petit : signifie que l'entourage et l'autorité nous étouffent.

Enlever un uniforme : c'est faire fi des règles établies et c'est avoir un esprit révolté.

UNIVERSITÉ. Elle vous promet beaucoup, mais elle vous apprend que vos insuccès proviennent d'un manque de savoir. Elle informe surtout que vous n'accéderez pas à votre idéal sans étudier encore longtemps.

URINE. *Avoir besoin d'uriner* : c'est avoir besoin d'oublier un amour.

Uriner : signifie qu'une situation oppressante sera résolue ou indique simplement un rappel de soulagement viscéral.

URNE (vote). Elle signifie que nos désirs seront exaucés si on les formule.

USURIER. Votre vœu le plus cher est de devenir riche à n'importe quel prix, et même si cela est devenu une obsession. (Équivalent du *Diable du TAROT*, de *MÉPHISTOPHÉLÈS.*)

V

VACANCES. Elles peuvent être un rêve de compensation ; on est acculé au pied du mur par la fatigue. On projette de se reposer et de se distraire davantage, et surtout de s'évader.

Pour ceux qui se proposent de partir en vacances : la scène de ce rêve les informe sur les moments anticipés.

VACCIN. Le corps physique parle de l'âme et le vaccin indique contre quoi on doit se protéger dans la vie. Contre quelle peine, blessure ou perte ou contre quel comportement erroné il faudra lutter.

Exemple : *se faire vacciner les pieds* : annonce un danger et prévient le rêveur de surveiller ses affaires ou ses amours.

Et en rêve comme tout est possible, se faire vacciner contre le cancer : signale au rêveur qu'une idée fixe peut le ronger, comme un cancer et qu'il doit essayer de la contrôler.

Si le vaccin est appliqué et réussi : on se libérera des soucis.

VACHE. La vache, symbole de fertilité et de prospérité, annonce toujours une vie paisible et heureuse.

Traire une vache : laisse entrevoir une entreprise très lucrative.

Si vous rêvez à des vaches grasses : vous aurez des succès assurés et de l'aisance.

Plus le nombre est grand : plus vous serez prospère.

Et *les vaches attroupées avec leur veau* : annoncent un projet d'envergure encore plus prospère.

Si *les vaches sont maigres* : il faut s'attendre à des difficultés financières.

De même, si elles sont malades ou mourantes : il faut s'attendre à une faillite.

VAGUE. *La vague qui porte le rêveur au gré des flots* : symbolise la vie programmée ; bonheur et réussite facile, *si elle conduit vers un lieu clair.*

Mais une force étrangère peut la rendre violente : elle représente alors les impulsions de l'inconscient à la suite d'un coup dur. La vague est comme la direction du destin. Où vous porte-t-elle ? Vers un cheminement heureux ou malheureux ?

VAINCRE. Tout ce que l'on arrive à vaincre en rêve indique ce qui sera contrôlé dans la réalité.

VAISSEAU. Le vaisseau est un véhicule de la traversée difficile, autant de navigation spatiale que maritime.

Le vaisseau tournant autour de la terre : oblige le rêveur à prendre une direction, et d'en assurer la stabilité afin de centrer sa vie amoureuse ou d'affaires.

Le vaisseau symbolise le principe féminin et la femme.

En lui réside la base solide de la grande traversée, là où toute vie doit s'organiser et se continuer dans la trame de l'existence.

VAISSELLE. *Laver la vaisselle* : c'est aplanir des conflits sentimentaux et affectifs.

La vaisselle bien dressée sur une table sans nourriture : signale au rêveur que, si sa vie matrimoniale est stable, il n'existe pourtant plus d'amour ni de joie.

Si elle est remplie de nourriture : l'amour est là, à vous d'en profiter, c'est-à-dire de manger.

Voir des piles de vaisselle sur la table : peut laisser prévoir une séparation.

À moins de mettre le couvert : on aura alors décidé d'y renoncer surtout si on met de la nourriture sur la table. L'amour reprend sa place.

VALISE. *Faire ses valises* : annonce un besoin de laisser tomber ses préoccupations ou encore marque un désir de voyager.

Ce que l'on met dans ses valises : symbolise les liens, les projets, les émotions qui nous tiennent le plus à cœur.

Si on ne réussit pas à fermer la valise parce qu'elle est trop pleine : trop d'émotions ou de valeurs empêchent une manière de vivre plus heureuse et l'atteinte d'une autre conception libératrice.

VALLÉE. La vallée représente la vie affective, naturelle, amoureuse, elle symbolise aussi le sexe féminin.

Elle annonce du bonheur : si elle est verdoyante sans être en friche.

Si l'herbe est brûlée : ainsi en est-il des liens affectifs.

Si elle est encore mouillée sous la pluie : on se remet d'une période sombre, le bonheur commence à percer.

Pour les deux sexes, se retrouver dans la vallée équivaut à dire : voilà comment j'évolue dans ma vie affective, amoureuse, dans ma vie spirituelle.

La vallée est un passage, c'est pourquoi les tremblements de terre et la culture des terrains et de la végétation : parlent de nos amours et de notre cheminement terrestre. (Voir symbole *MASCULIN-FÉMININ* dans l'introduction.)

VAMPIRE. Ils sont trop effrayants pour les dépeindre.

Rêver de vampire : signale au rêveur son autodestruction par négativisme. On se ronge et on se dévore par ses tourments, ses angoisses.

Tuer un vampire : annonce une libération, une guérison. Mais le vampire vous signale aussi qu'une personne vous prend votre quiétude, votre énergie. Réfléchissez-y bien. Le vampire est-il en vous ou au-dehors de vous ?

VASE. Le vase est un réservoir de vie, il est aussi le trésor de la vie intérieure, où se situe la force inhérente à chaque individu. Comme une matrice, c'est là que s'opère toute la métamorphose de l'âme. Le vase a donc autant d'importance que le vaisseau.

S'emparer d'un vase : c'est faire une conquête amoureuse.

Briser un vase : c'est mépriser le sacré d'une perfection individuelle dans l'union.

Le vase en or : annonce une chance parfaite et promet d'atteindre le plus haut degré de vie spirituelle.

En bronze : il oblige à se défendre, et laisse prévoir des déboires passagers.

En cuivre : il promet l'amour, le bonheur et le succès.

Les grands vases : annoncent la prospérité.

Les vases contenant de belles plantes ou de belles fleurs : sont très heureux à voir, puisqu'ils présagent la santé, le succès et l'amour.

Si les plantes et les fleurs sont séchées : le contraire.

VAUTOUR. Le vautour donne des présages, des messages comme le milan d'ailleurs mais qui ne sont pas très heureux. Parfois, il annonce des malfaiteurs qui risquent de détruire la chance professionnelle.

Pour ceux qui sont en affaires, il leur réserve des ingérences rapaces, usurières.

Dévisager un vautour : c'est faire face à un ennemi.

Tuer un vautour : indique qu'on réussira à se défaire d'une subordination malheureuse.

Le vautour est maléfique aussi pour les malades et les médecins, mais il est bénéfique aux potiers, tanneurs et teinturiers.

VEAU. *Voir un seul veau* : représente une personne douce, sans volonté, sans défense.

Mais vu avec la vache : il prend une signification de prospérité.

Le voir téter à la mamelle : signale au rêveur un besoin d'affection et de tendresse.

Le voir gambader dans les champs : n'accorde guère de maturité, on agit avec légèreté et insouciance.

Le veau qui est conduit à l'abattoir : informe d'un manque de combativité ou de perspicacité conduisant à l'échec.

VEAU D'OR. Le veau d'or conduit le rêveur vers des tentations qui l'incitent à trop vouloir s'attacher aux désirs maté riels tels que la sexualité, la richesse, le pouvoir. On court après des chocs en retour, presque insurmontables par insouciance des lois divines.

VÉGÉTATION. *En rêve, la végétation* : c'est la vie affective, sentimentale.

VÉHICULES. Les véhicules sont des images du moi, qu'ils soient anciens ou modernes.

Ils informent le rêveur de ses problèmes de croissance, de son développement à travers les motivations et émotions dans lesquelles il s'implique dans un processus de personnalisation.

Les véhicules motorisés : indiquent la construction rationnelle ou imaginée d'un idéal amoureux ou d'affaires.

L'essence : représente l'amour, l'idéal.

VÉHICULES DE TRANSPORT. Les véhicules de transport ont remplacé les animaux et réfèrent aux symboles de l'inconscient collectif. Ils marquent nos implications émotives dans tout ce qui nous relie à la vie amoureuse et sociale. En voici l'équivalence : la locomotive, l'autobus, l'avion, l'auto ont remplacé le symbole du *dragon* dans les rêves d'accident, de déraillement, de tamponnement ferroviaire, de collision aérienne. De même, l'avion est semblable dans sa signification à l'*aigle* de Zeus ou à *Pégase*, le cheval ailé.

VEILLER. *Veiller dans sa chambre* : annonce la réussite dans ses projets.

Les veillées annoncent des joies : si on se retrouve dans des fêtes, des parties, des banquets nocturnes.

VELOURS. *Toutes les étoffes de belle et bonne qualité* : sont un indice de réussite accomplie grâce à nos relations dont l'intériorité est riche et épanouie.

Avoir des draperies de velours : c'est vivre dans le cadre d'une protection puissante et riche.

VENDANGE. La récolte est le résultat de notre long travail secondé par la puissance invisible.

Cueillir du raisin pour en manger : annonce une vie épanouie, libre et remplie d'amour, et amène un résultat dans les affaires escomptées.

Vendanger en hiver : signale au rêveur que des affaires lucratives seront retardées à la période des vendanges.

VENT. Le vent symbolise l'inspiration et l'esprit.

Dans les rêves : il annonce qu'un changement heureux ou malheureux va surgir.

Les grands vents : détruisent la stabilité du rêveur, sa vie, ses amours.

Les vents doux : présagent des moments heureux, l'inspiration.

Les vents froids : la solitude.

Les vents hostiles : représentent des personnes désagréables, des malentendus.

VENTRE. La signification du ventre est celle de nos désirs insatiables, sur le plan matériel et amoureux. Son rôle est celui de la caverne.

Dans les rêves d'adulte : il annonce souvent un retour en arrière, car le ventre engloutit comme les monstres ; l'important est d'en sortir avec les mêmes informations qu'au sortir de la caverne. Et dans ce sens, le ventre informe, renseigne sur nos projets amoureux ou autres. (Voir *ENTRAILLES.*)

VÉNUS (Aphrodite). Chez les Sumériens, on lui octroie deux rôles différents mais complémentaires.

Elle était « celle qui montre la roue aux étoiles » en tant que déesse du matin et du soir.

Elle jouait un rôle avec les divinités de jour et de nuit.

Comme déesse du matin : elle avait un rôle militaire, celui de présider aux missions guerrières et meurtrières.

Comme déesse du soir : elle devenait la manifestation de l'amour et de la volupté.

Un pied dans la nuit avec les forces sombres, elle s'associe à la lune et l'autre pied dans le jour, avec la puissance de la lumière, on l'associe au soleil.

Son rôle entre ces deux influences diurne et nocturne est d'amener l'âme humaine à la perfection, par la sublimation.

Son fils, Cupidon, à qui elle ordonnait de lancer ses flèches a comme rôle d'apporter l'amour aux humains.

VÉNUS (planète). Vénus représente l'attraction sensuelle, amoureuse et instinctive. Avec elle, on s'amuse, on se détend, la vie se colore de douceur, d'harmonie.

On l'appelle la petite bénéfique, car elle donne des gains.

Dans un thème masculin : elle devient la maîtresse, on lui donne tous les attributs féminins en général : art, luxe, mode, parure. Elle maîtrise le signe du Taureau et de la Balance du côté de la santé, elle contrôle les fonctions rénales, celles de la glande thyroïde et le bon état de la gorge et des ovaires.

VER. Le petit ver prépare une phase finale, il laisse prévoir des intrusions dangereuses venant détruire une relation amoureuse.

VERSEAU. 11e signe du Zodiaque, le Verseau est un signe de la politique, de la collectivité humaine, de la fraternité et du détachement matériel. Saturne et Uranus le gouvernent. Signe d'air à résonance d'air éthéré dont le caractère fluidique doit se transférer en énergie pure. Cette énergie tend à toucher plus l'âme que le corps, l'esprit trempé dans tout l'univers cosmique avec lequel il vibre constamment.

Il doit se défaire de ses anciennes chaînes instinctives (Saturne) et se libérer, par l'action des forces spirituelles (Uranus). De cette façon, ce signe devient détaché, bon, serein, remplissant la collectivité d'altruisme, d'amitié vraie, de dévouement authentique.

VERTICALITÉ. L'axe terre-ciel, c'est-à-dire le vertical, a une signification très valorisante dans le symbolisme.

Cette ligne ascendante oblige le rêveur à transmuter vers une dimension définie dans une prise de conscience obligatoire et ascendante. Elle symbolise le serpent debout fixant l'union des forces opposées et s'attirant dans une fusion impensable, pourtant irréconciliable. La verticalité annonce des succès évidents et une ascension.

VÊTEMENT. L'aspect extérieur marqué par le vêtement exprime l'intériorité de l'âme, son éducation, ses états, ses affinités, ses attachements et son adaptation sociale. L'habillement est un langage éloquent, autant dans la vie onirique que diurne.

Contrairement à l'habit civil : l'uniforme oblige à se conformer, il possède quelquefois un aspect destructeur ou formateur.

Comparativement au masque : il y a danger de se laisser assimiler si le vêtement ne convient pas à l'intériorité.

Enlever un uniforme : c'est se retirer de son influence sacrée ou professionnelle par manque d'identification ou par rejet nécessaire, incapable de s'identifier à ce qu'il classe.

Ainsi, *se dépouiller d'un vêtement* : c'est se défaire d'une influence sentimentale, idéologique ou professionnelle.

Le contraire : si on s'en recouvre.

Être bien vêtu : indique une adaptation à la pensée conventionnelle et sociale.

Être mal habillé : représente un sentiment d'infériorité, de pauvreté ; on se débat avec des affaires embrouillées. Pour l'intellectuel, ce rêve lui est propice.

Se voir revêtu d'un habit rigide : informe le rêveur qu'il sera privé de son libre arbitre, ce qui ne sera pas sans l'entraîner dans certaines restrictions.

Les habits de couleurs disparates : annoncent des complications.

Les vêtements trop grands : on vise trop haut pour ses moyens ; mésadaptation.

Être vêtu de hardes : présage la pauvreté, la misère.

Se voir habillé avec des vêtements d'enfants : comportement infantile.

Se voir sans vêtements : on nous verra sans préparation ou sans moyens pour vivre socialement.

Si cela ne nous dérange pas : peu importe, on nous verra tel qu'on est sans plus. Sinon, mésadaptation due à la pauvreté ou à un état psychologique dépressif.

Voir des vêtements dans une corbeille : annonce un événement heureux. Pour ceux qui pensent au mariage, c'est un très beau rêve.

Être vêtu de vieilles hardes : annonce un déshonneur public.

VEUF ou VEUVE. *Se voir veuve ou veuf* : c'est souffrir de la solitude comme si on l'était réellement.

Pour la ou le célibataire, rêver d'un ou d'une veuve d'un autre sexe : c'est l'annonce d'une liaison, d'un mariage.

Vu sur le plan psychologique : le veuvage indique qu'on n'a pas réussi l'harmonie intérieure, le mariage des opposés. (Voir *MASCULIN-FÉMININ, PANDORE.*)

VIANDE. *Toutes les viandes bien apprêtées et bien cuites* : annoncent la satisfaction des sens.

En manger avec appétit : signifie que l'on est ou sera amoureux et représente toujours un état d'esprit épanoui et heureux.

En manger avec dégoût : représente un refoulement sexuel parce qu'il faut trop se forcer à apprécier ou à aimer.

Refuser des mets composés de viande : informe le rêveur d'un état dépressif qui empêche de jouir de la vie.

La viande avariée qui risque de nous empoisonner : promet un amour teinté de méchanceté de la personne désirée.

La viande crue : annonce la peine, la déception cuisante.

VIEILLARD. *La personne inconnue que l'on voit sous les traits d'un vieillard et qui dégage de la bonté, de la mansuétude, de la sérénité* : représente le sage. Ses conseils sont toujours un bon appui. Souvent les guides spirituels de l'invisible prennent cet aspect.

Voir une personne amie ou aimée avec des vieux traits : ne promet pas de relations agréables et heureuses. L'affection ne peut résister longtemps à ces vibrations.

VIEILLIR. *Se voir vieux,* c'est manquer de joie de vivre, d'épanouissement. (Voir *JEUNESSE*.)

VIGNE. En général, la vigne est source de spiritualité et d'amour, puisque son fruit transformé en vin produit la lumière dans l'âme de l'initié.

Le vin rend jeune pris dans un sens ésotérique : la vigne c'est l'âme.

Le raisin c'est l'amour, la sexualité, et le vin devient l'expérience de la vie qui s'unit au feu divin.

La vigne, on la dit l'arbre du paradis puisqu'elle identifie toute personne humaine qui doit apprendre par sa vie affective, sexuelle, par les expériences qui en découlent.

La vigne promet la prospérité et la fécondité, on l'identifie souvent à la femme.

Les beaux raisins sont un signe de chance, de réussite, pour la femme désireuse d'être mère : la vue de la vigne annonce une naissance ou dans un sens différent, elle présage des progrès évidents.

VILLE. La ville est semblable à un mandala où toutes sortes de circuits convergent vers le centre, le gouvernement, le contrôle de soi total.

La ville est donc le centre spirituel, si on veut parler de la vie de l'âme.

Circuler dans les rues de la ville indique un cheminement intérieur comme de suivre les dédales d'un mandala. (Voir *MANDALA*.)

Dans la Bible, on cite souvent une ville : c'est la Jérusalem céleste.

Cette ville est semblable à un graphique zodiacal qui se compose de douze portes qui correspondent aux douze signes astrologiques, lesquels ne sont symboliquement rien d'autre que les douze tribus d'Israël dans la Bible et les douze travaux d'Hercule dans la mythologie romaine.

Au fond, les douze travaux d'Hercule résument la fonction continuelle et progressive de l'âme pour arriver à la gnose, à l'illumination.

Comme le mandala, la ville a son centre sacré.

Les douze signes astrologiques ont une signification précise, en rapport avec l'évolution terrestre. Et l'évolution terrestre naît, germe et croît par l'amour. La ville correspond donc à la mère, à l'épouse, à l'âme, à l'émotion dans chaque être humain.

Car elle protège, elle éduque par ses lois, comme l'amour, elle oblige à mieux se définir, elle invite à s'améliorer en progressant constamment.

Se voir dans une ville connue : annonce ce qu'on projette sur elle, à partir d'un souvenir ou d'une expérience. Car la ville promet ce que vous concevez d'elle, sentimentalement ou professionnellement.

Bonheur ou tristesse, la ville n'est pas un lieu, elle est un état de chance ou de stagnation et de malchance, selon vos projections.

Elle n'est pas une cité, elle est une promesse.

La ville que vous aimez le plus représente ce qui peut être votre centre de vie idéalisé comme un amour désiré.

Se retrouver dans une ville étrangère : peut décevoir le rêveur s'il s'y est égaré, car il se sentira dans la vie solitaire par rapport à ses désirs, surtout si elle est déserte, à moins d'envisager joyeusement d'aller vivre dans une ville étrangère.

Marcher dans les rues de la ville sans rencontrer rien de joyeux : confirme une évolution, dans une forme d'ascétisme.

Chaque personne qu'on y rencontre : est un message, par ce qu'elle symbolise pour le rêveur. La rue est une incursion dans son inconscient.

VIN. Le vin crée l'ivresse. Ivresse amoureuse ou mystique.

Pris dans un sens amoureux : il est le breuvage de la vie et rend joyeux.

Pris dans un sens ésotérique : il est la crainte de Dieu et sa force. Car la lumière qu'il installe dans l'esprit de l'initié, enseigne plus clairement les lois cosmiques ; c'est ce qui lui permet de s'éloigner du troupeau, c'est-à-dire d'un comportement copié. Le vin produit toujours un miracle, celui de l'émerveillement. Parfois, il endort, soit aux plaisirs divins ou aux désirs matériels. C'est pourquoi l'enivrement est bon dans la mesure où l'on perçoit dans quoi l'on se réveille et en même temps dans quoi l'on s'endort.

Le vin ouvre vers une compréhension supérieure de la vie comme un don, il est breuvage de l'immortalité.

Ainsi, *boire du vin avec une personne de sexe opposé* : apporte la bonne entente entre amoureux.

En boire en société : permet une merveilleuse adaptation sociale.

VINAIGRE. Il annonce une contrariété, un moment déplaisant.

VIOL. Il signale un fantasme sexuel ou indique que l'on subit l'amour d'une personne vers laquelle on n'est pas attiré.

VIOLETTE. *En voir en saison* : promet des joies pures et mystiques.

VIOLON. Symbolise la femme et la volupté.

Jouer de cet instrument : promet l'amour romantique.

VIPÈRE. Symboliquement, la vipère est conçue comme un creuset dans lequel passent toutes les mutations de l'âme pour arriver à la perfection totale. Dans ce sens, il n'est pas surprenant que l'imagerie populaire l'ait prétendue source de soucis et de médisances ou encore de menaces.

Si on la voit : danger imminent.

Si elle nous mord : on n'échappera pas à ses mauvaises influences.

Tuer une vipère : on réussira à se défaire d'une personne intrigante.

VISAGE. (Voir aussi *FACE*.) Le visage lève un voile sur la personne, sur son être authentique, le visage transmet ce qu'il ressent, vibre et conçoit, le visage irradie le degré de lumière, comme une porte qui s'ouvre sur un passage. Et il devient parfois le masque, oui, assez souvent (voir *MASQUE*) par inconfort intérieur, par convenance ou par rapacité. Et même encore là, le masque se démasque lui-même par distraction, par timidité, par fatigue morale, ne pouvant plus jouer.

Dans les rêves, étant un reflet de l'âme : le beau visage rajeuni annonce le bonheur, l'amour, la sérénité.

Fade, soucieux et vieilli : il laisse sous-entendre un souci, une contrariété, une peine d'amour.

Le visage variolé : promet des soucis amoureux et des blessures difficiles à oublier.

Balafré, plein de cicatrices : il signifie qu'on réussit à oublier ses peines, ses blessures, et indique surtout que l'âme s'aguerrit, devient moins sensible.

Se maquiller, se farder le visage : est heureux seulement aux comédiens ; aux autres, les renseigne qu'ils commettront des forfaits et en subiront les conséquences.

Voir le visage d'un parent décédé plus jeune qu'à son décès et sans rides : nous renseigne sur sa protection dans une période difficile.

Si, au contraire, son visage est triste : il ne pourra nous éviter ce contretemps, ni le soulager.

VISITE. *Visiter quelqu'un* : équivaut à demander de l'aide ou de l'amour. Tout au moins, cela revient à dire qu'on a besoin de parler ou de discuter avec la personne visitée.

Recevoir une visite : est un signe d'amitié, de protection, ou encore, quelqu'un a besoin d'une conversation directe avec soi.

V.I.T.R.I.O.L. Cette abréviation d'une phrase latine traduite en français revient à ceci : « Descends dans les entrailles de la terre, en distillant, tu trouveras la pierre de l'œuvre. »

Phrase qui sous-entend que si nous savons descendre en nous-même, nous trouverons le noyau central, d'où émergeront une nouvelle personnalité et la lumière.

Si votre orientation culturelle vous la fait voir en rêve, ne vous découragez pas, mais sachez que le moment est arrivé de vivre moins de superficialité et de commencer à explorer votre monde intérieur ; ce qui pourrait être le début d'une merveilleuse métamorphose, car au plus profond il n'y a pas de vide : on rencontre la dimension divine.

VOIE LACTÉE. Par sa forme sur-dimensionnelle, elle représente le mystique sillonnant les voies de l'évolution terrestre et considérant toute la grandeur de la terre, toute l'ampleur infinie du cosmos et toute la dimension de sa psyché.

VOILE. Le voile cache la vérité.

Tout ce qui est voilé : retient la connaissance.

Lever un voile : c'est comprendre, saisir et s'adapter.

Dévoiler : c'est accéder à la connaissance, à l'enseignement hermétique. Celui qui connaît ses vies antérieures pourra par la suite contrôler cette vie-ci.

Le voile qui se déchire : renseigne par la sublimation.

Les voiles sont souvent nos instincts inavoués qui nous empêchent d'atteindre le but fixé.

Qui n'a pas besoin d'être aimé ? Et pourtant nous le méritons parfois ou pas du tout.

Les voiles, nos insuffisances, les méconnaissances de nous-même brisent souvent, sans que nous le voulions ou le réalisions, nos chances de bonheur.

Mais si loin de la perfection que nous soyons, le voile ne peut se déchirer totalement, sinon ce sera trop pour ce que nous pourrions en prendre pour nous-même.

Le voile : représente souvent nos illusions. Et cela fait tellement mal quand le voile se retire partiellement, que s'il tombait totalement au même instant, nous mourrions.

Au fond, il est important que le voile s'enlève lentement, progressivement, constamment.

Car le voile, c'est comme le rideau du théâtre du destin, il contient l'imprévisible, le mystère, l'intrigue, la vérité sur nous-même et sur les autres.

Voile de mariée : le voir annonce un grand amour.

Voile noir : décès, détachement.

VOILIER. *Le voilier* : représente la femme intelligente et intuitive.

Le mât : représente l'homme, le père, le mari.

Voguer et avoir le vent dans les voiles : tout vous réussit en amour comme dans la vie familiale ou professionnelle.

VOISIN. Le voisin est un personnage symbolique, il est l'ombre du rêveur, la partie de sa vie dont il est très peu conscient. Il vient lui parler d'une situation présente, d'un problème actuel.

Dans un rêve féminin, le voisin, c'est une facette ignorée de l'homme qu'elle a ou a eu dans sa vie. Parfois, c'est quelqu'un qui reste accroché à son sillage bien qu'on l'ait oublié.

VOIX. *Entendre des voix en rêve* : c'est un avertissement. On entend des voix par nécessité pendant une période transitoire de sa vie. Il est important de se souvenir des mots entendus car ils répondent à un besoin immédiat, soit sur le plan de l'évolution spirituelle, soit sur des événements qui arriveront à des personnes que l'on doit protéger.

VOLCAN. Le volcan représente une émotion longtemps retenue, un sentiment amoureux caché.

Le volcan en éruption : annonce une passion violente qui sera la cause d'un conflit, d'un drame qui démolira tout autour de soi.

Le volcan éteint : renseigne sur un sentiment latent qui récidivera tôt ou tard dans une agitation puissamment destructrice.

VOLER. *Voler comme un oiseau* : c'est dépasser et contrôler ses conflits, ses ennuis, ses obsessions, ses frustrations et réussir sereinement dans ses entreprises, amoureuses ou autres. (Voir *PLANER*.)

Voler dans le sens de dérober : c'est de mauvais augure, puisque c'est aller contre nos intérêts que de s'approprier des opportunités ne nous revenant pas de droit. Tôt ou tard, on en subira les fâcheuses résonances ou conséquences. (Voir *ICARE*.)

VOLETS. *Ouvrir ses volets* : c'est jouir à nouveau des contacts humains, de la vie en société, de l'amour.

Les fermer : on se méfie, par crainte ou par dépression morale.

VOLEUR. Le voleur, le cambrioleur, le pilleur de banque et le bandit ont à peu près tous la même signification. Ils représentent une personne de l'entourage qui, par son comportement ou ses idées, mine notre énergie.

Il est important d'analyser le symbolisme de ce qui nous est dérobé.

Être voleur : c'est prendre l'amour, l'énergie, la vie de quelqu'un sans le mériter. Il faut bien juger par le contexte du rêve. (Voir symbole *MASCULIN-FÉMININ* dans l'introduction.)

VOMIR. *Vomir* : c'est être pris de dégoût.

Le contexte du rêve indique pourquoi ou pour qui on ressent de la répugnance ou du mépris.

Vomir résulte parfois d'un affront, d'une injure qui nous oblige à rejeter une personne amie qui, jusqu'alors, ne nous avait jamais déçu.

Pour le riche : vomir annonce des pertes d'argent.

Pour le pauvre : vomir promet des gains d'argent.

Vomir ou voir vomir un inconnu du même sexe : on réglera un problème qui dure depuis longtemps.

Vomir du sang noir : annonce une maladie prochaine aux gens en bonne santé et la guérison aux malades.

Enfin, vomir peut être bon ou mauvais selon votre situation actuelle.

Vomir le succès ou l'insuccès, cela arrive en rêve.

VOYAGE. Le voyage signale au rêveur un désir de changer d'activité, de principe de vie, ou encore de vivre un nouvel amour. Il signifie un changement plus intérieur qu'extérieur. Le contexte du rêve indique s'il se fera ou ne se fera pas. (Voir *AVION, AUTOMOBILE, BATEAU, CHEMIN DE FER, GARE, PORT*.)

VULVE. La vulve ressemble à une fourmilière, ce lieu où vivent les fourmis, et symbolise une porte s'ouvrant sur les lois secrètes. Elle est la richesse qu'offre la connaissance et surtout la source d'où jaillit toute naissance intérieure.

La vulve symbolise l'expectative de nouveaux projets qui ne cesseront de croître.

W

WAGON. *Le wagon de marchandises* : représente les biens que l'on a en collectivité, dans une compagnie ou dans le mariage.

Le wagon-restaurant : informe du désir de partir en voyage, de changer d'atmosphère, d'environnement à tous les points de vue.

Le wagon-lit : représente un désir de transformer sa vie sexuelle, un désir de couper avec la monotonie et de vivre une escapade.

WATTMAN. *Ce mécanicien, conducteur de train* : vous signale votre contrôle personnel et votre motivation bien dirigée vers un but.

S'il y a conflit entre vous et lui : vous souffrez d'une division intérieure vous empêchant de réussir et de prendre la place qui vous revient dans la société, soit en amour ou dans la profession.

Dualité pour prendre une décision, pour s'affirmer.

X

XYLOPHONE. *En entendre jouer* : annonce un amour qui n'est pas de tout repos et qui est accompagné de complications renaissantes.

Y

YACHT. Il représente un désir d'évasion, de vacances, et non un changement de destinée.

YATAGAN. Se rapproche de la signification du sabre à laquelle se rajoute une nuance de cruauté plus prononcée.

YEUX. L'âme a des yeux ; l'un regarde le temps, l'autre l'éternité.

En rêve : les yeux deviennent des instruments d'intelligence. Mais ils expriment aussi la vitalité. Ils sont donc source de compréhension, mais aussi d'attachement, de liens affectifs aussi.

L'œil droit : symbolise le père, la gent masculine.

L'œil gauche : la mère, la gent féminine.

Avoir mal aux yeux : indique que l'on ne voit pas juste dans une situation. Ce rêve peut annoncer la maladie d'un être cher, ou d'un enfant.

Avoir la vue trouble : annonce des pertes d'argent, une faillite.

Se faire arracher les yeux : annonce une mortalité dans la famille.

Avoir les yeux fixés ailleurs que dans leur cavité naturelle : présage qu'on pourrait être blessé à l'endroit où les yeux sont attachés.

Avoir les yeux d'une personne inconnue : annonce souvent la cécité.

Avoir les yeux d'une personne connue : on tirera faveurs et bienfaits de la personne dont on porte les yeux sans nécessairement perdre la vue. Mais je crois que porter les yeux d'une personne connue nous fait voir la vie ou une situation de la même manière que cette personne.

Pour ceux qui se débattent dans une grande tristesse : perdre la vue les poussera à faire de l'apostolat, car la peine donne l'intérêt à aider les éprouvés, les opprimés.

Perdre la vue : ne promet pas aux voyageurs de retrouver ceux qu'ils aiment.

Voir des yeux à de multiples places sur le corps : on centre trop son attention sur la vie extérieure, on oublie le travail de l'âme.

Rêver avoir trois, quatre yeux : est très bon pour l'amoureux qui pense au mariage ou pour le père qui désire un enfant.

Rêver avoir plusieurs yeux : est mauvais présage pour les riches ou ceux qui font des transactions, pour les gens sans scrupules, pour les femmes faciles, les uns seront surpris, dénoncés, les autres recevront des clients dépravés et dangereux.

Être borgne : toutes les prévisions mauvaises se réaliseront à moitié en bien comme en mal.

Loucher en regardant vers l'extérieur : annonce un déséquilibre psychologique, un esprit hagard.

Voir quelqu'un avec l'œil d'Horus : annonce pour cette personne une période de luttes ou de maladie karmique indispensable et prévue dans la trajectoire de la destinée. (Voir *HORUS*.)

YOGOURT. La femme qui en mange ou nage dans le yogourt tombera amoureuse.

Z

ZÈBRE. Tout couvert de rayures, le zèbre offre un aspect de division, d'incertitude, pour ne pas dire de confusion.

Selon l'expression populaire, « *Quel drôle de zèbre* » indique si on le voit en rêve qu'on aura affaire à un individu difficile à définir, drôle, original, excentrique. Au fond, n'êtes-vous pas un peu confus, ne sachant plus quoi penser de vous-même et des autres ? Le zèbre est une projection des autres… ou de vous-même.

ZÉNITH. Tout ce qui est au zénith est au plus élevé, au point culminant. Il est votre ligne droite partant de vous, montant directement au plus haut dans le ciel infini, et ce, dans vos aspirations matérielles et spirituelles.

Le regarder : on aspire à la gloire par des ambitions très justifiées.

S'il fait nuit : ce sont des ambitions mystiques et à peine naissantes.

S'il fait jour : ambitions professionnelles, richesse, gloire.

ZÉRO. Il n'a de valeur que dans la mesure où il est précédé d'un autre nombre. Il annonce alors beaucoup de chance parce qu'il parle d'un cycle accompli comme le cercle.

ZIBELINE. La fourrure de la zibeline étant luxueuse et tellement recherchée, la voir en rêve annonce de l'amour provenant d'une personne raffinée et riche.

ZODIAQUE. Le cercle zodiacal représente les douze signes astrologiques ou constellations, partant de l'influence des sept planètes de l'astrologie traditionnelle.

Hipparque de Nicée, astronome qui vécut deux siècles avant Jésus-Christ, découvrit la précession des équinoxes et composa le premier catalogue des étoiles.

De même Hermès, lequel vécut trois siècles avant Jésus-Christ, établit lui aussi les bases de l'astrologie.

L'astrologie débuta avant tout des données occultes, reçues par ces initiés astronomes.

Ces premiers astronomes étaient des messagers de l'invisible. Ils étaient en contact direct avec les volontés et les messages divins. Avec ces tables établies d'abord par des érudits mystiques, l'astrologie, à l'aide de ces bases, se fixa des calculs scientifiques.

Ce n'est que depuis le XIXe siècle que l'astrologie n'est plus reconnue scientifiquement par les savants qui placèrent le culte de l'intellect en premier plan et matérialisèrent leur esprit par une raison trop palpable. L'astrologie part de la révélation divine donnée à des âmes illuminées et contactées. La raison se limite au temps, à la matière, à la vie terrestre.

L'intuition, la voyance, les messages de l'invisible concernant la vie éternelle, ne sont pas arrêtés par le temps, et prennent la dimension de l'espace. L'astrologie est donc occulte et scientifique à la fois, basée sur la recherche mais le temporel ne peut arrêter son influence et l'éternité l'asperge depuis toujours de son empreinte, étant devenue un support de consultation par des représentants des deux énergies contraires : le bien et le mal. Il en fut toujours ainsi.

Les douze signes du zodiaque sont un tracé à parcourir pour atteindre la gnose, la perfection totale. Comme d'ailleurs les douze fils de Jacob, formant les douze tribus d'Israël (la foi, l'intégrité, car Israël est le peuple de Dieu), comme aussi les douze travaux d'Hercule sont des images symboliques et représentatives des douze voies initiatiques. Chaque signe astrologique forme un idéal à comprendre, à saisir, afin de découvrir la vérité et la perfection divine. Voici les équivalences du zodiaque comparativement aux douze fils de Jacob et par conséquent aux douze tribus d'Israël.

Benjamin : est le loup qui déchire, correspond au **Bélier** (signe des armées de l'impétuosité, de la pondération à atteindre);

Issacar : est un âne robuste qui couche dans les étables, correspond au **Taureau** (signe de la résistance, de l'amour du travail et des arts), doit sortir de l'ornière, s'éveiller à de nouveaux concepts et contrôler ses sens ;

Siméon et Lévi : sont frères et leurs glaives sont des instruments de violence ; correspond aux **Gémeaux** (signe de l'éloquence à unifier dans l'honnêteté car le mensonge détruit) ;

Zabulon : habitera sur la côte des mers, correspond au signe du **Cancer** (signe de la maturité émotive à atteindre) ;

Juda : tu recevras les hommages de tes frères, ta main sera sur la nuque de tes ennemis, correspond au **Lion** (signe de l'autorité, de l'organisation, de l'éducation, des arts royaux) venu apprendre l'humilité ;

Aser : produit une nourriture excellente, il fournira les mets délicieux des rois, correspond au signe de la **Vierge** (signe des cuisines divines, de la bonté en service, de la pureté comme mets), doit découvrir la largeur de pensée, l'esprit de synthèse ;

Dan : jugera son peuple, correspond au signe de la **Balance** (signe du jugement de la loi, de l'amour), épuration par le vrai sens d'aimer ;

God : sera assailli par des bandes armées, mais il les assaillira en retour et les poursuivra, correspond au signe du **Scorpion** (l'envol de l'aigle et la victoire sur les forces ténébreuses), doit venir apprendre le pardon et la confiance ;

Joseph : est le rejeton d'un arbre fertile dont les branches s'élèvent au-dessus de la muraille, correspond au signe du **Sagittaire**. On doit se défaire de l'animal qui l'habite et découvrir l'initiation ;

Nephtali : est une biche en liberté, il profère de belles paroles, correspond au signe du **Capricorne** (signe du gouvernement, de la sagesse), doit développer la souplesse et la confiance en soi ;

Ruben : impétueux comme les eaux, ma force et les premiers signes de ma vigueur, supérieur en dignité et supérieur en puissance, correspond au signe du **Verseau** (signe du nettoyage psychique, de la fraternité et de la politique), doit vivre une épuration au niveau du subconscient ;

Ephraïm et Manassé : les deux fils de Joseph que Jacob bénit après s'être adressé à eux et dit : « Qu'ils se multiplient en abondance au milieu du pays », correspond au signe des **Poissons**, qui doit obéir aux lois ésotériques, pratiquer la charité, sinon c'est le retour au chaos, à l'enfer.

Ces douze signes sont divisés en décans, c'est-à-dire en trois cycles de dix jours formant le mois zodiacal, qui ont une signification précise. Si votre culture vous oriente vers l'astrologie, il est possible que vous voyiez en rêve les signes et décans des personnes avec lesquelles vous devrez vivre des événements ; tout au moins, leur date de naissance donne le décan. Ils vous renseignent sur le comportement d'un individu, sur ce qu'il peut apporter de positif ou de négatif. Et dans les rêves, la signification est la même qu'à l'état de veille. Voici, basée sur les images symboliques, la signification des décans des douze constellations composées de 30° chacune.

Bélier : la naissance, l'impulsion du début.

1° décan gouverné par Mars : il parle d'un individu intrépide, guerrier, l'épée qu'il porte à la main droite souligne son courage dans l'action et témoigne de son attitude peu modeste, impétueuse ;

2° décan gouverné par le Soleil : il promet la rencontre d'un personnage au caractère noble, honnête et en autorité et de volonté peu commune ;

3° décan gouverné par Vénus : illustration d'une femme belle, douce, artiste portant un luth, assise sur un tabouret interprétant une musique mélodieuse. Promet des heures tendres et gracieuses.

Taureau : l'élaboration de ce qui doit germer.

1° décan gouverné par Mercure : tableau d'un jeune homme tenant à la main un livre et labourant les champs. Met l'accent sur les travaux des semailles et de construction. Laisse sous-entendre la culture scientifique et philosophique et les mathématiques ;

2° décan gouverné par la Lune : un homme de grandeur remarquable, portant à la taille une ceinture, tenant de la main droite une clef. Personnifie la droiture, l'honnêteté dans la puissance et la faiblesse dans le pouvoir de diriger ;

3° décan gouverné par Saturne : un vieillard avec une jambe de bois, l'autre restée indemne, s'appuyant sur une béquille, symbolise la démence, la misère, les bas instincts.

Gémeaux : l'esprit apparaît et émerge du concept matériel.

1° décan gouverné par Jupiter : portant une ceinture à la taille, un jeune homme proclame des messages écrits, échange des montants d'argent. Personnifie la sagesse et le savoir, et la communication dans un sens de connaissance générale ;

2° décan gouverné par Mars : un homme hache et coupe du bois, sous-entend le travail acharné. L'accumulation des biens par le travail ;

3° décan gouverné par le Soleil : un faucon placé dans la main droite, un filet dans la main gauche, un homme concentre sa pensée sur l'oubli des injures humaines et veut jouir des meilleurs moments de la vie dans les distractions.

Cancer : l'esprit passant par l'attachement de la famille, de la terre.

1° décan gouverné par Vénus : tableau d'une belle jeune femme, placée dans une posture courtoise, et présentant de la main une fleur : joie, volupté, invitation adressée à l'homme ;

2° décan gouverné par Mercure : un couple attablé devant un amas de pièces d'argent représente la richesse, satisfaction humaine dans l'abondance. Femme épanouie et satisfaite devant les besoins matériels assouvis ;

3° décan gouverné par la Lune : un chasseur portant une lance sur ses épaules, accompagné de son chien, souffle dans un cor, symbolise la guerre, la chasse, les disputes et la poursuite des déserteurs.

Lion : la vie, l'amour, l'éducation, l'affirmation de l'ego.

1° décan gouverné par Saturne : un lion sur lequel est assis un homme portant un chapeau à plumes, présage la méchanceté, la cruauté, dans la réalisation de grandes œuvres. Jalousie et audace ;

2° décan gouverné par Jupiter : un homme montrant un poing sur lequel s'est placé un faucon, il veut exprimer son esprit de sociabilité, la tendresse, la stabilité en amour. L'évidence de vouloir annihiler les ruptures, les conflits ;

3° décan gouverné par Mars : un homme armé d'une épée, qu'il place sur sa tête ; dans l'autre main il tient un bouclier. Dénote un esprit guerrier qui s'acharne contre l'ignorance. Victoire sur les mentalités viles et passives qui veulent ignorer la combativité.

Vierge : l'analyse de la différence.

1° décan gouverné par le Soleil : un homme empile de l'argent dans un coffre. Parle des richesses provenant du sol, des efforts, des labeurs, et de la connaissance qui s'y rattachent, de ce qui nourrit les humains ;

2° décan gouverné par Vénus : deux hommes dont l'un tient à la main une bourse : représentation illustrant l'amour du gain, la cupidité, l'avarice. Grande capacité volontaire à s'élever ;

3° décan gouverné par Mercure : un vieillard sans force ni combativité appuyé sur un bâton évoque toutes les souffrances et les infirmités de la décrépitude. Déracinement de la vie vers la mort.

Balance : l'esprit chercheur doit découvrir l'amour, la collaboration, la vie sociale et la justice.

1° décan gouverné par la Lune : un étudiant médite sur un livre ouvert, tableau illustrant la connaissance des lois, de la justice afin de protéger les faibles contre les forts et l'injuste méchanceté. L'esprit d'équité est tourné vers la foule qui lutte contre l'oppression des malheureux ;

2° décan gouverné par Saturne : assis sur une chaise, un vieillard pensif, habillé d'une robe illustre l'aspect négatif de Vénus et de Saturne. Influence portée vers la gourmandise, la sodomie et la joyeuse création artistique. On participe à des amours dégradantes ;

3° décan gouverné par Jupiter : un jeune homme, coupe à la main, donne l'idée d'une vie tranquille, abondante et épanouie. Manifestation de l'homme social et sociable à la fois. Un bon vivant aimant la vie.

Scorpion : fermentation de l'esprit qui rencontre l'agression et les mutations. Il naît pour lutter.

1° décan gouverné par Mars : tableau représentant deux hommes luttant l'un contre l'autre, se tirant les cheveux, illustre la tristesse de l'âme, divisée entre le bien et le mal et qui se débat contre la fourberie, la malhonnêteté conduisant à l'échec et à la perdition ;

2° décan gouverné par le Soleil : un homme assis sur un tabouret, regardant deux chiens se faire la guerre, annonce des affronts, des conflits en attisant les disputes et la poursuite des querelles ;

3° décan gouverné par Vénus : deux femmes se retenant par les cheveux, l'une tenant un bâton dont elle se sert pour frapper l'autre. Symbolise l'agressivité, la violence, la jalousie, les amours indécentes où s'infiltrent la domination et l'esprit de possession.

Sagittaire : dualité à travers la vie instinctive.

1° décan gouverné par Mercure : un homme montre une hache dont il est armé. Détermine l'esprit guerrier, intrépide, auquel se rajoute un désir intense de liberté ;

2° décan gouverné par la Lune : un homme abattu, assis sur

un tabouret, révèle l'angoisse, les peines d'un esprit anxieux devant les luttes, les épreuves, les expériences de la vie;

3° décan gouverné par Saturne : un homme portant un chapeau sur lequel est fixée une plume, à l'extrémité de ses doigts se trouve un bâton, témoigne d'un individu volontaire, au renoncement difficile mêlé aux luttes, aux incidents illégaux et aux événements abominables.

Capricorne : élévation vers la sagesse, concept méthodique.

1° décan gouverné par Jupiter : un homme se déplaçant à pied, seul vers l'inconnu, signale une grande confiance en soi, en la vie, dans une remarquable prévoyance à travers les dédales du destin;

2° décan gouverné par Mars : un homme sautant en essayant de rejoindre un oiseau en vol nous met en évidence devant l'individu qui désire atteindre l'impossible dans la vie;

3° décan gouverné par le Soleil : un homme assis devant une table en train de calculer son argent. S'adresse aux désirs terrestres, à la gérance de ses biens. C'est une identification de l'individu craintif, cupide et soupçonneux.

Verseau : transmutation vers les états les plus éthérés et fraternels.

1° décan gouverné par Vénus : représente un rocher sur lequel se trouve une femme assise en train de filer. Nous place devant un esprit inquiet, devant le gain, sentant un besoin constant d'œuvrer, luttant contre la pauvreté, les déboires et les trahisons;

2° décan gouverné par Mercure : une personne affable, élégante se reposant sur un tabouret; son attitude traduit la sociabilité, la modestie, le savoir-vivre et dégage un besoin de liberté;

3° décan gouverné par Saturne : un homme dégageant une expression méchante du regard, jaloux dont les deux mains s'appuient sur les côtés du corps, son attitude nous annonce un cheminement détourné, des malentendus et des affronts.

Poissons : dualité devant les états célestes et les états mystiques.

1° décan gouverné par Saturne : un homme voyage avec une besace sur ses épaules, évoque les changements constants de la pensée, de nombreux déplacements et voyages dans un but de sécurité financière;

2° décan gouverné par Jupiter : un homme regarde le ciel et le pointe de l'index; manifeste un individu rempli de grandeur morale et de confiance en son idéal;

3° décan gouverné par Mars : un couple enlacé dépeint les amours défendues, la femme belle et voluptueuse séduisant l'homme, symbolise l'amour parfait dans l'isolement.

ZOO. *Voir un zoo* : nous informe qu'il est bon de s'approcher des animaux, d'étudier leur comportement car on a beaucoup à apprendre d'eux. Ils nous renseignent sur un comportement à abandonner ou à atteindre.

COLLECTION
AVENTURE SECRÈTE

La spiritualité, l'ésotérisme et la parapsychologie offrent des perspectives fascinantes au monde moderne. Les sciences d'aujourd'hui rejoignent les traditions d'hier : l'invisible et les pouvoirs de l'esprit sont une réalité.

« Aventure Secrète » vous invite à porter un regard neuf sur vous et sur l'univers en répondant aux plus grandes questions de tous les temps.

ÉNIGMES

Edouard Brasey • L'énigme de l'Atlantide
Graham Hancock • Le mystère de l'arche perdue
Pierre Jovanovic • Enquête sur l'existence des anges gardiens
Chris Morton • Le mystère des crânes de cristal
Joseph Chilton Pearce • Le futur commence aujourd'hui
Lynn Picknett & Clive Prince • La révélation des templiers

ÉPANOUISSEMENT PERSONNEL

Melody Beattie • Les leçons de l'amour
Deepak Chopra • Les sept lois spirituelles du succès
Deepak Chopra • Les clés spirituelles de la richesse
Deepak Chopra • Les sept lois pour guider vos enfants sur la voie du succès
Deepak Chopra • Le chemin vers l'amour
Marie Coupal • Le guide du rêve et de ses symboles
Wayne W. Dyer • Les dix secrets du succès et de la paix intérieure
Joseph Murphy • Comment utiliser les pouvoirs du subconscient
Joseph Murphy • Comment réussir votre vie
Marianne Williamson • Un retour à l'Amour

PARANORMAL/DIVINATION/PROPHÉTIES

Édouard Brasey • Enquête sur l'existence des fées et des esprits de la nature
Jean-Charles de Fontbrune • Nostradamus, biographie et prophéties jusqu'en 2025
Dorothée Koechlin de Bizemont • Les prophéties d'Edgar Cayce
Maud Kristen • Fille des étoiles
Rupert Sheldrake • Les pouvoirs inexpliqués des animaux
Sylvie Simon • Le guide des tarots

POUVOIRS DE L'ESPRIT/VISUALISATION

Marilyn Ferguson • La révolution du cerveau
Shakti Gawain • Techniques de visualisation créatrice
Shakti Gawain • Vivez dans la lumière
Jon Kabat-Zinn • Où tu vas, tu es
Bernard Martino • Les chants de l'invisible
Éric Pier Sperandio • Le guide de la magie blanche

LOBSANG T. RAMPA

Le troisième œil
Les secrets de l'aura
La caverne des Anciens
L'ermite

JAMES REDFIELD

La prophétie des Andes
Les leçons de vie de la prophétie des Andes
La dixième prophétie
L'expérience de la dixième prophétie
La vision des Andes
Le secret de Shambhala
(Avec Michael Murphy et Sylvia Timbers) Et les hommes deviendront des dieux

ROMANS ET RÉCITS INITIATIQUES

Deepak Chopra • Dieux de lumière
Laurence Ink • Il suffit d'y croire...
Gopi Krishna • Kundalinî – autobiographie d'un éveil
Shirley MacLaine • Danser dans la lumière
Shirley MacLaine • Le voyage intérieur
Shirley MacLaine • Mon chemin de Compostelle
Dan Millman • Le guerrier pacifique
Marlo Morgan • Message des hommes vrais
Marlo Morgan • Message en provenance de l'éternité
Michael Murphy • Golf dans le royaume
Scott Peck • Les gens du mensonge
Scott Peck • Au ciel comme sur terre
Baird T. Spalding • La vie des Maîtres

SANTÉ/ÉNERGIES/MÉDECINES PARALLÈLES

Janine Fontaine • Médecin des trois corps
Janine Fontaine • Médecin des trois corps. Vingt ans après
Caryle Hishberg & Marc Ian Barasch • Guérisons remarquables
Caroline Myss • Anatomie de l'esprit
Pierre Lunel • Les guérisons miraculeuses
Dr Bernie S. Siegel • L'amour, la médecine et les miracles

SPIRITUALITÉS

Jacques Brosse • Le Bouddha
Deepak Chopra • Comment connaître Dieu
Deepak Chopra • La voie du magicien
Sa Sainteté le Dalaï-Lama • L'harmonie intérieure
Sam Keen • Retrouvez le sens du sacré
Thomas Moore • Le soin de l'âme
Scott Peck • Le chemin le moins fréquenté
Scott Peck • La quête des pierres
Scott Peck • Au-delà du chemin le moins fréquenté
Ringou Tulkou Rimpotché • Et si vous m'expliquiez le bouddhisme ?
Baird T. Spalding • Treize leçons sur la vie des Maîtres
Neale D. Walsch • Conversations avec Dieu
Neale D. Walsch • Présence de Dieu

VIE APRÈS LA MORT/RÉINCARNATION/INVISIBLE

Vicki Mackenzie • Enfants de la réincarnation
Daniel Meurois & Anne Givaudan • Récits d'un voyageur de l'astral
Raymond Moody • La vie après la vie
Raymond Moody • Lumières nouvelles sur la vie après la vie
Jean Prieur • Le mystère des retours éternels
James Van Praagh • Dialogues avec l'au-delà
Brian L. Weiss • Nos vies antérieures, une thérapie pour demain
Brian L. Weiss • Il n'y a que l'amour

À DÉCOUVRIR DANS LA MÊME COLLECTION

DIALOGUES AVEC L'AU-DELA

James Van Praagh

« — Un esprit me montre la cabine de pilotage d'un avion. Les cadrans et les indicateurs du tableau de bord ne fonctionnent plus. J'aperçois de la fumée et des flammes, puis c'est le noir total. Est-ce que cela vous dit quelque chose ?
Marilyn prit un papier mouchoir pour éponger ses yeux et elle se mit à trembler.
— Roger, mon mari, est mort dans le crash d'un avion, il y a un an. Son avion est tombé la nuit. »

James Van Praagh jouit d'une faculté hors du commun : il parvient à communiquer avec les morts. Au cours de ses consultations, il reçoit des hommes et des femmes qui ont perdu un être cher : un enfant, une épouse, un mari, un ami, un animal de compagnie.
Avec beaucoup d'humilité, il transmet les communications qu'il reçoit par médiumnité. Les messages sont saisissants, autant par les détails qu'ils contiennent que par le réconfort qu'ils apportent.
À la fois journal spirituel et manuel d'initiation, *Dialogues avec l'au-delà* apporte les preuves indubitables d'une existence après la mort.

JAMES VAN PRAAGH

James Van Praagh est sans doute l'un des médiums les plus doués au monde. La chaîne de télévision américaine NBC a réalisé un téléfilm sur sa vie, basé sur son livre *Dialogues avec l'au-delà*. Il anime des séminaires sur les questions spirituelles et l'après-vie.

À DÉCOUVRIR DANS LA MÊME COLLECTION

LE GUERRIER PACIFIQUE

Dan Millman

« *Tout commença en décembre 1966, qui marqua le début d'une série extraordinaire d'événements dans ma vie. J'étais en troisième année à l'université de Californie à Berkeley. Un jour, à 3 h 20 du matin, dans une station-service ouverte toute la nuit, je rencontrai pour la première fois Socrate. (Il ne me dit pas son vrai nom, mais après avoir passé un moment avec lui cette nuit-là, je l'appelai d'instinct comme l'ancien sage grec ; le nom lui plut et lui resta.) Cette rencontre fortuite, ainsi que les aventures qui ont suivi, allaient changer ma vie.* »

L'homme que l'auteur appelle Socrate a réellement existé. Âgé de presque cent ans, il révèle une formidable jeunesse d'esprit et un humour décapant. À son contact, Dan, un sportif de haut niveau en mal de vivre, voit ses croyances complètement bouleversées. Guidé par le vieux sorcier excentrique, Dan triomphe peu à peu de ses peurs et de ses illusions pour vivre comme un amoureux et un guerrier… pacifique.

DAN MILLMAN

Ancien champion du monde de gymnastique au trampoline, Dan Millman a influencé à travers ses livres et ses conférences les plus grands de ce monde dans toutes les disciplines : sport, art, spectacle, affaires, politique, psychologie. Il vit avec sa famille au nord de la Californie.

À DÉCOUVRIR DANS LA MÊME COLLECTION

LES GUERISONS MIRACULEUSES

Pierre Lunel

« *Chaque miraculé nous parle avec des mots simples et bouleversants des instants d'extase, de divine joie, d'évasion hors du corps souffrant, de leur esprit qui touche la lumière, de ce voyage vers un ailleurs infini, ciel, cosmos, hors de l'humaine condition limitée, douloureuse. Chaque miraculé dira cette puissance divine éprouvée en son être entier, esprit et corps. La lumière dont il est ébloui est bien au-delà de l'explicable.* »

De nombreux malades condamnés par la médecine guérissent de façon spectaculaire. Des cancers disparaissent. Des tumeurs graves se résorbent spontanément. Des paralytiques se lèvent et marchent. Pierre Lunel ouvre pour nous les étonnants dossiers des miraculés : qui sont-ils ? Qu'ont-ils vécu ? Quelle place prend la foi dans le processus de guérison ?

Avec cette impressionnante enquête dans les coulisses de Lourdes et les nombreux témoignages qui l'accompagnent se dessine un constat extraordinaire : les miracles existent bel et bien.
Un ouvrage passionnant qui conduit au cœur de révélations bouleversantes.

PIERRE LUNEL

Président de l'université de Paris VIII-Vincennes-Saint-Denis, professeur agrégé des facultés de droit, Pierre Lunel est l'auteur d'une douzaine de romans et de biographies, parmi lesquelles *L'abbé Pierre, l'insurgé de Dieu* et *Sœur Emmanuelle du Caire*, qui furent des best-sellers.

7379

Composition Chesteroc Ltd
Achevé d'imprimer en France (Manchecourt)
par Maury-Eurolivres le 25 janvier 2005.
Dépôt légal janvier 2005. ISBN 2-290-33967-9
1er dépôt légal dans la collection : mai 2004

Éditions J'ai lu
84, rue de Grenelle, 75007 Paris
Diffusion France et étranger : Flammarion